Anna Romer
Das Dornental

Roman

Aus dem Englischen
von pociao und Roberto de Hollanda

GOLDMANN

*Für meine geliebte Selwa,
mutig und weise
immer inspirierend …
Ich bin so froh, dich in meinem Team zu haben!*

Die australische Originalausgabe erschien 2019 unter dem Titel »Under the Midnight Sky« bei Simon & Schuster Australia.

Sollte diese Publikation Links auf Webseiten Dritter enthalten, so übernehmen wir für deren Inhalte keine Haftung, da wir uns diese nicht zu eigen machen, sondern lediglich auf deren Stand zum Zeitpunkt der Erstveröffentlichung verweisen.

 Dieses Buch ist auch als E-Book erhältlich.

Verlagsgruppe Random House FSC® N001967

2. Auflage
Deutsche Erstveröffentlichung Juli 2019
Copyright © der Originalausgabe 2019 by Anna Romer
Published by Arrangement with Anna Romer
Dieses Werk wurde vermittelt durch die Literarische Agentur
Thomas Schlück GmbH, Hannover.
Copyright © der deutschsprachigen Ausgabe 2019
by Wilhelm Goldmann Verlag, München, in der Verlagsgruppe
Random House GmbH, Neumarkter Str. 28, 81673 München
Umschlaggestaltung: UNO Werbeagentur, München
Umschlagmotiv FinePic®, München; Posnov / getty images;
Kerin Forstmanis / EyeEm / getty iamges
Redaktion: Marion Voigt
BH · Herstellung: ik
Satz: Vornehm Mediengestaltung GmbH, München
Druck und Bindung: GGP Media GmbH, Pößneck
Printed in Germany
ISBN: 978-3-442-48715-8
www.goldmann-verlag.de

Besuchen Sie den Goldmann Verlag im Netz

Ich bin die Flamme,
und ich bin der vertrocknete Busch.
Und ein Teil von mir
verzehrt den anderen.

Khalil Gibran

Kapitel 1

Jeden Tag nahm ich mir eine andere Strecke vor. Ich brach vor dem Morgengrauen auf und joggte zuerst die vertraute Straße entlang. Wenn ich dann den Wald des Schutzgebietes am Stadtrand erreichte, stieg die Sonne gerade über den Horizont. Langsam wurde der Himmel heller, doch hier im Schatten der Bäume, die die Straße säumten, war es noch dunkel.

Ich verlor mich im Rhythmus. Nur mein leises Keuchen und das dumpfe Geräusch der Joggingschuhe auf dem Seitenstreifen waren zu hören. Zu dieser frühen Stunde herrschte kein Verkehr. Nicht einmal die Flötenvögel waren wach.

Als ich die Straße verließ und in den Feldweg einbog, der in den Wald führte, streiften klebrige Gräser meine Beine, und die Luft war feucht. Um die Bäume herum wuchs dichtes Unterholz, die Schatten wurden dunkler. Nach zehn Minuten hielt ich an, trank einen Schluck Wasser aus meiner Feldflasche und sah mich um.

Hier am Rand des Schutzgebietes scharten sich die Sprösslinge der Eukalyptusbäume zusammen, als suchten sie Schutz in der Menge. Ihre schlanken Stämme waren geschwärzt nach einem Waldbrand, der letztes Jahr hier gewütet hatte.

Tief im Innern des Waldes, wo ich heute hinwollte, erhoben sich die Stämme der gewaltigen Bäume aus dem Granitboden und standen wie Riesen entlang der Schlucht. Das Blackwater-Gorge-Schutzgebiet umfasste 20 000 Hektar zumeist unberührter Wildnis und wurde durch einen Fluss in zwei Hälften geteilt. Wegen der tiefen Schluchten und der hoch aufragenden Granitblöcke wagten sich nur die mutigsten Buschwanderer hierher.

Doch ohnehin verirrte sich nur selten jemand in diese Gegend.

Ich steckte meine Feldflasche in die Jackentasche zurück und lief weiter den Pfad entlang. Ich freute mich darauf, mein Ziel zu erreichen. Ein paar Kilometer weiter im Innern des Schutzgebietes würde ich den Hügel hinauflaufen, in eine Region, in der ich noch nie gewesen war. Sie war mit Teebäumen und Schwarzdornakazien derart zugewachsen, dass ich mir einen Weg hindurch erkämpfen musste. Jeans und Baumwolljacke waren normalerweise beim Joggen ziemlich unpraktisch, doch wenn ich durch die dichten Dornenbüsche lief, würde ich froh darüber sein.

Jetzt hatte ich fast schon den verlassenen Campingplatz erreicht.

Dieser Teil des Weges hatte sich mir ins Gedächtnis gebrannt. Ich erinnerte mich an jeden Baum oder Felsen. An die ausgewaschenen Hänge an einer Strecke des Pfades. Sie waren mir so vertraut wie mein eigenes Gesicht.

Doch als ich dann wirklich an dem alten Campingplatz ankam, hatte ich plötzlich das Gefühl, dass noch jemand hier war.

An dem von Unkraut überwucherten Grillplatz mit seinen windgeschützten Mäuerchen aus versengten Backsteinen und den in die Erde eingelassenen Feuerstellen blieb ich zögernd stehen.

Ganz ruhig, Abby, tief durchatmen.

Verstohlen tastete ich nach dem Pfefferspray in meiner

Hosentasche. Ich nahm die Kappe ab, ohne die Umgebung aus den Augen zu lassen. Nichts rührte sich. Zumindest konnte ich durch mein plötzlich eingeschränktes Sehvermögen nichts erkennen. Mit trockenem Mund drehte ich mich langsam einmal um die eigene Achse. Als alles still blieb, atmete ich erleichtert auf und entspannte mich. Paranoia, alles nur Einbildung.

Dann sah ich die leuchtende Farbe.

Blut, dachte ich zuerst. Ein dicker Klumpen im Schatten eines hohen roten Eukalyptusbaumes. Ich biss die Zähne zusammen. Hatte hier jemand ein Känguru erlegt und gehäutet?

Zu rot. Und viel zu glänzend.

Ich steckte die Dose mit dem Pfefferspray wieder ein und lief hastig darauf zu.

Auf dem Boden lag ein Mädchen. Zusammengerollt wie ein Fötus, das Gesicht nach vorn gekippt. Aus einer Wunde an der Schläfe sickerte Blut. Es war in ihr langes braunes Haar geronnen und mit schmutzigem Laub und Erde verklebt. Sie trug eine zerfetzte, mit Pailletten bestickte rote Jacke, die hier im düsteren grünen Schatten des Busches völlig fehl am Platz wirkte.

Ich kniete vor ihr nieder, fasste sie an der Schulter und schüttelte sie sanft.

»Hey, wach auf.« Als sie sich nicht rührte, stieß ich sie am Arm an. »Du kannst hier nicht liegen bleiben. Du musst zum Arzt.«

Ihre Kleidung war schmutzig, und sie war barfuß. Ein dünnes Rinnsal von Blut sickerte aus einer Schnittwunde am Kiefer und verlor sich unter dem glänzenden roten Kragen. Es sah aus, als hätte sie die ganze Nacht hier gelegen. Sie roch weder nach Alkohol noch nach Pot, nur säuerlich nach Blut und Schweiß.

»Komm schon, Kleines, wach auf.« Ich stieß sie erneut an. »Kannst du mich hören?«

Noch immer keine Reaktion. Ich drehte vorsichtig ihren Kopf zur Seite, überprüfte ihren Atem und vergewisserte mich, dass Mund und Nase frei waren. Dann schob ich ihr Lid hoch und leuchtete mit der Taschenlampenfunktion meines iPhones ins Auge. Die Pupille zog sich normal zusammen, doch das Mädchen rührte sich nicht. Ich packte ihr Handgelenk und fühlte den Puls, er war gleichmäßig, aber die Haut war kalt und feucht, Hände und Knöchel waren aufgescheuert, einige Fingernägel mit Blut verkrustet.

Ich stand auf.

Wieder sah ich mich um, und da ich das Gefühl hatte, von wachsamen Augen beobachtet zu werden, rannte ich auf die Mitte des Campingplatzes zu und sprang auf den steinernen alten Picknicktisch. Der wackelte unter meinem Gewicht, als ich das iPhone nach oben hielt, doch es gab kein Signal, nicht einmal die SOS-Funktion funktionierte.

Ich lief zurück zu der Kleinen und kauerte mich neben sie.

Ich wollte sie nicht allein lassen. Aber einen Menschen, der am Kopf verletzt war, durfte man nicht bewegen. Vielleicht hatte sie eine Gehirnerschütterung oder etwas Ernsteres. Solange ich die Schwere ihrer Verletzung nicht kannte, konnte jede Bewegung irreparablen Schaden anrichten. Einen Gehirnschlag auslösen. Sie zum Krüppel machen. Sie umbringen. Bis zur Hauptstraße waren es einige Kilometer über einen holprigen Waldweg. Sie zu tragen oder huckepack zu nehmen kam also nicht infrage. Ich würde sie zurücklassen müssen, während ich Hilfe holte.

Hastig zog ich die Jeansjacke aus und stopfte sie um sie herum fest. Dann fiel mir noch etwas ein, ich nahm die Feldflasche aus der Tasche und stellte sie neben sie auf die Erde.

»Ich beeile mich, Schätzchen, Ehrenwort. Halt durch, bis ich zurück bin, okay?«

Ich sprang auf und taumelte rückwärts, ohne den Blick von ihr nehmen zu können. Dann riss ich mich los, halb keuchend, halb schluchzend, und rannte zur Hauptstraße.

Fünfundzwanzig Minuten vergingen, bis der Krankenwagen kam. Sonst fuhr kein einziger Wagen vorbei, sodass ich schon halb verrückt vor Angst war, als ich endlich den weißen Rettungswagen in der Ferne erkannte. Trotz der frischen Brise lief mir der Schweiß über die Rippen. Mein Atem ging stoßweise, während mir die Gedanken durch den Kopf schossen. Konnte es das sein, wovor ich mich am meisten fürchtete? Trieb sich nach zwanzig Jahren Abwesenheit erneut eine mörderische Bestie im Schutzgebiet herum? Oder erfand meine wilde Fantasie ihre eigenen Ungeheuer?

Mit rotierender Kennleuchte hielt der Rettungswagen neben mir an. Ich sprang hinein und lotste den Fahrer über den Feldweg bis zum Campingplatz. Während wir die mit Schlaglöchern übersäte Piste entlangholperten, erzählte ich den Sanitätern alles, woran ich mich erinnern konnte. Wie alt das Mädchen ungefähr war, was sie anhatte, beschrieb ihre Verletzungen.

»Sie hatte sich ganz zusammengerollt. Als wollte sie sich warm halten. Ihr armer Kopf. Und das Blut ...«

Ich plapperte atemlos, ohne Punkt und Komma, zappelte unruhig, während mein Blick an dem Pfad vor uns klebte.

»Kennen Sie sie?«, fragte der Fahrer. »Ist sie aus der Gegend?«

Ich schüttelte den Kopf. »Keine Ahnung.«

Der Assistent pfiff durch die Zähne. »Und Sie gehen hier *allein* joggen?«

»Fast jeden Morgen.«

»Sind Sie aus Gundara?«, fragte der Fahrer und warf mir einen Blick zu. »Ich bin mir sicher, dass ich Sie irgendwoher kenne.«

Erst jetzt riss ich mich zusammen, richtete mich auf und musterte den Fahrer. Er war ein kräftiger Kerl, knapp über zwanzig, mit kantigem Gesicht und Bürstenhaarschnitt. Er kam mir bekannt vor, doch dieses Gefühl hatte ich bei fast jedem, der mir jetzt in den Straßen von Gundara über den Weg lief.

»Ich war eine Weile weg.«

Wir holperten über ein Schlagloch, der Fahrer fluchte, und der andere Sanitäter sah mich an.

»Hey, ich weiß, wer Sie sind. Duncans Schwester. Duncan Radley? Gail, stimmt's? Abigail?«

»Inzwischen Abigail Bardot.« Ich zeigte ihm meinen Ehering. Obwohl ich seit Jahren geschieden war, trug ich ihn, um unerbetenes Interesse zu verhindern, und seit der Rückkehr nach Gundara, um lästigen Fragen nach dem Grund meiner Namensänderung aus dem Weg zu gehen. Ich wollte ihn schon fragen, woher er meinen Bruder kannte. Doch Duncan arbeitete halbtags als Pfleger im Krankenhaus, wahrscheinlich waren sie sich dort begegnet. In diesem Augenblick kam der Campingplatz in Sicht.

»Da!« Ich zeigte auf den großen Eukalyptusbaum. »Da drüben liegt sie.«

Als der Krankenwagen seine Fahrt verlangsamte, schob ich die Tür auf, sprang hinaus und lief über das unebene Gelände auf den Baum zu, wo ich das Mädchen zurückgelassen hatte. Ich drehte mich um die eigene Achse und suchte den Boden ab, meine Feldflasche war umgekippt. Ich drang etwas tiefer in den Wald ein, kehrte dann zum Campingplatz zurück und lief zu dem Grillplatz mit dem Backsteinmäuerchen. Ich durchsuchte jeden Winkel des verbrannten Inneren ab. Danach lief ich eine Runde um den Platz herum, suchte unter dem Gebüsch und hinter den umgefallenen Baumstämmen und ließ den Blick über die Bäume in der Umgebung schweifen.

Das Mädchen war verschwunden.

Der Krach zerriss die morgendliche Stille: Jemand hämmerte mit der Faust an meine Haustür.

»Abby, ich bin's. Bist du auf?«

Stöhnend stolperte ich aus der Dusche, wickelte mir ein Handtuch ums Haar und schlüpfte in den Bademantel. Es war Freitagmorgen, acht Uhr. Meine Beine prickelten noch nach dem morgendlichen Joggen, doch heute blieben die Glücksgefühle aus. Mein Kopf war voller albtraumhafter Bilder, durch meine Adern schoss noch immer Adrenalin, und das heiße Wasser der Dusche hatte weder das eine noch das andere vertreiben können. Ich rieb mir die Augen, blinzelte wie eine Eule und lief schwankend durch den Flur.

Erneut klopfte es an der Tür. »Abby, ich weiß, dass du da bist. Mach endlich auf!«

Es gab nur einen Menschen, der wie ein Polizist an die Tür hämmerte, statt höflich zu klopfen.

Ich schob den Riegel auf und ließ meinen Bruder rein.

»Mein Gott, Dunc. Willst du die ganze Nachbarschaft aufscheuchen?«

Er drückte mir einen braunen Umschlag in die Hand und drängte sich an mir vorbei in die Küche. Schlaksige Arme und Beine, die Jeans voller weißer Farbflecken, der Kapuzenpulli an den Ellbogen zerrissen, das sandfarbene Haar zu Spikes gestylt. Er füllte den Kessel mit Wasser und durchwühlte meinen Vorratsschrank nach Schokokeksen – vergeblich – und Tee. Dann hielt er eine Packung Seetangcracker in die Luft und schüttelte sie vorwurfsvoll. »Seetang, das ist doch wohl ein Witz, oder? Was ist aus dem Mädchen geworden, das Tim Tams liebte?«

»Sie ist gestorben und kam in die Hölle.« Ich riss ihm die Crackerpackung aus der Hand, legte sie zurück ins Regal und schob ihn mit dem Ellbogen beiseite. »Wenn du einen Grund hast, um diese Zeit herzukommen, dann ist es hoffentlich ein guter, Dunc.«

»Ich hab von deinem Abenteuer heute Morgen im Schutzgebiet gehört.«

Ich ließ die Schultern fallen. »Oh.«

»Alles in Ordnung?«

»Ja, warum auch nicht?«

Als das Wasser kochte, schnappte sich Duncan einen Becher aus dem Schrank und knallte ihn auf die Küchenablage. Er kippte das kochende Wasser in die Teekanne, rührte einmal um und füllte seinen Becher. Dann gab er Milch hinzu, stürzte das heiße Gebräu in einem Zug hinunter, als wäre es Whisky, und zuckte zusammen.

»Und die Kleine, die du gefunden hast, ist einfach aufgestanden und hat sich aus dem Staub gemacht?«

»Sieht ganz danach aus.«

»Vielleicht hat sie in der Nacht davor zu heftig gefeiert und sich dabei den Kopf angeschlagen. Manche Kids treiben sich noch immer auf dem alten Campingplatz herum, weißt du?«

»Auch wenn sie am nächsten Tag Schule haben?«

»Die missratenen schon. Haben wir auch gemacht.«

»Du vielleicht. Ich war da schon lange weg.«

Duncan stellte seinen leeren Becher auf den Rand des Spülbeckens. »Bestimmt ist sie gesund und munter wieder zu Hause und schläft ihren Kater aus.«

»Na, hoffentlich hast du recht, Dunc. Wir haben die ganze Gegend abgesucht, aber da war keine Spur. Nachdem der Rettungswagen weggefahren ist, bin ich noch eine Weile geblieben. Bin zur Schlucht runtergelaufen und dann über den Hügel wieder hoch. Diesen Teil von Blackwater kenne ich wie meine Westentasche. Sie war wie vom Erdboden verschluckt.«

Duncan schien von seinem leeren Becher fasziniert zu sein. »Sei lieber vorsichtig, okay? Jeden Morgen da draußen zu joggen ist gefährlich.«

Bei seinem Tonfall sträubte sich etwas in mir. »Wieso denn? Hältst du mich für ein potenzielles Opfer, nur weil ich eine Frau bin? Wieso sind wir immer *selbst* schuld, wenn uns etwas zustößt? Wieso schnallen die Männer nicht endlich, dass sie uns respektieren sollen, statt uns ständig irgendwelche Vorschriften zu machen?«

»Mein Gott, Abby. Du hast ja recht, wirklich. Aber die Leute reden halt.«

Ich verschränkte die Arme. »Was reden die Leute?«

»Gazza meinte, du könntest ausgeflippt sein und hättest

Gespenster gesehen. Du hättest dir nur eingebildet, dass du was gesehen hast. Du weißt schon. Nach allem, was da passiert ist.«

»Ich bin nicht ausgeflippt!«

»Schon klar, Schwesterchen. Trotzdem ...«

Der Boden war eiskalt unter meinen nackten Füßen. Ich fröstelte.

»Ich weiß, was ich gesehen habe.«

Duncan seufzte und zeigte auf den Umschlag, den ich immer noch in der Hand hielt. »Willst du ihn nicht aufmachen?«

Ich riss ihn auf. Darin befand sich ein gerahmtes Farbfoto von uns beiden als Kinder. Wahrscheinlich war ich damals um die zehn, Duncan sechs oder sieben gewesen. Wir standen mit unseren Eltern auf einem der weniger bekannten Aussichtspunkte von Blackwater. Hoch über dem Fluss mit Blick über die Schlucht auf die blaugrünen Hügel in der Ferne. Mum hatte den Arm über Duncan gelegt, Dads Hand ruhte auf meiner Schulter. Als ich uns so sah – eine Familie auf einer Wanderung, die Picknickkörbe zu unseren Füßen und Dad mit einer zerknitterten Landkarte, die aus seiner Brusttasche hervorlugte –, schnappte ich nach Luft.

»Wo hast du das her?«

»Es hing in Dads Wohnzimmer an der Wand.«

»Oh.«

Seit der Beerdigung unseres Vaters vor fünf Monaten hatte Duncan die Entrümpelung des alten Hauses übernommen. Ich hatte ihm keine Hilfe angeboten, obwohl es eine Ewigkeit dauern würde, und mein Bruder hatte mich auch nicht darum gebeten. Trotzdem brachte er mir jede Woche ein kleines Geschenk mit. Dinge, die Dad seit Jahren gehortet hatte und von denen mein unvergleichlicher Bruder meinte, sie könnten mir gefallen. Dads Kompass, ein abgegriffenes Exemplar von Charles Dickens' *Große Erwartungen*. Sogar einen Stapel Liebesbriefe von Mum aus früheren Zeiten. Die hatte ich verbrannt.

Duncan rempelte mich an. »Cooles Foto, was?«

»Hmmm.«

»Dad hätte sich gewünscht, dass du es kriegst.«

Ich hielt meinem Bruder das Foto hin. »Ich weiß nicht, Dunc. Vielleicht solltest du es lieber selbst behalten.«

Er verschränkte die Hände hinter dem Rücken und trat einen Schritt zurück.

»Ich habe noch andere. Aber das ist ein ganz besonderes. Guck mal, wie breit du grinst! Du hast unsere Campingtouren geliebt.«

Erneut sah ich mir das Foto an, die Gesichter von Menschen, die ich wiedererkannte, die mir heute jedoch nichts mehr sagten. Wir sahen alle so glücklich aus. Und angesichts dessen, was später geschah, wirkte es auf mich einfach nur *falsch*.

Ich steckte das gerahmte Foto in den Umschlag zurück und warf es in den Mülleimer. Beim Splittern des Glases verzog ich das Gesicht.

»Übertriebene Nostalgie«, sagte ich großmäuliger, als ich mich tatsächlich fühlte. »Das Letzte, woran ich mich erinnern will, ist, wie sauer Dad auf mich war.«

»Mein Gott, Abb.« Duncan kam auf mich zu und starrte in den Mülleimer. Dann sah er mich an. »Er war nicht sauer auf dich.«

Ich machte mich an der Spüle zu schaffen, spülte den Becher meines Bruders unter dem Wasserstrahl ab und stellte ihn auf das Abtropfgitter. Anschließend kippte ich die Teeblätter aus der Kanne in den Kübel mit dem Kompost.

»Doch, das war er.«

»Er war einfach nur traurig, nachdem Mum fort war.«

Ich trocknete mir die Hände an einem Küchentuch ab, ignorierte das Zittern und kämpfte gegen den Drang an, das alte Foto aus dem Mülleimer zu fischen.

»Er war ein Säufer. Er hat unser ganzes Geld für Alkohol ausgegeben und Mum aus dem Haus getrieben. Und statt es zuzugeben, hat er mir die Schuld in die Schuhe geschoben.«

»Hat er nicht. Und getrunken hat er nur, weil er ein gebrochenes Herz hatte.«

»Er war schwach. So was kann passieren, wenn man liebt.«

Duncan schüttelte gespielt traurig den Kopf. »Du hörst dich wirklich zynisch an.«

Ich packte ihn an seinem sehnigen Arm, bugsierte ihn aus der Küche und durch die Haustür nach draußen. »Sei mir nicht böse, aber ich habe zu tun. Und noch was, Dunc: Tu mir einen Gefallen.«

Er schüttelte mich ab. »Was denn?«

»Hör dich im Krankenhaus um. Achte darauf, ob in den nächsten Tagen ein Mädchen mit einer Kopfverletzung oder einer Gehirnerschütterung dort auftaucht. Und wenn ja, sag mir Bescheid, okay?«

Er sah mich an. »Dann musst du aber auch was für mich tun.«

»Was denn?«

»Halt dich von diesem schrecklichen Ort fern, okay?«

»Du weißt doch, dass ich das nicht kann.«

»Im Ernst, Abby. Wie wahrscheinlich ist es denn, dass du nach all dieser Zeit noch was herausfindest?«

»Vermutlich gleich null. Trotzdem muss ich es weiter versuchen.«

Er sah mir lange forschend ins Gesicht. Dann beugte er sich vor und küsste mich auf die Wange. »Sei bitte vorsichtig.«

Er stieg auf sein Fahrrad und winkte mir zu, während er in Richtung Stadt davonstrampelte.

Ich stand mit nackten Füßen auf den Stufen, stampfte ein paarmal auf und warf einen Blick über die leeren Koppeln. Einige benachbarte Cottages drängten sich hinter Zwergkieferhecken zusammen, aus ihren Schornsteinen stiegen Rauchschwaden auf. Die Luft war kühl, die Landschaft noch in ein dunstiges Nachtgewand gehüllt. Die Sonne tauchte die fernen Hügel in goldenes Licht. Der Tag versprach warm zu werden, und trotzdem zitterte ich am ganzen Leib.

Ich ging ins Haus zurück, schloss die Tür und lehnte mich mit dem Rücken dagegen. Meine Beine fühlten sich wacklig an. Ich glitt zu Boden, legte den Kopf auf die Knie und schloss die Augen. Duncans Stimme hallte in meinem Kopf wider.

Halt dich von diesem schrecklichen Ort fern, okay?

Ich rieb mir mit zitternden Händen das Gesicht. Dann fuhr ich mir mit den Fingern durch das Haar, hinter dem Ohr entlang bis zum Hinterkopf. Über die Narbe. Und plötzlich taumelte ich in der Zeit zurück zu einem anderen Apriltag vor zwanzig Jahren.

Nass bis auf die Haut, sodass die rosa Lieblingsjeans an meinen Beinen klebte, stapfte ich im Regen den schlammigen

Pfad zurück, über den ich gekommen war. Dabei blinzelte ich mit zusammengekniffenen Augen in die Bäume auf der Suche nach irgendwas, das ich wiedererkannte. Egal was.

Als ich einige Stunden zuvor ins Schutzgebiet gekommen war, hatte ich mir einen großen weißen Baumstamm gemerkt, an dem ich mich orientieren konnte. Jetzt sahen alle Baumstämme gleich aus, die Rinde düster grau in der Nässe und mit violetten Flecken übersät, wie kalte, blutunterlaufene Haut.

Ein Ast brach ab und fiel krachend zu Boden. Ich fuhr herum und starrte in den Wald. Nichts. Ich versuchte zu lachen, weil ich so schreckhaft war, doch meine Augen füllten sich mit heißen Tränen. Seit Stunden irrte ich umher. Mein Magen knurrte, und meine Haut schmerzte vor Kälte. Ich wollte nur den Pfad wiederfinden, der mich zurück zum Parkplatz führte, um nach Hause zu gehen. Doch die Lage wurde immer brenzliger. Was, wenn ich ihn nicht fand? Was, wenn ich mich immer nur im Kreis drehte?

»Hey, Kleines.«

Ich schnellte herum, fast hätten meine Beine unter mir nachgegeben, so erleichtert war ich. Ich erwartete, einen meiner Mitschüler oder Lehrer zu sehen. Doch es war niemand da. Ich schaute mich um und drehte mich taumelnd im Kreis. Dann richtete ich mich auf. In welche Richtung war ich gegangen? Der schmale Feldweg sah jetzt in beiden Richtungen gleich aus. Er war mit schlammigen Pfützen und feuchten Blättern übersät und verschwand hinter einem dichten Regenvorhang. Und während ich noch dastand und in den Dunst starrte, tauchte aus dem Schatten der Bäume plötzlich eine Gestalt auf.

Ein zerlumpter junger Mann.

Er hielt etwas in der Faust. Etwas, das im spärlichen Licht

aufblitzte. War es eine Axt? Meine Alarmglocken schrillten. Ich versuchte, einen Schritt zurückzutreten, sagte mir, dass ich kehrtmachen und davonlaufen sollte. Doch ich war wie erstarrt. Meine Glieder waren eisig vom Regen, meine Gedanken schossen wie aufgeschreckte Vögel hin und her, das Herz schlug mir bis zum Hals.

Dann hörte ich ein Flüstern. Oder war es das Rauschen des Windes in den Bäumen?

War es da oder später?

Sieh dir ein letztes Mal den Mond an, Vögelchen.

Seine Zähne strahlten weiß im trüben Licht, als er auf mich zukam, doch erst, als er ganz nah war, fielen mir seine Augen auf. Leuchtend blau wie das Gefieder eines Eisvogels. Blitzblau wie der Himmel im Herbst. Blau wie ein Edelstein. Fast strahlend, während der Rest der Welt im Dunkeln versank.

Kapitel 2

Kendra Nixon-Jones erhob sich hinter ihrem gewaltigen schimmernden Schreibtisch und starrte mich böse an. Ihr Gesicht war gerötet, ihr maßgeschneidertes Kleid verknittert, eine weißgoldene Haarsträhne hatte sich aus ihrem makellosen Haarknoten gelöst.

»Ich bin in fünf Minuten zum Essen verabredet.« Ihre Augen funkelten hinter ihrer Nickelbrille. »Heute Morgen ist hier die Hölle los. Ich kann nur hoffen, dass du einen guten Grund hast, mich sprechen zu wollen.«

Kendra war Chefredakteurin des *Gundara Express*, der Lokalzeitung. Seit ich vor zwei Jahren zurückgekehrt war, schrieb ich regelmäßig eine Kolumne für den *Express*. Lifestyle, Mode, Landwirtschaft und Tourismus.

Ich betrachtete mich als Verbindung zum Puls unserer Stadt. Sammelte lokale Geschichten, um sie der Gemeinde zurückzugeben, die Menschen auf dem Laufenden zu halten, zu berichten, was vor sich ging. Die Bewohner miteinander zu verbinden.

Und manchmal, so wie heute, um sie zu beschützen.

Ich warf meinen USB-Stick auf Kendras Schreibtisch.

»Mein Beitrag zum Festival. Mit neuen Aufnahmen von den lohnendsten Sehenswürdigkeiten der Umgebung.«

»Zwei Tage vor dem Abgabetermin.« Kendra nahm den Deckel von ihrem Pappbecher, trank den Kaffee in einem Zug aus und warf den leeren Becher in den Papierkorb. »Du hättest ihn mir mailen können.«

»Ich wollte auch noch was anderes mit dir besprechen.«

Sie zog die Brauen hoch. Dann musterte sie meine lässige Aufmachung: das viel zu enge Moulin-Rouge-Tanktop, die abgewetzten Jeans, die kirschroten Doc-Martens-Schuhe. Mein zerzaustes braunes Haar, das sich nur schwer zu einem Pferdeschwanz bändigen ließ.

Sie trommelte mit einem Bleistift auf den Schreibtisch. »Was denn?«

Ich holte tief Luft. »Ich will einen Artikel über Blackwater Gorge schreiben. Darüber, was dort *wirklich* geschah, die Wahrheit. Um mit diesem ganzen Unfug aufzuräumen, von wegen, dass es auf dem alten Campingplatz spuken soll und so weiter. Wusstest du, dass eine Firma dort nächtliche Geistertouren organisiert? Sie führen ihre Gruppen in der Nacht zu den Stellen, wo die Opfer gefunden wurden. Ohne Genehmigung des Gemeinderates. Ohne Rücksicht auf die Gefühle der betroffenen Familien. Das ist nicht nur illegal, sondern geschmacklos. Und jetzt, so kurz vor dem Festival, sollten wir die Leute auf die Gefahren aufmerksam machen, finde ich.«

»Abby.«

»Bestimmt weißt du, dass Schulkinder den Ort immer noch aufsuchen und sich einen Jux daraus machen, die Nacht dort zu verbringen. Eine Mutprobe, die alles andere als ungefährlich ist. Heute Morgen war ich auf dem Campingplatz. Und weißt du, was ich dort gesehen habe? Ein verletztes Mädchen. Das arme Ding muss gestürzt sein und ...«

»Abby!«

Ich machte einen Schritt auf sie zu und zog ein Blatt aus meiner Jeanstasche. »Ich habe einen Entwurf geschrieben. Du könntest den fertigen Artikel Mitte nächster Woche auf deinem Schreibtisch haben.«

Kendra riss mir den Entwurf aus den Fingern, knüllte ihn zusammen und warf ihn zielsicher in den Papierkorb.

»Mit einem Wort, nein.«

»Aber ...«

»Hör mir gut zu, Abby.« Sie warf einen Blick auf die Wanduhr. »Deine Arbeit gefällt mir. Unsere Leser himmeln dich an. Du gibst dem *Express* ein gewisses Format. Trotzdem muss dir klar sein, dass ich hier das Sagen habe. Und wenn ich dir sage, dass du diesen Rummel um Blackwater vergessen sollst, dann erwarte ich, dass du dich daran hältst. Verstanden?«

Ich presste die Lippen aufeinander.

Wir waren zusammen auf der Highschool gewesen, Kendra und ich. Sie war mehrere Klassen über mir, gehörte zu den cooleren Mädchen, war beliebt und sportlich, aber auch gebildet. Schon damals war sie immer wie aus dem Ei gepellt gewesen. Blitzblank gewienerte Schuhe, tadellos gebügelte Uniform, das strahlend goldblonde Haar zu einem Pferdeschwanz gebürstet, der glänzte, wenn sie sich mit ihren besten Freundinnen unterhielt und lachte. *Hey, Shabby Abby, kann dein Alter dir keine ordentlichen Schuhe kaufen? Mach dir nichts draus, ich schenk dir meine alten, wenn ich sie satthabe.*

Ich verstand.

Vollkommen. Aber ich hatte sie vor zwei Jahren um diesen Job gebeten, und ich wollte ihn unbedingt behalten, egal, wie blöd sie mir kam. Die Arbeit beim *Express* half mir, über bestimmte Dinge in der Gemeinde auf dem Laufenden zu bleiben, und ich würde nicht zulassen, dass mir mein Stolz jetzt einen Strich durch die Rechnung machte.

»Klar, ich hab's kapiert.«

Kendra musterte mich und tippte sich mit dem Bleistift gegen das Kinn.

»Na gut. Ich habe nämlich den perfekten Auftrag für dich.« Sie öffnete ihren prall gefüllten Terminkalender und blätterte darin. »Gerüchten zufolge ist ein berühmter Schriftsteller aus Sydney in unsere Gegend gezogen. Er hat vor Kurzem ein baufälliges Anwesen in den Hügeln nordöstlich von Gundara erworben. Die hiesigen Makler reiben sich schon die Hände und hoffen auf einen Immobilienboom.«

Ich sackte gelangweilt zusammen. »Jemand, den ich kenne?«

»Er heißt Tom Gabriel.« Dann schob sie mir einen Computerausdruck über den Tisch. »Hier ist das letzte Interview, das er gegeben hat. Es ist vor langer Zeit, 2004, im *Sydney Morning Herald* erschienen. Tom ist so was wie ein Einsiedler, heißt es. Es soll furchtbar schwer sein, an ihn ranzukommen.«

Ohne einen Blick auf den körnigen Ausdruck zu werfen, steckte ich ihn in die Tasche. Ich hatte von diesem Tom Gabriel gehört. Er schrieb Romane über wahre Verbrechen. Seine Bücher waren Bestseller auf der ganzen Welt, die meisten wurden verfilmt oder zu Fernsehserien verarbeitet, aber ich hatte sie immer gemieden. Verbrechen waren nicht mein Ding. Zu viel Tod und Gewalt, zu düster. Ich stand mehr auf heitere, lockere Themen.

»Und wie kommst du darauf, dass er ausgerechnet mit mir reden wird?«

Kendra rieb sich die manikürten Hände und schenkte mir ihr süffisantes, selbstgefälliges Lächeln. »Ich bin mir absolut sicher, dass er *nicht* mit dir reden wird, Abby. Er mag keine Journalisten. Er hasst sie. Vor zehn Jahren wurde er verklagt, weil er einem aufdringlichen Reporter die Kamera zertrümmert hat.«

»Netter Kerl.«

Kendra lehnte sich zurück. »Bring mir die Story, Abby. Den ganzen Dreck, den ganzen skandalösen Tratsch. Warum seine Ehe derart spektakulär in die Brüche gegangen ist. Mit wem er im Moment liiert ist. Wie viel er verdient. Warum er so lange braucht, um ein neues Buch zu schreiben. Alles. Der Kerl garantiert Schlagzeilen. Fette Schlagzeilen. Und wenn er uns vor dem Festival im Herbst ins Netz geht, kommt Gundara ganz groß raus. Ich will auch Fotos. Jede Menge Fotos.«

»Und wenn er nicht anbeißt?«

»Ach, dir fällt schon was ein.«

»Wie kommst du darauf?«

Sie lehnte sich zurück und musterte mich mit gesenkten Lidern.

»Weil du, wenn es klappt, deine Geschichte über Blackwater schreiben darfst. Sie kommt auf die Titelseite mit allem Drum und Dran.«

Ich biss mir auf die Lippen und spürte, wie mir die Hitze ins Gesicht stieg.

»Einverstanden!« Ich machte auf dem Absatz kehrt und ging zur Tür, doch Kendra rief mich noch einmal zurück. »Dieses Mädchen, das du heute Morgen gefunden hast, wer war das?«

Ich schüttelte den Kopf. »Keine Ahnung.«

»Dann belassen wir es dabei, ja?«

»Was meinst du?«

»Behalt es für dich, mehr sage ich nicht. Zumindest bis nach dem Festival.«

»Und was hat das mit dem Festival zu tun?«

»Nun, es lockt Jahr für Jahr Touristen nach Gundara. Jede Menge Touristen. Und all diese Urlauber haben dicke Brieftaschen.«

»Du machst dir Sorgen um *Geld*?«

Kendra fuchtelte mit ihrem Bleistift herum, als wäre es ein Zauberstab. »Alle machen sich Sorgen um Geld, Abby. Gundara ist jetzt eine richtige Stadt, und die zwanzigtausend Seelen, die hier wohnen, sind auf die eine oder andere Art auf den Tourismus angewiesen. Der *Express* kann nicht einfach Gruselgeschichten über eine unserer Hauptattraktionen drucken. Wir wollen doch weiß Gott nicht die Leute mit Schauergeschichten abschrecken, noch ehe sie überhaupt da sind.«

Auf dem Weg zu meinem Wagen sah ich mich um. Ich hatte die Hände in den Taschen vergraben und die Schultern hochgezogen, während ich die Gesichter der Menschen studierte, an denen ich vorbeikam. Ein Pärchen kannte ich, und es grüßte mich mit einem Kopfnicken, doch die meisten waren mir fremd.

Seit zwei Jahren war ich also zurück in Gundara, nach mehr als zehn Jahren Abwesenheit. In dieser Zeit hatte sich meine Heimatstadt von einem staubigen Kaff zu einem Mekka für Leute gemausert, die sich für Antiquitätengeschäfte und die Kultur des Landes interessierten. Familien und Start-ups aus Sydney kamen wegen der billigen Grundstücke hierher und brachten den Duft der Großstadt mit sich. Skurrile Cafés waren zwischen den Eckkneipen und soliden Steinhäusern, die noch aus der Ära des Goldrausches stammten, wie Pilze aus dem Boden geschossen.

Die Region war als landwirtschaftliches Zentrum entstanden, doch seit man in den 1850er-Jahren Gold fand, hatten sich Gundara und die umliegenden Kleinstädte rasant entwickelt. Heute waren die meisten Goldminen geschlossen, und das Schürfen war nur noch eine Touristenattraktion, trotzdem wuchs Gundara weiter.

Inzwischen war es eine mittelgroße Stadt auf dem Land, doch während ich durch die offene Mall marschierte, fiel mir auf, wie ruhig es hier war. Die kühle Herbstsonne knallte auf fast menschenleere Straßen. Kein gutes Zeichen für zehn Uhr an einem Freitagmorgen. Genauso wie die vielen leer stehenden Geschäfte, die pleitegegangen und geschlossen worden waren.

In einer Hinsicht hatte Kendra recht.

Die Leute machten sich Sorgen.

Ich zog die klimpernden Wagenschlüssel aus der Hosentasche, nahm die Abkürzung hinter der Stadtbibliothek vorbei und ging geradewegs auf meinen glänzenden Ford Fiesta zu, der im gesprenkelten Schatten einer verkrüppelten Eiche stand. Natürlich konnte ich Kendras Bedenken verstehen. Das Herbstfestival war wichtig für Gundara. Der städtische Haushalt hing vom Geld der Touristen ab. Ohne sie würden die Straßen endgültig irreparabel, und die lokale Feuerwehr müsste um ihre Finanzierung bangen. Die ganze Gemeinde würde darunter leiden. Allerdings – was hätte eine blühende Gemeinde davon, wenn sie über den mutmaßlichen Überfall auf ein junges Mädchen hinwegsah? Ich vermutete, dass die meisten Einwohner von Gundara dasselbe dachten wie ich. Dass die Geschichte von Blackwater Gorge erzählt werden musste. Doch anscheinend waren diejenigen, die hier das Sagen hatten, anderer Meinung.

»Hey«, rief ein Mann.

Ich verscheuchte meine Gedanken und sah auf.

Er saß am Steuer eines ramponierten Hilux mit heruntergelassenem Fenster. Auf dem Beifahrersitz spitzte ein schwarzweißer Border Collie mit langem verfilztem Fell die Ohren. Der Mann war Mitte sechzig, hatte eine schwarze Hornbrille auf der Nase und strähnig graues Haar, das ihm bis zum Kragen reichte. Er drückte die Schulter gegen die Wagentür, schob sie auf und stieg aus. Nachdem er sich kurz den Staub abgeklopft hatte, blinzelte er mich mit zusammengekniffenen Augen an. Die ausgebeulten und an den Knien zerrissenen King Gees hatten schon bessere Zeiten gesehen. Die Ärmelaufschläge seines Flanellhemds waren zerschlissen. Er winkte und schlurfte über den Parkplatz auf mich zu.

»Du bist doch das Radley-Mädchen, stimmt's?«

Ich tat so, als hätte ich ihn nicht gehört.

Stattdessen schloss ich die Wagentür auf, sprang hastig auf den Fahrersitz und ließ den Motor an. Während ich mir mit einer Hand den Gurt anlegte, bahnte ich mir zwischen den Reihen der parkenden Wagen einen Weg auf den Ausgang zu. Dann bog ich in eine schmale Gasse hinter der Stadtbibliothek ein. Meine Reifen wirbelten Schotter auf, als ich einem anderen Fahrer die Vorfahrt nahm.

Auf dem Weg nach Hause sah ich den Mann im Geiste noch immer vor mir.

Er stand auf dem Parkplatz und starrte mir hinterher. Sein alter Hund im Hilux wedelte mit dem Schwanz und fiepte aufgeregt. Doch Roy Horton schien nichts anderes wahrzunehmen als meine überhastete Flucht. Sein zerfurchtes Gesicht war verzerrt, der Hemdsärmel des erhobenen Arms über den Ellbogen gerutscht.

Die Worte, die er nicht hatte aussprechen müssen, hallten mir immer noch durch den Kopf.

Du bist es doch, nicht wahr? Diejenige, die meinen Sohn in den Knast gebracht und mit ihren Lügen sein Leben ruiniert hat. Das Mädchen, das entkommen ist.

Es war schon zwei Uhr nachmittags, als ich in meinem Cottage am Stadtrand ankam. Mir war schwindelig, ich hatte schlechte Laune und wollte nur meine Klamotten abstreifen, den Vormittag unter der Dusche wegspülen und mich mit meinem zerfledderten Mills-&-Boon-Schmöker ins Wohnzimmer verziehen.

Tja.

Ich warf meine Tasche auf einen Stuhl und ging in die Küche. An der Tür blieb ich unentschlossen stehen und trat dann zum Mülleimer. Eine Weile starrte ich auf den braunen Umschlag, den ich am Morgen weggeworfen hatte. Dann bekam ich Gewissensbisse. Ich fischte ihn heraus und zog das Foto aus dem zerbrochenen Rahmen. Beim Anblick unserer vierköpfigen Familie sank meine Stimmung auf den Nullpunkt. Ich riss meinen Vater aus dem Foto heraus und ließ ihn erneut in den Mülleimer flattern. Weil ich nicht wusste, was ich mit dem Rest anstellen sollte, schob ich ihn im Vorratsschrank unter die Packung mit den Seetangcrackern.

Dann kochte ich Tee, toastete eine Scheibe Brot, stellte beides auf den Esstisch und nahm Kendras Ausdruck aus meiner Jeanstasche.

Einen grantigen alten Schriftsteller zu recherchieren war das Letzte, wozu ich Lust hatte. Möglich, dass er Megaseller schrieb, aber mal ehrlich, wer zerschmettert schon eine Fernsehkamera, einfach so? Bisschen überempfindlich, oder? Wie würde er dann reagieren, wenn eine Provinzjournalistin wie ich bei ihm aufschlug und um ein Interview bat? War es die Mühe überhaupt wert?

Ich verschlang meinen Toast und trank den Tee aus, dann faltete ich den Ausdruck auseinander und strich ihn glatt. Der Artikel enthielt ein Foto: ein auffallend gut aussehender Mann mit Baseballmütze und einem T-Shirt voller Falten blickte missmutig in die Kamera, die Augen vom Schirm seiner Mütze verdunkelt.

Ich beugte mich vor und ließ mir den Namen auf der Zunge zergehen. »Tom Gabriel.«

Nicht so langweilig und alt, wie ich gedacht hatte. Dem Artikel zufolge erst achtunddreißig und alles andere als unansehnlich. Ein bisschen verwildert, als hätte er mehrere Wochenenden in Klausur verbracht, und die angedeutete Ironie in seinem Grinsen passte nicht zu dem sinnlichen Mund. Lediglich die Augen verrieten, dass er Schriftsteller war, der unerschrockene durchdringende Blick.

Während ich noch seine Gesichtszüge bewunderte, überfiel mich ein seltsames Gefühl.

Ich kannte ihn. Von ganz früher. Es hatte nichts mit Büchern oder Lesen zu tun. Ich erinnerte mich nicht an das Bild eines distanzierten Autors oder ein Pressefoto. Ich hatte auch nicht an einer Signierstunde teilgenommen.

Ich war ihm persönlich begegnet. Aber wo?

Der Mann auf dem Foto wirkte wettergegerbt, er hatte Krähenfüße und ein zerklüftetes Gesicht. Die Erinnerung, die mir durch den Kopf ging, war eine jüngere Version dieses Gesichts. Das Gesicht eines Teenagers – glatt und frei von Bartstoppeln, aber dieselbe hohe Stirn, dasselbe wachsame Lächeln, dasselbe zerzauste Haar, das ihm bis zum Kragen fiel. Derselbe bohrende Blick.

Vor allem der Blick.

Ich lief ins Gästezimmer. Ich nannte es meine »Bibliothek«, obwohl das ein Witz war. Es war eher so was wie das naturhistorische Museum einer Übergeschnappten. Die Nachmittagssonne fiel durch die Fenster auf die gerahmte Sammlung von Nachtfaltern und Insekten an der Wand. Auf die unter Glasglocken konservierten Vogelnester, das Büschel gesprenkelter Kuckuckskauzfedern und meine Sammlung von winzigen Schädeln – Mäuse, Brillenvögel, sogar eine Schlange war darunter. Unter dem Fenster stapelten sich seltene Gartenbücher aus einer anderen Zeit.

Ich setzte mich an den Tisch und fuhr den Laptop hoch. Meine Beine zappelten nervös, bis ich endlich online war, dann gab ich den Namen ein: Tom Gabriel.

Massenhaft Links erschienen. Ich klickte auf die Webseite seines Verlages, wo ich eine kurze Biografie fand. Er war von einer Literaturagentin entdeckt worden, als er noch studierte, sein erster Roman hatte Preise gewonnen und hervorragende Kritiken bekommen. Im Laufe seiner Karriere war er zum Einsiedler geworden; es galt als extrem schwierig, ihn zu einem Interview oder Fotoshooting zu bewegen.

Auf *Goodreads* fand ich ein paar Klappentexte. In seinen Büchern behandelte er immer wieder dieselben schaurigen Themen: Entführung, Menschenraub, Mord. Jede Menge Morde.

Ich wand mich auf dem Stuhl. »Kein Wunder, dass ich dir aus dem Weg gegangen bin.«

Beim letzten Klappentext lief es mir eiskalt über den

Rücken. Er war für einen Roman, den er vor Jahren geschrieben hatte. Beim Lesen trocknete mir der Mund aus.

Die verschlafene Kleinstadt Colton wird belagert. Vier junge Frauen sind verschwunden, und jetzt wird auch noch die Tochter des Bürgermeisters vermisst. Trotz der wochenlangen Suche ist sie wie vom Erdboden verschluckt, die ganze Stadt ist beunruhigt. Nur ein Mensch kann den Mörder stoppen, ein junges Mädchen, das einer versuchten Entführung entkommen konnte. Doch sie hat zu viel Angst, um zu sprechen.

Ich klappte den Deckel des Laptops zu und rieb mir die Arme.

Fiktion. Bloß eine erfundene Geschichte.

Doch wie all seine Romane war auch dieser von einer wahren Geschichte inspiriert. Überall auf der Welt wurden junge Mädchen vermisst. Auch in Australien. Wie konnte ich sichergehen, dass es dieser bestimmte Fall war – die einzig wirklich entsetzliche Leiche im Keller unserer Stadt? Tom Gabriel stammte aus Sydney, nichts deutete darauf hin, dass es einen Zusammenhang mit Gundara gab.

Aber da war dieses eine Detail: Ein junges Mädchen war einer Entführung entgangen.

Das Mädchen, das entkommen war.

Ein mulmiges Gefühl beschlich mich. Plötzlich wurde es so stickig im Raum, dass ich keine Luft mehr bekam. Ich nahm den Ausdruck und starrte erneut auf das ovale Gesicht mit den kräftigen Backenknochen und dem muskulösen Kiefer. Auf die geblähten Nasenflügel, die gerunzelte Stirn und den wachsamen Blick.

»Woher kenne ich dich?«

Ich stand auf, zerknüllte das Blatt, warf es in den Mülleimer. Dann lief ich hastig die Treppe in den Flur hinunter und durch die Hintertür in den hellen Nachmittag hinaus.

Auf das Geländer gestützt suchte ich den Horizont im Nordwesten ab. Irgendwo hinter den Hügeln hatte der Blackwater River eine tiefe Schlucht durch den uralten Wald aus weißen Zypressen und roten Eukalyptusbäumen gegraben. Ein nierenförmiges unzugängliches Stück davon war in der Gegend als »Schutzgebiet« bekannt.

Vor zwanzig Jahren war ein dunkler Schatten auf diesen wilden Teil des Waldes gefallen. Camper hatten an einer entlegenen Stelle die sterblichen Überreste eines jungen Mädchens gefunden. Die Leiche hatte seit mindestens zehn Jahren dort gelegen und sich in ihrem seichten Grab gut erhalten. Einige Wochen später entdeckten die Ermittler eine weitere weibliche Leiche etwa zehn Meilen entfernt. Ausreißer, folgerten die Leute; die beiden Mädchen wurden nie identifiziert. Doch dann verschwand im darauffolgenden Frühling ein junges Mädchen, diesmal aus der Gegend, und jetzt horchten die Bewohner auf.

Vier Wochen nach ihrem Verschwinden fand man ihre Leiche. Obwohl sie schon seit einem Monat vermisst wurde, war sie noch nicht so lange tot, höchstens ein oder zwei Tage. Sie war schmutzig und unterernährt; die Fingernägel eingerissen und blutverkrustet. Man erzählte sich, dass sie irgendwo gefangen gehalten worden sein musste. Die Polizei durchsuchte das gesamte Schutzgebiet und ging von Haus zu Haus. Innerhalb von wenigen Monaten wurde ein junger Mann aus der Gegend festgenommen, Gundara atmete erleichtert auf, und die Menschen taten ihr Bestes, um das Ganze so schnell wie möglich zu vergessen.

Fröstelnd rieb ich mir die Arme und dachte an das Mädchen, das ich heute morgen unter dem Baum auf dem Campingplatz gefunden hatte. An das blutverschmierte strähnige Haar und das hübsche blasse Gesicht. Die wunden Fingerknöchel und die schwarzen Fingernägel. Sie hatte so klein und verletzlich ausgesehen, als ich losgelaufen war, um Hilfe zu holen. Mein Verstand sagte mir, dass sie wahrscheinlich gefallen war und sich dabei den Kopf verletzt hatte; die Wunde war sicher halb so schlimm, wie sie aussah. Sie war wieder zu sich gekommen und nach Hause gegangen. Ende der Story. Trotzdem nagte der Gedanke an mir: *Wiederholte sich hier etwas?*

Unmöglich. Der Mörder saß im Gefängnis, schon seit zwei Jahrzehnten. Ich selbst hatte dabei geholfen, ihn hinter Gitter zu bringen.

Ich griff in die Tasche, holte Kendras Ausdruck heraus, strich ihn erneut glatt und starrte auf das unscharfe Foto von Tom Gabriel.

»Woher kenne ich dich?«

Und wieso erfüllte mich der Anblick seines Gesichts – die hohe Stirn, die durchdringenden Augen – mit einem Durcheinander von Gefühlen, die ich nicht einordnen konnte? Grauen und tiefe Ruhe, Panik und Sehnsucht. Angst und Trost vermischten sich.

Noch vor einer Stunde war ein Interview mit ihm das Letzte gewesen, was ich wollte. Jetzt konnte ich es kaum erwarten, ihm Auge in Auge gegenüberzutreten und ihn auszufragen. War ich nur paranoid, weil ich das Mädchen gefunden hatte? Oder gab es tatsächlich einen Zusammenhang zwischen Tom Gabriel und jenem längst vergangenen regnerischen Tag in Blackwater Gorge? Vielleicht war ein Interview der beste Weg, um das herauszufinden.

Kapitel 3

»Joe?«

Lil erstarrte vor dem Spiegel ihres Schlafzimmers und horchte. Das Poltern, das sie gerade gehört hatte, kam aus dem hinteren Teil des Hauses. Seltsam. Joe war in der Küche und nahm einen Red Snapper aus. Hoffentlich war er nicht gestürzt.

»Joe, warst du das?«

Natürlich war es Joe, wer sonst? Sie waren meilenweit von der Stadt entfernt, umgeben von einem zwei Hektar großen Garten und zwanzig Hektar Buschland. Dahinter gab es nur noch ein paar Farmen und wellenförmige grüne Hügel, so weit das Auge reichte. Kaum eine Seele. Wunderschön und ruhig. Genau wie sie es mochte.

Doch manchmal vielleicht auch *zu* ruhig.

»Joe?«

Sie betrachtete ihr Spiegelbild. Ihr dichtes blondes Haar war mit Klammern gebändigt, die grauen Strähnen kaum zu sehen, das Gesicht gepudert, außerdem hatte sie einen Hauch Lippenstift aufgetragen. Sie warf einen Blick auf die Uhr. Das samstägliche Treffen mit ihrer Theatergruppe begann erst in einer Stunde, aber sie musste bald los. Bis in die Stadt brauchte sie vierzig Minuten.

Joe fand, dass sie schon zu alt waren, um hier draußen zu wohnen, vor allem seit seinem Herzanfall letztes Jahr. Zu weit weg von einem Krankenhaus oder einem Arzt. Er war nicht mehr in der Lage, die schweren Arbeiten zu verrichten, Rasenmähen, Gartenarbeit, die tausenderlei Dinge, die auf ihrem kleinen Grundstück anfielen.

Doch Lil weigerte sich, es zu verkaufen. Ohnehin war sie diejenige, die bislang den größten Teil der schweren Arbeiten erledigt hatte. Es machte ihr Spaß, und sie war sehr stolz auf ihren gepflegten Garten und den mit Holzscheiten gefüllten Korb. Doch vor allem liebte sie die Einsamkeit und Freiheit hier. Die wundervollen Vögel, die ihr Garten anlockte. Die Ruhe.

Das Farmhaus war ein Symbol für ihre glücklichsten Jahre mit Joe. Das war typisch für sie, vermutete sie. Sie konnte nicht loslassen. Sie klammerte sich an die Vergangenheit, sehnte sich nach dem Vertrauten. Joe bezeichnete sie als Sammlerin. Schnickschnack, nützliche Stoffreste, alte Briefe. Haare und Fußnägel für den Komposthaufen. Schnüre und Gummibänder. Zusätzliche Vorräte für die Speisekammer. Schokoriegel, die sie in der Schublade ihres Nachttisches hortete.

»Wenn ich nicht wäre«, meinte Joe immer, »könntest du in *Australiens schlimmste Messies* auftreten.« Natürlich hatte er recht. Nicht, was die Show betraf, sondern das Horten. Er konnte einfach nicht verstehen, wie schlimm es für sie war, Dinge aufzugeben. Es bereitete ihr tatsächlich körperlichen Schmerz.

Ein weiteres Poltern trieb sie zur Tür. Es kam vom Ende des Flurs. Sie stand reglos da.

Bitte nicht aus dem Nähzimmer.

Das Herz schlug ihr bis zum Hals. Dann wurde ihr schwindelig. Sie lief in den hinteren Teil des Hauses, riss die Tür zum Nähzimmer auf und erstarrte.

»Joe, was um Himmels willen ...?«

Er sah sich verlegen um und hob die Hand. Aus einer Schnittwunde am Daumen rann etwas Blut über seinen Arm. Er wirkte seltsam beunruhigt und wich ihrem Blick aus. Das gewohnte Lächeln war zu einer Grimasse verzerrt.

»Joe?«

»In der Küche gibt es keine Pflaster mehr«, rechtfertigte er sich. »Ich dachte, du hättest hier vielleicht noch welche.«

Lils Blick flog zu der Kommode mit der alten Singer-Nähmaschine. Alles wie immer, nirgendwo ein Hinweis darauf, dass er in ihren Schubladen gewühlt hatte.

»Hier sind sie nicht«, schimpfte sie. »Hast du nichts Besseres zu tun, als irgendwas umzuwerfen? Was ist denn in dich gefahren?«

»Tut mir leid, Lil. Ich war ein bisschen tollpatschig.« Er wedelte mit der verletzten Hand. »Glaubst du, dass ich das überlebe?«

Sie seufzte, nahm ein Taschentuch aus ihrer Tasche und wickelte es um seinen blutenden Daumen.

»Wie hast du das wieder angestellt?«

»Das verdammte Messer. Ich hab es geschärft, weil ich den Snapper von gestern ausnehmen wollte. Und da ist es lebendig geworden und hat mich gebissen. Das Messer, nicht der Snapper.«

Sein Versuch, sie zum Lachen zu bringen, misslang. Sie war noch immer zu sehr damit beschäftigt, wie seltsam das alles war. Seine zitternde Stimme und sein blasses Gesicht. Vielleicht wegen des Blutes. Joe hatte noch nie gut mit medizinischen Notfällen umgehen können. Seit dem Krieg war es so. Doch da war noch etwas. Sie waren seit einer Ewigkeit verheiratet, im November würden es vierundfünfzig Jahre sein.

Lange genug für sie, um ein Gespür dafür zu haben, wenn er was im Schilde führte. Sie warf einen Blick auf die untere Schublade der Kommode. Auf das, was sich unter den Garnrollen, dem Zentimetermaß und der Wolle verbarg.

Mein Gott, er war nahe dran gewesen.

Joe hasste jegliches Durcheinander. Ein Blick in die Schublade, und er wäre auf der Suche nach Ordnung in seinen Schuppen gerannt. Das Nähzimmer war Lils Reich, und sie sorgte dort aus zweierlei Gründen für Chaos. Erstens, weil es sie beruhigte. Sie selbst wusste genau, wo alles lag. Zumindest das meiste. Und daraus leitete sich der zweite Grund ab.

Das Durcheinander schreckte Joe ab.

Jedenfalls bis jetzt.

Sie führte ihn durch den Flur an den übrigen Zimmern vorbei in die Küche, setzte ihn auf einen Stuhl, wickelte das Taschentuch wieder ab, inspizierte die blutende Wunde und zog vernehmlich die Nase hoch.

»Ich hoffe, das hält dich von meinem Zimmer fern.«

Joe lächelte. »Ich wusste es. Du hast eine Leiche da drin versteckt, nicht wahr?«

Sie schnaubte abschätzig und wandte sich ab. Doch ihre Hände zitterten, und ihre Beine fühlten sich wackelig an. Keine Leiche. Etwas viel Schlimmeres.

»Wie um Gottes willen kommst du darauf, dass ich dort Pflaster aufbewahren könnte?«

Joe zuckte mit den Achseln. »Keine Ahnung, Schatz. Du kennst mich doch, manchmal bin ich wirklich blöd. Mache irgendwas, ohne nachzudenken.«

Sie seufzte. »Ach, Joe.«

Wie war es möglich, dass sie immer noch so dahinschmolz? Mehr als fünf Jahrzehnte verheiratet, davor jahrelang befreundet, und immer noch schaffte er es, mit wenigen Worten ihr grantiges Herz zu besänftigen. Das würde sie ihm natürlich niemals verraten. Sie durfte ihm keinen Vorteil verschaffen. Aber in Augenblicken wie diesem liebte sie ihn so sehr, dass es wehtat.

Sie stützte seinen Ellbogen auf den Tisch, damit er die Hand hochhielt, beugte sich vor und küsste ihn auf die faltige Wange.

»Du alter Dummkopf.«

Er warf ihr einen dankbaren Blick zu, als wollte er sagen: *Hast du mir verziehen?*

Doch sie wandte sich ab. Sie wollte ihn nicht ermutigen. Ihr Nähzimmer war tabu. Aus guten Gründen, die er nicht kannte und hoffentlich auch nie kennen würde.

Sie kramte in ihrem Verbandskasten. Da waren die Pflaster, genau wie sie vermutet hatte. Wahrscheinlich hatte das Blut ihn abgelenkt, sodass er sie übersehen hatte. Ein Aussetzer, wie er es immer nannte. Sie füllte eine Schüssel mit heißem Wasser und stellte sie mit dem Verbandskasten auf den Tisch. Dann säuberte sie seine Wunde und verband sie. Die ganze Zeit beobachtete er sie mit demselben dankbaren, halb bewundernden Blick.

»Du bringst immer alles wieder in Ordnung, Lil.«

»Hmm.«

»Was würde ich ohne dich machen?«

»Ich habe nicht vor, so schnell zu verschwinden.«

»Du weißt schon, was ich meine.«

Erneut schnaubte sie leise, wegwerfend. Doch im Innern schauderte sie. Heute war er zu nah dran gewesen. An einem Teil ihrer Vergangenheit, den sie immer vor ihm versteckt gehalten hatte. Aus gutem Grund. Sie waren in der letzten

Spanne ihres Lebens angelangt, lebten von einem Tag auf den anderen, dankbar für jeden Sonnenaufgang, den sie noch zusammen erleben durften. Es würde Lil umbringen, wenn es jetzt herauskäme.

Und ihn auch.

Vor Jahren hatte sie versucht, es zu verbrennen. Es versucht, aber nicht fertiggebracht. Nicht nur einmal, sondern immer wieder. Einmal, vor Jahren, als Joe zu einem Treffen der Forstverwaltung nach Sydney gefahren war, hatte sie es sogar aus dem Versteck genommen und stand vor dem Kamin, ohne es loslassen zu können. Sie wollte sich zwingen, es ins Feuer zu werfen. Dreißig oder vierzig Minuten verstrichen. Vielleicht sogar eine ganze Stunde. Ihr Rücken wurde kalt und steif, Gesicht und Hände brannten. Das Feuer erlosch. Am Ende war sie unverrichteter Dinge ins Nähzimmer zurückgekehrt.

Sie zitterte.

Joe sah sie fragend an. »Alles okay, mein Schatz?«

»Was sollte nicht okay sein?«

Joe lächelte liebevoll und nickte auf seine gewohnte Art, dann stand er auf und stellte den Wasserkessel auf den Herd, um Tee zu kochen.

Lil senkte den Kopf und wischte sich die Tränen ab, die Joe nicht sehen sollte.

Wenn sie es schon nicht fertigbrachte, es zu verbrennen, konnte sie es möglicherweise irgendwie anders loswerden. Vielleicht irgendwo vergraben. Oder, noch besser, es auf den Grund eines tiefen schlammigen Staudamms versenken, wo es nie wieder an die Oberfläche käme.

Sie warf einen Blick auf Joe. Sie müsste etwas sagen, doch ihre Kehle war wie zugeschnürt. Sie ließ ihn mit seinem Tee am Tisch sitzen und kehrte durch den Flur in ihr Nähzimmer zurück. Dort schloss sie sorgfältig die Tür, setzte sich auf einen Stuhl und öffnete die Schublade der Kommode unter der Nähmaschine. Sie wühlte in dem Durcheinander und zog schließlich ein dickes kleines Buch heraus. Der rote Einband war beschädigt, die Seiten waren vergilbt und abgegriffen. In der Mitte fehlte ein Blatt, man erkannte es an der unregelmäßigen Kante.

Ihre Finger schlossen sich um die Handfläche, die plötzlich feucht war. Sie rieb sich beide Hände am Rock ab, holte Luft und schlug die erste Seite auf.

Sonntag, 23. Mai 1948

Er hat mir dieses Büchlein geschenkt, damit ich alles darin festhalte. Mir wäre ein neuer Roman lieber gewesen. Sogar ein bebildertes Märchenbuch. Alles, nur keine leeren Seiten, die mich anstarren. Er sagt, es würde mir helfen, damit fertigzuwerden. Er sagt, es würde mich ablenken, wenn ich jeden Tag meine Gedanken aufschreibe. Ablenken, als könnte ich meine Probleme damit abschütteln.

Dabei stecken wir bis zum Hals drin, oder?

Lilly hört gar nicht mehr auf zu weinen. Sie reißt sich das verfilzte Haar aus, überall liegt es auf dem Boden herum. Flaumige kleine Knäuel, schlaff wie tote Spinnen. Auf ihrem Hinterkopf bildet sich ein dicker Knoten, vom Kopfkissen. Ich habe Angst, sie könnte sich auch den noch ausreißen und mit ihm ein blutiges Stück Kopfhaut. Heute Morgen habe ich versucht, ihn zu entwirren, aber sie wimmerte und zappelte herum, und schließlich schob sie meine Hände weg.

Zum Mittagessen bekamen wir Brot mit dünnen Scheiben fettigem Schinken. Er hätte das Brot selbst gebacken, erzählte er uns stolz. Als könnte es das, was er getan hat, wiedergutmachen.

»Wann dürfen wir wieder nach Hause?«, brüllte Lilly.

Er sah uns nur an, nahm uns die leeren Teller weg und schloss die Tür hinter sich wieder ab.

Heute Nachmittag habe ich die Zeit damit verbracht, das Zimmer zu durchsuchen, habe mit der Hand gegen die Wände gehämmert und gegen die Fußleisten getreten. Lilly hat mich die ganze Zeit dabei beobachtet. Ihre Augen sahen aus wie schwarze Teiche, Tränen liefen ihr über die blassen Wangen. Ich hasse es, wenn sie mich so ansieht, so hilflos und mit Tränen in den Augen. Mummy sagte immer, ich sei die Mutige in der Familie. Aber jetzt fühle ich mich ganz und gar nicht mutig. Ich setze ein tapferes Gesicht für Lilly auf, komme mir aber trotzdem klein und hilflos vor.

Außerdem habe ich große Angst.

Ich weiß, was er vorhat. Und deshalb müssen wir hier weg. So schnell wie möglich, bevor es zu spät ist. Und deshalb suche ich weiter nach einem Fluchtweg.

Wände und Decken sind mit schwerem Holz vertäfelt. In regelmäßigen Abständen sind die Planken zusätzlich festgeschraubt. Ich habe versucht, eine Schraube zu lockern, und jetzt sind meine Fingernägel mit Blut verkrustet. Nirgendwo ein Licht, das man an- oder ausknipsen könnte, nur die Sonne, die durch das kleine Fenster in den Raum dringt. Morgens erwachen wir zum Sonnenaufgang. Nachts betrachten wir den Mond hinter dem Eisengitter. Das Fenster ist glaslos. Es hat nur einen Fensterladen aus Holz, der klappert, wenn es zu windig ist. Die kalte Luft bringt den Geruch nach Eukalyptusbäumen und Erde mit. Wir hören das Rauschen der Blätter und das Summen der Insekten, und manchmal auch das ferne

Murmeln des Flusses, sonst nichts. Ich vermute, dass wir sehr weit weg von Sydney sind.

Auch die Tür ist schwer, und sie hat keine Klinke. Zumindest nicht auf unserer Seite. Gestern haben wir die Matratze auf den Boden gezogen und den gusseisernen Bettrahmen untersucht. Alle Teile sind zusammengeschweißt, das ganze Ding ist viel zu schwer, als dass wir es bewegen könnten.

Lilly setzte sich auf den Boden. »Wir kommen hier nicht raus, Frankie. Wir könnten noch hundert Jahre suchen, aber wir würden nie ... nie ...« Dann brach sie in Tränen aus.

Ich rieb mir die Handgelenke, da wo der Strick sie verletzt hatte. Die roten Striemen verheilen langsam, aber sie jucken noch.

»Hör auf, Lilly.«

Unter dem Teppich fanden wir dicke Holzdielen. Wir haben an einer Seite des Zimmers angefangen, uns vorgearbeitet und nachgeschaut, ob eine locker ist. Aber sie sind genauso fest wie die an der Wand.

Lilly hat recht. Er hat an alles gedacht.

Er hatte von Anfang an alles geplant. Schon, als er uns auf dem Krankenhausgelände lächelnd zu sich winkte. Als er uns mit seinen Heldengeschichten aus dem Krieg bezirzte und anschließend die Märchen über sein Haus im Busch erzählte. Sogar, als er uns in der Stanley Street abholte, mit dem Versprechen auf die Wunder, die uns dort erwarteten – das gusseiserne Vogelhaus, der Apfelgarten und die Magnolien mit den tellergroßen Blüten –, war all das schon Teil seines teuflischen Plans.

Uns hier in diesem engen Zimmer einzusperren.

In der Ecke hinter dem Vorhang befindet sich eine winzige Nische. Ein improvisiertes Bad. Darin steht ein Blecheimer mit selbst gemachtem Holzsitz, daneben ein Behälter mit Asche, eine Schaufel und ein Stapel Zeitungspapier. Wenn wir den Eimer benutzen, müssen wir Asche darauf schütten, damit es nicht stinkt. Außerdem gibt es ein winziges Waschbecken mit einem Handtuch und Seife, wo wir uns waschen und Wasser zum Trinken holen können. Am schlimmsten ist es morgens. Wir wechseln uns ab, wenn wir den vollen Eimer zur Tür bringen, und er nimmt ihn und stellt uns einen sauberen hin.

Es ist zwei Wochen her. Doch er antwortet noch immer nicht auf unsere Fragen. Wieso hältst du uns hier gefangen? Wie lange müssen wir noch hierbleiben? Willst du Geld? Weiß unsere Mutter, dass es uns gut geht?

Gestern Abend hat ihn Lilly so genervt, dass er beim Verlassen des Zimmers die Tür hinter sich zuknallte. Wir hörten, wie er die Treppe hinunterpolterte. Kurz darauf war er im Garten, und wir hörten ein gleichmäßiges Scharren, das bis zu uns heraufdrang. Wir kletterten auf die Holztruhe unter dem Fenster und schauten in die Nacht hinaus.

Er saß vornübergebeugt direkt unter uns auf einer Holzbank, neben ihm brannte eine gelbe Petroleumlampe. Sein Arm bewegte sich langsam, rhythmisch vor und zurück. Lilly stieß mir in die Rippen und zog die Brauen hoch. Was macht er da? Als hätte er unsere Gedanken gehört, verlagerte er sein Gewicht, und da sahen wir die Axt auf seinen Knien. Und den Schleifstein, auf dem er den Kopf der schimmernden Axt vor- und zurückbewegte.

Lilly schluchzte leise.

Wir legten uns wieder hin und konnten fast die ganze Nacht kein Auge zutun. Mit tränenfeuchten Gesichtern kuschelten wir uns unter dem Laken aneinander, und unser leises

Schluchzen füllte den Raum. Wir spitzten die Ohren. Horchten auf seine Schritte. Warteten.

Draußen gingen die Sterne auf. Dann tauchte der riesige goldene Mond hinter dem Gitter am Fenster auf.

»Sieh mal, Lilly«, flüsterte ich. »Der Mond sagt uns Gute Nacht. Er möchte, dass wir die Augen zumachen und schlafen.«

»Ich habe Angst.«

»Hier, nimm meine Hand. Und jetzt sieh zum Mond hoch, er wird aufpassen und uns beschützen. Sieh ihn ein letztes Mal an, Lilly, und gib den Sternen einen Gutenachtkuss. Dann kannst du die Augen zumachen und einschlafen.«

»Gute Nacht, lieber Mond«, schniefte sie und warf eine Kusshand durchs Fenster. Dann schmiegte sie sich dicht an mich und war bald eingeschlafen.

Ich lag noch lange wach.

Das Scharren hatte schon vor Stunden aufgehört, aber es hallte mir bis jetzt in den Ohren wider. Ich sah noch immer, wie sich sein Arm gleichmäßig hin- und herbewegte, während er die Axt schärfte. War es eine Warnung? Wollte er uns Angst machen? Wenn ja, so war ihm das gelungen. Doch statt mich vor Angst zu lähmen, hatte er mich nur noch mehr dazu angespornt, nach einem Fluchtweg zu suchen.

Wir werden fliehen. Lilly und ich. Noch ehe er dazukommt, die Axt zu benutzen oder das zu tun, was er mit uns vorhat. Irgendwie werden wir entkommen und nach Hause zurückkehren.

Kapitel 4

Tom ließ die Fingerknöchel knacken und legte die Fingerspitzen auf die Tastatur. Dann hämmerte er auf die alte Remington ein – lästig brummende Computer waren nichts für ihn – und starrte auf den chaotischen Wortschwall, den er fabriziert hatte. Was zum Teufel war bloß los mit ihm? Der Dialog war hölzern, die Handlung gestelzt. Die Hauptfigur ein Weichei, das er am liebsten angebrüllt hätte.

Er riss das Blatt aus der Walze, zerknüllte es und warf es gegen das Fenster.

»Nutzloses Zeug!«

Irgendwo an seinem Fußknöchel juckte es. Stöhnend griff er nach seinem Holzlineal, schob es in den Gipsverband und suchte die juckende Stelle, fand sie aber nicht. Schließlich gab er auf.

Herrgott, das war echte Folter.

Er rieb sich die Augen und warf einen Blick aus dem Fenster in den Garten. Am Himmel braute sich ein Gewitter zusammen, aber die grünen Schatten unter den Bäumen waren verlockend. Er spürte beinahe, wie das kühle Gras zwischen seinen verschwitzten Zehen kitzelte.

Vor drei Monaten hatte er das Anwesen gekauft und war ein paar Wochen danach eingezogen. Schlechtes Timing, hatte sein Verleger gemeint. Angesichts seines Abgabetermins sei ein derart radikaler Tapetenwechsel glatter Wahnsinn. Tom war anderer Meinung. Er brauchte die Einsamkeit, um seine Gedanken zu sammeln und seiner Kreativität freien Lauf zu lassen. Er musste weg von all den Leuten und Ablenkungen. Weg von der Vergangenheit.

Ravenscar versprach ihm alles, was er brauchte. Und noch viel mehr.

Im oberen Stock gab es ein Labyrinth von Zimmern, die alle noch mehr oder weniger eingerichtet waren. Während seiner ersten Besichtigung war ihm die Kinnlade runtergefallen. Es war, als beträte man ein Filmset. Im Ostflügel befand sich eine riesige Bibliothek mit unzähligen Büchern und einem verstaubten Kronleuchter aus Kristall. In dem breiten Gang hingen goldgerahmte Aquarelle, und aus dem ehemals herrschaftlichen Salon mit angeschlossenem Esszimmer gelangte man in eine riesige offene Küche.

Der wilde Garten war noch spektakulärer – zumindest musste er es einmal gewesen sein. Lauter verborgene Ecken wollten erforscht werden: ein von Unkraut überwuchertes Gemüsebeet, Steinpfade, die sich durch glänzende Pittosporaceae schlängelten, und zwei alte verzinkte Wassertanks, bis zum Rand gefüllt mit Regenwasser. Im Obstgarten hatte er zwischen hohem Gras einen verrückten altmodischen Wohnwagen entdeckt, in dem Schwalben ein Nest gebaut hatten. Noch faszinierender war eine gusseiserne Voliere, die zweifellos bessere Tage gekannt hatte, deren Restaurierung aber bestimmt viel Spaß machen würde. Wenn man die großen verzogenen Tore entfernte und den wuchernden Jasmin zurückschnitt, könnte eine beeindruckende Pergola daraus werden. Das i-Tüpfelchen aber war ein Holzschuppen, den ein halbwilder schwarzer Kater bewohnte.

Es war genau das, wovon er geträumt hatte.

Am meisten aber beeindruckte ihn der atemberaubende Ausblick über den nördlichen Teil des Blackwater-Gorge-Schutzgebietes. Zehn Minuten zu Fuß von dem Anwesen entfernt fiel das Land in ein tiefes bewaldetes Tal ab, das vermutlich den Anfang der Schlucht bildete. Sie selbst konnte man von hier aus nicht sehen, aber von einem der oberen Fenster hatte man sicher einen eindrucksvollen Blick.

Das war letzten Endes auch der Grund dafür, dass er im Krankenhaus gelandet war. Einige Tage nach dem Einzug hatte er an der Rückseite des Hauses emporgeschaut und ein kleines Fenster unter dem Dachfirst entdeckt. Es hatte keine Scheiben, nur Gitter.

Ja, wirklich, *Gitter*. Wie in einem Film noir in Schwarz-Weiß. Da er das vergitterte Fenster im Inneren des Hauses nicht lokalisieren konnte, holte er eine alte Leiter aus dem Schuppen, um der Sache auf den Grund zu gehen, und war so sehr in seine Mission versunken, dass er nicht bemerkte, wie morsch die Sprossen waren.

Plötzlich schrillte das Telefon und katapultierte ihn jählings in die Gegenwart zurück. Er blieb sitzen. »Wer immer du bist, du kannst mich mal. Ich versuche gerade, ein Buch zu schreiben, verdammt!«

Versuche es. Und versage jämmerlich.

Die Zeit lief ihm davon. Nach zehn Tagen im Krankenhaus und nun schon einer Woche wieder zu Hause hatte er noch immer keinen vernünftigen Satz zustande gebracht. Die Schmerzmittel benebelten seinen Verstand, doch ohne sie beklagten sich die gebrochenen Knochen so laut, dass er keinen klaren Gedanken fassen konnte. Die Rippen wuchsen allmählich wieder zusammen, hipp, hipp, hurra, doch seine untere Hälfte war noch immer eine Katastrophe. Ein gebrochener Fußknöchel, ein zertrümmertes Schienbein. Am anderen Knie eine Bandruptur dritten Grades. Drei Monate vor seinem Abgabetermin steuerte er auf einen kompletten Reinfall zu.

Das Schreiben ist einfach, hatte der amerikanische Journalist Gene Fowler einmal gescherzt. *Man muss nur so lange auf ein leeres Blatt starren, bis einem die Blutstropfen auf der Stirn stehen.* Tom vergrub das Gesicht in den Händen.

Es lag nicht nur an den Medikamenten. Er schwitzte seit Monaten Blut – nein, seit mehr als einem Jahr – und brachte trotzdem nichts zustande. Er hatte seine Agentin und seinen Verleger belogen. *Sechstausend Wörter*, hatte er ihnen gesagt. *Es geht prima voran. Die ersten fertigen Kapitel in etwa ...*
Vergiss es!

Er war geliefert. Seine Karriere war am Ende. Sobald die Wahrheit ans Licht kam, würden sie ihn fallen lassen wie eine heiße Kartoffel, er würde nie wieder auch nur ein Wort veröffentlichen. Nicht einmal den Vorschuss konnte er ihnen zurückzahlen. Für Ravenscar hatte er einen dicken Scheck ausgeschrieben, und der Rest war nach seinem Unfall für den Krankenhausaufenthalt und die Behandlung draufgegangen.

Er stöhnte auf. Offensichtlich löste sich damit etwas in ihm. Wieder vergrub er das Gesicht in den Händen. »Ich bin am Arsch!«

Das Telefonklingeln brach ab. Und im gleichen Augenblick knurrte sein Magen. Frühstück hatte es praktisch nicht gegeben. Das Mittagessen war überfällig. Die Anstrengung, die es ihn kosten würde, aufzustehen und in die Küche zu gehen – ganz zu schweigen von der Tortur, sich ein Sandwich zu machen –, kam ihm vor wie eine Herkulesaufgabe.

Er malte sich aus, wie man ihn eines Tages hier finden

würde, in ein paar Monaten. Besser gesagt, seine sterblichen Überreste. Über die Schreibmaschine gebeugt, die Fingerknochen noch immer hoffnungsvoll auf den Tasten. Der schwarze Kater, den er nach dem Idol seiner Jugend Poe getauft hatte, würde das Fleisch fein säuberlich abgenagt und nur ein trauriges Gerippe übrig gelassen haben ...

Wieder läutete das Telefon, und er stöhnte.

Wahrscheinlich war es seine Agentin, die ihn kontrollieren wollte. Ständig lag sie ihm in den Ohren, sich eine Haushälterin zu suchen. So was wie eine bessere Babysitterin. Er zahlte bereits Unsummen für einen Jungen, der ihm die Einkäufe nach Hause brachte, nicht zu reden von der horrenden Summe, die er für die Hausbesuche des Physiotherapeuten hinblätterte – trotzdem ließ seine Agentin einfach nicht locker.

Was, wenn du noch mal stürzt, Tom? Und es nicht zum Telefon schaffst? Noch eine Nacht dahinsiechst, ohne um Hilfe rufen zu können? Was, wenn du, Gott bewahre, da draußen krepierst? Deine Fans erwarten ein großes Buch von dir, willst du sie wirklich im Stich lassen?

Natürlich nicht.

Doch wie sollte er seiner Agentin das begreiflich machen? Er liebte die Einsamkeit im Busch. Er sehnte sich nach der frischen Luft, dem weiten offenen Land. Er brauchte diesen Frieden und diese Ruhe. Mit einer Haushälterin käme er nicht zurecht. Wie sollte er arbeiten, wenn ständig jemand im Haus herumschnüffelte?

Das Telefon war erneut verstummt, dafür gurgelte es in seinem Magen inzwischen wie in einem Abflussrohr. Er musste was essen.

Er hängte sich in seine Krücken und humpelte in die Küche. Sie sah aus, als wäre hier eine Bombe eingeschlagen. Leere

Bierkästen, die Reste des letzten Abendessens in der Spüle. Und ein Berg von schmutzigem Geschirr.

Während er sich umsah, kam ihm ein Gedanke.

Vor dem Unfall war er ganz gut klargekommen. Vor Jahren hatte er einmal eine Zeit lang in einer Blechhütte in der Wüste gehaust, um für eine historische Geschichte zu recherchieren – dabei hatte er in der Erde nach frischem Wasser gegraben und über dem Lagerfeuer Süßkartoffeln gegrillt. Ein verrückter Köter und ein Albino-Känguru waren seine einzigen Begleiter gewesen. Aber er hatte durchgehalten, war über seine Grenzen hinausgegangen und hatte es überlebt. Und auch jetzt würde er sich nicht von ein paar kaputten Knochen unterkriegen lassen, verdammt noch mal.

Er wollte es seiner Agentin und seinem Verleger zeigen. Allen wollte er es zeigen. Eine Haushälterin hatte er nicht nötig. Mit etwas Mühe würde er das Haus wieder auf Vordermann bringen. Er würde seine Umzugskisten auspacken, den Müll beseitigen, sich seine Mahlzeiten selber zubereiten. Sogar den verfluchten Roman würde er schreiben!

Er würde allein zurechtkommen. Und wenn er dabei draufging.

Er brauchte zwanzig Minuten, um die Bierflaschen einzusammeln und sie auf die Arbeitsfläche zu stellen, um sie später zu entsorgen. Dann angelte er einen Müllsack unter der Spüle hervor, verstaute den größten Teil des Mülls darin und schleifte ihn durch die Hintertür ins Freie. Am anderen Ende der Veranda warf er den Sack in die Mülltonne und ging dann wieder zurück.

Als er das Fliegengitter vor der Tür öffnete, hörte er das Krachen des Donners in der Ferne. Poe, der auf der Veranda herumstreunte, flitzte plötzlich durch seine Beine hindurch ins Haus und erschreckte ihn so sehr, dass er um ein Haar das Gleichgewicht verloren hätte. Er versuchte, sich an der Türklinke festzuhalten, und ließ dabei die Krücke los. Die fiel zu Boden und prallte gegen sein kaputtes Knie. Er schrie vor Schmerz auf und torkelte erst rückwärts, schlug dann mit dem Gesicht gegen die Tür und landete schließlich mit seinem ganzen Gewicht auf dem verletzten Knöchel.

Ihm wurde schwarz vor Augen. Kalter Schweiß bedeckte seine Haut, und seine Kehle war wie ausgetrocknet. Nachdem er sich durch den Nebel aus Schmerz wieder aufgerichtet hatte, hörten die Bilder in seinem Kopf auf, sich im Kreis zu drehen. Er klammerte sich an der Türklinke fest. Sein krankes Bein schmerzte entsetzlich, und es sah nicht danach aus, als würde es bald Ruhe geben. Sein Knie rebellierte. Er brauchte so schnell wie möglich eine Schmerztablette. Doch als er die Klinke hinunterdrückte, ließ sich die Tür nicht öffnen. Er rüttelte und drückte, doch sie gab nicht nach. Dann erinnerte er sich an den wackligen Riegel. Er war eingeklinkt.

»Das soll wohl ein Witz sein.«

Er warf einen Blick über die Schulter auf die Veranda. Das Küchenfenster stand einen Spaltbreit auf, damit der Kater hindurchpasste, doch er selbst würde es nicht schaffen. Es gab nur einen Weg, wieder ins Haus zu gelangen, und der führte durch die Tür. Er zog sein Hemd aus, stopfte es in die Türfüllung und zertrümmerte mit der Krücke die Glasscheibe.

Sie fiel ins Hausinnere und hinterließ eine Reihe gezackter Scherben. So vorsichtig wie möglich steckte er den Arm durch das Loch und tastete nach dem Riegel. Dann verzog er das Gesicht. Anscheinend hatte das Teil sich verklemmt. Er brauchte einen Schlüssel. Und der lag, wie er jetzt sah, auf dem Küchentisch.

Hastig zog er den Arm zurück und starrte dann entsetzt auf den roten Schnitt am Unterarm. Das Blut sickerte aus der Schnittwunde und tropfte zu Boden.

Machte sich etwa das gesamte Universum über ihn lustig?

Er kippte nach vorn und stützte sich mit der anderen Krücke ab, um nicht das Gleichgewicht zu verlieren. Und als er in der Ferne einen Blitz sah, fiel ihm noch ein anderes Bild aus der Zukunft ein. Diesmal würde man sein Skelett vor der Hintertür finden, eingerollt wie ein Embryo, von Wind und Sonne ausgetrocknet, alle Knochen sauber von Poe abgenagt, und die verfluchten Schwalben hätten in seinem Brustkorb ein Nest gebaut.

Er sah sich erneut auf der Veranda um. Jetzt blieb ihm nichts anderes übrig, als auch noch das Küchenfenster einzuschlagen.

Da hörte er in der Ferne einen Motor.

Er drehte sich um. Der Junge mit dem Proviant, Gott sei Dank!

Doch es war nicht der Wagen des Lebensmittelhändlers.

Er drückte den verletzten Arm an den Körper, um die Blutung zu stillen. War es Montag? Erwartete er jemanden? Mein Gott, war er benebelt.

»Wer immer das ist«, sagte er mit rauer Stimme und warf einen Blick auf den stürmischen violetten Himmel. »Ich kann nur hoffen, dass er sich einigermaßen damit auskennt, wie man in ein Haus einbricht.«

Er sah sie, noch ehe sie ihn bemerkte. Eine hochgewachsene Frau mit einem dichten braunen Pferdeschwanz, schlank, Anfang dreißig. Sie kam über den Steinpfad, der durch einen wilden Kameliendschungel führte und den Weg um das Haus herum abkürzte.

»Verdammt«, murmelte er. Offensichtlich war seine Agentin vorgeprescht und hatte eigenmächtig eine Haushälterin für ihn angeheuert.

Die Frau kam ihm vage bekannt vor. Dieses entschieden hervortretende Kinn, dieser aufrechte Gang. Allerdings war Gundara ziemlich klein. Wenn man genügend Zeit in einer Stadt auf dem Land verbrachte, tauchten immer wieder dieselben Gesichter auf. Bestimmt hatte er sie in einem Buchladen oder, Gott bewahre, im Supermarkt gesehen. Sie trug ein weites blaues Hemd, das um ihre schmale Figur flatterte, dazu eine dunkelblaue Hose und eine moosfarbene Strickjacke.

Tom schüttelte den Kopf. Wer trug denn heutzutage noch Strickjacken? Die Frau hatte einen selbstbewussten Gang, ihre langen Beine machten große Schritte, trotz der unpraktischen Schuhe mit den hohen Absätzen. Sie blieb auf dem Pfad stehen, sah sich um und krempelte die Ärmel der Strickjacke hoch. Ihre Arme waren blass und schmal.

Tom grinste.

Hoffentlich wurde sie beim Anblick von ein bisschen Blut nicht gleich ohnmächtig.

Als sie ihn sah, weiteten sich ihre Augen. Sie zögerte, besser gesagt, sah aus, als wäre sie am Boden festgefroren. Im nächsten Moment lief sie die Stufen zur Veranda herauf.

»Alles in Ordnung?«

Ihre Stimme klang ein wenig heiser, als hätte sie den ganzen Morgen jemanden angebrüllt. Wahrscheinlich einen schlappschwänzigen Freund oder Ehemann, irgendein armes Schwein.

»Wer zum Teufel sind Sie?«, knurrte Tom sie an.

»Abby Bardot. Ich habe den ganzen Morgen versucht, Sie telefonisch zu erreichen.« Sie streckte ihm die Hand entgegen und zog sie zurück, als sie seinen blutenden Unterarm sah. »Sieht so aus, als könnten Sie Hilfe brauchen.«

»Gut erkannt, Sherlock.« Er zeigte über die Veranda auf das Küchenfenster. »Wäre es zu viel verlangt, wenn ich Sie bitte, durch das Fenster zu klettern und die Tür aufzuschließen? Der Schlüssel liegt auf dem Küchentisch.«

Sie machte sich nicht einmal die Mühe, einen Blick auf das Fenster zu werfen. Stattdessen wanderte ihr cooler Blick von seinem Gesicht zu seinem Arm und blieb anschließend vielleicht eine Sekunde zu lang an seiner Trainingshose haften. Wahrscheinlich inspizierte sie die Schiene am Knie und den Gipsverband am Bein, doch bei dieser Erkenntnis spürte er ein Prickeln am ganzen Körper. Sie sah zu gut aus für eine Haushälterin. Es tat ihm fast leid, dass sie nicht die neugierige Schnüfflerin war, für die er sie gehalten hatte.

Fast.

Sie hob seine Krücke vom Boden auf und reichte sie ihm, dann kramte sie in ihrer Schultertasche und zog ihr lädiertes iPhone heraus.

»Ich rufe jetzt einen Krankenwagen.«

Er klemmte sich die Krücke unter den Arm und zuckte zusammen, als er sein Gewicht verlagerte.

»Viel Glück beim Empfang. Obendrein würde der Krankenwagen eine Stunde brauchen, bis dahin bin ich längst verblutet.«

Sie lachte spöttisch und steckte das Handy wieder ein. »Na,

ja, egal. Trotzdem muss Ihr Arm verbunden werden, sonst verbluten Sie tatsächlich.« Energisch schlug sie ein überdimensionales Taschentuch auseinander und machte einen Schritt auf ihn zu.

Er blinzelte.

Wieder erschien alles um ihn herum grau. Dunkle Flecken trübten seinen Blick.

Dass er nach vorn gekippt war, bemerkte er erst, als sie direkt vor ihm stand. Ihre Finger pressten sich in seine Schultermuskeln, während sie ihn allein mit ihrer Kraft aufrecht hielt. Einen Augenblick stellte er sich vor, wie sie losließ und er gegen sie sackte. Den Duft ihrer warmen Haut einatmete, sich in ihren Armen verlor.

Dann kam er ruckartig wieder zu sich.

Und sie wich rasch einen Schritt zurück.

Sie starrte ihn an, als hätte sie ein Gespenst vor sich: mit aufgerissenen Augen und geöffnetem Mund.

Erneut blinzelte er. Lag es an seinen Augen, oder war sie wirklich plötzlich kreidebleich?

»Hey, ist alles in Ordnung ...?«

»Hey, Kleines ... ist alles in Ordnung?«

Kräftige Arme umklammern mich, lassen nicht los, obwohl ich mich nach Kräften wehre und sogar versuche, ihn zu beißen. Ich ächze und keuche, meine rosa Jeans sind zerrissen, die Hände zerkratzt und wund. Ich kämpfe darum, mich zu befreien, aber als ich seine Worte verstehe, gebe ich den Widerstand auf. Ich bin wie gelähmt ...

»Mein Gott, Sie sehen ja noch schlimmer aus, als ich mich fühle.«

Seine Stimme versetzte mich mit einem Schlag in die Gegenwart zurück.

Meine Handflächen und Finger waren noch schwer von der Berührung mit seiner Haut, seiner Wärme. Und mein Verstand noch immer ein Nebel von Erinnerungen, die die Berührung geweckt hatte. Erinnerungen an einen Mann, an einen jüngeren Abglanz des Gesichts, das mich jetzt musterte. Ein unvergessliches Gesicht mit breiten Wangenknochen und großen Nasenflügeln, einem kräftigen stoppeligen Kinn und durchdringenden grauen Augen.

Es waren dieselben Augen, die mich nun betrachteten. »Sie werden mir doch jetzt nicht in Ohnmacht fallen, oder?«

Ich nahm mich zusammen und atmete tief durch. »Strecken Sie den Arm aus.«

»Was?«

Erneut schwenkte ich das Taschentuch. »Würden Sie bitte mal den Arm ausstrecken?«

Er blinzelte und schwankte ein wenig, als er sein Gewicht auf den Krücken verlagerte. Sein T-Shirt war blutgetränkt, das Gesicht aschfahl und die Pupillen vom Schock geweitet. Ohne das Ausmaß seiner Arm- oder Beinverletzung zu kennen, wollte ich kein Risiko eingehen.

»Ihr Arm«, sagte ich. »Strecken Sie ihn aus.«

»Mir geht es gut, das habe ich Ihnen doch schon gesagt. Können Sie nicht einfach durch das Fenster ins Haus einsteigen?«

»Sie werden jeden Moment zusammenklappen.«

Er starrte mich an. »Na ja, Sie sehen auch nicht gerade topfit aus.«

Ich trat wieder auf ihn zu.

57

»Sie sind ein bisschen schwach auf den Beinen, Tom. Wenn Sie ohnmächtig werden, weil Sie so viel Blut verloren haben, will ich mir nicht den Rücken kaputtmachen, weil ich Sie ins Haus schleifen muss. Jetzt strecken Sie endlich den verfluchten Arm aus.«

Er starrte mich weiter an.

Dann hielt er mir den Arm entgegen.

Ich wickelte das Taschentuch um die Wunde und machte es mit einem Knoten fest. Das dünne Gewebe saugte sich sofort voll, aber es würde die Blutung vorerst stillen. Ich versuchte, ihm nicht ins Gesicht zu sehen, doch als ich einen Schritt zurücktrat, kreuzten sich unsere Blicke.

Ein Gedanke schoss mir durch den Kopf. Seine Augen waren nicht blau. Sie waren graugrün. Die Farbe von Regen auf dem Laub der Eukalyptusbäume.

»Kenne ich Sie?«

Ich schüttelte den Kopf.

Er kniff die Augen zusammen. »Sie sind wegen der Stelle gekommen, nicht?«

»Stelle?«

Er zog die Augenbrauen hoch. »Sie sind meine neue Haushälterin. Meine Agentin hat Sie geschickt, stimmt's?«

Ich riss die Augen auf und schüttelte den Kopf. »Ich arbeite für den *Gundara Express*. Ich hatte gehofft, dass Sie mir ein Interview geben.«

Er verzog das Gesicht. »Um Himmels willen, das kann doch nicht wahr sein! Sie sind eine gottverfluchte Journalistin?«

Ich nickte. »Ja, deshalb habe ich ja versucht, Sie zu erreichen. Ich will Sie für die Zeitung interviewen und dachte ...«

»Oh, das wollen Sie nicht wirklich.« Er hob abwehrend die Hand. »Ich gebe keine Interviews.«

»Hören Sie, wir lassen Sie entscheiden, was am Ende veröffentlicht wird. Wir werden nichts drucken, was Sie nicht ausdrücklich genehmigen. Sie haben das letzte Wort.«

»Das sagen Sie jetzt.« Sein Gesicht färbte sich rot. Seine Augen funkelten. »Aber sobald Sie mich interviewt haben, schreiben Sie, was Sie wollen.«

»Das würde ich nie tun.«

»Ihr Journalisten seid doch alle gleich. Ein elendes Lügenpack.«

»Wollen Sie es sich nicht noch einmal überlegen? Es würde der Stadt Auftrieb geben ...«

»Verschwinden Sie, ja? Verlassen Sie mein Grundstück. Kehren Sie in das schäbige Provinznest zurück, aus dem Sie gekommen sind, und lassen Sie mich in Frieden.«

Eine gefühlte Ewigkeit starrten wir uns gegenseitig an. Dann zuckte ich die Achseln und drehte mich um. Meine Absätze klapperten auf den Fliesen, während ich geradewegs auf die Treppe zuging. Ich war schon halb unten, als ich ihn hinter mir leise fluchen hörte.

»Warten Sie.«

Ich blieb stehen. »Ja?«

»Da Sie nun schon mal hier sind ...« Er zeigte auf das Fenster.

Ich zog die Augenbrauen hoch und tat verwirrt.

Er seufzte. »Können Sie mir nicht einfach helfen, wieder ins Haus zu kommen?«

»Tut mir leid«, entgegnete ich gespielt bedauernd. »Mein Provinznest ruft.« Ich ging die Treppe ganz hinunter und war schon auf dem Steinpfad, als er mich noch einmal zurückrief.

»Na schön.«

Ich blieb stehen. In den Baumwipfeln zwitscherten die

Vögel, eine kleine schwarze Eidechse huschte in die Hecke mit den Kamelienblüten. In der Ferne hörte man das Rumpeln des Donners, die ersten Tropfen fielen bereits auf meine nackten Arme.

»Ich denke drüber nach, abgemacht?«, grummelte Tom.
»Mit Fotos?«
»Auf keinen Fall.«
Ich wandte mich zum Gehen.
»Okay, okay. Ich denke auch darüber nach.«
»Super!« Ich verkniff mir ein Grinsen, stieg die Treppe wieder hinauf, warf Tasche und Strickjacke auf einen Holzstuhl und trat ans Küchenfenster. Dann bedankte ich mich bei der unsichtbaren Macht, die mich zur richtigen Zeit an den richtigen Ort geführt hatte. Vorsehung, sagte mein Bruder immer. Mein Vater hätte es blindes Glück genannt. Egal. Ich war schon beinahe am Ziel. Jetzt musste ich Tom Gabriel nur noch davon überzeugen, dass er dieses Interview genauso brauchte wie ich.

Ich sah mir die Fensterbank an.

Sie war hüfthoch. Eigentlich eine einfache Aufgabe, abgesehen von dem vollen Spülbecken auf der anderen Seite. Die Arbeitsfläche ähnelte einem Schlachtfeld mit all den schmutzigen Tellern, Schüsseln, Bechern und leeren Bierflaschen. Ich warf einen Blick zurück auf den Mann, der mit halb geschlossenen Augen an der Tür lehnte. Er war nicht nur ein geheimnisvoller Unbekannter aus der Vergangenheit, sondern offenbar auch ein Chaot.

Mein Blick blieb an ihm hängen.

Er war nicht das, was ich erwartet hatte. Kein Ungeheuer. Keinerlei Hinweise auf etwas Böses. Keine hervorstechenden Eigenschaften, die meinem Gedächtnis auf die Sprünge halfen und erklärten, warum er die Erinnerung an diesen verregneten Tag in Blackwater zurückgebracht hatte. Er war ein ganz gewöhnlicher Mann, Ende dreißig. Na gut, so gewöhnlich nun auch wieder nicht. Auf seine schroffe Art war er schon irgendwie markant: langes Haar, eher blond als braun, wie ich jetzt feststellte, mit einem Stich ins Rötliche, ovales Gesicht, Bartstoppeln. Im Moment hing er dermaßen schief auf den Krücken, dass sein T-Shirt hochgerutscht war und einen Blick auf die Bauchmuskeln oberhalb des Bundes der Trainingshose freigab.

Er merkte, wie ich ihn musterte, und zeigte mit der gesunden Hand auf das Fenster. »Ich lasse es für den Kater auf. Damit er nach Belieben kommen und gehen kann.«

»Verstehe.«

Ich wandte mich wieder dem Fenster zu und holte Luft. Ein Glück, dass ich mich gegen das Minikleid und die Leggings entschieden und eine Hose angezogen hatte. Ich hievte mich auf das Sims und zwängte mich kopfüber hindurch. Mit den Füßen voran wäre vernünftiger gewesen, aber ich wollte nicht auf die Stapel von Tellern und leeren Flaschen treten. Als ich ganz drinnen war, stützte ich mich auf den Rand der Spüle und sprang auf den Boden.

Er hörte, wie sie den Riegel auf der anderen Seite aufhakte, und atmete erleichtert aus. Trotzdem klang es weniger nach Erleichterung als nach totaler Niederlage.

So viel zu dem Thema, allen zeigen zu wollen, wozu man imstande ist.

Oder den grandiosen Überlebensexperten zu spielen.

Er hatte sich ausgesperrt, erneut verletzt und musste nun auch noch die Erniedrigung ertragen, eine verdammte – *schauder* – Journalistin zu bitten, durch sein Küchenfenster zu klettern, um seinen dämlichen Arsch zu retten.

Die Tür öffnete sich, und sie erschien auf der Schwelle. Als sie zur Seite trat, um ihm die Tür aufzuhalten, streifte ihr Arm den seinen. Sie hatte feste seidenweiche Haut, eine Beobachtung, die ihn faszinierte und gleichzeitig sämtliche Alarmglocken schrillen ließ. *Das ist tabu*, rief er sich ins Gedächtnis zurück. *Vergiss nicht, wie es immer endet.*

»Vorsicht, passen Sie auf die Scherben auf.«

Er ging um sie herum und schaffte es fast, doch dann blieb die Spitze seiner Krücke an einem hervorstehenden Nagel hängen, und er stolperte. Augenblicklich stand sie neben ihm und hielt ihn mit ihren kräftigen sanften Händen am Oberarm fest.

»Stützen Sie sich notfalls auf mich.«

Er sah sie an, als wollte er erwidern: *So altersschwach bin ich nun auch nicht*, verkniff es sich aber.

Aus der Nähe war sie ganz anders. Ihm wurde leicht schwindelig, als er ihre mit winzigen Sommersprossen übersäte elfenbeinfarbene Haut sah, den großen entschiedenen Mund und die klaren blauen, von langen braunen Wimpern umrandeten Augen. Ganz anders, ja. Aber er bemerkte auch die Wildheit in ihrem Blick. Sie erinnerte ihn an eine Füchsin, die er einmal am Eingang ihres Baus überrascht hatte und die ihm die Zähne zeigte, um zu beschützen, was sich in der Höhle verbarg.

Er holte tief Luft und bereute es augenblicklich.

Ihr Duft. Sonne und Blumen. Feuchte Haut und Talkumpuder. Bienenwachs und ... Herrgott, er ertrank förmlich in diesen köstlichen Aromen. Er blähte die Nüstern, um mehr davon aufzunehmen, und einen Augenblick schwebte er förmlich in der Luft. Er vergaß den stechenden Schmerz in seinem Bein, das Pochen in seinem Arm. Sogar die hartnäckige Einsamkeit, die ihm die letzten Jahre so zugesetzt hatte. Es gab nur den Duft von Sonne und Wildblumen.

Und *sie*.

Sie trat mit erhitzten Wangen einen Schritt zurück und sah sich in der Küche um.

»Wo haben Sie Ihren Verbandskasten?«

Er schüttelte den Kopf, um sich zu fangen, und zeigte auf die Spüle. »In der unteren Schublade.«

Sie fand den Verbandskasten und führte ihn ins Wohnzimmer. Erneut versuchte er, ihr in die Augen zu sehen, doch sie mied jeden Blickkontakt und beäugte nur die an der Wand aufgestapelten Umzugskisten.

Er setzte sich auf das Sofa. Das altersschwache Leder knarzte unter seinem Gewicht. Er lehnte sich zurück und beobachtete sie aus den Augenwinkeln, während sie ein Kissen unter seinen verletzten Arm schob und sich vergewisserte, dass er die Beine ausstrecken konnte. Dann verschwand sie in der Küche und ließ ihn allein.

Als Tom es sich auf dem Sofa gemütlich gemacht und die Beine hochgelegt hatte, brachte ich ihm seine Schmerztabletten und ein sauberes Glas Wasser. Ich kam gerade noch rechtzeitig. Er war kreidebleich, hatte glasige Augen, Schweiß stand ihm auf der Stirn. Ich öffnete den Verbandskasten, desinfizierte den Arm und begutachtete die Wunde.

»Die gute Nachricht lautet, dass sie nicht genäht werden muss.«

»Und die schlechte?«

»Es wird eine hässliche Narbe zurückbleiben.«

»Damit kann ich leben.«

Ich verband den Arm mit Gaze und Pflaster, dann stellte ich den Wasserkessel auf den Herd. Als Ersatz für Epinephrin ist ein starker süßer Tee die beste Medizin gegen den Schock. Während ich alles ordentlich in den Verbandskasten zurücklegte, trank Tom in kleinen Schlucken den Tee, und sein Gesicht bekam allmählich wieder Farbe.

Dann ging ich mit dem Bündel blutgetränkter Gaze und meinem ruinierten Taschentuch in die Küche und warf alles zusammen in den Mülleimer. Mit Schaufel und Besen kehrte ich die Glasscherben an der Hintertür auf. Nachdem ich auch die Scherben im Mülleimer entsorgt hatte, holte ich meine Tasche von der Veranda, streifte die Strickjacke über und ging ins Wohnzimmer zurück. Heute bestand keine Hoffnung mehr auf ein Interview, doch zumindest hatte er versprochen, es sich zu überlegen. Und ich dachte gerade darüber nach, wie ich mich am besten von ihm verabschieden und ihn um ein weiteres Treffen bitten könnte, als sich der Himmel mit einem Donnerschlag auftat und es anfing zu schütten.

Die meisten Menschen lieben das Rauschen des Regens, mich verstört es. Ich dachte an den zerfurchten Feldweg, über den ich gekommen war, an die alte Brücke und an die einstündige Fahrt. Jetzt, auf dem Heimweg, kämen die hin- und herrasenden Scheibenwischer hinzu, der auf die Windschutzscheibe prasselnde Regen, der Geruch nach Feuchtigkeit, der durch die Belüftungsschlitze drang. Auf all das konnte ich gut verzichten.

Als hätte er meine Gedanken gelesen, warf Tom einen Blick zum Fenster. »Bei dem Wetter kann die Rückfahrt unangenehm werden.«

»Als ich heute Morgen losgefahren bin, gab es noch keine Anzeichen für ein Gewitter.«

»Das ist typisch für diese Gegend. Zuerst tauchen ein paar unschuldige Wölkchen am Himmel auf, und als Nächstes steckt man in einer überfluteten Landschaft fest. Die Brücke kann bei starkem Regen zu einer echten Falle werden, wissen Sie.« Er drehte sich um und sah mich an. »Sieht nicht gut aus für Sie.«

»Glauben Sie, dass es bald wieder aufhört?«

Tom schüttelte den Kopf. »Wenn es einmal anfängt, hört es so schnell nicht mehr auf. Das kann noch Tage so gehen.«

»Dann sollte ich mich lieber auf den Weg machen.«

Der Regen wurde lauter, und plötzlich übertönte er alles andere. Ich blickte aus dem Fenster auf die kahlen knorrigen Zweige einer Magnolie, das Einzige, was man im grauen Dunst noch erkennen konnte.

Mein Gott, was für ein Regen!

Die Haut unter meiner Strickjacke fühlte sich klamm an. Das Herz schlug mir bis zum Hals, und bei dem Dröhnen auf dem Dach konnte ich keinen klaren Gedanken fassen. Warum musste ich ausgerechnet hier eine Panikattacke bekommen? Warum gerade jetzt? Ich war nach Ravenscar gekommen, um ein paar Sachen auf die Reihe zu kriegen, um vielleicht herauszufinden, was Tom Gabriel mit meiner Vergangenheit zu tun hatte – aber nicht so. Nicht in solcher Aufregung, in der ich womöglich noch etwas Unüberlegtes von mir gab.

Ich nahm eine Rolle Pfefferminzbonbons aus der Tasche und bot ihm eines an.

»Zuckerfrei«, sagte ich über den Lärm hinweg.

Er klaubte sich eines heraus und reichte mir die Rolle zurück, dann kauten wir eine Weile geräuschvoll darauf herum und lauschten dem Regen. Das Pochen des Herzschlages in meiner Kehle ließ allmählich nach, und ich spürte, wie sich meine Schultern entspannten.

Tom sah mich an, sein Blick im Dämmerlicht war ernst.

»Ich will Sie nicht beunruhigen, aber die Straße wird jetzt gefährlich sein. Sie werden mindestens vierzig Minuten bis zur Brücke brauchen, und bis dahin steht sie wahrscheinlich unter Wasser.«

»Uff!«

»Wissen Sie, es gibt da oben jede Menge Zimmer. Sie können sich gern eines aussuchen.«

»Sie meinen, ich soll hier *übernachten*?«

»Es ist das Wenigste, was ich Ihnen anbieten kann. Sie haben mir heute wirklich aus der Patsche geholfen, als Sie durchs Fenster geklettert sind. Die reinste Florence Nightingale. Ich will mir gar nicht erst vorstellen, was passiert wäre, wenn Sie nicht aufgetaucht wären. Zu essen gibt es genug, auch jede Menge DVDs. Um mich brauchen Sie sich keine Gedanken zu machen. Ich gehe Ihnen aus dem Weg.«

»Glauben Sie denn, dass es morgen aufklart?«

»Na, hoffen wir es.«

»Es gießt in Strömen, was?«

»Ja, schlechtes Zeichen. Wenn die Brücke unter Wasser steht, könnten Sie hier ein paar Tage festsitzen.«

Ein paar Tage? Ich blinzelte und öffnete den Mund, um zu sagen, dass es mir vielleicht doch nicht so viel ausmachen würde, während der Rückfahrt nach Gundara nasse Füße zu bekommen. Dass ich schon Schlimmeres erlebt hätte und gewillt wäre, das Risiko mit der Brücke einzugehen, statt komplett von der Außenwelt abgeschnitten zu sein. Doch dann spürte ich, wie ich bei der Vorstellung, jetzt loszufahren, erneut einen Schweißausbruch bekam. Außerdem war es vielleicht doch keine so schlechte Idee, hier zu übernachten.

Dann könnte ich mich weiter hier umsehen. Tom vielleicht etwas besser kennenlernen, herausfinden, ob es zwischen ihm und Gundara eine frühere Verbindung gab. Oder zu Blackwater. Dahinterkommen, unter welchen Umständen wir uns schon einmal begegnet waren. Oder warum er diese starken Erinnerungen an jenen längst vergangenen Regentag in der Schlucht weckte.

Auf meinen Armen bildete sich eine Gänsehaut.

Ich rieb sie weg. Egal, welche Vergangenheit Tom gehabt haben mochte, jetzt stellte er keine ernste Bedrohung für mich dar. Er ging auf Krücken und hatte Mühe, sich zu bewegen. Ich selbst hatte fünfzehn Jahre lang Kampfsport betrieben und trug einen braunen Gürtel in Judo. Vier Jahre Aufenthalt in New York hatten meine Sinne für Gefahren geschärft, und das Einzige, was mich im Augenblick interessierte, war mein Wunsch, die Wahrheit herauszufinden.

»Haben Sie hier draußen Internet?«

»Ich habe eine Satellitenverbindung, aber die ist auf sonnige Tage beschränkt.«

»Sie leben wirklich sehr isoliert, was?«

Tom zupfte an seinem Verband und lächelte. »Außer mir gibt es hier meilenweit keine Seele.«

»Wie lange wohnen Sie schon hier?«

»Seit fast zwei Monaten.«

»Und wird es nicht manchmal einsam?«

Eigentlich hatte ich eine derart persönliche Frage gar nicht stellen wollen, aber Tom schien sie nicht weiter zu stören. Er lehnte sich in den Kissen zurück.

»Ich habe viel zu viel zu tun, um mich einsam zu fühlen. Wehe den Gottlosen und so weiter.«

Bildete ich es mir ein oder hatte in seiner Stimme ein Hauch von Bedauern mitgeschwungen? Fasziniert trat ich einen Schritt näher.

»Eines der Zimmer oben, sagten Sie?«

Er nickte. »Suchen Sie sich eines aus. Der obere Flügel hat einen eigenen Eingang, aber man gelangt auch durch das Innere des Hauses hinein. Er ist abgeschieden. Er hat sogar ein eigenes Bad, obwohl ich glaube, dass die Rohre marode sind. Immerhin können Sie duschen. Wenn Sie ein Bad nehmen wollen, müssen Sie mit dem Waschhaus im Hof vorliebnehmen.«

Er runzelte die Stirn, als erwartete er, dass ich zurückschreckte, aber ich nickte nur, als wäre es völlig normal, außerhalb des Hauses zu baden.

»Hätten Sie was dagegen, wenn ich mir die Zimmer ansehe?«

»Ich bitte darum.« Er zeigte auf eine Anrichte aus Eichenholz. »Die Schlüssel liegen in der obersten Schublade.«

Dann deutete er auf eine Glastür im Art-déco-Stil. »Durch die gelangen Sie in den Gang. Am Ende führt eine große Tür zu der Treppe in den ersten Stock. Der silberne Schlüssel passt für beide Schlösser draußen und drinnen.«

Ich nahm die Schlüssel aus der Schublade und ging durch den Gang, um mir meine vorübergehende Bleibe anzusehen.

Die drei oberen Räume waren groß, luftig und nur spärlich

möbliert, ein Doppelbett und ein riesiger Schrank voller klappernder Bügel, mehr gab es nicht.

Auf halbem Weg durch einen schmalen Gang stieß ich auf ein viertes Zimmer. Es war nicht gerade eine Dachkammer, nur etwas kleiner als die anderen und seltsam geschnitten. Es gefiel mir. Ich trat an das Fenster auf der gegenüberliegenden Seite, zog die einst goldfarbenen Vorhänge auf und spähte durch den Dunst des heftigen Regens nach draußen. Hinter dem Garten erstreckte sich der nördlichste Zipfel von Blackwater Gorge. Im Geiste stellte ich mir die weite nierenförmige Wildnis vor. Auf der anderen Seite lag Gundara, achtzig Kilometer entfernt. Ravenscar verbarg sich am Ende eines langen abgelegenen Feldweges. Ich hätte genauso gut auf einem anderen Stern gelandet sein können.

Ich sah in den Garten hinab.

Die Steinpfade schlängelten sich zwischen überwucherten Bäumen entlang und verloren sich in der Dunkelheit. An manchen Stellen stand das Wasser bereits zentimeterhoch über den roten Pflastersteinen.

Ich wandte mich ab.

Das Zimmer war beinahe leer, aber gemütlich. Auf dem gusseisernen Bett lag eine verstaubte Steppdecke. Gegenüber davon stand ein Wäscheschrank im Art-déco-Stil und neben dem Fenster ein Korbstuhl. Im Schrank fand ich sauberes Bettzeug. Ich faltete Laken und Bezüge auseinander und machte hastig das Bett, dann ging ich wieder hinunter.

Vor der gläsernen Wohnzimmertür blieb ich stehen, klopfte mir die Spinnweben von der Hose und warf einen Blick auf den Mann, der auf dem Sofa saß und noch immer aus dem Fenster schaute, als wäre er von den Schmerzmitteln benebelt und hätte vergessen, dass es mich gab.

»Es ist ein wunderschönes Zimmer«, sagte ich. »Und ehrlich gesagt hasse ich Regen.«

Er drehte sich zu mir um und streckte mir die Hand entgegen. »Na dann, Abby. Willkommen in Ravenscare.«

Ich trat zu ihm, und wir schüttelten uns die Hand. Seine langen warmen Finger fühlten sich so sanft an, dass sich meine verkrampften Muskeln sofort entspannten. Plötzlich verlangsamte sich die Zeit. Ich fühlte mich ein bisschen benommen, fast schwindelig. Als hätte ich mich soeben in eine unsichtbare Decke gehüllt. Es gab nur ihn, mich und sein großes leeres Haus. Sonst nichts.

Dieses Gefühl hatte ich schon einmal gehabt, es war lange her. Ich studierte Tom und suchte die Speicher meiner Erinnerung ab. Da tauchte plötzlich ein verschwommenes Bild vor mir auf: Regen, der gegen Baumwipfel schlug, ein Sturm, der durch den Wald peitschte. Ringsum rauschte und heulte der Wind, über uns dröhnte der Donner. Doch im Inneren fühlte ich mich geborgen – wo? Irgendwo in Sicherheit, ein Becher mit heißem Kakao wärmte meine Hände ...

An der Schwelle zu einer Erinnerung drückte ich Toms Hand ein bisschen zu stark, hielt sie einen Augenblick zu lange fest. Starrte ihn allzu eindringlich an. Und als er sie zurückzog, übermannte mich ein Gefühl von Leere.

Tom lehnte sich wieder in seine Kissen zurück, forderte den persönlichen Schutzraum, in den ich gerade eingedrungen war, für sich zurück. Als er den Rest seines Wassers austrank und sich über den Mund wischte, brach der Blickkontakt ab.

Ich versuchte, von meiner Ungeschicklichkeit abzulenken. »Jetzt könnte ich eine Tasse Tee vertragen, wollen Sie auch noch welchen?«

Tom sah auf und nickte. »Gern, danke.«

Während ich wartete, dass das Wasser kochte, trat ich ans Küchenfenster und schaute auf den Regen. Das Wasser bildete Pfützen auf den Pfaden und versickerte im Rasen. Es sah nicht so aus, als würde es bald aufhören.

Der Tag zog sich in die Länge. Es war nicht einmal Mittag.

Ich hatte nicht vor, dazusitzen und mir die ganze Zeit anzusehen, wie die Regentropfen die Fensterscheiben hinabflossen. Obendrein würde das ständige Trommeln mir den Verstand rauben, wenn ich nichts zu tun hatte. Das Adrenalin schoss mir durch die Adern, ich brauchte irgendeine Beschäftigung.

Ich sah mich um.

Die Zimmerdecke war mit Spinnweben bedeckt. An den Fußleisten hatten sich büschelweise Haare angehäuft, die wohl von einer Katze stammten. Neben der Tür stapelten sich Umzugskisten. Doch dieser Deckmantel von Vernachlässigung konnte die ursprüngliche Pracht, die sich darunter verbarg, nicht verbergen. Hohe Decken, weiß getünchte Wände, breite honigfarbene Bodendielen. Mit ein wenig Öl würden sie wunderschön glänzen.

Ein Gedanke nahm Gestalt an.

Im Wohnzimmer reichte ich Tom seinen Becher, setzte mich in einen Sessel ihm gegenüber und blies in meinen Tee.

»Es sieht hier ziemlich chaotisch aus«, sagte ich beiläufig. »Ich habe gerade überlegt, ob Sie vielleicht an einer Abmachung interessiert wären.«

Tom strich sich über den Mund. »Einer Abmachung?«

»Wenn ich nicht irgendwas zu tun habe, werde ich wahnsinnig, noch bevor es Nachmittag ist.« Ich zeigte auf das Durcheinander von Umzugskisten und die Stapel von Büchern, die auf der Anrichte verstaubten. »Sieht ganz so aus, als könnten

Sie ein bisschen Hilfe beim Auspacken gebrauchen. Um so etwas wie Ordnung zu schaffen.«

»Im Tausch für was ...?«

»Na, das Interview, Sie wollten es sich doch noch überlegen.«

Ich rechnete damit, dass er wieder in die Luft ging, so wie vorhin auf der Veranda. Doch inzwischen schien er resigniert zu haben, und er blinzelte mich mit seinem blassen Gesicht nur an.

»Sie haben recht, es sieht wirklich schlimm hier aus. Und es bringt mich zur Weißglut. Seit dem Unfall bin ich zu nichts zu gebrauchen. Ich dachte, ich käme allein zurecht. Aber ich habe jede Menge Druck, ich muss mein Buch fertig schreiben, daher ... na ja, ich glaube, mir ist alles ein bisschen über den Kopf gewachsen.« Missmutig starrte er einen Augenblick auf sein geschwollenes Knie, seufzte und sah mich an. »Ihr Darjeeling ist vorzüglich.«

»Dann sollten Sie erst mal meine getoasteten Sandwiches probieren.«

Scheinbar niedergeschlagen sackte er noch tiefer in die Kissen, doch die Andeutung eines Lächelns entging mir nicht. »Sie haben keine Ahnung, wie gut sich das anhört.«

»Dann sind wir uns einig?«

»Klar, warum nicht.«

Kapitel 5

Am Mittwochnachmittag klarte der Himmel allmählich auf, doch den riesigen Pfützen in der Auffahrt nach zu urteilen war die Landstraße nach Gundara sicher noch immer vom starken Regen ausgewaschen. Wenn es nicht weiterregnete, würde ich in ein oder zwei Tagen in die Stadt zurückfahren können, aber inzwischen hatte ich es nicht mehr so eilig.

Während ich das Labyrinth von Räumen und Gängen erkundete, taten sich seltsame Dinge. Mein Leben in der Stadt, meine Arbeit und mein Haus, die Drinks, zu denen ich mich freitagabends mit meinen Freunden traf, sogar meine regelmäßigen Treffen mit Duncan wurden langsam ausgeblendet. Und Ravenscar mit seinen herrlich hohen Decken, den goldgerahmten Landschaften und schönen alten Möbeln nahm mich auf angenehme Art und Weise in Beschlag.

Ich war durch ein Kaninchenloch in ein anderes Leben geschlüpft, in eine andere Welt.

In mein persönliches Wunderland.

Die Zimmer im Erdgeschoss waren eiskalt und voller Schatten, trotz des wässrigen Tageslichtes, das hereinfiel, wenn ich die verstaubten Vorhänge aufzog.

Fünf geräumige Zimmer gingen von dem Hauptgang ab, und von einem langen schmalen Wintergarten mit bodentiefen Fenstern blickte man über die Schlucht nach Norden. Am Ende des Ganges führte eine hohe geschnitzte Tür in eine weitläufige Bibliothek – eine »echte« Bibliothek, neben der mein Gästezimmer zu Hause unordentlich und überfüllt wie ein Kleiderschrank wirkte.

Von allen Zimmern in Ravenscar war mir die Bibliothek das liebste. Ihre Erkerfenster gingen auf den vorderen Garten und die Hügel dahinter hinaus. Die mit einheimischen Pflanzen und Eukalyptusblättern verzierten Bleifenster tauchten den Raum in sattes Rot, blasses Blau und Gelb. Als die Sonne endlich durch die Wolken brach, funkelte ihr Licht im kristallenen Kronleuchter, und winzige Regenbögen tanzten wie Tagessterne über die Decke. An den drei übrigen Wänden standen Bücherregale, die so vollgestopft waren, dass sie jeden Moment zu bersten drohten.

Ich fuhr mit den Fingern über eines der Regale mit Kinderbüchern aus dem neunzehnten Jahrhundert, in brüchiges Leder gebundenen Gedichtbänden, klassischen Romanen, Atlanten und Wörterbüchern. Ich hätte den ganzen Tag in dieser staubigen Räuberhöhle mit ihren Schätzen verbringen können, doch ich musste mich losreißen.

Vom Esszimmer, wo ich nun stand, ging der Blick durch eine Reihe riesiger Fenster in den verwilderten hinteren Garten des Hauses. Die bleigefassten Scheiben in der oberen Hälfte reflektierten das morgendliche Sonnenlicht und warfen es als bunte Pfützen auf die breiten Bodendielen.

In den vergangenen zwei Tagen hatte ich das gesamte Erdgeschoss gesaugt, den Staub von Umzugskisten gewischt und einige davon sogar ausgepackt – die meisten enthielten Bücher. Ich blätterte jedes einzelne durch, in der Hoffnung, Tom könnte irgendein Geheimnis zwischen den Seiten versteckt haben, fand aber nur ein paar abgegriffene Lesezeichen und hin und wieder eine getrocknete Blüte.

Ihn selbst hatte ich kaum zu Gesicht bekommen. Er verbrachte den ganzen Morgen in seinem Arbeitszimmer, hämmerte auf seine Remington ein und erzeugte einen Berg von Papiermüll, den ich anschließend schredderte und zum Recyceln beiseitelegte. Wenn ich ihm die versprochenen getoasteten Sandwiches und Tee brachte, gab ich mir Mühe, Smalltalk zu machen, doch jedes Mal verlief der Versuch im Sand. Er schien mit seinen Gedanken woanders zu sein. Doch gelegentlich kreuzten sich unsere Blicke. Ich nahm jede Gelegenheit wahr, ihn zu studieren, und er schien dasselbe mit mir zu machen.

Am Mittwoch gegen Mittag blitzten die ersten graublauen Flecken durch die Wolken. Der Regen hatte nachgelassen, doch die tiefen Pfützen wollten partout nicht verschwinden. Nach dem Abendessen zog ich mich mit einem Stapel Bücher nach oben zurück. Ich nahm eine Dusche, wusch mir den Staub aus dem Haar und fiel ins Bett. Eine Zeit lang machte ich mir noch Notizen zu den Fragen, die ich Tom stellen wollte. Als ich zu gähnen begann, griff ich nach einem der Romane, die ich auf den Nachttisch gelegt hatte.

Einen *seiner* Romane. Da ich noch nicht so weit war, mir die fiktiven Colton-Morde vorzunehmen, beschloss ich, sein Werk chronologisch zu lesen, und begann mit dem Erstling.

Es war die Geschichte von zwei kleinen Brüdern, die einen Flugzeugabsturz im Busch überlebt hatten und auf der Flucht vor ihrem Onkel waren, der sie umbringen wollte, um an ihr Erbe zu kommen. Ich las bis nach Mitternacht. Als ich das Licht ausknipste, war ich völlig durcheinander und hatte das Gefühl, das Blut veranstaltete einen verrückten Stepptanz in meinen Adern.

Es war nicht nur die Geschichte.

Es war auch die Tatsache, dass ich hier war, in diesem riesigen Haus mitten im Nichts. Kein Handyempfang, kein Fernsehen. Keine von den Annehmlichkeiten der Stadt, die ich aus Gundara gewohnt war – Verkehrslärm, die Nähe anderer Menschen, der Komfort, das nächste Geschäft nur wenige Minuten entfernt zu wissen.

Hier draußen gab es nur den Busch und den Fluss in der Ferne. Und *ihn*.

Er war irgendwo unterhalb von mir, eingemummelt in einen warmen Schlafanzug, und atmete dieselbe Luft ein wie ich. Vielleicht lag er sogar wach und dachte über mich nach. Ärgerte sich über meine Anwesenheit hier, trotz unserer Abmachung. Fühlte sich in seiner Privatsphäre gestört und zählte die Tage bis zu meinem Verschwinden.

Der unheimliche Gesang des Flusses bahnte sich einen Weg in meine Gedanken.

Gespenstisch wie das Echo eines Traums.

Oder, in meinem Fall, eines Albtraums.

Im Dunkeln drehte ich mich zur Wand und schloss die Augen. Wenn der Regen aufhörte, konnte ich schon morgen zurück in die Stadt fahren. Tom brauchte ein Medikament und musste seinen Proviant aufstocken, und später würde ich zurückkommen und mein Interview machen.

Ich brauchte Schlaf, doch mir schwirrte der Kopf. Verrücktes Zeug. Immer wieder kehrten meine Gedanken zum Montag zurück – zu dem Augenblick auf der Veranda, als Tom nach vorn gekippt und beinahe in meine Arme gefallen war. Wie mich seine gesunde Wärme an jenen anderen verregneten Tag nach Blackwater Gorge zurückversetzt hatte. Die Ahnung, dass es irgendeine Verbindung zwischen ihm und diesem Tag gab, die Frage war nur, welche?

»Woher kenne ich Sie?«

Vielleicht sollte ich ihn geradeheraus fragen. Dem Rätseln ein Ende setzen. *Hören Sie, Tom, ich bin mir ganz sicher, dass wir uns schon einmal irgendwo begegnet sind ... Könnte es sein, dass Sie es waren, den ich an jenem Tag im Wald mit einer Axt gesehen habe ...?*

Natürlich nicht. Er konnte es nicht gewesen sein; seine Augen waren nicht blau. Und je mehr ich versuchte, dem Rätsel auf die Spur zu kommen, meine Gefühle für Tom zu definieren, umso wirrer wurden meine Erinnerungen. Schließlich verbarg ich mein Gesicht im Kopfkissen und versuchte, mich zum Schlafen zu zwingen. Eine Weile wälzte ich mich noch hin und her, doch am Ende überschwemmte mich die Flut des Vergessens.

Wenig später schreckte ich auf und sah mich um. Der Regen hatte aufgehört. Das Mondlicht drang durch den Vorhang. Warum war ich aufgewacht?

Irgendwo aus der Nähe kam ein leises Geräusch.

Eine Ratte, dachte ich zuerst. Vielleicht eine Beutelratte. In jedem Haus gab es welche. Doch während ich noch lauschte, hörte sich das Geräusch weniger wie das Trippeln einer Ratte an als wie dumpfes menschliches Klopfen – oder so etwas Ähnliches – draußen im Gang.

Ich setzte mich auf.

Ich warf einen Blick auf die Uhr. Vier Uhr dreißig.

Ich schwang mich aus dem Bett, öffnete die Tür und warf

einen Blick in den Gang. Das Haus lag im Dunkeln. Treppe und Treppenabsatz waren leer.

»Tom, sind Sie das?«

Natürlich nicht. Er war von seinen Schmerzmitteln wahrscheinlich völlig lahmgelegt. Wieder hörte ich das Geräusch. Es kam von irgendwo am Ende des Ganges.

Ich tappte los, um nachzusehen, und knipste das Licht im Gang an. An seinem Ende befand sich eine Tür. Ich hatte sie schon vorher gesehen, doch da sie sich nicht öffnen ließ und ich sie für verschlossen hielt, hatte ich mich auf die Suche nach einem Schlüssel gemacht und sie dann vergessen. Jetzt versuchte ich erneut, die Tür zu öffnen, stemmte mich dagegen und drückte. Quietschend tat sie sich plötzlich auf, und ich stolperte in einen länglichen Raum. Ich drückte auf den Lichtschalter, doch die Birne war kaputt, deshalb sah ich mich in dem bisschen Licht um, das vom Gang hineinfiel.

Direkt gegenüber war ein riesiges Fenster, das auf den hinteren Teil des Gartens hinausging. Mitten im Zimmer standen ein rustikaler Tisch und ein paar Stühle. Die Wand links grenzte wahrscheinlich an mein Zimmer. Ich konnte nichts sehen, was das Klopfen erklärt hätte.

Verwirrt schloss ich die Tür hinter mir und ging auf Zehenspitzen durch den Gang zurück in mein Zimmer. Ich glitt zwischen die Laken, knipste die Nachttischlampe aus und drehte mich zur Wand. Gerade als ich fast wieder eingeschlafen war, hörte ich das Geräusch erneut. Ein dumpfes Pochen. Nur war es dieses Mal näher, als käme es direkt aus dem angrenzenden Zimmer.

Ich legte die Hand auf den Putz.

Die Kälte sickerte in meine Handfläche, kroch in die Knöchel, streifte die Nervenenden und verjagte die Wärme aus jeder Zelle meines Körpers. Ich stellte mir vor, wie auf der anderen Seite der Wand jemand war, *etwas* war, das auf jede meiner Bewegungen achtete und *mich* belauschte.

Es lief mir eiskalt über den Rücken.

Dann zwang ich mich zur Vernunft. Das einzige Gespenst in diesem Haus trug einen Trainingsanzug und humpelte auf Krücken herum. Ich stellte mir vor, wie er unter mir leise in sich hineinlachte, als er mitkriegte, wie ich versuchte, dem Geheimnis auf die Spur zu kommen. Vielleicht wollte er sich auf diese Art dafür rächen, dass ich ihn zu einem Interview genötigt hatte.

»Fällt Ihnen nichts Besseres ein?«, sagte ich in die Stille hinein. »Wirklich nur verrückte Schritte?« Irgendwo unter mir knarzten alte Balken, ansonsten herrschte völlige Stille. Ich fiel zurück in die Kissen. »Wenn Sie mir Angst einjagen wollen, Tom, dann müssen Sie sich ein bisschen mehr anstrengen.«

»Haben Sie auch am frühen Morgen was gehört?«, fragte sie durch die Tür seines Arbeitszimmers.

Tom sah vom Schreibtisch auf, tat überrascht und versuchte, nicht auf ihren Anblick zu reagieren. Sie sah wach und umwerfend aus, irgendwie wild in ihrem Leinenhemd und den Jeans, das Haar rechts und links mit Klammern festgesteckt.

»Was denn?«

»So ein merkwürdiges Rumpeln.«

»Gestern Nacht war es ziemlich windig, wahrscheinlich haben irgendwelche Zweige gegen ein Fenster geschlagen.«

Sie blickte zur Decke auf. »Das war mit Sicherheit kein Baum.«

Er zog die Brauen hoch und versuchte, nicht allzu selbstgefällig zu klingen. »Sie werden mir doch nicht etwa Bammel kriegen, oder?«

»Ich habe gezittert wie Espenlaub«, antwortete sie und stellte das Frühstückstablett auf den Tisch neben seine Schreibmaschine. »Und mir ein Abhäutemesser unter das Kopfkissen gelegt, für alle Fälle.«

Sein Lächeln erlosch. »Abhäutemesser?«

»Klar«, entgegnete sie und unterdrückte ein Gähnen. »Mein Dad lebte draußen im Busch, er brachte meinem Bruder und mir bei, wie wir uns verteidigen können, wenn Sie verstehen, was ich meine.«

»Doch, doch.«

»Hören Sie, ich fahre jetzt in die Stadt. Brauchen Sie außer Ihrem Rezept sonst noch was?«

»Vielleicht etwas Gorgonzola, falls es im Feinkostgeschäft den echten gibt.«

»Okay.«

Sie trat in den Gang hinaus, doch kaum hatte er die Luft ausgestoßen, die er die ganze Zeit angehalten hatte, steckte sie den Kopf erneut durch die Tür. »Noch was, Tom.«

»Ja?«

Ihr kühler Blick ruhte länger auf ihm, als ihm angenehm war. Sie lächelte nicht, doch rings um ihre Augenwinkel schienen sich Fältchen zu bilden. Machte sie sich etwa lustig über ihn?

»Versuchen Sie, sich zu benehmen, solange ich fort bin, okay?«

Er starrte auf die geschlossene Tür, während es in seinem Nacken kribbelte. Jeder Zentimeter seiner Haut schien in Flammen zu stehen, als wäre er soeben aus einer kochend heißen Dusche gekommen.

Sie erinnerte ihn an jemanden.

Ein Echo aus der Vergangenheit, das er nicht einordnen konnte, ein Funke, der sich nicht fassen ließ. Hatten sie miteinander geschlafen? Mein Gott, daran hätte er sich erinnert, ganz bestimmt. Hatte er vielleicht irgendwann ein Buch für sie signiert?

Er konnte sich beim besten Willen nicht erinnern. Doch das war nichts Außergewöhnliches. Es hatte einige Jahre gegeben – vor und nach seiner Scheidung –, in denen er vom Alkohol benebelt gewesen war. Wie er es geschafft hatte, während dieser Zeit sechs Bücher zu schreiben, war ihm ein Rätsel. Bei mehr als einer Gelegenheit hatte er sich lächerlich gemacht. Anfangs half der Alkohol, seine Enttäuschung zu verdrängen. Doch nach einer Weile wurde er zu einer Krücke. Zu einer Gewohnheit, die seine Ehe zerstörte. *Und genau aus dem Grund ist es besser, allein zu bleiben,* ermahnte er sich streng.

Dann wandte er sich wieder seiner Remington zu.

Tippte einen Satz und schweifte erneut ab.

Ein Teil von ihm nahm es ihr übel, dass sie in seine Einsamkeit hereingeplatzt war und ihn Tag und Nacht von der Arbeit ablenkte. Sie bemühte sich, keinen Lärm zu machen, doch er hatte sich dabei ertappt, dass er nach ihr horchte. Sie mit zunehmendem Interesse beobachtete. Den schlanken Körper, der sich über den Staubsauger beugte, die eng um den Hintern gespannten Jeans, das ärmellose T-Shirt, das sie beim Fensterputzen getragen hatte.

Es war schrecklich, doch er musste zugeben, dass er anfing,

ihre Anwesenheit zu genießen. Hinter ihrer lässigen Fassade verbarg sich eine Entschlossenheit, die er nicht erwartet hatte. Harte Worte prallten an ihr ab, seine Kritik stieß auf taube Ohren. Sie ließ sich durch nichts erschüttern. Wenn er bissig wurde, grinste sie nur zynisch in sich hinein und warf ihm diesen Blick zu – *ja, klar doch, du Idiot* – und machte einfach weiter. Die meiste Zeit ignorierte sie ihn.

Fast hätte er gelächelt, doch er nahm sich zusammen. Zwang sich, seine Aufmerksamkeit wieder auf die halb fertige Seite zu richten, die vor ihm lag. Auf eine Journalistin scharf zu sein würde ihm nicht helfen, sein Buch fertig zu schreiben. Den ganzen Morgen hatte er sich schlecht konzentrieren können. Hatte tausend Wörter zustande gekriegt, größtenteils Mist. Er schielte auf die Seite.

Ihre Berührung hatte ihn nach einem langen Winter wieder zum Leben erweckt.

Um Himmels willen!

Er zog das Blatt aus der Maschine, zerriss es und warf es in den Papierkorb. Dann spannte er ein frisches Blatt ein. Seine Finger zuckten, doch es kam nichts.

Er schloss die Augen und erinnerte sich daran, warum er hier war.

Warum er überhaupt nach Gundara zurückgekehrt war.

»Inspiration«, flüsterte er, doch es schien ein allzu fades Wort zu sein, um das Bild zu beschreiben, nach dem er suchte. Das Bild, das vom ersten Augenblick an seine Vorstellungskraft – und seine Karriere – angekurbelt hatte.

Im Geiste sah er sie klar und deutlich vor sich, ängstlich und vom Regen durchnässt: die Kleine, die noch immer am Rand seiner Träume umherstrich. Doch mit der Zeit hatte sich seine Erinnerung getrübt und war schließlich verblasst. Heute war sie nur ein verstaubtes Gespenst, völlig entrückt von der strahlenden Erscheinung, die seine Kreativität einst beflügelt hatte.

Stirnrunzelnd starrte er auf die Tür.

»Gail«, murmelte er.

Der Name hallte durch die Stille, die ihn umgab, es war ein Name, an den er nur noch selten dachte. Dann schüttelte er den Kopf. Lächerlich. Es war nicht sie. Das Mädchen, dem er an jenem düsteren Tag gegenübergestanden hatte, war ein schlaksiges Ding gewesen mit dünnen Beinen und knochigen Ellbogen. Ihre ängstlichen Augen hatten ihn hinter dicken Gläsern angeblinzelt.

Eine Million Lichtjahre entfernt von der Frau, deren Anwesenheit noch immer im Raum hing wie ein klarer süßer Hauch.

Er fuhr sich mit den Fingern durch die Bartstoppeln.

Schon jetzt vermisste er sie. Sehnte ihre Rückkehr herbei. Um ihre chaotische Schönheit in sich aufzunehmen, ihre rauchige Stimme zu hören. Und vielleicht, wenn er Glück hatte, ihrem sinnlichen Mund ein Lächeln zu entlocken.

Er seufzte. »Hör auf damit, Mann.«

Es hatte keinen Zweck, sich von seinen Fantasien hinreißen zu lassen. Seine Ehe hatte er bereits vergeigt. Hatte es sich mit seiner Frau verdorben und sich seine Schwiegereltern zu Todfeinden gemacht. Ganz zu schweigen von den unzähligen Freundinnen, die er verprellt hatte. Angesichts einer solchen Erfolgsbilanz hatte er kein Recht, je wieder eine Frau auch nur von der Seite aus anzusehen. Jedenfalls keine Journalistin. Und vor allem keine, die so gut aussah, so klug war und so viel mehr draufhatte als ein zynischer Scheißkerl wie er.

»Du hast *was*?« Mein Bruder blieb stehen und starrte mich an. »Hab ich richtig gehört? Du hast ein paar Tage da draußen bei ihm verbracht?«

Es war fast Mittag, und wir marschierten seit einer halben Stunde am Ufer des Lake Winsey entlang. Der See lag am nördlichsten Rand von Gundara, und als Kinder hatten wir jede freie Minute dort verbracht. Zehn Minuten zu Fuß von unserem alten Haus in der Bangalay Road entfernt war er für uns wie ein Paradies gewesen, mit einem weiten offenen Himmel, einem Labyrinth aus Teebaumbüschen, in denen man sich verstecken, und unzähligen flachen Steinen am Ufer, die man über das tiefe Wasser hüpfen lassen konnte.

»Hörst du deinen AB eigentlich nie ab?«, fuhr ich ihn an. »Ich war schon seit Montag da.«

»O Gott, Schwesterchen. Du hast eine Menge verrückter Dinge angestellt, aber das hier schlägt alles. Wer zum Teufel ist dieser Kerl überhaupt?«

»Genau das versuche ich herauszufinden.«

»Du bist ganz schön verrückt, ist dir das klar?«

»Yeah.«

»Und was ist dabei rausgekommen?«

»Er hat zugestimmt, mir ein Interview zu geben, will aber nur rein professionelle Fragen beantworten – nichts über sein Privatleben. Leider, denn das interessiert mich am meisten.«

Duncan schüttelte den Kopf und beschleunigte dann seinen Schritt, raste los wie eine Dampfmaschine. Ich lief ihm nach und hüpfte über die Kieselsteine, um nicht zurückzubleiben. Ich hatte lange Beine, doch Duncan war eine Bohnenstange.

»Hast du versucht, ihn zu googeln?«

»Na klar. Aber da steht nur was über seine Bücher. Kritiken,

Links zu Amazon. Eine kurze Biografie auf der Seite seines Verlages, die einem so gut wie nichts verrät.«

»Warum ist dir das eigentlich so wichtig?«

»Weil ich ...« Ich blieb stehen. Der Wind blies uns ein paar Tropfen ins Gesicht, und ich fröstelte. Als Kind war ich durch den Herbst und auf den Winter zugehetzt, immer in der Sehnsucht, ihn hinter mich zu bringen, damit es so schnell wie möglich wieder Frühling und Sommer wurde. Es war nicht nur die Wärme, nach der ich mich sehnte, sondern auch die Helligkeit und die Sonne, die Bienen, die Schmetterlinge und das Ausschlagen der Bäume. Doch seit meiner Rückkehr nach Gundara vor zwei Jahren hatte ich mir einen langsameren Rhythmus angewöhnt und war ganz zufrieden damit, mich unbewusst treiben zu lassen. Irgendwie abwesend.

Bis letzte Woche.

Jetzt hatte mich das alte Verlangen, durch die Jahreszeiten und durch mein Leben zu jagen, erneut gepackt. Ich war kribbelig, es juckte mich in den Fingern und Zehen, ständig war ich in Eile. Als schleppte ich tief in meinem Innern eine tickende Zeitbombe mit mir herum.

Ich holte tief Luft. »Kannst du dich noch an meine Aussage im Jasper-Prozess erinnern?«

Duncan blieb wie angewurzelt stehen. Er schien in sich zusammenzufallen, das Kinn senkte sich ein wenig, und er starrte mich finster an.

»Wie könnte ich das je vergessen?«

Ich trat von einem Fuß auf den anderen und versuchte, mich zusammenzunehmen.

»Hast du je gedacht, dass ich mich vielleicht geirrt haben könnte?«

»Geirrt?«

»Ja, dass ich falsch lag. Dass es nicht Jasper war, der mich an jenem Tag angegriffen hat. Ich weiß nur, dass ich vor ihm weggelaufen bin, und ich bin mir ziemlich sicher, dass ich gestürzt bin.« Ich senkte die Stimme. »Dunc, hast du jemals gedacht, dass sie meinetwegen den Falschen verurteilt haben könnten?«

Mein Bruder trat unsicher auf mich zu und sagte mit rauer Stimme: »Nein, niemals. Ich habe nie an deiner Aussage gezweifelt, warum auch? Du warst da, du hast den Mistkerl gesehen, von ganz nah. Er hat versucht ... Mein Gott, Abby. Die Sache ist zwanzig Jahre her. Wieso kommen dir jetzt plötzlich diese Zweifel?«

»Diese Kleine, die ich im Wald gefunden habe.«

»Was ist mit ihr?«

»Sie geht mir nicht aus dem Kopf. Wie sie aussah. Das blasse Gesicht. Das Blut in ihrem Haar. Die kaputten Fingernägel und die aufgescheuerten Fingerknöchel. Ganz allein im Wald. Sie hat mich ... nun ja, sie hat mich an mich selbst erinnert.« Ich schluckte. Jetzt, da ich meine Ängste laut aussprach, kamen sie mir übertrieben und kindisch vor. Als hätte ich mit einer Taschenlampe in die düsterste Ecke meiner Albträume geleuchtet und nur Spinnweben gefunden. Trotzdem konnte ich das Gefühl nicht abschütteln. »Was, wenn es wieder passiert, Dunc?«

Duncan umfasste meine Schultern und schaute mir fest in die Augen. »Es passiert nicht wieder.«

»Aber ...«

»Jasper Horton sitzt im Gefängnis, Abby. Es ist vorbei, okay?«

Ich riss mich von ihm los und sagte mir, dass er recht hatte und ich nur paranoid war. Ich ließ meine Gedanken los, holte

Luft, sah über den See und versuchte, meine Ängste wegzuatmen.

Am Himmel waren Wolken aufgetaucht, der Wind, der über den See blies, fühlte sich jetzt eisig an. Meine Strickjacke war viel zu dünn für so ein Wetter. Ich zog sie enger um mich und fühlte mich plötzlich sehr klein.

»Hast du im Krankenhaus etwas herausfinden können?«

Duncan verzog das Gesicht. »Ein Kerl mit kaputten Fingerknöcheln, nachdem er gegen den Wagen seines Freundes gehämmert hatte. Eine Frau mittleren Alters, die den Daumen unter die Nadel ihrer Nähmaschine gehalten hatte. Ansonsten war es eine ruhige Woche. Keinerlei Kopfverletzungen. Keine Teenager.«

Wir waren fast am Parkplatz angelangt, und ich konnte es kaum erwarten, endlich im warmen Kokon meines Ford Fiesta zu sitzen. Während ich nach den Wagenschlüsseln kramte, seufzte ich frustriert. »Es ist, als wäre sie vom Erdboden verschluckt.«

»Vom Erdboden verschluckt?« Duncan griff nach seinem Fahrrad, das er gegen meine Stoßstange gelehnt hatte. Er wirkte nachdenklich. »Wahrscheinlich hat es nichts zu bedeuten, aber ...«

»Was denn?«

»Du weißt doch, dass ich nach wie vor Essen auf Rädern ausfahre.«

Ich warf meine Schlüssel in die Luft und fing sie wieder auf. »Klar.«

»Eine meiner alten Damen schien gestern Abend ein bisschen von der Rolle zu sein.«

»Ach ja?«

»Es war wegen ihrer Enkelin. Das Mädchen hatte sich eine

Woche zuvor mit ihrer Mutter gestritten. An ihrem Geburtstag. Sie war so aufgebracht, dass sie ausgerissen und zu ihrem getrennt lebenden Vater an die Küste gefahren ist.«

Ich horchte auf. »Und ...?«

»Die alte Mrs Pitney war so aufgebracht, weil die Kleine nicht mal angerufen hat, wenigstens um mitzuteilen, dass sie wohlbehalten bei ihrem Vater angekommen ist. Die Mutter macht sich weniger Sorgen. Das Mädchen ist schon mehrmals von zu Hause abgehauen. Aber seit einer Woche hat niemand mehr etwas von ihr gehört.«

Ich lief über die Straße auf das schlichte Eternithaus zu. Ich war schon tausendmal daran vorbeigefahren und hatte mir die Rotznasen angesehen, die auf dem Gartentor saßen und die vorbeifahrenden Wagen mit Steinen bewarfen. Heute war der Vorgarten leer – abgesehen vom Unrat. Alte Rasenmäher und zurückgelassenes Spielzeug vermüllten den ungepflegten Rasen, in der Auffahrt verrottete ein rostiger Torana.

Ich klopfte an die Tür. Hinter dem Haus hörte ich Geschrei, dann das schrille Heulen eines Kindes. Kurz darauf das Schlurfen von Hausschuhen, die näher kamen. Die Tür ging einen Spalt auf, und zwei gerötete braune Augen starrten mich an. »Egal, was Sie verkaufen, ich bin nicht interessiert.«

Als sie die Tür wieder schließen wollte, hielt ich sie mit der Hand auf. »Warten Sie, ich will Ihnen nichts verkaufen. Ich bin wegen Ihrer Tochter hier.«

Die Tür tat sich weit auf.

Eine Frau um die dreißig zog sich den Morgenmantel enger um den schwangeren Bauch, zog an ihrer Kippe und blies mir den Rauch ins Gesicht.

»Sind Sie Lehrerin?«

»Nein, aber ich mache mir Sorgen um ...«

»Polizistin?«

Ich schüttelte den Kopf. »Ist Ihre Tochter mittlerweile wieder da?«

Sie blickte über meine Schulter auf die Straße. »Sie machen wohl Witze, oder? Shayla hat sich seit einer Woche hier nicht blicken lassen. Scheinbar hat sie sich wieder mal verpisst.«

»Haben Sie eine Ahnung, wo sie sein könnte?«

Die Frau errötete. Ein wenig schmeichelhaftes Purpurrot, das sich bis zu den dunklen Wurzeln ihres blond gefärbten Haars ausbreitete. »Sie sind vom Jugendamt, stimmt's? Mist, das hätten Sie mir sagen müssen. Hören Sie, ich hab Ihnen schon mal gesagt, dass ...«

»Ich bin nicht vom Jugendamt. Mein Bruder kennt zufällig Shaylas Großmutter. Sie macht sich Sorgen um das Mädchen.«

»Dann sagen Sie der alten Zicke, dass sie sich um ihren eigenen Dreck kümmern soll.«

»Nun, aber ich mache mir auch selbst Sorgen. Letzte Woche habe ich im Schutzgebiet ein verletztes Mädchen gefunden. Bevor ich Hilfe holen konnte, war sie plötzlich verschwunden. Ich will nur ausschließen, dass es Ihre Tochter war. Das Mädchen hatte braunes Haar und trug eine rote Jacke. Sie war schlank. Könnte es Shayla gewesen sein?«

Daraufhin stieß die Frau einen unterdrückten Fluch aus, trat ins Haus zurück und knallte mir die Tür vor der Nase zu.

Ich wartete, in der Hoffnung, sie könnte ins Haus gegangen sein, um ein Foto von ihrer Tochter zu holen. Die Minuten verstrichen. Ich klopfte erneut und wartete, doch als sie nicht wieder aufmachte, drehte ich mich um und ging auf das Gartentor zu. Mir schwirrte der Kopf. Zumindest hatte ich jetzt einen Namen. Shayla Pitney. Duncan hatte wohl recht. Wahrscheinlich bedeutete es nichts. Wie jede Stadt hatte auch Gundara seinen Anteil an Familien mit Problemen. Drogen, Alkohol, Armut. Jugendliche liefen ständig von zu Hause weg. Sie trampten oder sprangen auf einen Zug auf, und dann kamen sie Tage oder Wochen später zurück, nachdem sie die Nase voll davon hatten, im Freien zu schlafen, oder mal wieder auf die Straße gesetzt worden waren.

Doch als ich mich durch das Tor auf die Straße zwängte, tauchte das blutverschmierte Gesicht des Mädchens wieder vor mir auf. Sie hatte so klein gewirkt, als sie unter dem Eukalyptusbaum lag. So verletzlich. Ich straffte die Schultern. Übertrieb ich? Vielleicht war es gar nicht Shayla gewesen. Vielleicht hatte es das Mädchen heil wieder nach Hause geschafft. Und war jetzt bei Menschen, die sie liebten ...

»Hey!«

Ich drehte mich um und sah, wie die Frau an der Haustür lehnte und mit einem Blatt Papier wedelte.

Ich lief über den Pfad zurück.

Es war kein Foto, sondern eine mit grüner Tinte gekritzelte Nachricht.

Du kannst mich mal, Mum. Ich habe genug von deiner Scheiße. Ich zieh zu meinem Dad an die Küste. Viele Grüße, Shay.

»Eine kleine Hexe«, sagte die Frau. »Sie hat schon immer Ärger gemacht. Vom allerersten Augenblick an, wo ich mit ihr schwanger war, hat sie Ärger gemacht.«

Ich reichte ihr den Zettel zurück. »Haben Sie seitdem von ihr gehört?«

Die Frau verzog ungläubig das Gesicht. »Von wegen. Und ich rechne auch nicht damit. Es ist nicht das erste Mal, dass sie durchbrennt. Und es wird auch nicht das letzte Mal gewesen sein.«

»Könnten Sie mich bitte benachrichtigen, falls sie zurückkommt?«

Sie schnaubte verächtlich. »Glauben Sie etwa, ich könnte mein Geld für Telefonanrufe verschwenden? Das kleine Miststück hat mich ausgenommen wie eine Gans. Sogar meine neue Jacke hat sie mitgehen lassen.«

»Eine rote Jacke?«

Sie blinzelte zu mir auf. »Was ist damit?«

»Das Mädchen im Wald trug eine rote, mit Pailletten besetzte Jacke.«

Sie kniff die braunen Augen zusammen. Einen kurzen Augenblick dachte ich, sie würde aufhören, die Rabenmutter zu spielen, und sich besorgt zeigen, mich vielleicht bitten, das Mädchen zu beschreiben, das ich gefunden hatte, oder gar ein Tränchen vergießen. Stattdessen wurden ihre Augen hart, und sie zog sich den Morgenmantel noch enger um die Brust.

»Solche Jacken gab es im Schlussverkauf bei Kmart. Jeder hier hat so eine.«

»Aber ...«

»Nichts aber. Lassen Sie sich hier nicht mehr blicken, haben Sie verstanden? Sonst sage ich den Bullen, dass Sie mir nachstellen. Und jetzt verschwinden Sie, bevor ich endgültig die Geduld verliere.«

»Wie kommt es eigentlich, dass Sie sich gar keine Sorgen machen?«

Sie faltete den Zettel zusammen und steckte ihn in die Tasche. »Shayla macht nichts als Ärger. Die ganze Zeit. Die

Polizei hat es satt, sie immer wieder herzubringen, und ich habe keine Lust mehr, mich um ihren Mist zu kümmern. Die kleine Hexe macht mehr Probleme, als sie wert ist.«

Das Herz schlug mir noch immer bis zum Hals, als ich wenige Straßen weiter rechts ranfuhr und den Wagen gegenüber einer Schürferhütte mit rosa Schindeln parkte.

Während ich im Wagen sitzen blieb, ging mir Shaylas Mutter nicht aus dem Kopf – ihr blasses Gesicht und ihre geröteten Augen ließen mich einfach nicht los.

Eine richtige Querulantin, macht die ganze Zeit nur Ärger.

Es war mehr als offensichtlich: Sie glaubte nicht, dass ihre Tochter verloren gegangen war oder sich in Gefahr befand, und vielleicht hatte sie ja sogar recht. Es war nicht das erste Mal, dass Shayla von zu Hause weggelaufen war, wieso sollte es dieses Mal anders sein? Alles, was sie mit dem Mädchen auf dem Campingplatz gemeinsam hatte, war eine rote Jacke und eine Woche Schweigen.

Trotzdem spürte ich es bis ins Mark: Sie war es.

Es war nur ein Gefühl, eine Intuition. Ein Haufen unbeantworteter Fragen. Wo steckte Shayla jetzt? War sie bei ihrem Vater an der Küste und einfach zu wütend, um sich zu melden? Oder doch noch im Schutzgebiet, verloren und verwirrt? Irgendwo gefangen, unfähig, nach Hause zurückzufinden? Das waren lauter Katastrophenszenarien, doch alle Zeichen deuteten darauf hin, dass irgendwas furchtbar schiefgegangen war. Die Verletzungen an Händen und Fingernägeln; das dunkle Haar, ihr Alter. Genau wie die anderen Mädchen, die zwanzig Jahre zuvor verschwunden waren. Ich betete zu Gott, dass Duncan recht hatte. Seit Jasper im Gefängnis saß, war der Albtraum von Blackwater ein für alle Male vorbei gewesen.

Trotzdem nagte dieses Gefühl an mir. *Und wenn es doch wieder passiert war?*

Ich kurbelte das Fenster ein Stück herunter und schaute durch den Spalt auf die pinkfarbene Hütte. Das Unkraut stand kniehoch, sodass sich das Gartentor kaum öffnen ließ, und überwucherte den betonierten Pfad, der zur Haustür führte. Auf der Veranda stapelten sich mit leeren Flaschen gefüllte Bierkästen und bündelweise alte Zeitungen.

Zu beiden Seiten waren die Gärten der Nachbarhäuser gepflegt, die Rasenflächen ordentlich gemäht, die sauberen Häuser hinter blühenden Büschen verborgen. Eingequetscht in diese heile Welt wirkte die Schürferhütte wie ein schäbiger Gast auf einer eleganten Dinnerparty. Die Läden vor den Fenstern waren geschlossen, die Farbe blätterte ab. War sie schon immer so verwahrlost gewesen? Oder hatte Roy Horton sie verfallen lassen, nachdem man seinen Sohn ins Gefängnis gesteckt hatte?

Ich rutschte auf dem Fahrersitz hin und her und stellte mir vor, wie sich Roy im Innern von einem Zimmer zum anderen bewegte, seine Erinnerungen und seinen Groll ausschwitzte. Vielleicht, so wie ich, auch seine Schuldgefühle. Seit zwei Jahrzehnten erzählte er jedem, der es hören wollte, dass sein Sohn unschuldig war. Jasper sei ein Tunichtgut, aber kein Mörder. Wieso war er sich so sicher? Wusste er etwas, das die Ermittler übersehen hatten? Oder hielt er sich lediglich an einem Strohhalm fest, weil er die schreckliche Wahrheit nicht ertragen konnte?

Ich zappelte mit den Beinen und verdrückte eine ganze

Rolle Pfefferminzbonbons, während die Worte, die ich zu Duncan gesagt hatte, in meinem Kopf widerhallten. *Glaubst du, dass sie den Falschen verurteilt haben könnten?*

Letzte Woche war Roy auf dem Parkplatz auf mich zugekommen. *Du bist doch das Radley-Mädchen, stimmt's?* Er hatte neben seinem ramponierten Hilux gestanden, in dem ein Hund bellte. Die King Gees und das fadenscheinige Hemd hatten seine Verzweiflung ausgedünstet, während er zusah, wie ich hastig davonfuhr.

»Jetzt mach dir mal nicht in die Hose«, ermahnte ich mich. »Steig aus. Geh durch das Tor, durch den Vorgarten und klopf an die Tür. Frag ihn, was er von dir wollte …«

Da öffnete sich die Haustür.

Ein Mann trat aus dem Haus. Er ging über die Terrasse und hinterließ dabei eine Rauchwolke. Er hatte eine braune Strickjacke über sein Flanellhemd gestreift und die ausgebeulten King Gees gegen eine schwarze Hose eingetauscht. Auf dem halben Weg zur Treppe beugte er sich über eine der Kisten und nahm eine Zeitung heraus, dann drehte er sich um und machte Anstalten, wieder ins Haus zu treten. Plötzlich zögerte er, sah auf und ließ den Blick über die Straße streifen.

Ich erstarrte.

Roy winkte, freundlich, leicht besorgt, als hätte ich mich verfahren und versuchte, mich neu zu orientieren.

Ich versuchte, seinen Gruß zu erwidern. Es wäre die am wenigsten verdächtige Geste, die ich zustande bringen konnte. Die perfekte Gelegenheit, auszusteigen und zu ihm rüberzugehen. Mich vorzustellen und Hallo zu sagen.

Doch meine Hände hielten das Steuer so fest umklammert, dass ich sie nicht bewegen konnte. Schließlich schaffte ich es, eine zu lösen, doch statt zu winken, legte ich den Gang ein und setzte überstürzt zurück auf die Straße. Hastig bog ich um die Ecke, stieß gegen den Bordstein, hielt aber nicht an, verlangsamte nicht einmal die Fahrt, sondern raste weiter, bis ich mit quietschenden Reifen den Parkplatz vor dem Polizeirevier von Gundara erreichte.

Das Polizeirevier war ein rotes Backsteingebäude an der Hauptstraße im Zentrum der Stadt, zwei Häuserblocks von der Post entfernt. Ich trat durch die Tür zum Glasfenster des Schalters und drückte auf die elektrische Klingel. Irgendwo klapperte eine Schreibmaschine, und man hörte eine gedämpfte Stimme beim Telefonieren. Schließlich wurde der Hörer aufgelegt, und eilige Schritte hallten durch den Flur.

Eine Polizistin tauchte auf und hob erwartungsvoll die Brauen. Ich erklärte ihr, wer ich bin, dass ich letzte Woche ein verletztes Mädchen auf dem verlassenen Campingplatz gefunden hatte und inzwischen glaubte, das Mädchen könnte Shayla Pitney sein.

Die Polizistin griff nach ihrem Notizblock. Es musste sich herumgesprochen haben, vielleicht hatte sie den Bericht des Krankenwagens gesehen, denn sie wirkte von meiner Schilderung nicht überrascht. Sie kritzelte ein paar Zeilen, dann musterte sie mich durch die kugelsichere Glasscheibe.

»Sind Sie mit ihr verwandt?«

»Nein, ich kenne sie nicht einmal persönlich.«

»Sie haben mit ihrer Mutter, Coral Pitney, gesprochen, richtig? Und Coral hat gesagt, sie sei zu ihrem Dad gefahren?«

»Shayla hat ihrer Mutter eine Nachricht hinterlassen, ja.«

»Und warum glauben Sie, dass sie vermisst wird?«

»Weil mein Bruder mir heute morgen erzählt hat, dass sich Shaylas Großmutter Sorgen macht. Seit einer Woche hat niemand mehr von Shayla gehört. Außerdem hat ihre Mutter von einer roten Jacke gesprochen. Das Mädchen im Wald hatte auch eine rote Jacke an.«

Die Polizistin warf einen Blick auf ihre Notizen. »Sie haben gesagt, dass die Wunde am Kopf Ihnen ernst vorkam. Deshalb haben Sie einen Krankenwagen gerufen, doch als der eintraf, war das Mädchen verschwunden.« Sie sah auf, und ihr Gesicht wurde sanft. »Jugendliche fahren oft ins Schutzgebiet, um dort zu trinken und zu feiern. Sicher ist Ihnen bewusst, dass das Mädchen sich erholt und nach Hause gegangen sein könnte.«

Ich nickte. »Das habe ich auch gedacht, aber nachdem ich mit ihrer Mutter gesprochen habe, bin ich mir nicht mehr sicher.«

Die Beamtin kippelte auf ihren Absätzen vor und zurück. »Sind Sie denn sicher, dass es Shayla war, die Sie gefunden haben? Hat ihre Mutter Ihnen ein Foto von dem Mädchen gezeigt?«

Ich trat näher an den Schalter und senkte die Stimme. »Coral wollte nichts von ihr wissen. Sie sagte, Shayla würde ständig von zu Hause weglaufen. Offenbar macht sie sich keinerlei Sorgen; sie ist eher böse, weil ihre Tochter ständig Ärger macht. Sie sagte, ich solle mich um meine eigenen Angelegenheiten kümmern. Trotzdem will ich die Sache nicht auf sich beruhen lassen. Mir ist schon klar, dass es wenig überzeugend klingt, aber ich habe nun mal ein mulmiges Gefühl.«

Die Neonlampe über uns flackerte und tauchte den Empfangsschalter vorübergehend in Dunkelheit.

»Hören Sie, ich verstehe Ihre Sorge«, erklärte die Beamtin freundlich. »Und wir nehmen derartige Berichte immer sehr ernst. Ich werde einen Streifenwagen zum Campingplatz schicken, um die Gegend noch einmal unter die Lupe zu nehmen. Aber so etwas kommt öfters vor. Dass Jugendliche durchbrennen, weil sie zu Hause unglücklich sind.« Sie seufzte und warf einen Blick über die Schulter in Richtung Gang, ehe sie fortfuhr. »Ich kenne die Familie, sie hat einige Probleme. Coral hat fünf Kinder, und ein weiteres ist unterwegs. Eigentlich zu viele für die geringen Einkünfte der Familie. Aber Shayla ist immer nach etwa einer Woche wieder nach Hause zurückgekommen, wenn ihr das Geld ausgegangen ist.«

»Ich hoffe, dass Sie recht behalten.«

»Die gute Nachricht ist, dass in achtundneunzig Prozent der Fälle die vermisste Person innerhalb einer Woche gesund und munter wieder auftaucht.«

»Und was ist mit den anderen zwei Prozent?«

Die Polizistin klopfte mit ihrem Stift auf den Notizblock. »Wenn sie bis zum nächsten Wochenende nicht wieder aufgetaucht ist, werden wir eine Untersuchung einleiten. Aber wie gesagt, wahrscheinlich ist sie bis dahin längst wieder da.«

Kapitel 6

Ihr war kalt. Sie konnte gar nicht mehr aufhören zu zittern. Außerdem hatte sie Kopfschmerzen, liebe Güte, und was für welche! Sie blinzelte. Ihre Augen waren völlig verklebt; sie kriegte sie nicht auf, nicht mal einen Spalt. Es fühlte sich an, als wären sie noch voller Schlaf. Sie fuhr sich mit der Zunge durch den Mund. Schmeckte Blut. Schluckte.

Oh Gott, tat ihr der Kopf weh.

Wenn sie sich anstrengte, konnte sie die Hand bewegen. Sie fasste sich ans Gesicht. Sie lag auf etwas Weichem, einer Matratze. Die raue Decke unter ihr fühlte sich steif an und roch ekelhaft.

Das war nicht ihr Bett.

Die Erinnerung kam scheibchenweise zurück. Der Streit mit dem schwachköpfigen Freund ihrer Mutter. Coral, die sie anschrie und ihr sagte, sie solle endlich verschwinden. Wie sie am Straßenrand stand und wartete. Stundenlang in der heißen Sonne, mit ihrer schweren Tasche. Dann hielt ein Wagen an, und sie stieg ein. Von da an war alles verschwommen. Sie erinnerte sich vage daran, wie sie um sich geschlagen hatte und durch den Wald gestolpert war. Stürzte und wieder aufstand, blind vom Blut, das ihr über die Stirn sickerte. Sie versuchte, vor etwas zu flüchten, vor jemandem ...

Jemandem, der sich in der Dunkelheit hinter ihr einen Weg durch das Gebüsch bahnte.

Sie schluchzte. »Mum?«

Das Wort klang dumpf, als hätte die Dunkelheit um sie herum es aufgesaugt. Sie richtete sich auf Händen und Knien auf, rollte sich von der Matratze und schaffte es, auf die Beine zu kommen. Dann rieb sie sich den Schlaf aus den Augen und sah sich um.

Wie war sie hierhergekommen?

Und was bedeutete *hier* überhaupt?

Sie streckte die Hand aus. Ihre Finger stießen gegen etwas Glattes, Metallisches, es war feucht. Eine Wand. Sie fuhr mit den Fingerspitzen über die kalte Oberfläche, riss die Augen auf, konnte jedoch nichts erkennen, nur Dunkelheit. Keine Tür weit und breit. Kein Fenster.

Sie hämmerte mit der Faust gegen die Wand.

»Lass mich hier raus, du verrückter Spinner! Wieso bin ich hier? Lass mich raus!«

Doch während ihre Schreie verhallten und von der Stille ringsum verschluckt wurden, sah sie ein, dass es überhaupt keine Rolle spielte, warum sie hier war. Oder ob ihr das jemand angetan hatte. Nur dass sie hier gefangen war. Allein in irgendeinem vergessenen Loch oder einer Höhle. Verloren in der Dunkelheit der Nacht.

Und kein Mensch wusste, dass sie hier war.

Kapitel 7

Joe sah sich in dem Chaos um. Nadelkissen und Körbe voller Stoffreste. Auf dem Fensterbrett lag Lils gute Nähschere und setzte Staub an. Die Singer war mit einem Geschirrtuch zugedeckt, lose Fäden hingen von den Spulen wie ein Gewirr von buntem Haar. Wie Lil sich in diesem Durcheinander zurechtfand, war ihm schon immer ein Rätsel gewesen. Jetzt, da ihre Theatergruppe die Arbeit wieder aufnahm, würde sie bald wieder hier herumwuseln und einen Haufen von Kostümen, Kulissen und Gott weiß was nähen.

Sie war heute Morgen leicht verschnupft zu ihrer Nähgruppe aufgebrochen, wie jeden Donnerstag. Hatte ihm einen bösen Blick zugeworfen und Theater gemacht, weil sie ihn allein zu Hause lassen musste. *Mein Zimmer ist tabu. Hast du mich verstanden, Joe?*

Er hatte vor Erleichterung aufgeatmet, als sie endlich weg war. Und jetzt war er hier, in der verbotenen Zone.

Er ging zu der Kommode, auf der die Nähmaschine stand, und strich mit dem Finger über die Schubladen. Lil war nicht einfach nur böse gewesen, als sie ihn am Tag zuvor hier gefunden hatte. Sie war ihm beinahe *ängstlich* erschienen. Besorgt, dass er möglicherweise etwas gefunden hatte, was er nicht hätte finden sollen.

Er trat noch näher an die Nähmaschine heran und starrte auf die unterste Schublade. Dann warf er aus reiner Gewohnheit einen Blick über die Schulter. Lil würde erst in ein paar Stunden zurück sein.

Er spürte einen Stich in seinem Herzen und massierte den Krampf weg.

»Reiß dich zusammen, alter Knabe!«

Er zog die untere Schublade einen Spaltbreit auf und warf einen Blick hinein. Haufenweise Maßbänder, Garnknäuel und volle Nadelkissen. Er öffnete sie noch ein Stück weiter und wühlte in dem Durcheinander, um nachzusehen, was sich darunter befand.

Dann schnappte er plötzlich nach Luft. Tastete nach seiner Brust. Umfasste sie mit beiden Händen.

Er kippte nach vorn, hielt sich mit beiden Händen an Lils Nähsessel fest und atmete tief ein, um den Krampf zu lösen. Verfluchte seine dämliche Pumpe. Es war schon der dritte Herzanfall in zwei Wochen.

In der Hosentasche hatte er sein Spray.

Er nahm den Deckel ab und sprühte sich das Zeug unter die Zunge. Dann sackte er auf den Stuhl, vergrub den Kopf in den Händen und wartete darauf, dass das Medikament seine Wirkung entfaltete. Geschah ihm ganz recht, wer hatte ihm gesagt, dass er herumschnüffeln sollte? Und so nervös über das, was er möglicherweise finden würde. Lil hasste es, wenn er ihr Zimmer betrat, obwohl er es so gut wie nie tat. Nicht mehr. Einmal, vor langer Zeit, war er auf der Suche nach Nadel und Faden hereingeplatzt – eine alte Gewohnheit aus der Armee, sich die Socken selbst zu stopfen – und hatte Lil stocksteif auf ihrem Nähsessel sitzend angetroffen. Ihr Gesicht war rau gewesen, ihre Augen gerötet und glasig.

Sie starrte auf etwas, das sie auf dem Schoß liegen hatte. Joe hatte nicht erkannt, was es war; sie versteckte es unter ihrem

Stickrahmen. Im ersten Augenblick hatte er versucht, sie zu besänftigen, doch als er die Hand ausstreckte, um ihr beruhigend auf die Schulter zu klopfen, fuhr sie ihn wütend an.

Raus hier ... verschwinde, du Dummkopf!

Lieber Himmel, dieses Funkeln in ihren Augen! Wie kaltes Feuer.

Er erschauerte.

Einmal war er während des Krieges in Neuguinea auf die Leiche eines Mannes gestoßen. Ihrem Zustand nach zu urteilen musste der arme Kerl schon eine ganze Weile dort am Waldrand gelegen haben. Er war bloß ein Häuflein Knochen, seine Uniform hing in Fetzen. Joe war noch fast ein Kind, kaum achtzehn Jahre alt. Neunzehnhundertzweiundvierzig, drei Jahre zuvor, hatte er sich freiwillig zur Armee gemeldet, nachdem er einen Freund seines Dads überredet hatte, das Anwerbungsformular zu unterschreiben. Seitdem hatte er unzählige Leichen gesehen, doch irgendwas zog ihn zu dieser hin. Er fand nie heraus, warum, sein Hirn war von zu wenig Schlaf und zu viel Kanonendonner verwirrt gewesen. Er ging hin und stieß die Leiche leicht an, daraufhin tauchte eine riesige Schlange aus dem Brustkorb auf und zischte Joe mit gefletschten Giftzähnen an. Ihre winzigen schwarzen Augen funkelten drohend.

Joe vertrieb die Erinnerung.

Er sollte sich schämen, so von Lil zu denken. Sie ausgerechnet mit einer Schlange zu vergleichen. Vor allem, weil genau das Gegenteil zutraf. Seine geliebte Lil hatte ihm ein anständiges Leben ermöglicht, ein volles Leben. Sie war vernünftig und verlässlich. Unter der rauen Schale schlug ein warmes Herz. Das liebte er an ihr. Sie gab ihm Halt. Sie war eine gute Frau, und er hatte kein Recht, an ihr zu zweifeln, nicht einmal in den verborgensten Winkeln seines Bewusstseins.

Ein Bild von ihr hatte sich für immer in sein Gedächtnis eingebrannt: als er sie zum ersten Mal sah. Ein sechzehnjähriges Mädchen, lange Beine und eine Mähne von dichtem blondem Haar. Still und misstrauisch. Lil war schon immer ein Bündel von Widersprüchen gewesen. An einem Tag war sie sein hübsches Mädchen, süß und fröhlich. Dann bemerkte er, wie sie sich in harten Zeiten, zum Beispiel nach einer ihrer zahlreichen Fehlgeburten, verändern konnte. Ihre Gesichtszüge wurden hart, ihre Stimme aggressiv. Sogar die Art, wie sie sich breitschultrig und steif vor ihm aufstellte, als wollte sie ihn herausfordern. Und dieser Blick.

Gott, dieses kalte Feuer.

Als wäre es nicht Lil, die ihn so anstarrte, sondern eine wütende Fremde. Jemand, der ihm Angst machte.

Es war nicht seine Lil gewesen, die ihn an jenem Tag so angefahren hatte. Es war jemand anders gewesen, eine Frau, die er nicht wiedererkannte. Eine, die er im Laufe der Jahre gelegentlich gesehen, aber lieber ignoriert hatte. Lil hatte ein geheimes Ich, das gelegentlich durch einen Spalt in ihrer Seele schlüpfte und eine Weile das Kommando übernahm, bis es ihr gelang, wieder zu ihm zurückzufinden.

Joe schloss die Schublade. Er stemmte die Hände auf die Knie, rappelte sich auf und ging zur Tür. Dann blieb er stehen und warf noch einen letzten Blick auf die Nähmaschine.

»Was auch immer du da versteckt hältst«, murmelte er und steckte die kleine Spraydose wieder in die Tasche, »bei Gott, ich will es lieber nicht wissen.«

Lil starrte durch die Windschutzscheibe nach vorn, doch ihr Blick fiel immer wieder auf den rechteckigen kleinen Gegenstand, der auf dem Beifahrersitz lag.

Sie in Versuchung führte.

Sie zwang, nach ihm zu greifen und einen Blick in sein Inneres zu werfen. Sich die Geheimnisse anzuschauen, die darin verborgen waren.

Nachdem Joe letzte Woche fast darüber gestolpert war, nahm sie das verfluchte Ding jetzt lieber mit zu ihrer Nähgruppe. Halbwegs in der Hoffnung, an einem Damm oder einem Fluss vorbeizukommen, wo sie es auf dessen schlammigem Grund befördern konnte, gleichzeitig wohl wissend, dass sie im Zweifelsfall doch einen Rückzieher machen würde. Wie jedes Mal.

Sie drosselte die Geschwindigkeit und fuhr rechts ran. Dann stellte sie den Motor ab, blieb im Wagen sitzen und starrte eine ganze Weile durch die Windschutzscheibe. Der Sturm vom letzten Montag klang noch nach, der Himmel war mit grauen Wolken bedeckt. Sie blickte auf und versuchte, den Regen allein mit ihrer Willenskraft zu stoppen. Sie fuhr nicht gern im Regen, vor allem nicht, wenn ihr so vieles auf der Seele lag.

Sie faltete die Hände im Schoß und blickte auf sie nieder. Sie zitterten leicht. Lil runzelte die Stirn. Waren das wirklich *ihre* Hände?

Dicke kräftige Fingerknöchel, so wie sie immer gewesen waren, nur hatte jetzt die Haut dunkle Altersflecken bekommen und war von verschlungenen blauen Adern durchzogen. Es kam ihr vor, als wären ihre Hände gestern noch weich und blass wie Elfenbein gewesen und hätten vor Jugend gestrotzt. Erst vor einem Moment war sie ein neunjähriges Kind gewesen, das seinem Leben zuversichtlich und erwartungsvoll entgegensah. Sie hatte davon geträumt, Sängerin zu werden. Eine Operndiva wie Nellie Melba oder ein trauriger Singvogel wie Nina Simone. Früher war Musik ihre zweite Natur gewesen. Es hatte eine Zeit gegeben, in der sie glaubte, dass Musik sie retten, sie aus ihrem schlichten Zuhause in der Stanley Street in die High Society von Paris, Mailand oder New York entführen könnte.

Sie seufzte. Ihre Pläne, ihre Träume.

Wie konnte es sein, dass sie alle so fehlgeschlagen waren?

Aber sie wusste es ja, nicht wahr?

Vor ihrem geistigen Auge tauchte das Bild ihrer Schwester auf. Noch ehe sie es verhindern konnte, kam ihr ein Name über die Lippen, den sie seit sechzig Jahren nicht auszusprechen gewagt hatte.

Montag, 13. Juni 1949

»Frankie«, sagte er heute Morgen, »wie lange seid ihr beide schon hier?«

»Das weißt du doch.«

»Ich will es von dir hören.«

»Warum?«

»Darum.«

Wir waren allein in dem hellen Zimmer; Ennis und ich saßen zusammen am Tisch. Im hellen Zimmer zu sein ist seine Belohnung dafür, dass wir artig sind. Unser kleines dunkles

Zimmer mit dem Bett führt durch eine Stahltür in diesen hellen Raum, der lang und schmal ist. Das bunte Sonnenlicht strömt durch ein großes bleiverglastes Fenster herein. Es gibt nur einen Tisch, ein paar Stühle und einen Ofen. Doch nach dem Eingesperrtsein in unserem winzigen Zimmer fühlt es sich an wie das Paradies.

Lilly hatte schlechte Laune und war schmollend im Bett geblieben, deshalb war ich an diesem Morgen mit ihm allein. Wir hatten gefrühstückt und saßen im blauen und gelben Sonnenlicht. Es war wunderschön, fast wie im Traum. Jedenfalls, bis Ennis die eine Frage stellte, auf die ich nicht antworten wollte. Und auch nicht darüber nachdenken. In zwei Monaten werde ich vierzehn, und der Gedanke, den Geburtstag womöglich wieder bei ihm verbringen zu müssen, machte mich traurig.

»Wir sind schon ein Jahr und drei Monate hier.«

Er zog die Augenbrauen hoch. »Ach, schon so lange? Die Zeit vergeht wie im Flug, stimmt's?«

Mein Blick verdüsterte sich. »Für dich vielleicht. Wieso fragst du?«

Er studierte seine Hände und kniff die Augen auf seine typische schuldbewusste Art zusammen. Ich wusste, dass ihm etwas auf der Seele lag. Daher triezte ich ihn so lange, bis er schließlich zugab, dass er etwas über Lilly und mich in der Zeitung gelesen hatte.

Ich bettelte, flehte ihn an, es mir zu zeigen.

Er schüttelte den Kopf. »Es würde dir nicht gefallen.«

»Warum nicht?«

Lange Pause. Er trägt das Haar jetzt bis zu den Schultern und bindet es mit einem Schnürsenkel hinten zu einem Zopf zusammen, doch einige Strähnen lösen sich immer heraus und verfangen sich in seinen Bartstoppeln. Vor ein paar Monaten hat er sich den Bart abrasiert. Jetzt sieht er wieder sehr gut aus, so wie damals, als wir ihm das erste Mal begegneten. Fast wie ein Filmstar mit seinen dunklen Augen und dem kantigen Kinn. Die Stoppeln auf dem Kinn verderben allerdings die Wirkung, er hat jetzt ein bisschen Ähnlichkeit mit einem Landstreicher. Er rasiert sich nicht täglich, er meint, er bekomme einen Ausschlag davon.

Wenn er wüsste, wie egal mir das ist.

»Bitte, darf ich den Artikel sehen?«

Er schwieg und stützte das Kinn auf die verschränkten Hände. Da wusste ich, dass ich zu weit gegangen war. Im nächsten Augenblick würde er »Bis bald« murmeln und sich davonmachen.

Es ist kalt geworden; das bedeutet, dass er länger fortbleibt. Dann wandert er mit seiner Axt in den Busch. Schlägt Feuerholz, lädt es auf seinen Wagen und verkauft es in irgendeiner Stadt weit weg. Wir mögen es nicht, wenn er wegfährt. Es macht uns nervös. Wir hassen es, im Zimmer eingesperrt zu sein und nicht zu wissen, wann er zurückkommt.

»Gehst du heute weg?«

»Schon möglich.«

»Und wenn du nicht zurückkommst?«

»Natürlich komme ich zurück.«

»Aber wenn dir etwas zustößt?«

Er nahm meine Hand und lächelte freundlich. »Es wird mir nichts zustoßen. Ich werde euch nie im Stich lassen, Frankie. Niemals.«

Ich saß ganz still da. Früher zuckte ich jedes Mal zusammen, wenn er mich berührte. Obwohl er nie grausam war. Zumindest nicht mehr. Dieses erste Mal werde ich niemals vergessen. Wir waren erst seit ein paar Tagen da und wollten zurück nach Hause. Da fesselte er mir grob die Hände und stieß uns die Treppe in unser Zimmer hinauf.

In unser schreckliches Zimmer.

Ich zog die Hand zurück und sah zur Tür.

Unser Zimmer war dunkel. Lilly schmollte noch immer. Manchmal sang sie vor sich hin, aber die meiste Zeit weinte sie nur leise. Sie war zu dünn geworden, ihre Augen waren zu groß für ihr Gesicht, das Haar lang und strähnig, verfilzt und voller Knoten. Wir haben jeder eine Haarbürste, er hat sie eigens für uns gekauft. Aber Lilly weigert sich, ihre zu benutzen. Als er sie ihr gab, schleuderte sie sie ihm ins Gesicht. Am nächsten Tag hatte er einen blauen Fleck auf der Wange. Ich hatte Angst um sie, aber er wurde nicht einmal wütend.

Er sah, wie ich zu Lilly auf dem Bett hinüberspähte.

»Sie vermisst ihre Mutter«, sagte er, als könne er meine Gedanken lesen.

»Warum lässt du uns dann nicht nach Hause ...?«

Er starrte mich so wütend an, dass ich den Satz nicht zu Ende führen konnte. Manchmal vergesse ich es. Manchmal vergesse ich, dass er der Feind ist.

»Bitte, darf ich den Artikel lesen?«

»Nein.«

»Liest du ihn mir dann wenigstens vor?«

Er schaute mich traurig an und griff über den Tisch nach meiner Hand, doch ich zog sie weg.

Er seufzte. »Es ist nicht nur dieser eine Artikel.«

»Was?«

»Ich habe sie gesammelt und in ein Album geklebt. Alle Artikel, die in den Zeitungen über euch erschienen waren. Mit Fotos und allem.«

Ich blinzelte und versuchte zu verstehen. Lilly und ich in den Nachrichten? Nur weil wir weggelaufen und nicht zurückgekehrt waren? Was, wenn in den Zeitungen etwas über Mum stand, zum Beispiel, dass sie uns vermisste? Was, wenn drinstand, wie nah die Polizei dran war, uns zu finden? Plötzlich bebten meine Lippen vor einer schockierenden Hoffnung.

»Ich möchte das Album sehen.«

»Es wäre zu aufwühlend.«

Ich runzelte die Stirn, und da verstand ich, was er gesagt hatte. *Alle Artikel, die über euch in den Zeitungen erschienen waren.* Erschienen waren, Vergangenheit. In meinen Ohren rauschte es, und ich wurde ganz starr.

»Warum wäre es aufwühlend?« Ich schrie ihn fast an.

Er legte die Stirn in Falten und machte ein trauriges Gesicht. »Weil sie inzwischen die Hoffnung aufgegeben haben. Die Polizei und ... alle. Sie suchen nicht mehr nach euch, Frankie. Sie glauben, ihr seid ...«

Eine lange Stille breitete sich aus, während ich versuchte zu verstehen. Und dann dämmerte es mir.

Sie hielten uns für tot.

Die Wände schienen zu schrumpfen, meine Haut spannte sich und wurde ganz heiß. Ich bekam keine Luft. Ich wollte mehr Fragen stellen, ihn drängen, mir Einzelheiten zu verraten. Stand in der Zeitung möglicherweise etwas über unsere Mutter, hatte auch sie die Hoffnung aufgegeben? Glaubte Mum auch, dass wir tot waren? Doch ich konnte nicht fragen; meine Kehle war wie zugeschnürt und ich selbst vollkommen taub.

»Komm.« Ennis stand auf. Er nahm mich an der Hand und brachte mich in das kleine Zimmer zurück. »Ich habe dir ein neues Buch mitgebracht. Und dieses Mal wird es dir gefallen, glaube ich.«

Ich stolperte, meine Beine fühlten sich an, als wären sie aus Holz, mein Körper war wie gelähmt, stand unter Schock. Allein das Gehirn schien noch normal zu funktionieren, und in diesem Augenblick hatte ich bloß einen Gedanken.

Wenn die Polizei und alle Experten uns für tot hielten, bedeutete das, dass wir tatsächlich bald sterben würden. Es gab nur noch eine Hoffnung für uns. Wir mussten weg. Um jeden Preis, Lilly und ich mussten hier weg. Aber ich hatte mir schon ein ganzes Jahr den Kopf zerbrochen und keine Lösung gefunden. Wir brauchten einen Plan. Mehr noch: Wir brauchten ein Wunder.

Kapitel 8

Als um vier Uhr morgens der Wecker unter Toms Kopfkissen schrillte und einen perfekten Freitagmorgen zunichtemachte, wälzte er sich mit Mühe aus dem Bett. Er zog seine Trainingshose und einen Pullover an, schlüpfte mit dem gesunden Fuß in den Schuh und humpelte, so leise es die Krücken erlaubten, durch den Flur in die Küche. Dann machte er sich eine Kanne Darjeeling und schaffte es sogar, auf dem Weg ins Arbeitszimmer nur die Hälfte davon zu verschütten.

Für gewöhnlich brachte die Nachtschicht sein Gehirn auf Trab. Vor dem Morgengrauen aufzustehen, während die übrige Welt noch in tiefem Schlaf lag, hatte etwas. Es triggerte seine Muse. Doch als er sich an diesem Morgen an seinen Schreibtisch setzte, war *sie* die einzige Muse, die ihm in den Sinn kam.

Er war überrascht, wie gut er mit ihrer Anwesenheit in seinem Haus zurechtkam. Ausgerechnet eine Journalistin, doch sie war schwer in Ordnung. Obendrein war es ihm gelungen, ihr einige Geheimnisse aus ihrem Leben zu entlocken, die er in sein neues Buch einbauen wollte.

Sie war in Gundara aufgewachsen. Ihr jüngerer Bruder Duncan arbeitete als Pfleger im Krankenhaus und fuhr an zwei Abenden in der Woche Essen auf Rädern aus. Sie lebte allein in einem kleinen Haus am Stadtrand. Keine Haustiere, kein Partner. Eine militante Umweltschützerin, die sich mehr als nur oberflächlich für sein Gemüsebeet im Garten interessiert hatte. Sie war eine Langschläferin und ... na ja, das war es auch schon.

»Abgesehen von dem Abhäutemesser unter dem Kopfkissen«, ermahnte er sich. Darüber konnte man nachdenken.

Während der Tee zog, humpelte er in die Mitte des Raumes und sah zur Decke empor. Pi mal Daumen stand er jetzt direkt unter ihrem Zimmer. Er stellte sich vor, wie sie, das Gesicht unter der dunklen Haarmähne versteckt, leise vor sich hinschnarchte.

Er stützte sich auf eine Krücke und hob die andere verkehrt herum in die Luft, sodass die Gummispitze zur Decke zeigte. Zum Glück war er groß. Die Decken waren gut drei Meter fünfzig hoch.

Dann stieß er mit dem Gummiende gegen den Putz an der Decke.

Das erzeugte ein schönes Echo, ein schwaches Bumm-Bumm.

Zufrieden schlurfte er ein Stück zur Seite, stieß die Krücke erneut an die Decke und stellte sich vor, wie sie sich da oben unter ihrem Deckenkokon regte, finster in die Dunkelheit starrte und die sommersprossige Stirn runzelte. Grinsend fragte er sich, ob sie einen Schlafanzug oder ein mit Rüschen besetztes Nachthemd trug. Oder es vielleicht sogar vorzog, nachts gar nichts anzuhaben.

»Hoppla«, flüsterte er.

Der letzte Schlag gegen die Decke war etwas zu heftig geraten. Er verlor das Gleichgewicht, stolperte zur Seite und zuckte zusammen, als sein Knie den Stoß abfederte, dann geriet er ins Wanken. Er streckte den Arm aus und versuchte, sich am Bücherregal festzuhalten. Wie blöd von ihm. Seine Hände griffen ins Leere, doch irgendwie schaffte er es, sich aufrecht zu halten. Die ausgestreckte Krücke hatte weniger Glück. Sie flog ihm aus der Hand und landete auf seinem Schreibtisch. Dort stieß sie die Teekanne um, die polternd auf dem Fußboden landete und in tausend Stücke zerbarst.

Tom betrachtete die Teelache, die auf den frisch gebohnerten Holzdielen schimmerte.

»Verdammte Schweinerei.«

Laute Schritte stapften die Treppe herunter und durch den Gang. Dann wurde die Tür aufgerissen, und Abby steckte einen hochroten Kopf herein. »Alles in Ordnung?«

»Alles bestens«, grunzte er. »Und wenn Sie nichts dagegen haben, würde ich jetzt gerne wieder an die Arbeit gehen.«

Sie trug Jeans, ein rosa T-Shirt und darüber ihre geliebte moosgrüne Strickjacke, war aber barfuß. Das Haar umgab ihr Gesicht wie eine Wolke aus seidig geschmolzener Schokolade. Sie warf einen Blick auf die Krücke auf dem Boden, presste die Lippen zusammen, als sie die zerbrochene Teekanne und die Pfütze mit Teeblättern sah, und zog sich zurück in den Gang.

Gut so. Von jetzt an würde sie es sich zweimal überlegen, bevor sie ungebeten in sein Arbeitszimmer platzte.

Er trat die Krücke mit dem Gipsbein aus dem Weg, ignorierte die Scherben und humpelte auf seinen Schreibtisch zu. Keine Ablenkung mehr. Jetzt mal ehrlich, wie viel Zeit hatte er bereits damit verschwendet, sich zwanghaft mit jemandem zu beschäftigen, der in ein paar Tagen auf Nimmerwiedersehen verschwinden würde?

Er seufzte.

Die Uhr tickte. Sein Abgabetermin rückte immer näher. Höchste Zeit, sich endlich an die Arbeit zu machen. Er würde diesen Roman fertigkriegen, und wenn es ihn das Leben kostete. Es kam nicht infrage, jemandem zu erlauben – am wenigsten ihr –, ihn daran zu hindern.

Er humpelte um die Teepfütze herum, und als er fast am Schreibtisch angelangt war, rutschte die andere Krücke über die nassen Dielen und glitt unter ihm weg. Er hielt sich am Tischrand fest, was den Fall zwar verlangsamte, aber nicht abfederte. Jedenfalls nicht viel. Grunzend landete er auf dem Fußboden.

Ihm wurde schwarz vor Augen.

Eine Zeit lang schwebte er in einer Art Nebel und weigerte sich, daraus aufzutauchen. Er wusste, wenn er es tat, wäre der Schmerz entsetzlich. Doch dann machten sich seine Sinne plötzlich unaufgefordert wieder bemerkbar.

Sie kniete neben ihm, presste die Hände gegen seine Rippen und beobachtete besorgt sein Gesicht. Eine Haarsträhne hatte sich gelöst und kitzelte seinen Kiefer.

»Wo haben Sie sich wehgetan?«

Das Einzige, was ihm im Moment wehtat, war sein männlicher Stolz. Oder was davon übrig war. Er blinzelte und tastete nach ihrer Hand.

»Nein, alles gut. Helfen Sie mir hoch, ja?«

»Ich bin nicht sicher, ob ich das tun sollte, Tom. Bleiben Sie lieber liegen, ich rufe den Arzt.«

Er stöhnte. »Ich werde den Teufel tun, hier drei Stunden herumzuliegen, bis Frau Doktor Worland die Güte hat, sich blicken zu lassen. Bringen Sie mich ins Bett und pumpen Sie mich mit Medikamenten voll, damit ich mich wieder wie ein Mensch fühle.«

Sie packte ihn an beiden Armen und zog ihn hoch, damit er sitzen konnte.

»Danken Sie Gott, dass Sie nicht in den Scherben gelandet sind.«

Er ignorierte die Bemerkung. Er hatte sein Kontingent an Würdelosigkeit für diesen Tag bereits ausgeschöpft. Ach was, für sein ganzes Leben. Genügte es nicht, dass er gezwungen war, wie ein alter Mann herumzuhumpeln? Musste er das Schicksal noch mehr herausfordern und dann warten, dass ausgerechnet *sie* ihm zu Hilfe kam?

Während Abby ihm auf die Beine half, fing er an zu zittern und bekam einen Schweißausbruch. Großer Gott, hatte er schon wieder alles zunichtegemacht? Vielleicht sollte sie doch den Arzt rufen. Doch Doktor Worland würde womöglich darauf bestehen, ihn erneut in die Notaufnahme einzuweisen, damit sie ihn nochmals röntgen und untersuchen konnten. Man würde wieder nur endlos an ihm herumstochern und -doktern. Und am Ende würden die zarten Ansätze von Ideen, die er in den vergangenen Tagen seinem Sturkopf zu entlocken versucht hatte, wieder im Nichts verschwinden.

Abby schleifte ihn durch den Gang in sein Zimmer, half ihm auf das Bett und streckte seine Beine auf der Decke aus. Dann holte sie ein paar Kissen aus einem der Gästezimmer und stopfte sie ihm in den Rücken. Als er es bequem hatte, beugte sie sich über seine Beine und fuhr mit den Fingern neben den Schienbeinen entlang und über das gesunde Knie. Ihre Berührung war leicht wie ein Schmetterling und hatte gefährliche Auswirkungen auf seine Nerven.

Ein Schauer der Erregung durchfuhr ihn.

Sie hob die Brauen. »Tut das weh?«

»Alles tut weh.« Er zeigte auf den Nachttisch. »Die Schmerztabletten sind in der obersten Schublade. Die starken, sie werden mich schon lahmlegen.«

Er schloss die Augen.

Als er sie wieder aufschlug, hielt sie ihm ein Glas Wasser

entgegen. Er nahm es ihr verwirrt ab. Er hatte gar nicht mitbekommen, dass sie den Raum verlassen hatte. Seine Finger zitterten so sehr, dass er die Hälfte der Flüssigkeit verschüttete.

»Lassen Sie mich ...«

Sie führte das Glas an seinen Mund, und er schluckte die Tabletten hinunter. Dann wischte sie mit dem Rücken ihres Fingers einen Tropfen Wasser von seiner Unterlippe. Es war eine zärtliche, fast mütterliche Berührung. Sie traf ihn völlig unerwartet.

Tom sah zu ihr auf. Sie war ganz dicht vor ihm; er konnte den dunkelblauen Ring um ihre blauen Iriden erkennen. Die feinen Krähenfüße. Die winzigen Sommersprossen, die auf ihrer Nase tanzten. Den breiten Mund mit den zu einer schmalen Linie gepressten rosa Lippen, viel zu streng für ein Gesicht wie das ihre.

Ihre Hand lag auf seiner Schulter.

»Versuchen Sie, sich zu entspannen.«

Er ließ sich in die Kissen sinken. »Erzählen Sie mir was.«

Sie wurde ganz still.

Er öffnete die Augen. Es war ihm nicht bewusst, dass er sie geschlossen hatte. Ihr Gesicht war ganz nah. Er sah das Glimmen in ihren blauen Augen, das unbehagliche Flackern.

»Was wollen Sie hören?«

»Eine Geschichte. Um mich abzulenken. Bis die Wirkung der Tabletten einsetzt.«

Sie seufzte, als strengte es sie an, mehr Zeit als nötig mit ihm zu verbringen. Pech gehabt. Er versank noch tiefer in den Kissen und wartete.

Während sie sprach, beobachtete sie ihn, ihr Blick war eindringlich, als sie ein seltsames traumähnliches Märchen über ein Mädchen spann, das sich im Wald verirrt hatte, und einen jungen Holzfäller, dem sie dort begegnet war. Eine verrückte Geschichte, sie gefiel ihm. Zumindest am Anfang.

Dann hallte etwas im verborgensten Winkel seines Bewusstseins wider.

Ein vages Gefühl von Panik. *Woher weißt du das?* Doch die Welt zog sich bereits zurück. Seine Augen fielen wie von selbst zu. Seine Kräfte verließen ihn, und er trug dieses letzte Bild von ihr mit sich ins Nichts.

Die Ärztin traf am späten Vormittag ein. Während sie Tom mit professioneller Gründlichkeit untersuchte, trat ich an der Tür seines Schlafzimmers von einem Fuß auf den anderen und war im Geiste ganz woanders.

Seit ich mich am Tag zuvor mit Coral Pitney unterhalten hatte, versuchte ich, den Rat der Polizeibeamtin zu befolgen und Shayla zu vergessen. Darauf zu vertrauen, dass sie zu den achtundneunzig Prozent gehörte, die gesund und munter wieder auftauchten. Trotzdem ließ mich die quälende Unruhe nicht los. Ständig sah ich das Mädchen mit der roten Jacke vor mir, ihr blutverschmiertes Haar. Wie sie an diesem einsamen Ort unter dem Baum gelegen hatte, so hilflos und verletzlich. Mir ging einfach nicht in den Kopf, wie sie in den vierzig Minuten, in denen ich sie allein gelassen hatte, um Hilfe zu holen, aufgewacht sein und es irgendwie geschafft haben konnte, das Schutzgebiet zu verlassen und nach Hause zurückzukehren.

»Abby?«

Doktor Worland lächelte mir zu, während sie ihre Arzttasche wieder einpackte. »Es ist nichts gebrochen. Der Gips ist intakt, die Schiene einwandfrei. Aber natürlich braucht er Ruhe. Ein paar Tage ohne jede Aufregung. Ich habe die Dosierung bis Montag erhöht, aber ansonsten ist alles in Ordnung. Er hat Glück gehabt.«

Tom sah ihr durch das Fenster nach, als sie in ihrem Wagen davonfuhr.

»Noch mehr Glück hätte ich gehabt, wenn ich gar nicht erst gestürzt wäre.«

»Sie müssen sich ausruhen.« Ich sammelte die leeren Schmerzmittelpackungen ein, trat ans Fenster und zog die Vorhänge zu.

Tom klopfte sein Kopfkissen auf. »Ich nehme an, dass wir unser Interview bis auf Weiteres verschieben müssen.«

»Ruhen Sie sich einfach aus. Ich bleibe noch ein oder zwei Tage bei Ihnen.«

»Tut mir wirklich leid wegen der Schweinerei in meinem Arbeitszimmer.«

Ich zögerte, kämpfte gegen den Drang an, das auszusprechen, was mir auf der Seele lag. Das mit Shayla und das Gespräch, das ich mit ihrer Mutter geführt hatte. Doch dann fielen mir die dunklen Ringe unter seinen Augen und die Anspannung um den blassen Mund auf, deshalb beschloss ich, meine Befürchtungen für mich zu behalten.

»Man muss nur ein bisschen saubermachen. Kann ich Ihnen etwas bringen? Tee, ein Sandwich?«

Er musterte mich eindringlich. »Diese Geschichte, die Sie mir vorhin erzählt haben, von diesem Mädchen, das sich im Wald verirrt hatte. Und dem jungen Holzfäller. Ich bin eingeschlafen, bevor Sie sie zu Ende erzählen konnten. Aber jetzt bin ich neugierig. Hat sie wieder aus dem Wald herausgefunden?«

Er war blass, seine Haut schweißbedeckt, der Blick unkoordiniert, jetzt, da die Schmerzmittel wirkten. Vielleicht war er deshalb so auf die Geschichte fixiert. Vielleicht hatte sie ihn aber auch an irgendwas erinnert.

»Es war nur eine Geschichte. Ich habe sie erfunden.«

»Na los. Muntern Sie mich ein bisschen auf.«

Ich wackelte mit den Füßen. »Ja, sie fand aus dem Wald heraus.«

Er schob seine Hände unter der Decke hervor und streifte mit den Knöcheln meine Hand. Dann senkte er die Stimme zu einem Flüstern. »Hat sie ihren Holzfäller jemals wiedergesehen?«

Ich zog meine Hand zurück. »Er war nicht *ihr* Holzfäller.«

»Na schön, aber haben sie sich ... Sie wissen schon, sich jemals wiedergetroffen?«

»Sie gingen getrennte Wege.«

Toms Blick wurde eindringlicher. »Sie hat nie wieder an ihn gedacht, sich nie gefragt, was aus ihm geworden sein mochte? Hat sie niemals versucht, ihn wiederzufinden?«

Ich trat vom Bett zurück. Meine Finger fühlten sich wund an, da, wo seine Knöchel sie gestreift hatten. Meine Glieder waren locker und warm. Ich war auf der Suche nach Antworten hergekommen, in der Hoffnung, herauszufinden, wieso Tom mir so bekannt vorkam, warum beim Anblick seines Gesichtes sämtliche Alarmglocken in meinem Innern schrillten. Doch als ich jetzt neben seinem Bett stand und die Fragen in seinen Augen sah, zweifelte ich zum ersten Mal daran, ob ich noch alle Tassen im Schrank hatte.

»Nein«, antwortete ich, schärfer als beabsichtigt. Ich flüchtete aus dem Zimmer, drehte mich aber in der offenen Tür noch einmal zu ihm um. »Nach diesem Tag im Wald vergaß sie, dass es ihn je gegeben hatte.«

In Toms Arbeitszimmer sammelte ich die kaputten Scherben der Teekanne ein, warf sie, in Papier eingeschlagen, in die Mülltonne, und wischte den Boden sauber.

Das ganze Gerede über Mädchen, die sich im Wald verirrt hatten, und Holzfäller hatte meine Stimmung erheblich gedämpft. Warum hatte ich ihm diese blöde Geschichte überhaupt erzählt? Ich hatte ihn nur auf die Probe stellen wollen, um zu sehen, wie er reagierte. Ein paar Bilder einpflanzen und zusehen, wie sie sprossen. Ich wollte seinen verletzlichen und benebelten Zustand ausnützen, um seinem Gedächtnis auf die Sprünge zu helfen und ihm ein paar Erinnerungen zu entlocken.

Aber ich war zu weit gegangen.

Hatte ihm zu viel erzählt.

Seiner Neugier nach zu urteilen summte sein Verstand wie eine gut geölte Maschine. Würde er so lange über die Geschichte nachdenken, bis er herausfand, was uns beide verband? Vielleicht war der Groschen ja bereits gefallen, während ich selbst noch immer wie eine Blinde im Dunkeln herumtappte und keinen einzigen Schritt weitergekommen war, um ihn in meine Vergangenheit einzuordnen.

Auf dem Schreibtisch stapelten sich Papiere, einige waren mit Tee bespritzt, deshalb sammelte ich sie ein und legte sie zum Trocknen in die Sonne. Danach räumte ich hastig auf und versuchte, so etwas wie oberflächliche Ordnung herzustellen. Als ich mich in dem kleinen Arbeitszimmer umsah, fiel mir ein dickes Buch auf, das aus dem Bücherregal gefallen war.

Ich ging hinüber und hob es auf. Es war ein Fotoalbum.

Im Schneidersitz auf dem Fußboden sitzend blätterte ich durch die steifen Seiten. Jede Menge Aufnahmen eines sehr jungen Tom mit einer Frau, die Mitte bis Ende zwanzig sein musste, wahrscheinlich seine Mutter. Sie war auf jeder Aufnahme nach dem letzten Schrei gekleidet und stand aufrecht wie eine Stewardess da, das blonde Haar zu einem Knoten geschlungen, perfekt geschminkt, wenn auch ohne jeden Anflug eines Lächelns. Tom hingegen war eine einzige Katastrophe. Auf einem Schnappschuss sah man ihn in seiner Schuluniform, mit aufgescheuertem Knie und einem blauen Auge. Auf einer anderen Aufnahme stand seine Mutter vor dem Tor einer vornehmen Privatschule und hielt – offensichtlich widerwillig – seine schmuddelige Hand. Auf einem anderen Foto hatte er einen Arm in Gips, und seine Mutter war unfähig, in die Kamera zu blicken.

War er denn schon in der Kindheit ein Unglücksrabe gewesen? Tollpatschig und sorglos? Oder hatte er einfach das Pech gehabt, einem schlecht gelaunten Erwachsenen im Weg zu stehen?

Ich blätterte, dann hielt ich plötzlich inne und kehrte noch einmal zwei Seiten zurück. Ein kleiner Schnappschuss in Farbe hatte meine Aufmerksamkeit geweckt. Tom und ein hochgewachsener stämmiger Mann mit gerötetem Gesicht. Sie trugen identische Klamotten: abgenutzte Laufschuhe, Jeans und T-Shirts. Tom strahlte in die Kamera. Er grinste von einem

Ohr zum anderen. Niedlich. Auch der Mann lächelte, doch seine Augen verloren sich im Schatten, sie waren unergründlich. Hinter ihnen erkannte man einen von hohen Gebäuden umgebenen Park in einer Stadt. Auf einer anderen Aufnahme trug der Mann eine Polizeiuniform, und Tom stand neben ihm stramm. Wieder strahlten beide in die Kamera.

Ein unerklärliches Gefühl packte mich. Ich spürte einen seltsamen Schmerz in der Kehle und wusste nicht, ob ich lachen oder weinen sollte.

Ich klappte das Album zu und stellte es ins Regal zurück. Und während ich noch versuchte, es wieder an seinen Platz zu schieben, fiel ein loses Foto heraus. Als ich es ins Licht hielt, stockte mir der Atem.

Tom war darauf etwa zwanzig und hatte einen ungepflegten Stoppelbart. Sein Arm lag um die Schultern einer älteren weißhaarigen Frau mit denselben auffälligen Gesichtszügen wie er selbst. Vielleicht seine Großmutter. Sie schaute mit leicht geneigtem Kopf zu ihm auf, in ihren Augen glänzte Bewunderung.

Und Toms weiches zwanzigjähriges Gesicht war in der Tat umwerfend. Er hatte breite Schultern, eine lässige Haltung und einen souveränen, selbstbewussten Blick. Er strahlte etwas Spielerisches aus.

Fasziniert beugte ich mich vor.

Dieses Gesicht kannte ich so gut. Nicht die ältere Version, an die ich mich im Verlauf der vergangenen Tage gewöhnt hatte, sondern das jugendlich frische Gesicht eines jungen Mannes mit langen Koteletten und unverstelltem Blick.

Das lange sandfarbene Haar, das die feinen, von der Zeit noch unberührten Züge umrahmte. Die ausgeprägten Wangenknochen, das kräftige stoppelige Kinn. Das breite Grinsen und der sanfte Schimmer in den Augen, die direkt in die Kamera blicken. Ein wundervolles, unschlagbares Grinsen. Und die Hände, mit denen er so zärtlich die alte Frau umfasste. Ich kannte das Gefühl ihrer Berührung auf meinen eignen Armen, die Kraft dieser Finger, die sich in mein Fleisch pressten.

Wie war das möglich?

Ich steckte das Foto zwischen die Seiten zurück, stellte das Album ins Regal und taumelte aus dem Zimmer. Dann ging ich durch die Diele, versuchte, leise zu sein, und weiter durch die Hintertür der Küche in die herbstliche Sonne. Es ging ein leichter Wind. Ich erinnere mich nicht daran, die Verandatreppe hinuntergestiegen oder über den schattigen Steinpfad zum hinteren Teil des Hauses gegangen zu sein. Auch nicht, mich auf den Rasen gesetzt und an den glatten nackten Stamm einer riesigen Magnolie gelehnt zu haben.

Das gesprenkelte Licht der Sonne fiel auf meine Arme, und ich sog die milde Luft tief in meine Lunge ein. Schlang die Arme um den Oberkörper und versuchte, mich zusammenzunehmen. Doch es half nichts. Deshalb schloss ich die Augen und ließ mich von jenem längst vergangenen regnerischen Tag einholen.

Zwei Wochen lang hatte ich meinem Vater jeden Tag in den Ohren gelegen, damit er mir erlaubte, an dem Schulausflug nach Blackwater Gorge teilzunehmen. Ich war gerade zwölf geworden und wollte verzweifelt unter Beweis stellen, dass ich nicht diejenige war, für die mich offenbar in der Schule alle hielten. Doch mein Vater blieb stur.

»Warum um alles in der Welt willst du dich an einem wunderschönen Samstag in einer gottverlassenen wilden Gegend herumtreiben? Ich brauche dich hier, damit du auf deinen Bruder aufpasst. Wirklich, Mädchen, glaubst du, ich hätte nichts Besseres zu tun, als meine Zeit damit zu verschwenden, dich meilenweit durch die Gegend zu kutschieren?«

»Bitte, Dad. Alle anderen gehen mit. Es ist für ein Projekt. Und wenn ich zu Hause bleibe, darf ich da auch nicht mitmachen.«

Als wäre ich nicht schon längst eine Außenseiterin gewesen. Zwar schloss meine Schule niemanden aus, doch alle anderen Kids kamen in Uniformen, die nicht schon fadenscheinig waren. Sie bekamen neue Schuhe, wenn die alten abgelaufen waren, hatten Bücher, die nicht aus dem letzten Jahrhundert stammten, und Schulranzen, die nicht mit Klebeband zusammengehalten werden mussten.

Nicht, dass ich mich beklagt hätte.

Seit meine Mutter uns verlassen hatte, war es für meinen Vater nicht leicht gewesen. Eines Morgens, als wir zum Frühstücken hinunterkamen, hatten wir den Zettel gefunden. Er war an meinen Vater adressiert, der allerdings zu verkatert war, um ihn zu lesen, sodass ich diese Ehre hatte.

Du elender Säufer, hatte meine Mutter geschrieben. *Falls ich je so etwas wie Liebe für dich verspürt habe, so ist sie erloschen. Ich habe deine Mätzchen satt und gehe. Versuch bloß nicht, mich zu finden. Solltest du das tun, wird die Polizei dich dafür einsperren, dass du gegen die Kontaktsperre verstößt, die ich vor Gericht erwirkt habe. In ein paar Wochen lasse ich die Kinder abholen, denn ich weiß, wie sehr sie deinen Egoismus verabscheuen. Mit freundlichen Grüßen, Bev.*

Nachdem sie uns so einfach hatte sitzen lassen, weigerte sich mein achtjähriger Bruder, je wieder ihren Namen in den Mund zu nehmen. Stattdessen klammerte er sich an Dad wie ein Schatten, und den schien es nicht zu stören. Wenn Dad einkaufen fuhr, begleitete ihn Duncan. Wenn Dad sich auf die hintere Veranda setzte, um eine Zigarette zu rauchen, war sein kleiner Schatten zur Stelle, um ihm den Aschenbecher zu halten.

Trotz meiner unzähligen Bittbriefe an Verwandte und alle möglichen anderen, die mir in den Sinn kamen, konnte ich meine Mutter nicht ausfindig machen. Eine Tante erzählte mir, sie sei nach Kanada ausgewandert. Eine entfernte Kusine behauptete, sie hätte sich mit einem anderen Mann zusammengetan und ihn geheiratet.

Wir sahen sie nie wieder.

Auf irgendeine schräge Art war das der Grund, warum ich so dringend an dem Ausflug teilnehmen wollte. Ich liebte Orientierungsläufe und hatte mir eigens für diese Gelegenheit einen Kompass gebaut. Ich wusste, wie man Knoten macht und die Zeit an den Schatten abliest. Wenn ich allen in der Schule zeigte, dass ich etwas gut konnte, vielleicht sogar sehr gut, dann würden sie vielleicht über meine zerlöcherte Schuluniform und die abgelatschten Schuhe hinwegsehen. Über die kaputte Schultasche, das viel zu lange Haar, über die mit Tesafilm geflickte Brille. Über meinen Dad, der nach Alkohol und Tabak stank und mich in einem uralten Lancer von der Schule abholte.

Endlich würden sie sehen, wer ich in Wirklichkeit war.

»Bitte, Dad.«

Doch all mein Flehen stieß auf taube Ohren.

Und deshalb packte ich, als der Orientierungslauf vor der

Tür stand, meinen Rucksack und machte mich zu Fuß auf den Weg. In der Nacht zuvor hatte ich alles geplant. Das Schutzgebiet von Blackwater Gorge lag etwa fünfzehn Kilometer von der Stadt entfernt. Wenn ich mich im Morgengrauen auf den Weg machte, wäre ich in zwei Stunden dort.

Doch ich brauchte länger als gedacht, viel länger.

Als ich endlich im Schutzgebiet ankam, war meine Schulgruppe längst weg.

Ich war völlig verschwitzt und hatte Blasen an den Füßen, war mir aber ganz sicher, dass ich die anderen einholen konnte. Und so bahnte ich mir einen Weg in den Wald hinein, benutzte meinen selbst gebauten Kompass und ging in Richtung Nordosten auf die Schlucht zu. Unterwegs hörte ich in der Ferne das Rumpeln des Donners, dann fielen auch schon die ersten Regentropfen. Wenig später setzte ein leichter Nieselregen ein, und bald war ich völlig durchnässt. Als ich mich zwischen den fremden Hügeln und struppigen Pinien umsah, wusste ich, dass ich mich verirrt hatte.

Der Nieselregen wurde immer stärker, sodass ich unter einem Baum Schutz suchte. Irgendwann ließ der Regen nach, aber ich war völlig durcheinander. Was, wenn der Ausflug wegen des schlechten Wetters abgesagt worden war? Niemand wusste, dass ich unterwegs war, also würde man auch nicht nach mir suchen.

Was, wenn ich hier ganz allein war?

Ich betrachtete den Weg, auf dem ich gekommen war. Dann warf ich einen Blick über die Schulter. Zum x-ten Mal überprüfte ich meinen Kompass, doch die Nadel sprang mal in die eine, dann in die andere Richtung, wie ein zitternder Finger, der nicht weiß, in welche Richtung er zeigen soll.

Ich marschierte den Weg zurück, den ich durch den

Wald gekommen war, und erkannte nichts mehr wieder. Ich machte kehrt und ging wieder zurück, doch jetzt wusste ich nicht einmal mehr, unter welchem Baum ich vor dem Regen Schutz gesucht hatte.

Irgendetwas knackte hinter mir, ein Zweig.

Rasch fuhr ich herum, in der Hoffnung, einen meiner Klassenkameraden oder einen Lehrer zu sehen. Doch da war niemand.

Zumindest niemand, den ich sehen konnte.

Zitternd beschloss ich, in die Richtung zu gehen, wo ich den Parkplatz vermutete, und lief zwischen den Bäumen hindurch. Der Parkplatz war mehr als eine Stunde entfernt, ich würde völlig nass werden, doch was blieb mir anderes übrig?

»Hey, du siehst aus, als hättest du dich verlaufen.«

Hastig drehte ich mich um. Vor mir stand ein Mann. Kein Lehrer und viel zu jung, um der Vater eines Mitschülers zu sein. Vielleicht war es ein älterer Schüler, der zur Unterstützung eines Lehrers mitgekommen war, oder der ältere Bruder eines Schülers.

Doch als ich auf ihn zuging, wurde mir bewusst, dass er weder das eine noch das andere war. Seine Jeans waren schmutzig, Kragen und Ärmel seines abgetragenen nassen Flanellhemds klebten an seinen breiten Schultern. Das hellbraune Haar war vorne kurz und hinten lang geschnitten. Er lächelte, träge und breit, und mein zwölfjähriges Herz fing an zu hüpfen wie ein verletzter Frosch.

Es waren die Augen.

Blau wie Edelsteine im dunklen Wald. So blau, dass ich mich nicht von der Stelle rühren konnte, obgleich mir meine innere Stimme zuschrie, so schnell wie möglich das Weite zu suchen. Wie gelähmt stand ich in der Waldlichtung im Regen.

Gefangen von diesen blitzblauen Augen, wie eine Fliege im Netz einer Spinne.

Ein großes, ledriges Magnolienblatt flatterte auf meinen Handrücken und schreckte mich aus meinen Gedanken auf. Ich blinzelte zum hinteren Teil des Hauses empor. Der Rasen unter mir war feucht, und der glatte Baumstamm in meinem Rücken fühlte sich hart an. Einzelne Sonnensprenkel drangen durch die Blätter und wärmten meine Haut.

Ich rieb mir mit beiden Händen über das Gesicht.

Damals war es mir gelungen wegzulaufen. Ich hatte mich umgedreht und war vor dem Mann geflüchtet. Meine Füße rutschten über den Schlamm, Zweige peitschten gegen mein Gesicht. Was danach geschah, war verwischt. Etwas später wachte ich an einem dunklen Ort auf. Die Stille wurde nur gelegentlich von einem Flüstern unterbrochen – in meinem Kopf oder in der Nähe, ich konnte es nicht sagen.

Sieh dir ein letztes Mal den Mond an, Vögelchen.

Selbst heute noch lief mir bei diesen Worten ein Schauer über den Rücken.

Doch ich hatte auch andere Erinnerungen. Vage und unzusammenhängend wie Fetzen von blauem Himmel, die durch die Wolken huschten. Eine warme Hand, die meine umfasste. Jemand wickelte mich in eine Decke und machte großes Getue dabei. Krächzende Funkgeräte der Polizei. Kleine Schlucke Kakao, so heiß, dass er mir die Zunge versengte.

Und das Warten. Wie ich in der Sonne am Eingangstor

stand und mit zusammengekniffenen Augen die Bangalay Road entlangspähte. Ängstlich wartend ... auf *wen*? Meinen Dad oder Duncan? Meine Mutter? Wer es auch sein mochte, er war nie aufgetaucht.

Ich lehnte den Kopf an den Baumstamm und sah hinauf in die Zweige. Immer mehr Sprenkel der frühen Nachmittagssonne durchdrangen das Laub. Irgendwo in der Nähe stieß ein Gartenfächerschwanz einen warnenden Schrei aus. Im Gebüsch erhaschte ich einen Blick auf etwas Schwarzes, das davonhuschte: Poe, der sich tiefer in den Schatten verdrückte.

Seufzend löste ich mich von der Vergangenheit, und mein Blick wanderte zum Haus. Der tiefe Dachvorsprung tauchte die Rückwand in Dunkelheit. Einheimische Stechwinde wand sich über die roten Backsteine und die moosbedeckten, halb zerfallenen Dachpfannen aus Terrakotta. Toms kürzlich angebrachte Solarkollektoren hoben sich auffallend glänzend davon ab. Ein helles Flattern weckte meine Aufmerksamkeit, als der Wind die Vorhänge am Fenster meines Zimmers aufblähte.

Ich beugte mich vor. Etwa einen Meter von meinem Fenster entfernt befand sich ein weiteres Fenster, das mir zuvor nicht aufgefallen war. Es lag etwas höher als meines und war fast von der Dachlinie verborgen. Es war winzig für ein Fenster, aber nicht klein genug, um ein Belüftungsschacht sein zu können.

Und war das ein *Gitter*?

Ich sprang auf die Füße und hielt die Hand über die Augen, um sie vor der Sonne abzuschirmen. Links von dem kleinen Fenster befand sich eine Reihe bleigefasster Fensterscheiben. Offenbar gehörten sie zu dem Zimmer, das ich neulich morgens am Ende des Ganges entdeckt hatte. Das bedeutete, dass sich das winzige Fenster ebenfalls in der anderen Hälfte meines geteilten Schlafzimmers befinden musste.

Ich kehrte ins Haus zurück und rannte die Treppe hinauf zu meinem Privatflügel. In meinem Zimmer trat ich ans Fenster. Messingriegel und Scharniere waren alt und klemmten, doch nachdem ich eine Zeit lang daran gerüttelt und gezerrt hatte, gab es nach.

Ich beugte mich hinaus und untersuchte die Außenwand. Das vergitterte Fenster befand sich fast zwei Meter rechts von mir direkt unter dem Dachvorsprung. Ich lehnte mich so weit hinaus, wie ich mich traute, konnte jedoch nichts Außergewöhnliches erkennen. Zumindest nicht von außen.

Ich ging durch den schmalen Gang und blieb vor der letzten Tür stehen. Drehte den Knauf hin und her und stemmte mich mit der Schulter dagegen, bis die Tür nachgab und ich in das große Zimmer trat.

Der dämmrige Raum, den ich Anfang der Woche entdeckt hatte, war verschwunden. Im Tageslicht strahlte er. An der gegenüberliegenden Wand fiel die Nachmittagssonne durch das große Fenster. Wie das der Bibliothek im Erdgeschoss war auch dieses mit einheimischen Pflanzen und verschlungenen Eukalyptusblättern geschmückt. Trotz der Schmutzschicht auf den Scheiben fingen die Paneele die Nachmittagssonne ein, und das Licht im Raum färbte sich rot, blau, zartgrün und rosa.

Der Tisch und die Stühle, die ich im Halbdunkel gesehen hatte, schwammen jetzt in farbigem Licht. Sie waren aus rauem Holz geschnitzt und strahlten eine solide rustikale Schönheit aus. Rechts von mir stand ein alter Ofen und daneben eine Kiste mit Holzscheiten, von Spinnweben überzogen.

Von dem kleinen Belüftungsfenster gab es keine Spur,

doch als ich es von draußen gesehen hatte, schien es näher an meinem Schlafzimmer zu liegen als die Bleiglasfenster. Das bedeutete, dass es zwischen meinem Zimmer und dem, in dem ich nun stand, noch einen anderen Raum geben musste. Im Gang hatte ich keine weiteren Türen bemerkt, sodass ich mich fragte, ob der Eingang dazu aus irgendeinem Grund versperrt worden war.

Aber vielleicht befand er sich ja auch hier, in diesem Zimmer.

Ich trat an die angrenzende Wand und tastete sie mit der Hand ab. Sie bestand nicht aus glattem Putz, wie ich erwartet hatte, sondern aus angestrichenen Spanplatten. Die Maserung unter meinen Fingern fühlte sich rau und kalt an, die weiße Farbe war von der Zeit und dem jahrelangen Holzrauch vergilbt. Ich schritt an der Wand entlang und klopfte mit der Hand die Spanplatten ab. Sie hallten dumpf, bis ich die Stelle erreichte, wo sie an die angrenzende Außenwand stießen. Dort klangen sie hohl.

Ich klopfte erneut, etwas kräftiger.

Hinter einer verstaubten Holzplatte hörte ich ein metallisches Scheppern.

Als ich mit der Hand über den Streifen fuhr, an dem die Spanplatten miteinander verbunden waren, stieß ich auf eine weichere Stelle, wo die Verbindung etwas eingedellt wirkte. Ich drückte mit der Hand dagegen.

Auf der anderen Seite war ein leichtes Klicken zu hören.

Die Platte glitt beiseite und offenbarte eine schwere Eisentür, wie in einer Fabrik. In diesem schönen großen Haus wirkte sie vollkommen fehl am Platz. Der Schlüssel steckte im Schloss, doch ich brauchte ihn gar nicht. Die Tür stand einen Spaltbreit offen.

Ich zwängte mich hindurch.

Der Raum war doppelt so groß wie mein Schlafzimmer und fast quadratisch. Es gab weder eine Deckenlampe noch Lichtschalter. Rechts oben befand sich das winzige Fenster, dessen Gitter im Gegenlicht des nachmittäglichen Himmels schwarz wirkte. Der Duft, der von draußen hereinkam, war so stark, als strömte die Luft ungehindert herein. Und als ich näher hinsah, begriff ich, wieso.

Das kleine Fenster hatte keine Scheibe.

An einem kaputten Scharnier hing ein hölzerner Fensterladen, der im Wind klapperte. Vermutlich war das der Grund für das Geräusch, das ich neulich nachts gehört hatte.

In der Mitte des Zimmers stand ein Bett, dessen eisernes Kopfende an die Wand grenzte. Daneben lag ein umgekippter Stuhl. Ein Stück davon entfernt befand sich eine Nische, deren Eingang von einem zerfledderten Vorhang halb verdeckt wurde. Hinter dem Vorhang entdeckte ich ein improvisiertes winziges Bad, ausgestattet mit einem Waschbecken und fließendem Wasser, doch das war auch schon alles an modernen Annehmlichkeiten. Ein großer Eimer mit Holzsitz musste einst als Klo gedient haben. Auf dem Fußboden stand ein alter Farbeimer voller Asche, darin eine verbogene Kelle.

Als ich das kleine Bad verließ, lief es mir eiskalt über den Rücken.

»Hier hat jemand gewohnt.«

Die Frage war, warum? Warum sollte jemand hinter einer verborgenen Eisentür wohnen, in einem Haus, das so abgelegen war wie Ravenscar? Und wozu das vergitterte Fensterchen?

Ich trat an das Bett.

Die Decke war zurückgeschlagen worden, das Kopfkissen eingedrückt, als wäre jemand gerade aufgestanden und hätte das Zimmer verlassen. Ein schwärzlicher Fleck bedeckte die Hälfte des Kopfkissens, und auf dem Laken war eine große dunkle Verfärbung. Ich beugte mich vor. Im trüben Licht sah es wie ein Blutfleck aus. Ich berührte ihn; der dunkle Stoff fühlte sich hart an und steif wie altes Leder.

Ich schreckte zurück und rieb mir die Arme. Ich hatte eine Gänsehaut.

War hier jemand gestorben ... in diesem Raum?

All die Schauerromane, die ich in den vergangenen Jahren gelesen hatte, standen plötzlich wieder vor mir. Jedes Haus hatte sein Geheimnis. Eine Leiche im Keller, eine Verrückte in der Dachkammer. Oder ein Gespenst. Eine gepeinigte Seele, die keine Ruhe fand. Einen Geist, der gezwungen war, unter den Lebenden herumzuspuken, bis ein schreckliches Unrecht aus der Vergangenheit gesühnt war.

Ich wich zurück.

Und trat dabei auf etwas. Es war ein bebildertes Kinderbuch. Ich hob es auf. Ein Märchen von Hans Christian Andersen: *Die Nachtigall*. Der Umschlag war staubig, die Seiten hatten Eselsohren und waren abgegriffen. Ich trat ans Fenster, wischte den Staub mit dem Ärmel weg und hielt das Buch ins Licht. Die Illustration auf dem Umschlag zeigte einen in rote Seide gekleideten chinesischen Kaiser, der zu einem knorrigen Baum aufschaute. Auf einem der Äste saß ein winziger brauner Vogel.

Ich setzte mich auf die Holztruhe unter dem Fenster und fing an zu lesen.

In dem Märchen spazierte der Kaiser von China einmal durch seinen Garten und vernahm den herrlichen Gesang eines Vogels. Überrascht stellte er fest, dass die hübsche Melodie von einem einfachen braunen Vogel stammte. Er fing die

Nachtigall ein und steckte sie in einen Käfig. Viele Jahre war sie seine größte Freude. Doch eines Tages bekam der Kaiser einen Kunstvogel aus Gold geschenkt, der mit lauter Edelsteinen besetzt war. Bald hatte er die echte Nachtigall vergessen. Der kleine Vogel riss aus seinem Käfig aus und kehrte zu seinem Nest am Rand des Gartens zurück. Nach einem Jahr brach der Kunstvogel entzwei. Der Kaiser war so verzweifelt, dass er schwer erkrankte. Der Hof bereitete sich auf seinen Tod vor – doch in dieser Nacht flog die echte Nachtigall zurück zum Fenster des Kaisers und erweckte ihn mit ihrem herrlichen Gesang wieder zum Leben.

Im hinteren Schutzumschlag des Buches fand ich ein loses Blatt. Es stammte nicht aus dem Kinderbuch. Es war kleiner und von der Zeit ein bisschen gewellt. Mit einem unregelmäßigen Rand, als hätte man es aus einem anderen Buch herausgerissen.

Und auf beiden Seiten mit einer winzigen Schrift bekritzelt.

Mittwoch, 19. Oktober 1949

Seit vier Monaten bete ich, dass ein Wunder geschieht, und gestern war es endlich so weit. Zumindest glaube ich das. Jetzt muss ich nur noch herausfinden, was es bedeutet.

Er hat Lilly ein Märchenbuch zum Geburtstag geschenkt. Wir haben es immer wieder gelesen und nach einem Hinweis gesucht. Ist das Buch selbst nicht schon ein dicker Hinweis? Die Nachtigall im Käfig, der Kaiser, der sie gefangen hält? Wir lesen die Geschichte immer wieder, doch das Ende ergibt einfach keinen Sinn für uns. Hat Hans Christian Andersen wirklich geglaubt, die Nachtigall würde zurückkehren, um den Kaiser zu retten, nach allem, was er ihr angetan hatte?

Die Geschichte bringt Lilly zum Weinen.

»Das sind wir«, schluchzt sie. »Wir sind die Nachtigallen. Und er ...« Sie streckt den Arm aus und zeigt mit dem Finger auf die Tür. »... er ist der Kaiser, der uns in diesem Käfig gefangen hält.«

Ihre Worte machen mich wütend. Nicht weil sie falsch sind. Sondern weil sie so wahr klingen. Wieso hat er uns dieses Buch geschenkt? Was will er uns damit sagen? Dass wir hier sind, um ihn irgendwie zu retten? Oder dass er versucht, uns zu retten?

Obwohl uns die Geschichte wütend macht, können wir nicht aufhören, sie zu lesen. Immer wieder blättern wir durch ihre Seiten, schauen uns die Bilder an, lesen sie ein ums andere Mal, als läge irgendwo darin unsere Lösung.

Der Schlüssel zu unserer Flucht. Unser Wunder.

Lilly nörgelt den ganzen Tag. »Wann lässt er uns endlich frei, Frankie? Er kann uns doch nicht ewig hier gefangen halten.«

»Er wird uns bald gehen lassen«, sage ich ihr mit gespielter Fröhlichkeit. »Wir sind schon so groß, dass er es sich eines Tages nicht mehr leisten kann, uns durchzufüttern!«

Doch das ist gelogen.

Arme Lilly. Sie war neun, als wir hierherkamen. Jetzt ist sie elf. Manchmal fühlt es sich an, als wäre nur eine Woche vergangen. Und dann wieder bin ich Dornröschen, und draußen sind hundert Jahre verstrichen.

Als ich ihn daran erinnerte, dass Lilly Geburtstag hat,

bestand er darauf, im Holzherd unten eigenhändig einen Kuchen zu backen. Der süße Duft stieg zu uns herauf. Den ganzen Morgen floss uns das Wasser im Mund zusammen, wir stellten uns Doppelschichten mit rosa Glasur und Kerzen vor, vielleicht sogar frische Schlagsahne. Doch als er ihn auf einem kostbaren Porzellanteller brachte und im hellen Zimmer auf den Tisch stellte, war es nur eine Art Buschbrot mit einer Glasur aus Honig.

»Überall sind die Vorräte knapp geworden«, erklärte er, als er unsere enttäuschten Gesichter sah. »Gebt dem Krieg die Schuld, wenn ihr wollt. Ich fürchte, das ist alles, womit ich dienen kann.«

Um ihn nicht zu enttäuschen, taten wir so, als schmecke es uns.

Die trockenen Krümel spülten wir mit warmem Kakao hinunter.

Aber in Wahrheit tat Lilly mir leid.

So kann man keinen Geburtstag feiern, eingesperrt in einem muffigen Loch. Nicht mal das helle Zimmer kann uns entschädigen für all die Zeit, die wir hier eingesperrt verbringen. Lilly müsste draußen sein in der Sonne, eine richtige Party feiern, mit anderen Kindern in ihrem Alter spielen. Zur Schule gehen, normale Dinge tun. Stattdessen zerbricht sie sich die ganze Zeit den Kopf darüber, wann er durchdreht und eine von uns zum Hackklotz hinunterschleift.

Seit einem Jahr und sieben Monaten sind wir jetzt hier.

Und ein Tag ist wie der andere.

Wir stehen auf, waschen uns und schleppen den Eimer zur Tür, damit er ihn austauscht. Wir machen unsere Hampelmänner und Streckübungen, springen auf die Holztruhe und wieder hinunter, bis wir unseren Kreislauf auf Trab gebracht haben. Und wenn wir artig waren, lässt er uns zum Frühstück in das helle Zimmer, um Sonne zu tanken. Wir lieben das helle Zimmer. Die Sonne leuchtet in allen Farben des Regenbogens durch das Bleiglasfenster, und dann erscheint uns alles schöner, als es in Wirklichkeit ist.

Nach dem Frühstück erledigen wir die Ausbesserungen und andere Aufgaben, die er uns gibt. Wir reißen die Zeitung in Stücke, um Toilettenpapier daraus zu machen. Hin und wieder schenkt er uns das Seidenpapier, in das die Äpfel eingewickelt waren, und dann nehmen wir die Schere, um es zu zerschneiden. Wir schälen Kartoffeln und so weiter, aber wenn ich anbiete, ihm unten in der Küche beim Kochen zur Hand zu gehen, lehnt er ab. Wir gehören nach oben, sagt er. Zumindest vorläufig. Der Rest des Hauses und der Garten sind sein Reich.

Die meisten Tage verbringt er bei uns, erzählt uns Geschichten aus der Zeit, als er noch klein war und bei seinem Großvater lebte. Er ist ein guter Geschichtenerzähler, aber manchmal ereifert er sich zu sehr. Dann erhebt er die Stimme, springt auf und fuchtelt mit den Armen. Nicht um uns zu erschrecken. Er lässt sich einfach mitreißen.

Und gestern nach dem Kuchen hat er alles verdorben, als er über den Krieg schimpfte. Dass er noch immer das Dröhnen der Gewehre hört. Das Stöhnen der Sterbenden. Er raufte sich das Haar; es ist inzwischen so lang, dass es ihm bis zu den Schultern reicht. Jede Locke schwarz wie ein Schatten, der in der Sonne auf unerklärliche Weise noch schwärzer wird. Manchmal löst sich eine Strähne aus dem Schnürsenkel, mit dem er sein Haar zusammenbindet, und steht von seinem erhitzten Gesicht ab wie bei einem Wahnsinnigen.

Arme Lilly. Heute Nacht hat sie sich wieder in den Schlaf

geweint. Unter ihrer Bettdecke. Bevor sie eingeschlafen ist, hat sie sich an meinen Arm geklammert.

»Glaubst du, dass sie uns vergessen hat, Frankie?«

»Wen meinst du, Schätzchen?«

»Mum.«

Ich schluckte den Kloß im Hals hinunter und erinnerte mich an den Zeitungsartikel, demzufolge alle die Hoffnung aufgegeben haben.

»Mum würde uns niemals vergessen, mein Vögelchen. Wie könnte sie das?«

»Glaubst du, dass sie bald kommt, um uns hier rauszuholen?«

Wieder musste ich schlucken, als mir die Lüge über die Lippen kam.

»Ich glaube schon, kleine Lil, bestimmt wird sie das tun. Aber zuerst muss sie herausfinden, wo wir sind.«

»Und wenn sie es nicht schafft?«

»Sie wird es schaffen. Mum ist schlau.«

»Aber sie ist doch immer betrunken.«

Ich küsste sie auf den Scheitel und schlang den Arm um ihre dünnen Schultern. »Sie wird uns finden, Lilly. Das verspreche ich dir.«

Sie fing an zu weinen. »Woher willst du das wissen?«

Ich dachte einen Augenblick nach. »Kannst du dich erinnern, wie wir herkamen, an diesen Tag in seinem Wagen?«

Sie nickte. »Wir wollten die Vögel sehen.«

»Die Fahrt hat ziemlich lange gedauert, weißt du noch?«

Sie blinzelte, und eine Träne lief ihr über die Wange. »*Tagelang.*«

Ich seufzte und nahm ihre Hand. »Einen Tag vielleicht. Das heißt, dass wir nicht sehr weit von zu Hause entfernt sein können. Früher oder später wird uns Mum schon finden, oder Mr Burg aus der Schule oder die Polizei – irgendwer.«

Sie nickte erneut, schenkte mir ein weinerliches Lächeln, wirkte aber nicht überzeugt.

»Komm schon«, tröstete ich sie und zog sie näher an mich. Dann sah ich zum Fenster auf. »Sieh dir ein letztes Mal den Mond an, Vögelchen.«

Normalerweise ist das die schönste Zeit des Tages für sie. Aber heute Abend war sie lustlos, zappelig und quengelte, als wir uns den Nachthimmel durch das Gitter ansahen.

»Na los«, ermutigte ich sie. »Du bist dran.«

Sie holte tief Luft. »Und gib den Sternen einen Gutenachtkuss.«

Sie schläft jetzt. Die Tränen haben schmutzige Streifen auf ihren Wangen hinterlassen, die Händchen sind zu Fäusten geballt. Es ist immer das Gleiche. Nur dass ich heute Nacht irgendwie außer mir und nervös bin. Ich hasse es, sie so traurig zu sehen. Mein süßes Schwesterchen, das Baby, das ich einst auf meiner Hüfte überall mit hingeschleppt habe. Meine mutige kluge Lilly-Pilly, sie hat den schnellen Verstand und die wunderbare Stimme unserer Mutter geerbt. All ihre herrlich verrückten Lieder, die sie irgendwo im Dunkel ihres Innern verborgen hält.

Meine arme kleine Nachtigall.

Selbst der Vogel in der Geschichte konnte am Ende aus seinem Käfig entkommen. Während wir beide hier vielleicht für immer gefangen bleiben. Zumindest, bis er sich langweilt und auf die Idee kommt, uns zu töten.

Seit einem Jahr und sieben Monaten versuche ich, einen Weg hier hinauszufinden, aber heute Nacht nach Lillys Tränen bin ich irgendwie noch verzweifelter als vorher. Als würde die Luft hier drin dünner und dünner und bald ginge sie uns aus.

Wir müssen hier raus.

Zumindest muss ich Lilly hier rausbringen.

Koste es, was es wolle.

Die Kerze brennt ab. Bald wird sie anfangen zu flackern und erlöschen. Während ich warte, dass es Nacht wird, halte ich mir im Geiste noch einmal vor Augen, wie die Nachtigall das Herz des Kaisers mit ihrem Gesang eroberte. Und dann fällt es mir plötzlich ein. Unser Fluchtweg. Wie die Nachtigall in der Geschichte könnte auch ich das Herz *unseres* Kaisers erobern. Sein Vertrauen gewinnen, ihn dazu bringen, mich zu lieben. Und dann, genau in dem Moment, in dem er unachtsam wird, schlüpfen wir durch das Gitter und fliegen davon.

Kapitel 9

»Abby, bist du da?«

Nicht jetzt. Lass mich bloß in Ruhe.

Ich saß auf der Treppe in meinem Flügel des Hauses, im Schatten, über das Blatt aus dem Tagebuch gebeugt, das ich auf den Knien glattgestrichen hatte. Seit einer Stunde saß ich hier, während der Freitagnachmittag langsam in die Dämmerung überging. Unten stand die Tür offen, die ins Haus führte, und warf ein weiches Licht auf den Fuß der Treppe. Hier oben, wo ich saß, war es zu dunkel, um noch zu lesen, doch das war mir egal. Die Worte, die ich unzählige Male gelesen hatte, waren bereits in mein Gedächtnis eingebrannt.

Sieh dir ein letztes Mal den Mond an, Vögelchen.

Was bedeutete dieser Satz, den ich in dem alten Dokument gefunden hatte? Er verfolgte mich aus einem Albtraum in meiner Kindheit. All die Jahre hatte ich versucht, seine Quelle zu finden, hatte Bücher mit Kinderversen und alte Märchen durchkämmt, sogar Volkssagen im Internet recherchiert, war aber immer mit leeren Händen zurückgekommen. Am Ende war ich zu dem Schluss gelangt, dass ich den Satz erfunden haben musste, um mich irgendwie zu trösten. Vielleicht stammte er aus einem Lied oder einer kleinen Geschichte, die ich mir selbst erzählt hatte, um die Zeit totzuschlagen, als ich mich in dem verregneten Wald verirrt hatte.

Und gib den Sternen einen Gutenachtkuss.

War dieses Blatt aus dem Tagebuch ein Jux? Hatte irgendein gelangweilter Teenager diese Geschichte erfunden, um jemandem einen Streich zu spielen? Interpretierte ich die Ängste aus meiner Vergangenheit in ihn hinein? Oder waren zwei Schwestern tatsächlich gegen ihren Willen hier oben festgehalten worden?

Es schien unmöglich zu sein.

Hätte ich das zerknitterte Blatt irgendwo anders gefunden – in einer Schublade oder zwischen den Seiten irgendeines anderen Buches in der Bibliothek –, hätte ich die Echtheit vielleicht eher in Zweifel gezogen. Aber auf dem Fußboden eines verborgenen Zimmers? In einem Zimmer auf der Rückseite des Hauses, hinter einer Stahltür, die man offenbar seit Jahrzehnten nicht geöffnet hatte, in Vergessenheit geraten? Das vergitterte Fensterchen, das winzige Badezimmer. Das verstaubte Bett mit dem blutbefleckten Kissen und Laken. In diesem Raum hatte jemand gewohnt, aber nicht aus freien Stücken.

Und vielleicht war hier auch jemand gestorben.

Ich griff nach dem Märchenbuch und stand auf. Mir schwirrte der Kopf von all diesen unbeantworteten Fragen. Vor allem eine bestimmte Frage ließ mich nicht los. Eine absonderliche Frage, doch ich musste sie stellen.

Konnte es sein, dass zwischen Frankie und Lilly und meinem schrecklichen Erlebnis als Kind in der Schlucht eine Verbindung bestand?

Tom stand an der Tür der Bibliothek und beobachtete sie. Offenbar war sie so tief in Gedanken versunken, dass sie nicht mitbekommen hatte, wie er auf seinen Krücken durch den Gang humpelte. Finster starrte er durch den großen Raum auf ihren gebeugten Rücken.

Was um Himmels willen machte sie da?

Die Nacht presste ihre fahlen Finger gegen die Fenster der Bibliothek und tauchte die Winkel des Raumes in dunkle Schatten. Der kunstvolle Kronleuchter warf eine Konstellation funkelnder, glänzender Kristallsterne an die Decke.

Es war zehn Uhr. Seine Knochen schmerzten noch immer von dem Sturz am Morgen, doch statt sich wieder mit Schmerzmitteln vollzudröhnen, wollte er lieber fragen, ob sie Lust hätte, sich eine DVD mit ihm anzusehen. Ablenkung, hatte er sich gesagt.

Doch sie saß hier in der Bibliothek auf einem Stuhl vor einem fast leeren Regal. Um sie herum turmhohe Stapel von Büchern. Der große Tisch in der Mitte des Raumes war ebenfalls ein einziges Durcheinander von Büchern. Überall lagen sie herum; die Hälfte der Regale war bereits leergeräumt.

Sie hatte das Haar zu einem unordentlichen Pferdeschwanz gebunden und trug eine große rechteckige Brille auf der Nase. Vornübergebeugt saß sie da und ging eine Reihe von dünnen Bänden durch. Einen nach dem anderen nahm sie sich vor, blätterte rasch durch die Seiten und legte sie anschließend auf den Schoß. Wenn der Stoß auf ihrem Schoß zu hoch wurde, legte sie sie behutsam auf einen der Stapel neben sich.

Tom rieb sich über das stoppelige Kinn. »Haben Sie was verloren?«

Sie fuhr hastig herum. Ein schwarzes Buch fiel ihr aus den Händen und landete in einer Staubwolke auf dem Boden.

»Ach, Sie sind es.« Es klang enttäuscht.

»Hatten Sie noch jemanden erwartet?«

Als sie aufstand, stieß sie mit dem Knie gegen einen der Bücherstapel und warf ihn um. Sie versuchte noch, sie hastig aufzufangen, doch ihre Reaktion kam zu spät. Die Bücher kippten zur Seite und landeten polternd auf dem Fußboden. Sie klopfte sich den Staub von den Jeans und musterte ihn quer durch den Raum hinweg.

»Ich suche etwas.«

Wie um es zu bestätigen, hob sie eines der hinuntergefallenen Bücher auf, fuhr mit der Hand darüber und stellte es zurück in das Regal. Dort blieb es eine Sekunde stehen wie eine Taube auf der Stange, bevor es umkippte, als hätte es die Sinnlosigkeit der Situation erkannt.

Tom kam näher. »Müssen Sie eine Bibliothek denn gleich demolieren, wenn Sie nach etwas zu lesen suchen?«

Abby schob sich die Brille über die Stirn. Eine Haarsträhne verfing sich darin.

»Ich war nur kurz abgelenkt.«

Tom versuchte, zu lächeln und normal zu antworten, als wäre es ihm egal, dass sie so gut wie sämtliche Bücher in der Bibliothek durcheinanderbrachte. Typisch Journalistin, sie können es einfach nicht lassen, überall herumzuschnüffeln. Es war mehr als offensichtlich, dass sie etwas suchte, aber er konnte sich beim besten Willen nicht vorstellen, was. Diese Bücher gehörten nicht ihm. Er hatte sie zusammen mit dem Haus erstanden. Er wollte ihr schon sagen, dass sie nur ihre Zeit verschwendete, falls sie hoffte, auf diese Weise etwas über ihn zu finden. Doch er musste gerade gegen den Drang ankämpfen, die Hand auszustrecken und ihre widerspenstige Haarsträhne in den Pferdeschwanz zurückzustecken, wo sie hingehörte.

Spinnereien. Sie würde bald wieder aus seinem Leben verschwinden. Sobald sie ihr verdammtes Interview hatte, würde sie in die Stadt zurückfahren und ihn vergessen. Na schön, dann wäre er sie endlich los. Er wandte sich ab und schlurfte zurück in den Gang. Sein Brustkorb fühlte sich hohl an. Er musste die plötzliche Leere füllen. Egal womit. Einem Drink vielleicht. Dann fiel ihm die halb leere Brandyflasche ein, die er für Notfälle aufbewahrte. Das hier war kein echter Notfall, aber nah dran.

»Warten Sie, Tom.«

Der schrille Ton ihrer Stimme sorgte dafür, dass er sich umdrehte. In ihren Augen glänzte etwas. Hoffnung vielleicht. Etwas Wildes, Herausforderndes, mit dem sie seinem Blick standhielt. Sie griff in ihre Gesäßtasche und entfaltete ein Blatt Papier. Es war offenbar alt, vergilbt und dicht bekritzelt.

»Ich habe was gefunden.«

Er legte die Stirn in Falten. »Was denn?«

Sie kam auf ihn zu, ohne ihn aus den Augen zu lassen. Dann lächelte sie geheimnisvoll und schwenkte das Papier vor seiner Nase hin und her.

»Es ist ein Blatt aus dem Buch, nach dem ich suche, das Tagebuch eines jungen Mädchens. Ich habe es oben in einem Geheimzimmer gefunden.«

Er starrte sie ausdruckslos an. »In einem Geheimzimmer?«

»Wir sind doch beide auf der Suche nach einer großen Story, nicht?«

Er spannte den Kiefer an. »Was soll das heißen?«

»Was würden Sie sagen, wenn ich ein paar Tage länger hierbliebe?« Sie warf einen Blick auf das Blatt und reichte es ihm. »Nur bis wir dieser Sache auf den Grund gegangen sind. Möglich, dass es nichts bedeutet, dass es ein dummer Streich ist, der in eine Sackgasse führt. Aber irgendwie habe ich das Gefühl, dass doch etwas dahinterstecken könnte.«

Er nahm das Blatt und überflog die ersten Zeilen. »Ich bete um ein Wunder«, las er laut und sah dann wieder Abby an. Die Aussicht auf ein Tagebuch aus dem Jahr 1949 weckte so etwas wie Neugier. Alte Briefe und Tagebücher könnten seinen historischen Nachforschungen einen authentischen Beigeschmack verleihen. Noch mehr aber faszinierte ihn Abbys Vorschlag, länger in Ravenscar zu bleiben.

Er kniff die Augen zusammen. »Wieso ist Ihnen das so wichtig?«

Sie warf einen Blick auf das Durcheinander in seiner Bibliothek und erwiderte dann seinen neugierigen Blick. »Lesen Sie es, Tom. Dann werden Sie verstehen, warum es so wichtig ist.«

Zwei Stunden später, bis zu den Knien zwischen staubigen Büchern versunken, drehte sie sich plötzlich mit aufgerissenen Augen zu ihm um.

»Tom?«

In der Hand hielt sie ein großes Fotoalbum mit abgewetzten Ecken. Es war schwarz mit einem goldenen Muster auf dem Rücken, und als sie es ihm an den Tisch brachte und sich auf den Stuhl neben ihm setzte, stach ihm der Geruch nach altem Leder und Papierstaub in die Nase.

»Ein Fotoalbum?« Er hatte sich gerade das Märchenbuch über den chinesischen Kaiser und die Nachtigall angesehen. Und zwanzig Mal das aus dem Tagebuch gerissene Blatt gelesen. Zuerst skeptisch. Doch als er das zweite Mal halbwegs durch war, begannen seine Gedanken zu rasen. Abby hatte recht. Diese Geschichte hatte etwas. Er konnte sie benutzen. Es war ein Plot, den er nicht nur mit Begeisterung schreiben würde, sondern der ihn, wenn er es richtig anstellte, wie eine Rakete ins Rampenlicht zurückkatapultieren könnte. Er würde die Bestsellerliste der *New York Times* anführen und wieder lukrative Filmrechte oder Fernsehserien in Aussicht haben. Seit Jahren hatte er sich nicht mehr so inspiriert gefühlt.

Abby schlug das Album auf und blätterte durch die Seiten. »Es ist ein Sammelalbum.«

Tom beugte sich vor, um einen Blick darauf zu werfen. Seine Schultern berührten die ihren, und einen Augenblick war er sich nur ihrer Nähe bewusst, spürte ihren warmen Arm an seinem Ärmel, nahm den Duft ihres Haars wahr.

»Das sind sie«, murmelte sie.

Er wandte seine Aufmerksamkeit wieder dem Album zu. Die Seiten waren mit Fotos und Zeitungsausschnitten beklebt. Während Abby darin blätterte, tauchten die beiden Gesichter immer wieder auf. Zwei Mädchen, die nicht unbedingt wie Schwestern aussahen. Die Jüngere wirkte schüchtern, hatte ein süßes Gesicht und kurzes blondes Haar. Der anderen fiel ihr dunkles kastanienbraunes Haar wie ein Wasserfall über die Schultern. Sie hatte die Arme vor der Brust verschränkt und blickte finster in die Kamera.

»Das sind sie«, wiederholte Abby, fast für sich. »Nicht zu fassen!«

Tom schüttelte den Kopf. Er hätte gern daran geglaubt, doch irgendwie kam es ihm zu schön vor, um wahr zu sein. Zuerst dieses Blatt aus dem Tagebuch und jetzt ein ganzes Album voller Antworten?

»Das passt alles viel zu gut zusammen.«

»Derjenige, der sie hier gefangen hielt, verfolgte alles, was die Zeitungen über sie schrieben. Das klassische Verhalten eines Besessenen. Was soll da nicht zusammenpassen?«

Er schüttelte erneut den Kopf. »Keine Ahnung. Ich bin kein großer Fan von Zufällen.«

Sie lachte. »Mein Bruder meint immer, es gebe keine Zufälle. Er sagt, das, was die meisten Menschen verächtlich als Zufall bezeichnen, sei in Wirklichkeit Vorsehung. Eine lange Reihe von Ereignissen, die sich schließlich zu einem Ganzen zusammenfügen.«

»Und finden Sie das auch?«

»Ich finde, wir sind da auf etwas gestoßen, und es könnte sich lohnen, ihm auf den Grund zu gehen.« Sie tippte mit den Fingern auf eine ausgeblichene Schlagzeile. WIGMORE-SCHWESTERN NOCH IMMER VERMISST. Sie überflog die Seite und schaute ihn dann an, mit erhitztem Gesicht und leuchtenden Augen. »Die Namen, das Alter, die Fakten. Alles passt zu dem, was auf dem Blatt steht. Sie sind es, Tom. Das sind Frankie und Lilly.«

Wir saßen nebeneinander am Tisch und beugten uns über das abgegriffene Album. Egal, wer die Zeitungsausschnitte zusammengetragen haben mochte – er hatte sich große Mühe gegeben, den Wigmore-Fall zu verfolgen. Fünf Jahre lang hatte er die Artikel ausgeschnitten und eingeklebt; im ersten Jahr waren es unzählige gewesen.

Nachdem wir alle gelesen hatten, blätterte ich zum Anfang zurück und ging sie erneut durch, auf der Suche nach Informationen, die ich möglicherweise übersehen hatte. Drei Artikel fielen mir besonders auf.

The Sydney Morning Herald
Mittwoch, 31. März 1948
SCHWESTERN VERMISST
Die Polizei untersucht das Verschwinden von zwei Schwestern, die offenbar seit Karfreitag vermisst werden. Die neunjährige Lilly Wigmore und ihre Schwester Frances, elf, wurden zuletzt am Freitagmorgen vor ihrem Haus in der Stanley Street, Concord, gesehen. Ihre Mutter, Mrs L. Wigmore, deren Mann 1942 in Nordafrika gefallen ist, arbeitet als Waschfrau im Repatriation General Hospital. Mrs Wigmore hatte an diesem Tag um sechs Uhr morgens das Haus verlassen, um pünktlich zu ihrer Frühschicht zu erscheinen. Die Mädchen standen am Zaun und winkten ihr zu; es war das letzte Mal, dass sie ihre Töchter sah. »An diesem Tag wollten sie unbedingt ihre Sonntagskleider anziehen und wirkten sehr aufgekratzt«, erzählte Mrs Wigmore der Polizei. »Das war ungewöhnlich, denn die Osterzeit ist für uns eher traurig. Zu Ostern haben die Mädchen ihren Vater verloren.« Lilly wird mit einem Meter sechzig als für ihr Alter recht groß beschrieben, sie ist stämmig, hat blaue Augen und trägt ihr Haar kurz, mit Pony. Francis ist schlank, mittelgroß mit langem braunem Haar und haselnussbraunen Augen. Die Polizei bittet jedermann, der zur Klärung des Falles beitragen kann, sich bei ihr zu melden.

The Sydney Morning Herald
Donnerstag, 23. September 1948
KAUM HOFFNUNG FÜR VERMISSTE SCHWESTERN
Sechs Monate nach dem Verschwinden der neunjährigen Lilly Wigmore und ihrer Schwester Frances Wigmore, zwölf, besteht nur noch wenig Hoffnung, dass die beiden wieder nach Hause zurückkehren. Die Schwestern wurden zuletzt am Karfreitag vor ihrem Haus in der Stanley Street gesehen. »Sie sind vernünftig«, erklärte ihre Mutter, die Witwe Mrs Wigmore, heute Morgen gegenüber dem *Sydney Morning Herald*. »Wäre es ihnen möglich gewesen, wären sie nach Hause gekommen. Es muss ihnen etwas zugestoßen sein.«

The Sydney Morning Herald
Mittwoch, 20. Juli 1949
MUTTER APPELLIERT AN DIE ÖFFENTLICHKEIT
SYDNEY, Mittwoch – Mehr als ein Jahr nach dem Verschwinden der Schwestern Frances und Lilly Wigmore aus Sydney hat ihre Mutter, die Kriegswitwe Mrs L. Wigmore, an alle Zeugen appelliert, die zweckdienliche Angaben zu dem Verbleib der beiden Mädchen machen könnten. Die Schwestern, Frances, kastanienbraunes Haar, mittlerweile dreizehn Jahre alt, und Lilly, blond, heute elf, wurden im Jahr 1948 zum letzten Mal vor ihrem Haus in Concord gesehen. »Ich gebe die Hoffnung nicht auf«, erklärte Mrs Wigmore gestern gegenüber dem *Herald*. »Man hat sie vergessen, aber ich weiß, dass meine Mädchen irgendwo da draußen sind. Jeden Abend lasse ich das Licht auf der Veranda brennen, damit sie wieder nach Hause zurückfinden.«

Ich lehnte mich zurück. »Möglich, dass ihre Mutter die Hoffnung nicht aufgegeben hatte, aber die anderen hielten sie offensichtlich für tot.«

Tom sah mich an. »Während sie da oben am Leben waren. Zumindest bis zu Frances' Tagebucheintrag 1949.«

»Dann glauben Sie mittlerweile auch, dass sie es sind?«

Er kratzte sich das stoppelige Kinn. »Möglich wäre es. Aber Ravenscar ist verdammt weit weg von Sydney. Man fährt gut acht oder zehn Stunden. Wurden sie zufällig entführt, oder war alles geplant? In keinem der Artikel ist von einer Lösegeldforderung die Rede.«

Ich schob meinen Stuhl ein Stück vom Tisch zurück und streckte die Beine aus. Tom dachte laut nach und verlieh meinen Gedanken eine Stimme. Trotzdem brannte in meinem Kopf die Frage, die Tom nicht gestellt hatte: Was war aus den Mädchen geworden?

Meine Gedanken kehrten zu dem zurück, was Frances geschrieben hatte.

Bis er sich langweilt und auf die Idee kommt, uns zu töten.

War es das, was am Ende geschehen war? Hatte ihr Entführer sich gelangweilt, es mit der Angst bekommen, beide Mädchen umgebracht und irgendwo da draußen im Busch verscharrt? Ich schlang die Arme um meinen Oberkörper. Mein Gesicht glühte. Ich brauchte frische Luft. In der muffigen Stille hörte ich ein leises Flattern und ließ meinen Blick zum Fenster wandern.

Das Licht des Kronleuchters spiegelte sich funkelnd in den Scheiben und fing den Raum in den großen Bleiglasfenstern ein. Dahinter war nur die Nacht.

Und plötzlich auch noch etwas anderes.

Ich trat ans Fenster. Ein riesiger Nachtfalter war im Zimmer gefangen und stieß immer wieder gegen die Glasscheibe.

Als ich das Fenster öffnete, strömte die kalte Nachtluft ins Zimmer. Der Falter taumelte benommen, dann wich er zur Seite aus und flog jetzt hektisch immer wieder gegen das andere Fenster. Ich folgte ihm und öffnete auch das, doch er flatterte im Zickzack davon und verlor sich in den Schatten der Bibliothek.

Ich ließ die Fenster offen, kehrte zum Tisch zurück und betrachtete erneut die Zeitungsmeldungen. Die jungen Gesichter, die mich aus den körnigen Aufnahmen ansahen.

»Ich muss unbedingt herauskriegen, was ihnen zugestoßen ist. Ob sie es gesund nach Hause geschafft haben oder …« Ich dachte an das verborgene Zimmer mit dem Gitter oben. An das blutverkrustete Kopfkissen und die fleckigen Laken.

Ich sah Tom an. »Sie sagten, dass Sie über eine Satellitenverbindung Zugang zum Internet haben?«

Er warf einen Blick auf das Fenster. »Die Nacht ist ziemlich klar. Wir könnten Glück haben.« Er hievte sich hoch und griff nach seinen Krücken. »Da drüben.«

Als ich in dem schmalen Erker der Bibliothek vor Toms Laptop saß, mich in sein Satellitenmodem einloggte und nur ein schwaches Internetsignal empfing, hielt sich meine Hoffnung in Grenzen.

Doch als ich die Namen der Mädchen in den Browser eingab, spuckte er eine lange Liste von Links aus. Ich klickte einige an, und nach einer Weile zeichnete sich ein klareres Bild des Falles ab.

1953, fünf Jahre nach dem Verschwinden der Mädchen, war die mittlerweile vierzehnjährige Lilly Wigmore nach Hause zurückgekehrt. Allein.

Sie konnte den Beamten nicht sagen, was aus Frankie geworden war, nicht einmal, ob ihre Schwester noch lebte. Lilly erzählte nur, dass ein Mann sie in seinem Haus gefangen gehalten hatte. Sie wusste weder, wie dieser Mann hieß, noch konnte sie ihn halbwegs beschreiben. Sie behauptete, sein Gesicht nie gesehen zu haben.

»Sie hat gelogen.« Tom tippte mit den Fingern auf den Bildschirm. »Frankie schrieb, sie hätten ihn fast jeden Tag gesehen. Nach fünf Jahren muss Lilly ihn sehr gut gekannt haben.«

Ich sah auf. »Was hätte sie für einen Grund gehabt, ihn zu schützen?«

»Vor allem, wenn er Frankie getötet hatte.«

»Wie ist sie entkommen?«

»Und warum wollte sie der Polizei nicht helfen, ihren Entführer zu finden, den Mann, der ihre Schwester umgebracht hatte?«

Wir drehten uns im Kreis. Ich dachte einen Augenblick nach. »Falls Lilly noch lebt, könnten wir sie selbst fragen.«

Ich verfeinerte meine Suche nach Lilly Wigmore und klickte auf ein halbes Dutzend weiterer Links, doch es war nichts Aktuelles dabei. Ich zog in Betracht, dass sie geheiratet und ihren Namen verändert haben konnte, doch alle Hinweise auf sie endeten im Jahr 1954. Als wäre sie kurz nach ihrer Rückkehr von der Erdoberfläche verschwunden.

Zum zweiten Mal.

Dann folgte ich einem Link aus einer Webseite über ungelöste Kriminalfälle in Australien. Es war das Transkript eines

Interviews mit einem pensionierten Polizisten. Das Interview hatte ein gewisser Professor Markham an der University of South Australia 1966 im Rahmen einer Dissertation geführt, dreizehn Jahre nachdem Lilly Wigmore wieder aufgetaucht war.

Professor Markham: 1953 waren Sie der Erste, der Lilly Wigmore zu ihrer Entführung befragte. Was war Ihr Eindruck von dem Mädchen?

Inspektor Upshaw: Lilly war offensichtlich traumatisiert. Während der ganzen Befragung saß sie mit großen Augen da und schien nur die Hälfte der Fragen mitzubekommen. Als der Name ihrer Schwester fiel, brach sie in Tränen aus. Sie behauptete, nicht zu wissen, was Frankie zugestoßen war. Ihren Entführer konnte sie nicht einmal ansatzweise beschreiben.

Selbst die Kinderpsychologen, die wir zurate zogen, konnten nichts aus ihr herauskriegen. Das Mädchen war ganz offensichtlich durch eine Hölle gegangen, aber abgesehen von ein paar leichten Schnittwunden, Kratzern und üblen blauen Flecken machte sie den Eindruck, als wäre sie während ihrer Gefangenschaft ganz gut behandelt worden. Sie war sauber gekleidet und gut ernährt. Vielleicht ein bisschen dünn, und das Haar reichte ihr bis zur Taille, aber sie war gesund. Sie schien sogar über aktuelle Ereignisse auf dem Laufenden zu sein.

Die Ärzte, die sie medizinisch untersuchten, stellten erleichtert fest, dass sie keinesfalls sexuell missbraucht worden war. Allerdings konnte man das von ihrem seelischen Zustand nicht behaupten. Fünf Jahre lang hatte die Welt Lilly und ihre Schwester vergessen. Man hielt sie für tot. Zwei Ausreißerinnen, die zweifellos ein schlimmes Ende gefunden hatten. Doch als Lilly 1953 auftauchte, änderte sich das alles.

Professor Markham: Hat Lilly erklärt, wo sie die ganze Zeit gewesen war? Konnte sie einen Ort benennen?

Inspektor Upshaw: Wie gesagt, darüber wissen wir nicht viel. Anfang Juni 1953 meldete ein Nachbar der Polizei ein junges Mädchen, das in der Stanley Street umherirrte. Sie erzählte der Polizei, wer sie war und dass sie zu ihrer Mutter wollte. Leider war ihre Mutter inzwischen verstorben. Mrs Wigmore hatte sich 1951 im Alter von achtunddreißig Jahren eine Lungenentzündung zugezogen. Weitere Verwandte hatte Lilly nicht. Sie kam zu einer professionellen Pflegemutter namens O'Grady, die Lilly während der Pflege ganz gut kennenlernte. Mrs O'Grady und ihr Mann zogen Lilly auf, als wäre sie ihr eigenes Kind.

Professor Markham: Und was ist aus Frankie Wigmore geworden?

Inspektor Upshaw: In dem Jahr nach Lillys Wiederauftauchen schaltete die Polizei hin und wieder Anzeigen in den Zeitungen und appellierte an Frankie Wigmore, sich zu melden, ohne Erfolg. Später gab es noch den einen oder anderen Appell, um Informationen über den Verbleib des Mädchens zu erhalten, aber das

Interesse der Presse hielt sich in Grenzen. Sie müssen bedenken, dass die Polizei mit Unmengen von vermissten Menschen zu tun hat. Wie auch immer, damals glaubten die meisten von uns, dass Frankie Wigmore vermutlich tot war.

Professor Wigham: Ist das der Grund, dass Mrs O'Grady Lilly aus dem Fokus der Öffentlichkeit herausnahm?

Inspektor Upshaw: Als Lilly 1953 auftauchte, war die Presse außer sich. Eine Weile beherrschte Lilly die Schlagzeilen. Die O'Gradys wurden mit Bitten um ein Interview förmlich bombardiert. Und diese ganze Aufmerksamkeit war nicht immer positiv. Anschuldigungen machten die Runde. Wen schützte Lilly? War ihre Schwester tot, war Lilly Zeugin eines Mordes geworden? Und wenn ja, warum weigerte sie sich, der Polizei dabei zu helfen, den Mörder ihrer Schwester zu finden? Warum sträubte sie sich so sehr dagegen, auszusagen oder wenigstens mehr über ihr Martyrium preiszugeben? Dann meldeten sich die Klugscheißer zu Wort: Waren Lilly und ihre Schwester tatsächlich entführt worden, wie sie behauptete, oder waren sie nur einfach von zu Hause ausgerissen? Mrs O'Grady empörte sich gewaltig darüber, wie die vierzehnjährige Lilly von den Medien behandelt wurde. Lilly hatte bereits ihre Eltern verloren, und niemand wusste etwas über den Verbleib ihrer Schwester. Und jetzt wurde ihr Schmerz auch noch von den Medien ausgeschlachtet. Manche Reporter äußerten unerhörte Anschuldigungen und behaupteten, Lilly selbst sei irgendwie für das Verschwinden ihrer Schwester verantwortlich. Und eines Tages verschwanden die O'Gradys von der Bildfläche und nahmen Lilly mit. Nicht einmal die Bundespolizei konnte sie ausfindig machen, zumindest antwortete sie das auf Anfragen der Presse.

Professor Markham: Aber die Öffentlichkeit wollte doch bloß die Wahrheit wissen. Hatte sie nicht ein Anrecht darauf?

Inspektor Upshaw: Ich bin mir sicher, dass Mrs O'Grady Ihnen widersprochen hätte, Professor. Ich persönlich bin der Ansicht, dass wir alle ein von Gott verliehenes Recht haben, unsere Familien vor der Öffentlichkeit und ihrer Neugier zu beschützen. Wie gesagt, die kleine Lilly hatte durch eine Hölle gehen müssen, und die wohlmeinenden O'Gradys waren entschlossen, das traumatisierte Mädchen um jeden Preis zu beschützen.

Ich betrachtete ein Foto auf der Webseite, das wir noch nicht gesehen hatten und das drei Jahre vor dem Verschwinden der Mädchen entstanden war. Damals war Lilly ungefähr sechs, sie hatte kurzes blondes Haar und einen gerade geschnittenen Pony, ein pummeliges Gesicht und verträumte Augen.

Frankie hätte nicht gegensätzlicher sein können. Die Aufnahme zeigte sie mit acht, damals hatte sie ein feines, elfenhaftes Gesicht, umrahmt von widerspenstigem braunem Haar. Böse starrte sie in die Kamera, und ihre Verachtung für den Fotografen – und vielleicht auch für den Rest der Welt –

war in ihren dunklen Augen nicht zu übersehen. Auf keiner der veröffentlichten Aufnahmen lächelte sie.

Wir sammelten den Stapel von Ausdrucken ein und kehrten an den großen Tisch zurück.

»Wir haben jede Menge Material, sind aber, was die Fragen angeht, noch keinen Schritt weiter«, sagte ich und legte die neuen Informationen neben das Sammelalbum.

Tom setzte sich wieder auf seinen Stuhl. »Bis wir das ganze Tagebuch gefunden haben.«

Ich tigerte im Raum auf und ab. Die Docs polterten auf den Holzdielen, während ich versuchte, meine Nervosität abzuschütteln. Der Schatten eines sommersprossigen Gesichts stieß gegen meinen Ellbogen, und sein Raunen jagte mir einen kalten Schauer über den Rücken. *Du weißt, wie es sich anfühlt, gefangen zu sein, Abby. Aber nur drei Tage. Diese Mädchen waren fünf Jahre eingesperrt.*

»Es muss hier sein.« Ich hielt inne und schaute Tom an. »Das Tagebuch muss irgendwo hier im Haus sein.«

»In dem Geheimzimmer vielleicht?«

»Ich habe überall nachgesehen. Unter dem Kopfkissen, in der Truhe. In der Matratze gab es keine Schlitze, und unter dem Bett nur Staub. Keine losen Bodendielen, keine verborgenen Hohlräume.«

»Möglich, dass wir es nie finden.«

»Ich würde es nicht ertragen, wenn wir nie dahinterkommen, was geschehen ist.«

Tom schwieg eine Weile, dann sah er auf. »Abgesehen von Frankie kann es nur zwei Menschen geben, die davon wussten – Lilly und der Entführer. Und da wir Lilly nicht ausfindig machen können und Frankie wahrscheinlich nicht mehr lebt …«

»Könnten wir versuchen, *ihn* ausfindig zu machen?«

Abrupt blieb ich stehen und sah ihn an. »Lilly und Frankie verbrachten fünf Jahre in diesem Haus. Das ist verdammt lange.«

Tom kniff die Augen zusammen. »Glauben Sie, dass das Haus unserem Mann gehörte?«

»Das wäre das Naheliegendste. Hätte er riskiert, sie hier gefangen zu halten, wenn der Eigentümer jeden Augenblick hätte vorbeikommen können?«

»Dann müssen wir die Geschichte des Hauses recherchieren, herausfinden, wer die früheren Eigentümer waren. Zumindest zwischen 1948 und 1953.«

Ich nickte.

Tom wirkte skeptisch. »Wahrscheinlich sind sie längst tot.«

»Ja.«

»Das bedeutet, dass es ein aussichtsloses Unternehmen sein könnte.«

»Das ist möglich.«

Ich kehrte zurück zu dem Sammelalbum und strich über die zerknitterten Seiten. Studierte die körnigen Zeitungsaufnahmen. Dachte über das verborgene Zimmer nach. Das Gitter. Das blutverkrustete Bett. Das auf dem Boden vergessene Bilderbuch. Das Blatt, das darin steckte.

Wir müssen hier raus, hatte Frankie Wigmore geschrieben. *Zumindest muss ich Lilly hier rausbringen. Koste es, was es wolle.*

Hatte Frankie etwa mit ihrem Leben dafür bezahlt? Hatte sie sich geopfert, um ihre Schwester zu retten?

Ich blickte auf. »Und wenn es doch nicht so aussichtslos ist?«

»Was meinen Sie?«

Ich dachte über die Ereignisse nach, die bereits in das größere Bild passten. Dass ich Shayla auf dem Campingplatz gefunden und Kendra darauf bestanden hatte, dass ich Tom interviewte. Tom, der ständig irgendwelche Erinnerungen an meine eigene Entführung vor zwanzig Jahren auslöste. Das verborgene Zimmer und das Blatt aus dem Tagebuch, das ich gefunden hatte, diesen gruseligen Satz: *Sieh dir ein letztes Mal den Mond an, Vögelchen.*

»Was, wenn mein Bruder recht hätte mit seiner Theorie? Wenn es die Vorsehung ist, damit nun alles ans Tageslicht kommen kann? Vielleicht war es ja kein Zufall, dass ich dieses Blatt Papier gefunden habe, sondern auf irgendeine Art vorherbestimmt?«

»Ist Ihnen klar, wie schwachsinnig sich das anhört?«

»Schon. Aber ich wüsste nicht, wie ich es sonst erklären sollte.«

Im gesprenkelten Licht des Kronleuchters war Toms Ausdruck unergründlich. Einen langen unbehaglichen Augenblick schien er widersprechen, meine verrückte Theorie in der Luft zerreißen und mir sagen zu wollen, dass ich aufhören sollte zu träumen. Oder, noch schlimmer, meine Koffer packen sollte.

Stattdessen kramte er in seiner Hosentasche und warf einen kleinen Schlüssel auf den Tisch. »Der Kaufvertrag von Ravenscar liegt in der untersten Schublade meines Aktenschranks. Holen Sie ihn, bitte.«

Aufgeblasener Miesepeter, der er war – in diesem Moment hätte ich ihn küssen können. »Wird gemacht, Chef.«

Während ich durch den Gang lief, rieb ich mir die Augen.

Es war fast Mitternacht.

Frankies Tagebuchblatt hatte ich am späten Nachmittag gefunden, und seitdem schien ein ganzes Leben vergangen zu sein. Ich hatte die Bibliothek auf den Kopf gestellt und das Sammelalbum gefunden. Hatte mit Tom vor seinem Laptop gesessen und im Internet gesurft. Staub klebte in meinem Gesicht und an meinen Kleidern. Meine Augen brannten vor Erschöpfung, doch mein Gehirn war lange nicht so wach gewesen wie jetzt. So auf Kurs. Egal, ob es tatsächlich ein kosmischer Plan war oder nicht, ich hatte das Gefühl, in den bodenlosen Strudel der Wigmore-Geschichte hineingesogen zu werden, und war mehr denn je zuvor überzeugt, dass alle Antworten auf die Fragen, die ich mir seit zwanzig Jahren stellte, dort verborgen lagen.

Ich fand die Dokumente und kehrte in die Bibliothek zurück.

Tom war blass. Seit Stunden schon hatte er keine Schmerzmittel mehr genommen. Er musste Schmerzen haben, nachdem er heute Morgen gestürzt war, und wirkte so schlapp, wie ich mich fühlte. Doch als er sich jetzt über den Vertrag beugte, war er plötzlich wieder hellwach, tippte triumphierend auf eine Seite und murmelte: »Hier, das ist Ravenscars früherer Eigentümer.«

Ich beugte mich vor, um den Namen zu lesen.

»Joe Corbin. Könnte es sein, dass er aus der Gegend hier stammt?«

Tom suchte meinen Blick. »Sie sind hier aufgewachsen. Sagt Ihnen der Name etwas?«

Ich schüttelte den Kopf. »Nie gehört. Aber vielleicht weiß mein Bruder mehr. Duncan hat es sich zur Aufgabe gemacht, Gott und die Welt zu kennen.«

Kapitel 10

Lil hatte sich verspätet. Nur zehn Minuten, doch sie hasste es, die Frauen warten zu lassen.

Die Kurrayong Players waren ein Ensemble, das ausschließlich aus Frauen bestand. Die meisten Mitglieder waren ehemalige Bewohnerinnen des Frauenhauses Northern Tablelands. Es war Lils Einfall gewesen. Anfänglich bescheiden, hatte sich das Projekt mit der Zeit zu einer alljährlichen Produktion gemausert – immer Musicals, weil Lil sie so mochte – und wurde größtenteils von ortsansässigen Unternehmen gesponsert. Vor zwei Jahren hatte die Vorstellung von Gilbert und Sullivans *Iolanthe* fantastische Kritiken erhalten, ebenso das Stück *Pirates of Penzance*, das sie letztes Jahr aufgeführt hatten. Und das Beste war, dass das Ganze ihnen einen einträglichen Gewinn bescherte.

Lil entschuldigte sich und kam gleich zur Sache.

Das Krankenhaus in Gundara bedurfte dringend einer Modernisierung, und die Frauen wollten einen anständigen Beitrag dazu leisten. Das Gebäude musste von Grund auf renoviert werden – doch so etwas war nicht gerade billig. Es sprengte einfach die Möglichkeiten einer Theatergruppe, die nur aus Laien bestand. Das hielt Lil nicht davon ab zu träumen.

Schon vor zwanzig Jahren war sie als Koordinatorin des Frauenhauses zurückgetreten. Man hatte sie mit einer wunderbaren blauen Vase aus Krosno verabschiedet, die noch immer einen Ehrenplatz auf der Anrichte ihres Hauses einnahm. Erst nach ihrem Rücktritt war ihr bewusst geworden, wie viel ihr die Arbeit mit diesen Frauen bedeutet hatte, die gebrochen, verzweifelt, in Tränen aufgelöst ins Frauenhaus kamen und oft auch noch kleine Kinder im Schlepptau hatten. Zu erleben, wie viele von ihnen anschließend aufblühten, hatte Lils Leben einen Sinn verliehen.

Zu ihrer Abschiedsfeier waren zahlreiche dieser Frauen erschienen und hatten sie mit Dankesbezeugungen überschüttet. So viel Wärme und so viel Liebe! Sie war zu überwältigt, um ihnen zu zeigen, was sie in Wirklichkeit fühlte. Dass »ihren Mädchen«, wie sie sie nannte, zu helfen das Mindeste gewesen war, was sie hatte tun können. Dass sie – Lil – ihnen dankbar sein musste, denn sie hatten umgekehrt auch sie gerettet.

Nach ihrem Ausscheiden arbeitete sie weiterhin ehrenamtlich im Frauenhaus und baute zu Diane, der neuen Leiterin, ein enges freundschaftliches Verhältnis auf. Ihre Beziehung war so gut, dass sie sie als echte Freundin betrachtete. Und das war für Lil eine Premiere. Vor Freundschaften war sie stets zurückgeschreckt. Joe war alles, was sie zum Leben brauchte. Doch Diane Albernathy hatte etwas, das Lil aus der Reserve lockte. Sie war eine hochgewachsene Frau mit wirrem rotem Haar und einer herzlichen Ausstrahlung. Wenn sie in den unpassendsten Momenten in Gelächter ausbrach, konnte sie alle anderen damit anstecken. Dank Diane musste Lil während der Vorstandssitzungen häufig ein Kichern unterdrücken oder sich in der Kirche die Tränen aus den Augen wischen. Lil revanchierte sich dafür, indem sie viele dieser Frauen aus ihrer Trübsal lockte und sie ermutigte, sich an den lächerlichen und profanen Dingen des Lebens zu erfreuen. Dingen, die sie sonst deprimiert hatten.

»Lil?«

Sie blinzelte. Zehn weitere Frauen hatten sich versammelt, und aller Augen wandten sich nun ihr zu. Diane, die sie angesprochen hatte, sah sie verwundert an. »Warst du mit deinen Gedanken wieder woanders, Lil?«

Lil ignorierte die Bemerkung und nahm ihr Klemmbrett aus der Handtasche.

»Wie gesagt, ich glaube, es sollte auch dieses Jahr wieder ein Musical sein. Nur diesmal eines, das eine echte Herausforderung wäre. Wenn wir wirklich Gelder für die Renovierung des Krankenhauses sammeln wollen, dann werden Gilbert und Sullivan vermutlich nicht für entsprechende Einnahmen sorgen.«

»Aber letztes Jahr waren sie hervorragend«, erwiderte Diane. »Gilbert und Sullivan sind äußerst beliebt, was könnte man gegen sie einwenden?«

Lil sah sich um. Einige Frauen runzelten die Stirn, eine oder zwei lächelten zögernd. Doch alle machten große Augen. Eine kleine Frau ganz hinten, deren schmales Gesicht noch immer blau und geschwollen war, nachdem ihr Freund ihr einen Schlag mit der Faust versetzt hatte, wirkte alarmiert.

Lil holte Luft. Sie war viel zu ehrgeizig, drängelte die anderen zu sehr. In der Gruppe gab es einige talentierte Sängerinnen, die während der Aufführung im letzten Jahr ihr Können unter Beweis gestellt hatten. Doch es war eine Sache, sein Talent zu beweisen, und eine andere, das Publikum wirklich mitzureißen.

»Ich weiß, dass es die meisten von euch abschrecken wird, aber ich finde, dass wir dieses Jahr die Latte höher legen und uns selbst auf die Probe stellen sollten.« Sie nickte Claire zu, einer weiteren ehrenamtlichen Mitarbeiterin. Die junge Aborigine war vor vier Jahren ins Frauenhaus gekommen, so unterwürfig und gehemmt, dass sie kaum ein Wort herausbrachte. Sie hatten viel Zeit und Zuneigung aufbringen müssen, um sie aus der Reserve zu locken. Dann war sie eines Tages verschwunden. Diane hatte schon befürchtet, dass sie zu ihrem alten Leben zurückgekehrt war. Doch ein Jahr später kam sie zurück. Inzwischen hatte sie sich völlig verändert. War eine andere Frau geworden. Sie hatte eine Stelle angenommen, die sie ausfüllte, in einer kleinen Schule auf dem Land, wo man sich um die Kinder der Ureinwohner kümmerte, und jetzt war sie fest entschlossen, anderen zu helfen, so wie man ihr im Frauenhaus geholfen hatte. Dann überraschte sie alle mit dem Angebot, in der Aufführung letztes Jahr die Hauptrolle zu übernehmen. Zu ihrem Entzücken besaß sie eine Engelsstimme.

»Claire, würdest du wieder die Hauptrolle übernehmen wollen?«

Claire errötete. »Mir wäre es lieber, wenn du sie singen würdest, Lil.«

Lil schüttelte den Kopf und ignorierte die Tatsache, dass ihr Herz kurz gestockt hatte. »Ich singe nicht, Kleines. Und ich glaube, die erste Stimme ist wie für dich gemacht.«

Die junge Frau lächelte schüchtern. »Was genau schwebt dir denn vor?«

»Ja, Lil.« Diane wirkte trotz ihres Lächelns ungeduldig. »Wir alle brennen darauf zu erfahren, was du für Pläne hast. Na, komm schon, spann uns nicht länger auf die Folter.«

Lil holte Luft. »Kennt jemand von euch *Les Misérables*?«

Stille breitete sich im Raum aus. Dann pfiff Diane durch die Zähne.

»Das ist doch nicht dein Ernst, oder?«

»Das Stück wäre ein Publikumsmagnet.«

Claire hob die Hand, ließ sie zurück auf die Knie fallen. Nach einer Weile sagte sie: »Ich kenne *Les Misérables,* Lil. Äh, aber ... es wimmelt doch nur so von Kerlen darin, stimmt's?«

»Ganz zu schweigen von einer gewaltigen Besetzung«, fügte Diane hinzu.

Lil hatte mit diesen Einwänden gerechnet.

»Du hast recht, Claire. Jede Menge Kerle. Und es wird sehr viel gesungen, richtig! Ganze Chöre, genau genommen. Aber einige der Soli sind wunderschön. Sie erzählen die Geschichte so gut, dass wir die Chöre nicht unbedingt bräuchten. Wenn wir das Ganze genügend abspecken, könnten wir es schaffen.«

Fiona, eine große rothaarige Frau, hob die Hand. »Abspecken?«

Lil lächelte. Keine hatte rundweg Nein gesagt. Jedenfalls noch nicht. Sie straffte die Schultern.

»Es handelt von einem Mann, der eine zweite Chance bekommt. Er ist ein Gauner, verstehst du? Und eines Tages trifft er einen alten Kumpel, der ihm zeigt, dass es auch anders geht. Der Gauner besinnt sich eines Besseren, tut jetzt nur noch Gutes, und am Ende stellt er fest, dass er seinem Leben einen Sinn verliehen hat.«

Lil sah sich die Gesichter der Frauen an und bemerkte, wie ihre Augen plötzlich leuchteten und die Begeisterung zurückkehrte. Sie lächelte. »Kommt euch das bekannt vor?«

Ein Raunen flog durch den Raum.

Wieder hob Claire die Hand, und dieses Mal ließ sie sie oben. »Und was ist mit den Männern? Letztes Jahr haben uns Dave und seine Kumpel vom Männerclub geholfen. Werden sie wieder mitmachen?«

Lil atmete tief durch. Sie spürte, wie sich etwas in ihrem Inneren rührte. Hoffnung. Zuversicht. Sie merkte, dass sie breit grinste, fast war ihr ein bisschen schwindelig. Es war wie der Nervenkitzel auf der Jagd, die Herausforderung, ihre Adern wieder mit Leben zu füllen.

»Nun ja.« Wird schon schiefgehen. »Ich dachte, dieses Mal machen wir alles allein.«

Claire wirkte verwirrt, aber auch ein bisschen hoffnungsvoll. »Du meinst, dass nur Frauen auftreten sollen?«

Lil nickte. »Genau das.«

Da lachte Diane so laut los, dass alle zusammenfuhren. »Was sage ich euch immer über die Männer?«

»Wer zum Teufel braucht sie schon?«, flötete Fiona.

Lil und Diane wechselten einen Blick. Im nächsten Augenblick lachten alle und redeten wild durcheinander. Als der Lärm verebbte, hob die Neue, die Stille mit dem geschwollenen Gesicht ganz hinten – Jenny hieß sie, erinnerte sich Lil plötzlich –, die Hand. »Und was ist, wenn man nicht singen kann?«

Diane zeigte auf Lil. »Diese Frau hier könnte sogar einer Kröte das Singen beibringen, Schätzchen. Lil sagt immer, es kommt nicht darauf an, ob man mit Talent geboren wird, sondern was man aus dem macht, was man hat. Selbstvertrauen ist alles. Stimmt's, Lil?«

Jenny rutschte auf ihrem Stuhl hin und her. Ihre Wangen waren erhitzt. »Ich meine, was ist, wenn ... hm, wenn man es einfach nicht kann?«

Lil mischte sich ein. »Wir verlangen von niemandem, dass er etwas tut, womit er nicht klarkommt. Jede, die sich auf der Bühne unwohl fühlt, kann mir auf andere Weise helfen. Es gibt immer eine Menge zu tun. Kostüme nähen, Kulissen entwerfen, anderen helfen, ihre Texte auswendig zu lernen. Und wenn man sich mit Computern auskennt, kann man Broschüren entwerfen oder an die ortsansässigen Unternehmen mailen und sie um Spenden oder Material bitten.«

»Uff!« Diane wischte sich den imaginären Schweiß von der Stirn. »Danke, Lil, jetzt hast du mich ganz wirr im Kopf gemacht. Ich hatte diese endlosen Listen fast schon vergessen. *Fast.* Ich weiß nicht, wie es den anderen geht, aber ich könnte jetzt eine Tasse Tee vertragen. Und ein großes Stück von deinen Karamellschnitten.«

Im gleichen Moment erklang ein lauter Donnerschlag, bei dem alle zusammenschreckten. Lil stand auf und trat ans Fenster. Innerhalb einer Stunde hatte sich der Himmel verdüstert. Von Südosten näherte sich eine riesige Wolkenwand, deren Unterseite von verräterischen Regenschleiern gezeichnet war.

»Ich glaube, ich lasse den Tee diesmal ausfallen«, sagte sie zu Diane. »Ich mache mich lieber auf den Weg, bevor ich in das Gewitter gerate.«

Immer noch lächelnd lief sie über den Parkplatz.

Die Frauen hatten die Bombe, die sie mitten unter ihnen hatte platzen lassen, ganz gut verkraftet. *Les Miz.* Wie klang das? Eine rein weibliche Besetzung, die Geschichte bis auf ein Minimum reduziert. Und das Beste war, gesungen von Frauen, die das in der Geschichte beschriebene Leben am eigenen Leib erfahren hatten. Victor Hugo wäre stolz auf sie.

Gerade als sie die Wagentür öffnete und einsteigen wollte,

hörte sie, wie jemand ihren Namen rief. Sie drehte sich um in der Erwartung, dass Claire oder Diane ihr nachgelaufen waren, um ihr etwas zu bringen, das sie vergessen hatte – ihre Lesebrille, ein Buch oder die Kuchenplatte von letzter Woche.

Stattdessen war es eine junge Frau, die sie nicht kannte. Sie war groß, um die dreißig, mit dichtem braunem Haar und cremefarbenem Teint. Über einem hübschen geblümten Kleid trug sie eine Jeansjacke und dazu schwarze Doc-Martens-Schuhe.

»Mrs Corbin?«

»Ja?«

»Mein Name ist Abby Bardot, ich ...« Sie lächelte, und ihr Gesicht errötete. »Tut mir leid, wenn ich Sie so aus heiterem Himmel überfalle. Ich bin auf der Suche nach Joe Corbin, und mein Bruder hat mir erzählt, dass samstags eine gewisse Mrs Corbin ehrenamtlich im Frauenhaus arbeitet.«

»Joe ist mein Mann.«

»Das ist ja großartig. Glauben Sie, dass er bereit wäre, sich mit mir zu unterhalten?«

»Worüber denn?«

»Ich schreibe einen Artikel über jemanden, der vor ein paar Monaten Ihrem Mann Ravenscar abgekauft hat. Er heißt Tom Gabriel und ist Schriftsteller. Vielleicht erinnern Sie sich an ihn.«

»Wenn es ein Problem mit dem Haus gibt, können wir Ihnen nicht helfen, fürchte ich.«

»Nein, nein, es gibt kein Problem.« Abby trat einen Schritt auf sie zu. »Ganz im Gegenteil. Es ist ein beeindruckendes Haus, und ich will unbedingt mehr über seine Geschichte erfahren. Der Makler konnte mir nicht viel erzählen. Deshalb hoffe ich, dass Ihr Mann vielleicht besser Bescheid weiß.«

Lil nahm sich zusammen und versuchte zu lächeln.

»Joe hat das Haus nie betreten, meine Liebe. Es war eine reine Geldanlage. Über die Geschichte des Hauses kann er Ihnen nichts erzählen.«

Abby wirkte nachdenklich. »Und Sie selbst ... waren Sie auch nie dort?«

Lils Alarmglocken begannen zu schrillen. Sie trat einen Schritt zurück und stieß gegen den Wagen. Sie hielt sich am Türrahmen fest und atmete tief durch, um sich zu fangen.

»Nein. Nie.«

Abby zog ein zerknittertes Blatt Papier aus ihrer Jackentasche.

»Das hier habe ich in einem der oberen Zimmer gefunden. Das Blatt wurde aus einem Tagebuch herausgerissen. Ich habe ein wenig nachgeforscht und glaube, dass möglicherweise Frankie Wigmore den Text verfasst hat, ein junges Mädchen, das in den Vierzigerjahren des letzten Jahrhunderts verschwand. Ich habe das ganze Haus auf den Kopf gestellt, um dieses Tagebuch zu finden, aber ...«

Lil hörte schon gar nicht mehr zu.

Sie starrte auf das Blatt, und das Lächeln auf ihren Lippen erstarb. Vermutlich war ihr das Herz stehen geblieben, denn ihr Gehirn fühlte sich an, als bekäme es keinen Sauerstoff mehr, und ihre Lungen waren plötzlich so gut wie unbrauchbar. Ihr stockte der Atem, sie war wie gelähmt.

»Wo ...?«, flüsterte sie und streckte die Hand nach dem Blatt aus. »Wo haben Sie das gefunden?«

Abby runzelte die Stirn und steckte das Papier zurück in die Tasche. »Es lag in einem alten Kinderbuch.«

In Lils Geist blitzte das Bild eines bunten Märchenbuches auf, mit einem Aquarell auf dem Umschlag. Es zeigte den Kaiser von China in seinem Gewand aus bunter Seide und einen traurigen kleinen Vogel, den er in einem goldenen Käfig eingesperrt hatte. Vage blitzte die Erinnerung an einen Streit auf. Frankie hatte ihr das Tagebuch weggenommen, und Lil hatte vergeblich versucht, das Blatt zu verstecken, das sie herausgerissen hatte, um ihre Schwester zu ärgern.

»Mrs Corbin?«

Abby legte die Stirn in Falten. Die Verwirrung war Lil deutlich anzusehen. Sie trat einen Schritt vor und legte ihr die Hand auf den Arm. »Alles in Ordnung?«

Lil schloss die Augen. Das Bild des herausgerissenen Blatts schwebte höhnisch hinter ihren Lidern. Unzählige Male war sie mit dem Finger über den unregelmäßigen Rand im Innern des Tagebuches gefahren und hatte sich gefragt, welche Gedanken ihre Schwester auf den fehlenden Seiten festgehalten, welch schreckliche Wahrheit sie darauf preisgegeben haben mochte.

Sie hätte Abby nur zu fragen brauchen. Die junge Frau hatte ein freundliches Gesicht und sanfte Augen. Sie hätte ihr bestimmt erlaubt, den Text zu lesen. Doch die Worte blieben ihr im Halse stecken. Alte Ängste kamen hoch. Sie biss die Zähne zusammen und unterdrückte die Gefühle, die sie verraten könnten.

Jetzt fingen ihre Beine an zu zittern, sie musste sich setzen.

»Helfen Sie mir in den Wagen, seien Sie so nett.«

Als sie saß, ließ das Zittern nach. Sie nahm einen Schluck aus der Wasserflasche, die sie auf dem Beifahrersitz liegen hatte.

Abby betrachtete sie noch immer mit hochgezogenen Brauen.

»Es tut mir wirklich leid, wenn ich Sie erschreckt habe, Mrs Corbin.«

»Morgen.« Lil räusperte sich. »Kommen Sie morgen zu mir, sagen wir um elf Uhr Vormittag. Und bringen Sie ...« Sie zeigte auf Abbys leere Hände. »Dann können wir uns weiter unterhalten. Mein Mann geht um diese Zeit zum Angeln, wir sind also unter uns. Und, Abby ...?«

»Ja?«

Sie holte Luft. »Bitte, nennen Sie mich einfach Lil.«

Sie riss ein Stück Papier von ihrem Klemmbrett ab und schrieb ihre Adresse auf. Dann reichte sie es Abby, die vor Freude strahlte und sich ausgiebig bei ihr bedankte.

Lil wandte den Blick ab und starrte durch die Windschutzscheibe. Sie nickte, schwang die Beine in den Fußraum und schloss die Augen.

Noch lange nachdem Abby gegangen war, blieb Lil im Wagen sitzen. Sie kramte in ihrer Handtasche nach einer Beruhigungstablette und spülte sie mit einem Schluck Wasser hinunter. Als die Wirkung einsetzte, normalisierte sich ihr rasender Herzschlag wieder. Sie wartete, bis sie sich stark genug fühlte, dann ließ sie den Motor an und fuhr aus der Stadt.

Gott stehe ihr bei!

Hätte sie doch bloß schneller reagiert! Hätte sie bloß Abby das Blatt aus der Hand gerissen und in tausend Stücke zerfetzt. Doch Abby war zu schnell für sie gewesen.

Lils Schultern versteiften sich. Sie hätte alles getan, um an dieses Blatt Papier zu kommen. *Alles.* Und das bedeutete, dass sie Abby in das, was in Ravenscar geschehen war, einweihen musste. Nicht in alles, Gott bewahre. Nur so weit, dass die Neugier der jungen Frau gestillt wurde, damit sie ihr das Blatt aus dem Tagebuch überließ.

In ihrem langen Leben hatte Lil nie jemandem die ganze Geschichte erzählt. Sogar als verletzliches junges Ding von vierzehn hatte sie dichtgehalten. Sie hatte den Polizeibeamten, die sie monatelang eingeschüchtert hatten, kein Sterbenswörtchen verraten. Ebenso wenig den Journalisten, die ihr unentwegt zugesetzt hatten, Joe oder den Frauen, die im Frauenhaus Schutz suchten. Dabei hatte es Zeiten gegeben, in denen sie sich danach sehnte, sich ihnen zu offenbaren, die Schuldgefühle und die Scham, die sie unaufhörlich quälten, mit Menschen zu teilen, die sie irgendwie verstehen könnten.

Lil löste die Finger vom Lenkrad.

Alle hatten sich um Frankie gesorgt. Immer nur Frankie. Als würde die Welt aufhören, sich zu drehen, wenn Frankie nicht da war, um über sie zu wachen. Lil war immer brav und ruhig gewesen. Diejenige, die versuchte, alles richtig zu machen. Aber Frankie – mit ihrem wilden Haar, ihrer unverblümten Ausdrucksweise und ihrer offenen Verachtung für jegliche Art von Autorität – war diejenige, die von allen vergöttert wurde. Von ihrer Mutter, ihren Lehrern. Ihren Verwandten und Freunden. Von allen.

Sogar von *ihm*.

Lil kniff die Augen zusammen. Sie fuhr sich mit dem Handrücken erst über das eine, dann das andere Auge. Schließlich schluckte sie die Bitterkeit hinunter, die selbst jetzt, nach all den Jahren, noch immer ihre Seele vergiftete.

In der Kurve tippte sie kurz auf die Bremse und trat dann erneut aufs Gaspedal. Ohne auf die Landschaft zu achten, die an ihrem Fenster vorbeiflog, dachte sie an das ausgerissene Blatt mit der sauberen vertrauten Handschrift.

Frankies Handschrift.

»Ich muss wissen, was du geschrieben hast«, flüsterte sie. »Wie viel du preisgegeben hast. Großer Gott, ich würde es dir nie verzeihen, wenn du noch einmal alles ruiniert hast.«

Mit feuchten Händen umklammerte sie das Steuer so fest, dass ihre Knöchel weiß und blutleer wirkten. Schließlich drosselte sie das Tempo und bog in die Auffahrt ein. Selbst als sie den Motor abwürgte, machte ihr Bewusstsein einen Sprung in die Vergangenheit. Nicht zu den chaotischen Tagen nach ihrer Flucht aus Ravenscar und der Rückkehr nach Hause, wo sie kaum Zeit gehabt hatte zu verarbeiten, was ihr dort widerfahren war. Sondern noch weiter zurück in eine Zeit, in der Frankie und sie noch Freundinnen waren.

Als sie noch diejenige war, die Frankie am meisten liebte.

Mittwoch, 26. April 1950

Seit Wochen habe ich nichts mehr ins Tagebuch geschrieben, weil wir so viel zu tun hatten. Wir haben für unser Konzert am Anzac Day geprobt. An den Songs gearbeitet, aus einigen alten Kleidern lustige Hüte und Kragen genäht und aus Lillys Ausschneidebuch Papierblumen ausgeschnitten.

Und gestern war es endlich so weit.

Wir verwandelten das Ende des hellen Raumes in eine Bühne, rückten den Tisch beiseite und stellten die Stühle am anderen Ende auf, damit unser einziger Zuschauer sich setzen konnte. Aus Laken bastelten wir einen Vorhang, und Ennis trieb noch einen alten Vogelkäfig und zwei vergoldete Stühle auf, die wir als Kulisse benutzten. Als es dunkel wurde, zündeten wir ein paar Kerzen und Lampen an und begannen mit unserer Aufführung.

Lilly sang wie ein Engel.

Ich tanzte dazu und spielte das Stück. Wir hatten aus Hans Christian Andersens *Nachtigall* so etwas wie eine musikalische Fabel gemacht und unsere Lieblingslieder so umgeschrieben, dass sie die Geschichte des Kaisers und seiner beiden Nachtigallen erzählten. Alles zu Ehren der tapferen Soldaten von Anzac – zu denen auch unser Dad und Ennis gehörten. Aus dem Kaiser machten wir einen Kriegshelden, und Ennis zog seine Uniform an, verbeugte sich und sang sogar bei einigen Liedern mit.

Während unserer Aufführung beobachtete ich ihn aus den Augenwinkeln. Unser Plan, sein Vertrauen zu gewinnen, funktionierte. Es sah so aus, als sei er hingerissen, und bei einem traurigen Lied stiegen ihm sogar Tränen in die Augen. Am Schluss klatschte er Beifall und rief lautstark nach einer Zugabe, während wir einen Knicks machten und triumphierend strahlten.

Als die Aufführung zu Ende war, holte er eine verstaubte Flasche Sherry aus dem Keller. Er nahm das Wachssiegel ab und entkorkte sie, dann goss er die rubinrote Flüssigkeit in drei hübsche goldene Gläschen. Er selbst stürzte den Inhalt in einem Zug hinunter und schenkte sich nach, während Lilly und ich nur vorsichtig nippten. Wir hatten noch nie Alkohol getrunken; das war Mum vorbehalten. Klebrig und süß rann er durch unsere trockenen Kehlen. Nach der Aufführung waren unsere Gesichter gerötet wie Rote Bete und wir selbst noch immer etwas atemlos. Wasser wäre uns lieber gewesen als der viel zu süße Alkohol, aber in diesem Augenblick waren wir beide wie benebelt von dem Augenblick, und alles kam uns grandios und erwachsen vor.

Nach der Hälfte des Glases fing Lilly an, zu kichern und herumzualbern. Sie spielte Teile des Stückes erneut und trug mit gellender Stimme ihre Lieder vor. Als ich sie endlich ins Bett verfrachtet hatte, zitterte sie am ganzen Leib. Ich schloss die Fensterläden, um die eisige Kälte auszusperren, und kehrte anschließend zurück in das helle Zimmer.

»Ich friere«, beklagte ich mich bei Ennis. »Die Luft ist plötzlich so bitterkalt geworden.«

Er brachte Feuerholz nach oben und stapelte es neben dem Ofen auf. Dann zerriss er Zeitungspapier, baute im Innern des Ofens eine Pyramide aus Zweigen und stapelte einige Holzscheite darüber. Bevor er das Streichholz anzündete, sah er mich an.

»Hier«, sagte er und reichte mir die Schachtel. »Die Ehre gebührt dir.«

Ich kniete vor dem Ofen nieder, zündete ein Streichholz an und hielt es an das Zeitungspapier, bis es knisterte und in Flammen aufging. Als ich ihm die Schachtel zurückgab, nahm Ennis meine Hand. Sanft schloss er meine Finger um die Schachtel und schaute mir in die Augen.

»Du warst zauberhaft, Frankie.«

»Danke.«

»Lilly hat eine wunderschöne Stimme, nicht wahr?«

Ich lächelte und nickte. Du hast recht, dachte ich bei mir, und findest du nicht auch, dass es eine Schande ist, sie hier wie einen Vogel im Käfig gefangen zu halten? Aber natürlich sprach ich es nicht aus. Ich dachte an unseren Plan und zwang mich, Süßholz zu raspeln. »Das haben wir nur für dich getan, Ennis.«

Sein Gesicht hellte sich auf, und sein Mund verzog sich zu einem Lächeln. Angesichts seiner glänzenden Augen lehnte ich mich zurück, mit einem unerwarteten warmen Gefühl in den Knochen. Was für ein Dummkopf, dachte ich. Hat er unseren Trick nicht durchschaut? Er tat mir fast leid.

Als ich später neben Lilly im Bett lag, schwirrte mir der Kopf von dem Sherry. Meine Gedanken drehten sich nur noch im Kreis.

Immer wieder musste ich an sein Gesicht denken. Sein schönes düsteres, stoppeliges Gesicht. Wie seine Augen vor Stolz gestrahlt hatten, als wir sangen. An seine sehnsüchtigen Worte. *Du warst zauberhaft, Frankie.* Und an das herzzerreißend warme Gefühl, das mir in die Knochen gefahren war.

Wir haben uns sehr viel Mühe gegeben, sein Vertrauen zu gewinnen, und heute Nacht ist es uns endlich gelungen. Trotzdem fühle ich mich ein kleines bisschen schlecht. Er hält uns hier gefangen, ja. Aber er verbringt so viel Zeit mit uns, als wäre er selbst ein Gefangener.

Er hat sich nie beklagt, dass wir eine Last seien, so wie Mum es manchmal tut. Im Gegenteil, er nimmt jede Gelegenheit wahr, um bei uns zu sein. Er liest uns vor, unterrichtet uns. Erzählt uns von seinen Erlebnissen im Krieg, fragt, wie wir gelebt haben, bevor sich unsere Wege kreuzten. Er nimmt die Mahlzeiten mit uns ein, als wären wir eine richtige Familie, und er bringt uns kleine Geschenke aus der Stadt mit, wenn genügend Geld da ist. Mum war in der Stanley Street immer viel zu beschäftigt und obendrein zu sehr mit der Trauer um meinen Vater befasst, um uns viel Aufmerksamkeit zu schenken. Wir aßen allein, während sie in den Club ging. Wir lagen längst im Bett, bevor sie in Begleitung irgendeines neuen Freundes nach Hause zurücktorkelte, mit dem sie den Platz meines Vaters in ihrem Bett zu füllen hoffte. Zu Hause in der Stanley Street waren wir Geister, aber hier in Ravenscar sind wir Stars, und alles dreht sich nur um uns.

Vor allem er.

Manchmal träume ich tagsüber davon, dass ich nie wieder nach Hause zurückkehre. Dass wir unten im Haus wohnen, wie eine richtige Familie. Im Badehaus baden statt in der Wanne aus Blech, die Ennis in unser Zimmer heraufträgt. Dass wir die Mahlzeiten im großen Speisesaal einnehmen und in unseren eigenen Betten schlafen.

Aber Lilly sage ich nichts davon.

Sie denkt nur daran, wie sie von hier wegkommen kann. Sie will um jeden Preis in die Stanley Street zurück. Sie ist besessen von der Vorstellung, zu Mum heimzukehren, allein das hält sie am Leben. Und ich bringe es nicht über mich, mich mit ihr anzulegen.

Ohne diesen rettenden Strohhalm, an den sie sich klammert, könnte sie mir vielleicht entgleiten. Wie eine Feder vom Winde verweht werden. Den Verstand verlieren, so wie heute Abend nach dem Glas Sherry. Sie war schon immer so. Bedürftig und emotional. Wenn ich nicht bei ihr wäre, so meine Angst, könnte sie sich zu weit in sich selbst zurückziehen und sich selbst abhandenkommen.

Jedes Mal, wenn Lil sich ihren Erinnerungen überließ, fiel sie in ein tiefes Loch.

Wenn sie sich bemühte zu vergessen. Als hätte man ihr das Gehirn aus dem Schädel gekratzt und anschließend verkehrt herum wieder eingesetzt. Alles, was sie jetzt wollte, war eine Tasse Tee. Sie musste Abby Bardot – und Ravenscar – aus ihrem Gedächtnis löschen. Zumindest bis morgen. Nach einer erholsamen Nacht würde sie klarer denken können. Sie würde einen Plan aushecken, um Abby das Blatt aus dem Tagebuch abzuluchsen und dieses ganze schreckliche Chaos endlich hinter sich zu bringen.

Sie fuhr die Auffahrt hoch, parkte den Wagen und entschied sich, heute Abend die vordere Eingangstür zu benutzen und den schlammigen Pfad hinter dem Gebäude zu meiden. Sie war schon beinahe am Haus angekommen – unter den Schirm gebeugt, während der Regen auf sie niederprasselte –, als sie bemerkte, dass irgendetwas nicht stimmte.

Wieso brannte im Haus kein Licht?

Es war zwar noch früh am Abend, aber das Gewitter hatte den Himmel verdunkelt. Sie hatte zu lange im Wagen gesessen, sich alten Erinnerungen hingegeben, und dabei war ihr der Nachmittag entglitten. Jetzt war der Himmel schwarz, und Joe hatte vergessen, Licht für sie zu machen.

Sie stieg die Vordertreppe hinauf, und ihre Knie beklagten sich wie so oft bei feuchtem Wetter. Dann sah sie die Tür und vergaß alles andere.

Sie stand weit offen.

Der Regen trieb über die Veranda und drang durch das Fliegengitter in den Wintergarten ein. Auf dem Boden schimmerten Pfützen. Sie trat ein und schloss die Tür hinter sich, halbwegs damit rechnend, Joe vor dem Fernseher anzutreffen, in die Wiederholung eines Cricketspiels versunken. Doch auch im Wohnzimmer brannte kein Licht. Sie ging zum nächsten Schalter und drückte mehrmals darauf, ohne Ergebnis.

Kein Strom. Sie ging zum Telefon und nahm den Hörer ab. Kein Freizeichen, die Leitung war tot. Da es Samstag war, konnte es noch Stunden dauern, wenn nicht die ganze Nacht, bis die Störung behoben war. Stromausfälle waren hier draußen keine Seltenheit, vor allem während eines Gewitters. Daher bewahrten sie in jedem Zimmer eine Taschenlampe auf.

Sie nahm eine aus dem Schrank und ging durch den Flur.

»Joe, ich bin wieder da. Wo steckst du?«

Sie sah in den einzelnen Zimmern nach, dann im Nähzimmer – zum Glück war alles noch genau so, wie sie es verlassen hatte – und lief in die Küche. Auch hier drückte sie auf den Schalter, für alle Fälle, war aber nicht erstaunt, als kein Licht kam. Sie ließ den Strahl der Taschenlampe durch den Raum wandern.

Die Tür der Vorratskammer stand weit offen. Daneben war ein Stuhl umgekippt.

Und auf dem Boden neben dem Stuhl entdeckte sie einen unförmigen Schatten.

»Joe!«

Er lag auf dem Rücken und hatte einen Arm ausgestreckt. Lil sank auf die gebohnerten Dielen und ignorierte den stechenden Schmerz in den Knien, als sie sich über ihn beugte und ihm übers Haar strich. »Joe, was ist passiert?«

Er regte sich ein wenig und sah sich im Raum um. Aus einer Wunde über dem Auge sickerte Blut. Ein Auge war geschwollen und wirkte, als könnte er den Blick nicht gerade stellen. Der Druck auf Lils Brust nahm ab. Er lebte. Er brauchte einen

Arzt, aber er lebte. Worte schwirrten ihr durch den Kopf. Gefährliche Worte, die ihr Blut in Wasser verwandelten. Ein übler Sturz. Gehirnerschütterung. Herzanfall, Gehirnschlag.

Oh, bitte ... nicht mein Joe.

»Joe, kannst du mich hören?«

Er nickte.

»Liebling, du hast dich am Kopf verletzt. Kannst du mein Gesicht erkennen?«

Er blinzelte mühsam und schob ihre Hände weg. »Ich bin okay.«

»Pass auf. Ich fahre bis zur Abzweigung zurück. Dort habe ich Handyempfang und kann einen Krankenwagen anrufen.«

»Nein, Lil. Hör auf mich. Es ist alles in Ordnung.«

»Das Telefon funktioniert nicht. Und Strom haben wir auch nicht. Wir können nicht mal über Satellit ins Internet. Ich kann nur Hilfe holen, wenn ich zurückfahre. Es dauert nicht lange, ich verspreche es dir. Ich rufe nur beim Notdienst an und komme sofort zurück.«

Er griff nach ihrer Hand. »Hilf mir mal kurz beim Aufstehen, ja?«

Lil zögerte. Nach einem Schlag auf den Kopf sollte er sich lieber nicht bewegen. Aber wenn sie ihn hier allein ließ, würde er vielleicht benommen herumlaufen und erneut stürzen. Ein Sturz in seinem Alter war gefährlich genug. Und er war bewusstlos gewesen, zumindest sprach vieles dafür. Die Kopfwunde sah ziemlich übel aus. Sie wollte gar nicht daran denken, welche weiteren Verletzungen er sich möglicherweise zugezogen hatte.

»Bitte, Liebling. Du musst unbedingt zum Arzt.«

»Gib mir nur eine Minute, ja?«

»Kannst du dich aufsetzen?«

»Ich denke schon.«

Es schien ihm etwas besser zu gehen. Lil hob sein geschwollenes Augenlid und leuchtete mit der Taschenlampe hinein. Er protestierte und versuchte, sich von ihr zu lösen, doch sie hielt ihn fest. Seine Pupillen reagierten normal. Sie tastete seinen Hals ab. Sein Puls war regelmäßig. Schließlich packte sie ihn unter den Armen und zerrte ihn in eine Sitzstellung. Er schaffte es, über den Boden zu rutschen, bis er sich mit dem Rücken an den Schrank lehnen konnte.

Er rieb sich den Kopf. »Alles okay, Lil, tut mir leid, wenn ich dir einen Schrecken eingejagt habe.«

»Was ist denn passiert?«

Er zögerte; seine Hände fuhren zur Brust. Es schien, als wollte er etwas sagen, dann schüttelte er den Kopf. »Vermutlich habe ich einen Schatten gesehen und mich erschrocken. Was bin ich für ein Esel, wie?«

»Ach, Joe.«

Würde sie ihn je so lieben wie in diesem Augenblick? Und wenn die Zeit kam, und beide wussten, dass sie eines Tages kommen würde, würde sie es ertragen, ihn dann loszulassen?

Nein, nein. Nicht heute. Das kann ich nicht zulassen.

Sie zog ihre Strickjacke aus und legte sie ihm liebevoll um die Schultern. Sie brauchte einen Eisbeutel für sein Auge und einen kalten Waschlappen, um ihn wiederzubeleben. Etwas Warmes für seine Hände und eine Tasse heißen Tee mit Zucker. Aber um Tee zu kochen, würde sie erst einmal Feuer im Ofen machen müssen. Das könnte eine Stunde dauern. Vielleicht war es am besten, ihn erst einmal ins Bett zu bringen und es ihm bequem zu machen.

Lil nahm die Brille ab und rieb sich die Nasenwurzel.

Joe war nicht der Typ, der wackelig auf den Beinen war.

Allerdings auch nicht der Typ, der die Pflaster im Küchenschrank übersah oder in ihrem Nähzimmer herumschnüffelte. Und Gespenster sah er normalerweise auch nicht.

Sie stand auf und tappte durch den Flur. Wieso war er gestürzt? War jemand im Haus gewesen? Hatte jemand versucht einzubrechen? War dieser Jemand – und bei diesem Gedanken warf sie einen Blick über die Schulter in die Dunkelheit – etwa noch immer im Haus?

Eine Ewigkeit lang blieb sie mit der Taschenlampe in der Hand im Flur stehen und horchte. Joe war im Juli neunundachtzig geworden; zwölf Jahre älter als sie. Die Zeit hatte sein Augenlicht getrübt, seinem Körper die Kraft geraubt und seine einst kräftigen Gliedmaßen auf brüchige Knochen und arthritische Gelenke reduziert. Lil hingegen war rein äußerlich noch genauso gelenkig wie früher, sicher dank ihrer Leidenschaft für die Gartenarbeit. Sie würde Joe mit ihrem Leben beschützen, wenn sie dazu gezwungen war. Sie würde die Taschenlampe schwingen und im Kampf untergehen. Ihrer Ansicht nach gab es schlimmere Dinge als den Tod, und dazu gehörte ein Leben ohne Joe.

»Hallo?«

Ihre Stimme hallte in der Stille wider, nur das Prasseln des Regens auf dem Dach war zu hören und das Knarzen der Holzbalken, die sich in der Feuchtigkeit dehnten. Falls wirklich jemand im Haus gewesen war, hatte er vermutlich mitgenommen, wonach er gesucht hatte, und war verschwunden.

Sie kehrte zu Joe zurück.

Er hatte sich aufgerafft, stand neben der Vorratskammer und hielt sich die kleine Spraydose vor den Mund. Er schwankte leicht, und sie ging auf ihn zu. Legte die Arme um ihn und hielt ihn kurz fest. Als sie wieder leichter atmen konnte, sah sie ihm in die Augen. »Glaubst du, dass du laufen kannst?«

Er nickte.

Sie half ihm durch den Flur. Jetzt hielt Joe die Taschenlampe in der Hand und folgte dem Strahl bis ins Schlafzimmer. Sie zog ihn aus und half ihm, sich ins Bett zu legen. Dann streifte sie auch ihre eigenen nassen Kleider ab, zog ein frisches Nachthemd an und kletterte neben ihm ins Bett. So lagen sie im Dunkeln und unterhielten sich noch eine Weile im Flüsterton, bis Joe einschlief.

Lil war hellwach. Lauschte auf seinen Atem.

Er hatte den Arm um sie geschlungen. Nach einer Weile verbarg sie ihr Gesicht an seiner knochigen Schulter und schluchzte.

Kapitel 11

Sie hatten sie vergessen, stimmt's? Sie zum Sterben hiergelassen. Allein. Halb verhungert im Dunkeln zitternd und nach ihrem eigenen Erbrochenen stinkend. Alles, was sie seit einer gefühlten Ewigkeit zu essen bekommen hatte, waren zwei trockene alte Brötchen und ein paar fettige Würstchen, die sie gleich wieder ausgewürgt hatte.

Das war typisch für sie. Wenn sie heftig weinen musste, konnte sie nichts im Magen behalten. So war es schon immer gewesen, und es erklärte, warum sie so dünn war. Denn im Zusammenleben mit ihrer Mutter gab es eine Menge Grund zum Weinen.

Idiotisch.

Shayla kroch über den Boden, bis sie die unregelmäßige Kante der Tür erreichte. Manchmal wartete sie dort und malte sich aus, wie sie einfach losrennen würde, wenn sich die Tür das nächste Mal auftat. Doch sie schien jegliche Zeitorientierung verloren zu haben. Waren seit dem letzten Mal Stunden oder Tage vergangen? Sie hatte kein Gefühl mehr für die Zeit. Hier drin erschien ihr alles wie eine endlos lange albtraumhafte Nacht. Irgendwann würde die Tür kreischend aufgehen, ohne jede Vorwarnung, eine Taschenlampe sie blenden und dann der Blechteller mit einem ohrenbetäubenden Scheppern auf dem Boden landen. Und während sie im Dreck wühlte und ihr Essen verschlang, würde der Eimer durch einen neuen ersetzt werden.

Der Eimer.

»Igitt!«

Die ganze Streiterei mit ihrer Mutter kam ihr inzwischen belanglos vor. Selbst der dämliche Freund ihrer Mutter wäre zu ertragen. Hier in diesem schrecklichen feuchten Loch sah sie vieles mit anderen Augen.

Was würde sie dafür geben, wieder in ihrem Zimmer zu sein, so primitiv und langweilig es dort auch gewesen war. Zumindest hatte sie ein Zuhause und ein sauberes Bett gehabt statt dieser stinkenden Matratze und der steifen, kratzigen Decke. Wenigstens hatte sie dort etwas zu essen gehabt und konnte fernsehen. Und manchmal war Mum sogar in Ordnung. Beinahe nett.

Am meisten vermisste sie ihr Kaninchen, Mrs Bilby.

Manchmal wachte sie mitten in der Nacht auf und meinte zu spüren, wie Bilby sie mit ihrer feuchten Nase aufs Gesicht küsste. Hoffnungsvoll und tränenüberströmt wachte sie auf, bis ihr auf einen Schlag wieder einfiel, wo sie war. Noch immer gefangen in diesem Drecksloch, und niemand wusste, wo. Ob sie schon irgendwer vermisste? Sich Sorgen machte? Suchten sie überhaupt nach ihr?

Sie hätte niemals durch das Schutzgebiet trampen dürfen. Jeder wusste, dass es dort spukte. Im letzten Sommer war sie mit ein paar anderen Kids aus der Schule zum Campingplatz gegangen, um dort zu trinken, zu knutschen und sich mit wem auch immer auszuziehen, das Übliche eben. Sie hatten einen Riesenspaß gehabt, zumindest für eine Weile. Ein paar Mal hatten sie ein Lagerfeuer angezündet, sich drum herumgesetzt und Geschichten von Zombies und Psychopathen erzählt, um sich gegenseitig Angst einzujagen. Dann schwor ein Junge, dass er ein Gespenst gesehen hatte. *Ja wirklich,*

Leute. Es hat sich da in den Bäumen herumgetrieben und uns beobachtet. Habt ihr es nicht gesehen?

Wahrscheinlich war es nur ein harmloser Spinner gewesen, doch seitdem waren sie nicht mehr da hingegangen. Keiner von ihnen hätte zugegeben, Angst zu haben, aber sie alle kannten die Geschichten, waren von ihren Eltern gewarnt worden ...

Etwas Spinnenartiges lief ihr übers Bein, und sie fuhr zusammen.

»Irgendwer«, flüsterte sie. »Bitte, finde mich.«

Die Totenstille verschluckte ihre Worte. Als hätte sie nie etwas gesagt. Und das, mehr als alles andere, mehr noch als die reglose Leere, flößte ihr panische Angst ein.

Sie drehte sich auf den Rücken, hämmerte mit nackten Füßen gegen die Tür und schrie.

Kapitel 12

Am Sonntagmorgen fuhr ich von Ravenscar aus etwa vierzig Minuten in nordöstlicher Richtung. Die Bäume am Straßenrand wurden immer dichter, bildeten einen natürlichen Überhang und tauchten die Straße in Schatten. Als ich den roten Briefkasten mit der Hausnummer sah, die mir Lil am Tag zuvor aufgeschrieben hatte, bog ich in die Auffahrt ein.

Ich hatte Schmetterlinge im Bauch.

Lil. Zuerst dachte ich, der Name sei ein Zufall. Nach unserer Begegnung auf dem Parkplatz war ich nach Ravenscar zurückgefahren und hatte Tom davon erzählt. Die halbe Nacht saßen wir am Tisch in der Bibliothek. Tom theoretisierte, während ich, in der Hoffnung, irgendeine Ähnlichkeit zu finden, erneut sämtliche Fotos und Zeitungsausschnitte durchging.

Wenn Lilly Wigmore noch am Leben war, wäre sie jetzt siebenundsiebzig. Ungefähr so alt wie Lil Corbin. Doch falls es eine Ähnlichkeit gab zwischen der Vierzehnjährigen, die 1953 in ihr früheres Zuhause zurückgekehrt war, und der Frau, die ich gestern auf dem Parkplatz des Frauenhauses getroffen hatte, so war sie mir entgangen.

Trotzdem war sie es.

Lil Corbin hatte sich in dem Augenblick verraten, als ich ihr das Blatt aus dem Tagebuch zeigte. An ihrem Gesichtsausdruck las ich ab, dass sie es wiedererkannt hatte. Der Schock, den sie nicht hatte verbergen können. Die Art, wie sie die

Hand blitzschnell nach dem zerknitterten Papier ausstreckte, das aus dem Tagebuch ihrer Schwester stammte.

Ich musste extrem vorsichtig vorgehen.

Zu viele Fragen würden sie abschrecken. Ich musste mich langsam vortasten, ihr Vertrauen gewinnen und ihr zeigen, dass ich nur gute Absichten verfolgte. Ihr klarmachen, dass ich ihr helfen, nicht sie in irgendeiner Form bloßstellen wollte.

Ich würde auf den rechten Augenblick warten müssen, um so viel wie möglich über die Geschichte von Ravenscar in Erfahrung zu bringen. Ein paar Andeutungen machen. Ihr das Blatt des Tagebuches wie eine Karotte unter die Nase halten. Lil in Sicherheit wiegen, damit sie ihre Geschichte preisgab. Und vielleicht würde ich auf diese Weise herausfinden, warum Joe bis vor Kurzem Besitzer eines Hauses war, in dem seine Frau als junges Mädchen gefangen gehalten worden war.

Die hohen Pinien um das alte Holzhaus tropften noch nach dem Gewitter der letzten Nacht. Die Schatten darunter waren feucht und schwarz, doch am Himmel kämpfte die Sonne darum, die Wolkendecke zu durchbrechen.

Ich parkte den Wagen unter einem Baum.

Es war noch nicht elf. Ich war viel zu früh dran. Eine Weile blieb ich im Wagen sitzen. Ich ließ das Fenster herunter, warf einen Blick in die Schachtel der Bäckerei auf dem Beifahrersitz und stellte zufrieden fest, dass das Zitronenbaiser die Reise unversehrt überstanden hatte. Ein letztes Mal überprüfte ich mein Make-up im Rückspiegel und inspizierte die Fingernägel. Dann warf ich einen Blick auf die Uhr am Armaturenbrett und bemerkte, dass erst eine Minute vergangen war, seit ich das letzte Mal hingesehen hatte.

Es hatte keinen Zweck, die Sache noch länger hinauszuschieben.

Ich griff nach der Schachtel und ging über den Pfad auf das Haus zu. Der Garten war liebevoll gepflegt. Saubere Rasenwege schlängelten sich zwischen Blumenbeeten und schattenspendenden Obstbäumen entlang. Auf einem etwas erhöht liegenden Gemüsebeet wucherten riesige violette Kohlköpfe, krause Salatsorten, saftiger Spinat, leuchtend rote Paprika und Tomatenpflanzen, die in dem furchtbaren Boden üppig gediehen.

Ich sog die süße Luft ein und ging auf das Schindelhaus zu.

Quietschend tat sich die Hintertür auf. Lil trat auf die Veranda. Sie trug noch ihr Nachthemd, und ihr schulterlanges Haar war zerzaust, als wäre sie gerade erst aufgestanden.

Ich blieb wie angewurzelt stehen.

»Lil, es tut mir leid. Ich bin zu früh dran. Soll ich lieber noch mal wiederkommen?«

»Abby, meine Liebe.« Lil hielt sich am Geländer fest und winkte mich näher. »Wir hatten gestern Abend etwas zu viel Aufregung, fürchte ich. Joe ist gestürzt.«

»Wie geht es ihm?«

»So weit okay, aber ich glaube nicht, dass einer von uns sich heute mit Ihnen unterhalten kann.«

Sie war sehr blass und hatte dunkle Ringe unter den Augen. Ihre Brille saß schief, und die Stirn war sorgenvoll in Falten gelegt.

Ich ging auf sie zu. »War er beim Arzt?«

Lil warf einen Blick über die Schulter auf die offene Tür. Dann senkte sie die Stimme. »Er meint, es ginge ihm gut, er will nicht zum Arzt.«

»Aber Sie machen sich trotzdem Sorgen?«

Lil nickte.

Ich zögerte, mich einzumischen, aber sie war sichtlich erschüttert. »Lil, soll ich Sie beide nicht in die Stadt fahren?

Joe könnte sich in der Klinik untersuchen lassen, und Sie wären beruhigt.«

»Oh.« Sie warf erneut einen Blick auf die Tür und rückte dann ihre Brille zurecht. »Würden Sie das wirklich tun, meine Liebe? Ich wäre schrecklich erleichtert, wenn ich wüsste, dass alles in Ordnung ist.«

Für einen Sonntag war der Warteraum in der Notaufnahme des Krankenhauses von Gundara ziemlich leer. Joe hatte immer wieder gesagt, dass es ihm gut gehe, doch Lil hatte sich nicht umstimmen lassen. Er würde sich untersuchen lassen und basta.

Zuvor hatten wir auf der Veranda ein spontanes Frühstück eingenommen – Lil hatte darauf beharrt, dass Joe sich stärkte, ehe wir in die Stadt fuhren. Es gab Rühreier auf Toast, geschmorte Tomaten und heißen Tee für alle. Ich verteilte mein Zitronenbaiser, und nach einer zweiten Runde starkem Tee hatte Joes Gesicht wieder ein wenig Farbe angenommen.

Ich erwähnte Ravenscar nur en passant, um Joe zu erklären, weshalb ich überhaupt gekommen war, dann wandte ich mich unverfänglicheren Themen zu. Lil und Joe waren noch immer deutlich mitgenommen von dem, was sie durchgemacht hatten. Das Letzte, was sie gebrauchen konnten, war ein Verhör. Small Talk war das Gebot der Stunde.

Wir plauderten über das Gewitter und darüber, wie froh wir alle waren, dass es endlich geregnet hatte. Lil erzählte von ihrer Theatergruppe, und Joe verriet mir, wo einer seiner vielen geheimen Angelplätze lag. Ich berichtete ihnen von meiner Arbeit als Journalistin und wie ich es geschafft hatte, den zurückgezogen lebenden Tom Gabriel zu einem Interview zu überreden. Joe war ein Fan seiner Bücher; er hatte in der Zeitung gelesen, dass er nach Gundara gezogen war. Wahrscheinlich hatte er sich erst mal die Augen gerieben, als er seinen Namen unter dem Kaufvertrag las, den der Makler aufgesetzt hatte, doch das erwähnte er nicht.

Nach dem Frühstück fuhr ich mit den beiden in die Stadt.

Während Joe von einem Arzt untersucht wurde, saß ich mit Lil im Wartezimmer.

Sie rieb sich die Knie und spähte mit blassem Gesicht in den Flur, in dem Joe kurz zuvor verschwunden war. Ich hatte das merkwürdige Bedürfnis, meinen Arm um sie zu legen, sie an mich zu ziehen und sie zu trösten. Seit sie an diesem Morgen zerzaust und ängstlich im Nachthemd auf der Veranda erschienen war, waren meine Beschützerinstinkte geweckt. Immerzu musste ich an die beiden Schwestern denken, die fünf Jahre lang direkt neben meinem Schlafzimmer gefangen gehalten worden waren.

Verlorene Mädchen. Ich wusste, wie schlimm es sich anfühlte, verloren zu sein.

Doch statt den Arm um sie zu legen, nahm ich eine Rolle Pfefferminzbonbons aus der Tasche und bot ihr eines an.

»Zuckerfrei.«

Lil nahm ein Bonbon und bedankte sich, hielt es aber nur zwischen Daumen und Zeigefinger. Ich verputzte eines nach dem anderen. Innerhalb weniger Minuten war die Rolle aufgebraucht, und ich hatte nur noch die klebrigen Papierreste in der Hand.

Lil klammerte sich an ihr Bonbon, als wäre es ein winziger grüner Rettungsanker.

Den ganzen Morgen hatte ich mir gewünscht, mit ihr allein zu sein, um sie danach fragen zu können, wie Joe und sie Besitzer von Ravenscar geworden waren. Es gab so viele Fragen. War es wirklich nur eine Investition gewesen? Hatte das Haus nicht all die schrecklichen Erinnerungen wieder aufsteigen lassen? Hatte sie beim Kauf gewusst, dass es das Haus war, in dem sie einst gefangen gehalten wurde?

Doch jetzt, als ich sie tatsächlich für mich hatte, brachte ich kein Wort heraus.

Ich seufzte. »Wissen Sie, dass Kauen dabei hilft, Stress abzubauen? Das habe ich mal irgendwo gelesen. Deshalb nagen Hunde so gerne an Knochen. Für sie ist es wie eine Massage. Oder eine Meditation.«

Lil steckte das Bonbon in die Tasche. Der Anflug eines Lächelns huschte über ihren Mund.

»Ich habe das Gefühl, dass ich es später noch brauchen werde. Der Arzt wird ihm Bettruhe verschreiben, aber Joe im Haus zu halten ist so ähnlich wie noch einmal den Ersten Weltkrieg durchzuspielen. Keine Ahnung, was er in seinem Schuppen anstellt, aber er verbringt dort jede freie Minute.«

Ich kramte in der Tasche meiner Jeansjacke, fand eine weitere Rolle Pfefferminzbonbons und drückte sie Lil in die Hand. »Hier, nehmen Sie. Im Wagen habe ich noch jede Menge davon. Ich drehe einfach durch, wenn ich nichts zu beißen habe.«

Sie warf mir einen Blick zu. Einen Augenblick sah es so aus, als würde sie in Tränen ausbrechen, doch dann überraschte sie mich mit einem breiten Lächeln. Gefolgt von einem rauen, hustenähnlichen Lachen. »Sie haben eine lustige Art, sich auszudrücken.«

Ich errötete. »Tatsächlich?«

Lil nickte. »Sie erinnern mich an jemanden. An ein Mädchen, das ich vor langer Zeit kannte.«

Eine seltsame Anspannung ergriff mich. Ich presste die Lippen aufeinander und biss mir auf die Zunge, konnte mich aber trotzdem nicht beherrschen. »Frankie?«

Lil lächelte, doch ihre Augen waren düster. Sie blickte auf ihre Hände hinab, fuhr sich mit den Fingerspitzen über die Knöchel und betastete die blauen Adern und Altersflecken, als erzählten sie ihre Vergangenheit in Blindenschrift.

»Sie sind irgendwie sanfter, Abby. Netter. Meine Schwester war immer so ruppig.«

Ich traute mich kaum zu atmen. »Es tut mir so leid, dass Sie sie verloren haben.«

Sie nickte. »Ich würde dieses Blatt aus ihrem Tagebuch, das Sie gefunden haben, gern einmal lesen.«

»Ja, natürlich.«

Genau aus dem Grund hatte ich das Blatt auch heute Morgen mitgebracht. Ich wollte es Lil zu lesen geben, damit sie mir im Gegenzug verriet, was sie über Ravenscar wusste. Doch jetzt wurde mein Verdacht bestätigt, und ich begriff, dass das Blatt viel zu wertvoll war, als dass ich es ihr überlassen konnte. Zumindest vorläufig.

Lil Corbin hatte die Antworten. Sie wusste, was Frankie widerfahren war, da war ich mir sicher. Sie konnte den Mann identifizieren, der sie entführt hatte, vielleicht kannte sie sogar seinen Namen.

Aber warum sollte sie ihn ausgerechnet mir verraten, nachdem sie dieses Geheimnis ihr ganzes Leben lang vor dem Rest der Welt gehütet hatte?

Lil drehte sich halb zu mir um und suchte meinen Blick.

»Sie wissen doch, was es bedeutet, jemanden zu verlieren, nicht wahr?«

Ich nickte, überrascht von ihrer Frage. »Wie kommen Sie ...?«

»Ich sehe den Verlust in Ihren Augen. Wie einen dunklen Schleier.«

Ich stieß einen tiefen Seufzer aus. »Mein Vater ist letztes Jahr gestorben.«

»Er fehlt Ihnen sicher.«

»Wir standen uns nicht besonders nah.«

Meine Finger verknoteten sich in meinem Schoß, die Papierreste waren jetzt klein und hart wie Marmor. Lil beobachtete mich und wartete auf weitere Erklärungen. Ihr Blick war neugierig und ... noch etwas anderes. Herausfordernd.

Ich rutschte nervös auf dem Stuhl hin und her.

»Dad kam nicht zurecht, nachdem Mum uns verlassen hatte. Er fing an zu trinken. Er war schon vorher Alkoholiker, und ich nehme an, dass sie ihn deshalb verließ. Und danach wurde es schlimmer mit dem Trinken, wissen Sie?«

Lil nickte. »Aber bestimmt haben Sie auch glückliche Erinnerungen an ihn, oder?«

Ich lachte kurz auf. »Vor seiner Pensionierung war er Wissenschaftler und reiste durch die ganze Welt. Er analysierte den Säuregehalt im Wasser des Great Barrier Reef, die Wasserverschmutzung im Hafen von Sydney, solche Dinge. Er liebte seine Arbeit. Damals war er mein Held. Er setzte sich immer für die Umwelt und die Erhaltung der Natur ein. Ich glaube, das hat auch mein Interesse für die Natur geweckt. Aber als meine Mutter uns verließ, verlor er den Halt. Er zog sich von meinem Bruder und mir zurück. Von jedem. Es war ...«

Mir versagte die Stimme. Ich hatte ihr mehr über meinen Vater erzählt als irgendwem sonst in all den Jahren. Doch da saß ich und erzählte einer wildfremden Person von ihm, und meine Stimme bebte vor Stolz. Ich hatte vergessen, wie ich einst zu ihm aufgesehen hatte, wie ich davon geträumt hatte, so zu sein wie er. Er war ein großer, tapferer und militanter Umweltschützer gewesen und hatte mich angespornt, in seine Fußstapfen zu treten.

Lil streckte die Hand aus und drückte sanft die meine. Ihre Finger fühlten sich knochig an, aber sie waren auch kräftig. »Er ist letztes Jahr gestorben, sagten Sie?«

Ich nickte.

Sie zog die Hand zurück. »Es ist immer noch schwer, von ihm zu sprechen, nicht wahr?«

Ich schluckte. Meine Ohren brannten. Ich wusste nicht so recht, was ich sagen sollte. Als ich am Morgen in Ravenscar losgefahren war, hatte ich mit der üblichen Tasse Tee bei Joe und Lil gerechnet, vielleicht auch mit einem gruseligen Moment, wenn sie etwas über die Geschichte des Hauses erzählten. Ich hatte die Hoffnung gehegt, irgendwelche Antworten zu finden oder zumindest einige Hinweise zu bekommen, die mich auf neue Ideen brachten.

Das Letzte, womit ich gerechnet hatte, war, mich auf solch persönliche Art und Weise mit Lil zu unterhalten. Mich kalt erwischt und derart bloßgestellt zu sehen.

Lil lehnte sich mit einem Seufzer zurück. »Die Trauer lässt einen niemals los, egal, was die Leute sagen. Sie ist wie ein Steinchen im Schuh, sie setzt einem zu. Man kann nur lernen, mit ihr zu leben.«

In ihren geröteten Augen schimmerten unterdrückte Tränen. Sie hatten nichts mit mir zu tun, wie mir in diesem

Moment bewusst wurde. Nicht einmal mit ihr selbst. Aber mit der Schwester, die sie verloren hatte.

Und da begriff ich etwas.

Lilly Wigmore hatte nicht über das Verschwinden ihrer Schwester geschwiegen, weil es etwas zu verbergen gab. Sie hatte sich nicht geweigert, über die Qualen, die sie hatte ertragen müssen, zu sprechen, weil sie jemanden beschützen wollte. Lilly hatte die Wahrheit nur aus einem einzigen Grund in ihrem Innern vergraben.

Weil es zu sehr schmerzte, darüber zu sprechen.

»Lil?«

»Ja, Kleines?«

»Wenn ich Ihnen das Blatt aus dem Tagebuch geben würde, damit es bei Ihnen bleibt, würden Sie mir dann verraten, was Ihrer Schwester zugestoßen ist?«

Ein unsichtbarer Schleier legte sich über ihr Gesicht. Sie warf einen Blick erst auf den Flur und dann auf ihre Uhr. Sie rutschte nervös auf dem Stuhl hin und her und zog die Füße unter den Stuhl.

»Das ist alles so lange her.«

»Ich würde es trotzdem gerne wissen.«

Ihre blassen Wangen erröteten. Dann sah sie mich misstrauisch an.

»Warum ist Ihnen das so wichtig, Abby?«

Ich lehnte mich zurück und holte tief Luft. Seit ich dieses geheime Zimmer im oberen Stock von Ravenscar betreten, das Blatt aus dem Tagebuch gefunden, die blutbefleckte Matratze und das beängstigend winzige Fenster mit dem Eisengitter gesehen hatte, stellte ich mir dieselbe Frage: Warum war mir das so wichtig?

Und immer wieder erhielt ich dieselbe Antwort.

Es war wichtig, weil ich mein Leben in Freiheit verbringen konnte und trotzdem das Gefühl hatte, gefangen zu sein. An einem Ort, den sonst niemand für real hielt. An einem Ort, von dem ich irgendwie hatte entkommen können, während es diesen beiden anderen Mädchen nicht gelungen war.

»Weil ich sie retten muss.«

Lil sah fast erschrocken aus. »Sie retten?«

»Ich weiß, es ergibt keinen Sinn, aber anders kann ich es Ihnen nicht erklären. Nur dass sie irgendwo in der Vergangenheit verloren gegangen ist. Und wenn ich sie retten kann, wenn ich verstehe, was ihr widerfahren ist, mir ihr Verschwinden erklären kann, rette ich womöglich auch mich selbst.«

Lil seufzte und rutschte auf dem Stuhl hin und her. »Vielleicht erzähle ich Ihnen ein bisschen davon. Im Austausch für dieses Blatt.«

Ich setzte mich auf. »Wirklich?«

Lil steckte die Hand in die Tasche und holte das Pfefferminzbonbon hervor, das ich ihr gegeben hatte. Sie betrachtete es einen Augenblick, bevor sie es in den Mund steckte. Dann lehnte sie sich in dem knarrenden Plastikstuhl zurück, schloss die Augen und schwieg.

»Sie ist es.« Um sechs Uhr abends stürzte Abby mit erhitzten Wangen und leuchtenden Augen durch die Tür in die Küche. »Joe Corbins Ehefrau, Lil. Sie ist Lilly Wigmore.«

»Donnerwetter.« Tom war dabei, einen Salat vorzubereiten, und überlegte, wie er den Lachs, den er vorhin aus dem

Gefrierfach genommen hatte, am besten marinieren sollte. Würde man als Frau eher auf Zitrone und Knoblauch anbeißen, oder waren Chili und Ingwer besser? Er hatte sich gerade für die Zitrone entschieden, als sie mit einem Mal neben ihm stand. Mit roten Wangen, nach Garten duftend, über der Braue prangte ein daumengroßer Schmutzfleck.

Sie stellte einen riesigen Korb mit Gemüse auf die Arbeitsplatte.

»Frisch aus Lils Garten. Was sagen Sie dazu, Tom? Lilly Wigmore. Und halten Sie sich fest, sie meinte, ich würde sie an Frankie erinnern.«

»Moment mal«, unterbrach sie Tom, während er vergeblich versuchte, alles auf einmal zu verdauen. Sie hatten letzte Nacht über diese Möglichkeit gesprochen, doch er hatte nicht daran geglaubt. »Joe Corbins *Frau*? Der Typ, dem ich Ravenscar abgekauft habe ... ist mit Lilly Wigmore verheiratet?«

Abbys Gesicht glühte förmlich, als sie ihn ansah. Sie trommelte mit den Knöcheln auf die Arbeitsfläche. »Und damit nicht genug. Wissen Sie was? Sie hat versprochen, mir zu verraten, was mit Frankie passiert ist, wenn ich ihr das Blatt aus dem Tagebuch gebe.«

Tom legte das Kochmesser beiseite, wischte sich die Hände an dem Küchentuch ab, das in seinem Hosenbund steckte, und schaute sie an. Ihr gerötetes Gesicht, ihre strahlenden Augen und den aufreizenden Fleck über dem Auge, den er am liebsten ebenfalls weggewischt hätte.

So hatte er sie bislang nicht erlebt. So unverstellt, fast kindlich in ihrer Aufregung.

»Oh, Tom«, fuhr sie hastig fort. »Die beiden sind ein hinreißendes Paar, so eng miteinander verbunden! Lil ist die Bodenständigere von beiden, sehr ernst und eher grantig, aber wenn sie lächelt, geht die Sonne auf. Und Joe ist zum Schießen, ein Spaßvogel. Sie müssen sie unbedingt kennenlernen, sie sind ...«

Tom starrte sie an, hörte aber gar nicht mehr zu. Nur ein Gedanke schoss ihm durch den Kopf. Immer wieder, sein Pulsschlag raste. *Willst du wirklich wie ein Wirbelwind durch mein Leben fegen und alles auf den Kopf stellen, nur um in ein paar Tagen wieder zu verschwinden, ohne einen Blick zurückzuwerfen?*

Vor Abbys Auftauchen war er zufrieden gewesen. Hatte in seiner Bitterkeit geschmort, ein Einsiedlerleben geführt. Einsamkeit war sein Bollwerk gegen die Welt, und er fühlte sich wohl damit. Bis sie in sein Leben geplatzt war und alles verändert hatte. Vor allem *ihn* verändert hatte.

Sie legte ihm die Hand auf den Arm. »Tom, ist alles in Ordnung mit Ihnen?«

Er nahm das Küchenmesser wieder in die Hand und schnitt eine Tomate in Scheiben. »Hat Lil Ihnen auch was über Frankie erzählt?«

Plötzlich verschwand der Funke in Abbys Augen. »Noch nicht. Aber das wird sie tun, denn ich weiß, dass sie dieses Blatt Papier unbedingt haben will.«

»Hat sie irgendwas über ihren Entführer gesagt?«

»Kein Wort.«

»Und was ist mit Ravenscar? Dass Lilly Wigmore nur vierzig Minuten von dem Ort entfernt lebt, wo sie als Kind gefangen gehalten wurde, kann doch kein Zufall sein. Was meinen Sie?«

Abby schüttelte den Kopf und lächelte. »Wieder so ein Fall, wo die Vorsehung eine Rolle spielt. Lil hat mir alles darüber erzählt. Als 1980 ihre Pflegemutter starb, hinterließ sie ihr ein ansehnliches finanzielles Polster. Lil und Joe entschieden sich für einen Tapetenwechsel, da keiner von beiden Verwandte in Sydney hatte. Ein Jahr später entdeckte Lil Ravenscar in der

Annonce einer Regionalzeitung. Das Anwesen war völlig heruntergekommen und mit einer zwanzig Jahre alten Hypothek belastet. Die Stadt hatte es beschlagnahmt und verscherbelte es nun zu einem Spottpreis. Lil erkannte es wieder, dort waren sie und ihre Schwester gefangen gewesen. Sie behauptet, sie habe sich genötigt gesehen, es zu kaufen.«

»Warum?«

»Weil sie glaubte, so könnte sie endlich einen Schlussstrich unter alles ziehen.«

»Und war es so?«

Abby schüttelte den Kopf. »Soweit ich weiß, hat es sie nur noch mehr ins Schleudern gebracht. Sie hatte so was wie einen Nervenzusammenbruch. Für Joe war das Ganze ein Rätsel, bis sie ihm die Wahrheit über das Haus verriet. Joe wollte es bis auf die Grundmauern niederbrennen, aber Lil war dagegen.«

»Wie konnte sie das Tagebuchblatt übersehen?«

»Sie hat es nie fertiggebracht, das Haus zu betreten. Zu viele schlimme Erinnerungen. Allerdings konnte sie sich auch nicht dazu durchringen, es zu verkaufen. Deshalb stand es jahrelang leer. Mittlerweile hatten Joe und sie das Farmhaus gekauft und führten ein anderes Leben.«

»Was für eine Geschichte!«

Abby begann, das Gemüse aus dem Korb zu nehmen, und konnte sich ein Lächeln nicht verkneifen. »Sie hat Sie inspiriert, nicht wahr?«

»Hmm.«

In Wahrheit fühlte sich Tom wie ein Kind unter dem Tannenbaum bei der Entdeckung, dass es das größte Geschenk erwischt hat. Er musste es nur auspacken, um zu finden, was er sich am meisten gewünscht hatte. Seit Freitagabend war der Keim für eine Geschichte in seinem Kopf aufgegangen. Die

Mädchen in der Dachkammer, die blutverkrusteten Laken, die vermisste Schwester. Er würde die Fakten als Fiktion darstellen und die Wahrheit verschleiern müssen, um lebende Personen zu schützen, so wie er es immer getan hatte, doch seine Finger brannten förmlich darauf, endlich wieder auf seine Schreibmaschine einzuhämmern.

Allerdings gab es womöglich einen kleinen Haken.

»Wann treffen Sie sich wieder mit Lil?«

»Am Mittwoch.«

»Und glauben Sie wirklich, dass sie auspacken wird? Wir haben es mit Lilly Wigmore zu tun, vergessen Sie das nicht. Die Frau, die all die Jahre geschwiegen hat. Die weder den Polizeibeamten noch den Medien gegenüber ein Sterbenswörtchen verraten hat, und die werden sie ganz schön in die Mangel genommen haben. Warum sollte sie sich jetzt ausgerechnet Ihnen offenbaren?«

Abby wischte sich die Hände an den Jeans ab, fischte das Tagebuchblatt aus der Hintertasche und wedelte damit in der Luft.

»Ich habe einen Köder.«

Tom nahm ihr das Papier ab. Er faltete es auf und tat so, als würde er den Inhalt überfliegen, obwohl er ihn bereits auswendig kannte. Das Blatt Papier war warm und hatte sich ihrer Körperform angepasst, das lenkte ihn ab.

Er reichte es ihr zurück. »Bewahren Sie es gut auf.«

Sie steckte es wieder in die Tasche und wackelte dabei unbewusst mit den Hüften. Um sie nicht allzu offensichtlich anzustarren, beugte er sich zu ihr vor. Und als er ganz nah war, rutschte ihm ein Laut heraus, der halb Seufzer und halb Stöhnen war. In der Hoffnung, dass sie es nicht bemerkt hatte, fragte er: »Ist es Ihnen eigentlich unheimlich, hier zu sein?«

Sie schnaubte verächtlich. »Weil jemand da oben gestorben sein könnte?«

Er nickte.

Sie kam näher und sah ihm in die Augen. »Es bräuchte mehr als nur ein bisschen Blut, um mich aus der Ruhe zu bringen, Tom.« Sie zitterte unmerklich und kam ihm noch näher. Sie ließ ihn nicht aus den Augen, und was er darin erkannte, fesselte und beängstigte ihn zugleich. Ihre Pupillen weiteten sich, bis das Blau ihrer Iriden vom Schwarz beinahe aufgesogen wurde.

»Sie sind heute Abend so anders, Tom. Was ist los?«

Sie war so nah, dass er nur die Hand heben musste, um ihr Gesicht zu berühren. Ohne nachzudenken, streckte er die Hand aus und umfasste ihre Wange. Seine Fingerspitzen berührten das seidige Haar, während er ihr mit dem Daumen den kleinen Schmutzfleck über dem Auge wegwischte.

»Irgendwer hat sich im Garten zu schaffen gemacht.«

Sie trat einen Schritt zurück und rieb sich über die Stelle, wo er sie berührt hatte, als wollte sie alle Spuren löschen, die er auf ihrer Haut hinterlassen hatte. Die Haut rötete sich, und trotzdem rieb sie weiter.

Wie weich ihre Haut war. Er wollte sie erneut berühren, *sie* berühren. Er dachte an die Monate zurück, die er vor vielen Jahren einmal in der Wüste verbracht hatte, und an die braune Schlange, die er am Schwanz gepackt hatte, um sie aus seiner Hütte zu werfen. Es hatte ihn ganz schön Mühe gekostet, das verdammte Biest loszuwerden. Doch dessen weiche Haut hatte er niemals vergessen. Und auch die sehnige Kraft nicht, die sich darunter verbarg.

Genau so ist sie auch, dachte er.

Äußerlich Rosenblätter und Samt. Und darunter eine tödliche Kraft. Er würde aufpassen, sie mit unendlicher Vorsicht behandeln müssen, wollte er nicht gebissen werden.

Sie stampfte mit dem Fuß auf.

»Tom, wo sind Sie gerade? Ich habe das Gefühl, ich unterhalte mich mit einem Geist.«

Er seufzte. Sie hatte recht. Bislang hatte er sich große Mühe gegeben, unsichtbar zu sein. Sich aus dem Leben zurückzuziehen, sich von seinen Gefühlen zu lösen. Doch das war vorbei. Jetzt wollte er gesehen werden, wollte wieder sichtbar sein. Sichtbar für sie.

In einem Augenblick der Erleuchtung erkannte er, wie unmöglich das war. Im Moment ließ sie sich mitreißen von der Erregung, Frankie Wigmores Geheimnis zu lüften. Oder der Aussicht auf ein Interview mit ihm. Doch wenn all das vorbei war, was dann?

Er wusste genau, was dann kam.

Sie würde so schnell wieder davonfliegen, dass ihm der Kopf schwirrte.

Sie würde ihn in seiner Leere und Einsamkeit zurücklassen. Was, wenn er es recht bedachte, vermutlich das Beste wäre.

Sie beobachtete ihn mit hochgezogenen Brauen, den Kopf leicht zur Seite geneigt wie ein neugieriger Vogel, während sie auf seine Antwort wartete. Er wandte sich ab, griff nach den Krücken und humpelte zu seinem Schneidebrett zurück, um die restlichen Tomaten in dünne, fast durchsichtige Scheiben zu schneiden.

»Der Lachs kann jetzt in den Ofen«, sagte er über die Schulter. »Ich hoffe, Sie haben Hunger.«

Wir aßen an einem großen Rotholztisch auf der Veranda. Kerzen flatterten in Hurricane-Gläsern, und in den Petroleumlampen brannte Zitronella. Der Zitronenduft vermischte sich mit dem süßen Aroma des Jasmins im Garten.

Tom hatte sich als hervorragender Koch geoutet. Der Lachs war perfekt, seine knusprige Haut umschloss ein butterzartes Fleisch, das auf der Zunge zerging. Den griechischen Salat, den er dazu servierte, verschlang ich fast allein, während er Anekdoten aus seinem Leben erzählte.

Das Abendessen, so seine Erklärung, sei der Versuch, sich für meine Arbeit zu bedanken. Dafür, dass ich die Umzugskisten ausgepackt, Sandwiches gemacht und die Staubwolken unter Kontrolle gebracht hatte.

»Und dafür, dass Sie meine Kreativität wieder auf Touren gebracht haben.«

»Das war nicht ich«, wandte ich ein.

»Sie haben Frankies Tagebuch gefunden. Sie haben Lil und Joe gefunden. Sie haben Lils Vertrauen gewonnen, sodass sie Ihnen sagen wird, was mit Frankie geschah. Sie haben Schwerstarbeit geleistet. Und jetzt werde ich die Früchte ernten. Ich habe mich seit Jahren nicht mehr so beflügelt gefühlt.«

»Glauben Sie mir, Tom, das ist keine Schwerstarbeit für mich. Ich habe an dieser Mantel-und-Degen-Geschichte genauso viel Spaß wie Sie.«

Das war die Wahrheit.

Morgen war Montag, das hieß, ich war jetzt seit einer Woche in Ravenscar. Doch es fühlte sich eher an wie ein Monat – auf angenehme Weise. Ich wachte in meinem winzigen Zimmer auf, atmete die frische Herbstluft des Gartens ein, frühstückte in der lichtdurchfluteten Küche, verbrachte Stunden damit, in Schränken und verborgenen Ecken zu wühlen, versuchte, die Puzzlesteinchen der Wigmore-Geschichte zusammenzufügen oder mit Tom zusammen die zahllosen Möglichkeiten auszuloten. Es machte Spaß, und ein ziemlich großer Teil von mir wollte nicht, dass das alles ein Ende fand. Jemals.

Ich hatte mich dermaßen auf Frankies Geschichte konzentriert, dass sich meine eigenen Sorgen fast verflüchtigt hatten. Seit ich Lil begegnet war, hatte ich so gut wie keinen Gedanken mehr an Shayla Pitney verschwendet. Mittlerweile war sie sicher längst wieder zu Hause bei ihrer Mutter, redete ich mir ein. Bestimmt stritten sie sich schon wieder, und Shayla plante ihre nächste Flucht.

Doch da war noch immer meine lückenhafte Geschichte mit Tom. Sie nagte an mir wie eine offene Wunde, und manchmal, wenn ich ihn ansah oder in seiner Nähe war, stockte mir der Atem, weil ich einen Flashback hatte oder ein Erinnerungsfetzen mich zum Grübeln brachte. Und dann stand ich erneut im Regen, mit brennenden Kratzern auf den Armen, aufgescheuerten Knöcheln und nassem Haar, das mir in die Augen hing.

Deshalb beschloss ich, heute Abend das Gespräch auf ein anderes Geheimnis zu lenken.

»Ich bin neugierig, Tom. Was hat Sie eigentlich wirklich veranlasst, nach Gundara zu ziehen?«

Er kniff die Augen zusammen und grinste. »Nicht so schnell, junge Frau. Ich habe schon den ganzen Abend von mir erzählt. Wie wäre es, wenn Sie jetzt auf die Bühne treten und zur Abwechslung mal etwas über sich preisgeben?«

Ich zuckte die Achseln, riss die Augen auf und tat überrascht. Er war mir gekonnt ausgewichen, doch die Nacht war noch jung.

»Da gibt es nichts preiszugeben. Die Geschichte meines Lebens ist furchtbar langweilig.«

»Kommen Sie«, entgegnete er. »Sie haben es fertiggebracht, während meines Geschwafels nicht allzu offensichtlich zu gähnen. Jetzt möchte ich das Kompliment erwidern.«

Ich versuchte, mein Lachen hinter der Serviette zu verbergen, stieß dabei mein Weinglas um und kicherte. Tom prustete los, und dann brachen wir beide wie hysterische Teenies in Gelächter aus. Nach der angespannten Situation in der Küche fühlte es sich an wie eine Befreiung. Mein Körper entspannte sich, und ich gab die Kontrolle auf.

Schließlich nahm ich mich zusammen und wischte mir die Tränen aus den Augen. »Tut mir leid, Tom, irgendwer muss etwas in den Wein getan haben. Was Sie gerade gesagt haben, war nämlich gar nicht so lustig …«

Er machte ein gekränktes Gesicht, woraufhin ich erneut in Fahrt kam. Mein Kichern wurde von einem lauten Schluckauf unterbrochen, und es dauerte fünf Minuten, bis ich mich gefangen hatte. Toms anhaltende Flachserei war keine Hilfe. Als ich mich endlich wieder unter Kontrolle hatte, schmerzten meine Rippen, und mein Gesicht fühlte sich irgendwie entstellt an. So lange und so heftig hatte ich nicht mehr gelacht, seit … nun ja, länger, als ich zurückdenken konnte.

Tom wurde ernst. »Also bitte. Ich werde mir Mühe geben, nicht einzuschlafen.«

Ich schüttelte den Kopf. »Ich bin auf die Universität gegangen, so wie alle. Habe an wilden Partys teilgenommen, zu viel Rotwein getrunken, jede Menge Gras geraucht und meinen Abschluss mit viel besseren Noten geschafft, als ich verdient hätte.«

»Was haben Sie studiert?«

Ich zögerte. Seit fast zehn Jahren hatte ich diesen Teil meines Lebens weggeschoben, in der Hoffnung, er werde sich auflösen und in Vergessenheit geraten. Aber ich hatte kein Glück. Er hatte sich tatsächlich aufgelöst, doch tief in mir würde ich ihn niemals vergessen können. Ich holte tief Luft.

»Nachhaltige Landwirtschaft.«

Tom machte ein verdutztes Gesicht. »Sie sind Farmerin?«

Ich unterdrückte das Bedürfnis, die Augen zu verdrehen. »Ja, ich wollte einmal Farmerin werden. Vor langer Zeit.«

»Und wie haben Sie von Landwirtschaft zum ...« – er verzog das Gesicht in gespielter Abscheu – »... Journalismus gefunden?«

»Über tausend Umwege.«

Er stützte die Ellbogen auf den Tisch, legte die Fingerspitzen aneinander und beugte sich vor. »Erzählen Sie.«

Ich nahm einen Schluck Wein zur Stärkung. »Nach meinem Abschluss war ich mir immer noch sehr sicher, wo meine Leidenschaft lag, also schrieb ich mich für Seminare ein. Permakultur, ökologische Tierhaltung, natürliche Bodenbewirtschaftung. Ich streckte meine Fühler in alle Richtungen aus.«

»Und haben Sie gefunden, was Sie suchten?«

Noch immer beflügelt von den durchs Lachen ausgeschütteten Glückshormonen fuhr ich fort: »Dummerweise suchte ich immer an den falschen Orten. Ich atomisierte mich, statt mich auf das zu konzentrieren, was ich wirklich wollte. Eines Tages entdeckte ich, dass der Mikrokosmos das war, was mich am meisten faszinierte. Das Leben in Miniatur. Winzige Dinge hatten mich schon immer fasziniert, Puppenhäuser, Terrarien, Ameisenhügel. Und sobald mir das bewusst wurde, ergab sich alles von selbst. Ich meldete mich zu einem Kurs für Bienenhaltung irgendwo im Westen von Australien an und flog nach Perth, wo ich ...«

Wo ich meinem Ehemann begegnete.

Und wo wir uns innerhalb von drei Wochen unsterblich ineinander verliebten. Zumindest Rowan. Er war einer der Kursleiter. Eines Tages verabredeten wir uns zum Mittagessen und verstanden uns auf Anhieb. Er träumte davon zu heiraten, eine Familie zu gründen und die ganze Palette von Selbstversorgung durchzuziehen, was ja genau auch mein Ding war. Doch trotz der ersten Leidenschaft, einschließlich der Hochzeit, die wir in atemberaubender Schnelligkeit hinter uns brachten, hielt ich ihn immer irgendwie auf Distanz. Nicht bewusst. Aber mir vorschreiben zu lassen, wie mein Leben auszusehen hatte, schnürte mir die Luft ab.

Ich erzählte Rowan nie von Blackwater. Wie denn auch?

Ich erzählte ihm nichts aus meiner Vergangenheit. Und als ich ihn an einem brütend heißen Februartag vor acht Jahren verließ, sah er mir mit einem Blick nach, der voller Verwirrung und Enttäuschung war. Seitdem trug ich diesen Blick als stille Mahnung in meinem Herzen.

»Sie sind also nach Perth geflogen«, bohrte Tom. »Um Bienen zu züchten.«

Ich schenkte uns Wein nach. »Ja, dort traf ich meinen Traummann und heiratete ihn. Ein Jahr später haben wir uns scheiden lassen.«

»Was war passiert?«

»Ich musste auf die harte Tour erfahren, wie schwer ich mich mit Beziehungen tue.«

Tom fuhr sein Lächeln einen Gang herunter. »Vielleicht war er einfach nicht der Richtige.«

Ich zuckte die Achseln. »Er war beinahe perfekt. Aber es lag nicht an ihm, sondern an mir. Ich habe es noch nie lange an einem Ort ausgehalten. Hummeln im Hintern sagt man, verstehen Sie?«

Tom nickte. »Und wie ging es mit der Bienenzucht weiter?«

»Danach war das Thema Landwirtschaft gegessen. Ich flog nach New York, um eine Freundin zu besuchen, und endete auf einer Greenpeace-Demonstration. Ich nehme an, dass sie mich irgendwie berührte. Jedenfalls fühlte ich mich inspiriert, darüber zu schreiben, und schickte die Story aus einer Laune heraus an die *New York Times*, ausgerechnet. Die kaufte sie. Ich war platt.«

»Dann muss Ihr Artikel verdammt gut gewesen sein.«

Ich verzog das Gesicht. »Anfängerglück.«

»Vielleicht hatte es mehr mit Ihrer Leidenschaft für das Thema zu tun.«

»Hmm. Daran habe ich noch nie gedacht.«

Tom kniff die Augen zusammen. »Und als Sie ein Gefühl dafür bekamen, welche Kraft hinter Wörtern stecken kann, haben Sie weitergemacht.«

»Gewissermaßen. Im selben Jahr besuchte ich das New Orleans Jazz and Heritage Festival und war begeistert. Also schrieb ich auch darüber einen Artikel. Ich schoss ein paar Fotos und interviewte ein paar alte Musiker. So kam eines zum anderen, und dann fing ich an, für mehrere Zeitungen Leitartikel zu schreiben.« Ich zuckte die Achseln. »Es machte Spaß. Ich liebte die Vereinigten Staaten, also reiste ich ein bisschen herum. Suchte abgeschiedene Orte auf und schrieb darüber. Verkaufte die Artikel freiberuflich.«

»Und was hat Sie hierher zurückgeführt?«

Ich fand mein Lächeln wieder, doch die warme Sonnenglut, die mich gerade noch erfüllt hatte, flackerte nur noch einmal kurz auf und erlosch. Mein Blick streifte die Baumwipfel im Garten, sie schimmerten im Mondlicht. Und mit einem Mal saß ich nicht mehr mit Tom hier auf der Veranda, war nicht mehr in der Gegenwart, sondern meilenweit entfernt in einer vergangenen Zeit.

Eines Abends hatte ich in einem Motel in North Carolina vor dem Fernseher gesessen und versucht abzuschalten. Ich zappte durch die Kanäle und stolperte über einen Dokumentarfilm, der von berühmten Mordfällen in Australien handelte. Als ich den australischen Akzent hörte, drehte ich die Lautstärke auf. Und da war er plötzlich: ein Mann, knapp über dreißig, mit rappelkurzem braunem Haar und glühenden Augen, blau, wenn ich mich richtig erinnere, obwohl der schlechte Empfang des kleinen Fernsehers sie dunkler wirken ließ als einen verfaulten Apfel. Er starrte mich aus dem Bildschirm heraus direkt an.

Ich kenne dich, schien er zu sagen. *Du bist doch das Radley-Mädchen, nicht wahr? Die Querulantin, die mein Leben verpfuscht hat. Diejenige, die entkommen war.*

Reglos saß ich auf der Couch, mit angezogenen Beinen, ein Champagnerglas in der Hand, und starrte wie betäubt auf die jahrzehntealten Aufnahmen, während eine weibliche Stimme aus dem Off den düsteren Bericht sprach.

Das atemberaubende Schutzgebiet von Blackwater Gorge, fünfzehn Kilometer von der ländlichen Kleinstadt Gundara im Nordosten von Australien gelegen, ist ein beliebter Ausflugsort für Touristen. Doch im Juni 1994, als Buschwanderer unter einem Erdhaufen die Überreste eines weiblichen Teenagers fanden, wurde das Schutzgebiet zu einem Zentrum von Spekulationen und Schrecken. Die anschließende Suche führte zur Entdeckung einer weiteren Leiche etwa zehn Kilometer entfernt. Beide Leichen waren offenbar seit mehr als zehn Jahren im Wald vergraben gewesen und in Vergessenheit geraten ...

Als ich an jenem Abend auf der Couch vor dem Fernseher saß und der Champagners in meinem Mund plötzlich schal schmeckte, veränderte sich alles. Aus dem quirligen jungen Ding, das gerne reiste, wurde ein regloses Etwas. Wie ein in Bernstein eingeschlossenes Insekt, in der Zeit gefangen. Von Erinnerungen gelähmt, die ich zusammen mit dem tollpatschigen kleinen Nobody, der ich einst war, begraben hatte. Der Dokumentarfilm ging zu Ende, doch Jasper Hortons Gesicht flimmerte noch immer vor meinen Augen.

»Abby? Ist alles in Ordnung?«

Abrupt wurde ich in die Gegenwart zurückversetzt und blinzelte, um das Bild zu vertreiben. Ich holte tief Luft und lächelte ihm über den Tisch hinweg zu, doch auf einmal saß nicht mehr Tom mir gegenüber, sondern ein anderer Mann. Ein Mann mit hellbraunem Haar, blauen Augen und einem wunderbaren, umwerfenden Lächeln. Der Mann, dem ich an jenem Tag im Wald begegnet war, mit rauen Händen, schmutzigen Fingernägeln und einer Axt in der Faust.

Ich erschauerte.

Wollte alles vergessen. Es war die einzige Möglichkeit weiterzuleben. Doch ich machte mir etwas vor, wenn ich mir auch nur einen Augenblick lang einbildete, dass meine Anwesenheit hier in Ravenscar die bösen Geister würde besänftigen können. Wie denn, wenn der Mann, der mir jetzt gegenübersaß, offenbar die Gabe besaß, meine schrecklichsten Erinnerungen freizusetzen?

Ich schob meinen Stuhl zurück. »Gibt es noch Nachtisch?«
»Hmm ... ja, doch. Ich hoffe, Sie mögen Sticky Date Pudding?«
»Und wie!«

Viel zu hastig sprang ich auf und warf dabei den Stuhl um. Als ich ihn aufheben wollte, stieß ich mit dem Ellbogen den Teller vom Tisch. Er fiel zu Boden und zerbrach.

Ich warf Tom einen Blick zu. Diesmal hatte meine Unbeholfenheit ihn nicht zum Lachen gebracht. Er beobachtete mich mit einem nachdenklichen Blick. Ich sammelte die Scherben auf, stapelte die leeren Schüsseln und Salatschalen ineinander und trug sie in die Küche. Als ich den Nachtisch brachte, hatten meine Hände aufgehört zu zittern.

»Cremeeis dazu?«

Toms Gesicht hellte sich auf, doch ich sah, dass sein Lächeln genauso falsch war wie das meine.

»Klingt gut.«

Schweigend aßen wir unseren Nachtisch. Ich hatte mir die Hälfte von dem Cremeeis in meine Schale geschaufelt, würgte dann aber den klebrigen Pudding hinunter, ohne ihn wirklich zu genießen. Mehrmals stießen meine Knie gegen das Stuhlbein. Meine Wangen glühten. So schnell wie möglich wollte ich den Tisch verlassen, die Küche aufräumen und mich in mein Zimmer zurückziehen.

Tom räusperte sich. »Begraben Sie eigentlich *alles* unter Cremeeis?«

»Fast alles.«

Er legte seinen Löffel beiseite. »Was ist da gerade passiert,

Abby? Eben erst kamen wir ganz wunderbar miteinander aus, und jetzt ist plötzlich alles seltsam steif und gekünstelt.« Er versuchte zu lächeln. »Ich habe das Gefühl, mich mit einem Geist zu unterhalten.«

Zu hören, wie er meine Worte von vorhin wiederholte, war irgendwie beruhigend.

»Wahrscheinlich habe ich am Ende eingesehen, dass ich meine Probleme nicht lösen kann, wenn ich vor ihnen davonlaufe. Also bin ich zurückgekommen, um mein Leben in Ordnung zu bringen.«

»Und wie wollen Sie das anstellen?«

Ich öffnete den Mund und zögerte. Irgendetwas war mir im Hals stecken geblieben. Nichts, was ich gegessen hatte. Nur die üblichen Schuldgefühle, die mir die Luft zum Atmen nahmen. Schuldgefühle, weil ich überlebt hatte, im Gegensatz zu den anderen Mädchen. Weil ich damals so verzweifelt um Aufmerksamkeit und Anerkennung buhlte, dass ich in der Öffentlichkeit mit dem Finger auf einen jungen Mann zeigte und ihn beschuldigte.

Ein junger Mann, der möglicherweise unschuldig war.

Erneut schob ich den Stuhl zurück, dieses Mal langsam und vorsichtig, um ihn nicht erneut umzuwerfen, und stand auf. Dann ging ich mit dem restlichen Geschirr und der leeren Weinflasche auf die Küche zu, blieb an der Tür noch einmal stehen und drehte mich um.

»Es war ein wunderbarer Abend, Tom. Danke fürs Essen, es hat echt toll geschmeckt.«

In der Küche räumte ich alles in die Spülmaschine, füllte Reinigungspulver nach und schaltete sie ein. Als ich fertig war, warf ich einen letzten Blick über die Schulter auf das Fenster.

Tom saß noch immer auf der Veranda. Das flackernde Licht

der Zitronellagläser fiel auf seine Gestalt, die inzwischen im Schatten versank. Reglos saß er da, wie eine Statue, als hätte mein plötzliches Verschwinden ihn in Stein verwandelt.

Er blieb sitzen, bis er sah, wie das Licht oben in ihrem Zimmer erlosch; erst dann stand er auf. Er nahm seine Krücken und humpelte Schritt für Schritt zur Brüstung, vorsichtig, um nicht mit dem Gummiende stecken zu bleiben und zu stolpern. Er lehnte sich gegen die Brüstung, sog die süße kühle Nachtluft ein und ließ den Blick über die fernen Hügel schweifen.

Er wünschte, er wäre jetzt dort draußen. Hätte irgendwo an einem Fluss sein Zelt aufgebaut, weit weg von jeglicher Zivilisation. Mit einem knisternden Lagerfeuer und funkelnden Sternen am Firmament.

Noch vor wenigen Wochen war die Wildnis seine Wohlfühlzone gewesen. Wenn der Schmerz und die Frustration über seine Verletzungen ihm über den Kopf wuchsen, hatte er sich innerlich dorthin geflüchtet. Er hatte den Busch schon immer gemocht. Ein Häftling, der in einem Hochsicherheitsgefängnis einsaß und den er vor Jahren für eines seiner Bücher interviewte, hatte ihm beigebracht, wie man sich im Geiste an einen anderen Ort und in eine andere Zeit versetzen kann. Tom feilte so lange an seiner Vorstellungskraft, bis er diese Methode zur Perfektion brachte. Er war so gut darin, dass im Rückblick das Leben in seiner Fantasie reicher war als das des jungen Mannes, der sich noch bemühte, seinem Leben einen Sinn zu geben.

»Bisher habe ich nicht aufgegeben.«

Sie hatten sich so gut verstanden. Sie hatten gelacht, herumgealbert und waren aus ihrer Deckung gekommen. Selbst jetzt zuckten seine Mundwinkel, wenn er an sie dachte, an die Art, wie sie lauthals loslachte, ihr wildes Haar über die Schultern warf und wie ihre Augen funkelten. Er hätte alles dafür gegeben, sich noch einmal in diesen Augenblick zurückversetzen zu können, ehe die Stimmung plötzlich gekippt war. Eine andere Frage stellen, das Thema wechseln. Oder einfach nach ihrer Hand greifen, so wie er es die ganze Zeit hatte tun wollen.

Er knipste die Lampen eine nach der anderen aus. Dann ging er zum Tisch zurück und legte die Hand auf die Rückenlehne ihres Stuhls.

Er hatte sie heute Nacht mit seinem Essen verzaubern wollen. Ein paar Schichten bloßlegen, in ihren gut geschützten Kopf vordringen wollen. Stattdessen hatte sie umgekehrt *ihn* eingewickelt. Ihn fast verrückt gemacht mit ihrem Kichern, ihrem Lachen, ihrer Tollpatschigkeit. Mit ihrem Cremeeis-Fimmel, ihrem Gerede über den Mikrokosmos und über Puppenhäuser. Und dann, am Ende, mit ihrer schmerzhaften Verletzlichkeit. Er konnte sich nicht erinnern, wann er das letzte Mal jemanden so sehr begehrt hatte.

Und während die Nachtluft ihm wieder zu einem klaren Kopf verhalf, wurde ihm noch etwas anderes bewusst. In Wahrheit wollte er gar nicht *da draußen* im Busch sein. Er wollte weder ein Lagerfeuer noch die Sterne. Das Einzige, wonach er sich sehnte, war ein Ende der Einsamkeit. Er wollte da oben sein, unter der alten Steppdecke.

Mit ihr.

»Träum weiter, Kumpel.«

Zurück im Haus humpelte er leise durch den Gang. An seiner Zimmertür merkte er, wie aufgekratzt er war. Er würde heute Nacht nur mit einer Extraportion Pillen Schlaf finden. Daher ging er weiter, setzte sich in seinem Arbeitszimmer in den großen Lederstuhl, schaltete die Tischlampe an und nahm die Haube von seiner Schreibmaschine.

Hinter sich vernahm er ein leises Tapsen.

Erwartungsvoll drehte er sich um, doch es war nur Poe.

Der Kater sprang auf das Bücherregal, starrte auf ihn herunter und fauchte ihn an. Sein zotteliges schwarzes Fell war gesträubt, die zerfransten Ohren waren eng angelegt, als er Tom voller Verachtung in seinen wilden grünen Augen musterte und erneut anfauchte.

»Ja, ist schon gut«, murmelte Tom. »Danke, gleichfalls.«

Seit Abby da war, blieb das Küchenfenster während der Nacht geschlossen, sodass Poe im Haus eingesperrt war. *Ist Ihnen eigentlich klar, Tom, welchen Schaden eine Hauskatze der Natur zufügen kann? Und Poe ist nun kaum ein Paradebeispiel für Normalität. Bei ihm wirkt der Begriff »wild« geradezu zahm.* Und der arme alte Poe, dem das nächtliche Jagen nun verboten war, hatte es sich in den pelzigen Dickschädel gesetzt, den Frust über sein unwürdiges Dasein an Tom auszulassen.

Der zuckte jetzt zusammen, als Poe ein Gejaule ausstieß, das mehr Ähnlichkeit mit einem Vogelschrei als dem Fauchen einer Katze hatte. Insbesondere ein bestimmter Vogel fiel Tom dazu ein: Edgar Allans Rabe. Der schwarze Vogel, der auf der Pallasbüste über der Tür hockte, Verderben und Untergang predigte und den Schriftsteller langsam in den Wahnsinn trieb.

Eine Vorahnung.

Tom zuckte die Achseln, sah auf seine Schreibmaschine hinab und dachte an Frankie Wigmore. Er konnte schon einmal ein paar Absätze schreiben, vielleicht damit anfangen, wie Lilly 1953 nach Hause zurückkehrte, und anschließend auf die Entführung zurückblicken.

Er fand die Idee gut, legte ein frisches Blatt Papier ein und tippte ein paar Sätze. Doch immerzu kehrten seine Gedanken zu dem Vogel zurück.

Nicht zu Poes Raben.

Zu dem kleinen braunen Singvogel, der den Kaiser bezirzte.

Er lehnte sich zurück und starrte an die Decke. Im Geiste stellte er sich das Geheimzimmer mit dem vergitterten Fenster und dem blutbefleckten Laken vor. Die beiden Schwestern, die fünf Jahre lang dort gefangen waren. Blasse kleine Vögelchen, vergessen von der Welt.

Er beugte sich über die Schreibmaschine und schrieb einen Absatz. Dann hielt er inne.

Er war viel gereist, doch es waren immer die unbewohnten Orte, die ihn am meisten angezogen hatten. Die Wüsten und Wälder, die abgeschiedenen Küstengegenden und die Berge. Er wusste nicht, wie es sich anfühlte, in einem Käfig eingesperrt zu sein. In einem Zimmer gefangen gehalten zu werden, während alle anderen einen vergaßen. Er hatte es niemals wissen müssen.

Oder das Bedürfnis dazu gehabt.

Zumindest bis jetzt.

Um Mitternacht knipste ich die Nachttischlampe wieder an. Irgendwie erwartete ich, die Löcher zu sehen, die meine starren Augen in die Decke gebrannt hatten. Ich machte den Wein dafür verantwortlich. Statt mich wie erhofft in den Schlaf zu wiegen, hatten mich die zwei oder mehr Gläser während des Abendessens eher aufgedreht.

Ich stand auf, schlich zur Tür und presste ein Ohr dagegen.

Nichts. Keine gespenstischen Schritte. Kein unheimliches Scharren.

»Na komm schon, Tom. Bring mich zum Lachen.«

Ich trat ans Fenster und blickte hinaus, sah aber nur Dunkelheit und einen fingernagelgroßen Mond, der am Himmel auf und ab zu tanzen schien. Keine Sterne, nichts bewegte sich, nicht mal das übliche Flattern der Fledermäuse, die über den Bäumen auf Jagd gingen.

Ich kehrte zum Bett zurück, schob mir das Kissen in den Rücken und fing an, das Chaos zu analysieren, mit dem das Abendessen geendet hatte. Es hatte nicht so begonnen. Anfangs war es lustig gewesen. Sehr lustig. Erstaunlich, wie entspannt ich war. Tom war ein hervorragender Koch. Ihm war etwas gelungen, was mein Bruder für unmöglich hielt. Er hatte mir die Befangenheit genommen. Seit Jahren hatte ich nicht mehr so gelacht. Selbst mit Rowan war ich nicht so albern und unbekümmert gewesen. Tom war nicht wie andere Männer, die ich kannte. Er hatte den Riss in meiner Mauer gefunden und einen Blick hindurchgeworfen, ohne dass das, was er sah, ihn abgeschreckt oder gar bedroht hätte. Offensichtlich waren ihm gesellschaftliche Erwartungen oder Gepflogenheiten egal.

Obendrein war er verdammt sexy. Ein zusätzlicher Bonus. Es war nicht nur sein Äußeres. Seine Augen hatten eine Direktheit, die mir gefiel. Na gut, mehr als gefiel. Wenn er mich auf diese Weise ansah, mit seinem intensiven Blick und seinem offenen Lächeln, bekam ich weiche Knie. Am liebsten hätte ich mich in seine Arme geworfen, meinen Mund auf seine Lippen gepresst, um ihn zu schmecken, mich in seinen warmen starken Armen verloren und vielleicht sogar ...

»Dazu wird's nicht kommen.«

Dazu konnte es nicht kommen. Und deshalb würde ich in mein Häuschen in Gundara zurückkehren, sobald ich Frankies Tagebuchblatt gegen Lils Geschichte eingetauscht und das Interview unter Dach und Fach gebracht hätte. Würde mein altes Leben wieder aufnehmen, zu meiner alten Routine zurückkehren. Ravenscar vergessen. Und mir Tom Gabriel mit seinem verführerischen Mund, den interessanten grauen Augen, dem eigenwilligen Humor, seiner faszinierenden Vergangenheit und seinem Sticky Date Pudding aus dem Kopf schlagen.

Hmm. Sticky Date Pudding. In meinem Magen fing es an, zu gurgeln. Im Kühlschrank stand noch ein Rest. Und Cremeeis war auch noch da.

Da es schon Mitternacht war, machte ich mir nicht die Mühe, einen Morgenmantel oder Schuhe anzuziehen. So wie ich war, lief ich die Treppe hinunter, öffnete die Tür, die zu meinem Teil des Hauses führte, und tappte den Gang entlang in Richtung Küche. Auf halbem Weg sah ich durch den Türspalt, dass in Toms Arbeitszimmer noch Licht brannte. Ich ging ein paar Schritte zurück, doch dabei knarzte eine Diele unter meinen Füßen.

»Sind Sie das, Abby?«

Ich erstarrte, denn ich wollte auf keinen Fall, dass er mich in meinem dünnen Pyjama und den flauschigen Bettsocken sah. Nicht weil ich besonders sittsam war, weit gefehlt, sondern nur so. Darum.

Plötzlich ging die Tür auf, und Tom stand mit zerzaustem Haar vor mir. Er wirkte zerknittert und müde. Inzwischen hatte er das elegante Hemd, das er beim Abendessen getragen hatte, gegen einen bequemen Pullover eingetauscht.

»Ich bin am Schreibtisch eingenickt.« Er spähte mich in der Dunkelheit an. »Ist alles in Ordnung mit Ihnen?«

»Ich konnte nicht schlafen.«

Er fuhr sich mit der Hand über das Gesicht und das lange Haar, sodass es nach allen Seiten abstand. Dabei spannten sich die Muskeln unter dem engen Pullover verführerisch an. Ich versuchte, nicht darauf zu achten.

Er lächelte, und selbst das erschien mir irgendwie einladend.

»Im Kühlschrank ist noch Cremeeis.«

Ich schob mich hastig an ihm vorbei. »Ja, ich weiß.«

Wir setzten uns auf Barhockern an der Anrichte gegenüber, die Doppeltüren zur Veranda standen weit offen, das einzige Licht kam von dem schwachen Mond am Himmel. Vielleicht war es die Dunkelheit oder die frische Nachtbrise, die hereinströmte. Oder unsere beiderseitige Verwirrung. Aber die unnatürliche Gestelztheit war jetzt der vorsichtigen Erkenntnis gewichen, dass das Gleichgewicht zwischen uns sich erneut verändert hatte.

»Ich will mir das Zimmer ansehen.«

Ich löffelte den letzten Rest Cremeeis aus meiner Schale. »Sie schaffen es nie die Treppe hoch.«

»Deshalb brauche ich Ihre Hilfe.«

»Auf keinen Fall. Das ist viel zu gefährlich.«

»Es muss ja nicht jetzt sofort sein. In ein paar Tagen vielleicht. Dann haben wir etwas Zeit, um uns darauf vorzubereiten.«

Ich kratzte die Schale leer und klopfte mit dem klebrigen Löffel gegen meine Lippen.

»Das ist vermutlich die dämlichste Idee, die ich jemals gehört habe.«

»Wieso denn das?«

Ich schnaubte verächtlich. »Selbst wenn wir es schaffen würden, Sie die Treppe hochzubugsieren, wieder runterzukommen wäre noch schwieriger. Außerdem hätten Sie Schmerzen. Das ist Ihnen doch klar, oder?«

Tom verzog das Gesicht. »Lassen Sie uns das in Angriff nehmen, wenn es so weit ist, okay?«

»Warum denn, Tom? Ich habe Ihnen das Zimmer beschrieben, und Sie haben sich die Fotos angesehen, die ich gemacht habe. Warum wollen Sie riskieren, dass Sie sich erneut verletzen?«

»Doktor Worland meinte, ich sollte mehr mit meinen Fußknöcheln arbeiten. Leichtes Training hilft den Knochen zusammenzuwachsen. Sie würden mir helfen, wieder gesund zu werden.«

»Und was, wenn ich ausrutsche? Wenn Sie sich wieder was brechen, was gerade zusammenwächst?«

Ein Schatten huschte über sein Gesicht.

»Ich vertraue darauf, dass Sie mir nicht wehtun.«

Der Löffel rutschte mir aus den Fingern und fiel klirrend zu Boden. Mein Mund öffnete sich, doch ich bekam keinen Ton heraus. Toms Blick raubte mir den Atem. Ich presste die Lippen aufeinander, konnte mich aber seinem Blick nicht entziehen.

Ich vertraue darauf, dass du mir nicht wehtust.

Meine Worte. Aus einer längst vergangenen Zeit. Vor zwanzig Jahren vielleicht. Ein Gewittertag im nassen Wald. Ein verwischtes Bild, jener Keim, der mein Märchen beflügelt hatte. Ein schmuddeliges Ding mit knochigen Ellbogen und zerrissenen rosa Jeans, das im Regen zitterte und mit weit aufgerissenen Augen zu einem jungen Mann aufsah. Er blickte über meine Schulter auf die Bäume und fragte, ob ich mich sicherer fühlen würde, wenn er meine Hand hielte. Ein seltsamer Schauder hatte mich gepackt, und trotzdem streckte ich ihm die Hand entgegen und ...

Ich vertraue dir.

Tom seufzte, und der Moment war vorbei.

»Ich muss das Zimmer selbst sehen«, sagte er hastig. »Die Luft einatmen, ein Gefühl dafür bekommen, was es bedeutet, da drin zu sein. Versuchen zu fühlen, wie es für die beiden Mädchen war.«

Ich riss mich zusammen, nicht sicher, was gerade geschehen war, hob den Löffel auf und legte ihn in die Schale.

»Für Ihren Roman?«

Er nickte. »Nur so kann ich nachempfinden, was die beiden durchgemacht haben.«

Ich glitt vom Hocker und trug unsere beiden Schalen zur Spüle.

»Sie sind durch die Hölle gegangen, Tom. Ist es denn so schwer, sich das vorzustellen?«

Er schüttelte ein Küchentuch aus und begann, die Schalen abzutrocknen. Während ich die Spüle reinigte und polierte, kam mir der Gedanke, was für einen häuslichen Eindruck wir machen würden, wenn jemand einen Blick durch das Fenster in die Küche warf. Und dann fiel mir wieder ein, wie allein wir hier draußen waren, nur wir zwei, umgeben von endloser Leere, Buschland und einem schwarzen Himmel. Nur er und ich.

Und ein Schatten in Gestalt eines kleinen Mädchens.
Tom stellte sich hinter mich.

»Es ist nicht so schwer, sich das vorzustellen«, erklärte er, und seine Stimme war kaum mehr als ein Flüstern. »Aber ich habe ein Leben lang damit verbracht, mir vorzustellen, wie etwas sein *könnte*, Abby. Einmal möchte ich es ganz sicher wissen.«

Kapitel 13

Am Mittwochmorgen um zehn sah Lil aus dem Küchenfenster. Sie hatte Marmeladentörtchen gebacken; der klebrigsüße Duft der Erdbeeren schwängerte die Luft in der Küche und vermischte sich mit dem buttrigen Aroma des Teiges. Nacheinander arrangierte sie die Törtchen auf einer alten, mit Blumen verzierten Kuchenplatte und füllte den Teekessel mit Wasser.

Joe hatte Freesien in allen Farben des Regenbogens aus dem Garten mitgebracht und stellte die Vase auf einen Ehrenplatz, den Beistelltisch im Wintergarten. Sie standen noch an der Tür und bewunderten ihr Werk, als sie Abbys Wagen hörten.

Seit Sonntag freute sich Lil auf den Besuch der jungen Frau, aber sie hatte auch ein bisschen Angst davor. Abby strahlte eine Heiterkeit aus, die Lil bewunderte. Wirklich schade, dass sie so erpicht darauf war, die Wahrheit über Frankie herauszufinden.

Abby kam die Stufen zur Veranda herauf und überraschte Lil mit einem Kuss auf die Wange. Dann schüttelte sie Joe die Hand.

»Wie geht es Ihnen, Joe? Haben Sie sich von dem Schreck erholt?«

»Mir geht's bestens, danke, Abby. Kann ich Ihnen etwas zu trinken anbieten?«

Sie setzten sich an den Kaffeetisch, aßen die Marmeladentörtchen und spülten sie mit milchigem Tee hinunter. Als Abby nach den Kostümen fragte, die Lil für das Musical entwarf, ging Lil ins Nähzimmer und kam in Madame Valjeans zerschlissener Gefängniskutte zurück. Sie drehte sich vor ihnen im Kreis, verschwand erneut und erschien in einem fantastischen Ballkleid aus Satin. Es war ein Hochzeitskleid, das sie in einem Secondhandshop gekauft, umgearbeitet und anschließend von Hand golden eingefärbt hatte.

»Ich bin beeindruckt!« Abby klatschte in die Hände. »Sie sind eine Frau mit vielen Talenten, Lil. Werden Sie in dem Musical auch singen?«

Lil schüttelte den Kopf. »Leider nicht.«

»Ich wünschte, sie würde es tun«, platzte Joe dazwischen. »Sie hat eine verdammt gute Stimme.«

»Ach, Lil«, sagte Abby. »Singen Sie uns doch ein bisschen was daraus vor. Ich würde Sie so gerne singen hören. Und was ist mit dem Libretto, haben Sie es selbst umgeschrieben?«

Lil schnaubte, hob den raschelnden Seidenrock an und wandte sich zur Tür. »Umgeschrieben ist nicht der richtige Ausdruck. Ich habe nur ein paar Stellen verändert. Und wenn Sie es hören wollen, müssen Sie zur Premiere kommen. Ich kann Ihnen Eintrittskarten besorgen, wenn Sie wollen. Glauben Sie, dass Ihr Tom Gabriel mitkommen würde?«

»Wahrscheinlich kann ich ihn dazu überreden.«

Lil schnaubte erneut und verschwand. Als sie kurz darauf wiederkam, trug sie den Rock und die Bluse von vorhin. Sie setzte sich auf den Rand ihres Stuhles und sah Abby erwartungsvoll an. Kostüme und Marmeladentörtchen waren gut und schön, aber der Vormittag schritt voran, und sie mussten zur Sache kommen.

Es war Zeit, entschied sie.

Sie hatte einen Knoten im Magen. Ihre Nerven lagen blank. Sie konnte es kaum erwarten, das Tagebuchblatt in die Hände zu bekommen und die verloren geglaubten Zeilen ihrer

Schwester zu lesen. Wenn alles gut ging, würde Abby sie ihr vielleicht noch heute geben.

Sie warf Joe einen Blick zu. »Abby und ich würden jetzt gern noch ein wenig plaudern, Liebling.«

»Natürlich.« Bereitwillig stand er auf. Dann zögerte er kurz, nickte Lil zu und tätschelte ihren Arm. »Du weißt ja, wo ich zu finden bin, wenn ihr mich brauchen solltet, mein Schatz.« Er spülte seine Teetasse im Waschbecken ab und eilte davon, durch den Garten in seinen Schuppen.

»Also«, sagte Lil strahlend, in der Hoffnung, dass Abby nicht bemerkte, wie nervös sie war. »Womit wollen Sie anfangen?«

»Am liebsten mit Frankies Tagebuch. Ich habe das ganze Haus auf den Kopf gestellt, es aber nicht gefunden, ich nehme an, Sie wissen ...«

»Oh, nein, meine Liebe. Das Tagebuch ist seit Langem verschwunden.«

»Haben Sie es jemals gelesen?«

Lil blinzelte heftig und sah auf die milchige Flüssigkeit in ihrer Teetasse. Sie schüttelte den Kopf und war erleichtert, als Abby ein bedauerndes Geräusch ausstieß und fortfuhr.

»Wie wäre es dann, wenn wir mit Ihrem Leben in Sydney anfangen?«

Lil trank den letzten Rest ihres Tees aus und stellte die Tasse mit den zittrigen Fingern klappernd zurück auf die Untertasse. Dann holte sie tief Luft und ließ die Erinnerungen tröpfchenweise in ihr Gedächtnis zurückkehren.

»Unsere Mutter arbeitete in der Wäscherei des Concord General, Sydneys größtem Krankenhaus für ehemalige Kriegsgefangene. Natürlich hasste sie ihre Arbeit. Es war ein endloser schweißtreibender Job, all die Laken und Leintücher zu kochen und blutgetränkte Verbände zu verbrennen. Die Schichten waren lang, und Mum hatte schon immer mit ihrer schwachen Gesundheit zu kämpfen gehabt. Aber der Krieg hatte uns den Vater genommen, und sie musste uns Mädchen irgendwie durchfüttern. Dabei hatte sie nie Kinder haben wollen. Sie hatte davon geträumt, Filmschauspielerin zu werden, und hatte auch das Äußere dafür. Aber dann lernte sie Dad kennen, wurde schwanger und ...«

Lil ertappte sich dabei, dass sie viel zu weit ausgeholt hatte, und verstummte. Sie verknotete die Finger und zwang sich weiterzusprechen.

»Nach der Schule warteten meine Schwester und ich meistens auf dem Gelände des Krankenhauses, bis Mum Feierabend hatte. Sie trank, und auf diese Weise sorgten wir dafür, dass sie nüchtern blieb. Zumindest, bis wir sie nach Hause gebracht und gegessen hatten.

An einem Tag im Frühling spielten wir hinter dem Holzschuppen des Krankenhauses und sahen einen Soldaten, der ganz allein auf einer Bank saß und rauchte. Sein Kopf war verbunden, und er trug Krankenhauskleidung, war aber ganz anders als die Patienten, die wir sonst gesehen hatten. Irgendetwas Faszinierendes ging von ihm aus. Das dunkle Haar lugte unter seiner Bandage hervor, das Gesicht war ausgemergelt und blass. Außerdem sah er furchtbar traurig aus. Bis er aufblickte und uns bemerkte. Frankie winkte ihm zu, und er lächelte. Dann machte er uns ein Zeichen näherzukommen ...«

Als die Erinnerungen sie überwältigten, hielt Lil inne. Sie fasste sich an die Brust und zwang ihren rasenden Puls zur Ruhe, doch die Geschichte sprudelte aus der Tiefe hervor wie aus einem lang erloschenen Vulkan. Sie merkte, dass sie ihn nicht in Schach halten konnte, und – das war am seltsamsten – es auch gar nicht mehr wollte.

Als der junge Soldat sie herbeiwinkte, war Lilly vor lauter Schüchternheit wie gelähmt. Sie wäre lieber zurückgeblieben, doch Frankie marschierte bereits auf ihn zu, aufrecht und strahlend.

Sie unterhielten sich; er wollte alles über sie wissen. Frankie hatte keine Hemmungen, sie warf das Haar nach hinten und beantwortete all seine Fragen. Sie nahm sogar eine Zigarette von ihm an und blies Rauchringe in die Luft wie ein alter Hase. Sie erzählte ihm von dem neuen Freund ihrer Mutter und den Streitereien zu Hause. Prahlte damit, wie oft sie beide die Schule schwänzten, als wäre das etwas, worauf man stolz sein konnte. Und während sie unentwegt plapperte, ließ der ehemalige Soldat sie beide nicht aus den Augen. Lilly war sicher, dass er ihre ausgetretenen Schuhe und gebrauchten Kleider betrachtete. Frankies unmodisch langes Haar und Lillys Topfhaarschnitt mit dem schiefen Pony. Ihre vom vielen Spülen rauen Hände, die schmutzigen und brüchigen Fingernägel.

Im Gegenzug erzählte der Mann ihnen von seinem Leben vor dem Krieg. Was für ein sorgenfreie angenehmes Dasein im Haus seines Großvaters er geführt hatte, umgeben von Parklandschaften und dem Busch.

»Im Garten haben wir ein Aviarium, wisst ihr, was das ist?«

Die Mädchen schüttelten den Kopf.

»Das ist ein riesiger Vogelkäfig«, erklärte der Soldat. »Mein

Großvater hat ihn nach dem Vorbild eines Käfigs entworfen, den er als Junge in Norwegen hatte. Er sieht aus wie der Palast eines chinesischen Kaisers, mit verschiedenen Etagen und geschwungenem Dach. Die Tore sind so groß, dass man hineingehen und zwischen den Vögeln sitzen kann. Vor dem Krieg hatte ich Finken in allen Farben, die darin lebten. Grüne und gelbe und ein Zaunkönigspaar mit rot gefärbter Brust.«

Frankie tat so, als würde sie gleich ohnmächtig. »Himmlisch!«

»Dein Großvater muss aber reich sein«, platzte Lilly heraus. Daraufhin lachte er und ergriff ihre Hand. »Furchtbar reich.«

»Hört sich an wie ein Traum.« Frankie seufzte.

»Ja, es ist wirklich atemberaubend, aber ziemlich weit weg von hier.«

Lilly und ihre Schwester sahen sich an. Die Vorstellung, ein herrschaftliches Haus mit einem kleinen Kaiserpalast voller bunter Vögel zu sehen, war sehr verlockend.

Frankie fuhr sich mit der Hand über das zerzauste Haar. »Wir würden es schrecklich gern einmal sehen.«

Der Soldat lächelte. Es war ein langes, bewunderndes Lächeln, das sein Gesicht erhellte, sodass er trotz des Verbandes wie ein Hollywood-Filmstar aussah. Er nahm ihre Hände und machte ihnen ein Versprechen.

»Das werdet ihr.«

»Sie wollten also wirklich mit ihm mitgehen?«

Lil nickte. »Ja, furchtbar gern. Sehen Sie, zu Hause war die

Stimmung immer ein bisschen angespannt. Wir wohnten in einer beengten Mietwohnung, und Mum war keine besonders gute Hausfrau. Meistens waren Frankie und ich auf uns allein gestellt. Wir haben uns morgens selbst fertig gemacht, um in die Schule zu gehen, oder uns Butterbrote fürs Mittagessen geschmiert, wenn sie nicht gerade vergessen hatte, Brot zu kaufen. An den Waschtagen haben wir unsere Wäsche selbst waschen müssen und so weiter. Wir waren unglaublich erfinderisch und selbstständig. Aber ich glaube, dass wir die Zuneigung und Aufmerksamkeit vermissten, nach denen sich Kinder sehnen. Dass man uns Gutenachtgeschichten erzählte, auf die Schulter klopfte und uns lobte.« Sie lachte. »Wahrscheinlich hört es sich an, als wären wir verwöhnte kleine Mädchen gewesen, weil wir uns danach sehnten, verhätschelt zu werden. Ich schätze, dass wir einen Vorgeschmack darauf erhielten, als unser Dad noch lebte. Aber als er uns verließ, ignorierte unsere Mutter uns einfach. Sie war noch nie übermäßig gefühlsduselig gewesen. Ohne Frankie wären wir wahrscheinlich verhungert. Sie war für mich mehr eine Mutter als meine eigene Mum. Hätten wir uns gegenseitig nicht gehabt, wären Frankie und ich sehr einsam gewesen.«

Abby beugte sich vor. »Bis Ravenscar?«

Lil rieb sich, von ihren Gefühlen überwältigt, die Stirn.

Dann rief sie sich den Karfreitag des Jahres 1948 ins Gedächtnis zurück. Fast siebzig Jahre waren seitdem vergangen, trotzdem fühlte es sich an wie gestern. Die Aufregung, ehe sie die Stanley Street verließen. Die lange Fahrt in dem Wagen, Frankies Geschnatter, das einfach kein Ende nehmen wollte. Die unebenen Straßen, über die sie holperten und von einer Seite auf die andere geworfen wurden. Wie sie zwischenzeitlich eindösten und am Straßenrand anhielten, um etwas zu essen. Bis sie endlich in dem Märchenhaus ankamen. Ein Haus, das viel düsterer und schäbiger war, als sie es sich vorgestellt hatten. Wie sie mit steifen Beinen aus dem Wagen geklettert und in der dunstigen, von Bäumen beschatteten Dämmerung ins Haus gestolpert waren, das für die nächsten fünf Jahre ihr Zuhause sein sollte.

Abby lehnte sich in die Kissen zurück. »Ihre Mutter muss krank vor Sorgen gewesen sein.«

»Wir dachten, dass wir höchstens ein paar Tage fort sein würden. Es war Ostern. Zu Ostern war Mum immer betrunken – unser Vater war an einem Ostersonntag gefallen. Wir gingen davon aus, dass wir am folgenden Dienstag rechtzeitig für die Schule zurück sein würden und Mum gar nicht mitkriegte, dass wir weg gewesen waren.«

Abby beugte sich wieder vor. »Aber dann sahen Sie sie niemals wieder.«

»Nein.«

»Das muss schrecklich gewesen sein, Lil.«

Lil seufzte. »Es klingt absurd, nicht wahr? Ein Leben in zwei Räumen unter dem Dach, ohne jemals eine Seele zu sehen. Die meiste Zeit barfuß. In unseren alten geflickten Kleidern, bis sie in Fetzen hingen. Die häuslichen Pflichten erledigen, Bücher lesen, uns selbst unterhalten. Und trotzdem, eine Zeit lang waren wir sehr glücklich.«

Sie nahm die Brille ab und massierte sich die Schläfen.

Ihre Geschichte hatte sich verselbstständigt, und sie gab viel mehr preis, als sie beabsichtigt hatte. Sie hatte es schnell hinter sich bringen wollen und merkte jetzt entsetzt, wie gut es war, sich alles von der Seele zu reden.

Abby stand auf. »Sie sind müde, Lil. Sie waren sehr ehrlich mir gegenüber, und Sie sind sicher erschöpft. Setzen wir die Unterhaltung ein anderes Mal fort.«

Lil sah zu ihr auf. »Vielleicht haben Sie recht, meine Liebe. Es war eine Erleichterung, mit Ihnen zu sprechen. Aber ich merke, dass ich Kopfschmerzen bekomme.«

»Soll ich Ihnen etwas dagegen besorgen?«

Im Tonfall der jungen Frau schwang so viel Fürsorge und Zuneigung mit, dass Lil plötzlich das Bedürfnis verspürte, Abby am Arm zu fassen, sich an sie zu klammern und ihr die Wahrheit zu sagen. Wenn diese Enthüllung am Morgen ihr so viel Erleichterung verschafft hatte, wie befreiend wäre es dann erst, ihr den ganzen Albtraum zu erzählen!

Stattdessen lächelte sie und stand ebenfalls auf.

»Das geht sicher vorüber, meine Liebe. Wollen Sie am Sonntag wiederkommen?«

Abby umarmte sie kurz und herzlich. »Das mache ich. Und danke für die Marmeladentörtchen, Lil. Sie waren köstlich. Tom kann wundervolles Shortbread backen. Ich werde ihn bitten, für nächsten Sonntag welches zu machen.«

»Hört sich sehr gut an, meine Liebe.«

Abby nahm ihre Handtasche und ging zur Tür, doch auf der Schwelle rief Lil sie noch einmal zurück. Abby wandte sich um, Lils Augen waren gerötet, als weinte sie.

Lil saß ganz still da. »Sie werden mir doch das Tagebuchblatt mitbringen?«

»Ja, natürlich, Lil. Bis dann.«

Vom Fenster aus verfolgte sie, wie Abby hastig die Hintertreppe hinunter und durch den Garten lief. Dann sprang der Motor an, und der kleine blaue Wagen rollte davon. Kaum war er verschwunden, tat sich die Tür des Schuppens auf. Joe steckte den Kopf durch den Spalt und sah der Staubwolke nach, die der Wagen hinterließ.

Er kam auf das Haus zu, doch Lil verspürte wenig Lust, sich

zu unterhalten. Inzwischen hatte sie tatsächlich leichte Kopfschmerzen. Sie ging durch den Flur ins Wohnzimmer, um sich irgendetwas Blödes im Fernsehen anzusehen. Doch dann hatte sie eine bessere Idee. Sie lief zurück in ihr Nähzimmer und schloss die Tür hinter sich ab.

Freitag, 11. Mai 1951

Nach unserem Unterricht heute Morgen im hellen Zimmer, wo Ennis uns aus einem staubigen Kunstband vorlas und die Bilder darin zeigte, setzte sich Lilly neben dem Fenster auf den Boden. Die Blüten der Eukalyptusbäume und Wildblumen auf dem Bleiglasfenster fingen die Sonnenstrahlen ein und tauchten Lilly in einen Regenbogen aus Rosa, Grün, Blassblau und Gold. Sie fing an, die Ausschneidepuppen anzukleiden, die Ennis ihr mitgebracht hatte.

Noch vor einem Jahr wäre auch ich in meine Ecke des hellen Raumes geflüchtet. Ich hätte geschrieben oder genäht oder Schönschrift geübt. Doch in letzter Zeit bleibe ich am Tisch sitzen. Ich richte mich auf und zupfe an den Enden meines langen Haars.

Ich unterhalte mich mit Ennis.

Ich fühle mich sehr erwachsen. Jetzt bin ich schon fünfzehn. Ein Jahr älter als Julia Capulet, als sie Romeo heiratete. Ich bin eine echte alte Jungfer!

Ich weiß nicht mehr genau, wann alles anfing, sich zu verändern. Ich war noch so jung, als ich Ennis auf dem Grundstück des Krankenhauses begegnete. Er hatte einen Verband um den Kopf und eingefallene Schultern wie ein alter Mann. Doch als wir uns mit ihm bekannt gemacht hatten, erhellte sich seine Miene, und er lächelte öfter. Er erzählte uns Witze oder lustige Geschichten und brachte uns zum Lachen. Direkt vor unseren Augen wurde er immer jünger.

Irgendwie hat er sich jetzt erneut verändert. Aber ich weiß nicht genau, in welche Richtung. Ich genieße es, neben ihm zu sitzen. Ich studiere gern sein Gesicht, entdecke Sommersprossen oder Narben, die mir früher gar nicht aufgefallen sind. Wie seine Augen sich weiten, wenn er mich ansieht, wie sich seine Pupillen in der Sonne golden färben.

Er klappte den Kunstband zu. »Irgendwelche Fragen, Frankie?«

Es ist ein Spiel, das wir spielen, seit ich mir vor einem Jahr im April während unserer Aufführung vorgenommen habe, sein Vertrauen zu gewinnen. Es scheint eine Ewigkeit her zu sein. Jetzt fragte er nur im Spaß, und heute Morgen wollte ich unbedingt darauf eingehen.

»Ja, ich habe eine Frage, aber es geht nicht um Kunst.«
»Worum dann?«
»Wie alt bist du, Ennis?«
Er legte die Stirn in Falten. »Vierundzwanzig.«
»Oh, stell dir vor. Mum war vierundzwanzig, als sie mich bekam.«

Er mochte es nicht, wenn wir über unsere Mutter sprachen. Er warf einen Blick auf das Fenster, und sein Kiefer fing an zu mahlen, so wie immer, kurz bevor er eine seiner Tiraden losließ.

»Ennis«, sagte ich, um ihn abzulenken. »Erzähl mir was.«
Er schaute mich an, noch immer mit düsterer Miene. »Was soll ich dir erzählen?«

»Eine Geschichte. Über dein Leben. Vor dem Krieg, meine ich.«

»Als ich noch ein kleiner Junge war?«

»Nein, älter. Als du so alt warst wie ich jetzt, zum Beispiel. Warst du in jemand verliebt?«

Der arme Kerl wurde rot. Er schüttelte den Kopf und sah auf seine Hände hinab.

»Ich war nicht so aufgeklärt wie du. Und mein Großvater war ziemlich streng. Das einzige Mädchen, das ich je zu Gesicht bekam, war meine Schwester.«

Ich starrte ihn mit offenem Mund an. In allen Geschichten, die er uns in den fast drei Jahren erzählt hatte, war nie von einer Schwester die Rede gewesen. Es war nicht nur ein Schock, sondern noch etwas, das wir gemeinsam hatten.

Ich beugte mich vor. »Schwester?«

Er wurde ganz still, versunken in den Anblick seiner Hände.

»Ich habe sie seit acht Jahren nicht mehr gesehen.«

»Acht *Jahre*? Das ist ja eine Ewigkeit.«

Ich sah quer durch den Raum zu Lilly, die noch immer mit ihren Ausschneidepuppen beschäftigt war. Mein Vögelchen, meine kleine Lil. Wenn ich ihr süßes Gesicht nicht jeden Tag sehen könnte, wenn acht Jahre vergingen, ohne dass ich mit ihr sprechen, sie sehen oder ihr zuhören könnte, wenn sie ihre verrückten Liedchen sang, würde meine Seele vertrocknen und eingehen.

»Du musst sie vermissen.«

»Früher schon. Sehr sogar. Bis ich Lilly und dich ...«

Ohne nachzudenken ergriff ich seine Hand und fuhr mit meinem Finger über die geöffnete Handfläche. Er umfasste meine Hand, erst sanft, dann aber so fest, dass er mir die Knochen zusammenquetschte. Ich versuchte, sie wegzuziehen, er aber klammerte sich an meine Hand wie an einen Rettungsanker.

»Ennis, du tust mir weh.«

Er schreckte zurück. »Tut mir leid.«

»Schon gut.«

»Manchmal bin ich ein richtiger Trottel.«

Ich rieb mir die Hand. »Wieso hast du sie seit acht Jahren nicht mehr gesehen?«

»Sie ist 1943 gestorben. An Typhus.«

»Oje!«

Er zuckte die Achseln und rutschte auf seinem Stuhl hin und her. »Du erinnerst mich an sie, weißt du. Sie hatte braunes Haar wie du und dieselben grünen Augen.«

»Meine Augen sind dunkelbraun.«

Er nickte und fuhr hastig fort. »Aber es ist mehr als nur das Äußere. Ihr habt dasselbe Temperament. Sie hat nie auch nur mit der Wimper gezuckt, wenn Großvater sie geschlagen hat. Er behauptete, sie sei stur. Sie war ein Hitzkopf. Hatte eine scharfe Zunge und war eigensinnig. Dummköpfe konnte sie nicht ertragen. Ganz anders als der stille kleine Ennis, der nie etwas falsch machte.«

Ich warf einen Blick auf Lilly. »Kommt mir bekannt vor.«

»Aber *meine* Schwester hatte ein Geheimnis.«

Ich wartete. Minuten vergingen.

Er war dabei, mir zu entgleiten, ich spürte es. Er war auf dem Weg zu dem Ort, an den er sich hin und wieder verkroch, wenn er zu lange über den Krieg gesprochen hatte. Es war ein Ort, der aus einem netten sanften Jungen ein furchterregendes Ungeheuer machte. Aber wir hatten gar nicht über den Krieg gesprochen. Wir sprachen über ihn. Und er hatte mir einen kurzen Blick hinter seine Maske erlaubt, auf jemanden, den ich unbedingt besser kennenlernen wollte.

Ich musste ihn zurückholen, musste ihn danach fragen.

»Was für ein Geheimnis?«

Ennis fuhr zusammen, schnaubte und gab sich geschlagen. Als er mich wieder ansah, war er der alte Ennis. Der ungefährliche. Derjenige, der uns vorlas und sich unseren Kummer anhörte, der sich Zeit nahm, um bei uns zu sitzen und sich mit uns zu unterhalten, so wie Mum es nie getan hatte. Der Ennis, der uns zum Geburtstag einen Kuchen backte, egal, wie bescheiden er auch war.

Mein Ennis.

Er strich sich eine Haarsträhne hinter das Ohr und fuhr fort.

»Jeder glaubte, sie sei das Mädchen für alles, aber das stimmte nicht. Sie verhielt sich nur so, damit Großvater sie nicht auf diese grässliche Art ansah, wie er es manchmal tat.«

»Grässliche Art?«

»Du weißt schon. So wie der neue Freund eurer Mutter euch manchmal angesehen hat. Du hast es mir selbst erzählt.«

»Oje.«

»Aber hinter ihrer äußerlichen Ungerührtheit verbarg sich eine aufgeweckte Seele. Klüger, stärker und sanfter, als man dachte. Großvater konnte es nicht sehen, aber ich schon. Von allen Menschen, die ich kannte, liebte ich sie am meisten. Sie war klug und schön.« Er senkte die Stimme zu einem Flüstern. »So wie du, Frankie.«

Da wurden meine Augen plötzlich ganz groß.

Ennis legte die Hand um meine Wange, und seine Berührung fühlte sich an wie die Flügel eines Schmetterlings.

Ich traute mich kaum zu atmen. Seltsame Gefühle überkamen mich. Mir wurde heiß, ich fühlte mich kribbelig und schwach, als könnten meine Knochen jeden Augenblick zerbröseln und auf den Boden rieseln.

Aus den Augenwinkeln sah ich, wie Lilly sich von ihren Puppen aufrichtete und zu uns herübersah. Ich wollte ihr versichern, dass alles gut war, dass Ennis mir niemals wehtun würde. Aber ich konnte nicht aufhören, ihn anzusehen. Ich neigte den Kopf zur Seite und legte meine Wange in seine raue warme Handfläche.

»Wie hieß deine Schwester?«

»Violet.«

»Ein schöner Name. Ich wünschte, ich hätte sie kennengelernt.« Als Ennis nicht antwortete, glaubte ich, dass ich vielleicht zu weit gegangen war. Deshalb versuchte ich, meinen Fehler zu vertuschen, indem ich sagte: »Es gibt so vieles, was ich gerne wissen würde, Ennis. Über dich und auch über die Welt da draußen. Manchmal habe ich das Gefühl, als würde sie an mir vorbeifliegen und mich einfach vergessen.«

Plötzlich zog er die Hand zurück und stand auf. Sein Stuhl scharrte über die Holzdielen. Wortlos führte er uns wieder in unser Zimmer und schloss die Tür hinter sich ab.

»Auf einmal *magst* du ihn, was?« Vorwurfsvoll stemmte Lilly im trüben Licht die Hände in die Hüften.

Ich ignorierte sie und warf mich aufs Bett, um zu lesen. Sie neckte mich noch eine Weile, dann wurde ihr langweilig, und sie ließ mich in Ruhe. Später, kurz vor Einbruch der Dunkelheit, hörte ich Ennis unten im Garten.

Ich schob die Truhe unter das Fenster und kletterte darauf. Lilly versuchte, ebenfalls auf die Truhe zu klettern, aber es war nicht genügend Platz für uns beide. Ich stieß sie mit dem Ellbogen hinunter, und sie packte mich am Arm.

»Was macht er?«, wollte sie wissen. »Wieso spionierst du ihm nach?«

Ich schüttelte sie ab, stellte mich auf die Fußspitzen, umklammerte das Gitter und spähte hinaus. Ich konnte ihn nicht sehen, er rumorte im Holzschuppen herum. Aber als er in mein Blickfeld trat, durchfuhr mich erneut dieses Kribbeln.

Lilly hämmerte gegen mein Bein. »Was macht er, Frankie?«

Ich gab keine Antwort. Ich konnte nicht.

Unten im Garten schulterte Ennis seine Axt und ging zu dem Holzstapel. Tausend Mal hatte ich gesehen, wie er Holz hackte, aber diesmal war es anders. Beinahe frevlerisch.

»Frankie?«

Ich schob Lilly mit dem Knie weg, klammerte mich erneut an das Gitter und zog mich hoch, um besser zu sehen. Trotz der herbstlichen Kälte trug er kein Hemd, nur ein paar schmuddelige Jeans und Arbeitsstiefel. Er brachte einen Armvoll Holzscheite zum Hackblock und legte das erste darauf. Die Axt schlug zu. Das Scheit zersplitterte und fiel in Stücken um ihn herum. Seine Rückenmuskeln spannten sich, und das Haar glänzte im Licht der untergehenden Sonne. Er löste die Axt aus dem Hackblock, platzierte ein neues Holzscheit und holte aus.

»Warum gibst du mir keine Antwort?«, quengelte Lilly.

»Geh ins Bett«, sagte ich scharf. »Lass mich in Ruhe.«

»Damit du weiter deinen Freund anhimmeln kannst?«

Ich verdrehte die Augen. »Halt den Mund.«

»Du bist eine Schlampe, genau wie Mum.«

»Halt endlich den Mund!«

Sie stampfte zum Bett, aber ich bemerkte es kaum, so sehr war ich auf den Mann unten im Garten fixiert.

Als das Holz um ihn herum zersplitterte und er ein neues Scheit auf den Hackblock legte, stockte mir der Atem. Er war schön. Vielleicht der schönste Mann, den ich jemals gesehen hatte. Ob er das auch von mir dachte?

Klug und schön. So wie du, Frankie. Genau wie du. Von allen Menschen liebte ich sie am meisten.

Dienstag, 22. Mai 1951

Die Unterrichtsstunde heute Morgen endete mit einem Eklat. Ennis hatte uns einen Zeitungsausschnitt mitgebracht. Ich blickte auf, weil ich glaubte, es ginge um Lilly und mich. Manchmal drängte ich ihn immer noch, mir sein Sammelalbum zu zeigen. Doch der Artikel handelte nicht von uns. Er zeigte eine dunkelhaarige Frau mit einem traurigen und verbitterten Gesicht, der geschminkte Mund war von tiefen Falten umgeben.

»Jean Lee wird zum Galgen getragen«, las ich laut. »Offenbar bewusstlos und mit verhülltem Gesicht wurde Jean Lee, einunddreißig, wohnhaft in Sydney, in Handschellen von einem Henker zum Galgen getragen ...«

»Wer ist Jean Lee?« Lilly hatte die Zeile über meine Schulter hinweg gelesen.

»Jetzt ist sie niemand mehr«, erwiderte Ennis ausdruckslos.

Ich zerknüllte den Artikel, drehte mich um und musterte Ennis scharf. »Warum hast du uns das mitgebracht?«

Lilly versuchte, mir das zerknüllte Blatt aus den Händen zu reißen, aber ich drängte mich an ihr vorbei und warf es in den Ofen. Dann drehte ich mich erneut zu Ennis um.

»Und?«

Er ignorierte mich und sah Lilly an. »Jean Lee hat einen Mann umgebracht. Sie war eine Mörderin, deshalb wurde sie gehängt.«

Ich packte ihn an den Schultern und schüttelte ihn. »Hör auf damit. Sie wird Albträume bekommen. Du kennst sie doch, sie macht sich immer so viele Gedanken. Was soll das?«

Ennis zog die Nase hoch und zwinkerte Lilly zu. Ohne mich zu beachten, trat er an die Tür. Mit der Hand auf der Klinke warf er uns einen Blick über die Schulter zu.

»Du fragst doch immer nach Nachrichten, Frankie. Und wenn ich dir dann eine bringe, sagst du, ich soll es lassen. Was willst du also? Willst du nun mehr über die Welt da draußen erfahren oder lieber doch nicht?«

Ich sah hinüber zu Lilly. Sie war zum Ofen gegangen und öffnete die Tür. Sie kniete vor dem ausgehenden Feuer und starrte in die Asche. Heute Abend würde es Tränen geben, ich wusste es. Sie würde sich an mich klammern und mir schluchzend dieselbe Frage stellen wie immer: »Wie lange noch, Frankie? Wie lange müssen wir noch hierbleiben?«

Ich stemmte die Hände in die Hüften, unterdrückte meine Gefühle für ihn und sah ihn an. Das Kribbeln war verschwunden, am liebsten wäre ich auf ihn losgegangen.

»Ich will nicht nur mehr über die Welt draußen *wissen*, ich will sie erleben, Ennis. Sie am eigenen Leib erfahren und all diese Dinge selbst herausfinden. Nicht, indem ich einen drei Monate alten, halb zerfledderten Zeitungsausschnitt lese. Lilly und ich ... wollen hier raus.«

Kapitel 14

Am nächsten Tag fuhr ich am späten Nachmittag in die Stadt. Meine feuchten Hände klammerten sich ans Steuer, während ich den Wagen über die mit Schlaglöchern übersäte Straße lenkte. Einen Großteil der Nacht hatte ich wach gelegen und darüber nachgedacht, wie Lil und Frankie den jungen Soldaten kennengelernt hatten.

Frankie erzählte ihm von dem neuen Freund ihrer Mutter und den Streitereien zu Hause.

Frankie hatte auch damit geprahlt, wie Lilly und sie die Schule schwänzten und sich selbst versorgten. Der Soldat hatte schweigend die gebrauchten Kleider der Mädchen, ihre schmutzigen Fingernägel und ihren Wunsch nach Anerkennung registriert. Und wahrscheinlich hatte er in diesem Augenblick entschieden, dass sie eine perfekte Zielscheibe für sein Verbrechen waren.

Das brachte mich auf eine Frage.

Hatte mich vor vielen Jahren auch jemand so gesehen? Als vernachlässigtes Mädchen aus einer Familie, die Probleme hatte; ein Mädchen, dessen Verschwinden wahrscheinlich nicht sofort bemerkt werden würde? Und was war mit den anderen Opfern von Blackwater, den beiden Ausreißerinnen und dem Mädchen, das wie ich mit der chaotischen Scheidung ihrer Eltern zu kämpfen gehabt hatte? Hatte jemand auch sie beobachtet und zu perfekten Opfern erkoren?

Alle waren dunkelhaarige Teenager gewesen.

So wie Frankie Wigmore.

So wie das Mädchen, das ich vor zwei Wochen am verlassenen Campingplatz gefunden hatte.

Während ich mich ans Steuer klammerte, zitterten meine Hände nach dem vielen Kaffee, den ich getrunken hatte, statt Tee wie sonst immer.

Aber vielleicht waren es auch nur meine überstrapazierten Nerven. Denn egal, in welche Richtung ich meine Gedanken lenkte, sie ergaben einfach keinen Sinn. Und es gab nur einen Menschen, der mir möglicherweise helfen konnte, das Rätsel zu lösen.

Ich klopfte heftig an die Tür mit der abblätternden Farbe, trat dann einen Schritt zurück und ließ den Blick über die schmale Veranda wandern. Zwischen den Holzdielen wuchs Gras, und ein Stapel modriger Zeitungen diente unzähligen Schnecken als Fressplatz. Unter der Regenrinne hatten sich die rosa Schindeln an den Wänden des Hauses verformt und zeigten Rostflecken.

Ich trat von einem Fuß auf den anderen und klopfte erneut.

Hinter mir auf der Straße trödelten die Kinder auf dem Heimweg von der Schule, lachten und alberten herum. In einer Nachbarstraße dröhnte ein Rasenmäher, und irgendwo plärrte ein Fernseher.

Ich wollte gerade erneut an die Tür klopfen, als diese plötzlich aufging. Ein gebückter Mann mit brauner Strickjacke lugte durch den Spalt. Als er mich erkannte, riss er die Augen auf.

»Du bist doch das Radley-Mädchen.«

»Hallo, Roy.«

»Ich hab dich neulich auf dem Parkplatz gesehen. Und du bist weggelaufen wie ein Hasenfuß.«

»Tut mir leid.«

Er vertrieb eine Schmeißfliege. »War nicht wichtig. Ich dachte nur, du könntest in deiner Zeitung einen Artikel über meinen Jungen schreiben, ein gutes Wort für ihn einlegen. In ein paar Monaten soll über seinen Antrag auf Revision entschieden werden.«

»Deswegen bin ich nicht gekommen. Aber ich würde trotzdem gern mit Ihnen über Jasper sprechen.«

Roy blickte über meine Schulter auf die Straße, sein Blick schweifte von einer Seite zur anderen. Auch er hatte intensive blaue Augen, doch sein ehemals schwarzes Haar war jetzt grau meliert. Er machte die Tür ganz auf und trat in die Diele zurück.

»Dann komm mal lieber rein.«

Ich folgte ihm durch den Flur, wich hohen Stapeln von mit Klebeband verschlossenen Kisten aus und zwängte mich an einem alten Fahrrad vorbei, das an der kaputten Klinke einer geschlossenen Tür hing. Alle anderen Türen im Flur standen offen. Während ich Roy in den hinteren Teil des Hauses folgte, erhaschte ich einen Blick auf Zimmer mit Bettdecken aus Chenille und altmodischen Lampen, und überall standen Kisten herum. Einer der Räume, der von einer einsamen nackten Glühbirne erleuchtet wurde, weckte meine Aufmerksamkeit, und ich fragte mich, ob Roy hier drin zugange gewesen war, als ich an die Tür klopfte. Dort stand ein Schrank mit Glastür, in dem sich eine Sammlung von Jagdmessern befand. Manche waren lang und gebogen, die meisten besaßen gewellte Klingen und Griffe aus Holz oder Stahl. Hoch über dem Schrank hingen drei altmodische Jagdflinten und etwas, das ich als ausgestopfte Katze identifizierte.

»Die Kisten gehören Jasper«, erklärte Roy über die Schulter. »Bis zu seiner Entlassung hebe ich alles hier auf für ihn. Sie sind voll mit Büchern. Jasper war eine Leseratte, ja, genau.«

Ich folgte ihm bis in die winzige Küche. Die Schränke waren vom Tabakrauch vergilbt und stammten vermutlich noch aus den 1960er-Jahren. Es fühlte sich an, als wäre ich in einer anderen Zeit gelandet. Alles war picobello sauber. Mitten im Raum stand ein Tisch mit ein paar Stühlen, und auf dem Tisch lagen ein Paar Gartenhandschuhe und ein großes Paket, in Zeitungspapier eingewickelt und sorgfältig zugeschnürt.

»Hast du einen schlechten Tag ausgesucht, um vorbeizukommen«, murmelte Roy und hob das Paket auf. »Bist du so nett und nimmst die Handschuhe mit?«

Ich hielt ihm die Tür auf, und er ging hinaus in den Garten. Nach dem Durcheinander im Vorgarten war der gut gepflegte Garten hinter dem Haus eine echte Überraschung. Der größte Teil bestand aus gemähtem Rasen, flankiert von schmalen Gemüsebeeten voller wippender Blüten und ein paar riesigen Zucchini.

Roy zeigte auf einen Spaten, der an einem gebrechlichen Schuppen lehnte, also nahm ich auch den und stakste hinter ihm her bis zum Ende des Gartens. Dort legte er das Paket auf den Rasen. Dann nahm er mir den Spaten ab und machte sich daran, ein Loch in den Rasen zu graben.

»Also, was möchtest du wissen?«

»Warum Sie nie die Hoffnung aufgegeben haben. Warum

Sie nach all der Zeit immer noch glauben, dass Ihr Sohn unschuldig ist.«

Roy hielt inne und schirmte die Augen vor der Sonne ab. »Ich glaube nicht, dass er unschuldig ist. Ich weiß es. Ohne jeden Zweifel. Mein Junge hat die Mädchen nicht umgebracht. Das würde ich beim Leben seiner Mutter schwören.«

»Warum sind Sie sich so sicher?«

»Mein Jas war ein guter Junge«, sagte er mit rauer Stimme. »Aber still, weißt du? Anders eben. Er hat sich nicht wohlgefühlt in Gesellschaft von anderen. Aber ein Mörder ist er nicht.«

Ich wartete darauf, dass er ins Detail ging.

Stattdessen fuhr er mit seiner Arbeit fort, bis er ein knietiefes Loch gegraben und das Paket hineingelegt hatte. Dann stand er wieder auf und streckte seinen Rücken durch.

»Ich wette, dass du nicht damit gerechnet hast, heute an einer Beerdigung teilzunehmen, was, Mädchen? Siehst du die kleine Leiche da unten, die ich in Zeitungspapier gewickelt hab? Ein Gelbhaubenkakadu namens Ollie. Hast du gewusst, dass sie sechzig Jahre alt werden können? Dieser kleine alte Mann hier ging auf die siebzig zu. Gestern Nacht ist er gestorben, ja, genau.«

»Das tut mir leid. Sie haben ihn bestimmt sehr gerngehabt.«

Roy kratzte über seine Bartstoppeln. »War nicht mein Vogel. Hat meinem Jungen gehört. Jas hat ihn aus einem Buschfeuer gerettet. Ist 'ne Ewigkeit her, aber den Tag, an dem er ihn mit nach Hause brachte, werd ich nie vergessen. Der arme Vogel war so gut wie kahl, fast alle Federn waren verbrannt. Schon damals war Ollie nicht mehr der Jüngste. Möglich, dass er seine eigene Kakadu-Familie hatte, aber die war offenbar umgekommen. Buschfeuer können ganz schön gefräßig sein, was?«

Ich nickte.

Roy fuhr fort. »Jas war schon immer so, hat Tiere gerettet und so was. Hilflosen Kreaturen geholfen. Als er sechs oder sieben war, schleppte er einen großen alten Kater an, der unter die Räder gekommen war. Er hatte sich den Kiefer gebrochen, ja, genau. Mein Jas wollte nicht, dass der Tierarzt ihn einschläfert, deshalb hat er den Mann so lange bequatscht, bis er ihn wieder zusammengeflickt hat.« Roy lächelte. »Ein Jahr später hab ich noch immer die verfluchte Stahlplatte abbezahlt, aber keinen Penny bereut. Der Junge liebte diesen Kater über alles. Und der folgte ihm auf Schritt und Tritt.« Roy sah mich an. »Weißt du, wie sie Jas in der Schule genannt haben? Kennst du seinen Spitznamen?«

»Nein.«

»Maus.« Er gluckste in sich hinein. »Er muss damals elf oder zwölf gewesen sein. Da ist er hingegangen und hat 'ne Maus aus der Falle des Nachbarn befreit, ja, genau. Später hat er ihr beigebracht, herumzuhopsen wie ein Zirkustier. Hat die Maus in der Hosentasche mit sich rumgeschleppt, sogar in der Schule. Wilbur hat er sie getauft. Und wie ein Baby geheult, als sie abgehauen ist.«

Roy schüttelte den Kopf, nahm den Spaten und begann, das Loch zuzuschütten. »Du hast mich gefragt, wieso ich mir so sicher bin, dass Jasper unschuldig ist. Tja, die Wahrheit ist, er war ein braver Kerl. Sanft wie ein Lamm. Der hätte keiner Fliege was zuleide getan, geschweige denn den armen Mädels, die man da draußen im Schutzgebiet gefunden hat. Mein Junge ist anständig bis ins Mark. Bis ...«

Er hörte auf zu schaufeln, lehnte sich zurück und sah zum Himmel auf.

»Bis ...?«

Er seufzte, kniff erst ein Auge zu, dann das andere und fuhr dann fort, das Loch zuzuschaufeln.

»Du hast doch von den Mädels gehört, mit denen er sich angeblich angelegt hat.«

Jene, an denen er sich vergangen hat, dachte ich, sagte es aber nicht.

»Ja, hab ich.«

Roy seufzte. »Jasper hatte keine Ahnung von Menschen. Er wusste nicht, wo Grenzen sind. Er hat ihnen nichts antun wollen. Er wollte sich bloß mit ihnen unterhalten. Später erzählte er, die eine hätte so schönes Haar gehabt. Er wollte nur wissen, ob es sich wirklich wie Seide anfühlt. Aber er hätte sie nicht anrühren dürfen. Wären es meine Töchter gewesen, wär ich auch auf die Barrikaden gegangen. Trotzdem hat Jas ihr nicht wehtun wollen.«

»Es war aber nicht gut für seine Akte.«

Roy schüttelte den Kopf. »Jasper hat schon immer Tiere gemocht. Er konnte praktisch ihre Gedanken lesen. Aber Menschen? Der arme Dummkopf, er hatte keine Ahnung, was? Wie auch immer, nachdem die Mädels so ein Theater gemacht hatten, ist Jasper irgendwie aus der Spur geraten. Wollte von hier weg und zog in eine Studenten-WG. Hat ein paar Jobs angenommen, es aber nie lang ausgehalten. In dem Winter hat er angefangen, mir beim Holzhacken und Austragen zu helfen. Eines Tages hörte er auf, uns zu besuchen. Nell und ich sind ein paarmal zu ihm gefahren, wir haben uns Sorgen gemacht, wegen der Drogen. Wir dachten schon, er wäre süchtig geworden. Immer dunkle Ringe unter den Augen und schmuddelige Klamotten. Er war wirklich dünn geworden und redete einen Haufen Mist. Wir haben versucht, ihn dazu zu kriegen, einen Arzt aufzusuchen, aber er wollte nicht.«

»Was war es, was meinen Sie?«

Roy warf den Spaten zur Seite und fing an, die Erde auf dem Vogelgrab festzutreten.

»Eine Depression, vermuteten wir. Sie hat ihn völlig umgekrempelt. Vor dem Ärger mit den Mädels war er ein fröhlicher, lieber Kerl. Und danach immer düster und verschlossen, weißt du.«

Als die Sonne den Horizont erreichte und die Schatten den Garten wie ein Messer zerschnitten, fragte ich mich, ob es richtig gewesen war hierherzukommen.

Ich hatte gehofft, Roy könnte mir irgendeinen Hinweis geben, der seinen Sohn auf die eine oder andere Art entlastete. Eine Erinnerung oder eine Anekdote, die beweisen würde, dass Jasper nicht der Mörder der Blackwater-Mädchen war. Die vielleicht sogar meine alten Ängste wieder entfachen würde, dass der wirkliche Mörder noch immer frei da draußen herumlief, auf der Suche nach neuen Opfern.

Stattdessen begegnete ich einem Vater, dessen Glaube geblendet war von der Erinnerung an den kleinen Jasper und der nicht einsehen wollte, wie gefährlich sein Sohn geworden war.

»Ich bin ihm nur einmal begegnet«, sagte ich mit leiser Stimme. »Aber das war ... *danach*.«

Roy sah mich lange an und beobachtete mich mit verkniffenem Mund und feuchten Augen. Dann streckte er die Hand aus und klopfte mir sanft auf den Arm.

»Schade, dass es nicht vorher war, Kleines. Dann hättest du ihn vielleicht gemocht.«

»Letzte Stufe, Tom. Ganz vorsichtig, okay?«

Sie erreichten den oberen Treppenabsatz und legten eine Pause ein. Es war Freitagnachmittag um vier, und Tom hatte das Gefühl, soeben den Mount Everest bezwungen zu haben. Sein Knöchel, sein Knie und seine Hüften pulsierten wie verrückt, doch als er einen Blick in den Gang warf, schien die Verheißung dessen, was vor ihm lag, die Mühe wert zu sein.

Er suchte Abbys Blick und zwinkerte. »Ein Glück, das hätten wir geschafft.«

Sie hielt ihn am Arm fest und beobachtete ihn aufmerksam. »Wollen Sie ein bisschen verschnaufen?«

»Nein, alles in Ordnung.«

Sie wirkte skeptisch, als sie ihm die Krücken reichte. »Sie sind ganz blass. Was machen die Schmerzen?«

»Geht so.«

»Können Sie laufen?«

»Hmm.«

Er klemmte sich die Krücken unter die Achseln und genoss noch immer die Berührung ihrer Arme, die ihn auf der Treppe gestützt hatten. Den weichen Druck ihrer Brüste an seinen Rippen, das seidige Kitzeln ihres Pferdeschwanzes an seinem Hals. Seit Jahren war er einer Frau nicht mehr so nah gekommen, und es hatte tatsächlich mehrerer Knochenbrüche bedurft, um festzustellen, wie sehr er es vermisst hatte. Nicht den aufregenden Kitzel der Jagd, nicht einmal den köstlichen Schauer der Vorfreude auf nackte Haut – nur die schlichte Wärme menschlichen Kontaktes.

»Alles okay?« Er sah sie etwas genauer an. »Sie kommen mir ein bisschen zerstreut vor.«

»Alles in Ordnung«, gab sie zurück und lief schon mal vor.

Der Gang war viel schmaler, als er in Erinnerung hatte.

Er war nur einmal zuvor hier oben gewesen, als er das Haus besichtigt hatte. Und als er jetzt wieder hier entlanghumpelte, sträubten sich ihm die Haare.

Am Ende des Ganges betraten sie einen langen Raum. Er war genau so, wie Abby ihn beschrieben hatte. Der rustikale Tisch und die Stühle, das herrliche Bleiglasfenster. Er hatte Stunden über den Fotos verbracht, die Abby für ihn geschossen hatte, aber sie waren kein Ersatz für das Hiersein. Etwas Schweres hing in der Luft, als wäre sie dichter und irgendwie kühler als in den anderen Räumen des Hauses.

Abby ging auf die linke hintere Wand zu und schob ein Stück der Verkleidung zur Seite. Dahinter kam eine schmale Stahltür zum Vorschein. Sie stieß sie weit auf und machte ihm ein Zeichen hindurchzutreten.

Er blickte sie an. »Kommen Sie nicht mit?«

Mit fest zusammengepressten Lippen schüttelte sie den Kopf.

Von der Türschwelle aus warf Tom einen Blick ins Zimmer. Die nachmittägliche Sonne fiel durch das vergitterte Fenster ins Zimmer, doch in den Ecken breiteten sich bereits erste Schatten aus.

Er pfiff durch die Zähne. »Das ist ja winzig. Gerade groß genug für ein Mädchen, aber zwei?«

»Jetzt werden Sie verstehen, warum Lil nicht gerne darüber spricht.«

»Fünf Jahre hier drin eingesperrt«, murmelte er. »Wirklich die Hölle.«

Er trat ein und humpelte zum Bett. Er zog den vergipsten Fuß nach und hinterließ eine Spur im Staub. Er atmete die stickige Luft ein und ließ seiner Fantasie freien Lauf. Zwei Schwestern. Wie sie auf dem Bett saßen und die Köpfe zusammensteckten. Die eine blond, die andere dunkel. Sie lasen Andersens *Nachtigall*. Er konnte ihr leises Murmeln und das Rascheln des Papieres hören, wenn sie eine Seite umblätterten. Klein und zerbrechlich im Halbdunkel und so in ihr Buch vertieft, dass Tom Angst um sie hatte. Welches Grauen mussten die beiden hier oben erlebt haben! Und warum war nur eine von ihnen nach Hause zurückgekehrt?

»Ihr armen Würmchen!«

Wie auf Befehl drehten sich beide zu ihm um und sahen ihn an. Direkt. Die Angst in ihren Augen war greifbar. Zumindest die Kleine, Lilly, war zu Tode erschrocken. Frankie saß stocksteif da, mit angespannten Schultern und herausfordernd glühendem Blick. Die Intensität in ihren Gesichtern schockierte ihn. Er hätte schwören können, dass er zwei Mädchen aus Fleisch und Blut vor sich sah.

Er drehte sich um und begegnete Abbys Blick. »Sind Sie bitte so nett und machen die Tür mal kurz zu?«

Sie musterte ihn einen Augenblick und nickte. Die Türklinke bewegte sich. Die Scharniere quietschten, als sie die Tür schloss und der Riegel mit einem metallischen Klacken zuschnappte. Im dämmrigen Licht bemerkte er, dass diese Seite der Tür keine Klinke hatte.

Er sah sich das Fenster genauer an.

Hinter dem Gitter leuchtete ein winziges Fleckchen Himmel, dessen Licht das Zimmer kaum erhellte. Er hatte schon jetzt das Gefühl, gefangen zu sein. Keine Luft mehr zu bekommen. Wie verzweifelt mussten sich die beiden Schwestern danach gesehnt haben, herumzuspringen, zu kreischen und in dem herrlichen Garten da unten zu spielen. Wie sehr mussten sie das Gefühl gehabt haben, in der Falle zu sitzen. Und wie schrecklich musste es für sie gewesen sein, wenn die Tür ins Schloss fiel, Tag um Tag, während ihre einzige Verbindung zur Außenwelt dieses jämmerliche Fleckchen Himmel war.

Und *er*! Der Mann, der sie hier gefangen gehalten hatte.

Tom bekam eine Gänsehaut.

Erneut warf er einen Blick über die Schulter zur Tür. Dann sah er im Geiste das Bild des Entführers vor sich. Ein windiger Kerl mit verhärmtem Gesicht und gehetzten blutunterlaufenen Augen.

Um ein Haar hätte er gelächelt.

Die meisten Bösewichte in seinen Büchern waren kräftige Schurken. Hirnlose Muskelpakete. Dieser Typ, der Kindesentführer, aber war eine Klasse für sich. Eingeschüchtert. Jemand, der nichts zu verlieren hatte. Vielleicht auch verzweifelt. Und all das machte ihn umso gefährlicher.

Tom sah auf das Bett vor sich.

Abbys Fotos des Zimmers hatten ihn nicht auf das nackte Grauen vorbereitet, das er jetzt vor sich sah. Dünne Laken auf einer durchhängenden Matratze mit einem großen schwarzen Blutfleck in der Mitte. Das Kopfkissen noch eingedrückt, als hätte gerade erst jemand darauf gelegen; fleckig, als wäre dort etwas Dunkles, Nasses in den Stoff gesickert.

Er strich über den Rand des Fleckes und schreckte vor dem steifen, ledrigen Widerstand zurück.

Blut, eindeutig.

Tom krümmte und streckte abwechselnd die Finger. Ideen blitzten auf. Plötzlich konnte er es kaum erwarten, am Schreibtisch zu sitzen und auf die Tasten seiner Remington einzuhämmern. Er liebte es, auf diese Weise in einen Bereich einzudringen. Seiner Fantasie freien Lauf zu lassen, während sich die Wörter in seinem Kopf auftürmten, ihn überschwemmten und eine Lawine von faszinierenden pulsierenden Bildern auslösten.

Er sah sich nach einem Lichtschalter um und fand keinen. Bei geschlossener Tür und einer Sonne, die langsam über den fernen Hügeln versank, fühlte sich das Zwielicht erstickend an. Lag es nur an ihm, oder war die Luft wirklich so stickig geworden, dass sie ihm den Atem raubte?

Während sich seine Augen an das Dämmerlicht gewöhnten, schwirrte ein Gefühl von Unrecht um ihn herum. Es schien ihm wie ein Schwindel, nur außerhalb seines Körpers, ein Schwindel, der ihn wie eine Wolke von drückendem Gestank einhüllte.

Er straffte die Schultern.

Vor Jahren, als er die Details eines besonders ungewöhnlichen Mordfalls für einen seiner Romane recherchierte, war ihm ein Artikel über Häuser in die Hände gefallen, in denen es angeblich spukte. Die zugrunde liegende Theorie besagte, dass Häuser die Energie ihrer Bewohner aufnehmen würden. Die stärksten und gewaltigsten Emotionen, die diese Menschen dort erlebten, hinterließen Spuren an den Wänden – wie schmierige Fingerabdrücke auf Glas. Zuweilen wären solche Energien derart intensiv, dass noch Jahre, Jahrzehnte oder gar Jahrhunderte später andere Menschen sie wahrnehmen könnten.

War das die Erklärung dafür, was gerade mit ihm passierte?

War er dabei, die emotionalen Fingerabdrücke von Frankie Wigmores Mörder aufzunehmen?

Er hatte noch nie an überirdische Kräfte geglaubt.

Das Jenseits interessierte ihn nicht besonders. Seine Bücher handelten aus gutem Grund von echten Verbrechen – ihre Wirklichkeitsnähe gefiel ihm, die Art, wie sie ihn dazu brachten, noch einmal neu über das Menschsein nachzudenken, oder was es bedeutete, menschlich zu sein. An der Schwelle von Gut und Böse zu wandeln und instinktiv zu wissen, wo man hingehörte. Es gefiel ihm, die Grenzen alltäglicher Erfahrung auszudehnen. Eine Schicht nach der anderen abzutragen, bis die Wahrheit darunter zum Vorschein kam. Er fand es erregend, sich in eine Geschichte hineinzuversetzen und sich vorzustellen, wie er selbst sich unter bestimmten Umständen verhalten würde. Was er fühlen würde, wenn die Menschen, die er liebte, in Gefahr wären. Den Horror der eigenen Ohnmacht zu durchleben, wenn er ihnen nicht helfen konnte.

Unten im Haus klingelte das Telefon.

Tom wandte sich der Tür zu, gerade, als sie sich öffnete.

Abbys blasses Gesicht. »Soll ich rangehen?«

Er nickte. »Ja, bitte.«

Sie lief davon und ließ ihn allein. Während er noch den Bildern nachhing, die ihm durch den Kopf schwirrten, lauschte er Abbys Schritten auf den Treppenstufen. Dann hüllte die Stille ihn wieder ein.

Er trat noch näher an das Bett heran, streckte den Arm aus und strich mit der Hand über den Staub, der auf dem eisernen Kopfteil lag. Er schloss die Augen und sah ein anderes kleines Mädchen, das durch die Bäume auf ihn zutaumelte. Ihre rosa Jeans waren schlammverkrustet und durchnässt vom Regen, die Bluse zerrissen, die Ellbogen aufgeschürft, die Arme mit Schrammen übersät. Sie sah sich in panischer Angst über die Schulter, das Haar hing ihr ins Gesicht und störte sie, sodass sie ihm geradewegs in die Arme lief. Er war von der Kraft überrascht, mit der sie sich gegen ihn wehrte. Wie sie schrie. Der schrille Ton hallte noch immer in seinen Ohren nach, obwohl es eine längst vergangene Erinnerung war. Und etwas an diesem Geräusch berührte ihn jetzt.

Er warf einen Blick auf die Tür.

Er war aus einem bestimmten Grund nach Gundara zurückgekehrt. Abgeschiedenheit und Einsamkeit hatten ihn hierhergelockt, doch erst jetzt wurde ihm bewusst, warum. Das Mädchen im Wald ließ ihn nicht los. Er hatte sie nie vergessen können. Und das Schicksal der beiden entführten Schwestern hallte auf derselben Frequenz nach. Er wusste nicht, warum, aber dieses Zimmer enthielt Antworten – vielleicht alle Antworten –, von denen er bislang nicht einmal gewusst hatte, dass er sie suchte.

»Wissen Sie«, schnaufte der alte Mann, drehte sich auf dem Beifahrersitz in Abbys Wagen um und sah Tom an. »Ich bin seit Jahren ein Fan von Ihnen. Schade nur, dass wir uns unter diesen Umständen kennenlernen.«

Tom saß kerzengerade auf dem Rücksitz, seine Krücken lagen auf dem Boden, das verletzte Bein hatte er neben sich ausgestreckt. Er beugte sich vor und klopfte Joe auf die Schulter.

»Wir finden sie, mein Freund. Komme, was wolle.«

»Ich bin Ihnen sehr dankbar, dass Sie nicht die Polizei eingeschaltet haben.« Joe hustete, drehte sich wieder nach vorn und spähte durch die Windschutzscheibe. »Lil macht so was manchmal. Verschwindet einfach. Normalerweise kommt sie vor Einbruch der Dunkelheit zurück. Sie würde nicht wollen, dass man deshalb ein großes Theater macht. Darum habe ich Sie angerufen, Abby.«

Abby wechselte den Gang, als sie auf eine Kurve zufuhren. »Wo geht sie denn normalerweise hin, Joe?«

Er schaute auf die Straße. »Sie dreht nur eine Runde.«

»Es geht mich zwar nichts an«, mischte sich Tom ein und rückte sein Bein zurecht. »Aber warum macht sie das?«

Joe zog an seinem Sicherheitsgurt. »Seit ich sie kenne, hat sie diese Marotte. Sie zieht sich in sich selbst zurück, verliert sich irgendwo da draußen im Busch. Wir sind in all den Jahren bei etlichen Ärzten gewesen. Die meisten waren ratlos. Es ist nicht Alzheimer, eher eine Art Aussetzer. Sie nennen es psychogene Amnesie. Das ist so was wie ein Blackout, eine geistige Verwirrung, ein vorübergehender Gedächtnisverlust. Einer der Fachärzte meinte, es könne mit einer posttraumatischen Belastungsstörung zusammenhängen.« Er rieb sich die Augen und strich über den stoppeligen Bart. »Wir haben nie jemandem von Lils Vergangenheit erzählt. Sie wollte es nicht. Sie wurde immer wütend, wenn ich ihr sagte, dass es ihr vielleicht helfen würde, mit jemandem darüber zu sprechen. Also abgesehen von mir. Wenn sie einen Stressberater oder einen Psychiater zurate ziehen würde. Aber sie wollte nichts davon wissen. Am Ende habe ich den Mund gehalten und versucht, mit dem Problem allein fertig zu werden.«

Abby sah Joe von der Seite an. »Gibt es so etwas wie einen Auslöser für diese Schübe?«

»Stress. Aufregung. Ein Wetterumschwung.« Seine knochigen Schultern zuckten. »Wer weiß? Manchmal passiert jahrelang gar nichts, und dann wacht sie urplötzlich mitten in der Nacht auf und läuft im Haus herum wie eine Schlafwandlerin. Zur Toilette, glaube ich. Doch ehe ich mich versehe, steigt sie in den Wagen und fährt los. Irgendwohin. Ein paar Stunden später kommt sie zurück. Dann kann sie sich nicht mehr daran erinnern, wo sie gewesen ist, nicht einmal, warum sie überhaupt losgefahren ist.«

»Ich mache mir schwere Vorwürfe«, sagte Abby. »Es hat sie bestimmt sehr angestrengt, dass wir uns neulich über die Entführung unterhalten haben. Es ist meine Schuld, nicht wahr?«

»Aber nein, Abby.« Joe warf ihr im Zwielicht einen Blick zu. »Sagen Sie so was nicht. Sie dürfen es nicht einmal denken. Lil ist eine starke Frau, und sie hat ihren eigenen Kopf. Wenn sie nicht mit Ihnen hätte reden wollen, hätte sie Sie zum Teufel geschickt.«

»Immerhin hat sie davon Kopfschmerzen bekommen.«

Joe seufzte. »Wissen Sie, was sie zu mir gesagt hat, nachdem Sie gegangen waren? Dass es sich gut angefühlt hat, sich mal alles von der Seele zu reden. Das waren ihre Worte, ›von der Seele reden‹. Ich will Ihnen was sagen, Mädchen. Der einzige Mensch, abgesehen von mir, mit dem sie jemals darüber gesprochen hat, sind Sie. Viele haben versucht, sie zum Reden zu bringen, und alle sind gescheitert. Lil mag Sie, Abby. Sie vertraut Ihnen. Sonst hätte sie sich Ihnen niemals geöffnet.«

Tom betrachtete die Bäume am Straßenrand. »Das muss eine große Belastung für Sie sein, Joe.«

»Das können Sie laut sagen.«

Sie näherten sich dem nördlichen Ende von Blackwater, das bei Campern und Buschwanderern nicht besonders beliebt war, weil es abseits der malerischen Gegenden des Schutzgebietes lag. Vor hundert Jahren war dieses Gebiet gerodet worden, und jetzt wuchsen die Bäume so dicht, dass es schwierig, um nicht zu sagen gefährlich war, die Gegend mit ihren steilen Felsen zu durchqueren. Und als jetzt die Dämmerung in die Nacht überging, wurde die Gegend noch unwirtlicher.

»Da drüben«, sagte Abby und zeigte auf eine Stelle vor ihnen.

Tom entdeckte einen großen Kombi, der schief am Straßenrand parkte, von den Bäumen fast verdeckt. Als sie dahinter zum Stehen kamen, sah er, dass die Fahrertür offen stand.

»Sie ist hier.« Joe stieß hastig die Tür auf und torkelte aus dem Wagen.

Abby folgte ihm dicht auf den Fersen, als sie auf Lils Wagen zueilten.

Tom war langsamer. Er humpelte über den felsigen Straßenrand und betete, dass Lil unverletzt im Wagen säße. Doch als er näher kam, drehte sich Joe zu ihm um.

»Sie ist nicht drin.« Er lief die Straße entlang und rief Lils Namen.

Abby legte die Hand auf die Kühlerhaube und blickte Tom an. »Der Motor ist noch warm. Sie kann nicht weit von hier entfernt sein.« Sie ging ein Stück die Straße hinunter, blieb dann stehen und starrte lange auf die Bäume. Dann sah sie wieder Tom an.

»Ich gehe ihr nach.«

Tom drehte sich der Magen um. »Das meinen Sie doch nicht im Ernst! Sie werden sich ebenfalls verirren.«

Sie sah Joe nach, der in der Dunkelheit fast verschwunden war. Dann ging sie zu Tom zurück, der jetzt neben Lils Wagen stand. »Sie ist eine ältere Dame, Tom. Kräftig, ja. Aber dieser Teil des Schutzgebietes ist unwegsam, selbst wenn man sich gut darin auskennt. Sie kann nicht weit gekommen sein.«

»Und wie wollen Sie zurückfinden?«

Ohne zu antworten ging Abby zu ihrem Fiesta und holte eine Taschenlampe. Sie schaltete sie an, und der helle Lichtkegel verwandelte Abbys Gestalt in einen dunklen

Umriss. »Hupen Sie etwa alle zehn Minuten für fünf Sekunden.«

Sie nahm eine neue Rolle Pfefferminzbonbons und bot sie Tom an, doch der schüttelte den Kopf. Sie steckte sich eines in den Mund und kaute darauf herum, während sie die Bäume betrachtete, dann wandte sie sich ihm wieder zu. »Ich bleibe in Hörweite. Wünschen Sie mir Glück.«

»Warten Sie, Abby. Vielleicht sollten wir doch lieber die Polizei benachrichtigen.«

»Joe wollte das nicht.«

»Und was ist, wenn sich Lil verletzt hat?«

»Lassen Sie es mich vorher versuchen, ja?«

Sie berührte seinen Arm, ihre Augen glänzten. Tom meinte, etwas in ihnen gesehen zu haben, kurz ehe sie sich umdrehte und zwischen den Bäumen verlor. Ein Glimmen, einen wilden Funken. Als hätte die Anwesenheit hier in der Wildnis sie vollständig, unerklärlich zum Leben erweckt.

Zehn Minuten später erklang Lils Hupe in der Ferne. Ich blieb zwischen zwei Bäumen stehen.

»Gerade zur rechten Zeit«, sagte ich leise.

In der Nähe raschelte es im Gebüsch. Ich zielte mit meiner Taschenlampe darauf. Ein Wallaby ergriff die Flucht, und ich hörte, wie es mit seinen kräftigen Beinen im Unterholz verschwand.

Ich stieg weiter den Hang hinab, bahnte mir einen Weg durch die stacheligen Reihen von Teebäumen und duckte mich unter deren niedrig hängenden Zweigen hindurch. Kurz darauf hörte ich erneut die Hupe des Wagens, doch diesmal war es schon viel schwächer. Als es verstummte, blieb ich stehen und horchte. Blätter wisperten in der feuchten Luft, Insekten summten durch die Dunkelheit der Nacht. Eine Eule flog an mir vorbei; ihre riesigen Flügel waren gespenstisch leise. Und dann hörte ich noch etwas.

Das Geräusch von Schritten, die langsam auf mich zukamen.

Ich drehte mich einmal um die eigene Achse und suchte die Dunkelheit ab. »Lil, sind Sie das?«

Keine Antwort. Mir lief es eiskalt über den Rücken. Obwohl ich nach der Unterhaltung mit Roy Horton zu dem Schluss gelangt war, dass sein Sohn aller Wahrscheinlichkeit nach doch schuldig war, konnte ich nicht verhindern, dass mir ein Schauer über den Rücken lief. Da draußen war jemand, ich fühlte es, und es musste Lil sein – nur warum antwortete sie nicht? Ich schlich mich, so leise ich konnte, durch die dichten Bäume und leuchtete mit meiner Taschenlampe in die Dunkelheit. Dann entdeckte ich einen großen weiblich wirkenden Schatten, der durch das Unterholz auf mich zukam.

»Lil!«

Sie sah auf, und einen schrecklichen Augenblick lang glaubte ich, mich getäuscht zu haben. Es war nicht Lil, sondern eine andere Frau, die da durch die Nacht irrte.

Sie bahnte sich einen Weg durch das Gebüsch und starrte mich an. Als hätte sie einen Stock verschluckt, mit finsterem Blick und herabhängenden Mundwinkeln. »Wer zum Teufel sind Sie?«, rief sie.

Ich blinzelte. Natürlich war es Lil, aber es war nicht ihre Stimme ... und wieso hatte sie mich nicht erkannt? War sie gestürzt und hatte sich den Kopf angeschlagen, oder steckte sie – wie Joe vorhin erklärt hatte – in einem ihrer Amnesieschübe?

Vorsichtig ging ich auf sie zu und senkte den Lichtkegel meiner Taschenlampe. »Lil, ich bin's, Abby. Joe wartet im Wagen auf uns. Gehen wir zurück, ja?«

Sie kam näher und sah mir ins Gesicht. Das Licht der Taschenlampe meißelte Schatten in die hohlen Wangen unter den Augen. Spiegelte sich gespenstisch in den Brillengläsern wider. Ich trat erneut einen Schritt zurück, ich war mir nicht sicher. Es war Lil, aber nicht die Lil, die ich kannte. Ihre sanften Gesichtszüge waren unnatürlich verzerrt, die Augen klein und hart. Sie machte einen Schritt und schloss die Lücke zwischen uns, dann grinste sie und bleckte die Zähne, die plötzlich übergroß wirkten.

»Ich erkenne dich wieder ...«

Mir stockte der Atem. Plötzlich wurde mir bewusst, wie weit wir von der Straße entfernt waren. Die Hupe klang so leise, dass ich zwanzig Minuten brauchen würde, bis ich wieder bei Tom und Joe war, die sicher am Wagen auf uns warteten. Und als ich hier in der Dunkelheit stand, wo die Bäume um mich herum rauschten und das Licht der Taschenlampe flackerte, überkam mich das Gefühl, von jeglicher Zivilisation abgeschnitten zu sein. Ich war mit dieser Situation überfordert. Es gab nur Finsternis und feuchte Nachtluft, die immer kälter wurde. Und diese Fremde, die mich aus Lils Augen anstarrte.

»... jetzt bist du erwachsen.«

Es war nur ein leises Flüstern, daher wusste ich nicht, ob ich richtig gehört hatte. Ich umfasste Lils Arm und schüttelte sie leicht.

»Was haben Sie gesagt?«

Noch ehe sie antworten konnte, erklang die Hupe des Wagens in der Ferne. Das Geräusch schien uns beide in die Realität zurückzuversetzen. Lil kniff die Augen zusammen, und mit einem Mal schmolz das Eis in ihren Augen. Dann blinzelte sie erneut, es war wie ein kurzes hastiges Aufflackern, ehe sie sich von mir löste. Schließlich blieb nur ein Ausdruck der Verwirrung auf ihrem Gesicht zurück.

»Abby?« Sie schaute sich um. »Wo sind wir?«

»Kommen Sie, Lil. Wir müssen Sie ein bisschen aufwärmen.«

Ich zog die Jacke aus und legte sie ihr um die Schultern. Dann fiel mir wieder ein, was Joe über ihre Schübe gesagt hatte. Sie brauchte Wärme, Ruhe und heißen Tee. Eine vertraute Umgebung, in der sie wieder zu sich selbst finden konnte.

»Ich habe geträumt, Abby.«

»Ja, aber jetzt ist es vorbei, Lil.«

»Es war ein schrecklicher Traum.«

»Kommen Sie, Joe wartet auf Sie. Hier, nehmen Sie meinen Arm, es ist nicht weit.«

Sie klammerte sich fest an mich. Und während wir gingen, ließ sie den Kopf hängen, stöhnte leise und murmelte in sich hinein.

Ich führte sie zurück und bahnte uns den Weg über den unebenen Grund, während wir auf das ferne Licht der Scheinwerfer zugingen. Erst als wir kurz vor der Straße waren, konnte ich verstehen, was sie sagte.

»Oh, Frankie, lass mich in Ruhe. Hörst du? Lass mich einfach in Ruhe.«

Kapitel 15

Tom stand auf dem Rasen neben der Hintertreppe des Hauses, rührte den Tee in seiner Tasse um und betrachtete den sonnigen Garten.

Es war Samstagmorgen.

Abby war in aller Frühe aus dem Haus gegangen. Gerade eben hatte sie angerufen und ihm erzählt, dass Lil sich von ihren nächtlichen Eskapaden erholte. Abgesehen von ein paar Kratzern konnte sie sich kaum an ihren Marsch durch den Busch erinnern. Joe dagegen wirkte noch immer ziemlich mitgenommen. Abby hatte ihnen versprochen, am nächsten Tag wiederzukommen, danach war sie in die Stadt gefahren, um Vorräte einzukaufen.

Das bedeutete, dass Tom den ganzen Vormittag für sich allein hatte.

Eigentlich hätte er sich an den Schreibtisch setzen und arbeiten sollen, aber Herrgott! – es war Wochenende! Nach Lils Verschwinden und den zwei oder drei Gläsern Glenlivet, die er sich anschließend mit Joe genehmigte, hätte er eigentlich einen Kater haben müssen. Doch sein Kopf war völlig klar und sein Körper topfit – als hätte er einen Smoothie getrunken statt Whisky.

Im Schuppen fand er einen Eimer, ließ ihn volllaufen und humpelte mithilfe seiner Krücken über den verwilderten Pfad zum nordwestlichen Ende des Gartens. Die Hälfte des Wassers verschüttete er unterwegs, durchnässte seine Hose, ließ die Schubkarre mit der Seife und der Scheuerbürste zweimal umkippen und wäre um ein Haar über die Wurzel eines Baumes gestolpert, doch all das konnte ihn nicht davon abhalten, in sich hineinzugrinsen.

Was war er für ein Spinner!

Zu beobachten, wie Abby letzte Nacht im Busch verschwand, hatte etwas in ihm verändert. Es hatte seinem Panzer eine Delle versetzt. Ihn durcheinandergebracht. Immer wieder kehrte er in Gedanken zu dem Augenblick zurück, als sie ihn mit jenem wilden Ausdruck in den Augen ansah. Der Blick verwirrte ihn, er interpretierte ihn als so etwas wie wilde Euphorie. Doch als er jetzt daran zurückdachte, hatte er den Verdacht, dass es etwas anderes war.

Sie hatte Angst.

Große Angst. Und trotzdem ging sie los, um ihre Freundin zu suchen.

Als Tom beobachtete, wie sie sich zwischen den Bäumen verlor, übermannte ihn ein Gefühl vollkommener Hilflosigkeit. Nie hatte er seine verkrüppelten Beine mehr gehasst. Und während er mit Joe am trostlosen Straßenrand wartete, alle zehn Minuten hupte und betete, dass Abby und Lil aus der Dunkelheit auftauchten, traf er eine Entscheidung.

Bald, wahrscheinlich schon morgen, würde Lil Abby den letzten Teil der Geschichte erzählen. Und sobald Abby ihn – Tom – wie eine Zitrone ausgepresst und das Interview unter Dach und Fach gebracht hatte, würde sie ihrer Wege gehen. In die Stadt zurückkehren, aus seinem Leben verschwinden. Möglicherweise für immer.

Noch vor Kurzem hätte er bei dieser Aussicht drei Kreuze gemacht.

Heute jedoch deprimierte sie ihn.

Ohne dass er sich dessen voll bewusst war – zumindest bis heute –, war sie ihm unter die Haut gegangen. Wie sehr sie sich um ihn bemüht hatte, ohne jede Andeutung einer Klage. All die Aufmerksamkeiten und die gute Laune. Wie aufmerksam sie war, als er stürzte, und wie sie sich über seine kindischen Versuche lustig machte, ihr so viel Angst einzujagen, dass sie wieder ging. All das steckte sie spielend weg. Tom fand, dass sie etwas Besseres für ihre Mühe verdient hatte als ein langweiliges Interview und ein paar beliebige Fotos von seiner blöden Fresse.

Am Obstgarten hielt er geradewegs auf den verlassenen Wohnwagen zu.

Er hatte ihn an dem Tag entdeckt, als er das Haus besichtigte, und ihn dann fast vergessen. Doch am Abend zuvor, als Abby davon erzählte, wie gern sie reiste, fiel er ihm wieder ein. Und nach ihrem mutigen Auftreten letzte Nacht kam er auf die Idee, dass er seine Hochachtung am besten ausdrückte, wenn er ihr ein Geschenk machte, das ihr wirklich gefiel.

Als Erstes musste er das Schwalbennest entsorgen, das die Vögel zum Glück bereits vor einigen Monaten verlassen hatten. Er brauchte bis zum Mittag, um die Sperrholzwände von Spinnweben, Dreck und Vogelkot zu säubern. Die Hartholzteile waren gut erhalten. Das tropfenförmige Design datierte den Wohnwagen auf die Sechzigerjahre, die Holzvertäfelung hingegen hätte auch aus den Dreißigern stammen können. Der Wagen konnte einen neuen Anstrich gebrauchen, ansonsten war er ganz gut erhalten. Das schräge Dach hatte nur an einer Ecke einen kleinen Riss. Aber mit ein paar Messingschrauben und einem Klacks Silikon wäre das schnell repariert.

Er kippte das schmutzige Wasser über ein verwildertes Blumenbeet und ging zurück. Nachmittags würde er mit seinem

Werkzeugkasten wiederkommen und das kaputte Dach reparieren. Er verstaute Eimer und Bürste im Schuppen und ging über den Pfad auf das Haus zu. Als er näher kam, hörte er Abby auf der Veranda herumpoltern.

Sie war dabei, das Sims des Küchenfensters mit Sandpapier glatt zu schmirgeln. Seit es draußen so feucht geworden war, klemmte das Fenster. Ihr Gesicht war von der Sonne erhitzt, die Haut mit Sommersprossen übersät. Und dieses Haar. Im Innern des Hauses war es kastanienbraun, aber hier draußen unter der Sonne sah es aus wie flüssiger, mit Gold durchsetzter dunkler Honig.

Bei seinem Anblick hob sie die Brauen. »Wo haben Sie gesteckt?«

»Im Obstgarten.«

Sie trat an die Treppe, stemmte die Hände in die Hüften und schüttelte den Kopf. »Wie um Himmels willen sind Sie die Verandatreppe hinuntergestiegen?«

»Mit großer Mühe.«

»Warum haben Sie nicht gewartet, bis ich wieder da bin? Ich hätte Ihnen helfen können.«

»Ich habe etwas für Sie.«

Sie kniff die Augen zusammen. »Was denn?«

»Überraschung!«

»Oh.«

»Lassen Sie mich raten. Sie hassen Überraschungen.«

Sie straffte die Schultern. »Wenn ich ehrlich sein soll, Tom, liebe ich alles, was das Leben interessant macht.«

»Dann folgen Sie mir.«

Wir kamen nur langsam voran. Toms Hose war nass und dreckig, selbst der Gipsverband hatte einiges abbekommen. Und trotzdem strahlte er, das schmutzige Gesicht glühte vor Hitze und Anspannung. Ich war nur mäßig neugierig auf seine Überraschung, ich machte mir zu viele Sorgen über das, was ich ihm erzählen wollte. Jedenfalls hatte ich den ganzen Vormittag darüber nachgedacht, es zu tun.

Lil hat gestern Abend etwas sehr Seltsames gesagt, und seitdem lässt es mir keine Ruhe. Ich meine, sie ist eine der klügsten und vernünftigsten Frauen, die ich kenne, aber diese Schübe, die sie bekommt ... sind verdammt beängstigend. Ich glaube, sie hat mich im Wald letzte Nacht für Frankie gehalten. Sie warf mir einen sehr sonderbaren Blick zu und sagte, sie könne sich an mich erinnern und ich sei »jetzt erwachsen«.

»Tom?«

Er sah mich über die Schulter an und zwinkerte mir zu. »Sie werden hin und weg sein.«

Entschlossen ging er weiter. Wir bahnten uns einen Weg durch Grevilleabüsche und stapften durch das hohe Gras. Zaunkönige zwitscherten im Unterholz, ein Schwarm von Ritterfaltern flog über den leeren blauen Himmel.

An der Art, wie Tom sein kaputtes Bein hinter sich herzog, erkannte ich, dass er müde war, trotzdem schien er bester Laune zu sein. Ich lächelte in mich hinein. Gestern Abend war er sehr nett zu Joe gewesen. Irgendwie hatte er die richtigen Worte gefunden, um den alten Mann zu beruhigen. Es musste schrecklich für Joe gewesen sein, nicht zu wissen, wo seine Frau war. In diesem Moment stolperte Tom, und ich hielt den Atem an. Dann ging er weiter, schnell, als wollte er mir zeigen, dass er alles unter Kontrolle hatte.

Trotzdem kamen wir nur sehr langsam voran. Er brauchte

Zeit, um sich unter den herabhängenden Zweigen hindurchzuducken und eine unerwartete Ecke am Gartenrand abzukürzen. Die ganze Zeit hatte ich das Gefühl, ich müsste vorangehen und ihm die Hindernisse aus dem Weg räumen. Einen Stein, ein Drahtknäuel, einen verbeulten, halb vom Rost zerfressenen Blecheimer. Aber natürlich widerstand ich der Versuchung. Seit meiner Ankunft war dies sein erster Streifzug durch den Garten. Vielleicht hatte er Mut gefasst, nachdem er die Treppen bezwungen und das heimliche Zimmer erkundet hatte. Und ich wollte sein neu gewonnenes Selbstvertrauen auf keinen Fall gleich wieder zerstören.

Er blieb stehen und bedeutete mir voranzugehen. Ich drückte mich an ihm vorbei und kam zu einer von Obstbäumen gesäumten Lichtung. Birnbäume, voll behangen mit Früchten, und zwischen den Blättern eines anderen Baumes rot glänzende Herbstäpfel. Das Gras war frisch zertrampelt, offenbar war Tom am Morgen schon einmal hier gewesen.

Im nächsten Moment stand er neben mir, und sein Blick richtete sich auf das Ende der Lichtung.

»Na? Was sagen Sie dazu?«

Ein altmodischer, honiggelb und blau gestrichener Wohnwagen verbarg sich im Schatten eines Maulbeerbaumes mit tief herabhängenden Zweigen. Die Holzwände schienen noch feucht, die glatte Verschalung und das Dach glitzerten im Sonnenlicht. Jahrelange Hitze, Regen und Frost hatten ihm zugesetzt, die Wände trugen an einigen Stellen grüne Flechten, aber ansonsten war er in einem tadellosen Zustand. Ein oder zwei Bienen schwirrten durch die Luft.

»Toll, was?«

Er führte mich zu dem Wohnwagen, öffnete die Tür und zeigte mir das dunkle Innere. Ich bückte mich und warf einen Blick hinein. Alles war picobello sauber, ein Tisch mit Sitzbank, ein winziges Spülbecken, alles bemerkenswert gut erhalten, doch als ich den Mund aufmachte, um Tom zuzustimmen, schlug mir die Luft darin entgegen.

Kalte abgestandene Luft.

Ich fuhr zurück, und plötzlich fingen meine Beine an zu zittern.

»Er braucht eine Generalüberholung, bevor er wieder fahrtüchtig ist«, sagte Tom. »Und Sie müssten ihn anmelden. Aber er ist in einem erstaunlich guten Zustand. Wenn Sie jemanden kennen, der nähen kann – neue Bezüge wären nicht schlecht. Vielleicht auch ein paar neue Vorhänge, das eine oder andere Kissen. Aber er ist leicht genug, um ihn an Ihren Fiesta anzuhängen. Ich dachte, Sie könnten ...«

»Nein.«

Ich schluckte und schloss die Augen. Dann hielt ich mir die Nase zu und suchte nach Worten. Er hatte sich so viel Mühe gegeben, um mich zu überraschen. Mir eine Freude zu machen. Wie sollte ich es ihm bloß erklären? Ich verstand es ja selbst nicht. Dieser muffige Geruch im Inneren. Und jetzt, als ich zurückwich, der Anblick des Wohnwagens unter dem Maulbeerbaum im gesprenkelten Licht, das durch die Blätter fiel.

Tom humpelte auf seinen Krücken durch das hohe Gras auf mich zu. Er zögerte, dann legte er mir die Hand auf die Schulter.

»Abby, was ist los?«

Ich schüttelte ihn ab. »Ich habe zu tun.«

Ich ließ ihn in der Lichtung stehen und lief hastig den Pfad entlang zurück. Doch als das Haus in Sicht kam, konnte ich mir nicht vorstellen, es zu betreten. Ich ging um den alten

Schuppen herum und fand einen anderen Pfad, der tiefer in den überwucherten Garten führte.

Da explodierte in meinem Kopf noch eine andere Erinnerung.

»Ich weiß nicht, was es war«, erklärte ich dem Polizeibeamten, während ich in meiner rosa Jeans und der zerrissenen Bluse zitterte. »Eine Höhle oder so was Ähnliches.«

Ich saß auf einem Plastikstuhl im Polizeirevier von Gundara, mit einer Decke um die Schultern. Meine Kopfhaut brannte, jemand hatte eine Wunde mit Alkohol desinfiziert. Der Arzt sei unterwegs, sagte jemand. Die Wunde müsse genäht werden; ich müsse tapfer sein. Noch tapferer als während der letzten drei Tage im Busch.

Vor mir hockte eine Polizistin. »Was für eine Art Höhle, Gail? Kannst du sie uns beschreiben?«

»Drinnen war es dunkel und sehr schmutzig. Ich meine, der Boden war voller Dreck, aber unter dem Dreck war Metall.«

Die Beamtin nickte und lächelte mir zu. Dann aber drehte sie sich um und sah ihre Kollegen an. Sie wechselten einen Blick, und ich zog mich wieder in mein Schneckenhaus zurück. Schlang die Arme um den Oberkörper und schaukelte unruhig vor und zurück. Der Plastikstuhl quietschte. Ich wusste, was die Blicke bedeuteten.

»Warum glauben Sie mir nicht?«, rief ich.

»Wie bist du in dieser Höhle gelandet?«, fragte die Polizistin. »Bist du hineingefallen?«

Ich runzelte die Stirn und sah sie an, während ich versuchte, mich zu erinnern. Mein Bruder hatte gesagt, dass ich drei Tage lang weg war, aber mir kam es viel länger vor. Wie ein Jahr, ein ganzes Leben. Und das bedeutete, dass ich nicht mehr zwölf war, sondern hundert.

Ich betrachtete meine Hände.

Meine Knöchel waren wund, die Fingernägel bluteten. Das Blut war mit Erde vermischt und bildete kleine schwarze Monde um die Nägel. Knie und Ellbogen waren aufgeschürft, meine Kleider teilweise zerfetzt, überall hatte ich Kratzer. Am schlimmsten war der Hunger, geradezu krankhafter Hunger. Nachdem sie mich gefunden hatten, gab ein Mann mir heißen Kakao aus einer Thermosflasche, aber der erste Schluck versengte mir die Zunge, und dann musste ich mich übergeben. Jetzt erinnerte ich mich an das alte Brot, das ich in der Höhle gekaut hatte, und an den Geruch von kaltem Schinkenfett, der mir hochkam. Ich musste würgen.

»Hast du gehört, Gail? Wie bist du in die Höhle gekommen, von der du uns erzählt hast?«

Ich fing an zu weinen. »Ich will nach Hause.«

»Hör zu, Gail«, sagte die Polizistin geduldig. »Ich weiß, dass du etwas Schreckliches durchgemacht hast. Trotzdem müssen wir dir ein paar Fragen stellen. Damit wir bestimmte Dinge ausschließen können.«

Mein Vater stand an der Tür. »Was für Dinge?«

Die Polizistin stand auf. »Ihre Tochter hat ausgesagt, dass sie jemanden im Busch gesehen hat. Einen Mann, der eine Waffe in der Hand hielt, vielleicht eine Axt. Sie hat Panik bekommen und ist weggerannt, und jetzt versuchen wir ...«

»Das wissen wir doch alles schon«, brüllte mein Vater. »Was gedenken Sie damit *anzufangen*?«

»Ich versichere Ihnen, Mr Radley ...«

»Sie werden den Kerl ausfindig machen, oder? Sie werden ihn einsperren und den Schlüssel wegwerfen. Denn wenn ich hier auch ein Wörtchen mitzureden habe, dann wird sich jemand dafür rechtfertigen müssen, dass meine Tochter durch die Hölle gehen musste.«

Die Polizistin behielt die Fassung. »Ich kann Ihre Sorge gut verstehen, Mr Radley. Ihre Tochter hat Schlimmes durchgemacht, und Sie wollen sie mit nach Hause nehmen. Aber wir müssen uns Klarheit darüber verschaffen, ob es sich tatsächlich um eine Kindesentführung handelt oder ob sich nur ein verängstigtes Mädchen im Busch verirrt hat.«

Tom wusste nicht, wie er sie gefunden hatte. Vermutlich war er nur dem Geruch ihrer Wut gefolgt, dieser frischen heißen Spur, die in der Luft knisterte wie Schießpulver.

Sie saß unter einem Eukalyptusbaum. Sie hatte die Augen geschlossen und den Kopf an den Baumstamm gelehnt. Das gesprenkelte Sonnenlicht tanzte über ihr Gesicht, warf Schatten auf ihre Wimpern und glitzerte auf ihren feuchten Wangen.

Toms Hände schlossen sich fester um die Griffe seiner Krücken.

Wäre die dämliche Beinschiene nicht gewesen, hätte er sich neben sie gekniet und sie an sich gezogen. Vielleicht sogar den Mut aufgebracht, sie aufs Haar zu küssen. So aber stand er nur da wie ein Eindringling, unbeholfen mit schmutzigen Kleidern und Krücken, und wünschte, die Erde würde sich auftun und ihn verschlingen.

Sie blinzelte zu ihm auf, wischte sich über die Augen und rappelte sich auf.

»Bestimmt halten Sie mich für bescheuert.«
»Aber nein. Ist es wieder okay?«
»Weiß nicht.«
»Wollen Sie drüber reden?«

Sie lehnte sich wieder an den Baumstamm und schüttelte den Kopf. »Lieber nicht.«

Er konnte sich nicht beherrschen, streckte die Hand aus und strich ihr eine Haarsträhne hinter das Ohr.

»Vielleicht würde es helfen.«

Sie verzog das Gesicht, wirkte unschlüssig. »Es war wirklich sehr süß von Ihnen, den Wohnwagen für mich herzurichten. Ich habe keine Ahnung, warum ich so reagiert habe. Es war nur ...«

Sie stieß einen zittrigen Atemzug aus und sah über den Garten hinweg in Richtung Obstgarten, als versuchte sie, selbst dahinterzukommen.

»Nur?«

Sie fuhr sich mit der Hand über die Augen. »Waren Sie schon einmal in einer Situation, in der eine Unzahl scheinbar zufälliger Ereignisse passieren und Sie sich nach einer Weile fragen, ob alles am Ende vielleicht doch kein Zufall ist?«

Tom hob die Brauen. »Meinen Sie wie bei *Doctor Who*?«
»Ja, vermutlich.«
»Nun, eigentlich ... nein.«

Sie brachte ein klägliches Lachen zustande. »Na gut. Dann rede ich eben Unsinn.«

»Nein, fahren Sie fort«, ermunterte er sie. »Irgendwann werden Sie über etwas stolpern, das Sinn ergibt.«

Sie versetzte ihm einen gespielt entrüsteten Klaps auf den Arm und holte Luft, zweifellos im Versuch, ihn mit einer ihrer klassischen schlagfertigen Antworten zu treffen. Plötzlich zitterten ihre Lippen. Sie presste sie aufeinander, doch dann stiegen ihr die Gefühle, die sie zu unterdrücken versuchte, in die Augen. Sie schluckte und ließ den Kopf hängen.

Ohne nachzudenken, schob Tom eine Hand in ihr Haar und umfasste ihr Gesicht.

»Ich habe irgendeine dämliche Bemerkung gemacht, was?«

Sie sah ihn mit feuchten Augen an. »Schmeicheln Sie sich nicht selbst, Tom. Das meiste von dem, was Sie sagen, nehme ich nur bedingt ernst.«

»Gut. Lassen Sie mich nachdenken. Dann war das mit dem Wohnwagen eine schreckliche Idee?«

»Überhaupt nicht. Aber anscheinend hat es etwas in mir ausgelöst ... eine Erinnerung.«

»Ach, Abby. Das tut mir leid.«

»Es ist nicht Ihre Schuld.« Eine neue Träne lief ihr über das Gesicht. Sie wischte sie mit der Fingerspitze weg und seufzte. »Ich weiß selbst nicht, was los ist. Ich bin eigentlich nicht so nah am Wasser gebaut. Aber jetzt komme ich mir vor wie eine dumme Heulsuse.«

Sie konnte ihm nicht länger in die Augen schauen, verzog das Gesicht, und dann flossen die Tränen. Es schockierte ihn, sie so zu sehen. So verletzlich. So exponiert und schutzlos. Am liebsten hätte er zertrümmert, was diese Tränen auslöste. Hätte den Grund für ihre Trostlosigkeit herausgefunden und ihn ausgeräumt. Aber er hatte Angst, dass er der Grund für ihren Schmerz sein könnte.

»Mein Gott, Abby, ich bin ein Arsch.« Er rieb sich die Augen. »Ich hatte bestimmt nicht die Absicht, Sie so durcheinanderzubringen. Ich wollte mich nur revanchieren, nach allem, was Sie für mich getan haben. Sie haben meine Nörgelei und meine Launen ertragen. Sie waren mir ein echter Kumpel, und dafür wollte ich mich bedanken.« Als er merkte, dass sein Geschwafel alles nur noch schlimmer machte, zuckte er zusammen.

Da glitt Abby am Baumstamm hinab ins Gras und vergrub das Gesicht in den Händen.

Tom ließ zuerst eine Krücke fallen, dann die andere. Er lehnte sich an den Baumstamm, hielt das kaputte Knie gerade und manövrierte sich irgendwie zu ihr hinunter. Am Schluss plumpste er auf den Hosenboden, ohne darauf zu achten, wie hart der Aufprall war. Er legte die Arme um Abbys Schultern und zog sie an sich. Halbwegs erwartete er, dass sie von ihm wegrücken oder ihn mit dem Ellbogen wegstoßen würde, Widerling, der er war, aber sie überraschte ihn. Sie schmolz geradezu dahin, ihr Körper war warm und schwer, sie presste das Gesicht an seine Brust und klammerte sich mit beiden Fäusten an sein Hemd.

Sie gab keinen Ton von sich, regte sich nicht, aber bei jedem Atemzug, den er machte, roch er ihre Tränen. Vorsichtig legte er die Hand um ihre Wange und murmelte:

»Alles wird gut, Liebling.«

Ein Flötenvogel setzte sich auf einen Ast über ihnen und ließ einen Schwall von Blättern auf sie niederrieseln. Dann fing er an zu zwitschern und erfüllte die Luft mit seinem durchdringenden süßen Gesang.

Tom küsste Abby aufs Haar und sog ihren Duft ein. Am liebsten hätte er sie für immer so gehalten, sie beschützt oder zumindest von dem Albtraum erlöst, dem sie zu entkommen versuchte.

Der Flötenvogel verstummte und flog davon. Abby hob den Kopf und sah Tom in die Augen. Ihr Gesicht war nur einen Atemzug entfernt.

Sein Herz fing an zu hämmern. Ohne nachzudenken, beugte er sich vor, und seine Lippen streiften sanft ihren Mund. Einen Moment lang erwiderte sie seinen Kuss. Ihre Lippen schmeckten genauso süß, wie er es sich vorgestellt hatte, wie Honig und Kirschen, nach salzigen Tränen und *ihr* ... er wollte mehr.

Doch sie wich zurück und sah ihn mit aufgerissenen Augen an. »Was war denn das?«

Er fuhr zusammen. Das war nicht die Reaktion, die er sich erhofft hatte. »Ich dachte, es könnte dich auf andere Gedanken bringen. Damit du den Wohnwagen vergisst und auch das, woran er dich erinnert hat ...« Er sackte zusammen und versuchte, seine Verlegenheit mit einem Grinsen zu überspielen, doch es kam nicht viel mehr dabei heraus als eine Grimasse. Hatte er den Verstand verloren?

Abby lachte leise, unsicher. »Ich glaube, es wirkt.«

Ihr Gesicht war so nah, dass er ihren schnellen Atem auf seinen Lippen spürte. Er beugte sich vor, um seine Theorie zu überprüfen, doch wieder wich Abby zurück und legte den Kopf auf die Seite, um ihm ein unsicheres Lächeln zu schenken.

»Mein Gott, Tom.«

»Was denn?«

Sie schaute auf seinen Mund herab und nagte an ihrer Unterlippe, vielleicht schmeckte sie ihn noch. Dann lachte sie heiser und schüttelte den Kopf.

»Wie zum Teufel soll ich dich jetzt wieder auf die Beine kriegen?«

»Ich nehme an, dass ich hier unten bleiben muss«, murmelte er, während seine Sinne noch immer verrücktspielten. »Mit dir. Für immer.«

»Ha!« Ihr Lächeln wurde breiter. »Das wäre dein Untergang.«

Sie löste sich aus seinen Armen, stand auf und sah auf ihn herab, die Hände in die Hüften gestemmt, die Stirn in Falten gelegt. Allmählich fand sie zu ihrer alten Form zurück. Abby auf der Hut. Doch Tom war es egal. Er war noch immer trunken von der Erinnerung an sie in seinen Armen. Seinem Mund auf dem ihren. Noch betäubt von dem Augenblick, in dem sie ihm erlaubt hatte, ihr so nah zu kommen.

Ihr Lächeln wandelte sich erneut.

Bildete er sich das ein oder strahlten ihre Augen etwas Herausforderndes, vielleicht sogar Verführerisches aus?

»Komm.« Sie streckte ihm die Hände entgegen, um ihm aufzuhelfen. »Ganz vorsichtig.«

Er brauchte qualvolle, seinen Stolz zersetzende tausend Jahre, um wieder auf die Beine zu kommen, obwohl es vermutlich nur fünf Minuten waren. Und als er endlich stand und sich auf seine Krücken stützte, war eines klar.

Irgendetwas war mit seinem Herzen geschehen. Es fühlte sich an, als wäre es angeschlagen. Verletzt. Es flatterte und glühte wie die Flamme einer Kerze im Wind.

Abby hatte recht. Es war sein Untergang.

Nach dem Abendessen stahl ich mich wieder in den Garten hinaus. Die Luft war frisch und pustete die Spinnweben aus meinem Kopf. Ich wanderte zum Obstgarten zurück, stand lange im Dämmerlicht und sah über die Lichtung und das zertrampelte Gras zum Wohnwagen hinüber. Er versteckte sich im Schatten des Maulbeerbaums und war kaum zu erkennen.

Ein kühler Wind war aufgekommen, sodass ich die Strickjacke enger um die Brust zog. Ich machte den Fehler, mich mit einem tiefen Seufzer beruhigen zu wollen, atmete jedoch bloß feuchte Luft ein, die nach fauligen Blättern schmeckte.

Am Ende ging ich hinüber zum Wohnwagen und legte die Hand auf dessen gewölbte Seite. Das Sperrholz war rau, verwittert und fühlte sich irgendwie warm an. Als ich die Augen schloss, verwandelte er sich in etwas, das wie eine Höhle aussah.

Kannst du sie beschreiben, Gail?

Drinnen war es dunkel und sehr schmutzig. Ich meine, der Boden war voller Erde, aber unter der Erde war Metall.

Ich hatte nicht fantasiert.

Die Höhle war echt.

Jetzt war ich mir ganz sicher. Hundert Pro. Als ich den kleinen Wohnwagen am Nachmittag gesehen hatte, die feuchte, von Flechten überzogene Verschalung, das gewölbte Dach, in dem sich die Sonne widerspiegelte, war alles in mir wieder lebendig geworden. Die Höhle war eindeutig eine Erinnerung und nicht, wie jeder mir damals einreden wollte, eine von Panik ausgelöste Einbildung.

Eine Vorstellung nahm Gestalt an.

Was, wenn es trotz allem keine Höhle gewesen war?

Sondern etwas von Menschenhand Gemachtes?

Mit dieser Vorstellung, die mir auf der Seele lastete, kehrte ich zum Haus zurück. Die Küche lag im Dunkeln, im Wohnzimmer brannte nur eine einzige Tischlampe. Ich schlich durch den Flur und horchte an der Tür von Toms Arbeitszimmer.

Er hämmerte auf seine prähistorische Remington ein, mit aller Kraft. Was für ein altmodischer Kerl, weigerte sich hartnäckig, einen Computer zu benutzen. Ich hätte fast laut gelacht. Fast zwei Wochen lang hatte ich ein Loblied auf die Errungenschaften der modernen Technologie gesungen, hatte ihm sogar angeboten, meinen Laptop zu benutzen, um ihn auf die dunkle Seite zu locken.

Das ist wirklich stark, hatte er entgegnet. *Aus dem Mund einer Frau, die mit einem Abhäutemesser unter dem Kopfkissen schläft.*

Ich berührte meine Lippen.

Wenn ich mich an den Kuss unter dem Baum erinnerte, wurde mir heiß und kalt. Ich rang nach Luft. Ich hatte mich so danach gesehnt, mich an ihn zu schmiegen, um eine weitere Kostprobe zu erhalten, und um ein Haar hätte ich es getan. Doch dann bemerkte ich, wie er mich ansah, sehnsüchtig, bewundernd, und der Feigling in mir machte einen Rückzieher. Es war lange her, dass ich einem Mann gestattet hatte, mir so nah zu kommen. Und wenn ich wusste, was gut für mich war, würde ich es lieber nicht wiederholen.

Vorsichtig tastete ich mich weiter durch den Gang, betrat die Bibliothek, fuhr meinen Laptop hoch und verband ihn mit Toms Satellitenmodem. Dann wartete ich eine Ewigkeit, bis es das nebulöse Signal von Gundaras fernem Sendemast erreicht hatte, und öffnete meinen E-Mail-Account.

Hi, Kendra, wir haben Glück. Gabriel hat sich bereit erklärt, mir ein Interview zu geben. Du hast es spätestens Donnerstagabend auf deinem Schreibtisch, gerade noch rechtzeitig für das Festival am Freitag.

PS: Ich freue mich maßlos auf die Titelstory, die du mir versprochen hast.

Ich klickte auf *Senden* und lehnte mich zurück.

Vor zwei Wochen hatte mein Leitartikel über die Blackwater-Morde mir ein Loch ins Hirn gebrannt. Nachdem ich Shayla auf dem Campingplatz gefunden hatte, hielt ich ihn für eine notwendige Warnung. Jetzt fühlte er sich eher an wie die dünne Fassade einer erheblich tiefgründigeren Geschichte.

War die Ähnlichkeit von Shayla mit den früheren Opfern von Blackwater ein Zufall? Sie hatte nicht nur dunkles Haar und war etwa so alt wie die anderen Opfer, sie hatte auch einen ähnlich problematischen Hintergrund in ihrer Familie. Und was war mit Frankie Wigmore, wie passte sie in dieses Bild? Gab es zwischen all diesen Mädchen eine Verbindung, oder sah ich Parallelen, die gar nicht existierten?

Ich nahm einen großen Schluck aus meiner Wasserflasche, gähnte und dachte darüber nach, ob ich nicht ins Bett gehen sollte. Langweilig. Es war erst zehn Uhr abends, und ich war voll aufgedreht. Wie schon den ganzen Nachmittag, seit ich den Wohnwagen gesehen hatte.

Seit dem Eukalyptusbaum.

Ich warf einen Blick über die Schulter auf die Tür und überlegte, ob ich mich durch den Flur schleichen und in Toms Bett legen sollte. *Überraschung*, würde ich flüstern, wenn er zu mir kam. *Du hast mich heute Nachmittag so fabelhaft abgelenkt, könnten wir das noch mal wiederholen?*

Man würde ja wohl träumen dürfen.

Ich wandte mich wieder dem Laptop zu und tippte »Ravenscar« in den Browser.

Auf dem Bildschirm erschien eine lange Schlange von Links, die alle auf eine Touristenseite in North Yorkshire in Großbritannien verwiesen. Doch ganz am Ende der Liste stand die Adresse einer obskuren Website über australische Geschichte.

Ich klickte mich durch, überflog die Seite und untersuchte einige Drop-down-Menüs. Stieß auf ein digitales Bildarchiv: Sepia-Aufnahmen von Menschen, die längst tot waren, oder Silbergelatine-Landschaften, zu gespenstischen Grautönen verblasst. Am Ende stieß ich auf eine PDF-Datei mit dem Titel *Erinnerungen an Gundara*. Ich druckte sie aus, klemmte mir die Blätter unter den Arm und fuhr den Computer herunter.

Oben angekommen nahm ich eine Dusche und ging ins Bett. Dort machte ich es mir mit dem Stapel Papier in den Kissen gemütlich und las wie gebannt bis weit nach Mitternacht.

Kapitel 16

Am Sonntagmorgen bog ich in Lils Auffahrt ein, mit einer Dose voller Shortbread auf dem Beifahrersitz.

Lil war im Garten und schnitt welke Blüten von einem rankenden Rosenstock. Sie musste früh aufgestanden sein, denn neben ihr auf dem Rasen lag bereits ein großer Haufen Abfall. Als sie den Wagen hörte, legte sie die Rosenschere beiseite und kam auf mich zu. Unter ihrem riesigen Sonnenhut strahlte sie vor Freude, bedankte sich für das Gebäck und stellte die Dose auf eine schattige Gartenbank. Dann hakte sie sich bei mir unter und führte mich den Hügel hinab auf den Rand des Gartens zu.

»Joe und ich haben eine Überraschung für Sie, meine Liebe. Aber wir müssten ein Stückchen gehen. Hätten Sie Lust?«

»Ja, natürlich. Wo ist Joe denn?«

Lil lächelte geheimnisvoll. »Er wartet auf uns. Kommen Sie.«

Ihr breites Lächeln beruhigte mich. Sie hatte sich von der Episode im Schutzgebiet sichtlich erholt. Und irgendwie schien sie sich verändert zu haben. Sie war viel lockerer, als hätte sie sich von einer schweren Last befreit. Ich fragte mich, ob unser Gespräch letzte Woche ihr gutgetan hatte, trotz der Kopfschmerzen.

Während wir einen Schlenker durch das hohe Gras machten und über einen Feldweg den Hügel hinabstiegen, plauderte sie fröhlich über ihre Arbeit mit der Theatergruppe.

»Diese jungen Frauen sind wirklich gut. Auf jeden falschen Fuffziger, der sich ins Frauenhaus flüchtet, kommt eine Handvoll Frauen, die nur ein bisschen liebevolle Zuwendung brauchen, um ihre besten Seiten hervorzukehren.« Sie sah mich an und lächelte. »So wie wir alle, nehme ich an.«

»Ich kann mir vorstellen, dass die Arbeit im Frauenhaus faszinierend ist, aber auch deprimierend.«

»O ja, manchmal bin ich richtig verzweifelt. Manche Frauen sind so verkorkst, dass sie sich nicht erholen. Manche sind rauschgiftsüchtig, andere wurden ihr ganzes Leben lang misshandelt. Obwohl ich selbst überzeugt bin, dass jeder Mensch alle Widrigkeiten überwinden kann, wenn er nur fest genug daran glaubt, ist vielen dieser Härtefälle jegliche Hoffnung abhandengekommen. Sie verlieren den Glauben an sich selbst und geben einfach auf.« Sie lächelte leicht. »Aber das ist ja etwas, mit dem wir alle zu kämpfen haben, nicht wahr? Die Zeit vergeht, und die Rückschläge zermürben uns. Dann erscheint es uns leichter, einfach aufzugeben. Ich denke, das ist der Grund, warum ich so gern mit der Theatergruppe arbeite. Meine Mädchen sind sehr stark.«

»Keine Härtefälle darunter?«

Lil lächelte traurig. »Die gibt es immer. Jenny zum Beispiel. Vor einiger Zeit tauchte sie mit einem blauen Auge und einer geplatzten Lippe bei uns auf. Und jetzt, kaum einen Monat später, hilft sie mir bei den Kostümen und scheint ihre Liebe für die Mode entdeckt zu haben. Neulich hat sie mich gebeten, ihr zu helfen, ein Aufnahmeformular auszufüllen, damit sie an der Fachoberschule von Gundara angenommen wird.«

»Das klingt doch prima. Dann wird sie zu einer Ihrer Erfolgsgeschichten, oder?«

»Hoffentlich. Darüber muss die Zeit entscheiden. Ich

glaube, dass wir durch Vorbilder lernen, Abby. Wir ahmen diejenigen nach, die uns am nächsten stehen: Eltern, Lehrer. Verwandte. So lernen wir, uns anzupassen und einen Gemeinschaftssinn zu entwickeln. Aber wenn die, von denen wir lernen, ein schlechtes Verhalten an den Tag legen, wie sollen wir dann lernen, was richtig und was falsch ist? Oder was von uns erwartet wird? Im besten Fall finden wir andere Vorbilder, an denen wir uns orientieren können. Liebevollere und vernünftigere Menschen. Das versuchen wir mit unserer Arbeit im Frauenhaus.« Sie lachte und zog die Augenbrauen hoch. »Und manchmal funktioniert es sogar.«

Lils Augen glänzten beim Sprechen. Ihre Wangen glühten rosig in der Sonne, ihr Gang war selbstsicher. Sie ertappte mich dabei, wie ich sie beobachtete, und ich konnte mir ein Lächeln nicht verkneifen.

»Sie setzen sich wirklich mit Leidenschaft für diese Frauen ein, stimmt's? Um ihnen zu helfen, meine ich.«

Lil lächelte mich an. »Ja, das war schon immer so.«

»Haben Sie je einer von ihnen erzählt, was Sie ...«

Sie schüttelte den Kopf. »O nein, Abby, nie. Es gab Augenblicke, in denen ich versucht war, es zu tun, aber natürlich kam es nicht so weit. Ich finde es besser, mich auf ihre Probleme zu konzentrieren. Ach, sehen Sie mal ...« Sie versetzte mir einen Klaps auf den Arm, schob die stacheligen Zweige einer Grevillea beiseite und lief voraus. »Da drüben ist Joe.«

Ich folgte ihr bis zum Rand eines großen Billabongs. Joe winkte von Weitem. Er hatte die Beine seiner ausgebeulten Hose bis zu den Knien hochgekrempelt und stand knöcheltief im Matsch. Er hatte einen Eimer mit etwas gefüllt, das aussah wie Riverweed, und kam jetzt mit schmatzenden Schritten auf uns zu.

»Schön, Sie zu sehen, Abby. Ein herrlicher Tag, was? Und was sagen Sie zu unseren Gästen?« Er zeigte auf die Szene hinter sich.

Das Wasserloch lag geschützt in einem Hain hoher Eukalyptusbäume und speiste sich aus einem Fluss, der sich durch die einheimischen Gräser schlängelte. Eine Familie von schwarzen Schwänen glitt majestätisch über das Wasser. Die flauschigen Jungen folgten hinter ihren Eltern; ihr lautes Geschrei erfüllte die Luft.

»Oh, sind die schön! Leben sie hier?«

»Sie kommen jedes Jahr um die Weihnachtszeit und bleiben bis Ende Mai«, erklärte Lil. »Joe meint, es läge daran, dass der Billabong so schön geschützt ist, aber ...« Sie lachte fröhlich. »Na los, du Schwindler. Zeig es ihr.«

Auch Joe lachte. Er nahm den Eimer, ging damit bis zum Ufer und warf den Schwänen dicke Bündel von Riverweed zu. Sie schrien aufgeregt und glitten flügelschlagend auf Joe und seinen Eimer zu.

»Sie mögen die Käferlarven darin«, rief Joe über die Schulter. »Dann sind sie jedes Mal ganz aus dem Häuschen.«

Die Schwäne bogen ihre langen Hälse und tauchten die schmalen Köpfe ins Wasser. Im Nu war der Eimer leer. Jetzt schrien sie Joe an und schwammen hin und her, um zu sehen, warum die Vorräte ausgegangen waren. Als einer ans Ufer kam und auf Joe zuwatschelte, machte der auf dem Absatz kehrt und lief zu uns zurück.

»Uff!« Er wischte sich über die nasse Stirn und beschmierte dabei sein Gesicht mit Erde. »Der Große war ganz schön schnell, was?«

Lil kicherte, und ihre Unbekümmertheit war so ansteckend, dass Joe und ich einstimmten, bis unser Gelächter das Geschrei der Schwäne übertönte. Während wir zum Haus zurückkehrten, eilte Joe voraus, um sich den Schmutz aus dem Gesicht und von den Beinen zu waschen und Wasser für den Tee aufzusetzen.

»Er ist ein richtiger Clown«, sagte Lil bewundernd. »Aber ein liebenswerter.« Sie musterte mich. »Sie kommen mir heute so anders vor, Abby. Ich frage mich schon den ganzen Morgen, woran das liegen könnte. Haben Sie irgendwas an Ihrer Frisur geändert?«

»Äh ... nein.«

»Sie strahlen irgendwie. Vielleicht liegt es an dem neuen Top. Dieses Blassblau steht Ihnen wirklich gut.«

Ich holte Luft und suchte nach Worten, um irgendetwas zu sagen, doch dann lachte Lil.

»Wie heißt er, meine Liebe?«

»Da ist niemand«, entgegnete ich hastig, wischte mir die Hände an meiner Jeans ab, musste aber ihrem Blick ausweichen. »Wahrscheinlich liegt es daran, dass ich mehr als üblich an der frischen Luft war, das ist alles.«

Lil hob die Brauen. »Verstehe.«

Ich blinzelte und versuchte, nicht an den erregenden Moment mit Tom unter dem Eukalyptusbaum zu denken. Ich wollte nicht an die Fantasien erinnert werden, die mich letzte Nacht schließlich in den Schlaf gewiegt hatten. Trotzdem entwich mir ein ersticktes Kichern, und ich warf Lil einen Blick zu, bei dem auch sie lachen musste.

Wir stiegen weiter den Hang hinauf, durch den Halbschatten der Bäume. Ich hätte Lils neugieriges Lächeln ignorieren sollen, ertappte mich jedoch dabei, etwas erklären zu wollen.

»Ich tauge nicht für eine Beziehung, Lil. Ich wünschte, es wäre anders. Ich meine, sehen Sie sich Joe und sich an.

Bewundernswert, was Sie gemeinsam haben. Immer wenn ich es mit jemandem ernst meine, mache ich dicht. Ich fühle mich eingeengt, so, als wäre ich nicht mehr Herrin meines eigenen Lebens.«

»Sie sabotieren also die Beziehung, ehe sie zu einer Falle werden kann?«

»Ja, so ungefähr.«

»Wissen Sie, ich war früher auch so.«

»Echt?« Ich blieb stehen und schirmte meine Augen ab, um sie anzusehen. »Aber Joe und Sie gehen so liebevoll miteinander um. Es sieht aus, als wären Sie ein Herz und eine Seele.«

Lil rieb sich die großen Hände. »Das war nicht immer so. Als wir uns kennenlernten, hatte ich furchtbare Angst, ich könnte in etwas hineingeraten, aus dem ich nicht mehr herauskäme. Meine Mutter sagte immer, die Liebe hätte sie wehrlos gemacht. Und später machte sie den Tod meines Vaters für all ihre Probleme verantwortlich. Ich hatte gesehen, wie die Liebe ... na ja, wie sie das Leben anderer Menschen ruinierte. Aber als ich Joe begegnete, brachte er mir etwas sehr Wichtiges bei.«

»Was denn?«

»Dass nicht die Liebe einen Menschen wehrlos macht, sondern die Angst davor. Die Liebe ist die einzige Sache im Leben, die einen stark machen kann. Wenn man es zulässt.«

»Starker Tobak.«

Sie lachte. »Selbst Joe hat gelegentlich lichte Momente.«

Wieder dachte ich an Toms flüchtigen Kuss unter dem Eukalyptusbaum, und bei dem Gedanken wurde mir warm ums Herz.

»Vielleicht gibt es ja doch noch Hoffnung für mich.«

Lil tätschelte meinen Arm. »Man muss es nur stark genug wollen, dann ist alles möglich.«

Noch immer lächelnd stiegen wir den Weg hinauf, vorbei an Grevilleabüschen und hohen Pinien. Ein Teil von mir wünschte sich, ich könnte diese fröhliche Leichtigkeit zwischen uns erhalten und dem Vorstoß in Lils schmerzhafte Vergangenheit ausweichen. Doch als wir in den Garten kamen, warf ich ihr einen verstohlenen Blick von der Seite zu. Sie lächelte noch immer, und ihre Wangen waren rosig, doch die Anspannung war in ihre Augen zurückgekehrt.

Ich war nicht die Einzige, die Angst hatte vor dem, was vor uns lag.

Lil holte Toms Shortbread von der Bank, und ich folgte ihr über die Verandatreppe in die Küche. Joe hatte den Tisch gedeckt und sich aus dem Staub gemacht, zweifellos wusste er, dass wir ein weiteres intensives Gespräch vor uns hatten.

Ich setzte mich an den Tisch und kramte nach dem Tagebuchblatt in meiner Tasche. Ich faltete es auseinander und lehnte es an ein Marmeladenglas mit Glockenblumen aus dem Garten.

Lil wuselte herum, machte Tee und verteilte das Shortbread auf einem mit Blumen gemusterten Teller. Als sie die klappernden Teetassen aus dem Schrank nahm, flog ihr Blick immer wieder zu dem Blatt Papier. Schließlich setzte sie sich neben mich und seufzte.

»Wo waren wir letztes Mal stehen geblieben?«
»Frankie und Sie waren glücklich in Ravenscar.«
»Ach ja.«

»Aber ich glaube, so ist es nicht geblieben.«

Lil rückte das Marmeladenglas zurecht, sodass die Glockenblumen in der reglosen Luft wippten. Dann zog sie die Hände zurück und versteckte sie unter der Tischkante.

»Kurz nachdem wir in Ravenscar angekommen waren, war Frankie zwölf geworden. Und als sie fünfzehn wurde, hatte sie eine Bindung zu dem jungen Soldaten entwickelt.«

»Eine Bindung?«

»Sie hatte sich in ihn verliebt.«

»Oh.« Ich lehnte mich zurück. »Und hat er ihre Gefühle erwidert?«

»Ja, das hat er. Er hat sie über alle Maßen geliebt. Wie ein Besessener, könnte man fast sagen. An Frankies sechzehntem Geburtstag hat er ihr einen Heiratsantrag gemacht. Frankie war schon immer sehr romantisch. Sie träumte davon, sich zu verlieben und Abenteuer zu erleben. Sie wollte all die fernen Städte kennenlernen, von denen sie in Büchern gelesen hatte – Paris, London, New York. Und so machten sie Pläne. Sie beschlossen, ein Jahr später zu heiraten, an Frankies siebzehntem Geburtstag. Er erzählte von einem Erbe, angeblich groß genug, um das Land zu verlassen und irgendwo anders neu anzufangen. So packten wir im Januar 1953 unsere Habseligkeiten und genügend Proviant für mehrere Tage in den Wagen und verließen Ravenscar für immer. Frankie meinte, es wäre zu riskant für sie, mich bis nach Sydney zu bringen, deshalb setzten sie mich in Gundara ab, und wir verabschiedeten uns voneinander.«

»Und Sie haben sie niemals wiedergesehen?«

»Nein.«

»Warum nicht?«

»Ich musste ihr versprechen, dass ich nicht versuchen würde, sie zu finden.«

»Ist das der Grund, weshalb Sie niemandem erzählt haben, was aus ihr geworden war?«

Lil rieb sich die Wangen. »Können Sie sich vorstellen, was passiert wäre, wenn ich es getan hätte? Die Polizei, die Behörden hätten sie gesucht. Nach allem, was er getan hatte, wären wahrscheinlich beide ins Gefängnis gekommen. Oder Schlimmeres. Frankie war meine Schwester und meine beste Freundin. Ich hätte sie niemals verraten.«

Ich spülte den Rest meines Shortbreads mit einem Schluck Tee hinunter und wählte meine Worte äußerst vorsichtig.

»Seitdem sind viele Jahre vergangen. Denken Sie manchmal daran, sie zu suchen?«

Lil griff nach einer der Glockenblumen und zerrieb eine kleine Blüte zwischen den Fingern.

»Nein, niemals.«

»Aber sie könnte noch leben. Wie halten Sie es aus, nicht an sie zu denken, wenn sie irgendwo da draußen sein könnte, vielleicht inzwischen allein ist und sich fragt, was aus Ihnen geworden ist?«

Lil rieb die zerdrückte Blüte zwischen ihren Handflächen und inspizierte die schmierige Spur, die sie hinterlassen hatte.

»Ich habe es ihr versprochen, Abby. Und egal, wie einsam ich mich manchmal ohne sie fühle, ich habe eine Menge geopfert, um mein Versprechen zu halten. Es ist das, was Frankie sich gewünscht hat.«

Ich kippte meine leere Tasse von einer Seite auf die andere und betrachtete die aufgequollenen Teeblätter, in der Erwartung, dass Lil mit ihrer Erzählung fortfuhr. Doch das Schweigen zog sich in die Länge. Ich hatte meine Antwort, dennoch blieben mehr Fragen offen, als ich mir erhofft hatte. Wo steckte Frankie jetzt, war sie noch immer mit ihrem Soldaten zusammen? Hatten sie tatsächlich ihr Glück gefunden? Oder war Frankie erwachsen geworden und nahm ihm übel, dass er ihnen beiden die Jugend geraubt hatte? Und falls ja, warum war sie nie wieder aufgetaucht?

Lil sah mir in die Augen, dann senkte sie den Blick auf das herausgerissene Blatt des Tagebuches. Ich nickte. Sie griff danach und faltete es mehrmals zusammen, bis es sich nicht mehr weiter falten ließ. Dann steckte sie es in ihre Rocktasche.

»Nun.« Sie schob ihren Stuhl zurück und stand auf. »Am besten räume ich die Rosenabfälle noch weg, bevor es dunkel wird. Wenn ich sie über Nacht liegen lasse, werden die Beutelratten sie überall im Garten verstreuen. Und dann müssen Joe und ich noch tagelang Dornen aus unseren Schuhen ziehen.«

Ich sammelte unser Teegeschirr ein und trug es zur Spüle. Während ich es unter fließendem Wasser abspülte, sagte ich, ohne Lil anzusehen: »Denken Sie jemals daran, wie es wäre, sie wiederzusehen?«

Lil legte das Shortbread zurück in die Dose, griff nach einem frischen Geschirrtuch und begann, die Tassen abzutrocknen.

»Meine Schwester will gar nicht, dass man sie findet, Abby. Wahrscheinlich hat sie ihren Namen mehrmals geändert. Vielleicht hat sie sogar das Land verlassen. Selbst wenn ich wollte, könnte ich sie nicht ausfindig machen.«

»Aber Sie würden sie gern wiedersehen, oder?«

Sie lächelte traurig und senkte den Blick. »Ja, von Herzen gern.«

Ich trocknete mir die Hände ab. »Und wenn ich Ihnen sagen würde, dass es vielleicht eine Möglichkeit gibt?«

Kapitel 17

Lil hängte das Geschirrtuch zum Trocknen auf, kehrte an den Tisch zurück und sank auf ihren Stuhl. Dann warf sie der jungen Frau einen misstrauischen Blick zu. Sie hatte Abby gern, doch im Augenblick hätte sie es vorgezogen, dass sie wieder ging. Sie wollte nur eines: sich in ihr Zimmer zurückziehen und Frankies Aufzeichnungen lesen.

Abby hingegen schien es nicht eilig zu haben. Sie setzte sich Lil gegenüber und griff in ihre Handtasche, die über der Stuhllehne hing. Sie nahm ein Blatt Papier heraus und reichte es Lil über den Tisch.

Lil starrte auf das Blatt. Es war die Fotokopie einer Buchseite. Sie las die Überschrift, *Erinnerungen an Gundara*, von Mary Quail, doch das sagte ihr nichts.

Abby beugte sich vor. »Es ist ein Auszug aus einer Autobiografie.«

»Oh.«

»Ich habe sie heute Nacht im Internet gefunden, nachdem ich auf die Idee gekommen war, dass ich in einer geschichtlichen Abhandlung oder Biografie aus der Gegend etwas über Ravenscar finden könnte. Beim Googeln bin ich auf diesen Text gestoßen.«

Lil betrachtete das Papier mit hochgezogenen Augenbrauen. »Was hat das mit Frankie zu tun?«

Abby zeigte auf das Blatt. »Mary Quail war eine Hebamme,

die um die Jahrhundertwende geboren wurde. Sie verbrachte ihr ganzes Leben in Gundara. Offensichtlich war sie eine ziemlich eigenwillige Person und kannte Gott und die Welt. Und obendrein war sie, wie Sie sehen werden, mit einem bemerkenswerten Gedächtnis gesegnet.«

Lil schluckte. Sie strich den Auszug aus Mary Quails *Erinnerungen* glatt, kniff die Augen zusammen, um eine klare Sicht zu bekommen, und fing an zu lesen.

1942 kam mein Bruder auf Heimaturlaub nach Hause, und wir verbrachten zwei herrliche Wochen damit, seine alten Lieblingsorte aufzusuchen. Wegen einer Kinderlähmung war er vom Fronteinsatz befreit, sodass er zu seinem großen Bedauern zu Büroarbeiten in Darwin verdonnert worden war. »Ein Dreckloch voller Hitze und Mücken«, nannte er es und war mächtig froh, wieder zu Hause zu sein.

Anfang November nahm er mich mit zu Lars Tuckermans altem Haus, Ravenscar, ein stattliches Anwesen, das die Tuckermans in den 1920er-Jahren in die Wildnis gebaut hatten. Lars und seine Ehefrau Inge waren Anfang des neunzehnten Jahrhunderts aus Norwegen eingewandert. Lars war ein Einsiedler, seine Frau dagegen liebte es, ihre Rolle in der Gesellschaft wahrzunehmen. Zum Glück waren sie auch erstaunlich wohlhabend. Meinem Bruder zufolge war das Paar früher für seine großzügigen Gartenfeste berühmt gewesen. Die Gäste nahmen weite Wege auf sich, um an den Partys teilzunehmen. Ich glaubte ihm kein Wort, bis ich das Haus mit eigenen Augen sah.

Es war ein prächtiges weitläufiges Anwesen, umgeben von hervorragend gepflegten Gärten – die Tuckermans gehörten zu den wenigen Familien in der Umgebung, die sich noch Hauspersonal leisten konnten.

Ich machte mir Hoffnungen, ebenfalls zu einem Fest der Tuckermans eingeladen zu werden, doch Lars war bereits sehr krank, als ich ihn kennenlernte: ein gebeugter alter Mann mit leerem Blick und eingefallenen Wangen. Nur noch ein Schatten seiner selbst. Die Gartenpartys hatten schon vor Jahren ein Ende gefunden.

Am Eingang empfing uns Lars' Enkel Ennis, ein mürrischer schwarzhaariger Junge um die fünfzehn. Man servierte uns wässrigen Tee und Weihnachtsgebäck, das vermutlich noch aus dem letzten Jahr stammte, denn es schmeckte verschimmelt. Das magere hochgewachsene Mädchen, das uns bediente, war Ennis' Schwester Violet. Sie war ein unstetes Wesen um die siebzehn und tat sich schwer mit Gesellschaft. Dem strähnigen Haar, dem pickeligen Gesicht und der abgetragenen Kleidung nach zu urteilen fehlte es hier draußen im Busch, wo sie mit ihrem Bruder und ihrem Großvater lebte, an der angemessenen Fürsorge. Sie tat mir leid. Ich hätte mich gern mit ihr angefreundet, doch sie ignorierte alle entsprechenden Versuche.

Vielleicht war es die Trauer. Ennis und Violet hatten vor Jahren, als sie noch klein waren, ihre Eltern verloren. Dann war 1940, zwei Jahre ehe ich sie kennenlernte, auch ihre Großmutter Inge gestorben. Wenig später ging es mit einem von Lars' Unternehmen bergab, nachdem ein Angestellter bei einem Arbeitsunfall starb und sich herausstellte, dass Lars nicht ausreichend versichert gewesen war.

Als ich Lars kennenlernte, war er neunundfünfzig und bankrott. Eine Zeit lang lebte er noch von seinem Vermögen, danach verdiente er ein bisschen Geld, indem er die Nachbarschaft mit Feuerholz versorgte. Ein Jahr nach unserem Besuch in Ravenscar erfuhr ich, dass er gestorben war. Was aus Ennis und seiner Schwester geworden ist, weiß ich nicht. Gerüchten zufolge ist Ennis zum Militär gegangen, obwohl er damals kaum älter als sechzehn gewesen sein konnte. Ich glaubte, die beiden lebten noch auf dem Anwesen, doch als der Krieg zu Ende war, schienen sie wie vom Erdboden verschluckt zu sein.

Lil saß ganz still. Vor Jahrzehnten hatte es eine Zeit gegeben, da konnte sie ihre Gefühle noch verbergen. Trotz des Aufruhrs und der Schuldgefühle, die in ihr wüteten, gelang es ihr immer, ein ruhiges Gesicht aufzusetzen und die Hände unter Kontrolle zu halten. Doch irgendwie waren ihr in letzter Zeit diese Fähigkeiten abhandengekommen.

Das Blatt Papier zitterte, als sie es Abby zurückreichte. Die junge Frau sah sie erwartungsvoll an. Lil versteckte die Hände in ihrem Schoß und holte tief Luft.

»Ich weiß nicht, was das mit Frankie zu tun haben soll.«

»Der Soldat hieß doch Ennis Tuckerman, oder? Das bedeutet, dass Sie ihn vielleicht mithilfe der Armeeunterlagen ausfindig machen könnten. Möglich, dass er eine Pension erhalten hat oder man den Verein für Kriegsheimkehrer einschalten könnte. Und wenn Sie ihn finden, würden Sie auch Frankie finden können.«

Lil faltete die Hände auf ihrem Schoß. »Ich will sie aber gar nicht finden, Abby.«

»Haben Sie Angst, auf diese Weise zu erfahren, dass Frankie gestorben ist?«

Lil seufzte. »Ich fürchte, ich war nicht ganz ehrlich mit Ihnen.«

»Ach ja?«

»Es gibt einen Grund, aus dem Frankie nicht gefunden werden wollte. Sie müssen wissen, dass wir an dem Tag, an dem wir Ravenscar verließen, einen fürchterlichen Streit hatten. Wir warfen uns schlimme Sachen an den Kopf. Unverzeihliche Sachen.«

»Worum ging es denn?«

»Es ging um *ihn*. Ennis. Ich war eifersüchtig, nehme ich an.«

»Dann hatten auch Sie Gefühle für ihn?«

Lil schnaubte verächtlich. »Keine romantischen Gefühle wie Frankie natürlich. Aber ja. Irgendwie liebte auch ich ihn. Wissen Sie noch, wie ich Ihnen erzählte, dass Mutter nie Zeit für uns hatte? Die Lehrer betrachteten uns als aussichtslose Fälle, so oft hatten wir die Schule geschwänzt – weil wir uns um unsere Mutter kümmern mussten oder einfach bloß unentschuldigt fehlten. Ennis gab uns das, wonach wir uns am meisten sehnten. Wonach sich alle Kinder sehnen. Aufmerksamkeit. Anerkennung. Zuneigung.«

»Er hat Sie fünf Jahre lang in einem kleinen Zimmer eingesperrt, Lil. Wie kann das Zuneigung sein?«

Statt einer Antwort erhob sich Lil. Wie konnte sie nur erwarten, dass jemand das verstand? Sie trat ans Fenster und starrte in den Garten, ohne ihn wirklich zu sehen.

Ein mürrischer schwarzhaariger Junge um die fünfzehn, hatte Mary Quail geschrieben. *Lars' Enkel Ennis*. Sie war schockiert gewesen, den Namen schwarz auf weiß auf dem Blatt zu sehen. All die Jahre lauerte sein Name im hintersten Winkel ihres Gedächtnisses, wie eine Motte, die ständig gegen ein Fenster fliegt; er war ihr Geheimnis. Ihn jetzt dort schwarz auf weiß zu lesen wühlte sie auf. Daran zu denken, dass er ein eigenes Leben hatte, bevor er in das ihre getreten war, hatte sie schon immer umgehauen. Die Vorstellung, dass er ein Junge mit einer eigenen Familie gewesen war. Er hatte ihnen davon erzählt, klar. Sie wusste von seinem Kummer und seiner Trauer darüber, dass er seine Eltern verloren hatte und seine geliebte Schwester ebenfalls. Aber all das so viele Jahre später schwarz auf weiß zu sehen, löste einen derartigen Schmerz in ihrer Brust aus, dass sie kaum noch Luft bekam. *Nach dem Krieg*, hatte er immer gesagt, *habe ich nicht mehr gehofft, je wieder glücklich zu werden. Aber ihr beiden seid meine Rettung. Ich glaubte, ich würde euch retten, indem ich euch von eurem schrecklichen Leben in Sydney erlöste. Aber am Ende habt ihr umgekehrt mich gerettet ...*

»Lil?«

Sie fuhr herum.

Abbys Stirn war sorgenvoll angespannt. »Ist alles in Ordnung?«

»Ehrlich gesagt fühle ich mich nicht besonders, meine Liebe.«

Abby nickte. »Ja, es war sicher wieder anstrengend. Tut mir leid, wenn ich Sie zu sehr gedrängt habe, Frankie zu suchen. Ich verstehe, warum Sie beide sich gestritten haben und Sie Ihre Schwester nicht finden wollen.«

Abby griff nach ihrer Handtasche, umarmte Lil und gab ihr einen Kuss auf die Wange. Sie wandte sich zum Gehen, drehte sich an der Tür aber noch einmal um und sagte: »Ich bin froh, dass Ihre Geschichte ein glückliches Ende genommen hat, Lil. Auch wenn es Frankie nicht einschließt.«

Abbys kleiner Wagen verschwand, und Lil blieb noch lange am Fenster stehen. Erst als sich der von den Reifen aufgewirbelte Staub allmählich legte, ging sie ins Nähzimmer.

Es war Zeit, das zu tun, was sie so lange vor sich hergeschoben hatte.

Joe schreckte aus dem Schlaf auf. Er brauchte einige Zeit, bis ihm bewusst wurde, dass er in seinem eigenen Bett lag und Lils vertrautes Gewicht an seiner Seite spürte. Es musste spät sein. Vielleicht schon Mitternacht. Oder noch später. Er hätte auf die Uhr sehen können, doch es war die Mühe nicht wert. Durch den Spalt im Vorhang erhaschte er einen Blick auf einen einsam funkelnden Stern.

Gerade als er wieder einschlafen wollte, spürte er, wie sich Lil umdrehte und aufstand. Er wartete auf das vertraute Schlurfen ihrer Pantoffeln, war jedoch alarmiert, als er stattdessen die dumpfen Tritte von Gummistiefeln hörte.

Komisch. Er öffnete die Augen einen Spalt und beobachtete, wie sie auf die Tür des Schlafzimmers zuging. Hoffentlich hatte sie nicht einen ihrer Schübe.

»Alles in Ordnung, Schatz?« Er richtete sich auf.

»Ja, Joe. Schlaf ruhig weiter.«

Mit einem leisen Seufzer sank er zurück ins Kissen.

Er wachte oft so früh auf. Gefangen im grauen Fegefeuer zwischen Mitternacht und Morgengrauen. Diese Geisterstunden waren lang, doch die Tage – die herrlichen hellen Tage, die er mit Lil auf der Veranda verbrachte, beim Mittagessen und bei einer Tasse Tee, vielleicht auch einem Stück von ihrem Obstkuchen – entschädigten ihn. Zuzusehen, wie die Wolken über den Himmel zogen oder das Licht der Sonne in den Bäumen schimmerte. Diese Tage waren alarmierend kurz. Sie verstrichen wie im Flug. Und dann wieder die grauen Stunden vor der Morgendämmerung, die sich endlos in die Länge zogen, als gäbe es nichts anderes, weder jetzt noch in Zukunft.

Heute Nacht schien es besonders schlimm zu sein.

Er war rastlos, doch seine Knochen schmerzten. Im Kopf pochte etwas. Sein Körper fühlte sich schwer an. Als stocherte jemand mit Messern in seiner Brust herum und triebe ihm die Tränen in die Augen. Seit der Nacht, als Lil im Schutzgebiet verschwunden war, hatte sich ein Schatten über ihn gesenkt. Die Krämpfe in der Brust machten ihm zu schaffen. In letzter Zeit musste er häufiger als sonst nach dem Spray greifen. Doch seine Angst um Lil war noch schlimmer: Wer würde sich um sie kümmern, wenn ihm etwas zustieß?

Als am anderen Ende des Hauses eine Tür knallte, fuhr er zusammen.

War das die Hintertür gewesen?

»Schlaf weiter, du Dummkopf. Sie kommt gleich wieder.«

Nach dem Krieg war er zu einem Nervenbündel geworden. Er ertrug keine lauten Geräusche mehr. Chaos war eine Qual. Er sehnte sich nach Ordnung und Ruhe. Aber nicht nur das, er brauchte sie, um nicht den Verstand zu verlieren. Seinen Kameraden, soweit sie überlebt hatten, war es genauso ergangen: Sie alle brauchten Ordnung und Harmonie. Mit der Zeit waren alle verschwunden, einer nach dem anderen war gestorben. Er war als Letzter noch übrig. Der Hüter der Flamme. Der Einzige, der die Erinnerung wachhielt.

Ohne jede Vorwarnung machte sich seine Blase bemerkbar. Na wunderbar, jetzt würde auch er aufstehen müssen.

Er setzte sich auf, schwang die Füße über die Bettkante und schlüpfte direkt in seine Pantoffeln. Er griff nach dem Morgenmantel und wollte zur Tür hinaus, als ihn ein Geräusch von draußen ans Fenster lockte. War da jemand im Garten? Es war kaum mehr als die anderen Schatten, nur ein bisschen dunkler.

Er sah Dinge. Das passierte ihm oft.

Erscheinungen kamen und gingen wieder. Die Geister seiner Freunde, der Kameraden, die er im Krieg verloren hatte. Gelegentlich tauchten sie auf, um Hallo zu sagen, doch es störte ihn nicht. In den Schützengräben hatte er gelernt, dass die Membran, die das Leben vom Tod trennt, dünner ist, als die meisten Menschen glauben. Dünner und viel feiner.

Er trat näher an das Fenster und kniff die Augen zusammen. Das aber war keine Erscheinung. Es war Lil.

Er schlang den Gürtel um den Morgenmantel und lief hinaus in den Flur, um herauszufinden, was da vor sich ging.

Lil ging durch den Garten, das Paket eng an die Brust gepresst. Sie hatte das Tagebuch und das lose Blatt in einen alten Stoffbeutel gewickelt und mit einer Kordel verschnürt. Jetzt ging sie unsicher damit über den unebenen Boden.

Vor Jahren war sie noch fit gewesen. Konnte problemlos durch den Drahtzaun auf die andere Seite schlüpfen. Heute Nacht jedoch machte sie lieber einen Umweg, ging durch das Tor auf der anderen Seite des Zaunes wieder zurück und bog dann ab in Richtung der Bäume. Als sie die Lichter des Hauses hinter sich gelassen hatte, knipste sie ihre Taschenlampe an und folgte dem Wallaby-Pfad.

Zehn Minuten später erreichte sie einen ausgehöhlten Baum. Mit der Blumenkelle, die sie unterwegs eingesteckt hatte, kratzte sie ein Loch zwischen den knorrigen Wurzeln des Eukalyptusbaumes und grub weiter, bis es fast einen halben Meter tief war.

Dann griff sie nach dem Paket.

In ihren Knien pochte es. Ein stechender Schmerz fuhr ihr durch den Rücken.

Armselige Entschuldigungen. Trotzdem hielt sie inne, setzte sich auf die Erde und versuchte, wieder zu Atem zu kommen. Sie war noch nie gut darin gewesen, Dinge loszulassen. Vor allem, wenn es um Frankie ging. Sie betrachtete das verschnürte Paket. Vielleicht könnte sie es ein letztes Mal lesen. Nicht das ganze Tagebuch, nur ein oder zwei Seiten.

Zum Abschied.

Sonntag, 12. August 1951

An meinem Geburtstag nahm mich Ennis mit zu einem Spaziergang im Garten. Allmählich vertraute er mir, und seit einiger Zeit waren unsere Spaziergänge zur Gewohnheit geworden.

Ich atmete tief ein und genoss jeden Augenblick, den ich im Freien verbringen durfte. Die Luft leuchtete golden in der Wintersonne; der Duft des Gartens stieg mir zu Kopf und machte mich schwindelig.

Die ganze Zeit hielt Ennis meine Hand, er sagte, es sei so romantisch. Doch seine Hände wurden feucht, und der feste Griff verriet ihn. Er wirkte ein wenig nervös, als fürchtete er, ich könnte mich losreißen und zwischen den Bäumen verschwinden.

Natürlich hätte ich das niemals getan.

Selbst wenn ich es geschafft hätte, ihm zu entkommen, wohin sollte ich gehen? Hinter dem Garten breitete sich meilenweit in alle Richtungen das Buschland aus. Sich da draußen zu verirren wäre erheblich schlimmer, als in dem winzigen Raum gefangen zu sein.

Der Gedanke war so deprimierend, dass ich lieber an etwas Schönes dachte. An die Sonne auf meinem Gesicht, das Gefühl frischer Luft auf der Haut. Die raue Wärme von Ennis' Händen und die Art, wie unsere Schultern sich hin und wieder berührten. Wenn ich die Augen ein bisschen schloss und den Blick von der Realität abwendete, dann war es auf eine seltsame Art doch romantisch.

»Ich habe nachgedacht«, sagte Ennis.

»Ach ja?«

»Seit dieser Sache mit Jean Lee.«

Oh. Ich sah ihn an. Ich hatte recht gehabt mit Lillys Albträumen. Sie war von diesem Zeitungsartikel besessen, obwohl sie nur einen kurzen Blick darauf erhascht hatte. Nachts wachte sie oft auf und meinte, Jean Lee stünde über uns, hinge an dem Fenstergitter oder lauerte wie ein böser Geist in der reglosen Stille der Schatten. Ich versuchte, sie zu beruhigen: »Jean Lee ist nur eine arme Frau, deren Leben eine schreckliche Wendung nahm. Du solltest Mitleid mit ihr haben, nicht dich vor ihr fürchten.«

Aber an manchen Tagen beobachtete ich, wie Lilly vor der offenen Tür des Ofens hockte und hineinstarrte. Sie neigte den Kopf, als horchte sie auf etwas. Als erhöbe sich Jean Lees Stimme aus der Asche und erzählte ihr die grausige Geschichte ihres Todes.

»Ich glaube, es wird Zeit, dass wir von hier verschwinden«, sagte Ennis.

Ruckartig wurde ich wieder in die Gegenwart versetzt. »Was?«

»Eines Tages werden wir eine richtige Familie sein«, fuhr

er fort. »Und dann können wir all die Dinge tun, die andere Menschen auch tun.«

Mein Puls raste, meine Hände wurden noch feuchter als seine. »Was meinst du?«

Er zeigte auf den Garten. »Wir werden all das hier hinter uns lassen, Frankie. Noch einmal ganz von vorn beginnen. Ein kleines Häuschen finden, vielleicht am Meer. Wir werden Ziegen haben, die wir melken können, und Hühner, die uns Eier geben, und einen Garten, in dem nicht nur Gemüse wächst, sondern auch Sonnenblumen und Rosen. Denk mal darüber nach, Schatz. Nur wir drei am Rand einer schönen Stadt. Wir könnten ein herrliches Leben führen.«

Ich stolperte neben ihm her, in meinen Ohren schrillten sämtliche Alarmglocken, mein Hinterkopf brummte, als wäre eine Fliege darin gefangen wie in einem Glas. Ich erinnerte mich daran, wie mich Ennis mit seinen Geschichten und Versprechen schon einmal in die Irre geführt hatte. Lilly und mich aus der Stanley Street weggelockt hatte, an jenem Märzmorgen vor dreieinhalb Jahren.

Doch Ennis' Worte klangen so aufrichtig und ehrlich. Sein Gesicht war vor Freude erhitzt, seine Augen funkelten. Und bald hatte er mich erneut verzaubert. Ich wollte so gern mit ihm träumen. Wollte, dass seine wilde Freude mich davontrug. Was, wenn er es ehrlich meinte? Wenn wir wirklich eine Familie wären und irgendwo da draußen ein ganz gewöhnliches Leben führten?

Hier im Garten, in der Sonne, zwischen den blühenden Bäumen, konnte ich unser kleines Haus am Strand plötzlich sehen. Und in meiner Brust wuchs die Sehnsucht nach einem neuen Leben, dem Leben, das er soeben beschrieben hatte. Zuerst war es nur ein Keim und dann eine hungrige

Rebe, die sich um mich rankte und in meiner Seele Wurzeln schlug.

»Und wovon würden wir leben?«

»Ich habe immer davon geträumt, Schreiner zu werden.« Ennis drückte meine Hand. »Ich könnte eine richtige Arbeit annehmen. Ich würde Lilly und dir schöne neue Kleider kaufen. Lilly könnte auf eine Musikschule gehen und Gesangsunterricht nehmen. Sie ist sehr talentiert, nicht? Und du könntest alles haben, was du dir wünschst.« Plötzlich runzelte er die Stirn. »Das würde dir doch gefallen, oder?«

Ich drückte seine Hand. »Das weißt du doch, Ennis.«

»Du bist jetzt fünfzehn, Frankie. Nächstes Jahr bist du alt genug, um zu heiraten.«

Mir wurde ganz heiß. »Ich bin jetzt schon alt genug dafür.«

Ennis blieb stehen und sah mich an. Er ließ meine Hand los, legte mir den Arm um die Schulter und vergrub das Gesicht in meinem Haar.

»Wir wollen nichts überstürzen, Liebling. Wir müssen noch so viel planen. Ich muss Ravenscar verkaufen, damit wir genug Geld zum Leben haben und unser kleines Haus kaufen können. Wir sind weit weg von der Stadt, es wird eine Weile dauern, bis ich einen Käufer gefunden habe. Im Haus selbst gibt es eine Menge zu renovieren, und auch der Garten braucht Pflege ...« Er sah sich um, und seine Augen leuchteten, als könne er es kaum erwarten, sich ans Werk zu machen. Dann sah er mich wieder an. »Aber bis dahin musst du auch etwas tun.«

Ich starrte ihn an. Die Sonne hatte seine Wangen gerötet, sein Haar war zerzaust und reflektierte das Licht wie Büschel von schwarzem Feuer.

»Was denn?«

Er verzog den Mund.

»Es geht um deine Schwester.«

Misstrauisch wich ich zurück. Ennis stand angespannt vor mir. Er folgte mir nicht, aber er beugte sich vor, wie um zu verhindern, dass ich mich allzu weit von ihm entfernte. Ich zupfte an meinen Ärmeln und versuchte vergeblich, meine knochigen Handgelenke zu verbergen. All meine Sachen waren mir zu klein geworden, und mein Körper hatte es eilig, aus den Kleidern herauszuwachsen. Ich war nicht so groß wie Lilly, obgleich sie jünger war, ich fühlte mich so ungeschickt wie ein neugeborenes Fohlen.

»Was ist mit ihr?«

Erneut griff Ennis nach meiner Hand und spielte mit den Fingern, offensichtlich fasziniert von den Nägeln.

»Ich habe Angst, dass sie alles ruiniert, Frankie. Du kennst sie ja. Sie versteht die Dinge nicht so wie wir. Würdest du mit ihr reden? Ihr erzählen, was wir vorhaben, sehen, ob du sie überzeugen kannst?«

Freitag, 2. November 1951

Sie ist stur wie ein Maulesel. Seit drei Monaten versuche ich, sie zu überreden. Doch jedes Mal, wenn ich anfange, über das kleine Haus und die Sonnenblumen zu reden oder über den Gesangsunterricht, hält sie sich wie ein kleines Kind die Ohren zu und will nichts davon wissen.

»Was bist du für ein Dummkopf, Frankie. Es wird nie ein kleines Haus am Strand geben. Ennis ist ein Verbrecher, oder hast du das schon vergessen? Er hat uns von zu Hause verschleppt und hält uns seit fast vier Jahren hier gefangen. Glaubst du wirklich, dass sich all das ändern wird?«

»Er liebt uns, Lilly.«

Sie brummte böse. »Wenn du das glaubst, bist du noch blöder, als ich dachte.«

An diesem Abend legte sich Lilly schmollend mit ihren Puppen ins Bett. Obwohl es fast schon Sommer war, wurde es nachts kalt, deshalb zündete Ennis den Ofen an, und wir setzten uns auf eine Decke davor. Wir tranken heißen Kakao in kleinen Schlucken und später noch ein Glas Sherry. Ennis' Gesicht war vom Alkohol gerötet, als er erneut anfing, von unserem zukünftigen Leben zu schwärmen, dass wir nur einen Steinwurf vom Meer entfernt wohnen und am Strand picknicken könnten, wenn wir Lust dazu hätten. Und während er schwadronierte, ließ ich meinen Gedanken freien Lauf.

Lillys Worte gingen mir nicht aus dem Kopf.

Ennis ist ein Verbrecher, oder hast du das schon vergessen?

In den drei Monaten seit meinem Geburtstag und der Unterhaltung im Garten hatte ich seine Träume verinnerlicht. Sie machten mich kribbelig vor Aufregung, und an manchen Tagen konnte ich an nichts anderes denken als an das kleine Haus mit dem gepflegten Garten, an die Ziegen und Hühner und die Sonnenblumen. Die langen müßigen Tage am Strand.

Aber es gab auch einen Teil in mir, der sich danach sehnte, Mum wiederzusehen. Egal, wie betrunken und dumm sie gelegentlich sein konnte, sie war noch immer unsere Mutter. Auch unser altes Haus in der Stanley Street wollte ich wiedersehen, die roten Backsteine, das knarrende Dach und die Fenster, die immer klemmten. Ich sehnte mich nach unserem Lieblingslehrer, Mr Burg, und unseren Klassenkameraden ... wenn auch nur, um ihnen mitzuteilen, dass wir noch lebten und dass es uns gut ging.

Ennis hatte wohl meinen verträumten Blick bemerkt, denn

er stieß mich mit der Schulter an und zog meine Aufmerksamkeit auf sich. »Lilly und du, ihr seid jetzt meine Familie.«

Ich lächelte, da ich wusste, welche Antwort er von mir erwartete. Doch auch nach allen unseren heimlich geflüsterten Versprechen konnte ich mich nicht dazu durchringen, es auszusprechen.

»Liebst du mich, Frankie?«

Ich sah ihn an.

Vielleicht lag es an dem süßen Wein oder der eisigen Kälte auf meinem Rücken, obwohl mein Gesicht vor Hitze glühte, vielleicht auch nur an dem Rauch, der mir in die Augen stach. Aber ich bekam keine Luft. Als würden mir unsichtbare Hände den Hals zuschnüren und mich am Atmen hindern. Am Ende brachte ich nur ein leises Piepsen zustande.

»Natürlich liebe ich dich, Ennis.«

Er sah mich im Schein des Feuers an. Auf seinen Wangen brannten rote Flecken. Flammen tanzten in seinen Augen. Ich fiel in eine Art Trance und konnte den Blick nicht von ihm abwenden. Ich betrachtete die dunklen Wimpern, den dichten Bogen der Brauen, die hohen Wangenknochen, die Nase und das Kinn. Die blassen Sommersprossen, die Bartstoppeln, die kleinen Narben, die ich so gut kannte.

»Dann versprich mir, dass du bei mir bleibst«, murmelte er. »Egal, was passiert.«

Die Gedanken an meine Vergangenheit schmolzen dahin, während das Feuer knisterte und die Luft um uns herum heiß wurde. Die Unverstelltheit in Ennis' Gesicht verzauberte mich. Die ängstliche Bewunderung in seinen Augen, der zitternde Mund, die Erregung, die auf seinen Wangen brannte. Noch ehe ich michs versah, nickte ich, meine Lippen bewegten sich, meine Hände umfassten die seinen mit der gleichen

Inbrunst. Und dann kamen mir die Worte über die Lippen in einem atemlosen Flüstern: »Niemals werde ich dich verlassen, Ennis. Egal, was passieren mag, ich bleibe bei dir. Für immer und ewig.«

Lil wickelte das Tagebuch wieder in den Stoffbeutel und legte es in das Loch. Dann nahm sie die Kelle, schaufelte es mit Erde zu und wälzte einen großen Stein darauf. Sie trat die Ränder mit ihren Gummistiefeln fest und streute noch ein paar Handvoll Blätter und Zweige darüber.

Schwer atmend ließ sie den Kegel der Taschenlampe über die Stelle schweifen.

Nicht perfekt. Doch vorerst würde es reichen.

Bald würden Wind und Regen die Fußabdrücke drumherum verwischen und alle Spuren beseitigen. Niemand würde wissen, dass sie hier gewesen oder dass unter den knorrigen Baumwurzeln etwas vergraben war. Und wenn sie nicht mehr war, würde die Zeit alle Spuren des Buches beseitigen. Sie stellte sich vor, wie sich die winzigen Wurzelenden des Baumes durch die Seiten nagen und Frankies Schrift aufsaugen, das Papier verschlingen und ihre Geschichte verdauen würden. Und Lils Seele würde endlich die Ruhe finden, nach der sie sich so sehnte.

Als sie den Pfad zurückging, schreckte sie zusammen, weil sie vor sich eine Bewegung bemerkte. Dann tauchte eine Gestalt im Dunkeln auf. Ihr Puls hämmerte wie verrückt. Unwillkürlich fuhr ihre Hand zur Brust.

»Lil? Bist du das?«

Sie schnaubte ärgerlich. »Joe, verdammt noch mal, du hast mich zu Tode erschreckt! Was machst du hier draußen?«

»Ich habe mir Sorgen gemacht, Liebling. Ich habe dich überall gesucht und dann den Lichtkegel der Taschenlampe gesehen. Ist alles in Ordnung?«

Nein, nichts war in Ordnung. Aber das würde sie Joe nicht sagen. Daher suchte sie nach einer Ausrede.

»Ich dachte, ich hätte da drüben was gesehen, und wollte nachschauen.«

Joe blieb stehen, sein Körper war angespannt. Besorgt warf er einen Blick über ihre Schulter.

»Etwas gesehen, Lil? Meinst du einen Eindringling? Lieber Himmel, warum in aller Welt hast du mich nicht gerufen?«

Lil sah ihn überrascht an. Er wirkte ängstlich, beinahe verschreckt. Seit Wochen war er wacklig, seit er in der Küche gestürzt war. Nein, schon davor, als sie ihn dabei erwischt hatte, wie er in ihrem Nähzimmer herumschnüffelte. Im Geiste betete sie darum, dass es kein Anzeichen von Demenz war.

»Lil?«

»Ich dachte, es wäre ein ... ein Vogel.«

Innerlich wand sie sich. Was für eine lächerliche Ausrede. Sie hätte sich vorher überlegen sollen, was sie ihm sagen würde, für den Fall, dass ... Aber sie war so sicher gewesen, dass Joe nichts mitkriegen würde. Und dann hatte sie viel länger als die geplanten zehn Minuten gebraucht, fast eine Dreiviertelstunde, und jetzt sah Joe sie an, als wäre sie diejenige, die dement war.

»Ach wirklich, ein Vogel?« Er suchte das dunkle Buschland ab. »Was für ein Vogel? Eine Eule? Meine Güte, glaubst du, sie war verletzt?«

Lil machte sich nicht die Mühe zu antworten. Bei ihrem Glück würde Joe noch darauf bestehen, mit der Taschenlampe loszuziehen, um einen nicht existierenden Vogel zu retten. Sie nahm seinen Arm und hakte sich bei ihm ein wie in alten Zeiten.

»Komm, Joe. Vergiss die Eule. Ich glaube, im Kühlschrank gibt es noch einen Rest Kuchen. Soll ich dir eine heiße Tasse Tee dazu machen?«

Kapitel 18

»Und das war's dann?« Tom drehte sich auf dem gepflasterten Pfad zu mir um. »Frankie hat sich mit Ennis eingelassen, und dann sind beide verschwunden?«

Es war Montagmorgen, gegen zehn. Wir spazierten durch den Garten, ich trug Toms Krücken, während er versuchte, ohne sie zu laufen – besser gesagt, steifbeinig zu humpeln. Auf Anweisung der Ärztin.

Inzwischen sollte er langsam beginnen, die kaputten Knochen zu belasten, damit sie schneller wieder zusammenwuchsen.

Ich nickte. »Und Lilly kehrte nach Sydney zurück und wahrte das Geheimnis ihrer Schwester.«

Tom sah mich skeptisch an. »Nimmst du ihr das ab?«

»Ja, klar. Was hätte Lil für einen Grund, mich zu belügen?«

»Es bedeutet, dass Frankie noch am Leben sein könnte. Hat Lil jemals versucht, sie ausfindig zu machen?«

Ich erinnerte mich an Lils traurigen Ausdruck, als ich sie fragte, ob sie ihre Schwester nicht gern wiedersehen würde. Doch, von Herzen gern, hatte sie gesagt.

»Nein, nie.«

»Warum nicht?«

»Sie hatten sich gestritten und einander irgendwelche schrecklichen Sachen an den Kopf geworfen. Daraufhin hat Frankie Lil das Versprechen abgenötigt, niemals nach ihr zu suchen. Und weil sie so ist, wie sie nun mal ist, hat sie sich dran gehalten.«

Tom blieb neben einem mit Clematis überwucherten Holzbogen stehen. Die weißen Blüten waren längst abgefallen und im Gras zu Matsch geworden, doch die Ranken selbst waren noch immer grün.

»Was für eine Geschichte!«

»Ja.«

Ich pflückte ein Clematisblatt, riss es in Stücke und ließ es zu Boden flattern. Für einen Herbsttag war es richtig heiß. Plötzlich fühlte sich meine Strickjacke kratzig und viel zu warm an. Ich zog sie aus, und dann bemerkte ich, dass nicht sie das Problem war.

»Die ganze Zeit habe ich bewundert, wie gut Lil ihre schwere Kindheit bewältigt hat, weißt du. Sie hat sich ein perfektes Leben mit Joe aufgebaut und war beruflich erfolgreich. Heute gibt es nichts Schöneres für sie, als anderen mit ihrer ehrenamtlichen Arbeit zu helfen. Für eine Mittsiebzigerin ist sie noch immer erstaunlich rüstig. Und ganz ehrlich, ich habe großen Respekt davor, wie sie das Feuerholz hackt und den Garten in Ordnung hält, ihr Gemüse züchtet und den Rasen mäht. Aber …« Ich verstummte, wusste nicht so recht, wie ich den Schmerz, den ich plötzlich in mir spürte, in Worte fassen sollte.

Tom streckte den Rücken durch. »Du machst dir Sorgen, dass sie trotzdem unglücklich ist.«

»Ja.« Ich war dankbar, dass er mich verstanden hatte. »Ich glaube schon.«

»Ihre Aussetzer sind ein bisschen besorgniserregend. Sie müssen Joe ziemlichen Kummer machen. Aber nach allem, was sie als Kind durchgemacht hat, ist das auch kein Wunder.«

»Neulich nachts im Schutzgebiet sprach sie auch von Albträumen.«

Sein Blick schweifte über den Garten, und als er zu mir zurückkehrte, kam er mir nachdenklich vor.

»Es wundert mich nicht, dass sie ihre eigenen Dämonen hat. Aber Joe und sie lieben sich, oder? Das muss sie auch wiederum sehr glücklich machen.«

»Ganz bestimmt.«

Er lächelte. »Du magst die beiden, was? Nicht nur wegen des Tagebuches. In Lil hast du so was wie eine Seelenverwandte gefunden, scheint mir.«

Ich unterdrückte ein Lachen. Es war eine seltsame Aussage, aber nett gemeint. Und komischerweise auch zutreffend. Von Anfang an hatte Lil meine raue Schale durchschaut und erkannt, wie unsicher ich war. Sie hatte mich nicht verurteilt, sondern es nur registriert und mir im Gegenzug einen Blick in ihre Privatsphäre gestattet.

»Wir verstehen uns offenbar.«

Tom streckte die Hand aus und strich mir über den Arm. »Tja, jetzt, wo wir wissen, was mit Frankie passiert ist, was bedeutet das für uns?«

Ich rieb mir die letzten Reste des Clematisblattes von den Händen. Bald würde ich Ravenscar verlassen. Tom verlassen. Ich wusste nicht, ob mir die Vorstellung gefiel, zog meine Strickjacke wieder an und erwiderte seinen Blick mit mehr Mut, als ich empfand.

»Ich glaube, du schuldest mir noch ein Interview.«

Nach dem Mittagessen gingen wir wieder nach draußen, und diesmal nahmen wir einen Pfad, der uns um den Schuppen herum und am Rand des Busches entlangführte.

Tom blieb stehen und reichte mir einen Zettel, dann stützte er sich wieder auf seine Krücken und folgte humpelnd dem Weg.

Ich überflog den Zettel. »Was ist das?«

Er warf mir einen Blick über die Schulter hinweg zu. »Eine Liste von Themen. Darüber wäre ich bereit, zu sprechen.«

Ich wedelte mit dem Blatt und lief ihm nach. »Das ist aber nicht das, was wir ausgemacht hatten. ›Woher kriegst du deine Ideen?‹, ist das dein Ernst?«

Er zuckte die Schultern und wandte sich wieder dem Weg zu. »Eine klassische Interviewfrage, was ist daran falsch?«

»Was daran falsch ist? Erstens führst nicht du das Interview, sondern ich. Und zweitens ist sie stinklangweilig.«

Ich sah, wie sich seine Schultermuskeln unter dem Pullover anspannten. »Jetzt findest du meine Vorschläge also langweilig?«

Ich seufzte. »Na gut. Also, Tom, woher nimmst du deine Ideen?«

»Aus Zeitungen, meistens.«

»Und ...?«

Er zuckte die Achseln. »Das war's schon, mehr oder weniger.«

»Faszinierend.«

Er sah sich um. »Warum schreibst du es dir dann nicht auf?«

Ich zerknüllte den Zettel und warf ihn ins nächste Blumenbeet.

»Du schreibst Romane, die auf wahren Kriminalfällen basieren. Prima, aber das wissen meine Leser schon. Was sie interessiert, sind die pikanten Details. Warum deine Ehe in die Brüche gegangen ist, zum Beispiel.«

»Das ist viel zu persönlich. Außerdem, warum sollten deine Leser das wissen wollen?«

»Weil du ein berühmter Schriftsteller bist. Wenn sie über deine Scheidung lesen, macht ihre eigene sie nicht mehr so unglücklich. Es tröstet sie irgendwie.«

»Und würde es sie auch trösten, wenn sie erfahren, was für ein emotional verkrüppeltes Arschloch ich bin?«

»Jetzt mach mal halblang, Tom. So schlimm ist es nun auch wieder nicht.«

Er grunzte und humpelte weiter.

Ich lief ihm nach und blätterte hastig in meinem Notizbuch. »Na gut, hier kommt meine nächste Frage. Was hat dich nach Gundara geführt? Und bevor du fragst: Wenn ein großer Schriftsteller aus Sydney in der Provinz landet und ein entlegenes Anwesen kauft, wollen die Leute Einzelheiten wissen. Was für familiäre Bindungen du hier hast oder ob dich die Gegend aus irgendeinem Grund inspiriert hat ...«

Ich blieb stehen.

Warf einen Blick auf meine Notizen. Das war eine der Fragen, die ich ihm hatte stellen wollen, doch erst jetzt fiel mir die Bedeutung darin auf. Ich hatte Tom von Anfang an wiedererkannt, ich hatte gespürt, dass er etwas mit dem Martyrium zu tun hatte, das ich damals in der Schlucht durchgemacht hatte. Doch erst jetzt fiel der Groschen. Ich sah auf.

Tom beobachtete mich. Das gesprenkelte Licht tanzte auf seinem Gesicht, der Blick war eindringlich, als wartete er darauf, dass es endlich klick machte.

»Blackwater«, hauchte ich. »Hattest du vor, über Blackwater zu schreiben?«

Er drehte sich zu mir um und nickte.

Ich trat einen Schritt zurück. »Warum?«

»Weil es mich nicht losgelassen hat.«

»Oh.«

Das verstand ich, die Morde in der Schlucht ließen auch mich seit zwanzig Jahren nicht mehr los. Jasper war angeklagt und schuldig gesprochen worden, als ich noch ein Kind war, doch über die Jahre hinweg kamen mir Zweifel. Die konkreten Beweise waren nie so ganz schlüssig. Eine »mutmaßliche« Tatwaffe und die Zeugenaussage einer überforderten Zwölfjährigen genügten, um das Urteil zu fällen. Zumindest kam es mir so vor. Doch Gundara hatte den Mörder hinter Gitter bringen wollen. Die Menschen brauchten das Gefühl von Sicherheit.

Was ich nicht so ganz verstand, war, warum auch Tom die Erinnerung daran verfolgte.

Ich trat einen Schritt zurück und starrte ihn an. »Dann warst du auch da, nicht?«

Er kam auf mich zu, und plötzlich stand er direkt vor mir. Seine große Hand umschloss meinen Ellbogen, als hätte ich plötzlich weiche Knie bekommen und wäre wackelig auf den Beinen. So war es aber nicht. Ich wich zurück.

»Daher kennen wir uns, stimmt's? Du warst damals auch im Schutzgebiet.«

»Kannst du dich wirklich nicht daran erinnern?«

Ich sah ihn mit zusammengekniffenen Augen an. Jetzt, da er mir so nah war, blitzte etwas hinter meinen Augen auf. Ich war wieder in Blackwater, lief im Regen durch das Schutzgebiet. Auf den Lippen den metallischen Geschmack von Angst, meine Haut brannte. Die nassen rosa Jeans klebten an meinen Beinen.

Ich trat einen Schritt zurück und schüttelte den Kopf.

»Tja. Dann ist es vielleicht Zeit, dass ich dir meine Version des Märchens erzähle.«

»In diesem Jahr fuhr mein Dad mit mir zum Zelten. Er war Polizist, kannte sich nicht besonders aus im Busch. Aber er hatte die fixe Idee, er müsse den Mann rauslassen und mit einem Zelt und einem Teekessel im Gepäck durch den Busch wandern. Und so stiegen wir zu Beginn der Schulferien in den Wagen und fuhren nach Gundara.«

Tom rutschte auf seinem Platz neben mir hin und her. Wir saßen auf einer Holzbank nahe dem Gemüsebeet. Die Schmetterlinge tanzten über den Unkrautblüten wie orangefarbenes und schwarzes Konfetti.

»Wieso Gundara?«

»Dad war in Coffs Harbour aufgewachsen, deshalb kannte er alle Schutzgebiete, hatte aber nie eines betreten. Er war schon früh zur Polizei gegangen und nach Sydney versetzt worden, wo er auch geheiratet hatte. Er behauptete immer, er wolle nach seiner Pensionierung im Busch wandern. Damals war es noch zehn Jahre hin bis zu seiner Pensionierung, aber er hatte sich in den Kopf gesetzt, dass er allmählich damit anfangen sollte.«

»Mit dir.«

Er nickte. »Ich war gerade achtzehn geworden. Dad und ich hatten beide zwei linke Hände. Es hatte so stark geregnet, dass der Boden nur noch aus Schlamm bestand. Unser Zelt klappte zusammen, sobald wir hineingekrochen waren, die halbe

Nacht versuchten wir, es wieder aufzubauen, völlig durchnässt. Alle Versuche, Feuer zu machen, schlugen fehl, selbst auf dem Campingplatz, wo normalerweise gegrillt wurde.«

»In Blackwater?«

Er nickte. »Am Morgen kam die Sonne raus. Für etwa fünf Minuten. Wir schafften es so gerade eben, Tee zu kochen, und dann kam Dad auf die tolle Idee, rüber zur anderen Seite der Schlucht zu wandern. Er meinte, es täte uns beiden gut. Ein Spaziergang an der frischen Luft nach einer schrecklichen Nacht. Also machten wir uns frühmorgens mit den besten Absichten auf den Weg. Wir schafften es zum Aussichtspunkt von Pilliga und aßen dort zu Mittag. Aber am Nachmittag bogen wir im strömenden Regen und völlig erschöpft irgendwo falsch ab und verirrten uns.«

Ich hatte mein Notizheft aus der Tasche genommen, um meine nervösen Hände zu beschäftigen. Ich spürte, wie Tom mich beim Sprechen ansah, konnte aber seinen Blick nicht erwidern. Während ich dasaß und ihm zuhörte, stellte ich unablässig meine Füße gerade, zappelte mit den Beinen und hielt den Bleistift so fest, dass die Fingerknöchel knackten. Mein Blick schoss von einem Punkt im Garten zum anderen und fand nirgendwo lange Halt.

»Wie habt ihr ...« Ich räusperte mich. »Wie habt ihr zurückgefunden?«

»Ich kletterte auf einen Hügel, um zu sehen, ob ich von da oben unseren Campingplatz ausmachen könnte. Ich lief meilenweit, konnte ihn aber nicht finden. Inzwischen regnete es wieder. Es war nur ein leichter Nieselregen, aber er nahm einem die Sicht. Deshalb stieg ich den Hügel wieder hinunter, um zu sehen, was Dad machte. Und da hörte ich etwas. Es klang, als weine jemand. Ich ging zurück. Ich wollte herausfinden, woher das Geräusch kam. Dann hörte ich Schritte, die näher kamen. Das Weinen wurde lauter. Und dann brach plötzlich ein Mädchen durch das Unterholz und lief mir direkt in die Arme.«

Ich schaffte es, ihn anzusehen. »Ein Mädchen?«

Er nickte. »Wie aus dem Nichts. Sie war etwa zwölf Jahre alt.«

Ich rührte mich nicht.

Tom senkte die Stimme. »Das arme Ding, sie hatte zerkratzte Arme, und ihre Kleider waren zerrissen. Sie war schmutzig, von Kopf bis Fuß mit Schlamm beschmiert und ... auch mit Blut. Am Kopf hatte sie eine Platzwunde. Vermutlich war sie gestürzt und hatte sich verletzt. Die Wunde blutete nicht mehr, aber die Kleine war völlig verwirrt. Zu Tode erschrocken. Als ich sie auffing, schrie sie los und trat um sich. Ich hatte Angst, dass sie erneut weglaufen und sich verletzen könnte, deshalb habe ich sie festgehalten.«

Ich fing an zu zittern und schloss die Augen.

Ich trete um mich und strample wie wild, schreie in Panik und versuche, mich loszureißen. Doch er hält mich so fest, dass ich mich nicht wehren kann. Seine Haut ist warm. Die Brust, die mein Schluchzen dämpft, ist knochig, aber die Hände, die mich an den Armen festhalten, sind irgendwie sanft, und die Panik lässt nach ...

Ich holte tief Luft. »Und was ist dann passiert?«

Tom rieb sich das Gesicht. »Ich konnte sie beruhigen. Mittlerweile regnete es in Strömen, aber sie ließ zu, dass ich sie an der Hand nahm. Ich erklärte ihr, dass mein Dad Polizist sei. Dass wir uns im Wald verirrt hätten und er am Aussichtspunkt auf mich wartete. Obwohl sie völlig durcheinander war und man die Panik in ihren Augen sehen konnte, nickte sie, als ich das sagte. Dann gingen wir den Hügel hinunter zu meinem

Vater und fanden schließlich den Weg zurück zum Campingplatz. Dad und ich gingen hinter ihr her. Wir hatten Angst, sie könnte plötzlich weglaufen und im Wald verschwinden.«

»Aber das tat sie nicht.«

Tom schüttelte den Kopf. »Die ganze Zeit sah sie sich nach uns um. Ihr Haar war verfilzt vom Blut und glitschig vom Regen. Es fiel ihr über die knochigen Schultern und den Rücken wie Riverweed. Es war nass und blutverschmiert, wirkte fast schwarz.« Er streckte die Hand aus und wickelte das Ende meines Pferdeschwanzes um den Finger. »Viel dunkler, als es jetzt ist.«

Ich wich zurück. »Seit wann weißt du es?«

»Seit du mir das Märchen erzählt hast.«

»Und warum hast du nichts gesagt?«

»Es stand mir nicht zu. Du musst völlig traumatisiert gewesen sein. Und ich dachte, du würdest schon Bescheid geben, wenn du so weit wärst.«

Ich dachte darüber nach und kniff die Augen zusammen, während die losen Fragmente aus meiner Erinnerung verschmolzen und einen Sinn ergaben. Bilder und Gefühle, die mir zuvor ein Rätsel gewesen waren, fügten sich zusammen. Die blendende Sonne, als ich auf der Bangalay Road wartete, die Enttäuschung, als niemand kam.

»Du warst das«, sagte ich leise, während mich weitere Erinnerungen überrumpelten. »Du bist derjenige, auf den ich am Gartentor gewartet habe.«

»Gewartet?«

Ich studierte den Deckel meines Notizhefts. Die Eselsohren und die glitzernden Aufkleber, die sich schon lösten. Ich musste an *sie* denken, das Mädchen, das ich damals gewesen war. An die abgetragenen Schuhe, die von anderen übernommene Schuluniform. An die mit Klebeband geflickte Brille und das ungeschnittene Haar.

Ich seufzte. »Du hattest versprochen, mich zu besuchen, wenn ich vom Polizeirevier wieder zu Hause war. Du wolltest sehen, ob es mir gut ging. Ich habe jeden Tag auf dich gewartet. Ich habe auf die Straße gestarrt und gehofft, du und dein Dad würden auftauchen. Ich konnte mich nicht einmal daran erinnern, wie ihr ausgesehen habt. Nur dass du mich an jenem Tag an die Hand genommen hast ...« Ich rutschte ein Stück zur Seite, weg von der Wärme, die Toms Körper ausstrahlte. »Na ja, du weißt ja. Nach allem, was passiert war. Wahrscheinlich sehnte ich mich nach Geborgenheit.«

»Tut mir leid, dass wir nie gekommen sind.«

»Macht nichts.«

Er schüttelte den Kopf, ohne den Blick von mir zu nehmen. »Dad wurde krank. Die Nacht in dem nassen Zelt war zu viel für seine schwache Brust. Er war vor Jahren einmal angeschossen worden. Die Wunde hatte sich entzündet, und seine Lunge war vernarbt. In jener Nacht hatte er sich stark erkältet und wäre um ein Haar krepiert. Er musste im Krankenwagen nach Sydney gebracht werden und brauchte sechs Wochen, um sich zu erholen. Inzwischen ...«

»Hattet ihr mich vergessen.«

Eine Weile sagte er nichts. Dann seufzte er. »Als ich vorhin sagte, dass Blackwater mich nicht losgelassen hat, war das nicht die ganze Wahrheit. Lange nachdem unser Campingausflug nur noch eine schwache Erinnerung war, blieb ein Bild in meiner Erinnerung haften. Ein Mädchen, das plötzlich aus dem Wald auftaucht, mit Schrammen im Gesicht und blutend, die Augen schwarz vor Panik. Aber ich hatte auch noch etwas anderes darin gesehen. Ich wusste nie wirklich, was es war. Nicht Angst. Nicht Panik. Eher so etwas wie ... ich weiß nicht ... Unbeugsamkeit.«

Ich sah ihn an. »Unbeugsamkeit?«

Er zuckte die Achseln. »Vielleicht hatte ich es mir nur eingebildet. Vielleicht habe ich etwas gesehen, das gar nicht da war. Aber es war dieser Blick, der mich zum Schreiben inspiriert hat. Irgendwie wollte ich aus diesem Grund, dass du mich fragst, woher ich die Inspiration für meine Bücher nehme. Weil dieser Augenblick im Regen vor all den Jahren alles ins Rollen gebracht hat. Dein Bild. Wie du durch den Wald ranntest, mit deinen Schrammen. So klein und verletzlich. So ängstlich. Aber mit diesem Ausdruck in den Augen, dieser wilden Entschlossenheit. Ich habe es nie vergessen.«

Ich zitterte. »Ist dein Dad noch am ...«

»Nein. Er ist schon lange tot.«

»Das tut mir leid.«

Tom richtete sich auf. Er suchte meinen Blick, streckte die Hand aus, als wollte er mich erneut berühren.

Angespannt sprang ich auf. Dann machte ich ein paar Schritte auf das Haus zu.

»Ich sollte langsam packen. Morgen ist ein wichtiger Tag. Ich fahre in die Stadt zurück ...«

»Abby.«

Ich tat so, als wäre ich von der Spitze meines Bleistiftes fasziniert. »Ja?«

Toms Krücken waren neben ihm zu Boden gefallen, und als er aufstand und ohne sie auf mich zuhumpelte, blieb mir keine Zeit, um zu reagieren. Er umfasste meine Ellbogen und ließ die Hände über meine Arme hinaufgleiten. Bei seiner Berührung breitete sich eine Welle von Wärme auf meiner Haut aus. Ich sehnte mich danach, mich an seine Brust zu schmiegen, damit er mir wie am Tag zuvor unter dem Eukalyptusbaum die Angst nahm. Ich konnte fast spüren, wie seine großen Hände die Anspannung in meinen verkrampften Schultern lösten.

Doch ich brachte es nicht fertig. Ich wusste nicht, wie.

Stattdessen schreckte ich vor der Berührung zurück und stolperte rückwärts weg aus seiner Reichweite. Dann machte ich kehrt und stapfte über den Pfad zum Haus. Doch im nächsten Moment sah ich mich um. Ich hätte wenigstens die Krücken für ihn aufheben sollen, doch die Vorstellung, ihm wieder zu nah zu kommen, war mir nicht geheuer. Nach allem, was er gesagt hatte, zitterte ich am ganzen Leib und hatte nichts anderes im Kopf als jenen Tag. Ich ahnte, wohin es führen würde.

Und seine Hände – so warm und kräftig. Seine Arme, in denen ich mich so geborgen fühlte. Mein Körper schwankte, als würde er von einer unsichtbaren magnetischen Kraft angezogen. Es gab noch so vieles, was ich wissen, so vieles, was ich ihm erzählen musste – doch mein Kopf war völlig leer. Das Verlangen, vor ihm zu flüchten, um zu überleben, war stärker als alles andere.

»Ich fahre morgen, in aller Frühe.«

»Dann lass mich wenigstens ein Abschiedsessen für dich kochen.«

»Danke, aber ich habe nicht so viel Hunger.«

»Wie wäre es dann mit einem Brandy? Ich könnte einen vertragen.«

»Ich glaube, ich gehe lieber zeitig zu Bett.«

Er kniff die Augen zusammen und lächelte fast. »Na gut. Dann sehe ich dich morgen früh. Es macht dir doch sicher nichts aus, wenn ich das Cremeeis allein aufesse, oder?«

Ich zögerte. »Es gibt noch Cremeeis?«

»Eine ganze Packung.«

»Oh.« Ich wurde weich, ich wusste, dass es ein Trick war, trotzdem konnte ich mir eine Frage nicht verkneifen. »Welche Sorte?«

»Vanille.« Er drehte sich um, humpelte zur Bank zurück und hob seine Krücken auf. »Scheint so, als müsste ich es allein verdrücken. Es wäre doch eine Schande, es wegzuwerfen.«

Kapitel 19

Wir saßen bei Kerzenschein auf der Veranda und aßen Salat und Röstkartoffeln. Tom hatte am Ende doch noch den Grill angeworfen und uns etwas zu essen gemacht, mit der Behauptung, man könne als Frau nicht nur von Cremeeis leben.

Unsere Begegnung in Blackwater erwähnten wir nicht weiter. Jenes Zusammentreffen, das mir wahrscheinlich das Leben gerettet hatte. Tom spürte wohl, dass es dünnes Eis für mich war, denn er wechselte das Thema und sprach von allem Möglichen anderen – von unverfänglichen Dingen. Erzählte, was für ein hoffnungsloser Fall er an der Uni gewesen war und was für ein Glück er gehabt hatte, dass seine Bücher verlegt wurden.

»Nach Dads Tod kaufte ich mir ein Motorrad und fuhr, wohin ich gerade Lust hatte. Meistens baute ich mein Zelt am Straßenrand auf, unter den Sternen. Ich folgte den Flüssen bis ins Brachland und dann weiter in die Wüste. Dad hatte nicht bis zu seiner Pensionierung durchgehalten, also hakte ich die Liste von Dingen ab, die er an seinem Lebensabend hatte machen wollen. Ich lernte, wie man Kaninchen häutet, Nahrung aus der Natur gewinnt oder verlassene Obstgärten ausfindig macht. Ein Jahr verstrich.«

Ich spießte ein Stück Tomate auf. »Hast du das Stadtleben nicht vermisst?«

»Doch, nach einer Weile wurde ich rastlos. Aber dann merkte ich, dass es nicht die Sehnsucht nach der Zivilisation war. Vielmehr wurde mir klar, dass ich einen eigenen Traum hatte, dem ich bis dahin aus dem Weg gegangen war.«

»Aus dem Weg gegangen?«

Er zuckte die Achseln. »Ich hatte Angst vor dem Scheitern. Deshalb fing ich ganz klein an. Ich schrieb meinen ersten Roman in ein Schreibheft, das ich am Straßenrand gefunden hatte. Bald war die Geschichte zu umfangreich für das Heft, also schrieb ich in einem anderen weiter und dann in noch einem anderen. Mein Rucksack war voll mit dünnen, eselsohrigen Heftchen. Als ich diesen Roman fertig hatte, fing ich mit einem neuen an.«

»Und waren sie gut?«

»Die ersten Versuche? Machst du Witze? Sie waren schrecklich. Aber ich hatte Blut geleckt. Irgendwann gingen meine Ersparnisse zur Neige. Ich nahm mir vor, nach Sydney zurückzukehren, ein paar Monate zu arbeiten, um Geld zu verdienen, und dann wieder loszuziehen. Doch das Schicksal hatte etwas anderes mit mir vor. Irgendwann erzählte ich einem ehemaligen Kommilitonen beiläufig von meinen Schreibversuchen. Er hatte einen Bekannten, der wiederum mit einem Lektor in einem großen Verlag befreundet war. Ich brauchte zwölf Monate, bis ich den Mut aufbrachte, ihm mein Manuskript zu schicken. Und dann kam die große Überraschung.«

»Sie fanden es toll, und der Rest ist Geschichte?«

Er lachte. »Ich hatte Glück, mehr nicht.«

Ich dachte an den jungen Mann auf den Fotos, die ich in Toms Album gesehen hatte. Ich konnte mich nur vage an ihn erinnern, das entfernte Echo eines Menschen, der nett zu mir gewesen war. Doch meine Erinnerungen handelten eher von einem Mann in einem Traum, statt von einem, der mir das Leben gerettet hatte.

»Es tut mir leid, dass dein Vater nicht mehr sehen konnte, was du alles erreicht hast. Er wäre bestimmt stolz auf dich.«

Tom richtete sich auf. Im nächtlichen Garten war es ruhig, die Luft ringsum ganz still.

»Ja, schon. Er war einer von den Guten, weißt du.«

»Er muss dir fehlen.«

»Ja.«

»Und deine Mutter, lebt sie noch?«

»Ein paar Jahre nach Dads Tod heiratete sie noch einmal und zog nach Melbourne. Sie ist Radiologin und will in ein paar Jahren in Rente gehen. Ich fliege hin und wieder hin, um sie zu besuchen, und rufe sie jede Woche an. Ich glaube nicht, dass Dad und sie wirklich zusammenpassten. Sie macht mir jetzt einen viel glücklicheren Eindruck.« Er stand auf, um die letzten Röstkartoffeln vom Grill zu holen und sie zwischen uns aufzuteilen. »Wie kommst du denn mit deiner Familie zurecht?«

»Bei uns sind nur Dunc und ich übrig. Mum hat uns verlassen, als wir noch klein waren; seitdem haben wir nichts mehr von ihr gehört. Und Dad ist letztes Jahr gestorben.«

»Lieber Himmel, das tut mir leid.«

»Dad und ich standen uns ...« Ich verstummte gerade noch rechtzeitig. Um ein Haar hätte ich dasselbe wie immer gesagt, dass wir nicht viel miteinander hatten anfangen können, doch das kam mir dann doch zu herzlos vor. Es hatte ja eine Zeit gegeben, in der Dad und ich uns sehr nahestanden.

»Wir waren nicht die typische Familie, aber Dad hat sich Mühe gegeben. Als wir klein waren, ist er oft mit uns zum Campen gefahren. Er war so was wie ein Überlebenskünstler und wollte uns unbedingt beibringen, wie wir im Fall einer größeren Katastrophe überleben könnten. Beispielsweise nach einer Invasion von Zombies oder Außerirdischen.«

»Deswegen das Abhäutemesser?«

»Ach ja, das Abhäutemesser.«

Tom verteilte eine zweite Portion Salat auf unseren Tellern. »Weißt du was, ich habe über dieses Messer nachgedacht. Ziemlich oft sogar.« Er sah auf. »Damit will ich nicht sagen, dass ich nachts vor Angst zittere, weil eine Spinnerin in meinem Haus wohnt ...«

»Natürlich nicht.«

»Aber ich habe mich gewundert.«

»Du kannst ganz beruhigt sein. Mein Abhäutemesser liegt zu Hause in einer Schachtel unter dem Bett.«

»Ich weiß nicht, ob mich das wirklich beruhigt oder die Sache noch schlimmer macht.«

Er tat so, als guckte er sich nervös um. Ich musste lachen, relaxte ein bisschen. Nicht, weil es so lustig war, sondern weil ich für einen Moment das Gefühl von Verletztheit vergaß, das mich den ganzen Tag begleitet hatte. Vergaß, dass ich morgen Ravenscar verlassen und zu meinem trostlosen einsamen Leben zurückkehren würde. Irgendwie kapitulierte ich einfach. Tom lachte mit, und als unser Kichern verebbte, umgab uns friedliche Stille. Der Mond schwebte hoch über dem Garten. Es war schon spät, vielleicht Mitternacht.

Ich stand auf und sammelte die Teller ein. Tom half mir, und als ich aus der Küche zurückkam, stand er wieder ohne seine Krücken da und griff nach meiner Hand.

»Hey!« Er zog mich an sich und schloss die Arme um mich.

Überrascht lehnte ich mich leicht an seine Brust. Wie ein Schmetterling, der sich auf einen Ast setzt. Seine zuverlässige Kraft war umso angenehmer, als mein Körper leicht zu zittern begonnen hatte.

»Versprichst du mir was?«, murmelte er mir ins Haar.

»Was denn?«

»Wenn du morgen wieder in Gundara bist, bei deinen Freunden und deinem normalen Leben, vergiss mich nicht, okay? Vielleicht kommst du mich hin und wieder besuchen, wenn du Lust hast.«

Ich zog mich zurück, als ich merkte, dass ich kurz davor war loszukichern. »Lust? Worauf?«

War er tatsächlich rot geworden?

»Na ja, du weißt schon. Ein bisschen Abwechslung.«

Ich löste mich aus seiner Umarmung und spürte die kühle Nachtluft auf meiner Haut. Noch vor wenigen Sekunden war mir wunderbar warm gewesen. Ich erschauerte.

»Klar. Mach ich bestimmt.«

Doch als ich später die Treppe zu meinem Schlafzimmer hinaufging, wurde mir bewusst, dass ich dieses Versprechen nie halten könnte. Heute Abend hatte ich für eine Weile vergessen, was Tom mir im Garten erzählt hatte. Wie er mich an jenem Tag im Regen gefunden hatte. Mich an der Hand genommen und in Sicherheit gebracht hatte.

Zwanzig Jahre lang hatte ich versucht, all das aus meinem Gedächtnis zu löschen.

Doch Tom wiederzusehen, in seiner Nähe zu sein – und sogar hier in Ravenscar zu wohnen, von dem fernen Fluss in den Schlaf gewiegt zu werden –, hatte alles wieder hochkommen lassen. Die schmerzlichen Gefühle, die undefinierbare, albtraumhafte Angst, eingesperrt zu sein. Das Schuldbewusstsein, weil ich überlebt hatte, im Unterschied zu all den anderen Mädchen, und weil ich mit meiner Aussage geholfen hatte, einen Mann hinter Gitter zu bringen, einen jungen Mann, von dem ich nun befürchtete, dass er vielleicht doch unschuldig gewesen sein könnte.

Ich schloss die Tür zu meinem privaten Flügel im Haus ab, holte mir den Schlafanzug und ein Handtuch aus meinem Zimmer und duschte in dem winzigen Bad am Ende des Ganges. Eine Weile las ich noch im Bett, dann fing ich an, ein Kreuzworträtsel zu lösen, und als mir die Augen zufielen, knipste ich das Licht aus.

Doch mir schwirrte der Kopf.

Wie in einem Bienenstock flogen die Gedanken durcheinander. Ich fand keine Ruhe. Immer wieder kehrten sie zurück zu einzelnen Momenten dieses Tages, von denen einige so süß gewesen waren wie Nektar und andere so unglaublich bitter.

Ich rieb mir die Ellbogen, die Tom im Garten umfasst hatte. Erlebte noch einmal die wohltuende Wärme unserer Umarmung nach dem Abendessen. Dann presste ich die Lider zusammen und sah die Unverstelltheit in Toms Augen, als er mir so nah kam und so eindringlich mein Gesicht musterte.

Versprichst du mir, dass du mich nicht vergessen wirst?

Das war der bittere Teil. Ich hatte ihm ein Versprechen gegeben, obwohl ich wusste – schon in diesem Moment –, dass ich es nicht würde halten können.

Ich drehte mich auf die andere Seite und legte die Hand auf die Wand. Der Putz fühlte sich kalt und feucht an. Jenseits der Wand stand das gusseiserne Bett, in dem Lilly und Frankie fünf Jahre lang nebeneinander geschlafen hatten. Und in dem jemand – möglicherweise Frankie Wigmore – den letzten Atemzug getan hatte.

Ich stand auf und tappte ans Fenster. Ich öffnete es, setzte mich auf die Fensterbank und schaute hinaus. In der Dunkelheit war nicht viel zu sehen. Eine Eule glitt als heller verwischter Fleck an mir vorbei und war im nächsten Augenblick schon verschwunden. Am Himmel funkelten die Sterne, und im dunklen Meer des Gartens verbargen sich die Schatten der Bäume.

Irgendwo in dem verwilderten Obstgarten schlummerte der Wohnwagen. Sein Dach wölbte sich wie das Rückgrat eines zusammengerollten Tieres beim Winterschlaf, die merkwürdig geformten Fensterscheiben glitzerten. Das Innere war vernebelt vom Hauch von etwas, das alt und längst vergangen war.

Ich vertrieb das Bild aus meinem Kopf und sog die Nachtluft ein.

Dieselbe Luft, dieselben Gerüche waren durch das vergitterte Fensterchen ins Zimmer nebenan gedrungen. Dieselbe Luft, dieselben nächtlichen Gerüche nach feuchter Erde, Eukalyptusbäumen und frischen Wildblüten. Und, war das ...

»Rauch?«

Ich atmete erneut ein, meine Nasenflügel blähten sich. Eindeutig Rauch. Seltsam. In der Nähe gab es keine Häuser, und es war noch nicht kalt genug, um den Kamin unten anzuwerfen. Ich rutschte vom Fenstersims, ging zur Tür und spähte hinaus in den Gang. Der Geruch wurde stärker. Ich lief zum Treppenabsatz und schnüffelte erneut.

Hier war es noch schlimmer. Ich schloss die Tür auf, lief zwei Stufen auf einmal nehmend die Treppe hinunter und durch den Gang, wo ich das Licht anschaltete. Toms Zimmertür war geschlossen, doch unter dem Türspalt quollen Rauchschwaden hervor.

»Tom?«, schrie ich und hämmerte an die Tür. »Tom, wach auf!«

Ich stürzte ins Zimmer. Ein Vorhang stand bereits in Flammen, und jetzt fing auch der andere mit einem gewaltigen Dröhnen Feuer. Die unvermittelte Hitze brannte auf meiner Haut.

Tom lag bäuchlings auf dem Bett, ein Arm baumelte von der Bettkante, der andere lag angewinkelt über dem Kopf. Während ich auf ihn zulief, sah ich die kleine weiße Pillenschachtel auf dem Nachttisch neben einer halb leeren Brandyflasche. Ich rief seinen Namen und schüttelte ihn, doch er reagierte nicht.

Auf dem Weg nach draußen stieß ich in meiner Hast gegen den Türrahmen und verletzte mir das Gesicht. In der Küche schnappte ich mir den Feuerlöscher und rannte zurück in Toms Schlafzimmer. Der Rauch war so dicht, dass ich würgen musste. Während ich mit dem Sicherungsstift kämpfte, schlugen mir heiße Flammen entgegen. Winzige Ascheteilchen segelten auf Toms Bett herab. Die ganze Zeit versuchte ich, ihn mit meinem Geschrei zu wecken.

Endlich regte er sich. »Abby ...«

Das Feuer schoss jetzt züngelnd und knisternd am trockenen Fenstersims entlang, während die Flammen um sich griffen und einen weiteren Ascheregen versprühten.

Unter dem Fenster fing jetzt auch der indische Teppich Feuer und loderte auf.

Hustend und mit tränenden Augen gelang es mir schließlich, den Sicherungsstift herauszuziehen und einen weißen Löschstrahl in die Flammen zu sprühen. Ich brauchte erheblich länger als gedacht, um das Feuer zu löschen, und als ich die leere Flasche wegwarf, ans Fenster lief und es aufriss, um frische Luft hereinzulassen, war der Raum völlig verqualmt. Anschließend lief ich zu Tom. Er war noch immer dabei, irgendwie wach zu werden.

Als er mich sah, packte er mich an den Schultern. Er stank nach Alkohol. Seine blutunterlaufenen Augen suchten mein Gesicht.

»Bist du verletzt?«

Ich schüttelte den Kopf. »Und du?«

»Nein, alles okay.« Er ließ die Hände sinken und sah sich um. »Was ist denn passiert?«

Ich trat erneut ans Fenster und öffnete es noch weiter, doch der beißende Rauch im Zimmer wollte nicht abziehen. Schließlich wedelte ich mit einem Kissen, bis ich einen Großteil des Qualms vertrieben hatte.

Tom hustete. »So viel zu dem schicken neuen Rauchmelder.«

Ebenfalls hustend fiel ich neben Tom aufs Bett, rieb mir mit den Fingern über die tränenden Augen und das Gesicht. Das Zimmer war eine einzige Katastrophe: der schöne indische Teppich ruiniert, die Vorhänge verschwunden, die Fensterbank größtenteils verkohlt. Wände und Decke schwarz und die antike Kommode an einer Seite verbrannt.

»Hast du eine Kerze brennen lassen?« Ich zeigte auf den Kerzenhalter aus Messing auf dem Tisch neben dem Fenster. »Echt jetzt? Mein Gott, Tom! Du hättest ...«

Mir blieben die Worte im Hals stecken. Ich hustete, und die Tränen liefen mir über die Wangen. Er hätte sterben können. Oder verletzt werden. Ich fing an zu zittern, es war das Adrenalin nach dem Schock, doch es fühlte sich an wie Wut.

»Wie konntest du nur so unvorsichtig sein? Alkohol und Tabletten, weißt du denn nicht, wie dämlich das ist?«

»Abby ...«

»Wir hätten beide hier draußen abkratzen können! Um ein Haar wäre das ganze Haus in Flammen aufgegangen.« Ich fuhr mir erneut über die Augen. »Was hast du dir bloß dabei gedacht?«

»Abby, bleib hier.«

Ich wollte aufstehen, doch er griff nach meiner Hand und zog mich wieder aufs Bett neben sich. Dann sah er mich an, und die Fältchen in seinem Gesicht waren schwarz von Ruß. Zwischen den Augenbrauen klaffte eine tiefe Furche. Ich unterdrückte den Drang, sie mit den Fingern glatt zu streichen.

Stattdessen streckte Tom die Hand aus und schob mir eine Haarsträhne hinters Ohr. Dann berührte er sanft die Wunde an meiner Wange.

»Was hast du dir bloß getan?«, murmelte er.

Ich zuckte zurück. »Nichts, alles okay.«

Er wischte mir mit dem Daumen die Tränen unter dem Auge weg, und diese Geste brachte mich aus der Fassung. Ich schmiegte mich an ihn, und er legte die Arme um mich und hielt mich so fest, dass ich zu atmen vergaß. Meine Arme schlangen sich um ihn, die Wut verflog. An ihre Stelle trat etwas, das wund und empfindlich war, wie das blutende Loch eines frisch gezogenen Zahnes.

»Du hättest sterben können.«

»Es tut mir leid.«

»Ich hätte ...«, *dich verlieren können*, hätte ich um ein Haar gesagt, konnte mich aber gerade noch bremsen. Ich löste mich von ihm, wischte mir mit dem Ärmel über das Gesicht und musterte ihn.

»Was hast du dir dabei gedacht, Tabletten und Alkohol zu vermischen?«

Tom hustete erneut. »Ich bin ein Vollidiot.«

Ich stand auf. »Du brauchst einen starken Kaffee. Und ich ...«

»Im Kühlschrank ist noch Eis.«

Ich schluckte und schmeckte Asche. Meine Kehle brannte. Die Vorstellung, eine Packung cremig süßes kaltes Eis zu verputzen, war über alle Maßen verführerisch, aber es ärgerte mich, dass Tom vor mir daran gedacht hatte. Ich hob seine Krücken vom Boden auf und warf sie ihm aufs Bett. »Glaubst du, dass du laufen kannst?«

Mühsam stand er auf. Zweimal ließ er die Krücken fallen, und einmal prallte er fast gegen den Türrahmen, so wie ich zuvor. Schließlich schafften wir es durch den Gang in die Küche, doch die war genauso verqualmt wie sein Zimmer.

Ich ließ Tom stehen, ging durchs ganze Haus und öffnete alle Fenster. Als ich in die Küche zurückkam, hatte das Wasser bereits gekocht, und Tom war dabei, eine Tasse mit Kaffeepulver aufzugießen. Auch das Eis hatte er schon aus dem Kühlschrank genommen und neben eine Schale und einen Löffel gestellt.

»Wir setzen uns besser nach draußen«, entschied ich. »Ich glaube, meine Lunge braucht dringend frische Luft.«

Sie schleppten ein paar Decken aus einem der Gästezimmer in die alte Pergola, wo die Luft süß und kühl war. Tom saß an einem Ende der gusseisernen Bank und nippte an seiner Tasse, das kaputte Bein hatte er auf einen Baumstumpf gelegt. Abby saß am anderen Ende der Bank und löffelte ihr Cremeeis.

In Toms Kopf hämmerte es. Seine Kehle brannte. Nicht gerade die beste Voraussetzung, um ihr sein Herz auszuschütten, doch er musste etwas tun. Egal was. Morgen wollte sie fortgehen, und das bedeutete, dass er sie heute Nacht überzeugen musste zu bleiben.

Vielleicht für immer.

»Abby«, sagte er, dann hatte er plötzlich einen Filmriss. Er hustete und rieb sich die Augen. »Wir versinken im Chaos. Ich könnte dich wohl nicht überreden, noch eine Woche zu bleiben und mir beim Aufräumen zu helfen, oder?«

»Du kannst dir bestimmt eine Haushaltshilfe leisten.«

Er versuchte, sich nicht entmutigen zu lassen. »Ich brenne darauf, meinen Roman zu schreiben. Ich kann es mir nicht leisten, irgendeine blöde Wichtigtuerin hier herumschnüffeln zu haben, das weißt du doch.«

»Wirklich, Tom! Das ist sexistisch. Die blöde Wichtigtuerin, über die du dich lustig machst, ist eine hart arbeitende Frau, die mies bezahlt wird und sich abmüht, um über die Runden zu kommen. Die den ganzen Weg hier rausfährt und sich die Hände schmutzig macht, um den Mist aufzuräumen, den du hier fabrizierst. Ich an deiner Stelle wäre da ein bisschen respektvoller.«

Er sah sie überrascht an.

Sie hatte gerötete Augen und ein rußverschmiertes Gesicht, doch der Blick, mit dem sie ihn durchbohrte, war voller Zorn. So hatte er sie noch nie erlebt, und er kam beim besten Willen nicht drauf, was sie dermaßen auf die Palme brachte. Zugegeben, er war ein Trottel. Mit einer brennenden Kerze einzuschlafen. Tabletten und Alkohol zu vermischen. Ein echter Vollidiot. Und ja, jetzt schämte er sich zu Tode wegen seiner dummen Bemerkung. Aber er hatte schon ganz andere Sprüche geliefert und sie trotzdem nicht so gegen sich aufgebracht. Was war los?

Besorgt sah er sie an.

»Herrgott, Abby! Das war doch nicht so gemeint.«

Sie antwortete nicht, sondern konzentrierte sich darauf, ihre Schale auszukratzen. Der Löffel klirrte in der Stille. Er fragte sich, ob er das als positives Zeichen werten sollte. Cremeeis war gut, oder? Hätte sie ihn gehasst, hätte sie sich wohl kaum die Mühe gemacht aufzuessen.

Als sie fertig war, ließ sie den Löffel geräuschvoll in die Schale fallen, schob sie zum Rand der gusseisernen Bank und wischte sich die Hände an der Schlafanzughose ab.

»Ich bleibe noch bis Mittag«, erklärte sie. »Ich rufe die Handwerker an, damit sie sich um die Brandschäden kümmern und den Dreck beseitigen. Aber ich habe einiges in der Stadt zu erledigen. Und ein Interview abzutippen.« Sie warf ihm einen scharfen Blick zu.

Seine Schultern zuckten, und er fuhr zusammen, als etwas unter dem Kragen seines Schlafanzugs zwickte.

»Vielen Dank. Ich weiß es zu schätzen.«

Abby musterte stirnrunzelnd ihre leere Schale. »Keine Ursache.«

Er lehnte sich zurück und spähte durch das Geflecht der Weinblätter zum sternenfunkelnden Himmel auf. Seine Kehle war kratzig. Er räusperte sich und sah sie von der Seite an.

»Was ich über die Haushälterin gesagt habe, tut mir leid.« Sein Tonfall klang hoffentlich aufrichtig zerknirscht. »Ich wollte nicht respektlos sein.«

Abby verschränkte die Arme vor der Brust, sah zu Boden und ignorierte ihn. Dann zitterten plötzlich ihre Schultern. Er beobachtete sie beunruhigt.

Ach, du lieber Himmel, sie weinte. Instinktiv wollte er auf sie zurutschen, sie in die Arme nehmen und irgendwie trösten. Doch er ließ es sein, aus Angst, sie noch mehr gegen sich aufzubringen. Nachdem sie vorhin so vor ihm zurückgeschreckt war, wollte er lieber nicht riskieren, dass sie blindlings in die Dunkelheit rannte.

»Ich bin so ein Arsch«, sagte er stattdessen.

Da sah sie zu ihm auf. »Das ist der erste vernünftige Satz, den du heute gesagt hast.«

In ihren Augen funkelte etwas. Das Gesicht war voller Rußflecken, aber Tränen sah er nicht. Hatte sie etwa heimlich in sich hineingekichert, statt Tränen zu vergießen?

Tom rieb sich den Hals.

Verdammt noch mal, er kam sich vor wie ein verliebter Schuljunge. Himmelhoch jauchzend, wenn sie in seiner Nähe war, dann wieder zu Tode betrübt. Als sie vorhin im Schlafzimmer in seinen Armen lag, hätte er sie am liebsten festgehalten und nie wieder losgelassen. Hätte seine Lippen auf ihr Ohr pressen und sie anflehen wollen, nicht wegzugehen. Nie wieder wegzugehen.

»Bitte sehr«, murmelte er.

Er rückte das Bein auf dem Baumstumpf zurecht, und rutschte auf der harten Bank hin und her. Dann hustete er noch mehr Rauch aus den Lungen und fuhr sich mit den Händen über das Gesicht.

»Alles in Ordnung, Tom?«

»Klar doch.«

Wieder zuckte er mit den Schultern und kratzte sich am Hals. Dann holte er tief Luft und betete zu Gott, dass er die richtigen Worte finden möge.

»Weißt du, Abby, ich habe mich immer gefragt, was aus

dir geworden ist. Danach«, setzte er hinzu und sah ihr in die Augen. Und als sie nicht reagierte, fuhr er fort. »Ich habe mich gefragt, wie du mit deinem Leben fertiggeworden bist. Ob du glücklich bist. Ich konnte mich weder an deine Stimme erinnern noch daran, wie du aussiehst oder so was ...«

»Ich war ja auch nicht besonders einprägsam.«

»Im Gegenteil.« Er sah ihr ins Gesicht, in der Hoffnung, eine Spur von Dank darin zu finden, vielleicht auch nur ein Fünkchen ihrer alten Glut, doch ihr Gesicht war wie versteinert.

Wieder rieb er sich über den Hals. »Ich konnte nie vergessen, wie du damals vor uns hergegangen bist. Trotz allem, was du gerade durchgemacht hattest, warst du irgendwie stark und bei klarem Verstand.«

Abby setzte sich auf und sah ihn an. »Woher willst du wissen, was ich durchgemacht hatte?«

Er verlagerte sein Gewicht. »Du hattest Todesangst. Du bekamst kaum ein Wort heraus. Dein Körper war mit Schrammen übersät. Das Blut am Kopf. Die Einzelheiten kenne ich nicht, aber es war nicht zu übersehen, dass du durch eine Hölle gegangen warst.«

Sie starrte ihn so eindringlich an, dass sich winzige Fältchen in ihre Stirn gruben. Am liebsten hätte er sie weggezaubert, ihr wieder ein Lächeln entlockt.

»Stimmt.«

Tom schluckte. Sein Mund war wie ausgetrocknet. Das Ganze entwickelte sich nicht so, wie er es sich erhofft hatte. Er dachte an die halb leere Flasche Brandy auf dem Nachttisch neben seinem Bett. Vielleicht sollte er lieber den Mund halten und hineingehen, sich einen kräftigen Schluck aus der Flasche genehmigen, um Mut zu tanken, und ihr dann beichten, was ihm wirklich auf der Seele lag. *Ich habe dich gern, Abby. Sehr gern. Ich möchte dich näher kennenlernen, ich möchte herausfinden, ob es wirklich das ist, was ich glaube ...*

Natürlich widerstand er der Versuchung. Nicht nur, weil er fürchtete, seine schmerzenden Beine könnten unterwegs schlappmachen, sondern auch wegen der Äußerung neulich beim Abendessen.

Ich habe es noch nie lange an einem Ort ausgehalten.

»Vermutlich versuche ich dir zu vermitteln, dass es mir wichtig ist. Dass du mir wichtig bist. Sehr wichtig. Und wenn du dein Herz jemals ausschütten willst ... na ja, dann bin ich für dich da. Okay?«

Innerlich wand er sich. Es war nicht gerade eine poetische Liebeserklärung, aber immerhin ein Anfang. Er riskierte einen Blick auf sie.

Sie hatte die Arme um ihren Oberkörper geschlungen und schaute zu Boden. Nach einer Weile richtete sie sich auf und sah ihn an.

»Was weißt du darüber?«

»Ich habe über die Morde in der Schlucht gelesen. Damals waren alle Zeitungen voll davon. Es war die Rede von einer Augenzeugin, aber weitere Details gab es nicht. Es ging mir nicht aus dem Kopf.«

»Die Augenzeugin war ich. Aber da ich erst zwölf war, machten sie keine Angaben zur Person. Irgendwann sickerte doch etwas durch, aber da war der Fall bereits abgeschlossen und Jasper Horton saß hinter Gittern.«

»War er derjenige, der dich angegriffen hat?«

Sie zuckte die Achseln. »Zumindest glaubte ich das damals.«

»Meinst du ...«

»Inzwischen habe ich Zweifel.«

»Warum?«

Sie rutschte auf ihrem Platz hin und her, sodass die Bank ins Schwanken geriet und die Bewegung den Schmerz in seinem Bein verstärkte.

»Vor ein paar Wochen habe ich ein junges Mädchen im Schutzgebiet gefunden. Sie war um die dreizehn, höchstens vierzehn, und lag bewusstlos unter einem Baum. Hatte eine Kopfverletzung und muss die Nacht da draußen verbracht haben. Ich ließ sie liegen, um Hilfe zu holen, aber als ich mit dem Krankenwagen zurückkehrte, war sie verschwunden.«

»War sie wieder zu sich gekommen und nach Hause gegangen?«

»Das dachte ich zuerst auch. Aber jetzt ...«

»Jetzt bist du dir nicht mehr sicher.«

Sie schaute ihn mit großen starren Augen an.

Tom hielt den Atem an. Diesen Blick in ihren Augen kannte er. Von jenem verregneten Tag. Und jetzt wusste er genauso wenig wie damals, was er zu bedeuten hatte.

»Abby?«

Sie ballte die Hände auf ihren Knien zu Fäusten. »Ich weiß einfach nicht mehr, was ich denken soll, Tom. Es sind so viele Jahre vergangen, und manchmal zweifle ich noch immer an mir. Zweifle an dem, was ich gesehen habe. Oder was damals geschehen ist.«

»Hey, Kleines, du warst ein Kind. Du trägst keine Schuld daran, was geschehen ist. Glaub bloß nicht, dass du das auch noch auf dich nehmen musst. Du kannst nichts dafür.«

Sie sah zum Himmel auf.

»Hast du je den Satz gehört: ›Sieh dir ein letztes Mal den Mond an und gib den Sternen einen Gutenachtkuss‹?«

»Nein. Aber er ist schön. Warum?«

Sie zuckte die Achseln und schien etwas sagen zu wollen, stieß aber nur einen Seufzer aus. Dann griff sie nach der Schale, ging über den Rasen und stieg die Treppe zur Veranda hinauf.

Tom sog die süße Nachtluft ein und vertrieb die plötzliche Kälte in seinen Eingeweiden. Die Unterhaltung hatte ihn aufgewühlt. Bislang war es ihm gelungen, seine Gefühle zu unterdrücken und ruhig zu bleiben. Ihr zuliebe. Jetzt aber, als er allein war, brodelte der Zorn in ihm auf wie Säure.

Er versuchte, ihn aufzuhalten, und schloss die Augen.

Großer Fehler.

Plötzlich sah er im Geiste vor sich, wie die zwölfjährige Abby am Gartentor wartete. Auf ihn wartete. Fast hätte er aufgeschrien. Was würde er nicht alles geben, um die Zeit zurückdrehen zu können, sie abzuholen und ihr die Angst zu nehmen. Hatte irgendwer bei ihr zu Hause versucht, sie zu trösten? Hatten sie dort überhaupt verstanden, was sie durchgemacht hatte? Oder erwarteten sie, dass sie sich zusammennahm und einfach so tat, als wäre nichts gewesen?

Er sah sich um, in der Hoffnung, sie in der Küche herumwuseln zu sehen. Vielleicht im Kühlschrank nach mehr Cremeeis kramte. Doch das Haus wirkte leer und verlassen. Türen und Fenster standen weit offen, an der Decke drehte sich der Ventilator. Um die Lampen schwirrten Unmengen von Motten wie riesige flatternde Wolken.

War sie gegangen? Hatte sie beschlossen, dass ihr alles zu viel war?

Er vergrub den Kopf in den Händen. Er war ihr zu sehr auf den Pelz gerückt mit all seinen Fragen. Wann würde er endlich lernen? Jeden Augenblick würde er das Poltern ihrer Schritte auf der Treppe hören, wenn sie mit ihren gepackten Koffern herunterkam, und kurz darauf würde stotternd ihr Wagen anspringen, um sie nach Gundara zurückzubringen.

Ihre Worte hallten in seinem Kopf wider.

Und manchmal zweifle ich noch immer an mir.

Es hatte ihn umgehauen, das zu hören. Abby verdiente es mehr als sonstwer, mit sich im Reinen zu sein. Wieder hatte er die Möglichkeit gehabt, ihr all das und noch viel mehr zu sagen, und wieder hatte er es vermurkst.

Schritte.

Er sah sich um. Abby stand auf der Veranda, hinter ihr leuchtete die Lampe und tauchte sie in einen Schatten. In der Hand hielt sie etwas, zwei Flaschen. Eine große und eine kleine. Unter den Arm geklemmt hatte sie außerdem einen kleinen Kasten.

Tom seufzte leise. Sie war gekommen, um sich zu verabschieden.

Vielleicht war es seine letzte Chance, ihr seine Gefühle einzugestehen. Die Antwort kannte er bereits. Sie würde ihn auslachen und zum Teufel schicken. Aber noch eine Chance würde er nicht bekommen. Wenn er es nicht hier, heute Nacht versuchte, unter dem von Rauchschwaden verhüllten Mond, würde er es für immer bereuen.

Tom wirkte überrascht, als ich mich zu ihm auf die Bank setzte. Ich stellte die Flaschen neben mich und packte den Inhalt meines Verbandskastens aus. Wattebäusche, Gaze und eine bunte Mischung von Pflastern. Ich schraubte das Fläschchen auf, benetzte einen Wattebausch mit Öl und schwängerte die Luft mit dem Duft von Lavendel.

»Zieh mal dein Hemd aus.«

Tom sah mich verblüfft an.

Ich schnippte mit den Fingern. »Na los, zieh es aus.«

Er streifte das Hemd ab, seine Haut schimmerte im Dunkeln. Genau wie ich befürchtet hatte, war sie von winzigen Brandwunden übersät. Eine oder zwei waren so groß wie ein Daumennagel und hatten sich bereits entzündet. Er warf einen Blick auf den Wattebausch.

»Nicht nur ein Multitalent, sondern auch noch Florence Nightingale?«

Ich hob den Wattebausch und tupfte die Brandwunde an seinem Hals ab. »Lavendelöl ist wohl kaum ein Talent. Aber es wird den stechenden Schmerz lindern.«

Er zuckte zusammen, dann lehnte er sich zurück. »In dir steckt noch viel mehr, weißt du das?«

Fast hätte ich gelächelt. »Ja.«

»Ich meine es ernst, Abby.«

Ich tränkte den Wattebausch erneut mit Öl und betupfte die kleinen Brandwunden auf seiner Schulter damit. Seinem Blick wich ich lieber aus, weil das, was ich zuvor darin erkannt hatte – die Verletzlichkeit, die unverhohlene Hoffnung –, verrückte Dinge mit meinem Herzen anstellte. Es verwirrte mich. Diese Schutzlosigkeit war ich nicht gewohnt. Aber während ich neben ihm unter der Pergola saß und seinen männlichen Geruch einsog, der mich schwindelig machte, erkannte ich, wie sehr mich all das überforderte.

Am liebsten hätte ich ihn einfach umarmt. Mein Gesicht in seinem Haar vergraben, den rauchigen Duft eingeatmet und die salzige Wärme seiner Haut auf meinen Lippen geschmeckt.

Am liebsten hätte ich all meine Hemmungen überwunden und die Vergangenheit hinter mir gelassen.

Aber ich wusste nicht, wie.

Deshalb betupfte ich weiter seine Brandwunden und machte ihm ein Zeichen, näher zu rücken.

»Vielleicht ist dir ein Stück brennende Holzkohle in den Kragen gefallen. Du hast überall Bläschen.«

Das Licht von der Veranda überzog seine Haut mit einem blassen Glanz. Die Schulter war glatt; auf der braun gebrannten, leicht sommersprossigen Haut entdeckte ich jetzt eine Gänsehaut, und unterhalb des Schlüsselbeins bildete sich bereits eine murmelgroße Brandblase.

Er rührte sich nicht, als ich sie mit dem Wattebausch betupfte, und blieb ruhig sitzen, während ich seine Arme, Hände und Schultern inspizierte, bis ich fast jeden Zentimeter seines Oberkörpers mit Lavendelöl behandelt hatte.

»Ich rieche wie eine Großmutter«, beschwerte er sich. »Aber du hast recht. Das Öl lindert das Brennen.«

Als ich fertig war, durfte er sein Hemd wieder anziehen. Anschließend brachte ich den Verbandskasten ins Haus und ging alle Zimmer ab, öffnete weitere Fenster und schaltete sämtliche Ventilatoren an. In Toms Schlafzimmer sah es am schlimmsten aus. Ich blieb an der Tür stehen und begutachtete den Schaden. Alles war mit weißem Schaum aus dem Feuerlöscher bedeckt. Der Teppich war hin, die Fensterbank reparaturbedürftig, und die Vorhänge waren so verkohlt, dass ich sie kaum wiedererkannte.

Mir lief es eiskalt über den Rücken. »Ich hätte dich verlieren können.«

Ich rieb mir die Arme, sah zu der rauchgeschwärzten Decke auf und dachte an das geheime Zimmer oben. Ich stellte mir vor, wie die beiden Mädchen nebeneinander auf dem Rand der durchhängenden Matratze saßen und im Märchenbuch lasen. Das ältere Mädchen, die dunkelhaarige Frankie, drehte sich zu ihrer Schwester um: *Sieh dir ein letztes Mal den Mond an, Lilly-Bird.*

»Was soll das überhaupt bedeuten?« Meine Stimme zitterte. »Und was hat es mit mir zu tun?«

Ich hätte mich albern fühlen sollen, weil ich mich mit der Decke unterhielt, doch so war es nicht. Ich war nur unglaublich zornig bei der Vorstellung, dass Tom in dieser Nacht hätte umkommen können. Voller heftiger Gefühle bei dem Gedanken, dass ich ihn hätte verlieren können. Und gleichzeitig voller Angst, dass es womöglich meine Schuld gewesen wäre.

»Und?«, fragte ich. »Hat es dir etwa die Sprache verschlagen?«

Ich erhielt keine Antwort, natürlich nicht. Ich hörte nur das rhythmische Brummen des Ventilators, der die abgestandenen Rauchwolken durchs Zimmer wehte.

Ich ging zurück zu Tom. Er saß noch immer auf der Gartenbank.

»Dir ist klar, dass im Haus ein unerträglicher Gestank herrscht, oder?«

»Hältst du es in deinem Zimmer aus?«

Ich schüttelte den Kopf. »Nein, da stinkt es auch. Wahrscheinlich hat die Tür offen gestanden.«

Es war gelogen, eine Ausrede. Ich wusste selbst nicht, warum ich das gesagt hatte. Vielleicht wollte ich sicherstellen, dass ihm nichts passierte.

»Dann müssen wir wohl die Nacht hier draußen verbringen.«

Toms Mundwinkel verzogen sich nach oben. Dann strahlte er.

»Ich muss dich warnen. Hier draußen kann es nachts ziemlich kühl werden.«

»In den anderen Gästezimmern gibt es jede Menge Decken, damit könnte es gehen.«

»Wir rücken einfach eng zusammen, damit uns warm wird.«

Trotz des Schattens, den unsere vorangegangene Unterhaltung geworfen hatte, und meines merkwürdigen Verhaltens in seinem Schlafzimmer gerade eben musste ich lachen.

»Dann hole ich am besten mal die Decken.«

Er machte nicht mal den Versuch einzuschlafen. Wozu auch? Er fühlte sich wohl. Sie hatte ein paar Picknickdecken auf dem weichen Rasen ausgebreitet und so viele Kissen um ihn herum verteilt, dass ein ganzes Heer von Schoßhunden darin Platz gefunden hätte, doch von seinem Lager unter den Zweigen des alten Feigenbaumes, der seine Äste über der Pergola ausbreitete, sah er fast nur sie.

Die Nacht war mild, der Himmel klar. Er hätte zur Milchstraße aufblicken und seinen Gedanken freien Lauf lassen sollen. Über das Feuer in seinem Schlafzimmer grübeln und sich vorwerfen, was für ein Idiot er war, die Kerze brennen zu lassen. Doch sein Kopf war zu voll von ihr.

Er ließ den Blick über ihre schlafende Gestalt wandern, besser gesagt über den Kokon aus Decken, unter dem sie, wie er beobachtet hatte, ein paar Stunden zuvor verschwunden war. Im Mondschein erkannte er nur ein Knäuel von dunklem Haar. Die ganze Zeit hoffte er, dass sie einen ihrer langen blassen Arme ausstrecken oder die Decke zurückschlagen und ihm einen Blick auf ihr Gesicht erlauben würde. Doch sie blieb unter der Decke verborgen.

Er stellte sich vor, dass sie wie eine große Raupe darunter brütete und sich über Nacht in einen bunten Schmetterling verwandelte. Die Frau, die sie heute Abend gewesen war, abstieß, Flügel bekam und am Morgen als Wesen wieder auftauchte, dem es leichter fiel, sich ihm gegenüber zu öffnen, ihm vielleicht sogar zu vertrauen.

Morgen würde sie verschwinden. Ihn wieder allein lassen, damit er sich auf sein Buch konzentrieren konnte. Es war genau das, was er sich noch vor Kurzem gewünscht hatte. Doch im Moment konnte er sich nichts vorstellen, was ihm weniger gefiel.

Mühsam wandte er den Blick von dem Durcheinander der Decken ab und zwang sich, durch die weichen Blätter des Feigenbaumes mit seinen winzigen Früchten zu blicken. Kein Lüftchen regte sich, dennoch kam es ihm vor, als zitterte der Baum in der stillen Luft.

Er suchte den Himmel ab, bis er einen Stern sah, der leuchtend blau funkelte. Im Geiste reiste er dort hinauf, ins Vakuum des Alls. Eine Zeit lang schwebte er durch den luftleeren Raum, dann glitt er hinter den blauen Stern und brachte dort sein Geheimnis in Sicherheit.

Wieder zurück auf der Erde schloss er erschöpft die Augen. Ein unruhiger Schlaf umfing ihn, und er ließ sich fallen. Im Bewusstsein dessen, dass er träumte, taumelte er durch eine düstere Landschaft, auf der einen Seite standen Bäume, auf der anderen war eine tiefe Schlucht, auf deren Grund ein Fluss toste. Aus der Ferne kam ein Mädchen auf ihn zugelaufen. In der Dunkelheit war sie kaum zu sehen, als sie im Zickzack durch die Bäume rannte, ihre Schreie zerrissen die vom Regen getränkte Luft, ihre dünnen Beine überschlugen sich beinahe beim Versuch, einem Schatten zu entkommen, der sie verfolgte. Und während Tom sie hilflos beobachtete, holte der Schatten sie ein, überrollte und packte sie. Er hinterließ nur ein Echo ihrer Schreie, die wie Säure auf seinen erstarrten, wütenden Nerven brannten.

»Abby, ist alles in Ordnung?«

In dem Versuch, mich aus der Höhle zu befreien, schlug ich in der absoluten Dunkelheit um mich. Am liebsten hätte ich geschrien, doch die Luft war zu dicht, sie verstopfte meine Lunge und verschluckte meine Worte ...

»Abby?«

Mit einem leisen Keuchen verscheuchte ich den Albtraum. Eine warme Hand fasste nach meiner, ich hielt mich daran fest, zwang mich, wach zu werden, und schielte blinzelnd unter der Decke hervor.

Tom lag neben mir. »Ein Albtraum?«

Sein Gesicht war so nah, dass ich den warmen Atem auf der Wange spürte.

»Ich ... ja, alles okay.«

»Sprichst du immer im Schlaf?«

Ich zitterte in der kalten Luft, die mich plötzlich erfasste.

»Seit Jahren nicht mehr.«

»Willst du darüber reden?«

»Nein, nein, alles gut.« Wieder fröstelte ich. »Rutsch ein bisschen näher, mir ist furchtbar kalt.«

Ich hob meine Decke an, und kurz darauf hielt er mich in den Armen. Ich schmiegte mich an ihn und klammerte mich an seinen warmen Körper, und als meine eiskalten Zehen seine Füße berührten, erwartete ich beinahe, dass er zurückschreckte. Doch das tat er nicht.

»Wird dir schon wärmer?«

Seine Stimme war ganz dicht an meinem Ohr. Ich spürte ein Prickeln auf dem Hals, das sich bis ins Haar ausbreitete. Ich war hellwach. Dann schlug ich die Augen auf und merkte, was ich da machte. Was *wir* da machten.

Ich löste mich von ihm und betrachtete ihn im Mondlicht.

»Es macht dir doch nichts aus?«

Seine Augen funkelten. »Was denn?«

»Das hier ...« Ich verzog das Gesicht und warf einen Blick auf die Decke, unter der wir jetzt beide lagen. »Das Kuscheln.«

Sein Lachen klang heiser. »So nennst du das also?«

Meine Müdigkeit war verflogen.

Mit jeder Zelle, jedem Nerv, jeder Faser war ich auf der Hut. Der starke Beschützerinstinkt, den ich in seinem Schlafzimmer gespürt hatte, holte mich wieder ein. Vielleicht weil ich ihn jetzt hier draußen im Garten sah, im Schatten des Mondes. Oder weil wir beide so eng aneinandergeschmiegt waren, schläfrig und zerzaust. Von unserer Nähe überrumpelt.

Ich ließ Toms Hand los, drückte meine Handfläche an seine Brust und spürte den schnellen Herzschlag unter seinem Hemd. Er presste sich enger an mich, und das machte mir Mut. Meine Hand glitt zu seiner Schulter. Dann über den Arm bis zu dem Pflaster, das ich ihm aufs Handgelenk geklebt hatte. Er schien unter meiner Berührung dahinzuschmelzen, daher machte ich weiter. Ich umfasste die Beuge seines Ellbogens und schob meine Hand dann wieder zu seiner Schulter empor, ohne den Blick von ihm abzuwenden. Ich wartete auf ein Zeichen, dass ich aufhören sollte, und als keines kam, strichen meine Hände über seinen Hals und umschlossen sein Gesicht.

Er flüsterte meinen Namen. Er kam ihm über die Lippen wie Honig, und er lächelte, als wäre er tatsächlich süß.

Ich beugte mich vor und küsste ihn.

Er streckte den freien Arm aus und legte ihn um meine Schulter, die Finger in meinem Haar. Ich schmiegte mich enger an ihn, schlängelte mich unter der Decke näher heran. Dann legte ich mich vorsichtig, wegen des kaputten Beines, auf ihn.

Durch meinen Pyjama hindurch fühlte er sich wunderbar an. Der kräftige warme Körper, die festen Muskeln. Das Pochen seines Herzens. Ich schlang die Arme um ihn und küsste ihn erneut, und dieses Mal nahm ich mir mehr Zeit, um seine Lippen zu schmecken, süß und rauchig zugleich.

Er löste sich als Erster.

Seine Augen glänzten im Mondschein. In seinem Blick lag eine Frage, doch ich versuchte, sie zu ignorieren, und beugte mich erneut über ihn, um ihn zu küssen. Er hielt mich zurück. Seine Fingerspitzen fühlten sich warm auf meinem Gesicht an.

»Abby, was machen wir hier?«

Ich zuckte die Achseln. »Wir überprüfen deine Theorie.«

»Was meinst du?«

»Je mehr ich dich küsse, umso mehr vergesse ich.«

»Freut mich, aber das meinte ich nicht. Heißt es, dass du morgen nicht gehst?«

»Das hier?«

»Das ... Kuscheln.«

Ich beugte mich vor und flüsterte dicht vor seinen Lippen: »Ich will dich, Tom. Ich will dich wirklich. Nicht für immer und ewig, aber ... jetzt, in diesem Moment.«

Ich sagte es so, dass es beiläufig, fast zufällig klang. Mittlerweile strömte das Blut wie ein reißender Fluss durch meine Adern und ertränkte mich in seiner wilden, herrlichen Hitze. Ich wollte mich ihm hingeben und von ihm mitreißen lassen. Vielleicht nur, damit ich am nächsten Morgen einfach gehen konnte, wenn ich das wollte. Doch während die Nacht voranschritt und das kalte Mondlicht meine Haut streifte, vergaß ich, dass ich gehen würde. Vergaß alles, außer Toms Lippen zu küssen und mit meinem Mund an seinen stoppeligen Wangen vorbei an seinem Ohr zu knabbern.

Er musste lachen. »Abby, Liebling. Du machst mich verrückt.«

»Sind wir etwa kitzlig?«

»Schon möglich.«

Ich stemmte mich ein Stück auf, um ihn anzusehen. In der Dunkelheit nahm ich das, was mir an seinem Gesicht am besten gefiel, kaum wahr. Sein wunderbares Lächeln. Die Fältchen um seine Augen, den fliehenden Haaransatz. Ich küsste mich am Kiefer entlang, die Stoppeln kitzelten meine Lippen. Ich passte auf, dass mein Gewicht nicht sein verletztes Knie belastete.

»Ich tu dir doch nicht weh, oder?«

»Du könntest mir gar nicht wehtun, selbst wenn du es wolltest. Ich bin ein zäher alter Bursche, das hast du selbst gesagt. Egal, was morgen geschieht, ich werde es überleben.«

Ich fuhr mit der Hand unter die Decke, und er zuckte zusammen. »Haha, du Witzbold. Ich meinte deine Beine.«

»Küss mich einfach.«

Ich reizte ihn mit einem Lächeln. Im Halbdunkel bestand er nur aus Schatten, ein von der Nacht verhülltes Wesen. Seine Seele lag ungeschützt in seinen Augen. Und was ich sah, machte mir keine Angst mehr. Weder seine Verletzlichkeit noch seine unverhohlene Begierde. Im Gegenteil, all das ließ mich dahinschmelzen, machte mich schwindlig vor eigenem Verlangen. Meine Küsse fanden zurück zu seinem Mund, ich zerfloss auf ihm, meine Hand vergrub sich in seinem weichen langen Haar. Seine Arme umfassten mich, zuerst sanft, als befürchtete er, zu ungestüm zu sein, doch als unsere Küsse heftiger wurden, zog er mich immer fester an sich.

Ich rollte mich halb von ihm herunter und streckte mich neben ihm aus. Dann streifte ich den Schlafanzug ab, und Tom tat es mir nach. Die Sachen lagen heiß unter uns, ihre gespeicherte Wärme kontrastierte mit der Kälte des Rasens auf meinen nackten Beinen, den Schenkeln, dem plötzlichen eisigen Windstoß auf meinem Rücken.

Erneut rollte ich mich auf ihn, und dieses Mal hielt ich ihn ganz unter mir fest. Er murmelte etwas an meinem Hals, seine Worte waren wirr und heiser. Sein Atem heiß. Plötzlich löste er sich von mir und sah mich an.

»Bist du auch ganz sicher, dass du das willst? Es ist noch nicht zu spät, um …«

»Doch. Viel zu spät.«

»Aber bist du sicher?«

Ich lächelte ihn an und presste meine Lippen auf die seinen. »Tom! Halt um Himmels willen den Mund und küss mich.«

Tom hielt sie fest, vergrub sein Gesicht in ihrem Haar und lächelte.

Seine Hände zitterten noch immer. Vielleicht eine Nachwirkung der Tabletten und des Alkohols. Oder vielleicht hatte er zu viel Rauch eingeatmet. Doch als sich die Dämmerung über den Hügeln in der Ferne ankündigte und das Tageslicht sich in ihre sichere Blase unter den Bäumen schlich, wünschte er sich, sie könnten ewig so bleiben. Er stellte sich vor, wie sie hier lebten, nur sie beide, ein Gemüsebeet anlegten, sich ein paar Kühe hielten, in der Wildnis versteckt, ohne dass irgendwer sie störte. Vielleicht würde es sogar ein, zwei Kinder geben – oder zehn, so viele sie wollte –, und ihre Welt wäre vollkommen.

Ihre Worte von vorhin berührten seinen Tagtraum.

Nicht für immer und ewig, Tom ... aber jetzt, in diesem Moment.

Er vertrieb die Zweifel und drückte sie noch fester an sich.

Sie regte sich in seinen Armen und gähnte. »Worüber grinst du denn?«

»Über dich, schätze ich.«

»Sag es mir.« Bei ihrem verführerischen Ton wurde sein Grinsen breiter. Sie fuhr mit den Fingern über seine Brust und seinen Bauch, und dann ließ sie ihre Hand unter die Decke gleiten.

Er stöhnte. »Du bringst mich noch um.«

Abby lachte, und es klang so süß und überraschend, so natürlich, dass es ihn erregte. Bald kicherten sie wie ein frisch verheiratetes Paar. Die Vorstellung machte ihn schwindelig. Für einen eingefleischten Junggesellen wie ihn kam er heute auf ziemlich verrückte Ideen.

»Du machst mich verrückt«, hauchte er ihr in den Mund.

»Nein, Liebling«, murmelte sie, schmiegte sich an ihn, knabberte an seinem Ohr und schlang die Beine um ihn. »Ich rette dich. Ich rette uns beide.«

Kapitel 20

»Irgendwer, bitte«, flüsterte Shayla in die tote Dunkelheit. »Irgendwer soll mich finden, bitte.«

Als könnte jemand sie hören. Ihre Stimme war heiser vom Schreien. Ihre Hände wund vom Klopfen. Sie hatte blutige Fingernägel nach ihren endlosen Versuchen, die Stahltür aufzustemmen.

Der Stahl war kalt und glatt, sodass ihre Finger keinen Halt fanden. Aber die Tür hätte genauso gut aus hartem Gestein sein können, so ungehört verhallte ihr Hämmern.

Plötzlich gaben die Beine unter ihr nach. Sie landete auf dem Boden und kippte nach vorne, sodass ihr das strähnige Haar ins Gesicht fiel. Sie öffnete den Mund und versuchte vergeblich, noch ein paar Tränen herauszuquetschen. Es war, als wäre sie innerlich ausgetrocknet, wie einer der alten Spülschwämme, die ihre Mutter in den Garten warf. Verbraucht. Vergessen.

Ihr Magen knurrte. Wahrscheinlich war Essenszeit. Häufig kam es ihr vor, als wäre seit dem letzten Mal eine Ewigkeit verstrichen, doch inzwischen hatte sie jegliches Zeitgefühl verloren. Vielleicht war der Hunger an manchen Tagen besonders stark und dehnte das Warten noch mehr aus.

Mit geschlossenen Augen rollte sie sich zusammen und dachte an Pizza. Sie mochte immer am liebsten einen dünnen Teig, doch ab jetzt würde sie sich nur noch dicken wünschen.

Mit viel Käse, der schmatzte, wenn man hineinbiss, und den Mund mit würzig-salzigem Mozzarella füllte. Sie würde auch welche mit Schinken oder Salami nehmen, in die sie ihre Zähne versenken könnte. Möglich, dass Finger und Hände hin wären, falls sie hier wieder rauskäme, doch ihre Zähne hätte sie wenigstens noch.

Sie setzte sich auf.

Klemmte die vor Kälte zitternden Hände unter die Achseln, um sie zu wärmen, und starrte mit weit aufgerissenen Augen ins Dunkle. Ehe man sie hier eingesperrt hatte, war sie auf jemanden losgegangen, daran konnte sie sich erinnern. Sie hatte gehört, wie derjenige vor Schmerz oder Schock aufjaulte. Und dann war sie losgelaufen, ohne zu wissen, wohin, einfach nur *weg*. Anschließend war sie eine Weile in Freiheit gewesen, vielleicht ein paar Stunden lang.

Sie führte die Hände zum Mund und presste die Fingerknöchel gegen die Zähne. Kaute ein bisschen darauf herum. Nur um ihre neue Waffe zu testen. Und als sie den scharfen Schmerz auf der Haut spürte, erklang auf einmal die Stimme ihrer Mutter.

Jetzt hör mal gut zu, Shay. Wenn überhaupt, dann habe ich eine Sache gelernt aus all dem Mist, den ich ertragen musste. Man bleibt nicht einfach liegen und lässt sich niedertrampeln. Man wehrt sich, verstehst du? Man schlägt zurück, mit allem, was man hat.

»Ja, Mum.«

Das heisere Krächzen musste von irgendjemand anderem stammen. Es klang nicht wie ihre Stimme, die nur noch ein ausgetrocknetes Flüstern war. Doch es spielte keine Rolle. Sie hatte die Botschaft verstanden. Laut und deutlich.

Wehr dich, okay?

Kapitel 21

Der Lichterzug ging durch die abendlichen Straßen und eröffnete das wichtigste Ereignis des Jahres, Gundaras berühmtes Herbstfestival.

Er begann an der Eisenbahnbrücke und zog weiter über die Hauptstraße. Die bunten Laternen leuchteten in der Dämmerung. Riesige Konstruktionen aus Bambus und Seidenpapier in Gestalt von Tieren und Blumen, Fischen und Vögeln bewegten sich durch die Straße in den Memorial Park im Westen der Stadt, wo ich mit Tom wartete.

Irgendwie war es Freitagabend geworden, und ich war immer noch in Ravenscar. Offensichtlich konnte ich mich nicht losreißen. »Nur bis zum Wochenende«, hatte ich mir gesagt. Doch Tom ließ bereits durchblicken, dass noch eine Woche mit Abendessen auf der Veranda, Kuscheln unter den Sternen, Schreiben und Lesen oder stundenlangen Unterhaltungen mir bestimmt Spaß machen würde, und ich musste ihm recht geben.

Der Zug passierte die Tore zum Park, und die Teilnehmer vermischten sich mit den wartenden Zuschauern.

Vögel, Tiere und Blumen wippten über den Köpfen der Leute, für manche brauchte es zwei Paar Hände, um sie in der Höhe zu halten. Eine glühende Beutelratte schwankte an uns vorbei, gefolgt von einem schwebenden Kakadu und einem riesigen roten Fuchs. Ströme von Schulkindern hielten kleinere Laternen hoch – Blumen und Sterne, die sie in den Gemeinde-Workshops gebastelt hatten. Es war ein umwerfendes Spektakel aus Farben und Licht, und die gute Laune war ansteckend.

Eine beschwipste junge Frau mit rosa Haar und Nasenring drängte sich mit ihrem Baby auf der Hüfte an uns vorbei. Als ihre Laterne gegen Toms Schulter stieß, bemerkte sie seine Krücken und entschuldigte sich. Er kitzelte das Baby und lachte, und die junge Frau ließ sich lächelnd weitertreiben.

Ich starrte Tom erstaunt an. »Ich hätte nie gedacht, dass du Kinder magst.«

Er zwinkerte mir zu. »Warum? Ich liebe Kinder.«

Ich war dankbar, dass es dunkel war, und lenkte von meinem errötenden Gesicht ab, indem ich einem bekannten Paar zuwinkte. Die Frau erwiderte meinen Gruß und grinste, während ihre Hunde sie an den Brückensteg hinunterzerrten und ihr Partner, der aussah wie ein Grufti, hinter ihr hertrottete. Seine mexikanische Totenmaskenlaterne leuchtete in der Dunkelheit.

»Sie gehen zum Lagerfeuer«, sagte ich zu Tom.

»Ich bin dabei, wenn du Lust hast.«

Trotz des unebenen Rasens schaffte es Tom ohne Zwischenfall durch die Menschenmenge im Park. Als wir an dem lodernden Feuer ankamen und neben ein paar verrückt verkleideten Studenten und einem älteren Hipster-Paar stehen blieben, beobachtete ich Tom aus den Augenwinkeln. Heute Abend kam er mir irgendwie verändert vor. Er trug zwar seine übliche Uniform, Jeans, T-Shirt und die abgetragene Fliegerjacke aus Leder, um gegen die nächtliche Kälte gewappnet zu sein, sah aber trotzdem außerordentlich gut aus.

Da ich befürchtet hatte, in meinem altmodischen Dianevon-Fürstenberg-Kleid und den kirschroten Doc Martens underdressed zu wirken, hatte ich mir etwas mehr Mühe als sonst gegeben. Doch angesichts der bewundernden Blicke, die Tom mir schon den ganzen Abend zuwarf, hätte ich mir keine Sorgen zu machen brauchen. Nach einer Weile war meine Unsicherheit verflogen.

Ich warf ihm einen weiteren verstohlenen Blick zu.

Und da erkannte ich, was an ihm anders war. Warum er so gut aussah. Er *lächelte*. Seit letzter Nacht im mondbeschienenen Garten hatte er gar nicht mehr aufgehört zu lächeln.

Wieder errötete ich und kicherte leise.

Tom hob eine Braue. »Was ist denn so komisch?«

»Ich liebe diesen Lichterzug. Für mich ist er das schönste Ereignis des Jahres.«

»Du siehst glücklich aus.«

»Ja, du aber auch.«

Wir grinsten wie zwei verknallte Teenager, dann beugte er sich vor und küsste mich. Seine Lippen waren warm, die Luft um uns herum eisig. Es war einer dieser inspirierten Augenblicke, die eine ganze Nacht bestimmen, und ich klammerte mich daran, bis Tom sich von mir löste.

»Ein wundervoller Abend, was?«, murmelte er.

»Hmm.« Ich beugte mich vor und küsste ihn erneut.

»Bisschen zu viel für einen humpelnden alten Einsiedler wie mich.«

Jetzt ging ich auf Abstand. »Ach ja?«

»Na klar.« Er küsste meinen Hals. »Wahrscheinlich musst du mich wieder mal retten, wenn wir nach Hause kommen.«

Eine kalte Brise fuhr zwischen uns. *Nach Hause.* Er hatte es so leichthin gesagt. Als wohnten wir seit Jahren zusammen.

Ich biss mir auf die Lippen und wandte den Blick ab. »Hey,

da drüben gibt es Glühwein. Den musst du unbedingt probieren.«

Tom sackte ein wenig zusammen, doch sein Lächeln blieb erhalten. »Klingt gut.« Er wollte nach seiner Brieftasche greifen, doch ich hielt ihn zurück.

»Diesmal bin ich dran. Bleib du hier. Ich bin sofort wieder da.«

Er steckte in der Klemme. Ernsthaft. Während er, fasziniert von Abbys hautengem buntem Kleid und den aufreizend langen Beinen, beobachtete, wie sie zwischen den Zuschauern verschwand, erfasste ihn eine Welle von Bewunderung. Und auch von Stolz, als er bemerkte, wie einer der Studenten ihr anerkennend nachschaute.

Es machte ihn sprachlos, wie gut sie miteinander auskamen.

Aber gerade eben ...

Er trat näher an das Feuer heran, wärmte sich die Hände über den Flammen und verfluchte sich. Seine Worte hatten sie verschreckt. Wie ein aufgescheuchtes Kaninchen hatte sie die Flucht ergriffen. Gestern Abend hatte er sich noch geschworen, ihr Zeit zu geben. Sie gehen zu lassen, wenn es das war, was sie brauchte. Inzwischen war er sich nicht mehr so sicher.

»Tom Gabriel?«

Als er sich umdrehte, stand eine unbekannte Frau vor ihm und musterte ihn mit zusammengekniffenen Augen.

»Ich bin Kendra Nixon-Jones – Abbys Chefin beim *Express*.«

Sie begrüßten sich, Toms Pranke ergriff ihre kleine Hand. Einer ihrer zarten Nasenflügel war mit einem Diamanten geschmückt, und ihr Lächeln – eher eine Grimasse, wie Tom beunruhigt registrierte – offenbarte ihre perlenartig aufgereihten Zähne, die ihn an eine Katze erinnerten.

»Genau.«

»Ein herrlicher Zug dieses Jahr«, plapperte Kendra hastig weiter. »Ich kann mich nicht erinnern, wann ich das letzte Mal so viel Spaß hatte. Gehen Sie öfters aus, Tom?«

»Nicht mehr.«

Sie trat einen Schritt näher an ihn heran. »Schade. Wie kommt das?«

»Ich glaube, ich habe diesen Teil meines Lebens hinter mir gelassen.«

»Ach ja?« Sie riss die Augen interessiert auf. »Seit wann?«

Tom wusste nicht, was er antworten sollte. Einen Dialog in die Schreibmaschine zu tippen fiel ihm leichter, als selbst ein Gespräch zu führen. Small Talk machte ihn hilflos.

Er zuckte die Achseln und entschied sich für die Wahrheit. »Seit meiner Scheidung ...«

»Dann werde ich Sie heute Abend ausführen müssen.« Kendra beugte sich so weit zu ihm herüber, dass sie ihn mit der Schulter berührte.

Tom nahm den Geruch ihres Parfüms und einen Hauch von Kaffee in ihrem Atem wahr und wich einen Schritt zurück. Diese Frau hatte etwas von einem Raubtier; er fragte sich, wie Abby mit ihr klarkam, und spähte hinüber zum Glühweinstand.

Abby unterhielt sich mit einer schwangeren, blond gefärbten Frau. Neben ihr stand ein zusammengekauertes Mädchen und ließ eine lädierte Fischlaterne über dem Boden baumeln.

Die Frau sprach mit lauter Stimme und zog die Blicke anderer Anwesender auf sich. Tom konnte nicht hören, was sie sagte. Er wollte schon zu ihnen hinübergehen und herausfinden, worum es ging, als die Frau Abby unbeholfen umarmte und mit dem struppigen Kind im Schlepptau weiterging.

Abby kehrte zum Lagerfeuer zurück. Sie reichte Tom einen Pappbecher mit Glühwein und lächelte Kendra steif zu. Falls sie sich freute, ihre Chefin zu sehen, so ließ sie es sich nicht anmerken.

»Wie ich sehe, hast du Tom schon kennengelernt.«

Kendra schmiegte sich vertraulich an Toms Arm. »Ein richtiger Charmeur, findest du nicht? Ich kann es kaum erwarten, dein Interview zu lesen, Abby. Um alles über ihn zu erfahren.«

Tom befreite sich aus ihren Fängen.

Kendra warf Abby einen Blick zu. »Übrigens hatte ich schon gestern Abend mit dem Interview gerechnet. Normalerweise hältst du deine Abgabetermine ein.«

»Ich will ihm gerecht werden, Kendra. Montagvormittag, okay?«

Kendra winkte ab, doch ihr Lächeln war angespannt. »Wenn es sein muss.«

Tom trat noch einen Schritt zurück und nippte an dem würzigen heißen Wein, ohne Abby aus den Augen zu lassen. Der Schein des Feuers fing das Gold in ihrem Haar ein und färbte ihre Wangen rot, doch das glückliche Lächeln von vorhin war verschwunden.

Er suchte ihren Blick. »Alles in Ordnung?«

Sie sah zum Glühweinstand hinüber.

»Das war Coral Pitney.« Dann wechselte sie einen Blick mit Kendra. »Coral erzählte, dass ihre Tochter Shayla immer noch vermisst wird.«

»Ach, Unsinn.« Kendra trat ebenfalls einen Schritt zurück. »Es ist immer dasselbe mit dieser Familie. Ein Drama ohne Ende.«

Abby schüttelte den Kopf. »Diesmal nicht. Shayla hatte eine Nachricht hinterlassen, dass sie zu ihrem Dad an die Küste fahren wollte. Coral hat heute mit dem Vater gesprochen, und er sagt, Shayla ist gar nicht bei ihm angekommen. Niemand hat von ihr gehört.«

»Und die Mutter sorgt sich jetzt erst?«

Abby zuckte die Achseln. »Es war nicht das erste Mal, dass Shayla von zu Hause weggelaufen ist. Sie tut das alle paar Monate. Aber bisher ist sie immer zurückgekommen, oder die Polizei hat sie gebracht. Dieses Mal hatte Coral angenommen, dass sie tatsächlich bei ihrem Dad war.«

»Jetzt mal ernsthaft«, seufzte Kendra. »Die Kleine wird nach Hause kommen, sobald ihr das Geld ausgeht. Es ist die alte Geschichte.«

»War Coral bei der Polizei?«, wollte Tom wissen.

Abby trank ihren Becher aus. »Ja, sie hat heute den ganzen Nachmittag auf dem Revier verbracht. Sie wollen damit an die Öffentlichkeit.«

Tom zog die Brauen hoch. »An die Öffentlichkeit? Wie alt ist sie denn?«

»Vierzehn«, erklärte Abby und legte die Stirn in Falten. »Erinnerst du dich an das Mädchen, das ich auf dem Campingplatz gefunden habe?«

»Ist sie das?«

Abby nickte, dann klopfte sie auf ihre Gesäßtasche. »Irgendwie habe ich mir eingeredet, sie hätte sich erholt und wäre nach Hause gegangen. Aber jetzt, nach diesem Gespräch mit Coral, mache ich mir schon Sorgen.«

Kendra schnaubte. »Selbst wenn du recht hättest, Abby, das hat gar nichts zu sagen.« Sie sah Tom an. »Die Polizei hat die Nase voll von Coral Pitney. Entschuldigen Sie meine Ausdrucksweise, aber sie ist eine richtige Schlampe. Ständig sucht sie Ärger. Ganz zu schweigen von ihrem Männerverschleiß. Keines ihrer fünf Kinder kennt seinen Vater. Und sie hat mehr Kontaktverbote erwirkt, als man zählen kann. Glauben Sie mir: Coral Pitney zieht Probleme an wie ein Magnet. Und ihre älteste Tochter ist keinen Deut besser.«

»Kendra«, sagte Abby, »das ist nicht ...«

Kendra unterbrach sie. »Die Pitneys dieser Welt sind keine Nachricht wert, Abby. Sie sind bloß eine Last für die Gesellschaft, und es wäre besser, wenn man sie einfach ignoriert.«

»Mein Gott.« Tom warf ihr einen bösen Blick zu. »Das ist doch Schwachsinn. Da wird ein Kind seit Wochen vermisst, und Sie haben nichts Besseres zu tun, als über die Mutter herzuziehen? Haben Sie eigentlich eine Ahnung, warum benachteiligte Menschen Probleme anziehen, Kendra?«

Sie starrte ihn mit großen schwarz geschminkten Augen an.

Er wartete ihre Antwort gar nicht erst ab. »Weil Menschen wie Sie meinen, sie wären der Mühe nicht wert. Nicht wert, erzogen zu werden, nicht wert, gehört zu werden. Nicht einmal ein Fünkchen Mitgefühl wert.« Er stützte sich auf seine Krücken und machte auf dem Absatz kehrt. »Sie dürfen mich gern in Ihrer Zeitung zitieren.«

Schweigend fuhren wir zurück. Einerseits hätte ich Tom für die Art, wie er Kendra zurechtgestutzt hatte, am liebsten umarmt. Andererseits grübelte ich immer noch darüber nach, was Kendra gesagt hatte.

Es wäre besser, die Pitneys auf dieser Welt zu ignorieren.

Mir stieg das Blut in den Kopf. Während ich das Steuer umklammerte und durch die Windschutzscheibe auf die Straße starrte, musste ich an die junge Kendra denken. Wie sie mit ihrem glänzenden blonden Haar dastand, die Hand auf den kirschroten Mund legte und mit ihren Freundinnen kicherte, wenn ich an ihnen vorbeikam. *Da ist sie, Gail Radley, nein, seht nicht hin, ignoriert sie einfach.*

Ich sah Tom von der Seite an. »Das, was Kendra vorhin über Coral gesagt hat ...«

»... war völlig daneben.«

»Aber Coral ist auch wirklich keine Heilige, verstehst du? Als ich sie neulich nach ihrer Tochter fragte, war ihr das völlig egal. Glaubst du nicht, dass sich eine Mutter ein bisschen mehr um ihre Tochter sorgen müsste?«

»Niemand kann wissen, was im Kopf eines anderen Menschen vor sich geht, Abby. Coral ist eine alleinerziehende Mutter, wahrscheinlich hat sie es nicht leicht. Vielleicht hat sie im eigenen Leben nur wenig Zuneigung erfahren und weiß nicht, wie sie sie anderen gegenüber aufbringen soll.«

Ich dachte an das, was Lil mir an dem Tag mit den Schwänen gesagt hatte. Menschen lernen, indem sie andere Menschen in ihrer Umgebung nachahmen. Eltern, Lehrer, Verwandte. Und wenn diese Vorbilder versagen, wie soll man dann lernen, was richtig und was falsch ist? Oder auch nur, was von einem erwartet wird? Ich konnte mir vorstellen, dass Coral Pitney nicht gerade die besten Vorbilder im Leben gehabt hatte. Und jetzt gab sie ihre eigenen Enttäuschungen an ihre Tochter Shayla weiter.

Ein Grund mehr, sie nicht hängen zu lassen.

Ich griff in die Tasche und zog das Farbfoto hervor, das Coral mir gegeben hatte. Ein hübsches dunkelhaariges Mädchen mit Schmollmund blickte aufreizend in die Kamera. In dem Augenblick, in dem ich das Bild sah, wusste ich es. Trotz der Schminke, der gepiercten Lippe und der für ein Mädchen in ihrem Alter unangemessenen Klamotten wusste ich es.

Ich reichte das Foto an Tom weiter. Er schaltete die kleine Lampe an der Sonnenblende an und sah es sich einen Augenblick an.

»Das ist sie«, erklärte ich. »Shayla. Das Mädchen, das ich im Schutzgebiet gefunden habe.«

»Hat Coral dir das Foto gegeben?«

Ich nickte. »Ich muss sie finden, Tom.«

Er schaute mich an. »Wie kann ich helfen?«

Ganz einfach. Indem du mir keine Fragen stellst, nicht an mir zweifelst. Mir nicht rätst, ich solle der Polizei vertrauen, sie werde ihre Arbeit schon machen, nicht versuchst, mich davon abzuhalten. Einfach, indem du mir gutes altmodisches Vertrauen entgegenbringst.

»Vor allem müsstest du dir anhören, was ich dazu zu sagen habe.«

»Kein Problem.«

»Und kein Urteil über mich fällen, wenn ich es dir sage.«

Er streckte die Hand aus und zupfte mich sanft am Haar. »Mein einziges Urteil lautet, du bist mir der wichtigste Mensch auf der Welt. Und daran wird sich nichts ändern, egal, was du sagst.«

Ich hoffte, dass er recht hatte, behielt die Straße vor mir im Blick und stieß einen tiefen Seufzer aus.

»Was weißt du über Jasper Horton?«

»Horton wurde 1996 verurteilt.« Tom betrachtete mich eine Weile vom Beifahrersitz aus und strich sich durch das zerzauste Haar. »Wegen Mordes an einem Teenager. Ein Mädchen aus der Gegend, stimmt's?«

Ich nickte. »Was noch?«

»Man hatte zwei weitere Leichen gefunden, aber diese Mädchen waren schon Jahre zuvor umgekommen. Es gab keinerlei Verbindung zu Jasper. Jedenfalls nichts Konkretes. Die Gerichtsmediziner gingen davon aus, dass das erste Mädchen um 1981 gestorben sein musste, das Jahr, in dem Jasper sechzehn wurde. Das andere starb 1989. Was auf die Möglichkeit hinwies, dass ein extrem vorsichtig agierender Mörder seit über fünfzehn Jahren in der Gegend aktiv war. Die beiden Teenager wurden nie identifiziert; man vermutete, dass es Ausreißerinnen aus der Umgebung von Newcastle oder Sydney waren, die irgendwer mitgenommen hatte.«

»Und die Kleine von hier, die 1995 verschwand?«

Tom sah mich einen Moment prüfend an, dann wandte er seinen Blick wieder nach vorne auf die Straße. »Soweit ich gehört habe, geht man davon aus, dass der Mörder das Mädchen auf dem Highway aufgegabelt oder vom Campingplatz verschleppt hatte. Sie hatte braunes Haar und war vierzehn Jahre alt. Die Todesursache wurde nie offengelegt, aber unbestätigten Gerüchten zufolge soll sie verhungert sein. Es gab keine Hinweise auf Gewaltanwendung. Die Polizei nahm an, dass sie einen Monat lang irgendwo gefangen gehalten worden war. Und dass man sie dann ... einfach vergessen hatte.«

»Noch eine Ausreißerin«, flüsterte ich. »Wie Shayla.«

»Alle entsprachen demselben Muster. Unglückliche Mädchen, die ein besseres Leben suchten und aus ihrem benachteiligten Milieu flüchten wollten. Das gleiche dunkle Haar, dasselbe Alter.«

»Das gibt einem doch zu denken, oder?«, sagte ich vorsichtig.

Tom war nicht überzeugt. »Mir ist klar, worauf du hinauswillst. Aber übersiehst du nicht das Offensichtlichste? Jasper sitzt im Knast. Wie hätte er Shayla entführen sollen?«

Ich sah ihn an. »Und wenn Jasper unschuldig ist? Wenn sie den falschen Kerl verhaftet haben?«

»Möglich wäre es. Aber auch sehr unwahrscheinlich. Die Polizei nimmt derlei Dinge sehr ernst.«

Meine Finger umklammerten das Steuer etwas fester. »Weißt du, warum sie auf die Vermutung gekommen sind, dass die Kleine gefangen gehalten wurde? Weil ihre Fingernägel kaputt und blutig waren, als hätte sie versucht, sich ihren Weg freizukratzen.«

Toms Augen funkelten. »So wie deine?«

Ich nickte. »Und was ist mit der Kleinen, die ich auf dem Campingplatz gefunden habe? Auch ihre Hände waren wundgescheuert.«

Lange Zeit sagte Tom nichts. Er starrte durch die Windschutzscheibe auf die dunkle Straße. Schließlich rieb er sich die stoppelige Wange.

»Dann glaubst du also, der Mörder könnte noch immer frei herumlaufen?«

Eine Weile fuhr ich schweigend weiter und dachte angestrengt nach. Seit Shaylas Verschwinden waren etwa drei Wochen vergangen. Niemand hatte sie gesehen oder etwas von ihr gehört, abgesehen von mir, als ich sie auf dem Campingplatz fand. Ihre Kopfwunde war nicht tödlich, aber so schlimm, dass sie das Bewusstsein verloren hatte. Auch wenn sie wieder in den Busch gelaufen war, hätte sie ärztliche Hilfe benötigt. Da draußen ganz allein, verletzt und benommen, wie sie war.

»Ihre Chancen stehen nicht besonders gut. Aber wenn sie irgendwo gefangen gehalten wird, würde uns das etwas Zeit geben, um sie zu finden.«

Tom pfiff durch die Zähne. »Und wo sollen wir anfangen?«

»Ganz vorne, würde ich sagen.«

»Bei den Tagen, bevor sie ausgerissen ist?«

Ich dachte an das Foto. Shayla mit ihren dunklen Augen, dem schulterlangen Haar und der gepiercten Lippe. Auf der Aufnahme sah sie eher aus wie zwanzig als wie vierzehn. Aber das Mädchen, das ich auf dem Campingplatz gesehen hatte, war ungeschminkt und nicht gepierct gewesen; sie hatte eher ausgesehen wie ein Kind.

»Ich denke, noch weiter davor. Viel weiter. Zwanzig Jahre davor.«

Tom trommelte mit den Fingern auf das Handschuhfach. »Bei dem Blackwater-Mädchen.«

Ich nickte. »Alle Spuren führen dorthin zurück, meinst du nicht?«

Ich schloss die Hintertür auf, trat in die Küche und schaltete das Licht an. Tom setzte Wasser auf, um uns heißen Kakao zu kochen, und nahm eine Packung Tim Tams aus der Vorratskammer.

Ich stand nachdenklich mitten in der Küche. Auf dem ganzen Rückweg hatte etwas an mir genagt. Im Geiste sah ich Shaylas Foto vor mir. Sie schielte in die Kamera, hatte den Schmollmund zu einem Kuss verzogen und alberte vor der Kamera herum. Aber ihre Augen erzählten eine andere Geschichte.

»Was willst du mir sagen?«, murmelte ich.

Als Antwort erhielt ich ein kratzendes Geräusch. Und dann ein wütendes Miau-miau.

Ich vertrieb meine Gedanken und trat ans Fenster. Draußen jaulte Poe und kratzte an der Scheibe. Ich ließ ihn rein und füllte seinen Napf mit Trockenfutter. Er drängte sich an meiner Hand vorbei und machte sich genüsslich schnurrend über sein Fressen her.

Zehn Minuten später saßen wir mit zwei Bechern heißem Kakao am Eichentisch in der Bibliothek. Der Kronleuchter warf helles Licht auf uns.

»Also, bring mich auf den neuesten Stand. Erzähl mir alles, was *du* über die Blackwater-Mädchen weißt.«

Ich holte tief Luft. »Sie hieß Alice Noonan und war die Tochter eines Apothekers aus Gundara. Sie wurde seit einem Monat vermisst. Es gab große Suchaktionen, an denen sich die ganze Gemeinde beteiligte. Man durchkämmte nicht nur das Schutzgebiet, sondern auch alle angrenzenden Parks, Wälder, Flussufer, Straßengräben und drehte jeden Stein um.«

»Warum hat man damals auch das Buschland ins Visier genommen?«

»Weil ich genau drei Wochen vor Alices Verschwinden an einem verregneten Samstag dort nach meiner Orientierungsgruppe gesucht hatte. Und plötzlich interessierte sich alle Welt für den Mann, den ich im Wald gesehen hatte.«

»Jasper Horton.«

Ich nickte. »Ja, aber damals wusste ich nicht, wie er hieß. Nur dass er jung war, verwahrlost aussah und in meiner Erinnerung blaue Augen hatte. Diese Beschreibung passte auf den überwiegenden Teil der männlichen Einwohner von Gundara. Und dann, einen Monat später, tauchte Alice in einer Erdmulde nahe dem Campingplatz auf. Als hätte derjenige, der sie dort vergraben hatte, es darauf angelegt, dass man sie findet.«

»Da war sie schon seit einem Monat verschwunden?«

»Seit achtundzwanzig Tagen, um genau zu sein.«

»Wo war sie in all dieser Zeit?«

Ich stand auf und ging im Raum auf und ab. Ich erinnerte mich an einen feuchtkalten Ort, an dem meine Schreie widerhallten, doch schien er mir eher ein Albtraum als Realität zu sein.

»Ich wünschte, ich wüsste es.«

»Warst du mit ihr befreundet?«

»Mit Alice?« Ich schüttelte den Kopf. »Sie war älter als ich, wir bewegten uns in verschiedenen Kreisen. Aber nach ihrem Tod lernte ich sie sehr gut kennen.«

Tom nippte an seinem Kakao und betrachtete mich.

Ich seufzte. »Plötzlich träumte ich von ihr. Jede Nacht, jahrelang. Sie saß auf meiner Bettkante und ... na ja, sagte mir Dinge, die mir Angst machten.«

»Was für Dinge?«

»Dummes Zeug ...« Ich rieb meine Arme und erinnerte mich an die gruselige raue Mädchenstimme.

Eigentlich hättest du es sein müssen, Abby. Niemand hat dich geliebt; niemand hätte dich vermisst. Nicht einmal dein eigener Vater. Warum wolltest du unbedingt überleben? Warum hast du dich gewehrt und bist weggelaufen, sodass er sich dann mich aussuchen konnte?

Ich lockerte meine Schultern. »Ich erinnere mich nicht mehr.«

Nach einer Weile fragte Tom: »Und was ist mit Jasper?«

»Als man Alices Leiche fand, rastete die ganze Stadt aus. Die Emotionen kochten hoch. Man verlangte, dass der Mörder gefunden wurde und hinter Gitter kam. Wenige Monate später wurde Jasper im Schutzgebiet aufgegriffen. Er behauptete, er habe Feuerholz gesammelt. Der Winter stehe vor der Tür. Der Familienbetrieb habe Hochkonjunktur. Er gab zu, dass er mich an jenem Tag gesehen hatte. Er sei in aller Frühe unterwegs gewesen und vom Regen überrascht worden. Ihm sei klar gewesen, dass ich mich verlaufen hatte, und er habe mir helfen wollen, aber ich sei weggelaufen. Dann stellte sich heraus, dass der fünfunddreißigjährige Jasper vorbestraft war. Mit fünfzehn hatte man ihn eines Sittlichkeitsvergehens angeklagt. Er hatte zwei Schulmädchen unsittlich berührt und sich vor ihnen entblößt.«

»Wie charmant.«

Ich sah ihn an. »Aber nicht unbedingt ein Hinweis darauf, dass er später zum Mörder wurde.«

»Trotzdem, bei einer derartigen Vorgeschichte wird man nachdenklich, nicht?«

»Jasper hat den Mord an Alice nie gestanden. Und sein Dad, Roy, steht nach wie vor zu ihm, er beharrt darauf, dass sein Sohn unschuldig ist. Roy erzählte, dass Jasper nicht mit Menschen umgehen kann. Er hat Angst vor Menschen. Ein

Spinner, vermute ich. Aber diejenigen, die Jasper kannten, behaupteten, er sei zu einem Mord gar nicht fähig.«

»Wie kommt es, dass sie ihn verurteilt haben?«

»Als sie sein Haus durchsuchten, fanden sie eine Axt und ein Seil. Und ein gelbes Haarband. Jasper sagte aus, dass er es auf dem Campingplatz gefunden hatte. Alices Vater behauptete, es habe seiner Tochter gehört. Jasper war ein Einzelgänger, der sich unter Mädchen seines Alters unbehaglich fühlte. Er passte ins Muster. Außerdem brannte die ganze Stadt darauf, dem Albtraum ein Ende zu setzen. Man hatte das Ungeheuer gefunden. Der Gerechtigkeit war Genüge getan.«

»Aber dich hat es nicht überzeugt.«

»Doch, anfangs schon. Jasper war ohne jeden Zweifel der verlotterte Typ, dem ich an jenem Tag im Wald begegnet war. Als ich meine Aussage machte, war ich sicher, dass Jasper mich entführt hatte. Ich war gefallen und hatte mir wohl den Kopf aufgeschlagen. Dann wachte ich an diesem dunklen Ort auf, einer Höhle oder etwas Ähnlichem. Ich war eingesperrt und konnte nicht raus. Jasper war der letzte Mensch, an den ich mich erinnern konnte, also sagte ich den Ermittlern, dass er derjenige, welcher war. Ich behauptete sogar, vollkommen sicher zu sein. Aber das war ich nicht. Und danach ...«

Tom wartete, dann sah er mich an. »Und danach?«

Jetzt gab es kein Zurück mehr, obwohl ich auch nicht weiterkam. Es war mir nach wie vor ein Rätsel, was an jenem verregneten Tag im Schutzgebiet passiert war. Nichts passte wirklich zusammen. Ich konnte weder die Höhle noch den Ort beschreiben, an dem ich gefangen gehalten worden war. Ich konnte mich nicht einmal daran erinnern, wie ich entkommen war. Und inzwischen hatte die Zeit meine Geschichte noch weiter verblassen lassen.

Ich zuckte die Achseln und wandte den Blick ab. »Danach ging es mit allem nur noch abwärts.«

Wir verstummten. Man hörte nur meine Tritte auf den Dielen, während ich rastlos hin- und herging. Tom beobachtete mich eine Weile, dann stand er auf, kam zu mir und hielt mich mitten in der Bewegung an. Er zog mich an seine Brust und strich mir übers Haar.

»Ziemlich viel für einen Abend. Lassen wir es gut sein für heute, okay?«

»Ja, gute Idee.«

Doch später im Bett, als ich mich an seinen warmen Rücken schmiegte, wütete die Unterhaltung wie ein Wirbelwind in meinem Kopf. Ich sah Jasper deutlich vor mir an jenem Tag auf dem Pfad. Er hatte die Axt in der Hand und sah mich aus seinen tiefblauen Augen an. Und später die Höhle. Die klebrige Dunkelheit, die düstere dumpfe Stille. Und die geflüsterten Worte, die mich ein Leben lang verfolgen sollten.

Sieh dir ein letztes Mal den Mond an, Vögelchen.

Ich schmiegte mich noch enger an Tom, legte den Arm um ihn, fand seine Hand und umklammerte sie. Er nahm meine Finger und führte sie über die behaarte Brust zu seinem Herzen. Dann flüsterte er etwas, das ich nicht verstand, bevor sein Körper sich im Schlaf entspannte.

Doch die Visionen der Höhle verhöhnten mich weiter. Die abgestandene Luft, das Gefühl, vergessen worden zu sein. Ich wollte so gerne glauben, dass Shayla heil und gesund wieder auftauchen würde. Dass sie eines Tages einfach wieder da wäre und lachte, weil wir uns solche Sorgen gemacht hatten. Trotzdem konnte ich mich nicht gegen die Vorstellung wehren, dass sie genauso gefangen war wie ich einst selbst. Seit Wochen eingesperrt, ängstlich und allein. Und es kam mir falsch vor – so unglaublich falsch –, dass ich schön warm und geborgen neben einem Mann im Bett lag, der mich liebte, während Shayla in irgendeinem dunklen Loch zitterte.

Körperlich lag ich hier neben Tom. Doch ein Teil von mir, tief im Innern, steckte noch immer an diesem verlorenen Ort fest. Und bis ich Shayla fand und wusste, dass es ihr gut ging, würde dieser Teil von mir niemals Ruhe finden.

Ich war dabei, mich selbst zu verlieren, das wurde mir in dieser Nacht bewusst. Ich verlor den Überblick und steuerte auf gefährliches Terrain zu. War dabei, etwas zu tun, das ich nie wieder hatte tun wollen, wie ich mir hoch und heilig versprochen hatte. Und das bedeutete, dass ich früher oder später nach Hause zurückmusste. Wieder allein sein musste.

Eine Zeit lang horchte ich auf den gleichmäßigen Rhythmus von Toms Atem, schmiegte das Gesicht an sein Schulterblatt, presste den Mund auf seine Haut. Ich wollte ewig so bleiben, doch nach einer Weile gewann die Anspannung im Nacken die Oberhand. Während ich sie wegatmete, den Kopf wieder auf das Kissen legte und in einen unruhigen Schlaf fiel, wehte ein kalter Windzug über meinen Rücken, und ich fröstelte.

Zum ersten Mal seit meiner Rückkehr nach Gundara träumte ich von Alice Noonan. Nicht von dem schüchternen hübschen jungen Ding, das sie in der Schule gewesen war, sondern von dem spindeldürren Geschöpf, in das sie sich verwandelt hatte, mit strähnigem Haar, leeren Augen und blutigen Fingernägeln.

Es ist kalt da, wo ich bin, erzählte sie mir im Traum. *Kalt und sehr dunkel. Aber das kennst du ja, Abby, nicht? Du kennst es, weil auch du schon einmal hier gewesen bist.*

Ich wälzte mich im Bett herum und kuschelte mich enger an Tom. Doch Alice rückte mir auf die Pelle und bohrte mir ihre knochigen Finger in den Nacken. *Du müsstest hier gefangen sein, Abby. Nicht ich. Wieso bist du weggerannt? Warum hast du zugelassen, dass er mich schnappte?*

»Geh weg«, murmelte ich.

Doch Alice hatte ihren Spaß. *Erinnerst du dich, Abby? An die Kälte, die Feuchtigkeit und den Hunger? Die Ratten, die an dir vorbeihuschten, und den Schmerz, den schrecklichen eisigen Schmerz in den Händen, wenn du versucht hast, dir einen Weg in die Freiheit zu scharren?*

Ich gab den Gedanken an Schlaf auf. In einer Stunde würde es Tag werden, und Alice dachte gar nicht daran, mich in Ruhe zu lassen. Ich ging in die Küche und kochte mir eine Kanne Earl Grey, dann setzte ich mich auf die Holzbank draußen und wartete auf den Sonnenaufgang.

Etwas später fand mich Tom.

»Ich dachte mir schon, dass du hier draußen bist. Konntest du nicht schlafen?«

Ich schüttelte den Kopf. »Ich hatte schlimme Träume.«

»Alice?«

Ich rutschte etwas zur Seite, damit er sich neben mich setzen konnte. »Sieht man das?«

Er legte mir eine Häkeldecke um die Schultern und machte es sich neben mir bequem. Dann schlang er den Arm um mich, und ich lehnte mich an ihn, genoss die Wärme und den Halt. Eine Weile überließ ich mich meinen Gedanken, doch als es am Horizont dämmerte, fing ich wieder an zu zittern.

»Ich fühle mich so hilflos. Sie ist irgendwo da draußen, Tom.«

Er schwieg.

Ich sah ihn an. »Was?«

»Ich wollte es eigentlich nicht ansprechen, aber vielleicht wird es allmählich doch Zeit.«

Ich ließ die Schultern hängen. »Die Chancen, dass sie noch am Leben ist, sind gering. Vielleicht gibt es sie gar nicht mehr.«

»Es tut mir so leid, Kleines.«

Ich legte den Kopf in den Nacken und ließ den Blick über die Veranda wandern und weiter, doch der Garten hatte keine Antworten für mich. Ich hasste es, mich geschlagen zu geben, aber die Niederlage schaute mir geradewegs in die Augen.

»Ich kann sie nicht im Stich lassen«, flüsterte ich. »Auch wenn es zu spät ist, um sie zu retten, ich kann sie einfach nicht aufgeben. Die letzten zwei Jahre habe ich auf der Suche nach dieser Höhle das halbe Schutzgebiet abgesucht. Ich wollte beweisen, dass es kein Traum war. Aber was, wenn sie jetzt da drin ist, Tom? An demselben Ort, an dem auch ich gefangen war? Was, wenn ich die Einzige bin, die sie finden kann?«

Tom musterte im Zwielicht forschend mein Gesicht, dann stand er auf und verschwand im Haus. Kurz darauf kehrte er mit einer Landkarte zurück.

»Das hier ist eine topografische Karte vom Vermessungsamt«, erklärte er mir, breitete sie auf dem Tisch aus und beschwerte die Ecken mit Steinen. »Sie gehörte zu dem Kaufvertrag, stammt aus den 1930er-Jahren und deckt den größten Teil des Schutzgebietes ab, das an Ravenscar grenzt.«

Er hängte eine der Lampen an die Wand über der Landkarte, und das Licht fiel auf ein Labyrinth von verschlungenen Linien und Punkten.

Ich versuchte, mir einen Reim darauf zu machen, dann gab ich auf. »Wie soll uns eine alte Karte helfen?«

»Das weiß ich noch nicht.«

»Kannst du sie überhaupt lesen?«

Tom beugte sich über den Tisch und studierte eine Weile die komplizierten Muster. Dann folgte sein Finger einer dünnen blauen Linie, die sich von dem nördlichsten Rand des nierenartig geformten Schutzgebietes nach Süden schlängelte. »Das ist der Fluss, die Schlucht ist hier irgendwo.« Sein Finger tippte sich wieder einen Weg nach oben. »Siehst du die gepunkteten Doppellinien? Das sind alte Pfade, die wahrscheinlich zu den Bergminen oder in die Gebiete der Holzfäller führten. Im nördlichen Ende des Schutzgebietes wimmelt es nur so von ihnen. Etwa vierzig Kilometer westlich von Ravenscar führt ein Rinderpfad mitten durch das Gelände. Aber die Landkarte ist alt, das dürfen wir nicht vergessen. Der Rinderpfad wird wahrscheinlich nicht mehr benutzt. Außerdem dürften die meisten dieser Wege heute komplett überwuchert und vergessen sein.«

Ich richtete die Lampe neu aus und beugte mich über die Landkarte.

Es wurde heller, aber das Licht war noch schwach, und es strengte die Augen an, den Linien zu folgen, die Hügel und Täler kennzeichneten. Trotzdem schälte sich eine Idee heraus.

In den letzten zwei Jahren war ich durch den Süden des Schutzgebietes gejoggt, der stärker frequentiert wurde, weil er näher an der Stadt lag. Dort waren die Leichen gefunden worden, und dort, so vermutete ich, musste sich auch meine Höhle befinden. In einem Umkreis von zehn oder zwanzig Kilometern um den Campingplatz. Aber was, wenn ich mich auch in diesem Punkt irrte?

»Tom?«

»Ja?«

»Wo hast du mich damals gefunden?«

Er beugte sich vor, seine Schulter presste sich gegen meine, als er die Karte studierte. Ich hielt sie ins schwache Licht der Morgendämmerung.

»O je, das ist so lange her«, murmelte er. »Mal sehen. Dad und ich waren den ganzen Tag über gewandert. Am Aussichtspunkt von Pilliga haben wir zu Mittag gegessen, dann sind wir, wie wir glaubten, zum Campingplatz zurück. Die Sonne stand uns im Rücken, also sind wir vermutlich in Richtung Osten gewandert.«

»Der Aussichtspunkt liegt ganz im Süden.«

»Stimmt, und deshalb haben wir uns verirrt.«

»Hattet ihr denn keine Karte dabei oder wenigstens einen Kompass?«

»Beides, aber offenbar keine Ahnung, wie man damit umgeht.«

Ich fand Pilliga und fuhr mit dem Finger nach Osten über die Landkarte.

»Kein Wunder, dass ihr euch verirrt habt. Ihr wart ungefähr zwanzig Kilometer vom Kurs abgekommen. Wie war das denn überhaupt möglich?«

»Du hättest die Blasen an unseren Füßen sehen müssen.«

Mit dem Finger auf dem Aussichtspunkt beugte ich mich noch näher zur Karte, aber es gab nichts Ungewöhnliches zu sehen. Hügel und Täler, blaue Bäche, die gepunkteten Linien der Holzfällerpfade, die heute wahrscheinlich verschwunden waren. Trotzdem, vielleicht sollte man sie sich mal ansehen.

Und das hieß, die morgendlichen Joggingausflüge wieder aufnehmen.

Ich sah Tom an. Sein Haar war vom Schlaf zerzaust, an der Schläfe hatte sich eine kleine weiße Feder im sandfarbenen Haar verfangen, wahrscheinlich von seiner Daunendecke. Der Pyjama war zerknittert, und bei seinem Anblick – hier draußen in der Kälte des dämmernden Morgens, in eine altmodische Häkeldecke gewickelt, wo er mir half, obwohl meine Suche möglicherweise zu nichts führen würde – wurde mir warm uns Herz. Lächelnd zupfte ich ihm die Feder aus dem Haar und ließ sie in der Morgenluft davonschweben.

Ich liebe dich, dachte ich abwesend. *Ich liebe dich wirklich*.

Tom sah auf und ertappte mich dabei, wie ich ihn betrachtete.

Ich riss die Augen auf, und einen verrückten Augenblick lang hatte ich das Gefühl, dass er meine Gedanken gelesen hatte. Vielleicht aber, Gott bewahre, hatte ich sie sogar laut vor mich hingemurmelt. Albernes Zeug, denn wie konnte man nach so kurzer Zeit derartige Gefühle haben? Ich erwartete schon halbwegs, dass er mir genau das sagen und mich für meine Dummheit belächeln würde. Doch er grinste nur und zwinkerte mir verführerisch zu, ehe er sich wieder der Landkarte zuwandte.

Meine Beine begannen zu zittern. Ich suchte in der Tasche meines Schlafanzuges nach Pfefferminzbonbons, und als ich keine fand, biss ich die Zähne zusammen. Das Blut schoss durch meine Adern.

Ich schluckte und räusperte mich. »Weißt du was, ich glaube, ich mache mich heute auf den Weg.«

Tom lächelte mich an. »Dann sehe ich dich heute Nachmittag?«

»Vielleicht nicht, Tom.«

»Oh.«

Er hatte eine bessere Erklärung verdient, deshalb dachte

ich mir eine aus. Doch dann sah ich ihn erneut an. Das war ein großer Fehler, denn sofort lösten sich meine Gedanken in Luft auf. Er betrachtete mich im Dämmerlicht, und in diesem Augenblick sah ich alles, was er fühlte. Alles war da, in seinen Augen. Hoffnung, die in Enttäuschung umschlug. Die Süße der letzten Woche, die plötzlich bitter schmeckte. Und das alles bestärkte mich noch mehr in dem Entschluss, das Ganze durchzuziehen. War es nicht besser, ihn jetzt zu verletzen, solange alles zwischen uns noch so neu war, statt die unvermeidliche Trennung immer wieder hinauszuzögern?

Ich seufzte. »Ich habe dir doch gesagt, dass ich in puncto Beziehungen kein Talent habe.«

»Das mag ja stimmen«, entgegnete Tom. »Ich auch nicht. Aber vielleicht könnten wir es zusammen irgendwie auf die Reihe kriegen ... Da ist etwas zwischen uns, Abby. Können wir dem nicht eine Chance geben. Sehen, wohin es uns führt?«

»Ich weiß bereits, wohin es führt. Endstation Heartbreak Hotel. Eine Sackgasse.«

»Da spricht die Angst in dir.«

»Ich bin nur realistisch.«

Er seufzte und wandte den Blick ab. »Hauptsache zynisch, was?«

Ich biss mir auf die Lippen. Ein gespenstischer Mond hing niedrig am östlichen Himmel. Eine Eule schrie; ihr schneeweißer Körper erhob sich lautlos von einem Baumwipfel und verlor sich irgendwo im Garten.

Ich rutschte ein Stück auf der Bank weg. Die kühle Morgenluft drang unter die Decke. »Ich denke, es ist besser, wenn wir das Ganze im Keim ersticken, bevor es Wurzeln schlägt.«

»Bei mir hat es bereits Wurzeln geschlagen, Liebling. Und ich glaube, bei dir auch.«

Plötzlich hatte ich einen Kloß im Hals. »Als ich herkam, konntest du es gar nicht erwarten, mich wieder loszuwerden.«

»Na ja, es hat sich aber inzwischen was verändert, oder? Jetzt würde ich es nicht ertragen, dich gehen zu lassen.«

»Es tut mir leid, Tom.«

»Wir sind ein ziemlich gutes Team, Kleines.«

»Und genau das ist das Problem! Ich bin kein Teamplayer. Zumindest nicht für eine lange Zeit. Ich war schon immer so, allein geht es mir besser. Wahrscheinlich bin ich meiner Mutter ähnlicher, als ich dachte. Sie war genauso. Wenn alles glatt ging, funktionierte sie, aber sobald es brenzlig wurde, suchte sie das Weite.«

»Klingt überhaupt nicht nach dir.«

»Das würdest du nicht sagen, wenn du mich besser kennen würdest.«

»Ich kenne dich ziemlich gut.« Er seufzte. »Nimmst du es mir übel, dass ich dich hierbehalten will?«

Da wurde ich schwach. Unter der Decke suchte ich seine Hand. »Ich bin nicht mehr das Mädchen von damals, Tom. Ich habe nichts zu geben.«

Er schüttelte den Kopf. »Das ist nur die halbe Wahrheit, oder? Da ist noch was anderes. Ich sehe es deinen Augen an. Warum willst du wirklich hier weg?«

Ich schüttelte den Kopf und betrachtete meine Hände.

Ich liebe dich, ich liebe dich wirklich.

Tom seufzte erneut und lehnte sich zurück. »Es liegt an mir. Ich erinnere dich an das, was damals geschehen ist.«

Ich wollte ihm widersprechen, doch ein einziger Blick genügte, um meine Worte durcheinanderzubringen, und dann rutschte mir irgendwie doch die Wahrheit heraus.

»*Alles* erinnert mich daran. Alles bringt es mit voller Wucht wieder hoch. Das Rauschen des Flusses in der Nacht. Der feuchte Geruch der Bäume am Morgen. Hier in Ravenscar zu sein, mit dem Geheimzimmer da oben und den Erinnerungen, die in seinen Wänden gefangen sind.« Ich rieb mir das Gesicht, holte Luft und senkte meine Stimme zu einem Flüstern. »Dabei sind es gar nicht *meine* Erinnerungen, aber sie fühlen sich so an. Ich muss ständig daran denken. An die Schwestern. Lilly und Frankie. Wie es für sie gewesen sein muss. Und ich kann nicht vergessen. Ich will vergessen, mehr als alles andere, aber wie soll ich das schaffen, wenn ich das alles ständig vor mir habe?«

»Und ich«, sagte er leise. »Ich erinnere dich auch daran, stimmt's?«

In meiner Kehle sammelten sich die unterdrückten Tränen. Ich rieb mir die Augen, um wieder klar zu sehen, und nickte.

»Du am allermeisten, Tom.«

Blinzelnd durchforschte ich sein Gesicht, halbwegs hoffend, dass er weiter protestieren würde. Vielleicht etwas fand, das widerlegte, was ich gesagt hatte. Stattdessen wandte er sich ab und sah zu dem verblassenden Mond auf.

»Autsch.«

»Ich weiß, es klingt furchtbar. Und es tut mir aufrichtig leid.«

»Schon gut, Abby. Ich werd es überleben. Wie auch immer«, setzte er dann übertrieben kläglich hinzu und sah mich an.

Ich wusste, dass er versuchte, die Stimmung aufzuhellen, und lächelte. Trotzdem fühlte sich mein Gesicht starr an, meine Lippen waren zusammengepresst und gefühllos. Die Last, die ich auf meiner Brust spürte, war der Beweis dafür, dass ich das Richtige tat. Wenn es sich jetzt schon so schlimm anfühlte, nachdem ich ihn erst wenige Wochen kannte, wie verheerend wäre es dann nach ein paar Monaten oder gar einem Jahr?

Tom faltete die Landkarte zusammen und legte sie mir auf den Schoß. »Nimm sie mit.«

»Warum?«

»Nur für den Fall, dass du dich verirrst und zu mir zurückfinden willst.«

Dann zog er sich in ein, wie ich hoffte, nachdenkliches Schweigen zurück. Der Morgen wurde heller, nicht aber seine Stimmung. Ich dachte daran, ihn aufzumuntern, indem ich ein bisschen nach dem Buch fragte, an dem er schrieb, oder ihm eine lustige Geschichte über meinen Bruder erzählte. Doch am Ende gab ich auf und saß einfach nur still neben ihm, während wir warteten, dass die Sonne aufging.

Nachdem ich meine Sachen gepackt und zum Wagen gebracht hatte, ging ich zu Tom, um mich zu verabschieden. Er war an seinen Lieblingsplatz auf der Veranda zurückgekehrt, sein Haar war feucht vom Duschen, und seine Haut roch nach der Ziegenmilchseife, die er so mochte. Neben ihm auf dem Tisch stand eine Kanne Tee, die volle Tasse war unberührt.

Als ich kam, stand er auf, und einen Augenblick befürchtete ich, er werde mich küssen. Es hätte meine Entschlossenheit auf einen Schlag zunichtegemacht, deshalb trat ich unwillkürlich einen Schritt zurück. Dann aber ging mir auf, dass er mir nur die Karte geben wollte, die er in der Hand hielt.

»Vergiss sie nicht.«

Ich nahm sie und trat nervös von einem Fuß auf den anderen. Ich schlug die Karte gegen mein Bein und schwankte unsicher. Dann platzte ich heraus: »Ich hab auch etwas für dich.«

Damit drückte ich ihm einen USB-Stick in die Hand.

Er betrachtete ihn verwirrt. »Was ist das?«

»Das ist die einzige Kopie meines Interviews. Du kannst es lesen, wenn du Lust hast, oder es einfach wegwerfen. Es liegt ganz bei dir.«

»Und was ist mit … Wartet Kendra nicht darauf, dass du es ihr am Montag ablieferst?«

»Nicht mehr. Ich habe ihr heute Morgen eine E-Mail geschickt und sie mitsamt dem Job zum Teufel gejagt.«

»Ach, Abby. Du hast so schwer daran gearbeitet. Warum schmeißt du jetzt alles hin?«

»Weil es falsch von mir war, deine Lage auszunützen, um zu bekommen, was ich wollte. Vor allem, weil du so ein zurückgezogener Mensch bist. Tut mir leid, wenn ich damit eine rote Linie überschritten und deine Privatsphäre verletzt habe, Tom.«

»Hey, das stimmt doch gar nicht …«

Noch ehe er weitersprechen konnte, fuhr ich fort: »Außerdem glaube ich, dass ich Lust hätte, neue Horizonte zu entdecken.«

Er sah mich leicht verunsichert an. »Was hast du denn vor?«

»Ich weiß es noch nicht. Vielleicht gehe ich wieder auf Reisen oder versuche es bei den großen australischen Zeitungen. Ich könnte auch in Gundara selbst eine gründen und den *Express* pleite machen. Oder ich gebe der Landwirtschaft eine Chance.«

Das brachte Tom tatsächlich zum Lachen. »Was immer du anpackst, Liebling, ich weiß, dass es ein Erfolg wird.«

Als ich später mit knurrendem Magen nach Hause fuhr, weil ich nicht hatte frühstücken können, gingen mir seine Worte nicht aus dem Kopf. Seine Worte und sein sanfter Blick, als er sie aussprach. Und auch das kurze Zögern, als er mich umarmte und sich flüsternd von mir verabschiedete.

Ich hatte nicht erwartet, dass es so wehtun würde.

Und das bestätigte nur noch einmal, dass ich das Richtige tat.

Manche Menschen – wie Lil und Joe – hatten die Fähigkeit, die Krisen ihrer Liebe ein Leben lang zu überstehen. Doch die Vorbilder, die ich in meiner Jugend gehabt hatte, waren allesamt ungesund gewesen. Aus Erfahrung wusste ich, dass ich die Beziehung mit Tom in den Sand setzen würde. Ich würde sie vermasseln, so wie die mit Rowan in Perth. Und allein die Aussicht auf Enttäuschung und Verwirrung in Toms Augen genügte, mich von dem Versuch abzuhalten.

Kapitel 22

Am Sonntag rief ich Lil an und entschuldigte mich, dann stampfte ich durchs Haus, ohne zu wissen, was ich mit mir anfangen sollte. Am Ende zog ich meine Laufschuhe an und fuhr raus nach Blackwater.

Ich brauchte fast den ganzen Vormittag, um bis zu dem Aussichtspunkt von Pilliga zu gelangen. Von da lief ich zuerst nach Osten, dann faltete ich die topografische Karte auf, die mir Tom als eine Art Abschiedsgeschenk mitgegeben hatte, und nahm meine Umgebung genau unter die Lupe. Es gab hohe Bäume und Bereiche mit spärlichem Unterholz, unterbrochen nur von aus der Erde aufragenden Granitfelsen. Keine Hinweise auf Holzfällerpfade oder Spuren gerodeter Bäume. Nicht einmal auf den Rinderpfad, von dem Tom erzählt hatte. Ich folgte meinem Kompass nach Osten bis zum Fluss und kehrte dann um.

Am folgenden Tag kam ich wieder, doch dieses Mal ging ich vom Aussichtspunkt aus nordwärts. Ich machte mir Notizen auf der Landkarte, duckte mich unter tief herabhängenden Ästen hindurch, wanderte am Flussufer entlang und kletterte sogar über einen schmalen Pfad ein Stück in die Schlucht hinab. Nichts kam mir vertraut vor, doch konnte ich das nach zwanzig Jahren erwarten?

Da ich allmählich die Hoffnung verlor, fuhr ich noch einmal aufs Polizeirevier und brachte meine Sorge zum Ausdruck, doch man bestätigte nur, was ich erwartet hatte. Die Polizei hatte allen zuständigen Organisationen Shaylas Personenbeschreibung übermittelt, darunter den Sozialhilfeträgern und dem Jugendamt. Sie hatten Nachrichten auf mehreren Webseiten in den sozialen Medien gepostet und Shaylas Profil in die Datenbanken für Vermisste eingegeben. Der diensthabende Kommissar erklärte mir so freundlich wie möglich, dass Mädchen im Teenageralter jeden Tag von zu Hause verschwanden. Trotzdem würde er solche Fälle sehr ernst nehmen und alles in seiner Macht Stehende tun, um Shayla zu finden und wieder nach Hause zu bringen.

Auf dem Heimweg am Abend war ich erheblich schlechter gelaunt als die ganze Woche zuvor. Datenbanken für vermisste Personen und soziale Medien waren eine große Hilfe, um jemanden ausfindig zu machen – es sei denn, er befand sich an einem unauffindbaren Ort.

Während ich in der Vorratskammer nach Schokoladenkeksen wühlte, stieß ich auf den Schnappschuss meiner Familie, den ich drei Wochen zuvor dort hingelegt hatte, an jenem Morgen, nachdem ich Shayla auf dem Campingplatz gefunden hatte. Eine Seite des Fotos war beschädigt, wo mein Vater fehlte, trotzdem sah ich, als ich mir die drei anderen Familienmitglieder anschaute – Duncan, Mum und mich –, hauptsächlich meinen Vater. Das kantige Gesicht mit dem blonden dünnen Haar, das schräge Lächeln eines durchgeknallten Wissenschaftlers. Als zöge seine Abwesenheit die Aufmerksamkeit nur noch stärker auf ihn.

Ich erinnerte mich, wie ich vor Stolz errötet war, als ich Lil von ihm erzählte.

Dad war Wissenschaftler, damals war er mein Held. Er setzte sich immer für den Umweltschutz ein. Ich glaube, das hat auch mein Interesse für die Natur geweckt. Aber als meine Mutter uns verließ, verlor er den Halt. Er zog sich von meinem Bruder und mir zurück. Von jedem. Es war ...

Als ich mit dem Finger über den abgerissenen Rand fuhr, kamen mir die Tränen.

»Ach, Dad. Du hattest wenigstens einen guten Grund, dich von den Menschen, die du liebtest, zurückzuziehen. Mum hatte dir das Herz gebrochen ... aber was habe ich für eine Entschuldigung? Ich verscheuche die Menschen, weil ich den Gedanken, schwach zu sein, nicht ertragen kann.«

Ich fuhr mir mit dem Ärmel über das Gesicht und ging nach draußen, um das Haus herum und kippte den Inhalt der kleinen Mülltonne auf den gepflasterten Boden. Nach meiner wochenlangen Abwesenheit war sie ziemlich leer, sie enthielt nur ein bisschen Plastikfolie und die Scherben des Fotorahmens in dem braunen Umschlag.

Ich kniete auf dem Pflaster und durchsuchte den Müll, bis ich den Teil des Fotos fand, den ich herausgerissen hatte. Anschließend warf ich alles in die Tonne zurück, setzte mich drinnen mit zitternden Händen an den Tisch und klebte meinen Dad sorgfältig wieder in das Foto. Dann steckte ich es in einen unbenutzten Rahmen und hängte es an die Wand.

Um Mitternacht, als der Freitag in den Samstag überging, stand Tom auf der Veranda. Ein Teil von ihm – der dumme, romantische – hoffte noch immer, dass Abby zu ihm zurückkam. Dass sie ihn vermisste oder es sich anders überlegen werde.

Er schloss die Augen und stellte sich vor, wie sie jetzt an der Brüstung neben ihm stand. Ihre Hand in seine schob und ihn lächelnd aufwärmte.

Was war er für ein Idiot!

Der nüchterne Teil in ihm wusste, dass es unmöglich war. Sie war weg, und er hatte die Sache vermurkst. Grandios vermurkst.

Alles erinnert mich daran, hatte sie gesagt. *Alles kommt mit voller Wucht wieder hoch. Ich will vergessen, aber wie soll ich das schaffen, wenn ich das alles ständig vor mir habe?*

Er griff nach den Krücken, humpelte über die Veranda und stieg die Treppe hinunter. Vor dem Schuppen fand er die Axt und schleppte sie mit durch den Garten. Er ging an der Pergola vorbei, folgte dem Kiesweg aus dem Garten hinaus und in den Obstgarten. Der Mond kam hinter einer Wolkenwand hervor und erhellte die Nacht. Das hielt er für ein gutes Omen. Die Bestätigung, dass er das Richtige tat.

Er durchquerte den Obstgarten und humpelte durch das hohe Gras auf den alten Wohnwagen zu.

Wie soll ich vergessen, wenn ich das ständig vor mir habe?

Noch vor einer Woche hatte er es für eine tolle Idee gehalten. Er hatte sich vorgestellt, wie Abby freudig aufschreien würde, wenn sie das gewölbte Dach, die kompakte kleine Tür und die seltsam geformten Fenster sehen würde. Er hatte sich ausgemalt, wie sie das Innere anstrich, vielleicht sogar neue Vorhänge aus irgendeinem alten Stoff nähte.

Doch als er jetzt im Mondlicht davorstand, sah er plötzlich alles anders.

Betrachtete den Wohnwagen durch ihre Augen.

Ein Monstrum, eine Falle. Ein Gefängnis.
Du am allermeisten, Tom.
Er warf die Krücken weg und legte sich die Axt auf die Schulter. Dann humpelte er die letzten Schritte bis zum Wohnwagen, umfasste den robusten Holzgriff der Axt und zielte sorgfältig.

Am Samstagmorgen um acht klingelte das Telefon. Ich setzte mich im Bett auf, vertrieb blinzelnd den letzten Traum – schon wieder Alice – und tastete blind nach dem lauten Ding. Schlaftrunken versuchte ich, meine Gedanken zu sammeln. Was würde ich sagen, wenn es Tom war?

Es war mein Bruder.

»Was ist denn los?« Es klang fast wie ein Schrei.

»Ich habe da was, das du dir vielleicht mal anschauen willst.«

»Dann bring es her!«

»Geht nicht, Schwesterchen. Ich treffe dich auf der Rennbahn, sagen wir, in einer halben Stunde?«

Er war weg, noch ehe ich antworten konnte. Ich knallte das Telefon auf den Nachttisch, kroch unter meiner Decke hervor und lief durch den eiskalten Flur ins Badezimmer. Ich duschte, wusch mir das Haar und machte mir in der Küche eine Kanne Tee und Toast. Die ganze Zeit lief ich auf Zehenspitzen herum wie ein Einbrecher in meinem eigenen Haus.

Wieder im Schlafzimmer zurück schlang ich das Haar zu einem Knoten und steckte ihn mit einer Nadel fest. Anschließend nahm ich meine Geldbörse und meine Schlüssel und ging noch einmal durch das Haus.

Vor drei Wochen war hier alles noch picobello sauber gewesen. Kein bisschen Unordnung, kein Körnchen Staub. Jetzt stapelte sich das schmutzige Geschirr in der Spüle. Auf der Anrichte lag ein Berg ungeöffneter Post. Verwelkte Narzissen in einer blauen Vase ließen die Köpfe hängen, die abgefallenen Blüten lagen auf dem Boden verstreut.

Wie war es möglich, dass ich in derart kurzer Zeit so ein Durcheinander angerichtet hatte? Nicht nur bei mir zu Hause, sondern überall?

Du am allermeisten, Tom.

Ich schloss die Tür hinter mir ab und lief zum Wagen. Nachdem ich mich angeschnallt hatte, setzte ich über die Auffahrt zurück auf die Straße, doch am Bordstein hielt ich an und warf noch einen Blick auf das Haus.

Im hellen Morgenlicht wirkte es einsam. Alle Fenster waren geschlossen, der Wind hatte die Terrasse mit trockenem Laub übersät, und der Rasen musste dringend gemäht werden. Es sah leer aus. Unbewohnt.

Ein Geisterhaus.

»Ich kann nur hoffen, dass es was Wichtiges ist«, warnte ich meinen Bruder, während ich versuchte, mit ihm Schritt zu halten. Es war schon winterlich kalt, daher hatte die Rennbahn Ähnlichkeit mit einer kleinen Geisterstadt. Ein riesiger verlassener Ring aus fleckigem Rasen mit leeren, nicht überdachten Zuschauertribünen und Pferdeboxen, an denen der Wind rüttelte. Jetzt frischte er noch auf und wehte mir einen Haufen offener Frittenverpackungen in den Weg. Ich zog die Strickjacke enger um mich und sah meinen Bruder mit gerunzelter Stirn an. Er kam mir ungewöhnlich still vor.

»Nun?«

Duncan drehte sich hastig zu mir um. Er schob sein großes Fahrrad neben sich her und kämpfte gegen den Wind an.

»Wie läuft's denn so mit deinem Schreiberling?«

Ich stieß mit dem Ellbogen nach ihm, traf aber nur den Fahrradlenker.

»Nenn ihn nicht so. Und wenn du schon fragst: Es ist vorbei.«

»Okay«, sagte er leise und zog die Brauen hoch. »Dann wart ihr beide ...?«

Ich rieb mir den Ellbogen. »Ja, *waren* ist der richtige Ausdruck.«

Er zuckte zusammen. »Daher die miese Laune.«

»Hör mal, können wir auf den Punkt kommen? Nicht jeder feiert den National Fish Day oder welchen geheimnisvollen Grund du auch hattest, mich am Samstag in aller Herrgottsfrühe aus dem Bett zu scheuchen. Manche von uns haben einen Alltag, den sie bewältigen müssen.«

Der Wind schlug gegen das Fahrrad, sodass es auf meine Seite ausscherte. Duncan kämpfte um Kontrolle und brachte es wieder auf die richtige Spur. Dann zeigte er auf die Pferdeboxen, und wir gingen darauf zu. Als wir den Windschatten erreichten, nahm er seinen Rucksack ab und zog eine Kladde daraus hervor.

»Das hier könnte dich interessieren.«

Ich nahm sie ihm ab. »Was ist das?«

»Ich habe die Seite markiert.«

Ich schlug sie auf. *Polizeirevier Gundara. Polizeiprotokolle von Februar bis November 1953.* Ich blätterte bis zu der Seite, die er mit einem rosa Post-it-Streifen gekennzeichnet hatte. In der Mitte stand unter einer unterstrichenen Linie: *Dienstag, 2. Juni.* Der Rest der Seite war mit einer fast vergilbten und unleserlichen Handschrift eng beschrieben.

Duncan tippte auf die Seite. »Hier ist die Rede von einem Mädchen, das 1953 auf der Straße gesichtet wurde. Offenbar eine Ausreißerin. Ich dachte, du würdest es bestimmt sehen wollen.«

Ich starrte auf die Kladde. »Wo hast du das her?«

»Ich habe die Nachricht über dieses Mädchen namens Shayla verbreitet, so wie du mich gebeten hattest. Ein bisschen das Terrain sondiert, falls irgendwer was weiß. Zufällig war eine der alten Damen, die ich pflege, mit einem ehemaligen Bullen verheiratet. Als ich ihr davon erzählte, dass Shayla zum letzten Mal im Schutzgebiet gesehen wurde, kamen wir auf die Morde in Blackwater zu sprechen. Es stellte sich heraus, dass sie damals ebenfalls halbtags im Revier gearbeitet hat. Als die Akten digitalisiert wurden, nahm sie eine Kiste mit alten Unterlagen zum Schreddern mit nach Hause. Aber sie kam anscheinend nie dazu, und so stand die Kiste in ihrer Garage und setzte Staub an. Wie auch immer, im Laufe des Gespräches erinnerte sie sich daran, dass sie noch eine weitere Kiste voller Kladden aus den Fünfzigerjahren hatte, und fragte, ob ich vielleicht so nett wäre, sie für sie zu entsorgen.« Er sah mich an. »Sagt dir der Name Lilly Bird etwas?«

Ich zog die Brauen hoch. »Was?«

»Lies es dir durch.« Duncan hielt den Fahrradlenker gerade und schwang sich auf den Sattel. »Aber sei gewarnt. Der Polizist, der die Protokolle führte, hatte eine schreckliche Klaue. Man braucht Jahre, um sie zu entziffern.«

»Ist es denn überhaupt legal, das in Besitz zu haben?«

»Natürlich nicht. Wenn du die Kladde durchhast, verbrenn sie bitte, ja? Die alte Dame glaubt, ich hätte sie geschreddert, wie das andere Zeug in der Kiste. Was ich übrigens auch getan habe.«

Er wich meinem Blick aus. Normalerweise hätte es ihm diebischen Spaß gemacht, bei einer derartigen Eskapade mitzumachen, doch diesmal wirkte er besorgt.

Ich stieß ihm den Ellbogen in die Rippen. »Was ist?«

Er zögerte einen Augenblick. »Ich bin nicht sicher, ob es etwas zu bedeuten hat. Aber in dem Bericht steht etwas über einen alten Mann. Horton.«

»Wer? Roy?«

»Nein, Roys Dad. Damals lieferte Harry Horton Feuerholz aus. Unser Dad kannte ihn, zumindest flüchtig. Harry ist schon lange tot, er starb etwa um die Zeit, als Jasper eingelocht wurde.«

Erneut schlug ich das Buch an der markierten Stelle auf und sah mir die handschriftlichen Eintragungen an. Duncan hatte recht. Ich würde eine Ewigkeit brauchen, um die Klaue zu entziffern.

»Was steht denn über ihn drin?«

Duncan schlug den Kragen über die Ohren, rutschte auf dem Sattel hin und her und zeigte auf die Kladde.

»Es war Harry Horton, der das Mädchen fand.«

Als ich wieder in meinem warmen Wagen saß, warf ich einen Blick in die Protokolle. Und während ich mich frustrierend langsam durch den Eintrag kämpfte, den Duncan für mich markiert hatte, verfluchte ich den Polizisten für seine fürchterliche Handschrift.

Doch nach dem ersten oder zweiten Satz vergaß ich sie. Um ein Haar hätte ich sogar das Atmen vergessen. Ein Bild formte sich in meinem Kopf. Und je weiter ich las, desto beunruhigender wurde dieses Bild.

Dienstag, 2. Juni 1953

Um zehn Uhr morgens verließ ich das Revier und drehte meine Runde durch die Main Street. Der Portier des Royal Hotel sprach mich an, er mache sich Sorgen wegen einer Landstreicherin, die sich letzte Nacht vor der Tür des Hotels herumgetrieben hatte. Ich versprach ihm, dass die Nachtschicht sich darum kümmern werde. Gegen zehn Uhr dreißig kehrte ich ins Revier zurück. Der Rest des Tages verlief ruhig, ohne weitere Vorkommnisse, bis gegen fünf Uhr nachmittags. Da kam Harry Horton, ein einundvierzigjähriger Holzfäller aus der Downey Street, mit einem verwirrten Mädchen herein. Sie mochte um die zwölf oder dreizehn sein, war schmutzig und hatte aufgeschürfte Hände und Knie. Mr Horton wirkte sehr erregt und war schweißgebadet. Immer wieder warf er dem Mädchen nervöse Blicke zu.

Folgendes gab er zu Protokoll: »Ich war auf der Rückfahrt vom Schutzgebiet, wo ich mit meinem zehnjährigen Sohn Roy Feuerholz gefällt hatte. Ich besitze eine gültige Genehmigung, falls Sie sie sehen wollen. Wie auch immer, bei der Heimfahrt läuft uns auf der Straße des Schutzgebietes dieses

Mädchen über den Weg. Ich halte an und frage sie, ob sie Hilfe braucht, krieg aber kein vernünftiges Wort aus ihr raus. Und da sie mit blauen Flecken übersät ist, nehm ich an, dass sie einen Unfall hatte. Also beschwatz ich sie, in den Wagen zu steigen. Ich denke, ich bring sie ins Krankenhaus, aber so verletzt kommt sie mir dann auch wieder nicht vor, mal abgesehen von den blauen Flecken. Besser wär es gewesen, wenn Sie und Ihre Leute sie gefunden hätten. Sie ist bestimmt ausgerissen.«

Nachdem er seine Aussage unterschrieben hatte, verließ Harry Horton überstürzt das Revier. Ich rief im Krankenhaus an, und das schickte eine Krankenschwester, Sadie Emerson, neunundzwanzig, die sich das Mädchen ansehen sollte. Zuerst wollte sich die Kleine nicht untersuchen lassen und wehrte sich, als Schwester Emerson ihr die Umhängetasche abnehmen wollte, die sie um die Brust trug. Nach einer kurzen Untersuchung gab Schwester Emerson zu Protokoll: »Die arme Kleine hat üble Schürfwunden an Händen und Knien. Am Hals finden sich blaue Würgemale, die ihr Sprachvermögen zu beeinträchtigen scheinen. Ansonsten ist sie in guter Verfassung, wenn auch etwas dünn und offensichtlich traumatisiert.«

Nach einer Weile konnte Schwester Emerson ihr entlocken, dass sie Lilly Bird heißt und vierzehn Jahre alt ist. Sie erklärte, sie habe mit ihrer Mutter und ihrer Schwester in Sydney gelebt.

Lilly Bird selbst sagte Folgendes aus: »Mum arbeitet im Krankenhaus. Sie wird sich Sorgen um mich machen. Ich will nach Hause.« Auf die Frage, wie sie nach Gundara gekommen sei, antwortete sie nicht. Als sie gefragt wurde, was sie draußen auf der Straße des Schutzgebietes gesucht habe und woher die Wunden am Hals stammten, machte sie dicht und sagte gar nichts mehr. Schwester Emerson fand sich bereit, sie über Nacht bei sich aufzunehmen. Bevor ich das Revier für die Nacht schloss, traf ich Vorkehrungen, um das Kind am nächsten Morgen als Erstes in die Polizeistation von Central Sydney transportieren zu lassen.

Mittwoch, 3. Juni 1953

Als ich um acht Uhr morgens zum Dienst kam, wartete Schwester Emerson vor dem Revier. Sie war sehr aufgeregt. Sie berichtete, die junge Ausreißerin Lilly Bird sei in der Nacht mit einer geringen Geldsumme aus ihrer Wohnung verschwunden. Nachforschungen im Bahnhof ergaben, dass ein junges Ding, auf das die Beschreibung von Lilly Bird passt, eine einfache Fahrkarte nach Central Railway Station in Sydney gekauft hat.

Lange Zeit saß ich im Wagen neben der Rennbahn, durch die der Wind fegte, und starrte auf den abgewetzten Einband der Kladde auf meinem Schoß.

Lilly Bird.

Hatte sie absichtlich einen falschen Namen genannt, vielleicht um Frankie und Ennis einen Vorsprung zu verschaffen? Oder hatte sie so etwas wie Trost darin gefunden, den Spitznamen zu benutzen, den ihre Schwester ihr gegeben hatte?

Lil hatte die Würgemale am Hals nicht erwähnt. Ihr zufolge hatten Frankie und sie sich gestritten, doch abgesehen davon war ihre Abreise aus Ravenscar angeblich ohne Zwischenfälle verlaufen.

War es bei dem Streit zwischen Frankie und ihr möglicherweise doch zu Handgreiflichkeiten gekommen? Hatte Frankie versucht, sie zu verletzen oder gar zu würgen? Oder hatte sich

Lilly die Verletzungen – die Schürfwunden, die Würgemale am Hals – zugezogen, als sie durch das unwegsame Buschland irrte? Und überhaupt, was hatte sie im Busch verloren? Lil hatte hartnäckig behauptet, Frankie und Ennis hätten sie nach Gundara gebracht. Wie also war sie im Schutzgebiet gelandet?

Ich schlug das Buch wieder auf und las die Zeile über Harry Horton noch einmal. Er sei erregt und schweißgebadet gewesen und habe dem Mädchen nervöse Blicke zugeworfen. Nervöse Blicke? Vielleicht hatte der Beamte die Körpersprache falsch gedeutet. Möglicherweise machte sich Harry Sorgen über Lillys körperlichen Zustand. Aber wäre er dann nicht geblieben, um sich zu vergewissern, dass es dem Mädchen gut ging, statt Hals über Kopf das Revier zu verlassen?

Einer von beiden hatte gelogen. Entweder Lil oder der alte Harry Horton.

Vielleicht hatten sogar alle beide etwas zu verbergen gehabt.

Und das bedeutete, dass nur ein Mensch übrig blieb, der eventuell gewillt wäre, mir die ganze Wahrheit zu sagen.

Kapitel 23

Joes Untersuchung am Samstagmorgen schien eine Ewigkeit zu dauern. Doktor Worland nahm sich sehr viel Zeit, fuhr mit dem kalten Ende des Stethoskops kreuz und quer über seine knochige Brust, bat ihn, zu husten und tief Luft zu holen, bis ihm die Tränen in die Augen schossen. Dann tippte sie stirnrunzelnd die Ergebnisse in ihren Computer ein, lehnte sich in ihrem knarzenden Ledersessel zurück und sah ihn an.

Tut mir leid, Joe, es sieht nicht gut aus.

Sie erhöhte die Dosis seiner Medikamente und erklärte ihm, dass er einer intensiveren Pflege bedürfen werde, je näher das Ende komme. *Es ist Ihnen doch bewusst, was das bedeutet, nicht wahr, Joe? Lil und Sie werden in die Stadt ziehen müssen, in die Nähe des Krankenhauses.*

Joe nickte, lächelte und versicherte ihr, Lil und er würden die notwendigen Vorkehrungen treffen. Danach nahm er das Rezept, faltete es zusammen, steckte es in die Tasche und versprach, in einer Woche zu einer weiteren Untersuchung vorbeizukommen.

»Du bist spät dran«, sagte Lil, als er in der Küche eintrudelte.

Er stellte den Leinenbeutel mit den Einkäufen auf den Tisch. »Ich hab noch kurz in der Praxis vorbeigeschaut, Liebling.«

»Ist alles in Ordnung?«

»Alles bestens.«

»Dann ist Doktor Worland zufrieden mit dir?«

Als sie ihn mit hoffnungsvollen Augen und einem zittrigen Lächeln ansah, wäre Joe fast weich geworden. Er ging zu ihr und küsste sie auf die Wange.

»Es ist alles in Ordnung, Liebling. Guck mal. Ich habe ein Brot aus diesem Sauerteig mitgebracht, den du so magst, und hier ...«, er hielt ein winziges Glas mit Kapern in die Luft, »... ein Leckerchen für die Pasta heute Abend.«

Lil riss es ihm aus der Hand. »Joe, wie oft soll ich dir das noch sagen? Sie sind zu salzig. Die darfst du gar nicht essen, oder hast du das schon vergessen?«

Joe schluckte. Zum Teufel mit dem Salz, dem fettigen Essen und den Süßigkeiten, hätte er fast gesagt. Egal, wie gesund er sich ernährte, es würde nicht mehr helfen. *Lass uns das Leben ein bisschen genießen*, wollte er sagen. *Lass uns essen, was uns Spaß macht.* Kuchen, Eis, in Butter gebratenen Speck mit Pilzen auf Toast. Scones mit Rahm und Marmelade, Toasties mit Camembert. Aufgrund von Joes Zustand hielt auch Lil Diät – abgesehen von den Karamellschnitten, die sie nach wie vor für die Theatergruppe zubereitete, und den Marmeladetörtchen, die sie in letzter Zeit für Abby gebacken hatte. Jetzt, da es ohnehin keinen Zweck mehr hatte, fand Joe es falsch, sich weiter zu kasteien.

Lil berührte seinen Arm. »Was ist los, Liebling?«

Da Joe sich nicht zu helfen wusste, hustete er.

Lil zog die Brauen hoch. »Alles in Ordnung, Joe?«

Er nickte. »Irgendwas steckt mir im Hals.«

»Soll ich dir mal auf den Rücken klopfen?«

Er schüttelte den Kopf. »Es geht schon.«

Sie lächelte ihm zu, und in ihrem Blick erkannte er einen

Hauch von etwas, das er seit Langem vermisst hatte. Die alte Wärme, der Funke, den er verloren zu haben glaubte.

Tränen stiegen ihm in die Augen, er musste den Blick abwenden und klopfte sich übertrieben heftig auf die Brust. Doch da war nichts, zumindest nichts Greifbares. Nur ein Gefühl. Ein kribbeliges Gefühl, das ihm sagte, irgendetwas war nicht in Ordnung. Es steckte tief in seinem Inneren, und je mehr er versuchte, es loszuwerden, umso tiefer bohrte es sich, scharf wie der Dorn einer Rose, in das weiche Gewebe seines Herzens.

Eines Herzens, dessen Tage gezählt waren.

Am späten Vormittag machte Joe einen kleinen Abstecher zum Wasserloch, während Lil in ihrem Zimmer herumwerkelte und sich auf die Theatergruppe vorbereitete. Als sie die Karamellschnitten aus dem Kühlschrank nahm, läutete das Telefon. Sie lief zum Wohnzimmer und nahm den Hörer ab. Zu ihrer Überraschung war es Doktor Worland.

»Tut mir leid, dass ich Sie an einem Samstag stören muss. Ist Joe zu sprechen?«

»Er ist gerade aus dem Haus. Er wollte zum Angeln.«

»Würden Sie ihn bitte daran erinnern, dass er seine Dosis erhöhen soll? Er wirkte ein wenig verwirrt, als ich ihn heute Morgen gesehen habe, und ich hatte Angst, dass er es vergessen könnte. Sind Sie so nett und sagen ihm Bescheid?«

»Dosis erhöhen? Warum?«

Es folgte eine lange Pause. Doktor Worland räusperte sich.

»Hat er Ihnen nichts gesagt?«

»Was denn?«

»Es tut mir sehr leid, Lil. Sein Zustand hat sich verschlechtert.«

Lils Hand fuhr zum Hals. »Aber nein, Kleines, Sie müssen sich irren. Joe sagte, Sie hätten Entwarnung gegeben.«

Wieder eine Pause. »Tut mir leid, Lil, vielleicht wollte er es Ihnen zu gegebener Zeit erzählen. Aber diese Zeit haben Sie nicht mehr, fürchte ich.«

»Wovon reden Sie?«

»Joe ist sehr krank. Wir haben davon gesprochen, dass Sie beide in die Stadt ziehen, damit er rund um die Uhr gepflegt werden kann, wenn es so weit ist.«

Lil schluckte. Sie wollte nichts mehr hören, doch es war schon zu spät. Die Worte der Ärztin fühlten sich an wie eine Infektion in ihrem Kopf, wie Gift, das sich in allen Poren und Zellen ihres Körpers ausbreitete. Das schlimmstmögliche Szenario war eingetreten. Oder nahm gerade seinen Anfang. Sie blinzelte, um wieder klar sehen zu können. Ihr Joe. Ihr bester Freund würde sie verlassen, und es gab nichts, was sie tun konnte, um es zu verhindern.

»Lil, sind Sie noch da? Sie können jederzeit vorbeikommen, das wissen Sie doch, oder? Um über die Optionen zu reden.«

»Optionen?«, murmelte Lil.

»Es gibt heutzutage ganz wunderbare Einrichtungen für die Alten- und Krankenpflege, Lil. Sie werden überrascht sein.«

Lil dankte der Ärztin für ihren Anruf und legte auf. Ihre Kopfhaut war bis zum Platzen gespannt. Sie konnte beinahe fühlen, wie das Blut aus ihrem Gesicht wich. Im Hinterkopf blies sich ein dunkler Ballon auf. Er nahm Gestalt an und wurde trotz ihrer Versuche, ihn zu unterdrücken, immer größer. Löschte sie aus. Nahm eine andere Gestalt an. Verwandelte sich in einen Schatten.

Einen Schatten in Gestalt eines Mädchens.

Sie stolperte aus dem Zimmer, setzte Wasser auf und machte sich einen starken Kaffee. Normalerweise trank sie Tee, je schwächer, desto besser, aber manchmal half nur ein Schuss Koffein, die Schatten zu vertreiben. Sie trank ihn schwarz und heiß und nahm obendrein eine Beruhigungstablette. Dann stand sie einen Moment einfach still da und wartete, dass die Wirkung einsetzte.

Nachdem sich die Schatten zurückgezogen hatten, packte sie die Karamellschnitten ein, griff nach den Wagenschlüsseln und ging auf die Tür zu. Ein paar Stunden mit der Theatergruppe würden ihr vielleicht helfen, einen klaren Kopf zu bekommen. Ihr helfen, zu entscheiden, was zu tun war.

»Ah, Lil. Schlechte Neuigkeiten, fürchte ich.«

Lil nahm den Hut und die Sonnenbrille ab und schaute Diane finster an. Sie wusste nicht, ob sie heute Morgen noch weitere schlechte Nachrichten verkraften könnte. Die Sonne schien, und der Himmel war blau und klar, ein Traumtag. Für Lil aber hatte er sich in einen Albtraum verwandelt.

Diane kniff die Augenbrauen zusammen. Lil folgte ihr in die große Halle.

»Was gibt es, Di? Was ist passiert?«

»Es geht um Claire. Sie hatte einen kleinen Verkehrsunfall,

aber keine Sorge.« Diane hob die kräftigen Hände. »Es geht ihr gut. Nur ein paar gebrochene Rippen und ein blaues Auge.«

»Gebrochene Rippen?« Lil zuckte zusammen. »Oh, arme Claire! Wo ist sie jetzt?«

»Zu Hause, um sich zu erholen. Aber dir ist ja sicher klar, was das bedeutet, oder?«

»Hmm.« Lil dachte bereits an Blumen und einen Kuchen oder vielleicht einen Teller mit salzigen Karamellschnitten. Arme Claire, ausgerechnet sie. Wann würde dieses süße junge Ding endlich mal durchatmen können?

Lil folgte Diane durch den Gang und setzte sich auf ihren Platz. Die anderen Frauen waren schon dort versammelt. Alle wandten sich Lil zu, wie Jungvögel, die sehen wollten, was ihre Mutter ihnen für Leckerchen mitgebracht hatte.

Sie sah eine nach der anderen an. »Ich besorge eine schöne Karte, die wir alle unterschreiben. Und vielleicht machen wir eine Kollekte, nur ein paar Dollar und auch nur von denen, die es sich leisten können. Wir kaufen ihr was Schönes. Arme Claire, wahrscheinlich bedeutet es, dass ...«

Dann merkte sie, dass alle sich aufgerichtet hatten und sie anstarrten. Sie hatte wohl ein bisschen zu viel geschwafelt, vermutlich der Schock. Claire war ihr Liebling, und der Gedanke, dass sie verletzt war und Schmerzen hatte, war mehr, als Lil im Moment ertragen konnte. Gebrochene Rippen hieß, dass sie jetzt nicht mehr ...

Sie sah zu Diane hinüber.

»Claire war unsere Hauptdarstellerin. Madame Valjean.« Sie fiel in sich zusammen. »Wir haben nie daran gedacht, eine Zweitbesetzung für sie einzuplanen.«

»Wir haben noch drei Monate«, sagte Diane. »Viel Zeit, um jemand anderen darauf vorzubereiten.«

»Nur wen?« Lil sah sich forschend um, in der Hoffnung, irgendwer werde sich melden. Keines der Mädchen war eine gute Sängerin. Niemand war so talentiert wie Claire, sie war ein Naturtalent. Aber mit dem richtigen Training und viel Zuspruch könnte Lil vielleicht aus einer von ihnen eine neue Madame Valjean machen. »Irgendwelche Interessentinnen?«

Die Frauen wechselten Blicke untereinander. Niemand meldete sich. Dann fingen sie an zu tuscheln. Schließlich hob am Ende des Raumes Jenny die Hand, die von Lil noch immer als die Neue betrachtet wurde.

Lil wurde mulmig. Jenny hatte am wenigsten Selbstvertrauen von allen in der Gruppe. Sie war das Mauerblümchen, die graue Maus, die nach jahrelanger häuslicher Gewalt noch immer ihren Weg suchte. Bis zum heutigen Tag hatte sie sich nicht mal getraut, sich freiwillig für den Chor anzumelden.

Lil zwang sich zu einem Lächeln. »Ja, Schätzchen?«

»Wie wäre es, wenn du die Rolle übernimmst, Lil? Du könntest es. Claire sagt immer, du hättest eine wunderschöne Stimme.«

Lil verbarg ihre Überraschung, indem sie so tat, als wäre sie mit ihrem Klemmbrett beschäftigt. »Aber nein, Jenny. Ich singe nicht.«

Fiona mischte sich ein. »Ich wünschte, du würdest es tun, Lil. Es stimmt, du hast eine fantastische Stimme. Als du mir letztes Jahr die Warm-ups für die Stimme beigebracht hast, bekam ich eine Gänsehaut. Du wärst eine fabelhafte Madame Valjean.«

Lil lief ein Schweißtropfen über den Rücken. Zumindest glaubte sie, es sei Schweiß. Es fühlte sich eher wie eine Kakerlake an.

»Kommt nicht infrage, Fiona.«

Dann meldete sich Isa zu Wort, eine junge Aborigine mit unglaublichen blauen Augen. »Ja, Lil. Ich habe dich summen gehört. Deine Tonlage ist perfekt. Könntest du nicht wenigstens die Fantine übernehmen?«

Lil schnaubte verächtlich. »Liebe Güte, eine siebenundsiebzigjährige Fantine? Man würde mich auslachen.«

»Nein, bestimmt nicht«, sagte Isa. »Deine Stimme würde alle verzaubern.«

Diane seufzte und ließ das aufgeregte Schnattern verstummen.

»Egal, wie sehr ihr Lil bedrängt, ihr werdet kein Glück haben. Ich selbst habe sie weiß Gott wie viele Jahre vergeblich angefleht. Aber eines verspreche ich euch. Wenn eine von euch es schafft, Lil Corbin zu überreden, in unserem Musical zu singen, egal, in welcher Rolle, lade ich die ganze Truppe auf meine Kosten zum Abendessen bei Colletti's ein.«

Lil winkte verächtlich ab. »Um Himmels willen, Diane!«

Diane zog die Brauen hoch. »Ist das kein Anreiz?«

Lils einzige Reaktion war ein ungeduldiges Schnaufen. Erneut starrte sie auf ihr Klemmbrett und seufzte. Eines Tages würde auch Diane es endlich kapieren: Lil sang nicht. Sie konnte nicht singen. Zumindest nicht besonders melodisch. Schon seit ... nun ja, seit einer Ewigkeit.

»Isa, wie wäre es mit dir?« Lil wedelte mit einem Stapel Papiere, damit sie endlich weitermachen konnten. »Willst du nicht wenigstens das Libretto mal lesen?«

Isa nickte unsicher, kam aber zu Lil herüber.

Diane, die neben Lil saß, seufzte vernehmlich und stand auf. Sie sah Lil an. »Bei Colletti's gibt es ein köstliches Hühnchen mit Parmigiana, hab ich das schon mal erzählt?«

Lil begann, die Blätter zu verteilen. »Ja, Diane, schon mehrmals.«

Diane seufzte erneut und verließ den Raum, um sich um die Frühstückspause zu kümmern.

Lil stand in der winzigen Küche der Gemeindehalle am Becken und spülte die Tassen und Teller. Doktor Worlands Worte hallten an den Rändern ihres Bewusstseins wider und sorgten dafür, dass ihr das Herz bis zum Hals pochte.

Sie warf einen Blick auf die Durchreiche. Die Frauen saßen grüppchenweise an dem langen Tisch im Saal und lasen abwechselnd das von ihr umgeschriebene Libretto. Lil liebte ihr kollektives Geplapper, das zuweilen von einer hohen aufgeregten Stimme oder prustendem Gelächter unterbrochen wurde. Man hatte zwei von Dianes kleinen Nichten auserkoren, die Cosette und die Éponine zu spielen; sie tobten kreischend herum und spielten Fangen. Lil presste die Lippen zusammen. Eine hatte blondes Haar, die andere dunkles, genau wie Victor Hugo die beiden beschrieben hatte, und ihr Anblick löste oft ein Fünkchen von Bedauern in ihr aus.

Joe und sie hatten keine Kinder; sie hatten keine bekommen können. Als sie jünger waren, hatten sie ein Pflegekind nach dem anderen gehabt. Zu manchen hielten sie bis heute Kontakt. Doch abgesehen von Joe bestand Lils Familie aus den Frauen im Frauenhaus. Nette und weniger nette – sie alle verdienten Zuneigung und Liebe. Eine zweite Chance. Und als

Gegenleistung brachten sie ihr Vertrauen und Anhänglichkeit entgegen; das war Lohn genug.

Es war süß und bitter zugleich, wie sie sie zum Singen gedrängt hatten. Süß, weil es so nett von ihnen war und Lil ihre Bewunderung genoss. Bitter, weil, na ja, wegen dem, was hätte sein können.

Als Kind hatte sie immerzu gesungen oder, wenn das nicht möglich war, mit den Füßen gestampft und dazwischen alle möglichen Liedchen gesummt. *Du bist ein Wunder*, hatte Frankie gesagt. *Irgendwas Wunderbares fließt in dir*. Statt Blut, so hatte ihre Mutter einmal geprahlt, habe Lilly Musik in den Adern.

Damals vielleicht, aber das war vorbei.

Sie trocknete sich die Hände an einem Geschirrtuch ab und verteilte die Karamellschnitten, die Kekse und Dianes Früchtebrot mit Rum auf entsprechende Tupperware. Sie nahm sich vor, auf dem Heimweg bei Claire vorbeizuschauen, stellte die Plastikbehälter in den Kühlschrank und blieb noch einen Augenblick an der Tür stehen, um sich die Frauen anzusehen.

Die junge Isa hatte sich breitschlagen lassen, die Rolle der Madame Valjean zu spielen. Isa war nicht so schüchtern wie Jenny, aber auch sie hatte mit ihrem Selbstbewusstsein zu kämpfen. Sie war superintelligent, doch ein schwieriges Leben zu Hause hatte sie aus der Bahn geworfen. Vielleicht wäre es ein Durchbruch für sie, eine derart schwere Rolle zu übernehmen.

Lil seufzte und schüttelte den Kopf. Um in der Hauptrolle zu überzeugen, brauchte man eine Menge Biss und Durchsetzungsvermögen. Die süße Isa besaß weder das eine noch das andere. Claire war eine echte Rädelsführerin, sie hatte ein überströmendes Temperament, das den anderen Frauen

Mut machte. Ohne sie hatte ihr Frauenmusical seinen hellsten Stern verloren. Aber was blieb ihnen übrig? Sollten sie das Musical etwa absagen?

Du könntest es, Lil.

Ihre Hände fuhren über die flattrige Spannung in ihrer Brust. Allein beim Gedanken, auf der Bühne zu stehen, bekam sie Zustände. Ihr Mund trocknete aus. Natürlich, gelegentlich rutschte ihr eine Melodie heraus, fast wie von selbst – meistens wenn sie ihren Mädchen Warm-ups beibrachte. Aber wie sollte sie vor ein Publikum treten und ein ganzes Lied vortragen? Vor Jahrzehnten hatte sie unter der Dusche ein paarmal versucht, eines ihrer alten Lieblingslieder zu singen. Hatte die Lunge auf altvertraute Weise geweitet und den Mund aufgesperrt, um die Noten zu treffen.

Doch kein Ton war herausgekommen. Nicht mal ein Piepser.

Sie hatte nur das Rauschen des Wassers auf ihrer fröstelnden Haut gehört. Und die eisige Taubheit, als sich die Schattenfinger um ihren Hals legten.

Lil schüttelte die Erinnerungen ab. Sie drehte sich auf dem Absatz um, sammelte die feuchten Küchentücher ein, die in die Wäsche gehörten, stellte die sauberen Tassen und Teller in den Schrank und wischte die Krümel von der Anrichte. Als die Küche wieder blitzblank war, warf sie einen Blick auf die Uhr. Es war noch nicht mal elf, trotzdem hatte sie es eilig, nach Hause zu kommen, zu Joe ...

Ein Schrei aus dem Saal schreckte sie auf. Eine von Dianes Nichten war gestolpert und gestürzt, jetzt umklammerte sie ihr Knie und weinte. Lil holte den Verbandskasten und lief auf die Tür zu, doch dann blieb sie plötzlich stehen. Das Knie des Mädchens blutete, und obwohl Lil in ihrem Leben bereits unzählige Knie verarztet hatte, sträubte sich etwas in ihr, als sie jetzt sah, wie das Gesicht des armen Mäuschens sich vor Schmerz verzog.

Das Herz schlug ihr bis zum Hals. Sie begann zu zittern.

Erst Joe, dann Claire und jetzt das Blut.

Sie griff nach ihrem Hut und der Handtasche, verstaute die Plastikbehälter für Claire aus dem Kühlschrank in einer Tüte und stahl sich durch die Hintertür nach draußen. Dort schloss sie den Wagen auf, stellte alles in den Kofferraum und plumpste auf den Fahrersitz.

Du könntest es, Lil. Du hast eine fantastische Stimme.

Ihre Hände fuhren zum Hals. Streichelten die weiche Haut.

Obwohl mehr als sechzig Jahre verstrichen waren, spürte sie die Blutergüsse noch immer. Die geschwollenen Striemen, die Spuren, die die Finger auf ihrer Luftröhre hinterlassen hatten.

Mit sechzehn hatte ihre Pflegemutter, Mrs O'Grady, sie zu einem Spezialisten gebracht. Der freundliche alte Arzt hatte ihren Hals gründlich untersucht und am Ende erklärt, dass ihre Stimmbänder gesund waren. Es gab keinerlei körperliche Hinweise darauf, warum sie ihre einst so beeindruckende Gesangsstimme verloren hatte. Er riet ihnen, einen Psychiater aufzusuchen, doch Mrs O'Grady hatte sie nicht gedrängt. Sie wusste, das Letzte, was Lilly wollte, war, dass man sie drängte oder zwang, sich an etwas zu erinnern.

Doch jetzt ...

Wie sie es hasste, alt zu werden! Die Erinnerungen waren so lebendig, warum nur? Eigentlich hätten sie mit zunehmendem Alter immer schwächer werden und allmählich verschwinden müssen. Stattdessen gab es Zeiten wie jetzt, da überfielen sie sie mit einem Durcheinander aus luziden Bildern, Geräuschen und Gerüchen.

Zerdrückte Eukalyptusblätter. Unheimliches Flüstern und

Knacken im nächtlichen Wald. Das Rauschen von Wasser unten in der Schlucht. Und das Gewicht ihrer Schwester in ihren Armen. Klebriges warmes Blut auf ihren Händen.

Sie krümmte sich.

Wie war es möglich, dass Ereignisse, die so lange her waren, ihr so zusetzten? Sie war nicht immer so schwach gewesen. Als ihre Schwester ihr zur Seite stand, war sie stark und mutig. Unbesiegbar. Trotz ihrer Differenzen waren Frankie und sie ein wunderbares Team. Wenn Lilly wegen einer Kränkung oder Beleidigung verzweifeln wollte, hatte Frankie sie mit dem Ellbogen angestoßen und ihr zugezwinkert.

Sollen sie doch zum Teufel gehen. Sie fixierte Lil mit ihren herausfordernden blauen Augen. *Es geht nur um dich und mich, Lilly Bird. Du und ich gegen den Rest der ganzen verfluchten Welt.*

Doch nachdem Frankie gegangen war, gab es nur noch Lil. Allein. Und ohne die Schwester an ihrer Seite war sie irgendwie nie mehr so mutig gewesen.

Freitag, 7. März 1952

Lilly und ich saßen nebeneinander auf der Bettkante und beobachteten, wie die Schatten um uns herum dunkler wurden, während die Sonne in der Ferne hinter den Hügeln verschwand. Zum x-ten Mal versuchte ich, ihr die glückliche Zukunft, die uns erwartete, in den schönsten Farben zu schildern. *Gesangsunterricht, Lilly, wäre das nicht wunderschön? Und ein kleines Haus am Meer, stell dir das doch nur mal vor!* Doch sie saß schmollend da und starrte zu Boden. Ihre Schultern waren eingefallen, ihre Augen funkelten vor Wut, und sie kaute auf den Enden ihrer langen Locken herum.

»Lilly«, sagte ich schließlich. »Davon haben wir doch schon immer geträumt.«

»*Du* hast davon geträumt.«

»Würdest du nicht gern am Meer wohnen?«

»Nicht mit ihm.«

»Es sind doch schon vier Jahre vergangen. Kein Mensch denkt noch an uns. Alle haben uns vergessen. Er ist das Einzige, was wir noch haben.«

»Ich hasse ihn«, fauchte sie. »Warum sollte ich mit dir und ihm unter demselben Dach leben und zusehen wollen, wie ihr euch die ganze Zeit anhimmelt? Ich will lieber in die Stanley Street zurück.«

»Was bist du für ein Dummkopf. Siehst du nicht, dass er uns ein besseres Leben ermöglicht hat als das, was wir vorher hatten? Mum hat uns nicht beachtet, und ihr letzter Freund hatte hinter ihrem Rücken ein Auge auf uns geworfen. Vielleicht erinnerst du dich nicht mehr daran, wie schlimm es war, im Gegensatz zu mir.«

»Der Dummkopf bist du«, zischte sie. »Wir hatten es nicht gut, aber wir waren wenigstens frei. Mum war in Ordnung. Die Hälfte der Zeit zwar besoffen, aber zumindest hat sie uns nicht wie Tiere eingesperrt.«

»Er würde dich nicht einsperren, wenn du ein bisschen netter zu ihm wärst und versprechen würdest, nicht wegzulaufen. Dann würde er dich draußen im Garten spielen lassen. Er will nur, dass wir eine richtige Familie sind.«

Lilly zog sich von mir zurück, setzte sich ans Bettende und verzog das Gesicht.

»Spinnst du, Frankie? Er wird uns nie aus diesem Zimmer rauslassen. Sein ganzes Gerede von einem normalen Leben, dass er als Schreiner arbeiten oder uns schöne Kleider kaufen will ... alles bloß ein Trick.«

»Nein, Lilly, das ist kein Trick. Er meint jedes Wort, das er sagt.«

Sie verschränkte die Arme, warf ihre zerzauste Haarmähne zurück und sah mich an.

»Mach, was du willst, Frankie. Geh mit ihm.«

»Und was wird aus dir?«

Sie zuckte die Achseln. »Ich gehe zu Mum zurück, nach Hause.«

Lange Zeit saßen wir schweigend da. Ich auf der schmutzigen Matratze, Lilly zusammengekauert am gusseisernen Kopfende. Die ersten Schatten krochen um uns herum. Dann wurde es Nacht. Ein Stern nach dem anderen kam heraus, und dann ging auch der Mond langsam am Himmel auf.

Ich blickte zum Fenster empor und flüsterte: »Sieh dir ein letztes Mal den Mond an, Lilly Bird.«

Ich wartete darauf, dass Lilly ihren Teil sagte. Ich wartete und wartete, eine Ewigkeit. Schließlich sah ich sie an. Sie hatte den Kopf in den Armen vergraben und die Hände über den Ohren zu Fäusten geballt, aus denen die weißen Knöchel hervortraten. Sie gab keinen Ton von sich, aber ihre Schultern zitterten, und da wusste ich, dass sie weinte.

Dienstag, 20. Januar 1953

Es ist ein widerlich heißer Tag, wahrscheinlich sind wir deshalb so schlecht gelaunt. Oder vielleicht liegt es an meinen Tagen, dass ich so unleidlich bin. Ich hasse diese Lumpen.

Hasse es, so aufgedunsen und pickelig zu sein, und die Hitze macht alles nur schlimmer. Worum auch immer es ging, jetzt prangt ein leuchtend roter Handabdruck auf Lillys verweintem Gesicht, und in meinen Fingerspitzen spüre ich ein Brennen, das fast so schmerzt wie das Gewicht meines schlechten Gewissens.

Ich wollte sie nicht schlagen. Aber sie sagt so schreckliche Dinge! Ich ertrage es einfach nicht. Er wird hängen, sagt sie. So wie Jean Lee. Er ist ein Verbrecher, sie werden ihn zum Schafott führen, so wie sie es mit Jean getan haben.

In letzter Zeit kann Ennis es kaum noch erwarten, Ravenscar zu verlassen. Er spricht von nichts anderem mehr. Ständig schleppt er einen Stapel Papiere mit sich herum, seine Listen, Zeitpläne und Skizzen. Sobald es etwas kühler wird, will er aufbrechen. Er hat mir sogar eine Landkarte von Australien gezeigt, auf der er eine winzige Stadt in Queensland mit roter Tinte gekennzeichnet hat. Da oben wird uns niemand kennen, versichert er mir. Wir werden uns ein Häuschen kaufen und noch einmal ganz von vorn anfangen, genauso wie wir es geplant haben.

Als er heute Morgen nach dem Frühstück aus dem Zimmer ging und die Treppe hinunterstampfte, wartete ich, bis er außer Hörweite war, und erzählte Lilly die Neuigkeit.

»Stell dir das vor, Lilly Bird. Im Herbst werden wir weggehen und ein neues Leben beginnen.«

Sie schwieg. An den Schatten, die hinter ihren Augen hin und her huschten, erkannte ich, dass sich ein Sturm zusammenbraute. Manchmal macht sie mir Angst mit ihrer Grübelei und ihrem verbissenen Schweigen.

»Queensland ist weit weg von Sydney«, sagte sie schließlich.

»Das ist ja auch der Sinn und Zweck, du Dummchen.«

»Und was ist mit Mum?«

»Was soll mit ihr sein?«

»Willst du sie nicht wiedersehen?«

»Natürlich will ich sie wiedersehen. Sobald wir uns in unserem Cottage niedergelassen haben, können wir einen Zug nehmen und sie besuchen. Du wirst schon sehen: Alles wird anders, wenn Ennis und ich erst einmal verheiratet sind.«

Wie eine Viper ging sie auf mich los. »Verheiratet seid?«

Ich nickte, hob eine Seite meines leeren Tellers ein wenig an und bewegte ihn hin und her. »Dieses Jahr werde ich siebzehn, Lilly Bird. Ennis hat mich gefragt, und ich habe Ja gesagt.«

Lilly stieß ein ersticktes Geräusch aus. »Wenn wir hier raus sind, werde ich allen erzählen, was er getan hat.«

»Nein, das wirst du nicht.«

»Du kannst mich nicht daran hindern.«

Mit gesenktem Kopf starrte ich auf meinen Frühstücksteller und zählte die Krümel. Versuchte, einen klaren Kopf zu behalten. Aber die Flecken von Marmelade und Butter auf dem Teller verschwammen, und ich sah, wie meine Träume – das hübsche kleine Haus und die Brise des kalten Ozeans, die Ziegen und die gelben Blumen, die im Wind hin und her schwankten – vor meinen Augen zerbrachen und zerbröselten.

»Er wird hängen«, flüsterte sie. »Genau wie Jean Lee. Dein geliebter Ennis ist ein Verbrecher, und er wird am Galgen baumeln, das verspreche ich dir. Genau wie die arme Jean Lee.«

Als ich aufsprang, fiel mein Teller zu Boden und zerbrach. Bevor ich wusste, was ich tat, war mir die Hand ausgerutscht, und ich hatte Lilly eine schallende Ohrfeige versetzt. Mit Tränen in den Augen schreckte sie zurück, aber sie schrie nicht auf. Sie starrte mich nur mit großen feuchten Augen an, dann huschte ein kleines Grinsen über ihre Lippen.

»Und du wirst auch baumeln.«

Es war nur ein Flüstern. Ich hörte es kaum.

Und ich wünschte, ich hätte es nicht gehört.

Denn trotz der morgendlichen Hitze und der Scham, die jetzt wie ein Ausschlag auf meinem Gesicht brannte, wich das Blut aus meinem Kopf, und meine Haut wurde eiskalt.

Kapitel 24

Kaum stand die Uhr am Armaturenbrett auf neun, öffnete ich die Wagentür und lief auf das Haus mit den rosa Schindeln zu. Für einen Samstag war es ziemlich ruhig auf der Straße, und als ich auf die Klingel drückte, schrillte sie laut durch die kalte Luft.

Roy Horton öffnete, strahlte mich an und bat mich herein. Ich quetschte mich an den Kisten, dem kaputten Fahrrad und den leeren Zimmern vorbei. Die Tür zu dem Raum, in dem Roy seine Messer und seine alte Gewehrsammlung aufbewahrte, war geschlossen, aber auf dem Küchentisch lag eine in ihre Einzelteile zerlegte Winchester neben einem Kännchen mit Waffenöl und einem mit Schmierfett befleckten Geschirrtuch.

»Achte nicht auf das Durcheinander.« Roy hatte bemerkt, wie ich den Tisch betrachtete. Er nahm den Wasserkessel und sah mich fragend an. »Tee? Ich wollte mir gerade welchen machen.«

»Danke.«

»Also, wie kann ich dir helfen, Kleines? Willst du noch mehr über meinen Sohn wissen?«

Die Art, wie er das sagte, beruhigte mich. Mit seiner bis zum Hals zugeknöpften Strickjacke und den Pantoffeln erinnerte er mich ein bisschen an Dad. Ich setzte mich auf einen Stuhl am Küchentisch.

»Es geht um Ihren Vater. Er hieß Harry, nicht?«

Roy zuckte zusammen. »Pop? Er ist schon eine ganze Weile tot. Kanntest du ihn?«

»Ich nicht, aber mein Dad konnte sich an ihn erinnern. Er brachte uns immer unser Feuerholz. Ich habe seinen Namen in einem alten Polizeibericht gelesen.«

Roys Augen weiteten sich. »Polizeibericht?«

»Ja, aus dem Jahr 1953, da fanden Sie und Ihr Dad ein Mädchen, das draußen auf der Straße des Schutzgebietes herumirrte. Können Sie sich erinnern?«

Roy ging zum Kessel. Er goss das Wasser in die Teekanne und dann in zwei Tassen, brachte mir meine und trat an den Tisch, nahm aber nicht Platz. Eine Weile musterte er das zerlegte Gewehr, dann stellte er seine Tasse auf den Tisch und griff nach dem Lauf.

»Das ist verdammt lang her, Mädchen. Im Juli werd ich dreiundsiebzig. Mein Gedächtnis ist inzwischen so wie eine launische Geliebte. Nicht mehr so scharf wie früher.«

»Es kam mir aber ziemlich scharf vor, als Sie mir neulich von Jasper erzählten.«

Roy nahm einen Putzstock, führte das Ende mit der Bürste in den Lauf und schob ihn ein paar Mal hin und her.

»Als Pop das Mädchen fand, war ich noch klein. Ich kann mich nur sehr vage an die ganze Sache erinnern.«

»Dann lassen Sie mich Ihrem Gedächtnis auf die Sprünge helfen. Ihr Dad und Sie hatten im Schutzgebiet Feuerholz gehackt. Sie fuhren mit einer vollen Ladung zurück in die Stadt, als Sie die Kleine auf der Straße sahen. Sie war in einem schlechten Zustand und ziemlich verwirrt. Sie hatte blaue Flecken am Körper und dunkle Striemen am Hals.«

Der Putzstock rutschte Roy aus der Hand und landete scheppernd auf dem Boden. Er bückte sich und hob ihn auf.

»Ja«, murmelte er. »War ziemlich schlimm, das Ganze.« Er schaute mich an. »Aber was hat das mit meinem Jungen zu tun?«

»Das weiß ich noch nicht so genau. Aber irgendwas stimmt hier nicht. Der diensthabende Beamte erwähnte in seinem Bericht, dass Ihr Vater nervös war. Er habe das Mädchen so seltsam angesehen ... ich weiß nicht, möglicherweise hat er nicht die ganze Wahrheit gesagt.«

»Pop wollte bloß keinen Ärger, das ist alles.«

»Ärger?«

Er seufzte. »Er hatte die Kleine nicht auf der Straße gefunden. Wir entdeckten sie im Schutzgebiet, oben auf dem Hang über der Schlucht. Pop und ich hatten in der alten Holzfällerhütte übernachtet. Er hatte mich losgeschickt, um Reisig zu sammeln. Wir verkauften damals das Bündel für einen halben Penny. Den durfte ich behalten. Na ja, und da habe ich sie gefunden.«

»Das Mädchen?«

Er nickte. »Etwa eine halbe Meile von der Hütte entfernt. Die Kleine saß auf einem Felsen und heulte. Sie muss mich gehört haben, denn sie drehte sich zu mir um. Sie war ziemlich daneben. Von Kopf bis Fuß voller Erde und Laub, mit schmutzigen Händen. Aber am meisten hat mich ihr Gesicht schockiert.«

Erneut griff er nach dem Gewehrlauf und polierte ihn so lange mit dem Geschirrtuch, bis das Metall glänzte.

»Ihr Gesicht ...?«

Er zog die Nase hoch. »Ja, ganz wild war's, Abby. Ein hochgewachsenes Mädchen mit Augen so groß wie Untertassen. Wie in einen Brotteig gestanzte schwarze Löcher. Ich hab einen fürchterlichen Schreck bekommen. Ich machte kehrt und wollte loslaufen, und da sah ich ...« Er rieb sich mit dem Küchentuch über die Schläfe, sodass die Brille verrutschte und er einen schwarzen Fleck auf der Stirn hinterließ. »Keine Ahnung, was es war, wenn ich ehrlich sein soll. Ein Haufen Dreck. Aber für mich sah es mehr wie ein Grab aus, und in meinem Schockzustand bildete ich mir ein, einen Fuß gesehen zu haben, der daraus hervorlugte. Hat mich zu Tode erschreckt, ja, so war's. Ich rannte zu Pop zurück. Der packte mich an den Schultern und versuchte, mich wieder zur Vernunft zu bringen. Dann hat er geflucht und ist hin. Es dauerte eine Ewigkeit. Bis er endlich zurückkam, mit dem Mädchen. Sie hatte noch immer diesen leeren Blick. Selbst als Pop ihr einen Schluck aus seinem Flachmann zu trinken gegeben hatte. Er sagte immer wieder: *Wir wollen bloß keinen Ärger, Kleines, hast du verstanden?* Sie antwortete nicht. Sie schien nicht mal mitzukriegen, dass er da war.«

»Was meinte Ihr Dad mit Ärger?«

»Na ja, Pop hatte auf der Farm eine illegale Brennerei am Laufen. Whisky. Es waren harte Zeiten. Im Winter konnten wir uns mit dem Verkauf von Feuerholz über Wasser halten, aber im Sommer wären wir verhungert, wenn Pop nicht seinen Whisky gebrannt hätte. Während der Depression hatte man ihn schon ein paarmal erwischt und in den Knast gesteckt. Das Letzte, was er wollte, war, dass die Polizei wieder bei ihm herumschnüffelte. Die Bullen haben ihn immer nervös gemacht.«

»Haben Sie Ihrem Dad erzählt, was Sie gesehen hatten?«

Roy legte den Gewehrlauf auf den Tisch und rieb sich mit dem Geschirrtuch das Öl von den Händen.

»Das mit dem Fuß, oder was immer es war, hab ich ihm später gesagt, aber er meinte, ich hätte Gespenster gesehen. Er glaubte, es wär nichts gewesen. Wahrscheinlich hätte sie nur einen Haufen alter Klamotten vergraben. Danach musste ich ihm versprechen, niemandem von der Kleinen zu erzählen. Er meinte, sie würde uns nur Scherereien machen. Ich hatte sie ganz vergessen, bis jetzt.«

»Wissen Sie, was aus ihr geworden ist?«

Roy zuckte die Achseln. »Wahrscheinlich ist sie wieder dahin zurück, von wo sie ausgerissen war. Auf Nimmerwiedersehen. Aber was sie auch an dem Tag im Wald angestellt hatte, es hat mir einen gehörigen Schrecken eingejagt. Und Pop auch. Danach sind wir nie wieder zu der Hütte. Pop fand immer Stellen am anderen Ende des Reservates und meinte, die wären viel besser zum Holzfällen.«

»Lil, sind Sie da?«

Ganze fünf Minuten lang hämmerte ich an die Hintertür, doch anscheinend war niemand zu Hause. Auf der Leine hing Wäsche zum Trocknen, trotzdem wirkte das Haus verlassen. Während ich im Garten nachsah, fiel mir ein, dass Lil samstags immer zu ihrer Theatergruppe fuhr. Jetzt war es fast Mittag, und das bedeutete, dass sie bereits unterwegs sein musste. Und Joe war wahrscheinlich zum Angeln gegangen.

Ich trat von einem Fuß auf den anderen und ließ das, was Roy über diesen Tag im Jahr 1953 erzählt hatte, als sein Dad und er Lilly im Wald gefunden hatten, im Geist noch einmal Revue passieren. Wie sie ausgesehen hatte. Augen so groß wie Untertassen, hatte Roy gesagt. In einen Brotteig gestanzte schwarze Löcher. Als ich sie vor zwei Wochen nachts im Schutzgebiet fand, sah ich denselben Ausdruck. Riesige Augen, blasses Gesicht.

Ich hatte das Gefühl, als marschierte ein ganzes Heer von Ameisen durch meine Adern, und beschloss, eine Runde zu drehen, um meine Nervosität abzuschütteln. Ich folgte dem Pfad zum hinteren Teil von Joes großem Schuppen und durch das gusseiserne Tor auf die Weide. Dann lief ich über den Feldweg den Hang zwischen den Grevilleabüschen zum Billabong hinunter. Ich wollte die Schwäne beobachten, damit die Zeit schneller verging. Doch das Wasserloch war leer, und seine schlammigen Ufer waren ebenso unsichtbar wie die Schwäne.

Ich kehrte zum Garten zurück und warf einen Blick zum Carport, aber Lil war noch nicht wieder da, deshalb machte ich nochmals kehrt und lief in Richtung Maschendrahtzaun. Die Sonne stand im Zenit, der Himmel war blau und klar. Eine leichte Brise rauschte durch die Blätter, während ich zwischen Joes Obstbäumen entlangstapfte.

Als ich eine Lücke im Zaun entdeckte, schlüpfte ich hindurch. Ich hatte nicht vor, sehr weit zu gehen, nur bis zur Baumgrenze, doch als ich am Zaun entlang weiterging, fielen mir Fußspuren im matschigen Boden auf. Sie führten über einen Wallaby-Pfad in den Busch hinein.

Ich folgte ihnen eine Weile, und als der Boden unter meinen Füßen fester wurde, verschwanden sie. Trotzdem ging ich noch ein Stück weiter, mal in die eine, mal in die andere Richtung, und plötzlich tauchten sie erneut auf. Sie führten mich zu einem ausgehöhlten Eukalyptusbaum, und darunter fand ich etwas zwischen den Wurzeln, das aussah, als hätte man dort ein Tier vergraben. Es war mit einem Haufen Laub bedeckt, darunter lag auch noch ein großer Stein.

Mein erster Gedanke galt einem Haustier, einem Hund oder

einer Katze. Aber dann fand ich, dass das Grab dafür zu frisch aussah. Joe oder Lil hätten mir bestimmt erzählt, wenn in den letzten Wochen eines ihrer Haustiere gestorben wäre.

Ich blickte über die Schulter auf den Wallaby-Pfad zurück und hatte plötzlich eine Gänsehaut auf den Armen. Ich schob den Stein mit dem Fuß zur Seite. Die Erde darunter war locker und frisch. Ein paar Meter entfernt fand ich einen kräftigen Stock, ich kniete mich auf die mit Laub bedeckte Erde und fing an zu stochern.

Zwischen den Wurzeln dauerte es nicht lange, bis der Stock auf etwas Festes stieß. Ich scharrte es frei und zog es heraus. Es war ein Buch, in einen Stoffbeutel gewickelt. Besser gesagt ein Tagebuch.

Als ich über einen umgekippten Baumstamm stolperte, setzte ich mich darauf. Neben meinem Ohr brummte eine Wespe, doch ich ignorierte sie, schlug das Tagebuch auf und begann zu lesen.

Donnerstag, 21. Mai 1953

Seit dem Tag, an dem ich sie ins Gesicht schlug, ist Lilly sehr kühl mir gegenüber. Das Essen, das ich ihr bringe, rührt sie nicht an, auch nicht den schwachen Tee oder den Früchtesirup. Wenn sie was will, holt sie es sich selbst und ignoriert mich. Sie schaut mich nicht einmal mehr an. Wenn ich versuche, sie zu trösten, weicht sie zurück, und wenn ich sie berühre, schlägt sie um sich. Letzte Nacht ist sie von der Truhe gefallen, als sie vom Fenster aus Ennis im Garten nachspionieren wollte, und hat sich den Ellbogen aufgeschürft. Als ich die Wunde verarzten wollte, wandte sie sich ab und fauchte mich an wie ein Tier.

Einerseits habe ich Mitleid mit ihr. Aber andererseits bin ich – na ja, sagen wir, ein bisschen verärgert. Die dumme Göre sagt schreckliche Dinge über Ennis, dabei will er doch nur helfen.

Ennis ist ein Wrack. Er sagt, er sei mit seinem Latein am Ende. »Sie hat alles ruiniert, verstehst du.« Und ich glaube nicht, dass ich ihr jemals vergeben kann. Weder jetzt noch in Zukunft.

Der große Tag war endlich gekommen.

Unsere Koffer waren gepackt, der alte Wagen voll beladen mit Obst und Gemüse aus dem Garten, Decken und Ennis' Werkzeug. Er zeigte mir sogar den Ehering. Er hatte seiner Mutter gehört, die starb, als er noch klein war und bevor er nach Ravenscar zu seinem Großvater kam. Er ist roségolden, schmal und abgenutzt, aber er hat ihn blitzblank poliert, und er passt wie angegossen.

Ein guter Anfang.

Doch dann ging heute alles zu Bruch.

Ich suchte im Zimmer nach Dingen, die wir vielleicht vergessen hatten, als Lilly den Ring an meinem Finger sah und einen Wutanfall bekam. Zieh ihn aus, verlangte sie. Ich weigerte mich, und sie begann erneut zu lästern.

»Sobald wir diese vier Wände verlassen haben, springe ich aus dem Wagen und renne weg. Ich werde allen erzählen, wie schrecklich ihr beide seid. Sie werden euch finden und euch beide aufhängen, und dann bin ich froh.«

Genau in dem Moment kam Ennis die Treppe hoch und kriegte alles mit.

Er war fuchsteufelswild. Ich versuchte, ihn zu beruhigen, aber das ließ er nicht zu. Er schob mich beiseite und ging zur Tür. Dann schlug er sie hinter sich zu und drehte den Schlüssel im Schloss um.

Als ich ihn unten im Garten hörte, kletterte ich auf die Truhe und drückte das Gesicht an das Gitter. Ich konnte ihn nicht sehen, aber ich hörte ihn rumpeln und poltern, dann knallte er die Wagentür zu und trat gegen die Heckklappe. Lud er etwa alles wieder aus?

Ich ging zu Lilly und stieß sie mit dem Fuß an.

»Da siehst du, was du angerichtet hast, du blöde Kuh!«

»Ich hasse dich, Frankie.« Ihre Worte hörten sich an wie ein leises Knurren. »Ich wünschte, du wärst tot.«

»Aha. Dank deiner Blödheit könnten wir beide jetzt irgendwo in einem Graben enden. Dir ist ja wohl klar, was du angerichtet hast, Lilly, oder?«

Sie starrte mich herausfordernd an. »Du hast ihm gesagt, dass du ihn liebst, ich hab es gehört. Ich habe euch beide gestern unten im Garten belauscht, ihr habt geflüstert und gekichert. Ich habe gesehen, wie ihr Händchen gehalten habt. Er will mich nach Hause schicken, ohne dich ...«

»Sei still.« Ich kniete neben ihr und warf einen Blick über die Schulter zur Tür. Dann griff ich nach ihrer schmutzigen kleinen Hand und zog sie an mich. So fest, dass sie mich flüstern hörte.

»Hast du vergessen, was wir ausgemacht haben, Lilly Bird? Wir wollten sein Vertrauen gewinnen und dann flüchten«, hauchte ich ihr ins Ohr.

»Du lügst! Du liebst ihn. Du willst ihn heiraten. Du wirst mich einfach vergessen, nur er ist dir wichtig.«

»Das ist nicht wahr, Lilly-pill.«

»Er ist ein Verbrecher. Er hat gesagt, er würde mir die Füße abhacken, wenn ich versuche, wegzulaufen. Wie kannst du ihn lieben? Du machst mich ganz krank!«

»Das stimmt nicht, und das weißt du auch.«

»Ohne dich gehe ich nicht nach Hause. Wir haben uns etwas versprochen, oder hast du das schon vergessen?«

Ich blickte mir erneut über die Schulter. »Gib endlich Ruhe.«

»Lieber will ich tot im Graben liegen, als bei *ihm* zu sein.«

»Sag so was nicht.«

Sie riss sich los und trat um sich, dabei traf sie mich in die Magengrube, ich fiel nach hinten und rang nach Luft. Als ich wieder sprechen konnte, kroch ich auf sie zu und stand auf, dann hielt ich mein Gesicht ganz dicht an das ihre.

»Ich werde Ennis heiraten, und du wirst nichts daran ändern können. Wir werden verschwinden, Lilly. Wir werden uns in Luft auflösen. Niemand wird je wieder etwas von uns hören. Und du kannst entweder mitkommen und deine Klappe halten oder …«

Der Schlüssel drehte sich im Schloss um, und ich verstummte. Die Tür flog auf. Lilly zog sich schmollend in ihre Ecke zurück. Ich rappelte mich hoch.

Ennis packte mich am Handgelenk, zerrte mich in das helle Zimmer und schloss die Tür hinter uns ab. Lillys Sachen – der winzige Koffer, in den sie ihre wenigen Habseligkeiten gepackt hatte, der Sonnenhut, den ihr Ennis vor einigen Wochen eigens für die Reise gekauft hatte, das gestrickte Täschchen mit ihren Ausschneidepuppen und anderen kleinen Schätzen – stapelten sich auf dem Tisch. Sie waren schon im Wagen gewesen, ich hatte sie selbst dorthin gebracht.

»Warum ist das alles wieder hier?«

Ennis' Blick war wild, das schulterlange Haar zerzaust, die Haut auf den Lippen wundgebissen. Er bohrte seine Finger in meinen Arm und zerrte mich zum Kamin.

»Sie kommt nicht mit uns.«

»Aber du hast es mir versprochen.«

»Tut mir leid, Frankie.«

Die Kälte in seiner Stimme alarmierte mich. »Dann lassen wir sie irgendwo auf der Landstraße raus, damit sie den Weg nach Sydney allein findet.«

Ennis schüttelte den Kopf, er sah elend aus. »Sie hat gesagt, dass sie ihnen alles erzählen wird. Sie würde der Polizei sagen, was ich getan habe, und sie auf uns hetzen. Sie will mich hängen sehen.«

»Oh, Ennis. Lilly wird nichts verraten. Sie redet manchmal eine Menge Unsinn, das darfst du nicht ernst nehmen. Du kennst sie doch. Das würde sie mir niemals antun.«

»Dir nicht. Aber mir.«

»Nein, Liebling.« Ich lächelte ihm durch meine Wimpern hindurch zu. »Sobald sie bei Mum ist, wird sie uns vergessen, ich verspreche es dir. Sie wird kein Wort sagen.«

Doch Ennis' Gesicht blieb hart. »Hier.« Er drückte mir einen kalten Gegenstand in die Hand. »Sei vorsichtig, es ist scharf.«

Mein Mund öffnete sich, als ich das Messer spürte, trotzdem konnte ich den Blick nicht von Ennis nehmen. Trotz seines miserablen Anblicks war er jetzt absolut ruhig. Seine Worte klangen vernünftig. Keine Anzeichen des wütenden und irrationalen kleinen Jungen, der er manchmal war. Keine Spur von Zorn. Er war eiskalt, seine Augen waren leer, leblos. Ich erkannte ihn nicht wieder. Plötzlich war er ein Fremder geworden.

»Ennis, was ...?«

»Das musst du jetzt machen, Frankie. Sie vertraut dir, es wird leicht sein. Pass auf, ich zeige dir, wie.«

Ich blinzelte, um einen klaren Blick zu bekommen, versuchte, durch das Dröhnen in meinen Ohren hindurch zu verstehen, was er sagte. Als sich seine schmalen Hände um die meine schlossen, zuckte ich zusammen. Er bemerkte es nicht einmal, so sehr war er damit beschäftigt, meine Finger sanft um den Griff des Messers zu legen.

»So, siehst du?«

Dann führte er das Messer an seine Kehle, mit der Spitze unter dem Ohr und drückte sie gegen das Fleisch. »Du legst es ganz leicht an, in der kleinen Mulde unterhalb des Kiefers, und dann stößt du es nach unten, in Richtung Brust.« Seine Stimme klang ganz nüchtern, als erklärte er mir gerade, wie man ein Kaninchen schlachtet. »Du musst nicht einmal besonders viel Kraft aufwenden, achte nur darauf, dass das Messer so tief wie möglich eindringt. Am besten bis zum Griff.«

Ich fuhr zurück und ließ das Messer los. Es fiel klirrend zu Boden. Ich wich zurück, während sich mir der Magen umdrehte. Meine Lippen zitterten dermaßen, dass ich mir die Hand vor den Mund hielt. Hatte ich richtig gehört? Hatte ich ihn verstanden?

Ennis kam hinter mir her. »Das geht ganz schnell, Frankie. Sie vertraut dir. Sie wird nicht einmal mitkriegen, was du getan hast. Sie wird sich nicht wehren, sie wird einfach nur einschlafen.« Er lächelte und legte eine Hand auf meine Wange. »Du kannst sie sogar halten, wenn du willst. Du kannst sie in den Armen halten wie ein Lämmchen.«

Ich trat noch weiter zurück und stieß gegen die Wand. Dort glitt ich seitlich an der Holzvertäfelung entlang und hielt mir noch immer den Mund zu.

Ennis senkte den Kopf und runzelte die Stirn. »Frankie?«

Ich kann das nicht. Ich mache das nicht.

Ich glaubte, ich hätte es laut gesagt, doch Ennis starrte mich noch immer an und wartete auf eine Antwort. Ich dachte an unseren Plan; an unseren wunderbaren magischen Plan. *Vom Garten aus wird man das Meer sehen, und wir werden lange Spaziergänge am Strand machen. Ich werde dir sogar beibringen, wie man die Ziegen melkt, damit wir unseren eigenen Käse herstellen können. Und unser Häuschen, Frankie. Es wird so schön und gemütlich sein, nur wir drei, wir werden endlich eine Familie sein.*

Unsere süßen Träume.

Seit dem Tag, an dem wir durch den Garten geschlendert waren und Pläne geschmiedet hatten, träumte ich davon. Seitdem rankte sich diese hungrige Rebe um meine Seele. Ich war mit diesen Träumen eingeschlafen, sie hatten mich wie eine weiche Decke eingehüllt. Ich wachte mit ihnen auf, sie schimmerten in meinen Augen wie Sterne. Diese Träume trugen mich durch die finsteren Zeiten. Während ich mich durch die Stunden quälte, unsere Aufgaben, unsere Gefangenschaft, das wenige Essen, die zusammengeflickte Kleidung, die Socken, Kopfkissenbezüge und Hemden, die zu stopfen waren, die endlose Eintönigkeit unseres Zimmers mit dem winzigen Fenster, das auf eine Welt hinausging, die uns längst vergessen hatte. Meine Träume machten das Leben, das ich nicht wollte, erträglich.

»Sie könnten Wirklichkeit werden«, sagte Ennis leise. »Unsere Träume könnten Wirklichkeit werden. Nur sie steht uns noch im Weg.«

Ich senkte die Hand. Das Zittern brach ab, der Schleier vor meinen Augen löste sich auf. Ennis beobachtete mich noch immer. Ich hob das Messer auf, das neben seinen Füßen lag, verschränkte meine Finger mit den seinen und drückte sie fest.

»Sie wird nicht leiden?«

Er schüttelte den Kopf.

»Es wird schnell gehen?«

»So schnell, als würdest du eine Kerze auspusten.«

Einen Moment lang schloss ich die Augen, dachte an alles, was auf dem Spiel stand. Und als ich sie wieder aufschlug, war der Nebel verflogen. »Na gut.«

Ennis hob meine Finger an seine Lippen, küsste einen nach dem anderen und schaute mir dabei in die Augen. Sein Lächeln war so süß, so zärtlich, und seine Augen glühten vor Liebe.

»Heute Nacht.«

Ich nickte und ließ das Messer in meine Tasche gleiten.

Kapitel 25

Nachdem ich die letzte Seite gelesen hatte, saß ich lange reglos da. Mein Rücken war steif, der Nacken schmerzte. Die Beine waren eingeschlafen. Trotzdem brachte ich es nicht fertig, mich von der Stelle zu rühren. Ich hockte auf dem umgekippten Baumstamm und starrte auf das Loch zwischen den Baumwurzeln. Das Tagebuch fest umklammert.

Trotz allem, was ich gelesen hatte, kannte ich nicht die ganze Geschichte. Jemand hatte die letzten Seiten herausgerissen. Während ich die zerfetzten Ränder betrachtete, wuchs das Gefühl, betrogen worden zu sein. Die Antworten, nach denen ich schon so lange suchte, lagen noch immer außerhalb meiner Reichweite.

Ich sah auf. Das Nachmittagslicht sickerte durch die Baumwipfel und vergoldete die Luft. Hier unten waren die Schatten grün und feucht, und alles wirkte still. Zu still.

Die Härchen auf meinem Arm richteten sich auf. Mit einem Mal hatte ich das unheimliche Gefühl, beobachtet zu werden.

Ich sprang auf und suchte die Bäume ab.

Ich war allein, doch bei der überhasteten Bewegung wich mir das Blut aus dem Kopf. Meine eingeschlafenen Beine begannen zu prickeln und fühlten sich taub an. Als ich mich bückte und die Beine massierte, um die Durchblutung wieder anzukurbeln, tauchte das Bild eines dunkelhaarigen Mädchens vor meinen Augen auf.

Was ist passiert, Frankie?

Ich schwankte hinüber zu dem Loch zwischen den Baumwurzeln und stampfte mit den Füßen auf, um den Kreislauf in Schwung zu bringen. Wieso hatte ich das bis jetzt übersehen? Wie konnte es mir nur entgehen?

Dann hörte ich in der Ferne einen Wagen rumpeln. Ich betete zu Gott, dass er weiterfuhr. Doch das Rumpeln wurde lauter, als der Wagen die Geschwindigkeit drosselte und in die Auffahrt der Corbins einbog. Kurz darauf hörte ich eine Wagentür zuknallen. Im Geiste stellte ich mir vor, wie sie trotz ihres hohen Alters auf ihre typisch beschwingte und selbstsichere Art die Treppe hinaufstieg, den Schlüssel ins Schloss steckte und die Tür öffnete, glücklich, wieder zu Hause zu sein.

»Oh, Lil«, flüsterte ich.

Ich drückte mir das Tagebuch an die Brust und lief über den Wallaby-Pfad zum Haus zurück.

Sie stand unter einer hohen Pinie, nahm die Wäsche von der Leine und klemmte sie sich unter den Arm. Als sie mich erkannte, drehte sie sich um und winkte mir zu. Das weich fließende rosa Kleid schmeichelte ihrer Figur, und ein Hauch von Lippenstift und Schminke ließ sie hübsch und jung wirken.

»Abby, meine Liebe. Ich habe Ihren Wagen gesehen und mich gefragt, wo Sie stecken. Es ist Samstag, was machen Sie hier ...?«

Als ich auf sie zuging, nahm sie ihre Sonnenbrille ab und kniff die Augen vor der Sonne zusammen. Offensichtlich spürte sie, dass irgendetwas nicht stimmte. Und als sie das Tagebuch in meiner Hand entdeckte, fiel ihr Lächeln in sich zusammen. Sie stöhnte auf, ihre Arme sanken herab. Die saubere Wäsche segelte zu Boden.

»Abby?«

»Ich habe es gelesen.« In den fünf Minuten, die ich gebraucht hatte, um in den Garten zurückzulaufen, war die Flut meiner Fragen zu einem Rinnsal verkommen. Jetzt hatte ich nur noch eine Frage. »Warum haben Sie gelogen?«

Sie griff nach dem Tagebuch.

Ich trat einen Schritt zurück. »Ich habe auch den Polizeibericht gelesen. Und mit Roy Horton gesprochen. Damals haben Roy und sein Dad Sie im Schutzgebiet gefunden, nicht wahr?«

Sie presste die Lippen aufeinander und schwieg.

»Warum haben Sie gesagt, Ennis und Frankie hätten Sie in Gundara abgesetzt?«

Ihre Schultern fielen ein. Noch eben hatte sie so jung gewirkt, jetzt sah sie alt und verbraucht aus. Sie räusperte sich.

»Ich muss es vergessen haben.«

»Wo sind die letzten Seiten?« Ich ging auf die Frau zu, die ich so liebgewonnen hatte, und sah ihr fest in die Augen. Dann senkte ich die Stimme. »Was ist mit Ihrer Schwester Frankie geschehen?«

»Was spielt das jetzt noch für eine Rolle?«

»Für mich spielt es eine. Ich will wissen, was ihr zugestoßen ist. Und Ihnen«, fügte ich hinzu.

»Oh, Abby, das ist schon so lange her. Ich weiß es nicht mehr.«

»Dann will ich Ihnen helfen. Harry Horton erzählte dem

diensthabenden Polizisten, er hätte Sie gefunden, als Sie auf der Landstraße des Schutzgebietes herumirrten, aber das stimmte nicht, richtig? Sie waren im Wald, als er Sie fand. Schmutzig und voller blauer Flecken. Sie brachten kein Wort heraus. An diesem Tag war im Schutzgebiet etwas Schreckliches passiert, stimmt's?«

Lil verschränkte die Arme über der Brust und schaute mich an. »Warum tun Sie das, Abby? Wie gesagt, Frankie und Ennis packten ihre Koffer, dann verließen wir Ravenscar. Sie setzten mich in Gundara ab und fuhren dann fröhlich weiter. Was immer Sie glauben, über mich herausgefunden zu haben, Sie irren sich.«

Sie drehte sich um und ging auf das Haus zu. Sie stieg die Treppe hinauf, setzte sich aber auf halbem Weg schwerfällig auf eine Stufe und starrte auf ihre Hände hinab.

Ich setzte mich neben sie und wartete, dass sie etwas sagte, irgendetwas, egal was. Der Wind rauschte gespenstisch in den Blättern des großen Kasuarinenbaumes.

»Es muss schrecklich für Sie gewesen sein, als Frankie Sie plötzlich angriff«, murmelte ich. »Mit dem Messer, meine ich. Ich kann es Ihnen nicht übel nehmen, dass Sie das ausgeblendet haben. Mir wäre dasselbe passiert.«

Lil schlang die Finger ineinander. Ihr Ehering glitzerte golden auf ihrer gebräunten Haut, und der Diamant auf dem Erinnerungsring blinzelte wie ein kleines kaltes Auge.

»Frankie hat das Messer nie gegen mich benutzt.«

»Aber irgendwer wurde doch verletzt, oder?«

Es folgte eine lange Pause, dann stieß sie einen zittrigen Seufzer aus. »Meine Schwester konnte sich nicht dazu durchringen zu tun, was Ennis von ihr verlangt hatte. Ennis hätte wissen müssen, dass meine Schwester mir nichts antun würde. Aber er war nicht unbedingt der vernünftigste Mensch auf der Welt. Sein Glaube an meine Schwester war stark. Die beiden erinnerten mich an zwei Erbsen voller Illusionen in einer Schote. Beide waren Träumer, und manchmal waren ihre Träume absurd. Vermutlich hatte uns das schon nach Ravenscar gebracht. Frankie und ihre wilde, romantische Träumerei.«

»Was ist damals passiert, Lil?«

»Meine Verbindung mit Frankie war schon lange zerbrochen, als sie Ennis' Messer einsteckte. Lange bevor sie beschloss ... na ja, das Problem, das ich für sie geworden war, zu lösen. Unsere Beziehung hatte zu viel Schaden genommen, als dass wir das Versprechen, das wir uns in Ravenscar gegeben hatten, aufrechterhalten konnten. Fünf Jahre in einer solchen Nähe würden jede Beziehung zerstören, egal, wie stark sie sein mag. Aber wir waren noch immer Schwestern. Und dieses Band konnte niemand zerreißen, nicht einmal Ennis.«

Ich rutschte auf der harten Stufe hin und her. »Sie hat es sich anders überlegt?«

Lil zuckte die Achseln. »Ennis hatte die Tür offen gelassen, damit Frankie nach der Tat hinuntergehen konnte. Aber ich überredete sie, mir dabei zu helfen, zu entkommen. Sie lenkte Ennis ab, während ich mich nach unten schlich und in den Busch lief. Ich rannte und rannte. Und als ich nicht mehr konnte, brach ich zusammen und schlief dort ein, wo ich hingefallen war. Als ich aufwachte, rannte ich wieder los. Wahrscheinlich bin ich tagelang im Busch herumgeirrt, hungrig und durstig, wie ich war. Irgendwann stürzte ich und verletzte mich am Knie. Die Wunde entzündete sich, und ich konnte kaum noch laufen. Als ich zu einem Felsen kam, setzte ich mich. Dort fand mich dieser Mann. Sein Sohn und er fällten Bäume im Wald und verarbeiteten sie zu Feuerholz, ihr Wagen parkte auf einer alten Zufahrtstraße. Er war voll beladen mit frisch geschlagenem Holz und roch nach Kiefernharz. Der Mann, ich habe seinen Namen vergessen, brachte mich zum Polizeirevier. Am nächsten Morgen setzten sie mich in den Zug nach Sydney. Dort nahm mich eine Polizistin in Empfang und ...«

Lil zupfte an ihrem Rocksaum. »Später erfuhr ich, dass unsere Mutter gestorben war. Ich kam zu einer netten Frau namens Mrs O'Grady in Pflege. Ihr Mann war Schreiner. Er erlaubte mir, dass ich ihm bei der Arbeit zusah, beim Schreinern. Er brachte mir bei, wie man mit Holz arbeitet, Griffelkästen oder Teetabletts anfertigt, nichts Schwieriges. Aber auch nichts für Mädchen, ich weiß.« Sie sah mich an. Die Haut um ihre Augen war weiß, doch die Ohrenspitzen glühten. »Mrs O'Grady ermutigte mich ebenfalls dazu. Sie meinte, es werde mir helfen, die Knoten in meinem Kopf zu lösen, wenn ich mit den Händen arbeitete.«

»Und, hat es geholfen?«

»Ich glaube, ja.«

In der Ferne zirpten Zikaden, wahrscheinlich an dem Wasserloch, wo wir vor einer Woche noch über die Schwäne gelacht hatten. Lil blickte den Hügel hinab, und ich fragte mich, ob sie dasselbe dachte wie ich.

Die nächsten Worte wählte ich sehr vorsichtig. »Lil, kennen Sie ein Mädchen namens Shayla Pitney?«

Lil zerriss ihr Papiertaschentuch in Stücke. Nach einer Weile steckte sie sich die Fetzen in den Ärmel.

»Müsste ich?«

»Shayla ist vor vier Wochen verschwunden.« Ich wartete, aber als sie nicht reagierte, fuhr ich fort: »Glauben Sie, dass Sie mir helfen könnten, sie zu finden?«

»Wie denn?«

»Ich glaube nämlich, dass Sie manchmal zu dieser Stelle zurückkehren, wo Harry Horton Sie damals gefunden hat. Und irgendwie werde ich das Gefühl nicht los, dass Shayla nicht weit davon entfernt ist.«

Lil schwieg. Ehe sie wieder etwas sagte, verstrichen Minuten, obwohl es sich wie Stunden anfühlte.

»Hat das etwas mit meinen Albträumen zu tun?«

»Ja, Lil«, sagte ich leise. »Ich glaube schon.«

»Na gut.« Sie stand auf, massierte sich das Kreuz und streckte sich. Sie war aschfahl, aber ihre Augen waren riesig und schwarz, ihre Bewegungen langsam und überlegt. »Ich bringe Sie hin, Abby. Ich zeige Ihnen, wo die beiden mich gefunden haben. Aber kann ich mich vorher etwas frisch machen? Außerdem muss ich eine Schmerztablette nehmen. Diese Kopfschmerzen bringen mich noch um.«

Ich ging am Fuß der Treppe auf und ab, warf gelegentlich einen Blick zur Hintertür hinauf und wartete. Wieso brauchte sie so lange? Hatte sie sich vielleicht kurz hingelegt und war eingeschlafen? Sie duschte nicht, denn die Wasserpumpe hörte ich nicht. Aber was machte sie dann so lange?

Ich stieg die Treppe hinauf und klopfte an die Tür. »Alles in Ordnung, Lil?«

Keine Antwort.

Ich drückte auf die Klinke. Die Tür sprang auf, und ich rief erneut ihren Namen, dieses Mal lauter. Meine Stimme hallte durch das Haus. Als Lil nicht reagierte, trat ich ein. Alles war sauber, die Arbeitsplatten glänzten im Nachmittagslicht, das durch die Küchenfenster fiel.

Auf dem Küchentisch stand ein kleines Glas mit Wildblumen. Unter dem Glas lag ein Umschlag, daneben ein Kugelschreiber. Der Umschlag war schmutzig und zerknittert und wirkte irgendwie fehl am Platz in der sauberen Küche. Wahrscheinlich war es bloß eine Einkaufsliste, doch aus irgendeinem Grund weckte er meine Aufmerksamkeit. Ich beugte mich über den Tisch und las, was darauf stand, konnte mir aber keinen Reim darauf machen. Es war Lils Handschrift, und sie hatte den Text so hastig gekritzelt, dass der Kugelschreiber das Papier teilweise beschädigt hatte.

Bitte, vergeben Sie mir, Abby. Es war nie meine Absicht, irgendjemanden zu verletzen, Sie am allerwenigsten. Sie waren für mich wie eine Tochter, die ich geliebt hätte. Ihre Freundin Lil.

Ich steckte den zerknüllten Umschlag in die Tasche und lief hastig ins Wohnzimmer, rannte von da aus durch den Flur und rief ihren Namen. Dann hörte ich draußen den Motor eines Wagens aufheulen. Ich lief zum Fenster und sah gerade noch, wie Lils Kombi über die Auffahrt davonraste und eine Staubwolke hinterließ.

Ich zog die Wagenschlüssel aus der Tasche, rannte zu meinem Fiesta und stieg ein. Dann sprang ich wieder raus, als mein Kopf begriff, was die Augen gerade gesehen hatten.

Der Reifen auf der Fahrerseite war platt.

Neben dem Radkranz klaffte ein Loch, als hätte man einen Schraubenzieher hineingestoßen. Im Kofferraum hatte ich einen Ersatzreifen, doch für den Wechsel würde ich zwanzig bis dreißig Minuten brauchen, das kannte ich aus Erfahrung, und so viel Zeit hatte ich einfach nicht. Doch auf den unbefestigten Straßen würde ich mit einem platten Reifen nicht weit kommen, möglicherweise sogar die Kontrolle über das Fahrzeug verlieren und gegen einen Baum prallen.

Eine Viertelstunde später setzte ich ölverschmiert und dreckig aus Lils Auffahrt zurück und raste in Richtung Blackwater. Lil hatte einen komfortablen Vorsprung, sodass sie längst aus meinem Gesichtskreis verschwunden war. Aber ich wusste, wo sie hinwollte.

Ich trat aufs Gas, kam mehrere Male mit dem längst abgefahrenen Ersatzreifen ins Schleudern und rutschte fast von der Schotterstraße. Die ganze Zeit hallte Lils Stimme durch meinen Kopf. *Ich rannte und rannte. Und als ich nicht mehr konnte, brach ich zusammen und schlief ein, wo ich hingefallen war.*

Ich versuchte abzuschätzen, wie weit ein vierzehnjähriges Mädchen in ein paar Tagen kommen könnte. Zu Fuß durch dichtes Buschland in einer unwirtlichen Landschaft, die ihr fremd war. Lilly Wigmore war ein Stadtmädchen, außerdem hatte sie die letzten fünf Jahre in einer Dachkammer eingesperrt verbracht. Sie musste desorientiert und ängstlich gewesen sein. Nicht an körperliche Strapazen gewöhnt, als sie durch ein derartig unzugängliches Terrain rannte.

Vermutlich war sie nicht sehr weit gekommen.

Ich fuhr rechts ran und nahm Toms Landkarte aus dem Handschuhfach. Mit dem Finger fuhr ich vom Campingplatz in nördlicher Richtung, kam zu dem Aussichtspunkt von Pilliga und von da weiter nach Osten zum Fluss, dessen

Schlucht man von Ravenscar aus sehen konnte. Dann zog ich im Geiste eine Linie zwischen beiden Punkten. Direkt in der Mitte kreuzte ein schmaler Weg im rechten Winkel diese Linie.

Roy Horton hatte erzählt, dass sein Vater über eine Zufahrtstraße in den Wald gefahren war, wo sie die Nacht in einer Holzfällerhütte verbrachten. Hatte ich diese Straße gerade auf der Karte gefunden?

»Harry Hortons Holzfällerpfad.«

War es möglich, dass nicht alle ehemaligen Holzfällerpfade von der Vegetation zurückerobert worden waren? Als man das Gebiet in den Dreißigerjahren rodete, wurden die Wege stark befahren. Doch achtzig Jahre später hatte die Natur die alten Narben geschlossen und unter einer neuen Vegetationsschicht verborgen. Ob diese blasse Linie auf der Karte heute noch zugänglich war?

Ich fuhr weiter in Richtung Norden, weg von der Stadt. Ich sah mehrere schmale Feldwege, die von der Hauptstraße abzweigten und an denen ich jedes Mal vorbeigekommen war, wenn ich zwischen Ravenscar und der Stadt pendelte, ohne sie wirklich wahrzunehmen. Die Gegend war voll mit solchen alten Waldwegen, angeblich führten sie zu verlassenen Farmen oder verloren sich im Busch. Einer war mir jedoch aufgefallen, weil er nicht so verwildert war wie die anderen. Er lag etwa fünfzehn Kilometer südlich von Ravenscar, und während ich darauf zuraste, schoss mir eine eisige Gewissheit durch die Adern.

Lil war unterwegs dorthin, und wahrscheinlich würde sie noch vor mir ankommen. Das war die Stelle, an der Harry Horton sie vor über sechzig Jahren aufgefunden hatte, übersät mit blauen Flecken, weinend und schmutzig. Und jetzt war ich mir ganz sicher zu wissen, wo Lil seit Wochen Shayla gefangen hielt.

Ich versuchte, nicht daran zu denken, was ich dort vorfinden würde. Ich versuchte, an gar nichts zu denken. Doch als mein Ford Fiesta über die Schotterstraße raste, hallten Roys Worte wie eine Warnung in meinen Ohren wider.

Es hat mir einen gehörigen Schrecken eingejagt. Und Pop auch. Danach sind wir nie wieder zu der alten Holzfällerhütte.

Kapitel 26

Dieses Wimmern. Zuerst dachte sie, es sei ihr Kaninchen, Mrs Bilby, und sie habe es im Schlaf irgendwie eingequetscht. Vor etwa einem Jahr, als Mrs Bilby noch klein war, hatte sie das Kaninchen einmal mit unter die Decke genommen und es in den Schlaf gewiegt. Und dann war sie nachts aufgeschreckt, weil Mrs Bilby kratzte und laut fiepte, als Shaylas Arm sie fast zerdrückt hätte.

Doch dieses Mal war es nicht Mrs Bilby.

Es war sie selbst.

So kalt. Sie weinte, weil ihre Knochen in der eisigen Kälte schmerzten. Früher hatte ihr die Dunkelheit nichts ausgemacht, sie war keine Heulsuse. Doch jetzt, wo es außer der Dunkelheit nichts mehr gab, hasste sie sie.

Sie lag zu einem Ball zusammengerollt da, die Knie an die Brust gepresst. So weit weg von der Tür wie möglich. Zuerst konnte sie sich nicht erinnern, warum sie hier war, so weit weg von der Tür. Anfangs hatte sie direkt neben der Tür geschlafen, den Rücken an den kalten Stahl gepresst. Irgendwie erschien ihr der Gedanke tröstlich, dass das Leben draußen auf der anderen Seite weiterging.

Doch dann hörte sie das Flüstern.

Eine Art kratzigen Singsang, ganz anders als die Stimmen, mit denen sie in letzter Zeit zu tun gehabt hatte – die ihrer Mum, ihrer besten Schulfreundin Jesse oder manchmal auch ihrer Lieblingslehrerin Mrs Cartwright. Nein, diese Stimme gehörte keiner von ihnen. Sie kam von außen, nicht aus ihrem Kopf. Doch wenn sie die Augen schloss und auf das horchte, was diese Stimme sagte, hörte sie nur das Blut, das in ihren Ohren rauschte.

»Sieh dir den Mond an«, krächzte die Stimme. »Und gib den Sternen einen Kuss ...«

An den Rest hatte sie keine Erinnerung. Irgendetwas über die Nacht. Die Worte rollten durch ihren Kopf wie Murmeln in einem leeren Glas, immer wieder im Kreis, bis ihr schwindlig wurde. Sie wollte, dass sie aufhörten, dass ihr Kopf aufhörte, sich zu drehen, damit sie aufstehen und sich vorbereiten konnte. Das war ihr Plan. Vorbereitet zu sein.

Bloß wusste sie nicht mehr, worauf.

Sie verschränkte die Arme und vergrub das Gesicht in den schmutzigen Ärmeln der Jeansjacke, die sie anhatte. Sie gehörte nicht ihr. Und es war auch nicht Mums glitzernde Jacke. Woher stammte diese Jacke? Sie mochte ihren Geruch. Durchdringend wie Zitronen. Ein bisschen Honig.

Ihr Magen knurrte. Sie hatte keinen Hunger mehr. Inzwischen war sie einfach taub. Sie tauchte in ihren Gedanken auf und ab. Sie schlief nicht, aber wach war sie auch nicht. Und die Murmeln rollten weiter, die Schatten glitten und huschten an ihr vorbei, und irgendwo hinter ihr krächzte die Stimme.

Sieh dir ein letztes Mal den Mond an, Vögelchen.

Dann schepperte es an der Tür. Shayla schreckte zusammen, ihre Glieder streckten sich aus, der Kopf schlug ruckartig nach hinten und gegen die Wand. Die Luft in ihrer Lunge erstarrte. Sie zog die Knie unter ihr Kinn, und die Tränen, die sie längst für versiegt gehalten hatte, strömten ihr heiß über das Gesicht.

Kreischend öffnete sich die Tür. Das Licht stach ihr in die Augen. Sie blinzelte durch die Wimpern und sah den Umriss einer Gestalt an der Tür. Jemand sprach mit ihr, die stechenden Worte waren scharf und eindringlich. Doch Shayla wollte nichts hören. Sie hielt sich die Ohren zu und schloss die Augen.

Kapitel 27

Der Kuchen, den Joe ausgesucht hatte, war eines von Lils Lieblingsrezepten. Sie hatte es von Joes Mutter bekommen, die Lil vergöttert hatte. Lil nannte es scherzhaft »Nans Apfelpudding«, obwohl der Kuchen kaum Ähnlichkeit mit einem Pudding hatte. Der Teig war buttrig und knusprig, die Füllung süß und köstlich. Typisch Lil, sie liebte ihre kleinen Scherze.

Im Wohnzimmer legte Joe eine Platte auf. *Ella Swings Lightly* hatte stets eine beruhigende und entspannende Wirkung auf ihn. Das hatte er von Lil gelernt. Sie hörte immer Musik, wenn sie kochte, sie behauptete, so schmecke das Essen einfach besser. Und Lil musste es wissen, ihre Gerichte waren der Höhepunkt des Tages für Joe.

Während der Ofen heiß wurde, schälte Joe die sechs grünen Äpfel, die Abby aus dem Garten von Ravenscar mitgebracht hatte, und entfernte das Kerngehäuse. Dann schnitt er sie klein und beträufelte sie mit Zitronensaft, anschließend gab er eine Prise Zimt und Muskat in eine Tasse mit braunem Zucker. Während die Äpfel den Zitronensaft aufnahmen, folgte er dem Rezept und verknetete vorsichtig die kalte Butter mit dem Mehl. Hut ab vor Lil, bei ihr sah immer alles so mühelos aus.

Er warf einen Blick auf das Fenster und fragte sich, wie lange sie noch brauchen würde. In der Glasscheibe sah er sein Spiegelbild. Ein kleiner alter Mann mit Schürze, der eine Teigrolle schwang. Ein Gespenst. Er starrte auf die Spiegelung und versuchte, einen Teil von sich dort auf das Glas zu zaubern, damit es über Lil wachen könnte, wenn er nicht mehr wäre.

Es brach ihm das Herz, sie zu verlassen.

Doch was blieb ihm übrig?

Einmal, vor vielen Jahren, hatte Lil ihm während eines tiefgründigen und ernsten Gespräches ihre größte Angst gebeichtet. *Lass uns nicht wieder in die Stadt ziehen, Joe. Ich mag es so, hier fühle ich mich frei.* Da er wusste, wie heikel das Thema für sie war, hatte er sie vorsichtig daran erinnert, dass sie irgendwann in der Zukunft zu hinfällig sein würden, um die Gartenarbeit zu machen, das Feuerholz zu hacken, ganz zu schweigen von den unzähligen anderen kleinen Aufgaben, die sich stellten, wenn sie ein selbstständiges Leben führen wollten. Doch Lil schaltete auf stur.

Ich will nicht in einem Altersheim eingesperrt sein, Joe. Bitte, lass nicht zu, dass sie mich wegsperren. Versprichst du mir das? Wenn dir irgendetwas zustößt, würde ich nicht allein weiterleben wollen. Verstehst du, was ich meine?

Er hatte ihr versichert, dass ihm nichts zustoßen werde. Doch das war viele Jahre her. So herzzerreißend es auch war, seine Zeit lief ab.

Deshalb der Apfelkuchen. Er war seine Art, sich für die schlechte Nachricht, die er ihr nun überbringen musste, zu entschuldigen.

»Mach dir keine Sorgen, Lil«, sagte er und beäugte den Mann in der Fensterscheibe. »Ich werde auf dich aufpassen.«

Als der Teig fertig war, strich er Lils gute Kuchenform mit Butter aus, drückte den Teig hinein und kippte die Füllung darüber. Darauf verteilte er einige Butterflocken, legte den Rest des Teigs gitterartig darüber und bestreute alles mit Zucker.

Dann trat er einen Schritt zurück und bewunderte sein Werk.

Es war ein bisschen krumm und schief, aber das würde Lil nichts ausmachen.

Er zog ihre Topfhandschuhe an, schob den Kuchen in den Ofen und machte sich daran, den Tisch zu decken. Bald schwängerte der Duft nach süßen Äpfeln die Küche. Und selbst wenn die Form nicht hundertprozentig gelungen war, würde es schmecken.

Dazu wollte er die Flasche Tokaier auftischen, die er so lange aufbewahrt hatte. Das herrliche Aroma von Honig und Orangenschale passte wunderbar zu den Äpfeln. Der Tokaier war zu ihrem Lieblingsdessertwein geworden, nachdem man ihn – wie es ihm nun vorkam, vor einer Ewigkeit – zu ihrer Hochzeit serviert hatte. Diese Flasche hatten sie für besondere Anlässe aufgehoben. Doch seitdem waren Jahrzehnte vergangen, und die Flasche war immer mehr verstaubt. Joe hatte es satt, Dinge für später aufzuheben. Für ihn würde es kein Später mehr geben. Es zählte nur noch das Jetzt. Das Heute. Und er wollte das Beste aus der wenigen Zeit machen, die ihm noch blieb.

Als er Lils Wagen hörte, trat er ans Fenster.

Es war fast schon halb fünf, sie hatte sich ganz schön verspätet. Wahrscheinlich hatte die Theatergruppe sie aufgehalten, oder sie hatte noch ein Schwätzchen mit Diane gehalten. Doch als er sah, wie schief sie den Wagen parkte, wusste er, dass irgendetwas nicht stimmte.

Hastig lief sie über den Pfad zum Haus, das schöne Haar vom Wind zerzaust. Joe ging zur Tür und machte ihr auf, und zu seiner Überraschung warf sie sich ihm in die Arme.

»Oh, Joe«, sagte sie leise.

»Liebling, was ist denn?«

»Ich bin so müde.«

Er küsste ihre feuchte Stirn und strich ihr die Haare aus dem Gesicht. Während er sie in den Armen hielt, stiegen ihm plötzlich Tränen in die Augen.

»Es ist so weit, nicht?«

»Ja, Schatz, es ist so weit.«

»Ich habe einen Apfelkuchen gebacken.«

»Es duftet herrlich. Und wie ich sehe, hast du die Flasche Tokaier rausgeholt.« Sie lächelte ihm in die Augen und legte ihm die Hand auf die runzelige Wange. »Ein richtiges Festmahl, was? Und anschließend legen wir uns hin und schlafen, mein Liebling.«

»Ich kann mir nichts Schöneres vorstellen.«

Sein altes Herz schlug heftig vor Freude. Am Ende würde er sein Spiegelbild doch nicht auf der Fensterscheibe zurücklassen müssen. Der Abschied wäre keine Qual mehr. Sie würden zusammenbleiben, so wie sie es immer gewesen waren. Spontan umfasste er mit beiden Händen ihr Gesicht und küsste sie.

»Du bist die Frau meines Lebens, Lil.«

»Für immer.«

Während Joe den Tisch mit ihren besten Gläsern und Tellern deckte, ging Lil zum Schrank, wo sie ihre Tabletten aufbewahrten. Sie nahm Joes und ihre eigenen Medikamente heraus und leerte den Inhalt auf ein Schneidebrett. Während sie Ella Fitzgeralds süßer Stimme lauschte, die durchs Haus hallte, fing Lil an, die Tabletten mit ihrer schweren hölzernen Teigrolle zu zerbröseln.

Kapitel 28

Der Ford Fiesta holperte über den steinigen Untergrund, bis ich nicht mehr weiterkam. Urplötzlich endete der Weg. Vor mir gab es nur noch Bäume und ein Dickicht aus Schwarzdorn, halb von wucherndem Gras verschluckt. Doch dort, an einer Stelle, war es plattgedrückt. Ein schmaler Pfad schlängelte sich durch die Bäume hindurch und verlor sich dann.

Ich schaltete den Motor aus und sprang aus dem Wagen.

Während ich den Pfad entlangrannte, musterte ich die Bäume. Es gab Anzeichen dafür, dass hier vor langer Zeit gerodet worden war. Aus dem Boden ragten noch Baumstümpfe, und daneben lagen Baumkronen – Überbleibsel einstmals mächtiger Bäume, die man gefällt hatte, um aus den Stämmen Feuerholz zu machen. Der Pfad war möglicherweise einmal eine schmale Zufahrt gewesen, die tiefer in den Wald führte. Jetzt war sie kaum breit genug für einen Menschen.

Die Bäume standen immer dichter, doch dann tauchte vor mir eine Lichtung auf. Ich war wie gelähmt. Es war, als würde ich in einen Traum hineinstolpern. Oder rückwärts durch die Zeit in eine Erinnerung katapultiert werden, die ich nicht verstand.

Auf einer Seite ragte eine Gruppe von Granitfelsen in die Höhe, die übergroßen schiefen Marmortafeln ähnelten. Am Fuß der Felsen wuchs dichtes Unterholz, ein Wirrwarr aus Schwarzdorn, Teebaum und herabgestürzten Ästen.

Deshalb brauchte ich so lange, um es zu erkennen. Besser gesagt, ich erkannte es eigentlich nicht so sehr, sondern *spürte* vielmehr, dass das, was ich sah, keinen Sinn ergab. Ein Teil des Dickichts um den Fuß der Felsen herum erschien mir viel zu dicht und verschlungen. Zu gründlich arrangiert.

Während ich darauf zuging, bekam ich eine Gänsehaut. War das ein Netz? Ein schwarzgrünes Tarnnetz, das zwischen dem Gestrüpp hervorlugte? Es erinnerte mich an Treibgut, das nach einer Überschwemmung ans Flussufer gespült wurde, mit all dem Laub und den Ästen, die sich wie Kraut und Rüben darin verfangen hatten.

Als ich näher kam, merkte ich, dass ich vor einer Art Behausung stand. Ich starrte sie an und wurde an jenen Tag mit Tom im Obstgarten zurückversetzt. Ich erinnerte mich an den Wohnwagen – und das allein genügte, um mich umzuhauen.

Wieso hatte ich es nicht wiedererkannt?

Unter dem Tarnnetz und dem Durcheinander von Ästen und Laub befand sich eine schmale Tür. Ich trat näher und erkannte die schweren Planken, den soliden Holzrahmen, der unter dem Netz fast gänzlich verborgen war.

Die Tür stand einen Spalt offen.

»Shayla?«

Ich schob sie ganz auf. Gestank schlug mir entgegen. Säuerlich, ranzig. Und nur allzu vertraut.

Die Jahre glitten davon, und plötzlich war ich wieder zwölf und riss die Augen so weit auf, dass sie schmerzten ...

Ich kann nicht aufhören zu zittern, meine Zähne klappern, und ich rolle mich auf der stinkenden Matratze zu einem Ball zusammen ... Als ich in der Nähe etwas scharren höre, fahre ich zusammen, vielleicht sind es Schritte. Ich höre das Rasseln im Schloss und dann eine Stimme, die in die Dunkelheit flüstert: Sieh dir ein letztes Mal den Mond an, Vögelchen, es ist Zeit, den Sternen einen Gutenachtkuss zu geben ...

Ich nahm all meinen Mut zusammen, bis meine Muskeln vor lauter Adrenalin zitterten, schob die Tür weit auf und trat in die Finsternis.

»Shayla?«

Meine Stimme hallte von den Wänden wider. Meine Augen brauchten eine Zeit, bis sie sich an die Dunkelheit gewöhnt hatten. Der Raum war kaum größer als das Innere des Wohnwagens. Er war leer, abgesehen von dem Eimer neben der Tür und einer schmutzigen Matratze auf dem Boden. Wände, Dach und Boden waren mit dünnem Blech verkleidet, von der Art, wie man es in alten Bergmannshütten verwendete, wahrscheinlich von einem Schrottplatz gerettet. Es war schmutzig, überall Laub und Erde.

Ein leises Wimmern zerriss die Stille.

Ich spähte angestrengt in die gegenüberliegende Ecke.

Zuerst war es bloß ein an die Wand gekauerter dunkler Schatten. Doch als ich näherkam, tauchte sie aus der Dunkelheit auf: die Beine eng an die Brust gepresst und das Gesicht in den Armen vergraben.

»Shayla?« Ich streckte die Hand aus und legte sie ihr auf die Schulter. »Bist du verletzt, Schätzchen?«

Ein dünnes Ärmchen schlug nach mir. »Geh weg!«

»Ich bring dich nach Hause. Kannst du laufen?«

Sie presste sich noch enger an die Wand.

»Shayla, deine Mum hat mich gebeten, nach dir zu suchen. Verstehst du mich?«

Sie wimmerte.

»Deine Mum glaubte, du wärst bei deinem Dad, aber als du

nicht wieder aufgetaucht bist, hat sie sich Sorgen gemacht. Mrs Bilby auch. Willst du sie nicht wiedersehen?«

Das Mädchen schaute auf. »Mrs Bilby?«

»Das ist doch dein Kaninchen, nicht?«

Steif rappelte sie sich auf. Dann schaute sie mich mit ihren riesigen Augen an.

Einen verrückten Augenblick lang blickte ich auf eine jüngere Version meiner selbst – schulterlanges braunes Haar, rundes blasses Gesicht. Sie trug sogar meine alte Baumwolljacke, die vorn mit Rosen bestickt war und die ich ihr damals auf dem Campingplatz umgelegt hatte.

Shayla sah auf die Tür. »Sie hat gesagt, ich kann gehen.«

»Dann komm.« Ich führte sie nach draußen, wo sie in der Helligkeit zwinkerte. Als ihre Augen zu tränen begannen, kramte ich meine Sonnenbrille aus der Tasche und reichte sie ihr. Sie sah mich an.

»Ray-Ban. Darf ich die behalten?«

»Klar.«

»Haben Sie was zu essen?«

»Einen Marsriegel im Wagen.« Dann fiel mir die Rolle Pfefferminzbonbons in meiner Tasche ein. »Bis dahin musst du dich hiermit begnügen. Zuckerfrei.«

»Mist«, murmelte sie heiser, griff nach der Rolle und schob sich die Bonbons in den Mund. »Wo bleibt der Spaß bei zuckerfrei? Sind Sie etwa einer dieser Gesundheitsapostel?«

Ich lächelte. »Komm, wir bringen dich jetzt nach Hause.«

Sie zögerte noch immer. Mit gesenktem Blick trat sie von einem Fuß auf den anderen. Ihre Lippen zitterten. Sie zerknüllte das leere Bonbonpapier in der Faust und steckte es dann in die Tasche ihrer Jeans. Sie sah an sich hinab, ohne sichtbar auf ihren erbärmlichen Zustand zu reagieren. Dann streckte sie den Fuß aus und musterte ihn. Beide Füße waren nackt und dreckig, der Nagel am großen Zeh schwarz vor geronnenem Blut. Lange Zeit starrte sie darauf. Sie drehte sich um, warf einen Blick zurück auf den dunklen Eingang ihres Verlieses.

Ihre Schultern begannen zu zittern, dann stöhnte sie laut auf.

»Komm, Schätzchen.« Ich packte sie sanft am Arm. »Lass uns hier verschwinden.«

Als sie sich auf die Lippen biss und krampfhaft versuchte, tapfer zu sein, nicht zusammenzubrechen und loszuheulen, sah sie so jung aus. Als wäre sie nicht gerade durch die Hölle gegangen.

»Schon gut«, sagte ich leise. »Alles wird wieder gut.«

Das war gelogen. Es würde sehr lange dauern, bis irgendetwas in ihrem Leben wieder gut wäre. Beim kleinsten Geräusch würde sie aufspringen, den Rücksitz im Auto meiden, an beengten Orten Schweißausbrüche bekommen und nur schlafen können, wenn das Licht brannte. Sie würde aus unerfindlichem Grund in Tränen ausbrechen, und die kleinsten Ereignisse würden sie aus der Ruhe bringen können. Aber das Allerschlimmste war, dass niemand verstehen würde, warum ihr Verhalten plötzlich so unberechenbar war.

Ich durchforschte mein Gedächtnis und wünschte, ich könnte irgendetwas finden, um sie zu beruhigen. Ihr klarmachen, dass sie nun in Sicherheit war, keine Angst mehr haben musste. Zumindest bis die Albträume einsetzten.

Doch im selben Moment warf sie sich mir entgegen und schlang die Arme um meinen Hals. Ihr schmaler Körper zuckte krampfhaft schluchzend. Ich hielt sie fest, und dann weinten wir beide, ihre heißen Tränen rannen über meinen

Hals, und meine versickerten in ihrem strähnigen Haar. Lange Zeit klammerten wir uns aneinander und zitterten im Licht der untergehenden Sonne. Shayla schluchzte in meinen Armen, und ich hielt sie so fest, dass ich dachte, ich könnte sie niemals wieder loslassen.

Nachdem sie sich auf dem Beifahrersitz angeschnallt hatte, leerte sie meine Wasserflasche und verschlang den Marsriegel. Dann ließ sie den Kopf nach vorne fallen, schwindlig von dem Zuckerstoß.

»Besser?«

»Wie neugeboren.«

»Willst du dich auf dem Rücksitz etwas hinlegen und versuchen zu schlafen?«

Sie sah mich mit angsterfüllten Augen an. »Nein, nein, hier geht's mir gut. Bei Ihnen.«

»Bis in die Stadt brauchen wir eine ganze Stunde. Bist du dir sicher?«

Sie verschränkte die Arme vor der Brust und schaute durch die Windschutzscheibe. »Sie sind wie meine Mum, wollen mich immer nur loswerden.«

»Bist du deshalb ausgebüxt?«

»Ja.«

»Kommt ihr nicht klar?«

»Nein. Wir machen uns ständig an.«

Wir schwiegen eine Weile. Als ich zur Abzweigung kam, trat ich aufs Gaspedal. Die Reifen wirbelten den Schotter hoch.

»Hey«, sagte ich. »Tust du mir einen Gefallen, wenn du das nächste Mal ausreißt?«

»Was denn?«

»Komm einfach zu mir. Du kannst auch jederzeit vorbeischauen und mich besuchen. Du kannst sogar Mrs Bilby mitbringen.«

»Echt jetzt?«

Ich nickte. »Und wenn du deinen Dad besuchen willst, kriegen wir das auch hin. Zusammen.«

Sie sah mich an. In ihren bernsteinfarbenen Augen standen Tränen, doch sie wischte sie weg. »All das würden Sie für mich tun?«

Ich nickte erneut. »Na klar.«

»Warum?«

»Weil allein an die Küste zu trampen eine ziemlich dumme Idee ist, meinst du nicht?«

Sie sackte auf dem Sitz zusammen. »Sie sagen es.«

Nach vierzig Minuten erreichten wir das Krankenhaus. Ich stellte den Wagen auf den Parkplatz für Notfallpatienten, und während wir in die Aufnahme liefen, rief ich Coral Pitney an, um ihr zu sagen, wo ihre Tochter war. Dann wartete ich mit Shayla, während sie untersucht wurde und man die Aufnahmeformulare ausfüllte. Als man sie auf einer Trage zur Station rollte, wich ich nicht von ihrer Seite. Ich fragte mich, ob irgendwer die Polizei benachrichtigt hatte, und hoffte, dass niemand kam und Fragen stellte. Zumindest, bis ich mich aus dem Staub gemacht hatte.

Ich schaute zum Ausgang und überlegte, wann ich bei Lil sein könnte. Und was ich sagen würde, wenn ich da war. Würde sie sich daran erinnern, was sie getan hatte? Würde sie es überhaupt glauben?

Als die Krankenschwester weitere Untersuchungen durchführen wollte, packte Shayla mich am Arm. »Bleiben Sie bei mir, Abby.«

»Es ist alles in Ordnung, Schätzchen. Du bist jetzt in guten Händen.«

Shayla hob den Zeigefinger. »Sie haben versprochen, auf mich aufzupassen. Sie haben versprochen, mich zur Küste zu fahren, wenn ich das wollte. Und jetzt lassen Sie mich mit diesen Vollidioten allein?« Sie warf einen bösen Blick über die Schulter auf die Schwester am Monitor, dann beugte sie sich vor und nahm meine Hand: »*Bitte*, Abby, ich habe Angst.«

»Na gut, dann bleibe ich noch so lange, bis deine Mum kommt.« Ich senkte die Stimme, damit die Schwester uns nicht hörte. »Aber ich habe noch etwas sehr Wichtiges zu erledigen. Danach komme ich wieder und sehe nach dir.«

»Versprochen?«

»Du kannst dich drauf verlassen.«

Sie sackte wieder zusammen, nickte und ließ mich nicht aus den Augen.

Hier im Untersuchungszimmer wirkte sie so klein und verletzlich mit ihren schmutzigen Füßen, den aufgeschürften Knien, dem blassen Gesicht mit den riesigen Augen. Ihre Mutter behauptete, sie mache nur Ärger. Ich jedoch sah ein kluges, tapferes Kind, das Zuneigung, Liebe und Anerkennung brauchte. Jemanden, der ihr beibrachte, wie man sich benahm und handelte, wie man sich gut abgrenzte.

Wir lernen von unseren Vorbildern, hatte Lil gesagt. Und wenn diese Vorbilder versagen, wie soll man dann lernen, was richtig und was falsch ist?

Mein Gott. Lil. Wie sollte ich ihr jetzt bloß in die Augen sehen?

Was sollte ich ihr sagen?

Ich setzte mich auf das Bett neben Shayla und legte den Arm um sie. Dachte an den Augenblick, als ich sie in dem Verlies fand, und wie verblüfft ich war, als ich in ihr eine frühere Version meiner selbst erkannte.

»Kopf hoch, Kleines!«

»Hm.« Sie vergrub das Gesicht an meiner Schulter. »Haben Sie das ernst gemeint? Dass ich Sie besuchen soll?«

»Und wie.«

»Und Mrs Bilby auch?«

»Wann du willst.«

»Mum sagt immer, ich mache nur Ärger.«

»O ja, mein Dad hat genau dasselbe über mich gesagt.«

Wir verstummten. Kurz vor halb sieben hörte ich Corals laute Stimme im Gang. Ich drückte Shaylas Schulter.

»Deine Mum ist da.«

Sie zog eine Grimasse, dann lächelte sie mich mit feuchten Augen an. »Ja, die alte Schachtel hört man aus einer Meile Entfernung.«

»Bis bald, großes Ehrenwort.«

»Wann?«

»Ich schaue morgen vorbei.«

Shayla hielt mich kurz fest und sah mich finster an. »Wehe, wenn nicht!«

Ich wandte mich zum Gehen, blieb an der Tür noch einmal stehen und warf gerade noch rechtzeitig einen Blick zurück, um zu sehen, wie Shayla einem Pfleger in die Rippen stieß, als er ihre Kopfwunde mit einem in Alkohol getränkten Wattebausch abtupfen wollte. Nach allem, was sie durchgemacht hatte, erfüllte dieser kleine Widerstand mich mit Hoffnung. Warum auch immer, aber als ich durch den Gang nach draußen zum Wagen lief, wusste ich, dass allen Unkenrufen zum Trotz die Shayla Pitneys dieser Welt nicht mehr lange zulassen würden, dass man sie ignorierte.

Kapitel 29

Auf dem Nachttisch stand eine Vase mit Blumen aus dem Garten. Der feine Duft der Herbstrosen hing in der reglosen Luft. Joe summte vor sich hin, zog seine Socken aus, spreizte die Zehen, um sie zu lüften, und kroch anschließend unter die Decke.

Lil saß an ihrer Seite auf der Bettkante. Sie hatten den Apfelkuchen aufgegessen und sich unterhalten, während sie die Flasche Tokaier austranken. Es war jetzt kurz nach halb sieben. Der Kuchen war köstlich gewesen, höchstens ein klein wenig zu süß. Aber in Verbindung mit dem würzigen Wein ein echter Genuss.

Während sie den Wein tranken, fügte Lil die fehlenden Steinchen des Puzzlespiels in ihrem Kopf zusammen. Jetzt verstand sie, was die Albträume in Wirklichkeit waren, nämlich kurze Rückblicke auf Dinge, die sie tatsächlich getan hatte, schreckliche Dinge. Bruchstückhafte Erinnerungen, die eigentlich gar nicht ihr gehören konnten. Ein junges Ding auf der Landstraße, das zu Lil in den Wagen stieg ... sie war durstig gewesen, und Lil gab ihr einen Schluck Likör zu trinken.

Kurz danach schlief die Kleine ein, und dann schleifte Lil sie über einen schmalen Pfad an einen Ort, an dem sie schon viele Male zuvor gewesen war ...

Joe hörte ihr schweigend zu, griff nach ihrer Hand und

drückte sie, um sie zu beruhigen. Am Ende hatte Lil bitterlich geweint, und auch Joe hatte geweint.

»Singst du mir was vor, Lil?«

Sie sah ihn über das Bett hinweg an. »Ach, Joe. Ich kann nicht.«

Joe lächelte und begann wieder zu summen, diesmal etwas lauter. Liebenswerter Dummkopf, der er war, schwenkte er die Hände, als dirigierte er ein Orchester. »Komm, Liebling. Leg dich zu mir.«

Sie gab ihm einen zärtlichen Schubs und schlüpfte zu ihm unter die Decke. »Ich habe seit einer Ewigkeit nicht mehr gesungen.«

Joe zwinkerte ihr zu und hörte auf zu dirigieren. Er nahm seine Brille ab und legte sie auf das Buch auf dem Nachttisch, das er gerade las. Lil bemerkte das Lesezeichen zwischen den letzten Seiten des Buches.

»Macht es dir nichts aus, dass du das Buch jetzt nicht mehr zu Ende lesen kannst?«

Joe lächelte. »Ich habe es schon mal gelesen. Ich weiß, wie die Geschichte ausgeht.«

Lil erwiderte sein Lächeln, eher ihm zuliebe, denn ihre Mundwinkel hatten begonnen zu zittern. Etwas an der traurigen Art und Weise, wie Joe es gesagt hatte, berührte sie. Zuerst wusste sie nicht, wieso. Nur dass es sie irgendwie verstörte. Wie ein Fleck auf dem Auge, klein, aber trotzdem irritierend. Sie blinzelte mehrmals, doch je mehr sie dagegen ankämpfte, desto dunkler wurde der Fleck.

Unzusammenhängende Bilder schwirrten ihr durch den Kopf.

Auf Stoff gestickte Rosen. Große ängstliche Augen, die sie aus der Dunkelheit anstarrten. Augen, die sie an ein anderes

Mädchen erinnerten, ein süßes kleines Geschöpf, das sie vor langer Zeit gekannt hatte.

»Bedauerst du irgendwas, Lil?«

Sie schaute Joe an. Natürlich bedauerte sie gewisse Dinge, tat das nicht jeder? Doch sie biss sich auf die Zunge. Wenn sie aufzählte, was sie bedauerte, würde sich das Ganze in eine Lawine verwandeln. Alles würde sie wie eine Flutwelle überrollen, und beide würden darin ertrinken.

Joe lächelte erneut, als sie sich unter der Decke an ihn schmiegte. Und mit einem einzigen Blick vertrieb er ihre Ängste. Sie unterhielten sich eine Weile, so wie sie es gewohnt waren. Ein Blick auf die Uhr sagte ihr, dass es sieben war. Der Nachmittag war ihnen entglitten, es war fast Nacht geworden. Sie verstummten. Wohltuende Stille umschloss sie.

Lils Glieder erschlafften. Sie wollte gähnen, doch ihre Lunge war schwer, die Luft darin schien zäh wie Sirup. Sie blinzelte, und plötzlich tauchte das Bild ihrer Schwester vor ihrem inneren Auge auf. Nicht das erhitzte, ängstliche Gesicht, das sie am Ende hatte, sondern eines mit pummeligen Wangen und Sommersprossen auf der Nase und Augen, in denen der Schalk funkelte.

Wäre doch damals alles anders verlaufen!

Wären sie bloß nie dem jungen Soldaten begegnet, hätten sie niemals den Geschichten über das magische Haus seines Großvaters mit den Kronleuchtern gelauscht und den Schatten, die sie warfen. Wären sie nie dem Zauber der Geschichten über den wundersamen gusseisernen Vogelkäfig erlegen, der aussah wie der Palast eines chinesischen Kaisers. Hätten sie nie von den Vögeln gehört, die darin lebten: den grünen und gelben Finken, scharlachroten Papageien, Gartenfächerschwänzen und Zaunkönigen mit ihrer rot gefärbten Brust ...

»Lil?«

Abrupt wurde sie in die Gegenwart zurückversetzt. Joe beobachtete sie. Einen Augenblick lang fühlte sie sich nackt und ausgeliefert. Als hätte man sie auf frischer Tat ertappt, als hätte Joe einen Blick auf ihre Erinnerungen erhascht. Sie, wenn auch nur ganz kurz, durch die Linse dieses trüben Fleckes gesehen. Wie albern. Sie vertrieb das Gefühl und versuchte zu lächeln.

»Was ist, Liebling?«

Er küsste sie auf die Stirn. »Alles in Ordnung?«

Sie sah ihm ins Gesicht und fand in den vertrauten Zügen Trost. In dieser Zärtlichkeit, die seine Augen ausstrahlten. Sie streckte die Hand aus und strich ihm über die Wange.

»Du bist ein guter Mann, Joe. Der beste auf der Welt.«

Er nahm ihre Hand, so wie er es immer tat, und küsste sanft die Fingerspitzen. »Du bist die Frau meines Lebens, Lil. Das weißt du doch, oder?«

Sie lächelte, und dieses Mal fiel es ihr leicht. »Für immer.«

Sie schmiegte sich an ihn, spürte seine Wärme und versuchte, die Schwere, die sich in ihr ausbreitete, zu ignorieren. Versuchte, so zu tun, als wäre es nur ein nachmittägliches Nickerchen, wie sie es in all den Jahren so oft gehalten hatten.

»Lil?«

»Ja, Liebling?«

»Singst du mich in den Schlaf?«

Sie verschränkte ihre Finger mit den seinen und begann zu summen. Zuerst mit zitternder Stimme. Dann ließ sie die Wörter kommen. Es war Fantines Lied über zerbrochene Träume, jenes, von dem die Frauen wollten, dass sie es bei ihrer Aufführung sang. Es war ein wunderschönes Lied, doch die Töne, die ihre Kehle verließen, flatterten. Ihre Stimme war Teil eines anderen Lebens, eines Lebens, das sie vor langer Zeit begraben hatte. Tief in den erdigen schwarzen Schatten unter einem Eukalyptusbaum. Begraben und zu vergessen versucht hatte. Doch nichts ließ sich je vergessen, oder?

Als sie dann richtig zu singen begann, geschah ein Wunder. Lil spürte es in ihrer Brust. Alle Fasern ihrer Stimme entfalteten sich, alle Knoten, Haken und Schlingen verschwanden.

»Wunderschön«, murmelte Joe.

Und zum ersten Mal nach vielen Jahren ließ Lil es zu, dass ihre Stimme sich erhob und sie beide davontrug.

Kapitel 30

Lils Wagen parkte schräg in der Auffahrt, und während ich zum Haus lief, fiel mir auf, dass der Schlüssel noch steckte.

Ich hetzte die Treppe hoch und hämmerte gegen die Tür. Plötzlich sprang sie auf.

»Lil?«

Ich trat ins Haus. Es war vollkommen still. Zu still. Auf dem Küchentisch lag eine saubere Tischdecke, und darauf stand eine Blumenvase mit frischen Rosen. Im Trockengestell neben der Spüle standen Teetassen, Weingläser und ein großer Kuchenteller. Die Luft roch süß, als hätte jemand gebacken.

»Lil, sind Sie da?«

Durch den Flur schwebte eine leise Stimme. Jemand sang, und als ich der Stimme folgte, erkannte ich, dass sie Lil gehörte. Ich klopfte an die Tür des Schlafzimmers. Das Singen brach ab, und Lil rief meinen Namen.

Als ich eintrat, lagen Joe und sie eng aneinandergeschmiegt im Bett.

Joe schlief, zumindest dachte ich das zunächst. Lil blinzelte unsicher und bedeutete mir, näher zu kommen.

»Abby?«

»Ja, Lil, ich bin's.«

»Es tut mir so leid. Alles tut mir leid.« Ihre Worte waren undeutlich, ihr Blick unstet.

Auf der Fahrt hierher hatte ich mir überlegt, was ich ihr

sagen würde. *Wie konnten Sie, Lil, ausgerechnet Sie, nach allem, was Sie durchgemacht hatten? Wie konnten Sie nur?* Doch jetzt blieben mir die Worte im Hals stecken. Ich warf einen Blick auf Joe. Er rührte sich nicht. Er atmete, wie ich erleichtert feststellte, doch seine übliche Gesichtsfarbe war einer fahlen Blässe gewichen. Er hatte die Augen geschlossen, und seine Brust hob und senkte sich erschreckend langsam.

»Mein Gott, Lil. Was haben Sie getan?«

»Wir werden bald einschlafen.« Sie wischte sich mit dem Handrücken eine Träne unter dem Auge weg. »Ich werde nie wieder jemanden verletzen.«

Ich war wie gelähmt. »Einschlafen?«

»Meine Blackouts«, murmelte sie. »Meine Aussetzer. Die Schübe, die ich hatte, seit damals. Ich wusste nicht, wohin ich ging. Oder was ich tat, während ich weg war. Aber manchmal hatte ich Albträume. Schreckliche Albträume. Ich hätte nie geglaubt, dass sie wahr sein könnten.«

»Lil, haben Sie was genommen?«

»Ich habe Joe von unserem Gespräch heute Nachmittag auf den Stufen erzählt. Nachdem Sie das Tagebuch gefunden hatten. Ich habe ihm erzählt, was Sie gesagt haben, und er meinte, dass ich vielleicht irgendwas getan habe. Dass meine Albträume vielleicht Realität waren.«

Ihre Finger zuckten, aber sie schaffte es nicht, die Hand zu heben. Ihr Kopf kippte zur Seite, und ihr Körper begann zu zittern, dann schluchzte sie. »Ist es wahr, Abby? Habe ich diese Mädchen verletzt?«

»Oh, Lil.«

Plötzlich wurde mir alles klar. Ich rannte auf die Tür zu, dann durch den Flur ins Wohnzimmer. Ich griff nach dem Hörer, wählte drei Mal die Null und wartete, ungeduldig von einem Fuß auf den anderen tretend. Kostbare Sekunden verstrichen, ehe ich merkte, dass die Leitung tot war. Kein Ton kam aus dem Hörer.

Ich warf einen Blick unter den Telefontisch. Das Kabel war durchgeschnitten.

Auf dem Weg zurück ins Schlafzimmer überlegte ich, was ich als Nächstes tun würde. Das Farmhaus lag eine gute Dreiviertelstunde von der Stadt entfernt, und das bedeutete, ich musste die beiden irgendwie in Lils Wagen schaffen und zur Kreuzung fahren, wo es Handyempfang gab. Ich musste einen Krankenwagen rufen und ihn dann auf dem halben Weg abpassen.

»Können Sie aufstehen, Lil?«

Sie schüttelte den Kopf. »Es ist zu spät, Abby.«

»Ich helfe Ihnen hoch. Ich fahre den Wagen vor die Haustür, dann hat Joe es nicht so weit.«

»Abby, lassen Sie uns gehen.«

»Sie können nicht einfach ...«

»Wir haben nicht mehr viel Zeit, und ich muss Ihnen noch so vieles erzählen. Bitte.« Sie zeigte auf den Stuhl unter dem Fenster. »Setzen Sie sich einen Moment zu mir.«

Ich tat, worum sie mich gebeten hatte, und als ich mich umdrehte, hatte sie etwas in der Hand. Ein Bündel Blätter. Ich erkannte das vergilbte Papier, die zerfetzten Ränder. Und Frankies saubere kleine Handschrift. Es waren die fehlenden letzten Seiten aus Frankies Tagebuch.

»Lesen Sie sie. Bitte, Abby. Es steht alles da drin. Danach können Sie es der Polizei übergeben und ihnen erklären, was passiert ist. Es wird genügen. Aber jetzt lesen Sie, was meine Schwester geschrieben hat. Vielleicht hilft es Ihnen zu verstehen.«

Ich nahm ihr die Blätter ab und strich sie mit zitternden Händen glatt.

Freitag, 22. Mai 1953

Mein Kopf schmerzt. Ich will schlafen, denn es ist nach Mitternacht, aber ich kann nicht. Lilly ist nicht bei mir. Nachdem sie mir den Kopf verbunden hatte, ist sie rausgelaufen, und seitdem habe ich sie nicht mehr gesehen.

Es ist alles so ein Durcheinander. Ich kann nicht aufhören zu weinen, was meinen schrecklichen Kopfschmerzen nicht hilft. Immer wieder muss ich das Schreiben unterbrechen und das Blut wegwischen, das mir über die Wange läuft. Lilly meinte, die Wunde müsse genäht werden. Sie ging hinaus, um Nadel und Garn zu holen, bot sich an, es selbst zu machen, bis wir Hilfe bekommen. Aber ich schob sie weg.

Ich ertrage ihre Berührung nicht.

Nicht jetzt. Nicht nach allem, was sie getan hat.

Was wir beide getan haben.

»Ennis?«

Er reagiert nicht. Er liegt mit geschlossenen Augen auf unserem Bett. Er schläft, sage ich mir. Überzeugt davon, dass es wahr wird, wenn ich es nur oft genug wiederhole.

Draußen höre ich ein Geräusch. Lauter als die zischende Kerze auf dem Boden neben dem Bett. Lauter als mein eigenes Schniefen. Es klingt wie ein Hacken. Wumm. Wumm. Dann wird es mir klar: Lilly gräbt ein Loch.

Als es mir bewusst wird, halte ich mir die Ohren mit den Händen zu. Das war vor einer Viertelstunde. Inzwischen bin ich taub dagegen geworden, in dieser kurzen Zeit. Ich habe resigniert.

Könnte ich doch nur die Zeit zurückdrehen!

Zu diesem Augenblick, als mir Ennis das Messer in die Hand drückte. Als er mich aufforderte, das Unvorstellbare zu tun. Aber das geht nicht, und daher läuft der Film immer wieder vor meinem inneren Auge ab und verfolgt mich.

Als ich ins Zimmer kam, saß Lilly auf dem Boden. Sie strickte im Licht einer Kerze. Ich schimpfte immer mit ihr, dass sie sich so noch die Augen verderben werde, aber gestern Abend sagte ich nichts. Ich setzte mich neben sie, nahm ihr die Stricksachen weg und hielt ihre Hände.

»Hör zu, Lilly. Der Wagen ist beladen. Ennis ist zum Wassertank gegangen, um den Kanister für unterwegs zu füllen. Er wird nicht lange weg sein, allerhöchstens zehn Minuten. Wenn du dich jetzt davonschleichst, wird er es nicht einmal ...«

»Nein«, antwortete sie stur. »Nicht ohne dich.«

Ich tastete nach dem Messer in meiner Tasche und warf einen Blick über die Schulter zur Tür. »Wenn du jetzt nicht gehst, wirst du nie wieder irgendwohin gehen. Bitte, Lilly. Es ist ernst. Nach all dem Ärger, den du gemacht hast, musst du jetzt auf mich hören. Ennis hat von mir verlangt, dass ich ...«

In diesem Moment flog die Tür auf, und wir beide drehten uns um.

In der Tür stand Ennis. Er sah von mir zu Lilly und wieder zu mir zurück. Sein Blick war böse. Er muss geahnt haben, was ich vorhatte, denn er kam durch den Raum und stieß mich aus dem Weg. Ich landete auf dem Boden, alle viere von mir gestreckt, ungläubig. Dann packte er Lilly am Arm und wollte sie zum Bett zerren, sie aber holte mit ihrer kleinen Faust aus und schlug ihm voll ins Gesicht.

»Du wirst hängen für das, was du uns angetan hast«, schrie sie. »Sie werden dir einen Strick um den Hals legen und dich aufknüpfen, und ich werde in der ersten Reihe stehen und jubeln.«

Ennis' Ohren färbten sich dunkelrot. Er rieb sich die Wange, dann entdeckte er das Blut auf seinen Fingern.

»Ich werde ihnen erzählen, was du getan hast«, fuhr Lilly fort. »Du wirst baumeln, so wahr ich hier stehe.«

»Verdammt, Lilly, du hast alles ruiniert.«

»Du bist derjenige, der verdammt ist, Ennis. Dich werden sie aufhängen für das, was du getan hast, nicht mich.«

Diesmal war sie zu weit gegangen. Es wurde mir klar, als ich seinen Gesichtsausdruck sah. Im Nu verwandelte er sich von dem Jungen, den ich zu lieben gelernt hatte, in jemand *anderen*. In den verzweifelten jungen Mann, den wir schon eine Weile nicht mehr gesehen hatten, einen, der wütete und geiferte und sich das Grauen, das er im Krieg erlebt hatte, von der Seele schrie.

Er legte seine Hände um Lillys Hals, schrie sie an und drückte fest zu. Ich verstand die Worte nicht, die er ihr ins Gesicht spuckte, sie sprudelten wie ein Wasserfall aus ihm heraus.

Mit einem Satz war ich bei ihm und packte ihn am Arm, um ihn von ihr wegzuzerren. Er schlug mit dem Ellbogen aus und traf mich an der Brust. Ich taumelte zurück, stolperte und schlug mit dem Kopf gegen eine Ecke der Truhe. Mir wurde schwarz vor Augen, meine Ohren schrillten. Es schien eine Ewigkeit zu dauern. Und als ich wieder zu mir kam, hatte ich ein dumpfes Hämmern im Kopf.

Zuerst dachte ich, es wäre das Blut, das in meinen Ohren pochte.

Aber als ich die Augen aufschlug und wieder scharf sehen konnte, würgte Ennis sie noch immer. Sie schlug mit der Faust gegen die Wand. Immer wieder, als könnte sie dann atmen. Ihr Gesicht war aufgedunsen und fleckig, ihre Augen traten hervor. In dem Chaos begriff ich allmählich, was vor sich ging.

Er war dabei, sie umzubringen.

Ich rappelte mich auf und versuchte erneut, Ennis von ihr wegzuzerren. Ich bohrte meine Fingernägel in seine Knöchel, versuchte verzweifelt, seine Finger von ihrem Hals loszueisen. Lillys Lippen waren bereits blau, die Augen verdreht. Ich schrie Ennis an, schlug mit den Fäusten auf ihn ein. Sein Körper war so steif, dass sich seine Arme wie Stahl anfühlten, und meine Schläge schienen ihm nichts anzuhaben.

Meine Beine waren wie aus Gummi. Ich ließ die Arme fallen. Etwas Klebriges, Heißes rann mir in die Augen, und als ich es wegwischte, war meine Hand voller Blut.

Lilly würgte. Erneut wollte ich ihr zu Hilfe kommen, aber Ennis stieß mich wieder weg. Dieses Mal trübte der Schlag meine Sicht, der Raum um mich herum verdichtete sich. Schwarze Funken stoben mir über die Augen, ich schwankte.

Dann streifte meine Handfläche über etwas Spitzes in meiner Tasche.

Der scharfe Schmerz sorgte dafür, dass ich wieder einen klaren Kopf bekam.

Das Messer! Ich zog es aus der Tasche und lief auf Ennis zu. Ich wollte ihn aus seiner Trance rütteln, so wie mich der Schock des Schmerzes wachgerüttelt hatte. Erst wenige Stunden zuvor hatte er seine Hand um meine geschlossen und mir gezeigt, wie einfach es war, die Klinge in einen Körper zu stoßen. In die Mulde über der Schulter, da, wo der Hals ansetzt.

Aber so einfach war es nicht. Die Klinge musste auf etwas gestoßen sein, einen Knochen. Offenbar war sie stecken geblieben. Trotzdem ließ Ennis nicht von ihr ab. Und so legte ich meine ganze Kraft in die Klinge und stieß zu.

Er stöhnte. Dann schrie er auf. Er ließ Lilly los und fasste sich wegstolpernd mit der Hand an den Hals.

»Frankie.« Seine Stimme war ein Krächzen. »Was hast du getan?«

Hinter ihm fiel Lilly würgend zu Boden. Dann fing sie an zu husten, stoßweise kam die Luft aus den Lungen, ein langer klagender Laut, während sie gleichzeitig versuchte zu atmen. Sie schüttelte den Kopf und kroch von Ennis weg, der jetzt vor ihr auf dem Boden kauerte.

Die Blutlache um ihn herum wurde immer größer.

So viel Blut.

»Lilly, hilf mir, ihn aufs Bett zu hieven. Er ist verletzt.«

Doch Lilly sah mich nur an, mit Augen, so groß wie Untertassen und voller Tränen. Sie schien mich nicht zu verstehen, starrte mich einfach an. Ihre Brust hob und senkte sich, während sie nach Luft schnappte.

Ich wandte mich Ennis zu. Er war aufgestanden, taumelte auf mich zu, dann brach er zusammen. Als sein Körper auf dem Boden aufschlug, schrie er meinen Namen.

»Frankie!«

Ich lief zu ihm und versuchte, ihn zum Bett zu schleifen, aber er war zu schwer. Als ich mich nach Lilly umsah, damit sie mir half, war sie verschwunden.

Montag, 25. Mai 1953

Zwei Tage lang kämpfte Ennis mit dem Tod. Ich ließ ihn nur allein, um zum Klosett zu gehen oder seinen Verband auszuwaschen. Die restliche Zeit saß ich bei ihm und führte nicht einmal Tagebuch. Ich starrte in die Schatten und wünschte mich woandershin, irgendwohin, bloß fort von hier.

Dann bemerkte ich am späten Nachmittag, als die Schatten in den Ecken dichter wurden, wie still es plötzlich war.

»Ennis?«

Ich schüttelte ihn. Als er sich nicht rührte, legte ich meinen Kopf auf seine Brust und horchte. Danach tastete ich den Hals ab, auf der Suche nach seinem Puls. Wahrscheinlich war er eingeschlafen. Am besten ließ ich ihn in Ruhe, um ihn nicht zu wecken. Und so legte ich mich neben ihn aufs Bett, schlang ihm den Arm über die Brust und presste mein Gesicht gegen das seine.

Am nächsten Morgen kehrte Lilly zurück. Sie hatte die Nacht unten geschlafen auf frischen Laken in einem Bett, das sie sich selbst gemacht hatte. Sie trat ins Zimmer und rümpfte die Nase.

»Wonach riecht es hier?«

Ich antwortete nicht. Ich blieb einfach liegen und starrte sie an. Ihr Hals war voller blauer Flecken, und eines der Augen wirkte größer als das andere, darunter leuchtete ein violetter Halbmond. Die Lippen waren wund, und der Blick war leer, fast wie bei einer Nachtwandlerin. Ich erkannte meine Schwester kaum wieder. Über Nacht hatte sie sich komplett verändert, in sich zurückgezogen, war nur noch eine leere Hülle. Sie hatte sich an einen Ort geflüchtet, an dem ich sie nicht mehr erreichte.

Als sie wieder hinausstapfte, warf sie mir noch einen starren Blick über die Schulter zu, bevor sie durch die Tür in das helle Zimmer verschwand.

Dienstag, 26. Mai 1953

Wir begruben ihn im Garten in dem Loch, das Lilly ausgehoben hatte. Ich half ihr, ihn aus dem Haus zu tragen. Er war schwer; wir brauchten fast den ganzen Tag.

Ihn die Treppen hinunterzuschaffen war am schlimmsten, von da schleiften wir ihn durch den langen Gang und die Küche auf die Veranda. Ich hätte fast geheult, als ich die Treppenstufen sah, die in den Garten hinunterführten. Lilly schlug vor, ihn einfach hinunterrollen zu lassen, um uns die Anstrengung zu ersparen. Bei so viel Gefühlskälte stieg mir das Blut in den Kopf. Wie von selbst traf meine Faust ihr Ohr. Sie wimmerte und brach in Tränen aus.

»Dann begrab ihn doch allein. Ich hau einfach ab, soll ich? Lass dich hier allein mit seiner Leiche. Viel Spaß, wenn ihr gemeinsam in der Hölle verfault!«

Danach machten wir schweigend weiter. An der Grube bekam sie ihren Willen und ließ ihn einfach hineinrollen. Er schlug mit einem schrecklichen schmatzenden Geräusch unten auf, und ich meinte, ich hätte etwas brechen hören. Ich sank am Rand der Grube auf die Knie.

Lilly ging weg. Später weckte mich ein dumpfes scharrendes Geräusch. Es war Lillys Schaufel. Offenbar hatte ich stundenlang geschlafen, denn es war Nachmittag, und das Grab war zugeschüttet.

Den Rest des Tages saß ich da und starrte in die Schatten. Ich wollte, dass sie eine kleine Gedenktafel anfertigte mit seinem Namen und seinem Geburtstag, aber sie weigerte sich.

Gegen Abend wurde es sehr kalt. Wir gingen ins Haus, und Lilly machte Feuer im Ofen. Sie erneuerte den Verband um meinen Kopf und sah mir zum ersten Mal seit Tagen in die Augen. Sie strich mir über die Wangen und versuchte, meine Hände zu wärmen, so wie Mum es getan hatte, wenn eine von uns krank wurde. Trotzdem blieben sie eiskalt.

Donnerstag, 28. Mai 1953

Heute Morgen schrieb ich eine Weile im Kerzenlicht. Obwohl die Sonne durch das Fenster ins helle Zimmer fiel, hatte ich das Gefühl, durch einen dunklen Schleier zu starren. Lilly packte eine Tasche mit Vorräten. Wir hätten Ennis' Wagen nehmen können, und eine Weile stritt ich mich mit ihr. Keine von uns weiß, wie man einen Wagen lenkt, aber so schwer kann es ja wohl nicht sein, oder?

Lilly aber fand, der Wagen würde uns mit Ennis verbinden. Mit diesem Ort. Irgendwer könnte vielleicht nach ihm sehen, das Grab entdecken und herausfinden, was wir getan hatten.

»Wir haben ihn umgebracht, Frankie. Sie würden uns aufhängen wie Jean.«

Du hast ihn getötet, hätte ich am liebsten dagegengehalten. *Ich habe ihm das Messer in den Leib gestoßen, aber nur um dich zu retten. Du warst diejenige, die ihn provoziert hat. Du hast ihn aufgestachelt und in den Tod getrieben.*

Aber ich sagte es nicht. Ich sagte gar nichts.

Vom Sprechen bekam ich nur Kopfschmerzen.

Als es Nachmittag wurde, bettelte ich, dass wir noch eine

Nacht im Haus verbringen sollten. Lilly kam zu mir und schaute mir ins Gesicht, auf ihre typische besorgte Art.

»Du musst zum Arzt«, sagte sie. »Die Wunde an deinem Kopf muss genäht werden. Und du bist sehr blass. Nicht wiederzuerkennen. Ehrlich gesagt habe ich Angst.«

Samstag, 30. Mai 1953

Zumindest glaube ich, dass es Samstag sein muss. Allerhöchstens Sonntag. Es ist noch früh am Morgen. Ich kauere auf dem kalten Boden, in einem Flecken wässrigen Sonnenlichts. Meine Füße fühlen sich an wie Eisklumpen, aber heute kann ich wenigstens die Finger bewegen.

Gestern sind wir meilenweit die Straße entlangmarschiert. Mit jedem Schritt wurde ich müder, meine Beine schleiften wie von selbst hinter mir her. Das Essen, das wir dabeihatten, ist aufgebraucht. Ein bisschen Wasser ist noch übrig, genug, um sich darum zu streiten. Aber wenn auch das alle ist, was passiert dann?

Kurz vor Einbruch der Dämmerung kamen wir zu einer Art Kreuzung. Ein Feldweg kreuzte die Straße und verlor sich links von uns zwischen den Bäumen. Den ganzen Tag über hatten wir keinen einzigen Wagen zu Gesicht bekommen. Wir hatten niemanden gesehen, und da wir nicht wussten, wie weit weg wir von zu Hause waren, hatten wir auch keine Ahnung, wie lange wir noch gehen mussten. Nicht einmal, in welche Richtung.

Als es dunkel wurde, fing es an zu regnen. Donner rollte über unsere Köpfe hinweg, ganz in der Nähe schlug ein Blitz in einen Baum ein, der vor unseren Augen krachend auf die Straße stürzte. Kein guter Ort, um in ein Gewitter zu geraten, also liefen wir über den Feldweg tiefer in den Wald hinein. Neben einem hohen Felsen suchten wir Schutz, und als der Morgen graute, war das Gewitter vorbei.

Wir versuchten, zur Straße zurückzufinden, liefen erst in eine, dann in die andere Richtung durch den Wald, aber auch den Feldweg fanden wir nicht mehr. Überall um uns herum gab es Felsen und Gestrüpp, dem wir ausweichen mussten.

Als wir zu einer tiefen Schlucht kamen, wusste ich, dass wir uns endgültig verirrt hatten. Lilly wollte weitergehen, aber der Wind war so heftig, dass meine Hände und Füße taub wurden. Meine Beine wollten keinen Schritt weiter. Ich kauerte mich auf den Boden. Lilly plumpste neben mich. Sie versuchte, nicht zu weinen, doch die Tränen liefen ihr über das schmutzige Gesicht.

»Er ist schuld«, heulte sie. »Jetzt werden wir hier sterben, und alles ist seine Schuld.«

»Sei nicht albern«, murmelte ich. »Niemand wird sterben.«

Lilly legte die Hände um den Mund und rief zum Himmel empor: »Ich hoffe, du bist jetzt zufrieden, du elender Dreckskerl!«

Ich ließ mich zurückfallen. Wünschte, sie würde den Mund halten. Von ihrer lauten Stimme bekam ich Kopfschmerzen. Das Geschrei und das Theater machten alles nur noch schlimmer. Seit zwölf Monaten muss ich ihr Genörgel und Gejammer ertragen. Ehrlich, ich habe die Nase voll. Manchmal denke ich, dass es besser gewesen wäre, das Messer in ihren dämlichen Hals zu stoßen, statt den armen Ennis zu töten.

Montag, 1. Juni 1953

Ich kann kaum noch schreiben, so kalt ist mir. Meine Zähne klappern. Die Finger sind so steif wie die Zweige, die sich letzte Nacht in meine Rippen bohrten und mich am Schlafen hinderten.

Lilly hatte ein Feuer gemacht, aber es ging wieder aus. Wir schmiegten uns aneinander, um uns zu wärmen, froren uns aber immer noch halb tot.

Ich will nach Ravenscar zurück. Unser Bett war so gemütlich, und wir hatten eine Menge Feuerholz, um den Ofen anzuzünden. Gemüse im Garten und Hühner, die Eier legten. Dort war uns wenigstens warm, und wir hatten zu essen. Aber Lilly hat sich in den Kopf gesetzt, dass die Behörden uns finden und wegen Mordes aufhängen, wenn wir nach Ravenscar zurückkehren, selbst wenn es nur vorübergehend wäre.

»Wir haben fünf Jahre dort gelebt«, erinnerte ich sie und gab mir keine Mühe, meine Gereiztheit zu verhehlen. »Niemand hat uns gefunden. Wie kommst du darauf, dass es jetzt anders wäre?«

Sie antwortete nicht. Legte nur den Kopf in den Nacken und blickte stumm zum Himmel auf.

Damit endete das Tagebuch. Ich faltete die Blätter zusammen und sah zu Lilly hinüber. Sie beobachtete mich mit winzigen Augen und kreidebleichem Gesicht.

»Am nächsten Morgen bekam ich sie nicht mehr wach«,

sagte sie leise. »Aber ich weiß nicht, ob sie an der Kopfwunde oder der bitteren Kälte starb. Ich saß den ganzen Tag neben ihr. Ich kann mich nicht erinnern, irgendetwas anderes getan zu haben, ich saß nur da und sprach mit ihr. Es gab so vieles, was ich ihr sagen wollte, wissen Sie. Wir waren einmal beste Freundinnen gewesen. Aber irgendwann wurden wir einander spinnefeind.«

»Sie haben sie dort begraben, nicht wahr?«

Sie nickte und regte sich ein bisschen im Bett.

Ich beugte mich vor. »Das war, als Roy Horton Sie fand. Sein Dad und er brachten Sie in die Stadt. Erinnern Sie sich?«

Lil sah mich an, winzige Fältchen erschienen auf ihrer Stirn. »Da war ein Junge. Er lief weg, und dann kam ein Mann. Er suchte ein paar schwere Steine und legte sie auf Frankies Grab. So würden die Tiere sie in Ruhe lassen, sagte er.«

»Ach, Lil.«

»Wissen Sie, manchmal kann ich sie noch hören. Wenn der Mond ganz hoch am Himmel steht und die Sterne hell leuchten. Dann höre ich, wie sie weint.«

»Hören Sie sie jetzt?«

»Ja.«

»Was sagt sie?«

»Sie sagt, es ist immer am schwersten, sich selbst zu vergeben. Aber wissen Sie was, Abby, ich glaube nicht, dass es jemals Vergebung geben kann für das, was sie ... was ich getan habe.«

Ich suchte nach Worten, um sie zu trösten, ich wollte ihr sagen, was sie einmal zu mir gesagt hatte: *Alles ist möglich, man muss es nur stark genug wollen.* Doch zu meiner Schande blieben mir die Worte im Hals stecken. Plötzlich musste ich an Shayla denken, an ihre aufgeschürften Knöchel und aufgerissenen ängstlichen Augen, und ich fragte mich, ob das, was Lil gerade gesagt hatte, vielleicht stimmte.

»Ein Mädchen konnte entkommen«, flüsterte Lil. »Zumindest dafür bin ich dankbar.«

Zuerst glaubte ich, sie meinte Shayla. Dann fiel mir plötzlich die Nacht ein, in der ich Lil fand, als sie im Schutzgebiet umherirrte. Der kalte Blick, das blasse eingefallene Gesicht. Die Fremde, die mich durch Lils Augen anstarrte.

Ich erkenne dich wieder ... jetzt bist du erwachsen.

»Das war ich, Lil. Sie haben mich gehen lassen.«

Anscheinend hatte sie mich nicht gehört, doch dann wurden ihre Augen ganz scharf, und eine Zeit lang musterte sie mein Gesicht. Ihre Lippen zitterten, und als sie dann sprach, musste ich mich vorbeugen, um sie zu verstehen.

»Ich bin müde, Liebling.« Sie zog Joe fester an sich. »So müde. Ich bin bereit zu gehen.« Sie ließ ihre Hände über die Steppdecke gleiten und fuchtelte mit der wächsernen Hand in der Luft herum. »Abby?«

Ich nahm ihre Hand. »Ja, Lil?«

»Bleiben Sie bei uns? Bis ...«

Ich hatte einen Kloß im Hals. »Natürlich.«

Dann sank sie zurück in die Kissen.

In der Stille fragte ich mich, wie anders ihr Leben hätte verlaufen können, wenn Frankie an jenem Tag den Soldaten auf dem Grundstück des Krankenhauses ignoriert hätte. Wenn die Schwestern ihn nicht beachtet hätten und einfach weitergegangen wären. Oder wenn sie sich seine Geschichten angehört hätten und danach einfach weitergegangen wären. Ich fragte mich, wie ihr Leben verlaufen wäre, wenn ihr Vater nicht im Krieg umgekommen wäre und ihre Mutter nicht im Alkohol Trost gesucht hätte, statt sich um ihre Töchter zu kümmern. Oder wenn sie versucht hätte, sie mehr zu lieben, statt sich von ihnen abzuwenden.

Als es still wurde, flüsterte ich meiner Freundin einen Abschiedsgruß ins Ohr. Der Frau, die mich unter ihre Fittiche genommen und mir beigebracht hatte, etwas zu akzeptieren, wogegen ich mich immer gesträubt hatte, deren Taten aber – ob sie ihr nun bewusst waren oder nicht – so viel Leid über Menschen gebracht hatten. Nicht nur über mich, sondern auch über Familien und Freunde, die selbst nach all den Jahren noch immer um die Mädchen trauerten, die sie verloren hatten.

Am schwersten ist es, sich selbst zu vergeben.

Auf Zehenspitzen schlichen sich Schatten ins Zimmer. Die Nacht vertrieb das letzte Licht. Alles wurde ruhig. Ich saß mit gesenktem Kopf da und wollte mich nicht rühren. Irgendwo tickte eine Uhr. Meine Tränen fühlten sich kalt an. Im Geiste konnte ich Lil noch immer singen hören, so wie vorhin durch den Flur. Ihre Stimme war dünn, rau und zerbrechlich, wie ein Echo hallte sie leise durch die Nacht und hinterließ eine gespenstische Spur in der Stille.

Kapitel 31

Er sah sie, noch ehe sie ihn bemerkte. Eine hochgewachsene Frau mit hellbraunem zerzaustem Haar. Das Licht des Strahlers auf der hinteren Veranda färbte einige Strähnen golden. Der Ellbogen ihrer moosfarbenen Strickjacke war löchrig, und an der schmutzigen Wolle klebten ein paar vor Nässe glänzende Blätter.

»Tom?« Ihre Stimme zitterte ein wenig. Sie hämmerte an die Hintertür, dann ging sie am Küchenfenster entlang und rief schließlich durch Poes Katzenklappe. »Tom, bist du zu Hause?«

»Ich bin hier«, antwortete er ruhig.

Sie fuhr herum. Ihre Wangen waren schmutzig und feucht von Tränen. In ihrem Ausdruck lag eine Verletzlichkeit, die Tom an jenen Tag im Schutzgebiet erinnerte, als sie ihm durch die Bäume hindurch in die Arme gelaufen war.

Mit wenigen Schritten die Treppe hinauf war er bei ihr auf der Veranda, ohne auf den Schmerz in seinem Knie zu achten. Er hatte nichts zu sagen, spürte nur den unwiderstehlichen Drang, sie an sich zu ziehen, damit sie in Sicherheit war. Doch als er auf sie zuging, genügte ein Blick in ihre Augen, um zu wissen, dass er behutsam sein musste. Obwohl sein Instinkt ihm sagte, dass er sie in die Arme nehmen und festhalten sollte, streckte er nur langsam die Hand aus und fuhr ihr über das Gesicht.

»Was ist los, Liebling?«

Ihre Lippen zitterten. »Ich habe Shayla gefunden.«
»Lebt sie?«
Sie nickte. »Sie ist jetzt in Sicherheit bei ihrer Mum.«
»Gott sei Dank. Aber was stimmt dann nicht?«
Ihr Gesicht fiel in sich zusammen. »Lil war ... sie ist ...«
Tom nahm sie an der Hand und führte sie zu der Rotholzbank, wo sie ihm genau vor einer Woche Lebewohl gesagt hatte. Doch heute Abend hatte sie eine andere Geschichte zu erzählen, während er schweigend neben ihr saß. Sie erzählte ihm die Ereignisse des Tages – wie sie Frankies Tagebuch gefunden, wie Lil sich ihr offenbart und sie Shayla in der Holzfällerhütte gefunden hatte –, und Tom nahm keine Sekunde den Blick von ihr.

Als sie fertig war, griff sie in ihre Gesäßtasche und zog die Landkarte heraus.

»Du hast gesagt, dass sie mir helfen würde zurückzufinden, falls ich mich verirre.«

»Und, hat sie es getan?«

Sie nickte. »Ohne sie hätte ich Shayla niemals gefunden. Sie hat mich auf vielen Umwegen zu ihr gebracht. Und gleichzeitig in meine Vergangenheit zurückgeführt. An einen sehr finsteren Ort.«

»Aber du hast einen Weg nach draußen gefunden.«

»Ja, ich glaube schon.«

Er nahm ihr die Karte ab und legte sie neben sich auf die Bank, dann zog er Abby an sich. Strich ihr übers Haar, und sie schmiegte sich an ihn. Tom schloss die Augen. Möglicherweise würde dies nicht für immer sein. Vielleicht dauerte es nur ein paar Minuten oder Stunden. Nach dem, was sie ihm erzählt hatte, würde vieles heilen müssen. Die Wunden in ihrem Herzen mussten sich erst wieder schließen.

Doch jetzt war sie hier bei ihm. Nur das zählte. Sie hatte zu ihm zurückgefunden, suchte bei ihm Trost. Und das genügte. Wenn der Augenblick kam und sie ihn wieder verließ – morgen oder übermorgen oder noch einen Tag später –, liebte er sie genug, um sie gehen zu lassen.

Ich stand vor dem Gerichtsgebäude und fröstelte in der kalten Herbstluft. Meine Hände umklammerten Frankies Tagebuch, das jetzt wieder in meinem Besitz war, nachdem die Polizei den Inhalt als Beweisstück gescannt hatte.

Die Medien berichteten nicht über das, was Lil Corbin getan hatte. Die Ermittler, die das Tagebuch ausgewertet und über ihren Fall zu entscheiden hatten, kamen zu dem Schluss, dass Lils Einsatz für die Gemeinde – ihre jahrelange Arbeit für das Frauenhaus und die großzügige Spende an die Kinderklinik, nachdem das Anwesen der Corbins verkauft worden war – nicht von ihren Taten besudelt werden sollte.

Eine nicht öffentliche Anhörung entschied über die Beweismittel wie auch über die Zeugenaussagen derjenigen, die Lil gekannt hatten, und natürlich über das, was ich über ihre Zeit in Ravenscar zu berichten hatte. Schließlich wurde festgehalten, dass sie als Folge ihrer Entführung und der dramatischen Umstände des Todes ihrer Schwester an einer anhaltenden posttraumatischen Belastungsstörung gelitten hatte.

Aufgrund der Beweise wurde Jasper Horton nach zwanzig Jahren Haft aus dem Gefängnis entlassen. Obgleich die Entschädigung, die er bekam, die Zeit, die er verloren hatte, niemals aufwiegen würde, war nun Jasper im Alter von einundfünfzig Jahren wieder ein freier Mann.

Als ich das Gerichtsgebäude verließ und die Augen vor der grellen Sonne zusammenkniff, erkannte ich zwei Gestalten, die aus dem hinteren Teil des Gebäudes kamen und auf einen ramponierten Hilux zuliefen, der am Bordstein parkte. Der auf der Ladefläche angebundene Schäferhund sprang auf und ab und bellte.

Roy Horton blieb stehen, steckte sich eine Zigarette an und klopfte sich die Asche vom Anzug. Dann sah er den Mann neben sich an und legte ihm die Hand auf die Schulter. Die Berührung schien Jasper aufzumuntern, jedenfalls schaute er auf, und dabei streifte mich sein Blick. Er schob den Schirm seiner Baseballmütze etwas hoch, um besser sehen zu können. Dann beugte er sich zu Roy und sagte etwas. Roy blies eine Rauchwolke aus und sah zu mir herüber.

Jasper hob die Hand zum Gruß, freundlich, aber ein bisschen unsicher. Neben ihm nickte Roy mir kurz zu.

Meine Hände hatten das Tagebuch so fest umklammert, dass ich einen Moment brauchte, um sie zu lösen. Dann hallte Lils Stimme durch mein Bewusstsein. *Am schwersten ist es, sich selbst zu vergeben*. Mit einem Kloß im Hals winkte ich ihnen zu, dann beobachtete ich, wie die beiden Männer in den Hilux stiegen und davonfuhren.

Eines Abends läutete es an meiner Tür. Ich schlurfte in Pyjama und Pantoffeln zur Tür, in der Annahme, es müsse mein Bruder sein. Das war ein Irrtum.

Vor mir stand Tom mit dem größten Rosenstrauß, den ich je gesehen hatte. Die rosa Blüten mit den Eukalyptusblättern dazwischen erfüllten meine Diele mit dem Duft des Buschlands.

Er zögerte und musterte forschend mein Gesicht, als wollte er einschätzen, wie ich auf seinen unerwarteten Besuch reagierte. Dann drückte er mir den Blumenstrauß in die Arme.

»Ich hab sie heute Morgen für dich geschnitten.«

Ich senkte das Gesicht und verbarg mein Lächeln hinter den Blumen.

Seit jener Nacht auf der Veranda waren drei Wochen vergangen. Ich hatte Tom bei der Beerdigung gesehen. Während der Trauerfeier hatte er meine Hand gehalten und sich dann mit einem Kuss von mir verabschiedet. Ich war ihm dankbar für den Raum, den er mir ließ. Ich hatte sehr viel nachgedacht. Und auch sehr viel getrauert. Nicht nur um Lil und Joe, sondern auch um meinen Vater. Und Alice Noonan. Und um das sommersprossige Geistermädchen, das irgendwo unterwegs von meiner Seite verschwunden war. Ich war noch nicht mit mir im Reinen, aber sicher, dass ich eines Tages Frieden finden würde. Vor mir lag ein steiniger Weg, und zum ersten Mal im Leben fühlte ich mich dafür gewappnet.

Ich sog den süßen Blumenduft ein und sah Tom an. »Danke, sie sind wunderschön.«

»Aus dem Garten.«

»Ich weiß.«

Er beugte sich zu mir. Dann erkannte ich diesen verschwommenen Blick, den er jedes Mal aufsetzte, wenn er mich küsste. Ich biss mir auf die Lippen und hätte mich fast vorgebeugt, um schneller zu sein. Doch dann fiel mir auf, dass etwas anders war. Irgendetwas fehlte.

»Wo hast du denn deine Krücken gelassen?«

»Im Wagen.«

»Willst du nicht kurz reinkommen? Ich mache mir gerade einen Kakao.«

Er schloss die Tür hinter sich und folgte mir ins Wohnzimmer. Ich füllte Wasser in eine Vase und stellte sie auf den Esstisch. Dann stemmte ich die Hände in die Hüften und sah ihn an.

Leicht nervös warf er einen Blick auf die Uhr. Ich fragte mich, ob er vielleicht noch was vorhatte. Doch dann schaltete er den Fernseher ein.

»Ich möchte, dass du dir etwas ansiehst.«

Er drehte die Lautstärke auf, und ich starrte auf den Bildschirm, als sein Gesicht auftauchte. Die Kamera zoomte zurück, und man sah, wie er einer attraktiven Moderatorin mittleren Alters gegenübersaß.

Ich wandte meine Aufmerksamkeit vom Bildschirm ab und sah ihn an. Er zeigte auf die Couch, und ich setzte mich.

»Was zum ...?«

Er nahm neben mir Platz. »Psst!« Er lachte und legte den Finger auf die Lippen. »Sonst entgeht dir das Beste.«

In den nächsten zwanzig Minuten saß ich mucksmäuschenstill auf dem Sofa, während Tom sich im öffentlichen Fernsehen entblößte. Er sprach von seinem Kampf als junger Schriftsteller, ehe er einen Verlag gefunden hatte, und wie er sich fühlte, als man seine Romane verfilmte. Er erzählte ganz offen über seine Schwierigkeiten, im Rampenlicht der Öffentlichkeit zu stehen, und wie er deswegen angefangen hatte zu trinken.

Er bedauerte, dass seine Ehe in die Brüche gegangen und er als Ehemann versagt hatte, und dann fragte die Moderatorin ein wenig kokett, ob Tom denn aktuell mit jemandem liiert sei.

»Ja, es gibt jemanden«, erklärte er. »Eine Frau, nach der ich verrückt bin, die ich vielleicht sogar liebe. Nein, die ich tatsächlich liebe«, berichtigte er sich. »Aber ich habe sie verschreckt, weil ich zu ungestüm war und zu schnell zu viel von ihr erwartet habe.«

Die Moderatorin wollte wissen, ob er etwas anders machen würde, wenn er eine zweite Chance bekäme.

Tom nickte. »Ich würde einen Schritt nach dem anderen tun. Sie nicht unter Druck setzen. Die Käfigtür offen lassen, verstehen Sie?«

Als die Sendung zu Ende war, schaltete Tom den Fernseher aus.

Ich starrte ihn ungläubig an. »Du hast dich gerade in aller Öffentlichkeit ausgezogen.«

»Ja.«

»Der Schriftsteller, der berühmt dafür war, keine Interviews zu geben?«

»Hm – mm.«

»In derselben Sendung, in der man dich vor zwei Jahren schon einmal interviewen wollte und wo du die sündhaft teure Kameraausrüstung zertrümmert hast?«

Tom grinste. »Kein Grund, stolz zu sein.«

»Was hat sich geändert? Ich meine, damit sich der Einsiedler von Ravenscar in aller Öffentlichkeit entschleiert?«

Tom lachte. »Einsiedler, aha. Na, von mir aus.«

»Aber wozu, Tom?«

»Für dich«, antwortete er. »Damit du siehst, dass ich mich ändern kann. Dass ich mich geändert habe.«

Ich pfiff durch die Zähne. »Das ist nicht zu übersehen.«

»Ich meine es ernst, weißt du? Dass ich die Käfigtür offen lasse. Verdammt, ich hebe sie sogar aus den Angeln, wenn es dir ein besseres Gefühl gibt. Ich weiß, dass du es nicht für immer willst, Abby.«

Er kam näher und nahm meine Hand. Dann beugte er sich vor, küsste einen Finger nach dem anderen, und seine Lippen fühlten sich federleicht an.

»Ich weiß, dass du noch immer trauerst nach allem, was geschehen ist. Lil und Joe waren deine Freunde. Vor allem Lil. Du hast sie geliebt, und dann musstest du entdecken, was sie getan hat. Den anderen Mädchen angetan hat. Und vor all den Jahren auch dir. Du musst damit fertigwerden, das verstehe ich. Deshalb wollte ich sehen, ob ich dich aufmuntern, vielleicht ein bisschen ablenken kann, indem ...« Er schwenkte die Hand durch die Luft, fand aber scheinbar nicht die richtigen Worte.

»Indem du dich in einer Fernsehsendung zum Narren machst?«

»Genau. Hat es funktioniert?«

»Absolut.«

»Gut. Hör mal, ich weiß, dass wir nur fünf Minuten ein Paar waren. Aber es waren die schönsten fünf Minuten in meinem ganzen Leben. Die Zeit spielt keine Rolle, wenn man sie mit dem richtigen Menschen verbringt. Dein Bruder hat recht mit der Vorsehung. Dass ich dir begegnet bin, ist das Beste, was mir im Leben passiert ist. Es kommt mir vor, als würde ich dich schon immer lieben, Abby. Und daran wird sich nichts ändern.«

Er schluckte, zwinkerte mir zu und ließ meine Hand los. »Ich will dir nur sagen, wenn du jemals einen Freund brauchst oder einen Sparringspartner oder auch nur jemanden, den du ärgern kannst, dann steht dir meine Tür stets offen.«

Er küsste mich auf die Wange, stand auf und ging auf die Tür zu. Er schien noch etwas sagen zu wollen, überlegte es sich aber wohl anders. Ohne ein weiteres Wort verschwand er durch die Diele.

Einen Augenblick lang blieb ich verdutzt sitzen.

Dann fiel mir etwas ein, was Lil einmal gesagt hatte.

Nicht die Liebe macht einen Menschen wehrlos, sondern die Angst davor.

In einem plötzlichen lichten Moment erkannte ich, wie verschlossen ich immer gewesen war. Die Angst hatte mich im Griff gehabt, genau wie damals, als ich in der Holzfällerhütte gefangen gewesen war.

Nun, jetzt hatte ich lange genug Angst gehabt. Es wurde Zeit, mir mein Leben zurückzuholen, wieder zu leben. Wirklich zu leben. Nicht nur durch die Tage zu hetzen und vor meinen Schuldgefühlen und meinen Ängsten wegzulaufen. Sondern aufrichtig und ernsthaft zu leben.

Ich warf einen Blick auf Toms Rosen. Von meinem Platz aus konnte ich sie riechen, und sie weckten in mir den Wunsch nach etwas ... etwas, von dem ich bis zu diesem Augenblick nicht gewusst hatte, zumindest nicht bewusst, dass es mir fehlte.

Ich sprang auf, lief durch den Flur ins Schlafzimmer, schlüpfte in Jeans und Stiefel, warf mir die Handtasche über die Schulter und raste dann zurück ins Wohnzimmer, um meinen Blumenstrauß zu holen. Ich schloss die Tür hinter mir ab und rannte in den Vorgarten.

Tom setzte seinen Geländewagen gerade rückwärts aus der Auffahrt.

Ich kniff die Augen vor den blendenden Scheinwerfern zusammen und winkte ihm zu. Er trat auf die Bremse und blieb am Bordstein stehen.

Ich riss die Beifahrertür auf und stieg ein.

Tom starrte mich an. »Abby, was ...«

Als ich mich anschnallte, wirkte er leicht beunruhigt. Ich legte die Blumen hinter meinem Sitz auf den Boden, beugte mich zu ihm hinüber und schlang den Arm um seinen Hals. Dann küsste ich ihn lange und zärtlich auf den Mund.

Am Ende zeigte ich auf die Straße. »Worauf wartest du? Fahren wir.«

»Äh – wohin?«

Ich fasste nach seiner Hand und verschränkte meine Finger mit den seinen. Ich schmiegte mich an seinen Arm und lächelte in sein umwerfendes verwirrtes Gesicht.

»Nach Hause, Tom. Nach Ravenscar.«

Er blinzelte ungläubig und strahlte plötzlich. Dann ließ er den Motor aufheulen und lachte heiser.

»Wahrscheinlich war das die beste Idee, die ich jemals hatte.«

Dank

Ganz oben auf der Dankesliste steht meine Agentin Selwa Anthony. Vor etwa sechzehn Jahren hat sie mich unter ihre Fittiche genommen. In den zehn Jahren, ehe mein Traum von einem Leben als Schriftstellerin endlich in Erfüllung ging, war sie wie ein Fels in der Brandung. Sie las die unzähligen Romane, die ich verfasste, machte Vorschläge, wie ich sie verbessern konnte, schickte sie an Verlage und drängte mich trotz zahlreicher Absagen zum Weitermachen. Am Ende konnten wir uns zusammen über das Erscheinen des *Rosenholzzimmers* freuen. Als ich dieses Jahr die Osterfeiertage bei ihr verbrachte, um Geistesblitze für das Ende des vorliegenden Romans zu sammeln, war sie meine großartige Gastgeberin, kochte herrliche Mahlzeiten, zeigte mir ihr Fotoalbum und vermittelte mir das Gefühl, Mitglied ihrer Familie zu sein. Ihr kreativer Input gab meiner ursprünglichen Fassung einen erheblich interessanteren Dreh. Selwa ist so viel mehr als eine Agentin, und ich liebe sie von ganzem Herzen für alles, was sie für mich getan hat.

Ebenso danke ich den übrigen Mitgliedern meines Oster-Brainstorm-Teams: Linda Anthony, die die Knoten in der Handlung aufdröselte und mein Verständnis für die Charaktere erweiterte, und Drew Keys, dessen Glaube an diesen Roman mich umgehauen hat. Ich bin unendlich dankbar für seine Begeisterung und die Einblicke, die das Buch unendlich bereichert haben. Josephine Anthony hat eine frühere Fassung gelesen und mir einige sehr nützliche Anstöße gegeben. Last but not least danke ich Brian Dennis, der mich freundlicherweise herumkutschierte und unweigerlich seinen Senf zum Procedere dazugab.

Besonderer Dank gebührt meiner Mannschaft bei Simon & Schuster: Dan Ruffino, weil er an meine Ideen glaubt; Roberta Ivers für ihren unerschütterlichen Einsatz, ihre Geduld und den Blick auf das große Ganze. Liebste Bert, du bist ein Goldstück! Kylie Mason danke ich für ihre strukturelle und redaktionelle Überarbeitung, bei der ich jede Menge über den Fluss einer Geschichte gelernt habe. Anna O'Grady, weil sie sich unermüdlich dafür einsetzt, dass meine Bücher die Leser erreichen. Christa Moffit für ein weiteres großartiges Cover der Originalausgabe, wow, es könnte mein Favorit werden. Außerdem bedanke ich mich bei meinem Marketingteam – ohne euch würden meine Bücher im Lager verstauben, deshalb bin ich ganz besonders dankbar für euren Einsatz!

Bolinda Audiobooks danke ich, weil sie meine Bücher so virtuos zum Leben erwecken, ebenso meinem rastlosen Team bei Goldman für den unbeirrbaren Glauben an meine Romane und meinen Übersetzern pociao und Roberto de Hollanda.

Ethnee Worland gebührt mein Dank für ihre Kenntnisse unserer Familiengeschichte (und dafür, dass ich ihren Namen verwenden durfte), Vera Nijveld für ihren Enthusiasmus, ihre Liebe und dafür, dass sie um die halbe Welt reist, um mit mir literarische Abenteuer zu erleben. Sarah Clarke, weil sie mich auch aus der Ferne liebt, hoffentlich sehen wir uns bald wieder, meine allerliebste Clarklington! Meiner Schwester Sarah für alles, was sie hinter den Kulissen tut, um mich über Wasser zu halten. Meiner Schwester Katie, die mich immer wieder anspornt. Hailey und Luke, weil sie mich zum Lachen bringen. Meiner Mutter Jeanette für ihre Weisheit und Kraft, die mir über ein paar sehr schwierige Etappen in diesem Jahr hinweghalfen. Aber auch für ihre Unterstützung bei einigen überaus kniffligen Recherchefragen, beispielsweise: »Mom, was habt ihr in den 1940er Jahren eigentlich als Klopapier benutzt?« (Lest Frankies Tagebuch, und ihr wisst es.)

Und schließlich danke ich aus tiefstem Herzen meinen Lesern. Ohne euch würde ich meine Zeit immer noch in einer Hütte im Busch verplempern statt meinen Traum von einem Leben als Schriftstellerin wahrzumachen. Eure Ermutigung und euer Zuspruch berühren mich mehr, als ihr euch vorstellen könnt, und spornen mich dazu an, mit jedem Buch besser zu werden.

Meine Liebe und mein Dank gilt euch allen.

Anna Romer 2018